Alexander Kent

Der Piratenfürst

Fregattenkapitän Bolitho in der Java-See

Roman

Ullstein

maritim
Ullstein Buch Nr. 23587
im Verlag Ullstein GmbH,
Frankfurt/M – Berlin
Titel der Originalausgabe:
Command a King's Ship
Aus dem Englischen
von Karl H. Kosmehl

Neuauflage der
deutschen Erstausgabe

Umschlaggestaltung:
Hansbernd Lindemann
Umschlagillustration:
Chris Mayger

Printed in Germany 1995
Gesamtherstellung:
Ebner Ulm
ISBN 3 548 23587 5

April 1995
Gedruckt auf alterungs-
beständigem Papier mit
chlorfrei gebleichtem Zellstoff

Vom selben Autor
in der Reihe
der Ullstein Bücher:

Die Feuertaufe (23687)
Strandwölfe (23693)
Kanonenfutter (22933)
Zerfetzte Flaggen (23192)
Klar Schiff zum Gefecht (23063)
Die Entscheidung (22725)
Bruderkampf (23219)
Der Piratenfürst (23587)
Fieber an Bord (22460)
Des Königs Konterbande (22330)
Nahkampf der Giganten (23493)
Feind in Sicht (20006)
Der Stolz der Flotte (23519)
Eine letzte Breitseite (20022)
Galeeren in der Ostsee (20072)
Admiral Bolithos Erbe (23468)
Der Brander (20591)
Donner unter der Kimm (23648)
Die Seemannsbraut (22177)
Mauern aus Holz, Männer aus Eisen (22824)

Außerdem 22 moderne Seekriegsromane

Die Deutsche Bibliothek –
CIP-Einheitsaufnahme

Kent, Alexander:
Der Piratenfürst : Fregattenkapitän Bolitho in der Java-See ; Roman / Alexander Kent. [Aus dem Engl. von Karl H. Kosmehl]. – Neuaufl. der dt. Erstausg. – Frankfurt/M ; Berlin : Ullstein, 1995
(Ullstein-Buch ; Nr. 23587 : Maritim)
ISBN 3-548-23587-5
NE: GT
Vw: Reeman, Douglas [Wirkl. Name]
→ Kent, Alexander

Inhalt

Für die Contessa

Tod und Teufel tanzen
zur Höllenmusik der Stürme
und rasen noch wilder zur Nacht,
wie um die Furcht einzulullen,
die den blinden Seemann beschleicht,
der nur ihren Zugriff fühlt.

George H. Grant

I Des Admirals Wahl

Eine Ordonnanz des Admirals öffnete die Tür des kleinen Vorzimmers und sagte sehr höflich: »Würden Sie bitte hier eintreten, Sir?« Er wich beiseite, um Captain Richard Bolitho einzulassen. »Sir John weiß, daß Sie hier sind.«

Als der Diener gegangen war und die Tür hinter sich zugemacht hatte, trat Bolitho an den hohen Kamin, wo ein kräftiges Feuer brannte. Gut, daß ihn der Mann in dieses kleine Zimmer geführt hatte und nicht in einen der größeren Warteräume. Als er sich vor dem bitter kalten Märzwind, der durch die Straßen von Whitehall fegte, in das Admiralitätsgebäude geflüchtet hatte, war ihm der Gedanke an diese überfüllten Warteräume höchst unbehaglich gewesen. Dort traten sich die entlassenen Seeoffiziere gegenseitig auf die Füße und beobachteten das Kommen und Gehen solcher Besucher, die mehr Glück zu haben schienen, mit beinahe haßerfüllten Blicken.

Bolitho kannte diese Gefühle aus eigener Erfahrung, wenn er sich auch oft gesagt hatte, daß es ihm besser ging als den meisten anderen. Denn als er vor einem Jahr nach England zurückgekommen war, herrschte Friede im Land; Städte und Dörfer waren bereits voller Seeleute und Soldaten, die niemand mehr brauchte. Er dagegen hatte seinen Besitz bei Falmouth, ein solides, ertragreiches Landgut; außerdem hatte er eine Menge schwerverdientes Prisengeld mitgebracht – er mußte wirklich dem Schicksal dankbar sein.

Er trat vom Kamin weg ans Fenster und starrte auf die breite Straße. Es hatte fast den ganzen Vormittag geregnet, aber jetzt war der Himmel klar, und die zahlreichen Pfützen glitzerten in der grellen Sonne wie Fetzen blaßblauer Seide. Nur die dampfenden Nüstern der vielen Pferde, welche die Straße in beiden Richtungen passierten, und die hastenden, vorgebeugt gegen den Wind ankämpfenden Fußgänger verrieten, wie trügerisch der augenblickliche Sonnenschein war.

Er seufzte. Es war im März 1784; erst vor einem guten Jahr war er aus Westindien heimgekehrt, aber ihm kam es wie ein Jahrhundert vor.

So oft er konnte, hatte er die lange Reise von Falmouth nach London unternommen, um direkt bei der Admiralität herauszufinden, warum seine Briefe ohne Antwort blieben, warum alle seine

Anträge auf Zuteilung eines Schiffes, ganz gleich was für eins, nicht beachtet wurden. Und jedesmal kamen ihm die Warteräume voller vor. Es waren immer die gleichen Männer; aber je öfter sie abgewiesen oder vertröstet wurden, um so unsicherer klangen ihre Stimmen bei den endlosen Gesprächen über Schiffe und Seeschlachten, um so mehr schwand ihr Selbstvertrauen. Dutzendweise wurden Schiffe außer Dienst gestellt, und jede Hafenstadt beherbergte ihr volles Maß an dem menschlichen Treibgut eines beendeten Krieges: Invaliden und Krüppel; Männer, die im Geschützfeuer taub und blind geworden waren; andere, die von ihren Erlebnissen halb verrückt geworden waren. Seit dem Friedensschluß im Vorjahr war der Anblick solcher Menschen etwas so Gewöhnliches, daß man gar nicht mehr darüber sprach, und die Betroffenen selbst waren zu verzweifelt, um überhaupt noch zu hoffen.

Eben bogen unten zwei Männer um die Ecke. Das Herz krampfte sich ihm zusammen bei dem Anblick. Auch ohne ihre zerfetzten roten Röcke hätte er gewußt, daß es ehemalige Soldaten waren. Am Rinnstein hielt eine Kutsche; die Pferde steckten die Köpfe zusammen und erkundeten, was sich in ihren Futtersäcken befand. Der Kutscher unterhielt sich mit einem elegant livrierten Lakaien aus dem Nebenhaus, und keiner der beiden warf auch nur einen Blick auf die zerlumpten Veteranen.

Der eine lehnte seinen Kameraden an eine Steinbalustrade und trat dann zur Kutsche. Bolitho erkannte, daß der Mann, der sich an dem steinernen Geländer festhielt, blind war; er wandte den Kopf zur Straße hin, als horche er, wo sein Freund geblieben war. Worte waren da überflüssig. Der Soldat blickte den Kutscher und den Lakaien nur an und hielt die Hand auf. Die Geste war weder aggressiv noch unterwürfig, aber seltsam eindringlich. Nach kurzem Zögern steckte der Kutscher die Hand in die Innentasche seines schweren Mantels.

In diesem Moment lief ein Herr eilig die Freitreppe der Admiralität hinab und riß die Kutschentür auf. Sein Mantel war so warm wie elegant, und die Schnallen auf seinen Schuhen blitzten in dem wässerigen Sonnenlicht. Er starrte den Soldaten an und sagte ärgerlich etwas zu dem Kutscher. Der Lakai eilte zu den Pferden und nahm ihnen die Futtersäcke ab, und in Sekundenschnelle war die Equipage im geschäftigen Strom der Kutschen und Lastwagen verschwunden. Der Soldat starrte ihr einen Augenblick nach, hob dann resigniert die Schultern und ging zu seinem Kameraden zurück. Die Arme untergehakt, schlurften sie langsam auf die nächste Straßenecke zu.

Bolitho bemühte sich, das Fenster aufzumachen, aber der Riegel klemmte. Scham und Ärger über das eben Gesehene stiegen in ihm hoch.

»Kann ich Ihnen behilflich sein, Sir?« fragte jemand hinter ihm: die Ordonnanz von vorhin.

»Ich wollte zwei Invaliden ein bißchen Geld hinunterwerfen«, antwortete Bolitho.

Der Mann schien erstaunt. »Mein Gott, Sir, daran gewöhnt man sich in London.«

»Ich nicht.«

»Ich wollte Ihnen melden, Sir, daß Sir John Sie jetzt empfangen möchte.«

Bolitho folgte ihm auf den Flur. Er verspürte eine plötzliche Trockenheit in der Kehle. Deutlich erinnerte er sich an seinen letzten Besuch hier im Hause; fast auf den Tag einen Monat war das her. Damals hatte er eine ausdrückliche schriftliche Vorladung bekommen und brauchte nicht voller Nervosität und heimlicher Wut in einem Wartezimmer herumzusitzen. Es war wie ein Traum, ein unglaublicher Glückstreffer. Und so empfand er es immer noch, trotz der tausend Schwierigkeiten, mit denen die Tage seit seiner letzten Vorsprache belastet gewesen waren.

Er hatte Order erhalten, unverzüglich das Kommando über Seiner Britannischen Majestät Schiff *Undine* (zweiunddreißig Geschütze) zu übernehmen, das zur Zeit im Dock von Portsmouth überholt und neu ausgerüstet wurde. In Kürze sollte es seeklar sein.

Als er damals beschwingten Schrittes das Admiralitätsgebäude verließ, stand ihm fast das Schuldgefühl im Gesicht geschrieben, denn er hatte wohl gemerkt, daß ihn die Offiziere im Vorzimmer neidisch und sogar übelwollend musterten.

Es hatte ihn eine ganze Menge Geld gekostet, die Überholungs- und Ausrüstungsarbeiten zu beschleunigen. Er hatte gedacht, daß er jetzt, da die Flotte auf ein Viertel ihrer Kriegsstärke geschrumpft war, Reservetauwerk und -spieren leichter bekommen würde als in Kriegszeiten; aber wie er zu seinem Erstaunen feststellen mußte, war das Gegenteil der Fall. Resigniert hatte ihm ein Schiffsbauer verraten, den Werftbeamten läge mehr daran, mit den

Reedern großer Handelsschiffe zusammenzuarbeiten; an denen konnten sie mehr verdienen als an einem kleinen Fregattenkapitän, den sie auf Staatsrechnung beliefern mußten.

Mit Bestechungen, Drohungen und unter ständigem Antreiben beinahe jedes einzelnen Werftarbeiters hatte er indessen mehr oder weniger erreicht, was er wollte. Anscheinend sah man im baldigen Auslaufen der Fregatte die einzige Möglichkeit, vor Bolitho wieder Ruhe zu haben und sich um eigene Geschäfte kümmern zu können.

Mit gemischten Gefühlen hatte er sein neues Schiff im Dock umschritten. Aber die freudige Erregung überwog, und dazu kam die Gewißheit, daß dieses Schiff alle seine Kräfte fordern würde. Verschwunden war das neidvolle Unbehagen, das ihn in Falmouth jedesmal befiel, wenn wieder ein Kriegsschiff die Landspitze unterhalb der Festung rundete. Aber noch etwas anderes hatte er gemerkt. Sein letztes Schiff war die *Phalarope* gewesen, eine der *Undine* sehr ähnliche Fregatte, vielleicht ein paar Fuß länger. Sie war sein ein und alles gewesen; vielleicht, weil er auf ihr so viel durchgestanden hatte. In den westindischen Gewässern, in der Seeschlacht bei den Saintes*, hatte er erlebt, wie sein geliebtes Schiff unter seinen Füßen zusammengeschossen wurde, bis es fast ein Wrack war. Niemals würde, niemals konnte es ein Schiff geben, das der *Phalarope* glich. Aber als er auf der Steinmauer des Docks auf und ab schritt, verspürte er ein neues, ein ähnliches Hochgefühl.

Mitten in der Hektik der Überholungsarbeiten bekam er unerwartet Besuch von Konteradmiral Sir John Winslade, demselben, der ihn im Admiralitätsgebäude empfangen hatte. Er war ziemlich wortkarg gewesen, hatte das Schiff und Bolithos Vorbereitungen flüchtig inspiziert und dann beiläufig bemerkt: »Inzwischen kann ich Ihnen wenigstens so viel sagen: Sie segeln nach Indien. Mehr darf ich Ihnen im Moment nicht verraten.« Sein Blick glitt über die Takler, die in den Wanten und auf den Rahen werkten, und er fügte trocken hinzu: »Ich kann nur in Ihrem Interesse hoffen, daß Sie rechtzeitig fertig werden.«

Winslades Andeutungen waren keineswegs leichtzunehmen. Offiziere auf Halbsold gab es, so viele man wollte. Aber ein Schiff des Königs zu bemannen, ohne daß der Druck eines Krieges

* Kleine Inselgruppe der Französischen Antillen (der Übersetzer).

dahinterstand und Preßkommandos eingesetzt werden konnten – das war etwas völlig anderes. Und wäre Bolitho nicht der Mann gewesen, der er nun einmal war, so hätte er in Versuchung geraten können, das Ziel der Reise so lange geheimzuhalten, bis genügend Matrosen die Musterrolle unterschrieben hatten und dann nicht mehr entwischen konnten.

Er hatte die üblichen, in blumenreicher Sprache abgefaßten Flugblätter in Portsmouth und Umgebung verteilen lassen. Er hatte Werbekommandos ins Binnenland bis nach Guildfort, das auf halbem Wege nach London lag, ausgeschickt, aber ohne viel Erfolg. Und jetzt, als er hinter der Admiralitätsordonnanz auf eine hohe, goldverzierte Tür zuging, fehlten der *Undine* immer noch fünfzig Mann an der Sollstärke.

In anderer Hinsicht hatte Bolitho mehr Glück gehabt. Der vorige Kapitän der *Undine* hatte sein Stammpersonal scharf im Auge behalten. Als Bolitho das Schiff übernahm, fand er einen harten Kern altgedienter Matrosen vor, sowie alle Deckoffiziere, einen erstklassigen Segelmacher und den geschicktesten Schiffszimmermann, dem er jemals bei der Arbeit zugesehen hatte. Bolithos Vorgänger hatte den Dienst bei der Marine endgültig quittiert, um sich einer parlamentarischen Karriere zu widmen. Oder wie er es ausgedrückt hatte: »Ich habe die Nase voll davon, mit Stahl und Eisen zu kämpfen. Von jetzt ab, junger Freund, kämpfe ich mit Verleumdungen.«

Konteradmiral Sir John Winslade stand mit dem Rücken zum Kaminfeuer und hielt sich die Rockschöße auseinander, um möglichst viel von der Wärme abzubekommen. Kaum jemand wußte Genaueres über ihn. Irgendwie hatte er sich durch eine Einzelaktion vor Brest ausgezeichnet, und daraufhin hatte er eine ansehnliche Position in der Admiralität bekommen. An seinem bleichen, vornehmen Gesicht war nichts Auffälliges. Tatsächlich sah er so unauffällig aus, als trüge nicht er seinen goldbetreßten Rock, sondern der Rock ihn.

Bolitho war erst siebenundzwanzig Jahre alt; aber er hatte schon zwei Kommandos innegehabt und wußte mit Stabsoffizieren gut genug Bescheid, um sie nicht nach dem Äußeren zu beurteilen.

Winslade ließ seine Rockschöße fallen und wartete, bis Bolitho zu ihm herangetreten war. Dann streckte er ihm die Hand hin und sagte: »Sie sind pünktlich, das ist gut. Wir haben viel zu besprechen.« Er trat an ein zierliches Lacktischchen. »Ein Glas Wein?« Jetzt erst lächelte er. Es war ein Lächeln wie der blasse Sonnenschein draußen: spärlich und schnell vorbei.

Er zog einen Stuhl für Bolitho heran. »Auf Ihre Gesundheit, Captain.« Und als sie getrunken hatten: »Ich nehme an, Sie wissen, warum ich Sie für dieses Kommando angefordert habe?«

Bolitho räusperte sich. »Ich war der Ansicht, Sir, weil Captain Steward in die Politik geht, benötigen Sie einen neuen . . .«

Wieder lächelte Winslade, etwas verkniffen diesmal. »Bitte, Bolitho! Bescheidenheit auf Kosten der Aufrichtigkeit macht die Sache nur topplastig. Darüber sind Sie sich doch klar?«

Er nippte an seinem Glas und fuhr im gleichen trockenen Ton fort: »Bei dieser Mission muß ich mich auf den Kapitän der *Undine* vollkommen verlassen können. Sie werden auf der anderen Seite der Welt stationiert sein. Ich muß wissen, was Sie denken, damit ich, wenn ich zu gegebener Zeit eine bestimmte Depesche erhalte, auch entsprechend handeln kann.«

Bolitho versuchte, sich zu entspannen. »Danke.« Er lächelte etwas unsicher. »Für Ihr Vertrauen, meine ich.«

»Gewiß.« Winslade griff nach der Karaffe. »Ich kenne Ihre Herkunft, Ihre dienstlichen Leistungen, speziell im letzten Krieg gegen Frankreich und seine Alliierten. Über Ihr Verhalten auf dem amerikanischen Kontinent liegt ein sehr günstiger Bericht vor. Ein ausgewachsener Krieg und eine blutige Rebellion in Amerika müssen eine gute Schulung für einen so jungen Kommandanten gewesen sein. Doch dieser Krieg ist aus und vorbei –«, wieder das flüchtige Lächeln, »– aber wir, oder wenigstens einige von uns, wollen jetzt nach Möglichkeit verhindern, daß wir je wieder in eine so hilflose Pattsituation geraten.«

»Aber wir haben doch den Krieg nicht verloren, Sir!« rief Bolitho.

»Wir haben ihn auch nicht gewonnen. Und das ist das Wesentliche.«

Bolitho mußte unwillkürlich an die letzte Seeschlacht denken: das Schreien und Brüllen auf beiden Seiten, das Krachen der Geschütze und der fallenden Spieren. So viele hatten an diesem Tag den Tod gefunden. So viele vertraute Gesichter wurden einfach ausgelöscht. Und manche, die übriggeblieben waren wie jene beiden zerlumpten Soldaten mußten jetzt sehen, wie sie ihr Leben fristen konnten.

»Wir taten unser Bestes, Sir«, sagte er gedämpft.

Der Admiral sah ihn nachdenklich an. »Das stimmt. Sie haben vielleicht den Krieg nicht gewonnen, aber Sie haben uns eine gewisse Frist verschafft. Zeit, um zu Atem zu kommen und den Tatsachen ins Gesicht zu sehen.«

»Sie denken, daß der Friede nicht lange dauern wird, Sir?«

»Ein Feind bleibt immer ein Feind, Bolitho. Nur die endgültig Besiegten sind friedlich. O ja, wir werden wieder kämpfen, seien Sie sicher.« Er setzte sein Glas nieder und fragte in scharfem Ton: »Und nun Ihr Schiff. Sind Sie soweit?«

Bolitho hielt seinem Blick stand. »Mir fehlen immer noch Seeleute, aber das Schiff selbst ist so klar, wie es nur sein kann. Vor zwei Tagen habe ich es aus der Werft schleppen lassen; jetzt liegt es in Spithead vor Anker, bis aller Proviant an Bord ist.«

»Wie viele Leute fehlen Ihnen?«

Fünf Worte nur, aber da gab es kein Drumherumreden.

»Fünfzig, Sir. Aber meine Offiziere bemühen sich weiter.«

Der Admiral verzog keine Miene. »Aha. Nun, das ist Ihre Sache. Ich werde Ihnen ein Patent zur Anwerbung von ›Freiwilligen‹ auf den Gefängnishulken* im Hafen von Portsmouth besorgen.«

»Traurig, daß wir auf Sträflinge angewiesen sind«, warf Bolitho ein.

»Es sind Männer – mehr brauchen Sie im Moment nicht. Wie die Dinge liegen, tun Sie vielleicht manchem dieser armen Teufel etwas Gutes damit. Die meisten sollten in die amerikanischen Strafkolonien verschifft werden. Jetzt, da wir Amerika los sind, müssen wir uns nach anderen Möglichkeiten umsehen. Man spricht von der Botany Bay in Neu-Holland; aber das kann natürlich bloß ein Gerücht sein.«

Er stand auf und trat ans Fenster. »Ich kannte Ihren Vater und war sehr betrübt, als ich von seinem Tod hörte. Er starb, als Sie in Westindien waren, glaube ich?« Er wartete die Antwort nicht ab. »Gerade dieser Auftrag wäre etwas für ihn gewesen. Da hätte er sich so richtig beweisen können: auf sich selbst angewiesen und auf Sofort-Entscheidungen, die ihren Urheber vernichten können, wenn sie falsch sind. Alles das, wovon ein junger Fregattenkapitän träumt – hab' ich recht?«

* Hulk = entmasteter Schiffsrumpf; im weiteren Sinne: altes, nicht mehr seetüchtiges Schiff (der Übersetzer).

»Jawohl, Sir.«

Bolitho erinnerte sich deutlich daran, wie sein Vater bei ihrem letzten Zusammensein ausgesehen hatte. Am selben Tage war er mit der *Phalarope* nach Westindien abgesegelt. Ein müder, gebrochener Mann, den der Verrat seines ältesten Sohnes verbittert hatte. Hugh war sein Augapfel gewesen. Er war fünf Jahre älter als Richard, ein geborener Spieler und Abenteurer, und schließlich hatte er einen Kameraden, einen Offizier, im Duell getötet. Schlimmer noch: er war nach Amerika geflohen, hatte sich dort den Revolutionären angeschlossen und ein Kaperschiff gegen die Engländer geführt. An dieser Nachricht war sein Vater gestorben, ganz gleich, was der Doktor als Todesursache genannt hatte.

Bolitho faßte sein Glas fester. Einen großen Teil seiner Prisengelder hatte es gekostet, das Land zurückzukaufen, das sein Vater hatte veräußern müssen, um Hughs Schulden zu bezahlen. Aber seine Ehre konnte er nicht zurückkaufen. Gut, daß Hugh tot war. Hätten sie sich je getroffen – Richard Bolitho hätte seinen Bruder umbringen können für das, was er getan hatte.

»Noch Wein?« Winslade schien selbst in Gedanken gewesen zu sein. »Sie segeln also zunächst nach Madras. Dort melden Sie sich bei . . . Nun, das lesen Sie noch in Ihrer Segelorder. Hat keinen Sinn, es jetzt schon bekanntzugeben. Könnte ja sein, Sie kriegen Ihr Schiff doch nicht voll bemannt, eh?«

»Ich schaffe es schon, Sir. Und wenn ich persönlich nach Cornwall fahren muß.«

»Das wird hoffentlich nicht nötig sein.«

Winslade wechselte das Thema. »Während des amerikanischen Krieges haben Sie wahrscheinlich gemerkt, daß die Zusammenarbeit zwischen den militärischen und den zivilen Dienststellen sehr zu wünschen übrig ließ. Die Truppen kämpften, schlugen ihre Schlachten und vertrauten auf keine der beiden Instanzen. Dazu darf es nicht wieder kommen. Ihr neuer Auftrag müßte eigentlich von einem ganzen Geschwader ausgeführt werden und unter der Flagge eines Admirals. Aber das würde Aufsehen erregen, und gerade das will das Parlament angesichts der Unsicherheit dieses Friedens vermeiden.« Winslade schwieg einen Moment; dann fragte er unvermittelt: »Wo wohnen Sie in London?«

»In Southwark, im *Hotel George*.«

»Ich gebe Ihnen eine Adresse: das Haus eines Freundes am St. James' Square.« Er lächelte über Bolithos bedenkliche Miene.

»Machen Sie doch nicht so ein finsteres Gesicht! Es wird Zeit, daß Sie unter Menschen kommen und sich an Land etwas Rückendekkung sichern. Dieser Auftrag kann Sie mit anderen Leuten in Berührung bringen als mit abgeklapperten Stabskapitänen. Sie müssen die richtigen Leute kennenlernen, das kann Ihnen nur nützen. Ich schicke einen Kurier mit Instruktionen für Ihren Ersten Leutnant.« Er warf Bolitho einen raschen Blick zu. »Herrick, nehme ich an, von Ihrem letzten Schiff.«

»Jawohl, Sir.« Er war sich nie im Zweifel darüber gewesen, wem er diesen Posten anbieten würde, wenn er je wieder ein Schiff bekäme.

»Na schön, Mr. Herrick also. Er kann die anfallenden Sachen erledigen. Ich brauche Sie für die nächsten vier Tage in London. Mindestens!« bekräftigte er, als er den Protest in Bolithos Miene sah. Nachdenklich blickte der Admiral ihn sekundenlang an. Gewiß, Bolitho wollte so schnell wie möglich wieder auf sein Schiff und fühlte sich in der fremden, verwirrenden Umgebung unsicher. Das und noch mehr stand ihm im Gesicht geschrieben. Als Bolitho vorhin ins Zimmer trat, war dem Admiral die Ähnlichkeit mit dem Vater aufgefallen: groß, schlank, das schwarze Haar am Nackenansatz zusammengebunden. Jedoch die schwarze Locke über dem rechten Auge erzählte eine andere Geschichte. Einmal, als Bolitho sein Glas hob, war sie verrutscht, so daß darunter eine weißliche Narbe sichtbar wurde, die sich bis in den Haaransatz hineinzog. Winslade war mit seiner Wahl sehr zufrieden. Bolithos ernste Züge verrieten Intelligenz und auch Mitgefühl, das sogar in sieben Kriegsjahren nicht geschwunden war. Winslade hätte sich seinen Mann aus hundert Kapitänen aussuchen können, aber er wollte einen haben, der ein Schiff und das Meer brauchte und nicht bloß die materielle Sicherheit, die eine solche Stellung mit sich brachte. Und er brauchte einen Mann, der nicht nur denken, sondern auch entsprechend handeln konnte, der sich nicht einfach auf die Feuerkraft seiner Breitseiten verließ. Bolithos Personalakte bewies deutlich, daß ihm eine schriftliche Order nicht die eigene Initiative ersetzte. Mehrere Admirale hatten gemurrt, als Winslade ihn für dieses Kommando vorschlug. Aber Winslade hatte seinen Kopf durchgesetzt, denn er hatte das Parlament hinter sich, und das war ebenfalls eine Seltenheit.

Mit einem Seufzer griff er nach der Tischglocke. »Gehen Sie jetzt, und leiten Sie Ihren Umzug in die Wege – ich gebe Ihnen gleich die Adresse. Im übrigen habe ich viel zu tun, also amüsieren Sie sich ruhig, so lange Sie können!«

Auf sein Läuten erschien ein Diener, brachte Bolithos Hut und Degen und legte ihm geschickt das Gehänge um. Winslade sah aufmerksam zu. »Immer noch dieselbe alte Klinge, wie?« Er faßte den Degen an – eine in langem Dienst glattgewetzte Waffe und viel leichter als die modernen Degen.

»Aye, Sir«, lächelte Bolitho. »Mein Vater gab ihn mir, als . . .«

»Ich weiß. Denken Sie nicht mehr an die Geschichte mit Ihrem Bruder, Bolitho.« Er tippte nochmals an den Degengriff. »Ihre Familie hat in vielen Generationen so viel Ehre angesammelt, daß sie durch einen einzelnen nicht entehrt werden kann.« Er hielt ihm die Hand hin. »Seien Sie vorsichtig. Sicher zerreißen sich schon manche Leute den Mund über Ihren heutigen Besuch bei mir.«

Bolitho trat hinter dem Diener auf den Flur und dachte unruhig über die verschiedenen Gesichtspunkte der Unterredung nach. Madras . . . Ein fremder Kontinent . . . Eine lange, schwierige Reise, aber offenbar nur der Anfang seiner Mission.

Jede Meile, die er segelte, würde ihre Schwierigkeiten bringen, dachte er lächelnd. Und ihren Lohn. Er blieb einen Augenblick unter dem Torbogen stehen und starrte auf das Gewimmel der Menschen und Wagen. Bald würde er wieder auf dem offenen Meer sein, nicht mehr in diesem Schmutz und Lärm! Ein Schiff war ein lebendiges Wesen, etwas ganz anderes als diese langweiligen, pompösen Bauwerke.

Jemand berührte seinen Arm. Er fuhr herum und sah einen jungen Mann in schäbiger Uniform, der ihn mit banger Erwartung anblickte. »Ja, bitte? Sie wünschen?«

»Mein Name ist Chatterton, Captain«, sagte der Mann gepreßt. »Ich war Zweiter Leutnant auf der *Warrior,* vierundsiebzig Geschütze.« Er zögerte, als er Bolithos ernste Miene sah. »Ich höre, Sie rüsten aus, Sir, und da dachte ich . . .«

»Tut mir leid, Mr. Chatterton. Meine Offiziersmesse ist voll.«

»Ja, Sir, das dachte ich mir.« Er schluckte. »Vielleicht könnte ich als Steuermannsmaat anmustern?«

Bolitho schüttelte den Kopf. »Leider brauche ich nur Matrosen.« Enttäuschung verdüsterte die Miene des jungen Mannes. Die alte *Warrior* hatte bei kaum einer Seeschlacht gefehlt; tapfere Männer hatten voller Stolz ihren Namen genannt. Und jetzt stand ihr Zweiter Leutnant wie ein Bettler da.

»Wenn ich Ihnen aushelfen kann«, sagte Bolitho leise, »eine kleine Überbrückung . . .« Er faßte in die Tasche.

»Danke, nein, Sir.« Der junge Mann zwang sich ein Lächeln ab. »Jedenfalls jetzt noch nicht.« Er stellte seinen Rockkragen hoch. Im Weggehen rief er noch: »Viel Glück, Captain!«

Bolitho sah ihm nach, bis er um die Ecke war. So hätte es auch Herrick gehen können, dachte er. Und jedem von uns.

Der immer steifer werdende Südost peitschte den Solent* zu einer einzigen Masse kabbeliger, schaumgekrönter Wellen auf, und die *Undine*, Fregatte Seiner Majestät, zerrte trotzig an ihrer Ankerkette.

Leutnant Thomas Herrick stellte den Kragen seines schweren Wachmantels hoch und nahm seinen Gang über das Achterdeck wieder auf. Er kniff die Augen zusammen, um sie vor dem Gemisch aus Regen und Sprühwasser zu schützen. Im feuchten Zwielicht sah die straffgespannte Takelage aus wie ein Gewirr schwarzer Glasröhren.

Trotz des schlechten Wetters herrschte lebhafter Betrieb an Deck, ebenso längsseits in den schwankenden Versorgungsbooten und Leichtern. Hier und da, auf den Decksgängen und im Bug des Schiffes, setzten die roten Uniformen der Wache stehenden Seesoldaten dem alles beherrschenden trüben Grau ein paar farbige Lichter auf. Die Marineinfanteristen sollten dafür sorgen, daß die von den Booten und Leichtern übernommenen Lebensmittel und Ausrüstungsgegenstände nur in *einer* Richtung gingen und nicht durch eine offene Luke im Tausch gegen billigen Schnaps und andere Genüsse wieder an Land gelangten.

Zufrieden grinste Herrick und stampfte mit seinen kalten Füßen auf den nassen Deckplanken. In dem Monat seit seiner Anmusterung hatte es eine Menge Arbeit gegeben. Andere mochten über das schlechte Wetter, die Unsicherheit der langen Reise, über die Strapazen in See und Wind fluchen – er nicht. Im vergangenen Jahr hatte er erheblich mehr Plage und Mühe gehabt; und er war froh, wieder an Bord eines Kriegsschiffes zu sein. Schon mit knapp zwölf Jahren war er in die Marine eingetreten; und in diesen letzten langen Monaten nach der Unterzeichnung des Friedens mit Frankreich und der Anerkennung der Unabhängigkeit Amerikas hatte er zum erstenmal erfahren, was es heißt, der einzigen

* Meerenge zwischen Portsmouth und der Isle of Wight (der Übersetzer).

Lebensform, die er verstand und mit der er vertraut war, nicht mehr anzugehören.

Anders als viele seiner Kameraden mußte Herrick von dem leben, was er verdiente. Er kam aus einer armen Familie; sein Vater war Schreiber in Rochester, seiner Heimatstadt. Als er von der *Phalarope* abmusterte, sich von Bolitho verabschiedete und wieder nach Rochester kam, war es noch schlimmer gewesen, als er erwartet hatte. Die Gesundheit seines Vaters war ruiniert, er schien sich zu Tode zu husten. Herricks einzige Schwester war gelähmt und konnte ihrer Mutter kaum im Haus helfen; und somit sah die Familie seine Rückkehr mit anderen Augen als er, der sich wie ein Ausgestoßener vorkam. Über den Prinzipal seines Vaters hatte er eine Heuer als Maat auf einer kleinen Brigg bekommen, die ihr Geld mit Stückgutfracht längs der Ostküste und gelegentlich auch einmal über den Kanal nach Holland verdiente. Der Schiffseigner war ein Geizhals, der mit einer so kleinen Mannschaft fuhr, daß das Schiff kaum bedient werden konnte, vom Be- und Entladen und von Reparaturen ganz zu schweigen. Als er Bolithos Brief bekam, dem der Befehl der Admiralität beilag, sich an Bord der *Undine* zu melden, war er so erschüttert gewesen, daß er sein Glück kaum fassen konnte. Seit dem letzten Besuch in Falmouth hatte er Bolitho nicht mehr gesehen; vielleicht hatte er sogar im tiefsten Innern gefürchtet, daß ihre Freundschaft, die in Kanonendonner und Sturm geboren und gewachsen war, die Friedenszeit nicht überleben würde. Schließlich lagen ihre beiden Welten zu weit auseinander. Das große steinerne Haus war ihm wie ein Palast vorgekommen. In Bolithos Familie waren fast alle Männer Seeoffiziere gewesen; und das stellte ihn auf eine ganze andere Ebene als Herrick, der in seiner Familie als erster zur See ging – aber es gab noch bedeutendere Unterschiede zwischen ihnen.

Bolitho hatte sich nicht verändert. Das hatte Herrick auf den ersten Blick gemerkt, als sie sich vor einem Monat auf eben diesem Achterdeck wiedergesehen hatten. Sie war noch da, die leise Melancholie, die jedoch blitzschnell in jugendliche Erregung umschlagen konnte. Und vor allem war Bolitho selbst froh, wieder an Bord zu sein; er freute sich darauf, sein neues Schiff und auch sich auf die Probe zu stellen, sobald sich Gelegenheit dazu bieten würde.

Ein Midshipman* kam über das Deck gerannt, faßte vor-

* Seekadett, bzw. Fähnrich zur See (der Übersetzer).

schriftsmäßig an seinen Hut und meldete: »Kutter kommt zurück, Sir.«

Er war ein kleiner Kerl und erst seit etwa drei Wochen an Bord; er bibberte vor Kälte.

»Danke, Mr. Penn. Hoffentlich mit ein paar neue Matrosen.« Er sah den Jungen mißbilligend an. »Bringen Sie Ihre Uniform in Ordnung. Der Captain kommt vielleicht heute zurück.« Dann ging er wieder auf und ab. Fünf Tage lang war Bolitho nun schon in London. Herrick freute sich auf die Neuigkeiten, die er mitbringen würde, besonders auf die Segelorder, damit sie endlich aus dem scheußlichen Solent herauskamen. Er beobachtete den Kutter, der sich schwer stampfend durch die weißen Wellenkämme arbeitete. Trotz der Bemühungen des Bootsführers handhabten die Bootsgasten die Riemen ziemlich ungeschickt. Er konnte den Dreispitz des Dritten Leutnants John Soames in der Achterplicht erkennen – ob der wohl Glück gehabt hatte und Rekruten mitbrachte?

Herrick hatte an Bord der *Phalarope* als Dritter angefangen und war zu Bolithos Stellvertreter aufgestiegen, nachdem der Erste und der Zweite Leutnant im Gefecht den Tod gefunden hatten. Die Frage ging ihm durch den Sinn, ob Soames sich schon über seine eigene Beförderung in den kommenden Monaten Gedanken machte. Soames war ein Riesenkerl und stand im dreißigsten Lebensjahr, war drei Jahre älter als Herrick. Er war erst sehr spät Leutnant geworden, und zwar auf allerlei Umwegen über den Dienst in der Handelsflotte und später als Steuermannsmaat in der Kriegsmarine. Was er wußte, hatte er sich selbst beigebracht: ein Mensch, der nicht kleinzukriegen war, aus dem man aber auch nicht klug wurde. Herrick traute ihm nicht recht.

Ganz anders war der Zweite, Villiers Davy. Wie schon der Name vermuten ließ, war er von Familie; Geld und stolze Haltung gaben seinem quecksilbrigen Witz den nötigen Rückhalt. Auch ihm traute Herrick nicht so ganz; aber er hielt sich immer wieder vor Augen, daß seine Abneigung auf Davys Ähnlichkeit mit einem arroganten Midshipman der *Phalarope* beruhen mochte.

Herrick drehte sich um, weil er Schritte hinter sich hörte: ein mächtiges Kassenbuch unter dem Mantel, kam Zahlmeister Triphook durch den strömenden Regen geschlurft.

»Ein schlimmer Tag, Mr. Herrick«, brummte er mißmutig. Er deutete auf die Boote und fuhr fort: »Hol der Teufel diese Gauner. Die würden noch einen Blinden bestehlen, das würden sie.«

Herrick grinste. »Ihr Zahlmeister tut so was nicht, wie?«

Triphook blickte ihn ernsthaft an. Er war sehr dünn, hielt sich krumm und hatte lange gelbe Pferdezähne.

»Ich hoffe, Sie haben das nicht ernst gemeint, Sir.«

Herrick beugte sich über die triefenden Finknetze*, um einen Blick in den Kutter zu werfen, der eben längsseits festmachte. Du lieber Gott, was für saumäßiges Rudern! Bolitho würde etwas Besseres sehen wollen, und das bald.

»Regen Sie sich nicht auf, Mr. Triphook«, erwiderte er kurz. »Ich wollte Ihnen bloß einen Tip geben. An Bord meines vorigen Schiffes hatten wir einen Zahlmeister – Evans hieß er –, der verschob den Proviant. Ließ verdorbenes Fleisch liefern und steckte die Preisdifferenz ein – es ging damals ziemlich drunter und drüber. Aber es kam rechtzeitig raus.«

Triphook sah ihn unsicher an. »Und?«

»Captain Bolitho ließ ihn auf eigene Kosten frisches Fleisch kaufen. Faß für Faß – ein frisches Faß für jedes schlechte.« Er grinste wieder. »Also lassen Sie sich warnen, mein Freund!«

»Bei mir wird der Captain nichts zu beanstanden haben, Mr. Herrick.« Im Weggehen sagte er noch: »Darauf können Sie sich verlassen!« Aber es klang nicht sehr überzeugend.

Leutnant Soames kam aufs Achterdeck, faßte an den Hut und meldete mit einem angewiderten Blick auf die nassen Planken: »Fünf Mann, Sir. Ich war den ganzen Tag unterwegs und bin total heiser vom Vorlesen dieser Flugblätter.«

Herrick nickte mitfühlend. Er hatte das oft genug selbst machen müssen. Fünf Mann. Sie brauchten immer noch dreißig. Und selbst dann hatten sie keine Reserve für Todesfälle und Verwundungen, mit denen man schließlich bei jeder langen Reise rechnen mußte.

Mürrisch fragte Soames: »Was Neues?«

»Nein. Nur, daß wir nach Madras segeln. Aber ich denke, es geht bald los.«

»Je eher wir von Land weg sind, um so besser. Die Straßen sind voller Besoffener, prima Seeleute, die wir gut gebrauchen könnten.« Zögernd fuhr er fort: »Wenn Sie nichts dagegen haben, könnte ich heute nacht mit einem Boot losfahren und ein paar davon schnappen, wenn sie aus ihren verdammten Bierkneipen getorkelt kommen.«

* Hängemattskästen im Schanzkleid des Oberdecks (der Übersetzer).

Sie fuhren herum. Kreischendes Gelächter erklang vom Geschützdeck, und eine Frau, die bloßen Brüste dem Regen preisgegeben, kam backbords unter dem Decksgang hervorgerannt. Zwei Matrosen waren hinter ihr her, beide offensichtlich angetrunken; man brauchte nicht lange darüber nachzudenken, was sie von ihr wollten.

Herrick brüllte: »Unter Deck mit dieser Schlampe! Oder ich lasse sie über Bord schmeißen!« Er sah, wie der Midshipman vor Staunen über dieses Schauspiel die Augen aufriß, und sagte grob: »Mr. Penn, verschwinden Sie gefälligst!«

Soames grinste, was selten vorkam. »Verletzt das Ihre Gefühle, Mr. Herrick?«

Der zuckte die Schultern. »Ich weiß, es ist Brauch, den Matrosen im Hafen Weiber und Schnaps zu gestatten.« Er mußte an seine Schwester denken, die an ihren verdammten Rollstuhl gefesselt war. Was hätte er darum gegeben, wenn sie so hätte laufen können wie diese Hafenhure von Portsmouth. »Aber es ekelt mich jedesmal an.«

Soames seufzte. »Sonst würde die Hälfte dieser Bande desertieren, ob sie unterschrieben haben oder nicht. Wenn der Rum knapp wird, ist es mit der Anziehungskraft von Madras schnell vorbei.«

»Um auf Ihre Frage von vorhin zurückzukommen«, sagte Herrick. »Matrosen, die auf solche Weise an Bord kommen, machen eine Menge böses Blut. Ein fauler Apfel kann das ganze Faß verderben.«

Soames sah ihn starr an. »Mir scheint, auf diesem Schiff sind die meisten Äpfel jetzt schon faul. Die Freiwilligen laufen wahrscheinlich nur ihren Gläubigern davon – oder vielleicht sogar dem Henker. Und welche sind dabei, die wollen bloß sehen, was sie stehlen können, wenn sie erst einmal ein paar Meilen von der Obrigkeit entfernt sind.«

»Captain Bolitho ist Obrigkeit genug, Mr. Soames«, entgegnete Herrick.

»Ach so, Sie sind ja schon mit ihm gefahren. Da gab's doch eine Meuterei?«

»Nicht seinetwegen«, erwiderte Herrick mit ärgerlichem Blick. »Seien Sie so gut und sorgen Sie dafür, daß die neuen Leute Essen und Arbeitskleidung fassen.« Er erkannte Widerstreben im Blick des Zweiten und fuhr fort: »Das ist auch ein Punkt, den der Captain so haben will. Ich kann Ihnen nur raten, sich auf seine Wünsche einzustellen. Dann werden Sie ein leichteres Leben haben.«

Soames ging, und Herrick entspannte sich etwas. In Zukunft durfte er sich nicht so leicht über Soames ärgern. Aber jede Kritik an Bolitho, offen oder versteckt, ging ihm unter die Haut. Bolitho war das Sinnbild für alles, was Herrick einmal sein wollte. Daß er den einen oder anderen von Bolithos verborgenen Fehlern kannte, vertiefte nur seine Loyalität. Nachdenklich schüttelte er den Kopf. Es war sogar mehr als Loyalität.

Er spähte über die Finknetze zum Land hinüber, auf die regennassen, bleiern glitzernden Mauern der Festung. Jenseits von Portsmouth Point war in dem Dreckwetter kaum noch etwas vom Land zu sehen. Gut, daß es endlich losging. Dann kam zu seinem regulären Sold noch die Seezulage, und die würde eine Hilfe für seine Angehörigen sein. In Westindien hatten sie unter Bolitho gutes Prisengeld verdient, und mit seinem Anteil hatte er ein paar Anschaffungen gemacht, die ihnen das Leben etwas erleichterten, bis er zurückkehrte. Aber wann würde das sein? In zwei Jahren? Besser, man dachte gar nicht darüber nach.

Gekrümmt kam ein Schiffsjunge durch den Regen zum unbemannten Steuerrad gerannt, drehte die Sanduhr um und wartete darauf, daß Herrick glaste. Es war Zeit, die diensttuende Wache unter Deck zu schicken. Herrick verzog das Gesicht. In der Offiziersmesse würde es auch nicht viel gemütlicher sein als im Mannschaftslogis. Soames würde stumm vor sich hin brüten. Davy würde ihn mit irgendwelchen scharfzüngigen Redensarten anzuzapfen versuchen. Giles Bellairs, der Hauptmann der Seesoldaten, würde inzwischen schon leicht angetrunken sein, denn er wußte, daß sein bulliger Sergeant mit der kleinen Abteilung ganz gut allein fertig wurde. Triphook würde vermutlich in Berechnungen über die Dienstkleidung der Neuen vertieft sein. Typisch für den Zahlmeister: Er konnte die bevorstehende Reise Meile für Meile in Salzfleisch, Speck, eisenhartem Schiffszwieback, Zitronensaft gegen Skorbut, Bier und Schnaps (zur Aufbesserung des Trinkwassers, das bald genug von allerlei Lebewesen wimmeln würde) und all den tausend Kleinigkeiten, für die er verantwortlich war, in aller Seelenruhe vorausplanen. Aber eine Garnitur Dienstkleidung für Männer, die noch eigene Fetzen auf dem Leib trugen, das war zu viel für seine Wertbegriffe. Doch er würde es schon noch lernen, wenn Bolitho das Schiff erst einmal zum Leben erweckt hatte.

Rufe kamen von Land her, und Midshipman Penn piepste

ängstlich: »Pardon, Sir, aber ich fürchte, der Schiffsarzt ist in Schwierigkeiten.«

Herrick runzelte die Stirn, Der Schiffsarzt hieß Charles Whitmarsh: ein Mann von Kultur, aber mit Problemen. Nach Herricks Erfahrungen waren die meisten Schiffsärzte bloße Schlächter. Wer sonst würde zur See gehen und sich nach einer Seeschlacht mit blutigen, zerfetzten, schreienden, sterbenden Männern befassen wollen? In Friedenszeiten mochte das anders sein. Aber Whitmarsh war leider ein Säufer. Dort unten in dem dümpelnden Dingi bemühten sich der Bootsmannsmaat und zwei Matrosen, dem Arzt einen doppelten Palstek umzulegen, damit er besser an Bord kam. Er war ein großer, kräftiger Mann, fast so groß wie Soames, und sein Gesicht glühte in dem grauen Licht so rot wie die Uniform eines Seesoldaten.

»Lassen Sie ein Frachtnetz abfieren, Mr. Penn«, befahl Herrick unwillig. »Nicht sehr gentlemanlike, aber das Gestrampel da unten ist auch nicht gerade vornehm.«

Schließlich war Whitmarsh auf dem Geschützdeck gelandet, mit wirren Haaren und dem strahlenden Grinsen des Betrunkenen. Einer seiner Sanitätsgasten und zwei Seesoldaten schälten ihn aus dem Netz und schafften ihn unter Deck. Jetzt würde er in seinem kleinen Lazarett ein paar Stunden schlafen und dann wieder von vorn mit Trinken anfangen.

»Ist er krank, Sir?« fragte Penn ängstlich.

Herrick sah den Knaben ernsthaft an. »Ein bißchen blau, mein Junge. Aber einen Arm oder ein Bein abschneiden, das könnte er wohl noch.« Er tippte Penn auf die Schulter. »Gehen Sie unter Deck. Ihre Ablösung muß gleich kommen.«

Er blickte hinter dem Davoneilenden her und mußte wieder grinsen. Nur schwer konnte er sich vorstellen, daß er selbst einmal wie Penn gewesen war: unsicher, ängstlich und voll knabenhafter Illusionen, die eine nach der anderen durch das, was er sah und hörte, verloren gingen.

Da rief ein Seesoldat: »Wachtboot legt im Bootshafen ab, Sir!«

»Schön«, nickte Herrick. Das hieß: Order für die *Undine*. Seine Blicke schweiften über das Schiff, zwischen die hohen, in der Dünung dippenden Masten, über das straffe Gewirr der Takelage und die sauber gerefften Segel bis zum Bugspriet, unter dem die Gallionsfigur, eine vollbusige Seejungfrau, blicklos in die Ferne starrte. Es hieß auch, daß Bolitho zurückkommen würde. Und zwar heute.

Mehr brauchte Thomas Herrick nicht zu wissen.

II Anker auf!

Richard Bolitho stand im Windschutz der Steinmauer des Bootshafens und spähte durch den eiskalten Regen. Es war Nachmittag, aber der Himmel hing so voll niedriger Wolken, daß man glauben konnte, es sei schon Abend.

Er war müde und steif von der langen Fahrt in der Postkutsche, bei der er sich zu allem anderen noch über seine beiden Reisegefährten geärgert hatte: Kaufleute aus der Londoner City. Bei jedem Pferdewechsel oder auch sonst in einem der zahlreichen Wirtshäuser an der Chaussee nach Portsmouth hatten sie sich eine Erfrischung genehmigt und waren dabei immer lauter und vergnügter geworden. Sie wollten mit einem Postschiff nach Frankreich, um dort neue Geschäftsverbindungen anzuknüpfen und, wenn sie Glück hatten, ihre Handelsbeziehungen ein gutes Stück zu erweitern. Für Bolitho war das immer noch schwer zu verstehen. Noch vor einem Jahr war der Ärmelkanal die einzige Barriere zwischen seinem Land und dem Feind gewesen: der letzte Festungsgraben, wie eine Zeitung es ausgedrückt hatte. Männer vom Schlage seiner beiden Mitpassagiere schienen das inzwischen vergessen zu haben. Für sie war der Kanal nur noch ein ärgerliches Hindernis, das ihre Geschäftsreisen unbequemer und zeitraubender machte.

Er kroch tiefer in seinen Bootsmantel. Plötzlich konnte er es kaum noch erwarten, an Bord zu kommen. Der Mantel war neu und stammte von einem guten Londoner Schneider. Der Freund von Konteradmiral Winslade war mit ihm in der Werkstatt gewesen und hatte dabei so viel Takt entwickelt, daß sich Bolitho wenigstens nicht ganz ahnungslos vorkam. Er war so unsicher in diesen Dingen. Und doch mußte er lächeln, als er an die Zeit in London dachte. Er würde sich nie an London gewöhnen können. Es war zu groß, zu hektisch. Niemand hatte Zeit und Luft zum Atmen. Kein Wunder, daß die Leute in den großen Häusern um den St. James' Square alle paar Stunden ihre Dienstboten hinausschicken mußten, um frisches Stroh auf die Straße zu breiten. Das Knarren und Rumpeln der Wagen konnte wahrhaftig Tote erwecken. Das Haus seiner Gastgeber war wunderschön gewesen, und sie selbst waren reizende Leute, auch wenn sie sich manchmal über seine Fragen milde amüsiert hatten. Noch jetzt wurde er aus ihren seltsamen Lebensformen nicht ganz klug. Es genügte anscheinend nicht, in einem so vornehmen, modernen Haus mit prächtigen Treppen und riesigen Kronleuchtern zu wohnen. Um zu den wirklich feinen Leuten zu zählen, mußte man an der richtigen Seite des Platzes wohnen, der Ostseite, wie Winslades Freunde.

Bolitho hatte allerlei einflußreiche Leute kennengelernt; seine Gastgeber hatten bei ihren Diners dafür gesorgt. Er hatte in dieser Hinsicht genügend Erfahrungen gesammelt, um genau zu wissen, daß er ohne ihre Hilfe nie mit solchen Menschen zusammengekommen wäre. An Bord seines Schiffes kam ein Kapitän gleich nach dem lieben Gott, aber in der Londoner Gesellschaft war er ein ganz kleines Licht.

Doch das alles lag jetzt hinter ihm. Er war wieder zu Hause. Seine Segelorder wartete schon auf ihn, nur der genaue Zeitpunkt des Ankerlichtens war noch unbestimmt.

Er spähte nochmals um die Mauer. Der Wind schlug ihm ins Gesicht wie eine Peitsche. Der Signalturm hatte die *Undine* über seine Ankunft informiert; und schon bald würde ein Boot für ihn am hölzernen Pier unterhalb der Mauer festmachen. Wie mochte wohl sein persönlicher Bootsführer Allday an Bord zurechtkommen? Es war seine erste Reise als Kapitänsbootsmann, aber Bolitho kannte ihn genau genug, um zu wissen, daß er sich keine Sorgen zu machen brauchte. Es war schön, ihn wiederzusehen: ein vertrautes Gesicht, ein Mann, auf den er sich verlassen konnte.

Er blickte zum *George Inn* hinüber, dem Wirtshaus an der Endstation der Postkutsche, wo ein paar Bediente sein Gepäck bewachten, und dachte an die Garderobe, die er sich angeschafft hatte. Vielleicht war er doch nicht ganz unbeeinflußt von London geblieben.

Als Bolitho während des amerikanischen Unabhängigkeitskrieges sein erstes Kommando als Kapitän der Schaluppe *Sparrow* innehatte, war wenig Zeit gewesen, sich mit den Luxusgütern dieser Erde vertraut zu machen. Aber in London, mit dem Rest seiner Prisengelder in der Tasche, hatte er das nachgeholt: neue Hemden, bequemes Schuhwerk. Dazu der weite, lange Bootsmantel, der auch dem heftigsten Regen widerstehen würde. Das war bestimmt zum Teil Winslades Verdienst. Sein Gastgeber hatte gelegentlich erwähnt, daß Bolithos Mission mit der *Undine* nicht nur einen tüchtigen Kapitän erforderte, sondern auch einen Mann, der etwas darstellte, wenn er mit den Repräsentanten fremder Regierungen verhandelte. Da wäre zum Beispiel, meinte er beiläufig, die Frage des Weines.

Miteinander waren sie in einen niedrigen, holzgetäfelten Laden in der St. James' Street getreten, der völlig anders aussah, als Bolitho sich das gedacht hatte. Die Ladentür trug als Symbol eine Kaffeemühle, und darüber stand in Goldschrift der Firmenname: Pickering & Clarke. Der Laden wirkte gemütlich, sogar intim, und hätte sich ebensogut in Falmouth befinden können.

Hoffentlich war der Wein bereits an Bord. Wenn nicht, würde er wahrscheinlich ohne ihn absegeln müssen, aber mit einem großen Loch in seiner Geldbörse. Es mußte ein fremdartiges und aufregendes Erlebnis sein, allein in der Kajüte zu sitzen und diesen wundervollen Madeira zu probieren. Das würde ihm London ins Gedächtnis zurückrufen, die feinen Häuser, die schlagfertigen, witzigen Gespräche und die Frauen, die einen so merkwürdig anschauten. Ein paarmal war ihm das letztere direkt unangenehm gewesen. Sie hatte ihn an die Zeit in New York während des Krieges erinnert, diese Dreistigkeit in den Gesichtern, die selbstbewußte Arroganz, die ihnen zur zweiten Natur geworden zu sein schien.

Ein Eckensteher rief ihn an: »Da kommt Ihr Boot, Käpt'n! Ich helfe mit Ihrem Gepäck!« Er faßte an den Hut und rannte zum Gasthaus, um die Hausdiener zu benachrichtigen, wobei er sich vermutlich überlegte, wieviel Trinkgeld von einem Fregattenkapitän zu erwarten war.

Bolitho drückte sich den Hut fest in die Stirn und trat in den Wind hinaus. Es war die Barkasse der *Undine,* ihr größtes Boot. Die Riemen hoben und senkten sich wie Möwenschwingen, als sie auf den Pier zusteuerte. Es mußte ein schweres Rudern sein, überlegte er; sonst wäre Allday mit der Gig, dem kleineren Boot, gekommen.

Freudige Erwartung erfüllte ihn, und beinahe hätte er über das ganze Gesicht gelacht. Das dunkelgrün gestrichene Boot, die Rudergasten in ihren karierten Hemden und weißen Hosen – alles war wieder da. Es war wie eine Heimkehr.

Die Riemen flogen hoch und standen senkrecht wie zwei Reihen weißer, schwingender Barten, während der Mann im Bug festmachte und einem eleganten Midshipman beim Aussteigen half. Der zog schwungvoll den Hut: »Zu Ihren Diensten, Sir.«

Das war Midshipman Valentin Keen, ein junger Mann, dessen Kommandierung auf die *Undine* wohl, wie Bolitho mutmaßte, in erster Linie erfolgt war, um ihn von England wegzubringen, und nicht so sehr, um seine maritime Karriere zu beschleunigen. Er war dienstältester Midshipman an Bord; und wenn er die Reise überlebte, würde er wahrscheinlich als Leutnant zurückkehren – auf alle Fälle würde er ein Mann geworden sein.

»Meine Kisten sind da drüben, Mr. Keen.«

Reglos stand Allday in der Achterplicht; sein blauer Rock und seine weiße Hose flatterten im Wind, und nur mit Mühe gelang es ihm, ein dienstlich starres Gesicht zu behalten.

Die Beziehung zwischen ihnen beiden war seltsam. Allday war als gepreßter Matrose an Bord der *Phalarope* gekommen. Als sie bei Kriegsende stillgelegt wurde, blieb Allday bei ihm in Falmouth: als Diener, Leibwächter und Freund, auf den er sich verlassen konnte. Jetzt, als Kapitänsbootsmann, würde er ständig um ihn und manchmal der einzige Kontakt zu jener anderen Welt jenseits des Kajütschotts sein. Allday war sein Leben lang Seemann gewesen; nur kurze Zeit lebte er als Schäfer in Cornwall, und ausgerechnet da hatte Bolithos Preßkommando ihn geschnappt: ein seltsamer Anfang. Bolitho mußte an Mark Stockdale, Alldays Vorgänger, denken: einen ehemaligen Faustkämpfer, der wegen seiner beschädigten Stimmbänder kaum richtig sprechen konnte. Er war in der Seeschlacht bei den Saintes gefallen, als er Bolitho den Rücken deckte. Armer Stockdale . . . Bolitho hatte nicht einmal gesehen, wie er starb.

Allday kletterte an Land. »Alles klar, Captain. Ein feines Abendbrot wartet in der Kajüte.« Er schnauzte einen Matrosen an: »Schnapp dir die Kiste da, du Idiot, oder ich freß deine Leber!«

Grinsend nickte der Matrose. Bolitho war beruhigt. Alldays bemerkenswerte persönliche Ausstrahlung schien sich bereits durchgesetzt zu haben. Er konnte fluchen und prügeln wie ein Wilder, wenn es nötig war. Aber Bolitho hatte gelegentlich zugesehen, wie er Verwundete versorgte, und kannte auch seine andere Seite. Kein Wunder, daß die Mädchen auf den Farmen rund um Falmouth ihn vermißten. Aber nach Bolithos Meinung war es besser für Allday, zur See zu fahren. In letzter Zeit war zu viel über seine Amouren geredet worden.

Endlich war das Boot beladen, die Bedienten und der Eckensteher hatten ihr Geld bekommen. Zügig drückten die Riemen die lange Barkasse durch das kabbelige Wasser.

Schweigend und in seinen Mantel gehüllt saß Bolitho da und ließ die ferne Fregatte nicht aus den Augen. Sie war schön, in mancher Hinsicht schöner als die *Phalarope,* wenn das überhaupt möglich war. Sie war erst vier Jahre alt und kam von einer Werft in Frindsbury am Medway-Fluß. Herrick war in dieser Gegend zu Hause. Ihre Länge über Deck betrug 130 Fuß*; aus guter englischer Eiche gebaut, war sie ein Meisterstück. Kein Wunder, daß die Admiralität sie nicht wie so viele andere Schiffe ihrer Klasse bei Kriegsende einfach auflegen wollte. Sie hatte fast vierzehntausend Pfund gekostet, wie man Bolitho des öfteren versichert hatte. Nicht daß man es ihm noch extra klarzumachen brauchte – er wußte auch so, daß er von Glück sagen konnte, so ein Schiff zu bekommen.

Ein schmaler Riß klaffte in den dahinfliegenden Wolken und ließ einen Strahl wässerigen Lichts über die Stückpforten der *Undine* und den sauberen Kupferbeschlag des Unterwasserschiffs spielen, der beim unruhigen Rollen hin und wieder sichtbar wurde. Ein solides Schiff, mit dem man alles machen konnte. Aber dabei fiel Bolitho ein, was ihm Stewart, der vorige Kapitän, anvertraut hatte. In einem wütenden Scharmützel vor Ushant** war sie von den schweren Geschützen eines Vierundsiebzigers beschossen worden und hatte vier Treffer direkt unter der Wasserlinie abbekommen. Nur mit Glück hatte sie England noch erreicht. Fregatten waren schnelle Schiffe für überfallartige Aktionen und nicht dazu bestimmt, sich mit schweren Linienschiffen in Feuergefechte einzulassen. Bolitho wußte aus eigener bitterer Erfahrung, welchen Schaden ein Treffer an einem so grazilen Schiffskörper anrichten konnte. Stewart hatte noch gesagt, er sei trotz sorgfältiger Überprüfung nicht sicher, ob der Rumpf nach der Reparatur wieder völlig stabil sei. War nämlich der Kupferbelag erst wieder aufgenietet, so genügte eine Inspektion von der Innenseite nicht, um festzustellen, ob die Werft wirklich einwandfrei gearbeitet hatte. Kupfer schützte den Rumpf vor Algenbewuchs, der die Geschwin-

* 39,6 m (der Übersetzer).
** Insel vor Brest, französische Schreibweise Ouessant (der Übersetzer).

digkeit erheblich mindern konnte. Aber hinter dem Kupfer mochte der schlimmste Feind jedes Kapitäns lauern: die Fäule, die einen erstklassigen Schiffsrumpf in eine tödliche Falle für den Unvorsichtigen verwandeln konnte. Vor zwei Jahren war in Portsmouth das Flaggschiff des Admirals Kempenfelt, die *Royal George,* gekentert und gesunken, was mehrere hundert Menschen das Leben gekostet hatte. Es hieß, das Unterwasserschiff sei angefault gewesen und glatt herausgefallen. Wenn das einem stolzen Flaggschiff vor Anker passieren konnte, dann war bei einer Fregatte noch viel Schlimmeres zu befürchten.

Bolitho fuhr aus seinen Gedanken hoch: über dem Sausen des Windes vernahm er die schrillen Pfiffe des Bootsmanns und die stampfenden Schritte der Seesoldaten, die zur Ehrenbezeigung antraten. Er starrte zu den turmhohen Masten empor und sah die Matrosen in den Wanten. Seit einem Monat waren sie daran gewöhnt, ihn an Bord zu sehen, mit Ausnahme der Neuen, die auch er noch nicht kannte. Die würden sich jetzt Gedanken über ihn machen – wie er wohl wäre, zu hart oder zu nachlässig. Für die Mannschaft bedeutete der Kapitän, sobald erst einmal der Anker gelichtet war, einfach alles, ob er nun gut oder böse, ein schlechter oder ein tüchtiger Seemann war. Nur *sein* Ohr hörte auf ihre Klagen, nur *seine* Stimme sprach Belohnung oder Strafe aus.

»Riemen ein!« Allday erhob sich halb, die Ruderpinne in der Hand. »Auf Riemen!«

Das Boot lief aus, und der Bootsmann erwischte mit seinem Haken das Wasserstag beim ersten Versuch. Wahrscheinlich, mutmaßte Bolitho, hatte Allday während seiner Abwesenheit fleißig mit der Bootsmannschaft geübt. Er stand auf, um den richtigen Moment zu erwischen – er wußte genau, Allday paßte auf wie eine Katze vorm Mauseloch, damit er nicht zwischen Boot und Bordwand rutschte, oder, schlimmer noch, rückwärts stolperte und mit Armen und Beinen strampelnd zwischen die Männer fiel. Dergleichen kam vor; Bolitho hatte es selbst gesehen und erinnerte sich an seine grausame Schadenfreude beim Anblick des neuen Kapitäns, der triefend wie ein Scheuerlappen an Bord kam. Aber der Gischt hatte kaum Zeit, seine Hosenbeine anzufeuchten, da war er auch schon oben an Bord, und in seine Ohren gellte das Schrillen der Pfeifen und das Knallen der präsentierten Musketen der Marineinfanteristen. Er lüftete den Hut zum Achterdeck hin und nickte den Offizieren grüßend zu.

»Schön, wieder an Bord zu sein, Mr. Herrick.« Sein Ton war kurz und dienstlich.

»Willkommen an Bord, Sir.« Auch Herrick sprach in offiziellem Ton. Aber in den Augen beider Männer stand ein Glanz, der etwas mehr verriet als bloße Bordroutine. Etwas, das keiner der anderen sah oder gar teilte.

Bolitho zog seinen Mantel aus, reichte ihn Midshipman Penn und wandte sich um. Das schwindende Licht spielte über die weißen Aufschläge seines Galarocks. Nun wußten alle, daß er da war. Er sah die wenigen Matrosen, die oben in der Takelage noch etwas zu spleißen hatten, und andere, die sich auf den Decksgängen und zwischen den Doppelreihen der schweren Zwölfpfünder drängten. Er kam sich ein bißchen pompös vor, und dieses Gefühl nötigte ihm ein amüsiertes Lächeln ab.

»Ich gehe jetzt unter Deck.«

»Die Segelorder liegt in Ihrer Kajüte, Sir.« Herrick barst vor Neugier; das merkte man ihm trotz seines dienstlich formellen Tonfalls deutlich an, denn seine blauen Augen, die manchmal so verletzt dreinblicken konnten, straften seine dienstliche Haltung Lügen.

»Schön. Ich lasse Sie in Kürze rufen.«

Bolitho wollte nach achtern gehen; da bemerkte er eine Gruppe trüber Gestalten in Zivil, die sich an der Achterdeckreling zusammendrängten. Leutnant Davy war eben dabei, sie nach einer Liste namentlich aufzurufen.

»Neue Leute, Mr. Davy?« fragte er.

»Wir sind immer noch dreißig Mann unter Sollstärke, Sir«, warf Herrick leise ein.

»Aye, Sir.« Davy blickte mit zusammengekniffenen Augen von der Liste auf und durch den Sprühregen seinem Kapitän entgegen. Auf seinen hübschen Zügen lag ein zutrauliches Lächeln. »Ich bin gerade dabei, sie die Musterrolle unterzeichnen zu lassen.«

Bolitho ging zur Leiter und kletterte rasch zum Geschützdeck hinunter. Mein Gott, was für Elendsgestalten! Halbverhungert, zerlumpt, verprügelt. Das harte Leben an Bord konnte kaum schlimmer sein als das Leben, das sie bisher geführt hatten und das sie zu dem gemacht hatte, was sie jetzt waren.

Davy hatte die Musterrolle auf einen der Zwölfpfünder gelegt. Was der für elegante, gepflegte Hände hatte! »Kommt jetzt«, befahl er, »und macht eure Kreuze!«

Halb selbstbewußt, halb schüchtern schoben sie sich heran – bis vor ihren neuen Kapitän.

Bolithos Blick blieb an dem letzten in der Reihe haften: ein untersetzter, muskulöser Mann, unter dessen abgetragenem Hut ein geteerter Zopf hervorsah. Wenigstens *ein* erfahrener Seemann!

Der Mann merkte, daß Bolitho ihn ansah, und drängte sich vor.

»He, du da! Bleib gefälligst in der Reihe!« schimpfte Davy.

»Dein Name?« fragte Bolitho.

»Turpin, Sir«, erwiderte der Mann zögernd. Davy wurde wütend. »Steh gefälligst stramm und nimm den Hut vor dem Captain ab, sonst hol' der Teufel deine Augen! Zumindest solltest du wissen, wem du Respekt zu erweisen hast!«

Der Mann nahm Haltung an; sein Gesicht drückte Scham und Verzweiflung aus. Bolitho hob den alten Mantel an, den Turpin über dem rechten Unterarm trug.

»Wo hast du die rechte Hand verloren, Turpin?« fragte er freundlich.

Der Mann schlug die Augen nieder. »Auf der *Barfleur,* Sir. Das war anno '81 bei der Schlacht in der Chesapeak Bay.« Er blickte auf, und ein stolzer Glanz trat in seine Augen, aber nur einen Moment. »Geschützführer war ich, Sir.«

Davy mischte sich ein. »Tut mir außerordentlich leid, Sir, aber ich habe nicht gemerkt, daß der Kerl Invalide ist. Ich lasse ihn sofort an Land bringen.«

Bolitho sagte: »Du wolltest die Musterrolle mit der Linken unterzeichnen. Liegt dir so viel daran?«

Turpin nickte. »Ich bin Seemann, Sir.« Er wandte sich um, weil einer der Neuangeworbenen seinen Nebenmann grinsend in die Seite gestoßen hatte. »Keine verdammte Landratte!« Dann wandte er sich wieder Bolitho zu, und seine Stimme wurde leiser. »Ich kann jeden Dienst tun, Sir.«

Bolitho hatte kaum hingehört. Die Seeschlacht in der Chesapeake Bay fiel ihm wieder ein ... Der Pulverrauch, der Geschützdonner. Die Formationen der manövrierenden Schiffe, gepanzerten Rittern vergleichbar. Das wurde man nie mehr los. Und dieser Turpin war mittendrin gewesen, einer von Hunderten, die grölten, starben, fluchten, wie die Besessenen ihre Geschütze luden und abfeuerten. Er mußte an die beiden fetten Kaufleute in der Postkutsche denken. Damit solche Leute mehr Geld verdienten!

»Schreiben Sie ihn ein, Mr. Davy«, sagte er barsch. »Ein Mann von der *Barfleur* wird uns mehr nutzen als viele andere.«

Er schritt nach achtern zur Kampanje, wütend über sich selbst und über Davy, der keinen Instinkt hatte. Eine dumme, kurzsichtige Einstellung.

Allday schleppte eben eine seiner Kisten nach achtern zur Kajütentür, wo unter der kreisenden Deckenlampe ein Marineinfanterist Wache stand.

»Das war großartig, Captain, was Sie da eben gemacht haben«, sagte er munter.

»Reden Sie nicht wie ein Narr, Allday!« Bolitho ging an ihm vorbei und fluchte leise, denn er hatte mit dem Kopf einen Decksbalken gestreift. Er blickte sich nach Allday um, doch dessen vertraute Züge waren völlig ausdruckslos. »Wahrscheinlich könnte er *Ihre* Arbeit tun!«

Allday nickte ernsthaft. »Aye, Sir – das stimmt, ich habe zu viel zu tun.«

»Frecher Kerl, verdammter! Weiß der Teufel, warum ich mir so viel von Ihnen gefallen lasse!« Aber es hatte keinen Zweck, mit Allday zu schimpfen.

Allday nahm ihm den Degen ab und hängte ihn an den Haken am Schott. »Ich kannte mal einen Mann in Bodmin, Captain.« Er blieb stehen und musterte den Degen kritisch. »Der nahm zum Holzspalten immer eine stumpfe Axt. Ich fragte ihn mal, warum er nicht 'ne scharfe nehme, da sagte der Kerl, wenn das Holz sich so glatt spalten ließe, hätte er nichts mehr, woran er seine Wut auslassen könne.«

Bolitho setzte sich an den Tisch. »Danke. Ich will daran denken, daß ich mir eine bessere Axt besorgen muß.«

Allday grinste. »Bitte sehr, Captain. War mir 'n Vergnügen.« Dann schritt er hinaus, um die nächste Kiste zu holen.

Bolitho nahm den vielfach versiegelten Umschlag zur Hand. Hätte Allday eine richtige Erziehung genossen, dann hätte allerhand aus ihm werden können. Er mußte lächeln, als er das Kuvert aufschnitt. Auch ohne Bildung war Allday ein harter Brocken.

Herrick, den Hut vorschriftsmäßig unterm Arm, trat in die Kajüte. »Sie haben mich rufen lassen, Sir?«

Bolitho stand an einem der großen Heckfenster. Sein Körper glich automatisch die Schiffsbewegungen aus. Die Tide hatte gewechselt, die *Undine* schwojte so, daß Herrick jetzt durch die dicken Scheiben die fernen Lichter sehen konnte. Hinter dem Schleier aus Regen und Sprühwasser schienen sie zu schwanken und zu flackern.

Im Schein der pendelnden Lampen sah die Kajüte gemütlich und einladend aus. Die Sitzbank in der Rundung des Hecks hatte einen Bezug aus feinem grünem Leder; auf dem Fußbodenbelag aus schwarz-weiß gewürfeltem Segeltuch standen Tisch und Stühle aus kastanienbraunem Mahagoni.

»Setzen Sie sich, Thomas.«

Langsam wandte Bolitho sich um und sah Herrick an. Inzwischen hatte er die Segelorder mehrmals durchgelesen, um nur ja nichts zu übersehen.

»Wir lichten morgen nachmittag Anker«, sagte er. »Bei der Segelorder ist ein Berechtigungsschein zur Übernahme von ›Freiwilligen‹ aus den Gefängnishulken von Portsmouth. Ich wäre Ihnen verbunden, wenn Sie das so früh wie möglich und gleich nach Tagesanbruch erledigen würden.«

Herrick nickte. Er sah den Ernst in Bolithos Zügen, die ruhelosen Hände; nebenan in dem abgeteilten Speiseraum stand das sorgfältig bereitete Mahl noch unberührt – der Kapitän hatte Sorgen. Irgend etwas machte ihn nervös.

»Wir sollen zunächst nach Teneriffa segeln.« Herrick richtete sich voller Spannung auf, und Bolitho sprach in beruhigendem Ton weiter: »Ich weiß schon, Thomas. Sie denken wie ich. Es kommt einem merkwürdig vor, wenn man friedlich einen Hafen anlaufen soll, in dem man noch vor ein paar Monaten einer ganz anderen Begrüßung gewärtig sein mußte.«

»Mit glühenden Kugeln«, grinste Herrick.

»Dort werden wir zwei, vielleicht auch drei Passagiere an Bord nehmen. Wenn wir unseren Proviant ergänzt haben, geht es ohne Aufenthalt weiter zu unserem eigentlichen Bestimmungsort: Madras.« Nachdenklich fuhr er wie im Selbstgespräch fort: »Über zwölftausend Meilen. Da haben wir Zeit, einander kennenzulernen. Und unser Schiff. Laut Befehl sollen wir so schnell wie möglich segeln. Deswegen müssen wir dafür sorgen, daß unsere Leute rasch und gut ausgebildet werden. Ich will keine durch schlechte Seemannschaft verursachten Verzögerungen oder Schäden an Segeln oder Takelage.«

Herrick rieb sich das Kinn. »Eine lange Reise.«

»Aye, Thomas. Hundert Tage. In der Zeit will ich es schaffen.«

Er lächelte, und sofort war aller Ernst aus seinen Zügen gewischt. »Mit Ihrer Hilfe natürlich.«

Herrick nickte. »Darf ich fragen, welche Aufgaben uns in Madras erwarten?«

Bolitho blickte auf die zusammengefaltete Segelorder nieder. »Ich weiß noch sehr wenig. Aber ich habe eine ganze Menge zwischen den Zeilen gelesen.«

Er schritt hin und her; sein Schatten glitt schwankend über die Wände der Kajüte.

»Nach dem Krieg mußten allerlei Konzessionen gemacht werden, Thomas, um das Gleichgewicht der Kräfte wiederherzustellen. Wir hatten den Holländern Trincomali auf Ceylon weggenommen, den am vorteilhaftesten gelegenen, besten Seehafen im Indischen Ozean. Suffren, der französische Admiral, hat uns Trincomali wieder entrissen und bei Kriegsende den Holländern zurückgegeben. Und wir haben Frankreich viele Westindische Inseln zurückgegeben, ebenso die französischen Stützpunkte in Indien. Und Spanien hat Menorca zurückbekommen.« Er hob die Schultern. »Auf beiden Seiten sind viele Menschen anscheinend umsonst gestorben.«

»Aber wo bleibt England, Sir?« fragte Herrick verwirrt. »Haben wir denn gar nichts herausgeholt?«

Bolitho lächelte. »Darum geht es jetzt. Daher diese außerordentliche Geheimhaltung und unsere vage Beorderung nach Teneriffa.«

Er hielt inne und blickte auf den untersetzten Leutnant herab. »Ohne Trincomali sind wir in derselben Lage wie vor dem Krieg: wir haben auf Ceylon keinen guten Hafen für unsere Schiffe, keine Basis, von der aus wir dieses weite Gebiet kontrollieren könnten, kein Sprungbrett für die Ausdehnung des Handels mit Indien.«

»Ich dachte, die East India Company* hat alles, was sie braucht«, brummte Herrick.

Bolitho mußte wieder an die beiden Kaufleute in der Postkutsche denken. Und an andere, die er in London kennengelernt hatte. »Verschiedene Leute, die bei uns etwas zu sagen haben, halten Macht für die Grundlage internationaler Überlegenheit. Und hohe Handelsprofite für ein Mittel, um solche Macht zu erlangen.« Er warf einen kurzen Blick auf den Zwölfpfünder an der Kajüten-

* Ostindische Handelsgesellschaft: außerordentlich mächtige, private Unternehmung mit Hauptsitz in London, von der der Anstoß zur Kolonisierung Indiens ausging (der Übersetzer).

wand, dessen kraftvolle Umrisse dezent von einer Chintzdecke verhüllt waren. »Und Krieg für den Weg zu diesen dreien.«

Herrick biß sich auf die Lippe. »Und wir sollen sozusagen sondieren?«

»Vielleicht sehe ich das auch ganz falsch, Thomas. Aber Sie müssen wissen, wie ich denke – nur für den Fall, daß etwas entscheidend schiefgeht.« Er dachte wieder an das, was Winslade in der Admiralität zu ihm gesagt hatte: ». . . Ihr Auftrag müßte eigentlich von einem ganzen Geschwader ausgeführt werden . . .« Winslade brauchte jemanden, dem er vertrauen konnte. Oder brauchte er nur einen Sündenbock für den Fall, daß es schiefging? Es hatte Bolitho immer geärgert, wenn er zu fest an der Leine seiner Vorgesetzten hing. Aber seine jetzige Order war so unbestimmt, daß er sich beinahe noch gehemmter fühlte. Nur eins war klar: Er sollte in Teneriffa einen gewissen Mr. James Raymond an Bord nehmen und sich zu dessen Verfügung halten. Raymond war Geheimkurier der Regierung und sollte die neuesten Depeschen nach Madras bringen.

Herrick warf ein: »Es wird nicht ganz leicht sein, sich daran zu gewöhnen. Aber wenn man wieder auf See ist, noch dazu mit einem Schiff wie der *Undine*, dann ist alles andere mehr oder weniger gleichgültig.«

Bolitho nickte. »Wir müssen unbedingt dafür sorgen, daß unsere Mannschaft allen Eventualitäten gewachsen ist, ob in Frieden oder Krieg. Und zwar bald. Dort, wo wir hinfahren, sind die Menschen vielleicht nicht sonderlich geneigt, unsere Ansichten zu akzeptieren.« Er setzte sich auf die Bank und starrte durch das bespritzte Fenster. »Ich werde mit den anderen Offizieren morgen früh um acht Glasen* sprechen, während Sie auf den Gefängnishulken sind.« Herrick machte eine unwillige Kopfbewegung, aber Bolitho lächelte nur. »Ich schicke Sie, weil Sie Verständnis haben. Sie werden den armen Kerlen keine Todesängste einjagen.« Er stand auf. »Und jetzt, Thomas, trinken wir ein Glas Wein zusammen.«

Herrick beugte sich vor. »Sie haben sich gewiß eine feine Sorte aus London schicken lassen, Sir.«

Bolitho schüttelte den Kopf. »Die Marke werden wir uns für

* 1 Glas(en) = 1/2 Stunde. 8 Glasen = Ende einer vierstündigen Wache; hier also: zu Beginn der Morgenwache. Der Ausdruck stammt aus der Zeit der gläsernen Sanduhren. Diese Zeitrechnung ist heute noch in der Seefahrt üblich (der Übersetzer).

andere Gelegenheiten aufheben.« Er nahm eine Karaffe von ihrem Ständer. »Der hier paßt besser zu uns.«

In behaglichem Schweigen tranken sie ihren Rotwein. Bolitho überlegte sich, wie merkwürdig es war, daß man so ruhig zusammensaß, obwohl die Reise, die sie vor sich hatten, so große Anforderungen an alle stellte. Aber es war sinnlos, jetzt an Deck herumzulaufen oder im Proviant- und Rumvorrat herumzustöbern. Die *Undine* war seeklar, bereit bis auf den letzten Tampen. Er dachte an sein Offizierskorps, den verlängerten Arm seiner Autorität und seiner Ideen. Er wußte noch nicht viel von seinen Offizieren. Soames war ein tüchtiger Leutnant, neigte aber zur Grobheit, wenn etwas nicht gleich klappte. Der nächsthöhere, Davy, war schwerer zu beurteilen. Äußerlich kühl und beherrscht, besaß er wie viele seinesgleichen einen Hang zu rücksichtsloser Härte. Der Segelmeister und Steuermann hieß Ezekiel Mudge, ein klobiger Mann, der so alt aussah, daß er sein eigener Großvater hätte sein können. Tatsächlich war er sechzig, bestimmt der älteste Segelmeister, dem Bolitho je begegnet war. Der alte Mudge würde einer der wichtigsten Männer an Bord sein, wenn sie erst im Indischen Ozean waren. Er hatte früher bei der East India Company gedient und, wenn man seinen Berichten Glauben schenken konnte, mehr Stürme, Schiffbrüche, Piratenüberfälle und sonstige Abenteuer mitgemacht als irgendein anderer lebendender Mensch. Er hatte eine mächtige Adlernase, neben der seine Augen wie winzige blanke Steine funkelten. Eine wichtige Persönlichkeit, der bestimmt kein Fehler in der Seemannschaft seines Kapitäns entging.

Die drei Fähnriche schienen guter Durchschnitt zu sein. Penn, der jüngste, war drei Tage nach seinem zwölften Geburtstag an Bord gekommen. Keen und Armitage waren beide siebzehn; aber während der erste die gleiche elegante Sorglosigkeit wie Leutnant Davy an den Tag legte, schien sich Armitage ständig scheu umzublicken: ein Muttersöhnchen. Und vier Tage, nachdem er sich in brandneuer Uniform mit blankgeputztem Dolch zum Dienst gemeldet hatte, war doch tatsächlich seine Mutter nach Portsmouth gekommen, um ihn zu besuchen. Ihr Mann hatte beträchtlichen Einfluß; und sie fuhr in einer wunderschönen Kutsche auf der Werft vor, wie eine Herzogin auf Staatsvisite. Bolitho hatte sie kurz begrüßt und ihr gestattet, sich mit ihrem Sohn in der Abgeschlossenheit der Offiziersmesse zu unterhalten. Hätte sie das Logis gesehen, in dem ihr Kind während seiner Dienstzeit leben mußte, wäre sie wahrscheinlich in Ohnmacht gefallen. Schließlich hatte er Herrick schicken müssen, um den Umarmungen und Schluchzern der Mama unter dem Vorwand, Armitage würde dienstlich gebraucht, ein Ende zu bereiten. Dienstlich! Der Junge konnte kaum einen Schritt an Bord tun, ohne über einen Block oder Ringbolzen zu stolpern und lang hinzufallen.

Giles Bellairs, der stets wohlgelaunte Hauptmann der Seesoldaten, glich mehr einer Karikatur als einem Offizier aus Fleisch und Blut. Unglaublich stramm, mit immer steif nach hinten gedrückten Schultern, sah er aus, als sei ihm die Uniform wie buntes Wachs um die Glieder gegossen. Er sprach in kurzen, abgehackten Sätzen, und nur von der Jagd oder vom Exerzieren. Seine Seesoldaten waren sein Lebensinhalt, doch hörte man nur selten ein Kommando von ihm. Sein bulliger Sergeant namens Coaker hatte die Abteilung fest im Griff; und Bellairs begnügte sich mit einem gelegentlichen: »Weitermachen, Sa'rnt Coaker!« oder: »Sa'rnt Coaker, der Kerl steht ja die wie'n Sack Lumpen!« Er gehörte zu den wenigen Menschen in Bolithos Bekanntschaft, die total betrunken sein konnten, ohne daß sich in ihrem äußeren Erscheinungsbild auch nur das geringste änderte.

Triphook, der Zahlmeister, schien sehr tüchtig zu sein, wenn auch recht geizig mit den Rationen. Er hatte viel Mühe auf die Überprüfung verwandt, ob die unteren Lagen der vom Proviantamt gelieferten Fässer nicht etwa verfaultes Fleisch enthielten, was man sonst erst viel später auf hoher See entdeckt hätte. Solche Sorgfalt war bei einem Zahlmeister an sich schon selten.

Aber der Schiffsarzt! Der war jetzt zwei Wochen an Bord. Hätte Bolitho ihn austauschen können, so hätte er es bestimmt getan. Whitmarsh war ein Trinker der schlimmsten Sorte. Nüchtern war er ruhig und sogar liebenswürdig. Aber betrunken, und das kam oft vor, schien er in Fetzen zu gehen wie ein mürbes Segel in einer Fallbö. Whitmarsh mußte lernen, sich vernünftig zu benehmen, dachte Bolitho mit zusammengebissenen Zähnen.

Oben hörte man Fußgetrappel, und Herrick meinte: »Heute wird sich der eine oder andere im Mannschaftslogis überlegen, ob er recht daran getan hat, anzumustern.« Er lachte. »Na, jetzt ist es auf alle Fälle zu spät.«

Bolitho starrte achteraus auf das schwarze, wirbelnde Wasser und lauschte auf den Ebbstrom, der das Ruder knarren ließ. »Aye. Es ist ein weiter Schritt vom Land auf die See. Viel weiter, als es sich die meisten Leute vorstellen.« Er setzte sein Weinglas auf das Regal zurück. »Ich glaube, ich gehe jetzt schlafen. Morgen ist ein langer Tag.«

Herrick nickte. »Dann also gute Nacht, Sir.« Er wußte aber genau, daß Bolitho noch stundenlang aufbleiben würde, rastlos planend, nach den letzten Fehlern suchend, nach Irrtümern in Wach- und Dienstplänen. Und Bolitho ahnte, daß Herrick das wußte.

Die Tür fiel hinter dem Leutnant zu, Bolitho schritt zum Heckfenster und stützte die Hände auf das mittlere Fensterbrett. Er spürte unter seinen Handflächen das Erzittern des Holzes, das Arbeiten aller Verbindungen, das Klappern und Schlagen der Taljen und Blöcke.

Würde jemand dem Schiff nachschauen? Aber wen interessierte das schon? Die *Undine* war nur ein Schiff mehr, das in den Kanal einlief, wie Hunderte vor ihr.

Ein schüchternes Klopfen an der Tür, und Noddall, der Kajütsteward, trat unsicheren Schrittes ins Helle: ein kleiner Mann, spitzgesichtig wie ein ängstliches Nagetier. Er hielt sogar ständig die Hände in Brusthöhe und erinnerte so noch mehr an ein schüchternes Eichhörnchen. »Ihr Abendessen, Sir – Sie haben es gar nicht angerührt.« Er begann abzuräumen. »Das ist nicht gut, Sir. Gar nicht gut.«

Er schlurfte in seine Pantry, und Bolitho blickte ihm lächelnd nach. Wie versunken der Mann in seine eigene kleine Welt war – er schien kaum bemerkt zu haben, daß das Schiff einen neuen Kapitän besaß.

Bolitho warf sich den neuen Mantel um die Schultern und verließ die Kajüte. Auf dem stockdunklen Achterdeck tastete er sich zur Heckreling und starrte zum Land hinüber: zahllose Lichter in unsichtbaren Häusern. Er drehte sich um und blickte zum Vorschiff; der Wind wehte ihm die Haare ins Gesicht, es war so kalt, daß er den Atem anhielt. Blaßgoldene Lichtreflexe glitten über das straffgespannte Tauwerk: im Vorschiff blinkte die kleine Laterne der Ankerwache.

Es war ein entschieden angenehmes Gefühl: sie brauchten hier keine Wachtposten an jedem Fallreep gegen heimtückische Überraschungsangriffe oder den Versuch einer Massendesertion. Auch keine Netze, um feindliche Enterer abzuhalten. Er legte die Hand auf einen der Achterdeck-Sechspfünder: kalt wie nasses Eis. Aber wie lange noch? Der Steuermannsmaat der Wache strich vorbei und machte einen Bogen, als er seinen Kapitän an der Reling stehen sah.

»Alles wohlauf, Sir«, meldete er.

»Danke.«

Bolitho wußte nicht, wie der Mann hieß, noch nicht. In den nächsten hundert Tagen würde er von seinen Leuten mehr als nur die Namen erfahren. Und umgekehrt sie von ihm.

Mit einem Seufzer ging er wieder in seine Kajüte. Die Wangen prickelten ihm vor Kälte. Noddall war nicht zu sehen, aber die Koje war bereit, und daneben stand ein Becher mit einem heißen Trunk. Eine Minute, nachdem er den Kopf aufs Kissen gelegt hatte, war er eingeschlafen.

Der nächste Tag stieg so grau auf wie der vorige; doch der Regen hatte in der Nacht aufgehört, und der Wind kam stetig aus Südost.

Der ganze Vormittag verging mit pausenloser Arbeit. Die Deckoffiziere kontrollierten immer wieder die Namenslisten, machten sich mit den Gesichtern vertraut und sorgten dafür, daß erfahrene Seeleute zwischen die unausgebildeten plaziert wurden. Bolitho diktierte seinem Schreiber, einem vertrockneten Mann namens Pope, den Abschlußbericht und unterschrieb, damit er mit dem letzten Boot noch an Land gelangte. Er fand Zeit, mit seinen Offizieren zu sprechen, den Stückmeister Mr. Tapril in seiner Pulverkammer aufzusuchen und mit ihm die Verlagerung gewisser Geschützteile und sonstigen Zubehörs ins Vorschiff zu besprechen, um die Trimmung des Schiffes zu verbessern, bis der entsprechende Gewichtsanteil an Proviant aufgebraucht und damit ein Ausgleich geschaffen war.

Er war gerade dabei, seinen Galaanzug mit der Seeuniform, einem alten Rock mit ausgebleichten Tressen und glanzlosen Knöpfen, zu vertauschen; da kam Herrick in die Kajüte und meldete, er habe fünfzehn neue Leute von den Gefängnishulken mitgebracht.

»Wie war es?«

»Die Hölle, Sir«, seufzte Herrick. »Ich hätte dreimal soviel bringen können, eine komplette Besatzung, wenn ich auch ihre Frauen und Kinder hätte mitnehmen wollen.«

Bolitho antwortete nicht gleich, weil er gerade mit dem Anlegen seiner Halsbinde beschäftigt war. »Frauen?« fragte er dann. »In den Gefängnishulken?«

»Aye, Sir.« Ein Schauder überlief Herrick. »Ich hoffe zu Gott, daß ich so etwas nie wieder zu sehen kriege.«

»Na schön. Lassen Sie sie die Musterrolle unterzeichnen, aber geben Sie ihnen vorläufig noch keine Arbeit. Die sind wahrscheinlich zu schlapp, um auch nur einen Belegnagel zu halten, nachdem sie so lange unter Deck wie Vieh zusammengepfercht waren.«

Ein Midshipman erschien in der offenen Tür. »Mr. Davy meldet mit allem Respekt, Sir, daß der Anker kurzstag ist.« Neugierig und aufmerksam ließ er die Augen in der Kajüte schweifen.

»Danke«, lächelte Bolitho. »Nächstesmal bleiben Sie ein bißchen länger und sehen sich hier richtig um.«

Der Junge verschwand, und Bolitho blickte Herrick an. »Na, Thomas?«

Herrick nickte zufrieden. »Aye, Sir, ich bin soweit. Wir haben ja lange genug warten müssen.«

Sie stiegen miteinander zum Achterdeck hinauf. Während Herrick mit seinem Sprachrohr an die Reling des Vorschiffes trat, blieb Bolitho achtern in einiger Entfernung von den anderen, die sich eifrig an ihre Stationen begaben.

Klickend drehte sich das Gangspill – immer langsamer, bis die Rücken der Männer fast waagerecht gebeugt waren, um den schweren Anker klarzubekommen.

Bolitho warf einen Blick auf die ungefüge Gestalt des Steuermanns neben dem doppelten Steuerrad. Er hatte vier Rudergasten eingeteilt – anscheinend wollte er kein Risiko eingehen, weder mit dem Ruder noch mit der Seemannschaft seines neuen Kapitäns.

»Bringen Sie das Schiff in Fahrt.« Er sah, wie Herrick sein Megaphon hob. »Sobald wir aus dem küstengebundenen Schiffsverkehr draußen sind, gehen wir auf Backbordbug und nehmen Kurs Westsüdwest.«

Der alte Mudge nickte gewichtig, das linke Auge hinter der vorspringenden Nase verborgen.

»Aye, aye, Sir.«

Herrick brüllte: »Klar bei Ankerspill!« Er beschattete die Augen mit der Hand, um den Wimpel im Masttopp besser sehen zu können. »Vorsegel los!«

Beim Flappen und Rauschen der fallenden Leinwand blickten sich einige der Neuen verwirrt um. Ein Deckoffizier gab einem

Mann ein Ende in die Hand und schnauzte: »Hol dicht, du Esel! Steh nicht da und glotze wie ein Frauenzimmer!«

Ein Bootsmannsmaat saß rittlings auf dem Bugspriet und signalisierte durch Armzeichen, wie die Ankertrosse sich immer mehr spannte und ihr Winkel unter der vergoldeten Gallionsfigur immer stumpfer wurde.

»Aufentern! Marssegel los!«

Bolithos Spannung löste sich etwas, als die leichtfüßigen Toppsgasten zu beiden Seiten in den Wanten emporkletterten. Es hatte keinen Zweck, beim erstenmal auf besondere Eile zu drängen. Die kritischen Beobachter an Land mochten denken, was sie wollten. Er hatte keine Lust zu riskieren, daß ihm das Schiff abtrieb.

»An die Brassen!«

Herrick hing halb über der Reling und schwenkte das Sprachrohr im Halbkreis wie ein Kutscher seine Donnerbüchse bei einem Raubüberfall. »Fix da! Mr. Shellabeer, scheuchen Sie diese verdammten Faulpelze gefälligst!«

Shellabeer war der Bootsmann: wortkarg und tiefbrünett, sah er eher wie ein Spanier als wie ein Mann aus Devon aus.

Bolitho lehnte sich, die Hände in den Hüften, etwas zurück und beobachtete die Männer, die mit affenartiger Geschicklichkeit auf den schwankenden Rahen ausschwärmten. Die schwindelnde Höhe schien ihnen überhaupt nichts auszumachen, aber ihm wurde fast übel bei diesem Anblick.

Eines nach dem anderen lösten sich die mächtigen Segel und schlugen an die Masten, während die Matrosen sich auf den Rahen festhielten, untereinander und mit ihren Kameraden auf den anderen beiden Masten Zurufe tauschend.

»Anker ist klar, Sir!«

Noch unsicher wie ein von seinen Ketten befreiter Gefangener, taumelte die Fregatte durch die tiefen Wellentäler; die Männer an den Brassen kämpften verzweifelt, um die mächtigen Rahen herumzuholen und den Wind zu fangen. Manche fielen dabei hin und wurden über die glatten Planken geschleift.

»Hol dicht bei Leebrassen!« Herrick war schon fast heiser.

Bolitho biß die Zähne aufeinander und zwang sich, reglos zu bleiben, während die *Undine* mehr und mehr vor den Wind ging. Hier und da hieb ein Bootsmannsmaat mit einem Tampen dazwischen oder schubste einen Mann an Brassen oder Fallen.

Mit donnerndem Krachen sprang der Wind voll und stetig in die

Segel, das Deck neigte sich und blieb gekrängt, die Rudergasten warfen sich in die Speichen.

Bolitho zwang sich dazu, mit aller Gelassenheit von Midshipman Keen ein Fernrohr entgegenzunehmen, richtete es achteraus und beherrschte seine Mimik eisern, obwohl er vor Aufregung und Erleichterung beinahe zitterte. Das Segelsetzen klappte noch sehr schlecht; die Plazierung der wenigen erfahrenen Matrosen war noch sehr verbesserungswürdig; aber sie waren klar von der Küste!

Am Portsmouth Point standen tatsächlich ein paar Menschen und beobachteten, wie die *Undine* über Stag ging; und da war auch das Verdeck einer glänzenden Equipage zu sehen, gerade unterhalb der Mauer: vielleicht Mrs. Armitage, die dem Schiff nachsah, das ihren Sohn entführte.

Heiser meldete der Steuermann: »Westsüdwest liegt an, Sir!«

Bolitho wandte sich um und sah gerade noch, wie der Alte mit widerwilliger Anerkennung nickte.

»Danke, Mr. Mudge. Wir werden gleich noch Fock- und Großsegel setzen.«

Er ging zum Vorschiff, wo Herrick noch an der Reling stand, schräg vorgeneigt, um die Krängung auszugleichen. Das Durcheinander war erst zum Teil beseitigt; die Männer stolperten über das noch herumliegende Tauwerk wie Überlebende einer Schlacht.

Herrick blickte ihn melancholisch an. »Es war furchtbar, Sir!«

»Ganz meine Meinung, Mr. Herrick.« Er konnte sich ein Lächeln nicht verkneifen. »Aber es wird schon besser werden, wie?«

Am späten Nachmittag war die *Undine* klar von der Insel Wight und schon ein ganzes Stück im Ärmelkanal.

Abends konnte man von Land aus nur noch ihre gerefften Royalsegel sehen, und wenig später waren auch die verschwunden.

III Gemischte Gesellschaft

Am Morgen des vierzehnten Tages saß Bolitho in seiner Kajüte vor einem Becher Kaffee und grübelte zum soundsovielten Male darüber nach, was er bisher erreicht hatte.

Am Vorabend hatten sie den runden Buckel der Insel Teneriffa gesichtet, der sich wie eine Wolkenbank am Horizont abzeichnete. Er hatte sich entschlossen, beizudrehen. In der Nacht die Küste anzulaufen, war ein Risiko, das er lieber vermeiden wollte. Vierzehn Tage – sie kamen ihm wie eine Ewigkeit vor. Die meiste Zeit hatten sie sich mit schlechtem Wetter herumschlagen müssen. Er blätterte in seinem privaten Logbuch und überflog die vielen deprimierenden Eintragungen: Gegenwind; gelegentlich starker Sturm; ständig mußten Segel gekürzt oder gerefft werden, mußten sie Stürme abreiten. Nur die gefürchtete Biskaya hatte sich ihnen freundlich erwiesen, und das war wenigstens ein Trost. Andernfalls wäre fast die halbe Mannschaft zu seekrank gewesen, um aufzuentern; und von den Gesunden hätte die Hälfte zu viel Angst gehabt, um auf den wie betrunken schwankenden Rahen herumzuturnen, wenn die Deckoffiziere und Maaten nicht hart dazwischenschlugen – nein, bei schlechtem Wetter wäre die *Undine* nicht über die Biskaya hinausgekommen.

Bolitho hatte durchaus Verständnis dafür, wie dem Großteil der Mannschaft zumute war. Der heulende Wind, die Enge im knarrenden, rollenden Rumpf, wo sie ihr Essen (wenn sie überhaupt etwas herunterwürgen konnten) ein paar Minuten später in die Bilge erbrachen. Diese Verhältnisse bewirkten eine Art Erstarrung wie bei einem Mann, der unbemerkt über Bord gefallen ist. Eine Zeitlang schwimmt er tapfer, aber ohne zu wissen, wohin; dann ist er so erschöpft und verwirrt, daß ihm alles gleichgültig wird – das ist der Punkt, an dem sich sein Schicksal entscheidet.

Bolitho erkannte alle diese Zeichen wieder und wußte, daß sie für ihn eine ähnliche Herausforderung bedeuteten: gab er seinem Verständnis, seinem Mitgefühl nach, hörte er sich von seinen überlasteten Leutnants und Deckoffizieren zu viele Entschuldigungen an, würde er das Schiff nie in den Griff bekommen, nie seine Leute in Schwung bringen, wenn es wirklich hart auf hart ging. Er wußte, daß viele ihn heimlich verfluchten und beteten, der Schlag möge ihn treffen oder er möge nachts über Bord fallen. Er sah ihre finsteren Blicke, spürte ihren Widerstand, wenn er an ihnen vorbeiging, zu jeder Stunde des Tages. Segeldrill immer wieder und wieder, stets nach Herricks Uhr gestoppt; und mit voller Absicht ließ er alle Beteiligten merken, daß er genau beobachtete, ob sie sich auch wirklich Mühe gaben. Er ließ die Mannschaften der drei Masten beim Segelsetzen oder Reffen miteinander in Wettbewerb treten, bis sie schließlich mit äußerster Anstrengung arbeiteten – nicht in sportlichem Geist, sondern in keuchender Wut und unter lautlosen Flüchen.

Jetzt, über seinem Becher Kaffee, empfand er widerwillige Befriedigung über das, was sie gemeinsam geleistet hatten, sei es aus freiem Willen oder unter hartem Zwang. Wenn die *Undine* an diesem Tag in Santa Cruz vor Anker ging, würden die kritischen Spanier eine Demonstration disziplinierter Seemannschaft zu sehen bekommen – der gleichen, die sie in Kriegszeiten kennen und fürchten gelernt hatten.

So wie er seine Mannschaft bis an die Grenze ihrer Kräfte getrieben hatte, hatte er auch sich selbst nicht geschont. Und das spürte er trotz der einladenden Strahlen der Morgensonne, die über die Decksaufbauten spielte. Fast bei jeder Wache, ob Tag oder Nacht, war er eine Zeitlang an Deck gewesen und hatte sich um den Dienst gekümmert. Leutnant Davy besaß wenig Erfahrung in der Schiffsführung bei widrigem Wetter; aber mit der Zeit würde er es schon lernen. Soames verlor zu leicht die Geduld, wenn etwas nicht gleich klappte. Dann schubste er den unglücklichen Matrosen beiseite, brüllte: »Ihr habt ja keine Ahnung! Lieber mach' ich es selbst!« und riß ihm die Arbeit aus den Händen. Nur Herrick war imstande, den Sturm der endlosen Forderungen Bolithos abzuwettern; und diesem tat es leid, daß ausgerechnet sein Freund die Hauptlast zu tragen hatte. Es war leicht, einen Matrosen zu bestrafen, wenn in Wirklichkeit der Offizier den Kopf verloren oder in einer scharfen Brise nicht das richtige Wort gefunden hatte. Herrick stand wie ein Fels zwischen Offiziersmesse und Logis, zwischen Kapitän und Mannschaft.

Zweimal mußte sogar Prügelstrafe verhängt werden – Bolitho hatte gehofft, dergleichen vermeiden zu können. Beide Fälle hatten ihre Ursache im privaten Bereich des Mannschaftslogis'. Beim erstenmal hatte sich ein Dieb an den geringen Ersparnissen eines Matrosen vergriffen. Der zweite Fall war weit ernster: eine wilde Messerstecherei, bei der einem Mann das Gesicht vom Ohr bis zum Kinn aufgeschlitzt worden war. Bolitho wußte nicht einmal, ob es sich um eine wirkliche Feindschaft handelte oder ob bei der allgemeinen Gereiztheit nur ein rascher Funken Mißmut den Brand entzündet hatte. In einem Schiff mit gutem Ausbildungsstand hätte er in beiden Fällen kaum von der Sache gehört. Dann hätte nämlich die Justiz des Mannschaftslogis' wesentlich drastischer und rascher funktioniert, wenn ihre private Welt von einem Dieb oder Messerstecher bedroht wurde.

Bolitho verabscheute Kapitäne, die ihre Disziplinargewalt

gebrauchten, ohne zu bedenken, wie sie einen Menschen zerbrechen konnte; die brutale körperliche Strafen verhängten, ohne dem Übel an die Wurzel zu gehen und so Bestrafungen zu vermeiden. Herrick wußte, wie Bolitho darüber dachte. Als sie sich kennenlernten, war Herrick der jüngste Leutnant auf dem Schiff gewesen, dessen vorheriger Kapitän so streng, so gedankenlos brutal gestraft hatte, daß der Boden für eine Meuterei aufs Beste bereitet war. Herrick wußte in solchen Dingen besser Bescheid als die meisten Offiziere, und doch hatte er es auf sich genommen, persönlich bei Bolitho gegen den Vollzug der Prügelstrafe zu intervenieren. Das war ihre erste wirkliche Meinungsverschiedenheit; und Bolitho hatte mit großem Bedauern an Herricks Augen gesehen, wie sehr diesen die Ablehnung verletzte.

»Wir haben eine neue Mannschaft«, hatte Bolitho gesagt. »Es braucht seine Zeit, die Leute so zusammenzuschweißen, daß sich jeder einzelne unter allen Umständen auf seine Kameraden verlassen kann. Viele haben überhaupt keine Ahnung, was bei der Marine gefordert wird. Es empört sie, wenn sie sehen, daß andere straflos ausgehen für Verstöße, die sie selber sorgsam meiden. In diesem Stadium können wir nicht zulassen, daß sich die Männer in Fraktionen spalten: seebefahrene alte Leute gegen neue Rekruten; Gewohnheitsverbrecher gegen Schwache, die sich nur dadurch schützen können, daß sie sich einer anderen Clique anschließen.«

Aber Herrick wollte nicht nachgeben. »In Friedenszeiten, Sir, dauert es eben etwas länger.«

»Das abzuwarten, wäre ein Luxus, den wir uns nicht leisten können.« Absichtlich schlug Bolitho einen härteren Ton an. »Sie wissen genau, wie ich darüber denke. Auch mir fällt das nicht leicht!«

Der Dieb hatte keinen Laut von sich gegeben, als er seine Strafe erlitt, ein Dutzend Peitschenhiebe. Friedlich segelte die *Undine* unter blauem Himmel dahin, und die Schatten einiger Möwen kreisten unablässig über dem grimmigen Schauspiel, das an Deck ablief. Beim Verlesen der betreffenden Kriegsartikel hatte Bolitho seine Mannschaft beobachtet: die gaffenden Männer in der Takelage; die schnurgeraden roten Reihen der Marineinfanteristen unter Hauptmann Bellairs; auch Herrick und die anderen Offiziere.

Der zweite Delinquent, Sullivan hieß er, war ein Vieh von einem Kerl. Er hatte sich in Portsmouth freiwillig beim Rekrutierungskommando gemeldet und machte durchaus den Eindruck eines Gewohnheitsverbrechers. Aber er hatte schon einmal auf einem Kriegsschiff gedient und wurde daher als willkommener Zuwachs angesehen. Er bekam drei Dutzend Peitschenhiebe, nach dem Maßstab der Kriegsmarine wenig genug für jemanden, der einen Schiffskameraden halb umgebracht hatte. Wenn er sich an einem Offizier vergriffen hätte, wäre er wahrscheinlich nicht ausgepeitscht, sondern gehängt worden.

Auch das Auspeitschen war furchtbar. Beim ersten Hieb auf seinen nackten Rücken brach Sullivan völlig zusammen, und bei den weiteren Hieben, welche ihm zwei Maaten abwechselnd über Schultern und Rücken zogen, wand und krümmte er sich unter irrem Gebrüll. Er hatte Schaum vorm Mund; die Augen quollen ihm wie Glaskugeln aus dem verzerrten Gesicht.

Midshipman Armitage fiel beinahe in Ohnmacht; und manche, die eben mit ihrer Seekrankheit fertig geworden waren, fingen gleichzeitig an, sich zu übergeben. Das grobe Fluchen der Deckoffiziere und Maaten nützte gar nichts. Dann war es vorbei, und als »Wegtreten« befohlen wurde, ging es wie ein Seufzer der Erleichterung durch die Männer. Sullivan wurde losgebunden und zu Whitmarsh ins Lzarett geschafft, wo er ohne Zweifel zunächst eine doppelte Ration Rum bekam.

In den Tagen nach dem Strafvollzug fühlte Bolitho, wenn er auf dem Achterdeck patrouillierte oder Schiffsmanöver beobachtete, ständig die Blicke der Männer in seinem Rücken. Vielleicht sahen sie in ihm eher einen Feind als ihren Kapitän. Oft genug hatte er sich gesagt: wenn man die Ehre eines Kommandos will, muß man auch alles andere, was damit zusammenhängt, akzeptieren. Nicht nur die Autorität und das stolze Gefühl, über ein lebendiges Schiff zu herrschen, sondern auch die Stöße und Püffe.

Es klopfte, und Herrick trat in die Kajüte. »Noch eine Stunde, bis wir unter Land sind, Sir. Mit Ihrer Erlaubnis werde ich alles außer Marssegel und Klüver reffen lassen. Dann kommen wir leichter herein.«

»Trinken Sie einen Kaffee mit, Thomas!« Bolitho entspannte sich, als Herrick Platz nahm. »Ich frage mich, wie es mit uns weitergeht.«

Herrick nahm den Becher entgegen und probierte vorsichtig. »Ich auch.« Er lächelte über den Becherrand hinweg. »Ein- oder zweimal dachte ich, wir würden überhaupt nicht mehr Land zu sehen kriegen.«

»Ja. Ich kann verstehen, wie manchen Leuten an Bord zumute ist. Viele haben die See überhaupt noch nicht gesehen, und schon gar nicht sind sie je so weit von England weg gewesen. Und auf einmal haben sie Afrika gleich backbords vor dem Bug. Anschließend segeln wir auf die andere Seite der Erde. Aber manche fangen wahrhaftig schon an, sich als Seeleute zu fühlen, obwohl sie vor vierzehn Tagen noch zwei linke Hände mit lauter Daumen hatten.«

Herrick lächelte noch breiter. »Das ist Ihr Verdienst, Sir. Manchmal bin ich dem Schicksal sehr dankbar, daß ich nicht Kapitän bin und keine Aussicht habe, einer zu werden.«

Bolitho betrachtete ihn nachdenklich. Der Riß war also verheilt. »Ich fürchte, die Entscheidung darüber liegt nicht bei Ihnen, Thomas.« Er stand auf. »Jedenfalls werde ich dafür sorgen, daß Sie ein eigenes Schiff kriegen, sobald sich Gelegenheit ergibt, und sei es auch nur, damit etwas von Ihrem wilden Idealismus in die Bilge geht.«

Sie grinsten einander an wie Verschworene.

»Jetzt hauen Sie ab, damit ich mir einen besseren Rock anziehen kann.« Er verzog das Gesicht. »Wir müssen unseren spanischen Freunden doch Respekt erweisen, wie?«

Eine gute Stunde später näherte sich die *Undine,* höchst eindrucksvoll über ihrem Spiegelbild schwebend, majestätisch langsam der Reede von Santa Cruz. In der hellen Sonne schien die Insel Teneriffa von lauter Farbe überzufließen. Starr vor Staunen blickten die Männer hinüber, und Bolitho hörte manchen Matrosen tief und ehrfürchtig aufseufzen. Die Berge lagen nicht mehr im Schatten; es war, als ob sie, von tausend Nuancen und Schattierungen überspielt, in der gleißenden Luft tanzten. Alles schien heller und größer als zu Hause; wenigstens kam es den unbefahrenen Männern so vor. Schimmernd weiße Häuser, blitzend blaue See mit brandungsumsäumten Stränden – manchem Mann verschlug es bei diesem Anblick Atem und Sprache.

Allday stand achtern an der Kampanje und murmelte: »Der eine oder andere von den Dons würde uns liebend gern eine Salve verpassen, wie wir da so schön langsam reinkommen. Darauf möcht' ich wetten.«

Bolithos Blicke überflogen noch einmal sein Schiff; er versuchte, es so zu sehen, wie man es von Land aus mustern würde. Die *Undine* sah höchst elegant aus, nichts deutete auf die anstrengende

Arbeit hin, die nötig gewesen war, um sie so in Form zu bringen. Der schönste Wimpel flatterte von der Gaffel; sein Rot paßte genau zu den Scharlachröcken der Marineinfanteristen, die soeben auf dem Achterdeck antraten. Am Steuerborddecksgang hielt Tapril, der Stückmeister, eine letzte eilige Besprechung mit seinen Maaten ab, zur Vorbereitung des Saluts für die spanische Flagge, die stolz über der Batterie des Vorgebirges flatterte.

Der alte Mudge stand neben dem Ruder, die Hände tief in den Taschen seines Wachmantels, den er anscheinend bei jedem Wetter trug. In den weiträumigen Taschen hatte er stets eine Unmenge von Instrumenten und privaten Kleinigkeiten. Vielleicht, dachte Bolitho, hatte er früher einmal, als er eilig an Deck mußte, die Hälfte von all dem Zeug in seiner Kabine lassen müssen, und seitdem hatte er seine Taschen nicht mehr geleert. Er knurrte die Rudergasten an; sie drehten das Rad um ein paar Speichen, worauf sich das Großmarssegel füllte, aber gleich wieder schlaff wurde, weil das Schiff langsam in Lee des Landes geriet.

Herrick richtete das Teleskop auf die Küste und meldete dann: »Wir runden das Kap, Sir.«

»Ausgezeichnet.« Bolitho gab Tapril einen Wink. »Salut schießen!«

Und während die britische Fregatte langsam auf die Reede zuhielt, erzitterte die frische Morgenluft unter dem regelmäßigen Krachen der Kanonen. Geschütz um Geschütz antworteten die Spanier. Fast bewegungslos hing der Rauch über dem flacher werdenden Wasser.

Bolitho preßte hinter seinem Rücken die Hände zusammen und spürte, wie ihm der Schweiß ausbrach. Unter dem schweren Uniformrock klebte das frische Hemd wie ein nasser Lappen am Körper.

Ein seltsames Gefühl, so unbewegt dazustehen, während das Schiff langsam an der Sperrmauer entlangglitt – wie ein Traum oder ein Zaubertrick. Jeden Moment, glaubte er, müsse sein Achterkastell unter einer Kanonenkugel bersten oder ein Treffer in die angetretenen Seesoldaten schlagen und blutiges Hackfleisch aus ihnen machen.

Der letzte Schuß dröhnte in seinen Ohren, und als der dichte Pulverrauch sich vom Deck hob, sah er eine andere Fregatte am Kopf der Mole vor Anker liegen: ein spanisches Schiff und größer als die *Undine*; bunt standen seine Fahnen und Wimpel vor der grünen Küste. Der Kommandant dieser Fregatte erinnerte sich bestimmt ebenfalls an frühere Zeiten, dachte Bolitho und blickte zum Wimpel im Großtopp empor, der lustlos in der leichten Brise flappte. Jetzt war es bald soweit: neue Befehle würden ein weiteres Stück in dem großen Puzzlespiel ergänzen.

Mudge schnaubte sich kräftig die riesige Nase wie jedesmal, wenn er im Begriff war, ein Segelmanöver einzuleiten.

»Alles klar, Sir.«

»Gut. An die Brassen! Klar zum Halsen!«

Mr. Mudge gab den Befehl weiter; die nackten Füße der Matrosen platschten im Takt über die frischgescheuerten Decksplanken, und Bolitho atmete erleichtert aus, als jeder Mann ohne Zwischenfälle seine Station erreicht hatte.

»Fier auf Marssegelschoten!«

Die Flagge über der Küstenbatterie dippte kurz im blendenden Sonnenlicht und stieg dann wieder hoch. Ein paar kleine Boote legten von Land ab, die meisten mit Früchten und anderen Handelswaren beladen. Triphook, der Zahlmeister, würde viel zu tun bekommen, denn fast der gesamte Brotvorrat war im ersten Sturm verdorben, und was sie noch an frischem Obst hatten, war der reine Abfall gegen das, was die Boote da heranbrachten.

»Gei auf Marssegel!«

Ein Bootsmannsmaat schüttelte die Faust und brüllte zu einem der Männer auf der Vormarsrah hinauf: »Schafskopf, ungeschickter! Halt' dich gefälligst mit einer Hand fest, sonst siehst du deine Alte nie wieder!«

Bolitho verfolgte genau, wie der Streifen Wasser zwischen Schiff und Land immer schmaler wurde. Die Sonne blendete; er mußte die Augen zukneifen.

»Ruder in Lee!«

Gespannt wartete er, bis die *Undine* unter heftigem Killen der noch stehenden Segel würdevoll herumschwang.

»Fallen Anker!«

Ein Ruf vom Vorschiff, und mit mächtigem Platschen verschwand der Anker unter der goldenen Gallionsfigur. Herrick wartete, bis der letzte Streifen Leinwand wie weggezaubert an den Rahen verschwunden war, und sagte dann: »Gar nicht so schlecht, Sir, finde ich.«

Bolitho sah ihn todernst an – nur mit Mühe konnte er ein Lächeln unterdrücken. »Gar nicht so *verdammt* schlecht, Mr.

Herrick.«

Der grinste. »Sie werden die Gig nicht brauchen, Sir. Ein Boot hält schon auf uns zu – und was für eins!«

Allday trat heran und reichte Bolitho seinen Degen. Stirnrunzelnd murmelte er, anscheinend tief bekümmert: »Nicht die Gig, Captain?«

Bolitho hob die Arme, damit Allday ihm das Degengehänge umschnallen konnte. »Diesmal nicht, Allday.« Schlimm, wie sowohl Herrick als auch Allday jede seiner Bewegungen beobachteten.

Die Marineinfanteristen traten unter Scharren und Stampfen am Fallreep an. Sergeant Coakers breites Gesicht glänzte unter seinem schwarzen Tschako wie eine mächtige, taufeuchte Frucht.

Bolitho wandte sich der näher kommenden Barkasse zu, einem großartigen Fahrzeug mit vergoldeter und von einem Baldachin überdachter Achterplicht. Dagegen hätte sich Alldays Gig wie ein armseliges Falmouther Hafenboot ausgenommen. Ein reichbetreßter Offizier stand aufrecht im Boot, eine Schriftrolle unterm Arm, und musterte die ankernde Fregatte. Die üblichen Willkommensworte. Die Einleitung zu dem, was jetzt kam.

»Sie bleiben an Bord, Mr. Herrick«, sagte Bolitho bestimmt. »Mr. Davy wird mich an Land begleiten.« Er ignorierte Herricks offensichtliche Enttäuschung. »Passen Sie gut auf und sorgen Sie dafür, daß unsere Leute jederzeit zu allem bereit sind.«

Herrick faßte an den Hut. »Aye, aye, Sir«, sagte er und eilte davon, um Davy von seinem Glück Mitteilung zu machen.

Bolitho lächelte nachdenklich. Bei den vielen Küstenbooten und sonstigen Versuchungen würde Herrick sein ganzes Können aufbieten müssen, damit das Schiff nicht von Händlern und anderen, weniger respektablen Besuchern überschwemmt wurde.

Er hörte Herrick sagen: »Also *Sie* werden den Captain an Land begleiten, Mr. Davy.«

Davy zögerte, er wog wohl die Gunst des Augenblicks und Herricks Stimmung gegeneinander ab. Schließlich meinte er möglichst beiläufig: »Eine kluge Wahl, Mr. Herrick, wenn ich so sagen darf.«

»Na ja – an Bord würden Sie ja auch verdammt wenig nützen, nicht wahr?« blaffte Herrick, und Bolitho wandte sich ab, um sein Lächeln zu verbergen. Dann intonierten die vier Trommelbuben auf ihren Pfeifen das alte Flottenlied: »Herzen stark wie

Eiche . . .«, Bellairs schwitzende Seesoldaten präsentierten ihre Musketen, und Bolitho trat herzu, um seinen Besucher zu begrüßen.

Die Residenz des Gouverneurs lag sehr schön an einer sanft ansteigenden Straße oberhalb des Hafens. Auf der Fahrt im Boot und nachher in der Equipage war Bolitho erleichtert, daß seine Eskorte, ein Major der Artillerie, sehr schlecht englisch sprach, so daß er sich, wenn sie an etwas Auffälligem vorbeifuhren, mit kurzen, bewundernden Ausrufen begnügen konnte. Offensichtlich war alles sorgfältig geplant; gleich nachdem man am vorigen Abend die Royals der *Undine* gesichtet hatte, mußten die Dinge in Bewegung gekommen sein.

Die Unterredung mit dem Gouverneur selbst war so kurz, daß Bolitho sich später kaum noch an ihn erinnerte: ein bärtiger, höflicher Mann, der ihm die Hand schüttelte, die Grüße des Königs entgegennahm, sich dann zurückzog und es seinem Adjutanten überließ, die beiden britischen Offiziere in den Nebenraum zu geleiten. Davy, der in solchen Dingen wahrhaftig nicht leicht zu beeindrucken war, flüsterte: »Bei Gott, Sir, diese Dons wissen zu leben. Kein Wunder, daß die Goldtransporter aus Südamerika hier Station machen. Ein guter Markt für sie, möchte ich meinen.«

Der Raum, in den man sie geführt hatte, war in der Tat großartig: langgestreckt, kühl, mit gekacheltem Fußboden und einer Kollektion reichgeschnitzter Möbel und schöner Teppiche. In der Mitte stand ein mächtiger Tisch aus Marmor. Sieben Geschützbedienungen, dachte Bolitho, würden Mühe haben, ihn von der Stelle zu bringen.

Ungefähr ein Dutzend Personen umstanden diesen Tisch – in vorher festgelegter Ordnung, wie es ihm vorkam, so daß er ohne Zeitverlust unterscheiden konnte, wer hier etwas zu sagen hatte und wer nicht.

Der Mann, den er für James Raymond hielt, trat vor und erklärte: »Ich bin Raymond, Captain. Wir hatten Sie eigentlich etwas eher erwartet.« Er sprach schnell und abgehackt – der Zeitersparnis wegen oder aus innerer Unsicherheit? Schwer zu sagen. Raymond stand in der ersten Hälfte der Dreißig, war elegant gekleidet und wäre ein gutaussehender Mann gewesen, wenn ihn nicht sein ständiges gereiztes Stirnrunzeln entstellt hätte.

Er fuhr fort: »Und hier ist Don Luis Puigserver, persönlicher

Beauftragter Seiner Katholischen Majestät, des Königs von Spanien.«

Puigserver war kräftig gebaut, sein Teint wirkte wie brauner Zwieback, und die buschigen schwarzen Augenbrauen beherrschten das ganze Gesicht. Trotz seiner harten Augen besaß er einen gewissen männlichen Charme. Er trat vor und ergriff Bolithos Hand.

»Es ist mir ein Vergnügen, *Capitan*. Sie haben ein schönes Schiff.« Mit einer Geste zu einem großen schlanken Mann am Fenster fuhr er fort: »*Capitan* Alfonso Triarte, Kommandant der *Nervion*, war sehr erfreut zu sehen, wie gut es manövriert.«

Bolitho sah sich den Mann an. Schon bei Jahren – das mußte er auch sein, wenn er die große Fregatte kommandierte, die draußen an der Mole lag. Er erwiderte Bolithos abschätzende Blicke ohne sonderliche Freude. Sie sahen sich an wie zwei Hunde, die vielleicht einmal zu oft miteinander gerauft hatten.

Bolitho vergaß Triarte sofort, als Puigserver in beiläufigem Ton weitersprach: »Ich will mich kurz fassen. Sie werden bald auf Ihr Schiff zurückkehren wollen, um alle Vorbereitungen zur Abreise nach unserem Ziel zu treffen.«

Bolitho sah ihn überrascht an. Puigserver hatte entschieden etwas Gewinnendes: breit gebaut, die Beine in den feinen Seidenstrümpfen außerordentlich muskulös, fester, kraftvoller Händedruck – ein selbstsicherer und vertrauenerweckender Mann. Kein Wunder, daß der Gouverneur es vermieden hatte, ihn warten zu lassen. Zweifellos war Puigserver eine Respektsperson.

Jetzt schnippte er mit seinen spatelförmigen Fingern, und sofort stürzte ein nervöser Adjutant herzu, um Bolitho Hut und Degen abzunehmen. Ein zweiter winkte einige Bediente herbei, und zwei Minuten später saßen alle um den altarähnlichen Tisch; vor jedem stand ein prachtvoller Kelch.

Nur Puigserver war stehengeblieben. Mit völlig unbewegter Miene überwachte er die Diener, die funkelnden Wein einschenkten. Doch als Bolitho zufällig den Blick senkte, sah er, daß Puigserver ungeduldig mit der Fußspitze wippte.

Dann erhob er sein Glas: »Meine Herren – auf unsere Freundschaft.« Sie standen auf und tranken. Der Wein war ausgezeichnet; Bolitho mußte an sein unsicheres Herumsuchen in jenem Laden in der St. James' Street denken. Puigserver fuhr fort: »Der Krieg hat wenig erbracht außer der Erkenntnis, daß weiteres Blutvergießen vermieden werden muß. Ich will Ihre Zeit nicht mit leeren Versprechungen in Anspruch nehmen, die ich doch nicht einhalten kann; ich kann nur hoffen, daß wir in Zukunft unseren jeweiligen Interessen in Frieden nachgehen werden.«

Bolitho warf einen raschen Blick auf die anderen. Raymond lehnte sich in seinem Stuhl zurück und versuchte, gelassen auszusehen, aber in Wirklichkeit war er gespannt wie eine Stahlfeder. Der spanische Kapitän blickte über sein Glas hinweg in irgendwelche Fernen. Die Mehrzahl der anderen hatte den leeren Gesichtsausdruck von Menschen, die so tun, als ob sie alles verstehen, aber in Wirklichkeit keine Ahnung haben. Wahrscheinlich, dachte Bolitho, verstanden sie von zehn Worten nur eins.

Davy saß an der anderen Seite der Tafel. Seine klargeschnittenen Züge glänzten vor Schweiß, und er bemühte sich, ein streng dienstliches Gesicht zu machen.

Im Grunde zählten nur sie drei: Don Luis Puigserver, Raymond und Bolitho selbst. Der erstere sagte: »Spanien hat Menorca mit Dank wieder in Empfang genommen, ebenso gewisse andere Inseln – Konzessionen, welche sich aus diesem unglückseligen Kriege ergaben.« Eine Sekunde lang hafteten seine Augen an Bolitho; dunkle, fast schwarze Augen, wie spanische Oliven. »Als Gegenleistung hat sich Seine Katholische Majestät veranlaßt gesehen, dieser neuen gemeinsamen Unternehmung Ihren Allerhöchsten Segen zu erteilen. Die Unternehmung ist übrigens nicht ohne Risiko.« Er blickte zu Raymond hinüber. »Vielleicht sind Sie so freundlich, die Einzelheiten zu erläutern?«

Raymond machte Miene aufzustehen, blieb aber dann doch sitzen. »Wie Ihnen bekannt sein wird, Captain Bolitho«, begann er, »hat der französische Admiral Suffren mehrfach unsere Schiffe und Territorien in Ostindien sowie in Indien selbst angegriffen. Holland und Spanien –«, er zögerte, weil *Capitan* Triarte ein diskretes, aber vorwurfsvolles Hüsteln vernehmen ließ, »– waren Frankreichs Alliierte, hatten aber nicht die erforderlichen Geschwader und Truppen zur Verfügung, um ihre Besitzungen in diesem Gebiet zu schützen. Suffren tat es für sie. Er eroberte unseren Hafen Trincomali und gab ihn den Holländern nach dem Krieg zurück. Es gibt da noch mehrere ähnliche Fälle, doch werden Ihnen die meisten bereits bekannt sein. Nun hat Spanien im Austausch gegen gewisse andere Vergünstigungen, die für Sie im Moment ohne Interesse sind, prinzipiell eingewilligt, eines seiner Territorien auf Borneo an

England abzutreten.« Er warf Bolitho einen Blick zu, den dieser als impertinent empfand. »Und dahin segeln Sie natürlich.«

Natürlich. Es klang so einfach: Die Reise wurde eben zwei- oder dreitausend Meilen länger. Raymond sprach von Borneo, als handle es sich um Plymouth.

Gelassen warf Bolitho ein: »Mir ist der Sinn dieser – hm – Abmachungen nicht ganz klar.«

Puigserver mischte sich ein. »Das glaube ich Ihnen gern, *Capitan*.« Er warf Raymond einen kalten Blick zu. »Reden wir offen. Um bei diesem unsicheren Waffenstillstand weitere Spannungen zu vermeiden, denn genau das ist dieser Friedensschluß, müssen wir mit äußerster Vorsicht vorgehen. Die Franzosen haben trotz ihrer Anstrengungen in Indien so gut wie nichts gewonnen; und sie sind empfindlich gegen jede rasche Expansion eines anderen Staates in der Umgebung ihrer ohnehin schrumpfenden Einflußzonen. Ihr Ziel, *Capitan*, ist Teluk Pendang: ein ausgezeichneter Ankerplatz, eine beherrschende Position für jedes Land, das den Wunsch hat, noch weitere Stützpunkte in diesem Gebiet anzulegen. Kurz, die Brücke zu einem Weltreich.«

»Ich sehe schon, was Sie meinen, *Señor*«, nickte Bolitho. Aber er sah gar nichts, und er hatte auch noch nie von diesem Ort gehört.

Raymond riß das Gespräch wieder an sich. »Als im vorigen Jahr der Friede unterzeichnet war, sandte unsere Regierung die Fregatte *Fortunante* mit den Dokumenten dieses Abkommens nach Madras. Unterwegs stieß sie in Höhe des Kaps der Guten Hoffnung auf zwei heimkehrende Fregatten des Admirals Suffren. Diese wußten, was durchaus natürlich war, nichts von dem Friedensschluß und ließen dem Kapitän der *Fortunate* auch keine Zeit zu Erklärungen. Es kam zum Gefecht; die *Fortunate* schoß eines der französischen Schiffe so zusammen, daß es in Brand geriet und sank. Unglücklicherweise fing sie selbst ebenfalls Feuer und ging mit dem Großteil ihrer Mannschaft unter.«

Bolitho konnte sich die Szene ausmalen. Drei Schiffe auf offener See. Zwischen ihren Ländern herrschte zwar endlich Friede, aber die Kapitäne wußten nichts davon, sondern waren noch voller Kampfeseifer, wie man es ihnen beigebracht hatte.

»Wie dem auch sei«, fuhr Raymond fort, »der überlebende französische Kapitän war ein alter Haudegen namens Le Chaumareys, einer der besten Frankreichs.«

Bolitho lächelte. »Ich habe von ihm gehört.«

»Ja«, sagte Raymond nervös, »bestimmt haben Sie das. Gewisse Leute in der Regierung nehmen nun an, daß die Franzosen durch Le Chaumareys von diesem unserem Abkommen mit Spanien erfuhren. Wenn das der Fall ist, muß sich Frankreich aufs höchste beunruhigen über die Aussicht, daß *wir* ein weiteres jener Territorien, um die es für Spanien gekämpft hat, in Besitz nehmen wollen.«

Jetzt hatte Bolitho begriffen: darum all die vagen Andeutungen in der Admiralität, die ganze Geheimnistuerei. Kein Wunder. Wenn Frankreich Wind von Englands Absicht bekam, in Ostindien eine expansive Politik zu betreiben, dann mußte ein neuer Krieg ausbrechen. Es war, als stünde jemand mit einer brennenden Lunte in einem Pulvermagazin. »Was sollen wir also tun?« fragte Bolitho.

Raymond entgegnete: »Sie werden zusammen mit der *Nervion* segeln.« Er schluckte. »Sie wird das Führungsschiff sein, und Sie werden sich entsprechend verhalten. In Madras werden Sie den neuen britischen Gouverneur an Bord nehmen und ihn mit den gegebenenfalls zur Verfügung stehenden Truppen an seinen neuen Amtssitz bringen, nämlich nach Teluk Pendang. Ich begleite Sie, denn ich habe Depeschen für ihn und soll ihm, soweit es mir möglich ist, mit Rat und Tat zur Seite stehen.«

Puigserver sah ihn an wie ein guter Onkel seinen kleinen klugen Neffen. »Und ich werde an Ort und Stelle dafür sorgen, daß unsere Leute keinen Unsinn machen, wie?«

Mißmutig sprach Raymond weiter. »Die Franzosen haben eine Fregatte in diesen Gewässern, die *Argus,* mit 44 Geschützen. Es heißt, daß Le Chaumareys sie kommandiert. Er kennt die Sunda-Inseln und Borneo so gut, wie es einem Europäer möglich ist.«

Bolitho atmete langsam aus. Der Plan war soweit ganz gut. Die Entsendung eines britischen Geschwaders hätte früher oder später zur offenen Seeschlacht geführt; aber zwei Fregatten verschiedener Nationalität waren nicht so auffällig und würden doch der *Argus* mehr als gewachsen sein, sowohl prestigemäßig als auch hinsichtlich der Feuerkraft.

Langsam schritt Puigserver zu dem großen Fenster und starrte auf die vor Anker liegenden Schiffe hinunter. »Eine lange Reise, meine Herren, die aber, wie ich hoffe, uns allen zum Vorteil gereichen wird.« Er wandte sich Bolitho zu; sein Gesicht lag im Schatten. »Sind Sie seeklar?«

»Aye, *Señor.* Wir müssen nur noch Trinkwasser übernehmen und frisches Obst, wenn das möglich ist.«

»Wird bereits erledigt, *Capitan.*« Er lächelte breit. »Es tut mir leid, daß ich Ihnen nicht auf einige Zeit Gastfreundschaft erweisen kann, aber diese Insel ist sowieso ein trauriger Aufenthalt. Wenn Sie aber einmal nach Bilbao kommen sollten –«, er küßte die Fingerspitzen, »– dann kann ich Ihnen zeigen, wie man lebt.« Er lachte dem übellaunig dreinschauenden Raymond ins Gesicht. »Und ich denke, wir werden einander wesentlich besser kennen, wenn diese Reise zu Ende ist.«

Die spanischen Adjutanten verneigten sich ehrerbietig, als Puigserver zur Tür schritt. »Wir sehen uns noch, bevor wir segeln!« rief er und fügte, schon im Hinausgehen, hinzu: »Aber morgen lichten wir Anker, komme was wolle.«

Lebhafte, gedämpfte Unterhaltung setzte ein, und Raymond kam um den Tisch herum zu Bolitho. »Dieser verdammte Kerl!« flüsterte er wütend. »Noch ein Tag mit ihm, und ich hätte ihm meine Meinung gesagt!«

»Auf welchem Schiff wollen Sie segeln?« fragte Bolitho. »Meins ist ja ganz ordentlich, aber viel kleiner als der Spanier.«

Raymond drehte sich halb nach dem spanischen Kapitän um, der mit seinen Leuten außer Hörweite sprach.

»Mit dem Spanier segeln? Und wenn Ihr Schiff eine lausige Kohlenschute wäre – mir wäre es immer noch lieber als die *Nervion!*«

Davy flüsterte: »Ich glaube, sie erwarten, daß wir gehen.«

Raymonds Gesicht wurde noch finsterer. »Ich komme mit auf Ihr Schiff, da können wir alles besprechen. Hier kann man ja nicht einmal atmen, ohne daß einer lauscht.«

Bolitho sah seine Eskorte bereits vor der Tür warten und lächelte. Raymond mochte eine bedeutende Rolle bei dieser Mission spielen, aber Takt war jedenfalls nicht seine starke Seite.

Fast ohne ein Wort kehrten sie zur Pier zurück; aber Bolitho spürte deutlich die Spannung, unter der Raymond stand. Irgend etwas quälte ihn. Vielleicht fühlte er sich seinen dienstlichen Aufgaben nicht gewachsen?

Als die Gouverneursbarke zur *Undine* zurückstrebte, fühlte sich Bolitho erleichtert. Ein Schiff, das verstand er. Raymonds Welt jedoch war ihm so fremd wie der Mond.

Raymond kletterte an Bord und starrte leeren Blicks auf die

angetretene Ehrenformation und die geschäftigen Matrosen, die an den Taljen und Blöcken des Ladegeschirrs arbeiteten. Fässer und allerlei Netze mit Früchten und Strohhüten gegen die Sonne wurden an Deck gehievt.

Bolitho nickte Herrick zu. »Alles wohl an Bord?« Er berührte Raymonds Arm. »Dies ist Mr. Raymond, unser Passagier.« Er fuhr herum, denn eben ertönte schrilles Frauengelächter vom Niedergang her.

»Wer hat dieses Weib an Bord gelassen? Bei Gott, Mr. Herrick, wir sind hier nicht in Portsmouth Point oder Nore!«

Dann sah er das Mädchen – klein, dunkel, rot gekleidet. Sie sprach mit Allday, dem das offensichtlich Spaß machte.

Bedrückt sagte Raymond: »Ich hatte gehofft, Ihnen das eher erklären zu können. Sie ist ein Dienstmädchen, die Zofe meiner Frau.«

Herrick versuchte, Bolithos plötzlichen Zorn zu besänftigen. »Sie ist vor etwa einer Stunde mit ihrer Herrin an Bord gekommen, Sir. Anweisung vom Gouverneur. Ich konnte nichts machen«, sagte er verkniffen.

»Ach so. Dann allerdings«, murmelte Bolitho und schritt zum Achterdeck. Sie hatten tausend Meilen in einem kleinen, vollgestopften Kriegsschiff vor sich. Raymond allein war schon schlimm genug, aber seine Frau und ihre Zofe – das war zuviel! Er sah, wie ein paar Matrosen einander grinsend anstießen. Wahrscheinlich hatten sie nur darauf gewartet, wie er reagieren würde.

Sehr gemessen sagte er: »Vielleicht würden Sie mich vorstellen, Mr. Raymond?«

Sie gingen zusammen nach achtern, und Davy wisperte: »Himmelkreuz noch mal, Mr. Herrick, das wird ja eine sehr gemischte Reisegesellschaft!«

Herrick sah ihn böse an. »Und Sie haben sich vermutlich inzwischen gut amüsiert.«

»Ein wenig Wein, ein paar hübsche Frauen . . .« Er kicherte. »Aber ich habe auch an Sie gedacht, Sir.«

Herrick mußte lachen. »Zur Hölle mit Ihnen! Jetzt ziehen Sie sich gefälligst Ihre Bordgarnitur an und beaufsichtigen Sie den Laden. Heute braucht man überall Augen.«

Inzwischen war Bolitho in seiner Kajüte angelangt und schaute sich verzweifelt um. Koffer überall, Kleider über Möbel und Kanonen geworfen, als wären Einbrecher an Bord gewesen. Mrs.

Raymond war groß und schlank; nicht das kleinste Lächeln erhellte ihr Gesicht. Offenbar war sie wütend.

»Du hättest mit dem Auspacken noch warten sollen, Violet!« rief ihr Gatte erschrocken. »Hier ist unser Kapitän.«

Bolitho verbeugte sich kurz. »Richard Bolitho, Ma'am. Ich hatte Ihrem Gatten gegenüber eben erwähnt, daß eine Fregatte nur wenig Bequemlichkeit zu bieten hat. Aber da Sie mit uns zu segeln wünschen, werde ich selbstverständlich alles tun, was . . .« Er kam nicht weiter.

»*Wünschen?*« Ihre Stimme klang heiser vor Wut. »Bitte geben Sie sich keiner Täuschung hin, Captain! Mein Mann will nicht, daß ich auf der *Nervion* reise.« Sie verzog den Mund vor lauter Verachtung. »Er fürchtet um meine Ehre, wenn ich bei einem spanischen Edelmann an Bord bin!«

Bolitho bemerkte, daß sich Noddall nervös in der Speisenische herumdrückte, und blaffte ihn ärgerlich an: »Helfen Sie Mrs. Raymonds Zofe, all dieses . . . –«, er blickte sich hilflos um, – »dieses Geschirr zu verstauen!« Raymond ließ sich mittlerweile schwer wie ein Sterbender auf die Sitzbank fallen. Kein Wunder, daß er so mitgenommen aussah. »Und lassen Sie dem Ersten Leutnant ausrichten, daß ich ihn sprechen will!« Er sah sich in der Kajüte um und sprach seine Gedanken laut aus. »Wir müssen die Zwölfpfünder vorübergehend herausnehmen und statt dessen Attrappen montieren.«

Raymond sah stumpfen Blickes hoch. »Attrappen?«

»Hölzerne Kanonenrohre. Damit es so aussieht, als ob wir voll armiert wären.«

Herrick erschien in der Tür. »Sir?«

»Wir müssen ein paar Behelfswände errichten, Mr. Herrick, damit unsere Passagiere ein Schlafabteil erhalten. An Backbord, denke ich.«

»Nur für mich und meine Zofe, bitte«, sagte Mrs. Raymond kalt und warf einen uninteressierten Blick auf ihren Gatten. »Er kann irgendwo anders auf diesem Schiff schlafen.«

Herrick betrachtete sie aufmerksam und sagte: »Also dann schläft Mr. Raymond an Steuerbord. Aber was wird mit Ihnen, Sir?«

Bolitho seufzte. »Ich nehme den Kartenraum.« Und mit einem Blick auf das Ehepaar: »Wir werden zusammen speisen, wenn Sie nichts dagegen haben.« Keiner von ihnen gab eine Antwort.

Midshipman Keen trat an der offenen Tür von einem Fuß auf den anderen und ließ kein Auge von den beiden Frauen. »Mr. Soames läßt respektvoll melden, Sir, daß der Kapitän der *Nervion* an Bord kommt«, sagte er.

Bolitho fuhr herum und fluchte leise, denn er hatte sich das Schienbein an einem der schweren Koffer gestoßen. Mit zusammengebissenen Zähnen sagte er: »Ich werde mich bemühen, ihm die geziemende Gastfreundschaft zu erweisen, Mr. Herrick.«

Herrick verzog keine Miene. »Gewiß, Sir.«

Der Morgen graute bereits, als Bolitho müde in seine Koje sank. Der Kopf rauchte ihm noch von der Bewirtung des *Capitan* Triarte und seiner Offiziere. Später hatten sie ihn überredet, mit auf die *Nervion* zu kommen; und Triarte hatte es sich nicht nehmen lassen, sein geräumiges Schiff mit der beengten *Undine* zu vergleichen. Aber es hatte bei den Raymonds nichts genützt. Nun war wieder Ruhe an Bord, und Bolitho versuchte, sich Mrs. Raymond vorzustellen, wie sie hinter der neugezogenen Wand schlummerte. Er hatte sie in der Kajüte beobachtet, als die spanischen Offiziere an Bord waren. Hoheitsvoll, aber charmant; und aus den Gefühlen, die sie für ihren Gatten hegte, machte sie durchaus kein Hehl. Eine gefährliche Frau, wenn man sie zur Feindin hatte, dachte er.

Wie still das Schiff war. Vielleicht waren alle, wie er selbst, zu müde, um sich auch nur zu rühren. Die Geschütze der Kapitänskajüte waren mit großen Schwierigkeiten unter Deck gefiert worden. Um die richtige Trimmung wieder herzustellen, mußte Proviant und schweres Geschirr nach achtern geschafft werden. Nun wirkte die Kajüte ohne die Geschütze viel größer, aber er würde nicht viel davon haben. Er grub seinen schmerzenden Kopf ins Kissen, und das war so anstrengend, daß ihm der Schweiß ausbrach. Eins war sicher: kaum jemals hatte er so viel Ursache gehabt, eine Reise zu beschleunigen.

Bei Tageslicht war er wach und aus der Koje; es drängte ihn, seine Arbeit zu erledigen, ehe die Hitze das Denken erschwerte. Am späten Nachmittag, unter den fernen Klängen einer Militärkapelle und dem Geschrei der Menge, die sich am Ufer zusammengefunden hatte, lichtete die *Undine* Anker. Hinter der *Nervion,* deren mächtiges Vormarssegel ein prachtvolles Kreuz in Scharlach und Gold aufwies, kam sie klar von der Reede und setzte dann mehr Segel, um vor den Wind zu gehen.

Ein paar kleine Schiffe gaben ihnen das Geleit, aber die schnellen Fregatten ließen sie bald hinter sich. Als es Nacht wurde, hatten sie das Meer für sich allein, und nur die Sterne leisteten ihnen Gesellschaft.

IV Tod eines Schiffes

Ezekiel Mudge, Segelmeister und Steuermann der *Undine*, saß gemütlich in einem von Bolithos Sesseln und studierte die auf dem Tisch ausgebreitete Karte. Ohne seinen Hut wirkte er sogar noch älter; aber seine Stimme klang frisch und selbstsicher. »Der Wind wird in ein, zwei Tagen auffrischen, Sir. Denken Sie an meine Worte.« Er tippte mit seinem eigenen Messingzirkel, den er gerade aus den Tiefen seiner Tasche gefischt hatte, auf die Karte. »Im Moment kommt uns der Nordostpassat gerade recht, und mit ein bißchen Glück sind wir in einer Woche vor den Kapverdischen Inseln.« Er lehnte sich zurück und wartete gespannt darauf, was Bolitho wohl dazu sagen würde.

»Das ist auch meine Meinung.« Bolitho trat ans Heckfenster und stützte die Hände auf das Sims. Das Holz war brandheiß, und hinter dem kurzen, schäumenden Kielwasser der Fregatte lag die See in blendendem Glanz. Sein Hemd stand bis zum Gürtel offen, juckend rann ihm der Schweiß zwischen den Schultern hinab, und seine Kehle war staubtrocken.

Es war fast Mittag; die Midshipmen mußten sich gleich auf dem Achterdeck bei Herrick melden, um den Sonnenstand für das Besteck zu nehmen. Nur ein paar Stunden fehlten, dann waren sie eine volle Woche unterwegs. Jeden Tag hatte die Sonne sie ausgedörrt, und die ständige leichte Brise hatte keine ausreichende Kühlung bringen können. Jetzt hatte der Wind leicht aufgefrischt, die *Undine* segelte über Backbordbug und glitt geistergleich dahin, alle Segel zogen ausreichend. Aber trotzdem empfand Bolitho nur geringe Befriedigung. Denn die *Undine* hatte ihren ersten Mann verloren, einen jungen Matrosen, der am Vortag kurz vor Einbruch der Dunkelheit über Bord gegangen war. Bolitho hatte dem spanischen Kapitän entsprechend signalisiert und die Suche nach dem Unglücklichen begonnen. Der Mann hatte hoch oben auf der Großmarsrah gearbeitet, Bolitho hatte ihn noch gesehen:

wie eine Bronzestatue hob er sich gegen die untergehende Sonne ab. Aber er war zu selbstsicher gewesen, auch wohl zu leichtsinnig in den letzten entscheidenden Sekunden, als er seine Stellung wechselte. Ein Schrei im Fallen, und dann war er mit dem Kopf voran aufs Wasser geprallt, fast auf der Höhe des Großmastes; wild mit den Armen rudernd, versuchte er, dem Schiff zu folgen. Davy hatte gesagt, der Matrose sei ein guter Schwimmer; so konnte man hoffen, ihn aufzufinden. Sie hatten zwei Boote ausgesetzt und den Großteil der Nacht nach ihm gesucht, jedoch vergeblich. Bei Morgendämmerung lagen sie wieder auf Kurs, aber Bolitho mußte zu seinem Ärger feststellen, daß die *Nervion* keineswegs Segel gekürzt hatte oder sonstwie in der Nähe geblieben war; erst vor einer halben Stunde hatte der Ausguck ihre Bramsegel wieder gesichtet.

Der Verlust des Matrosen bestärkte Bolitho in seinem Bemühen, die Mannschaft in Form zu bringen. Er hatte gesehen, wie die spanischen Offiziere seine ersten Versuche beim Geschützexerzieren durch ihre Ferngläser beobachteten und sich vor Schadenfreude auf die Schenkel schlugen, wenn etwas nicht klappte – und das war oft der Fall. Für sie schien diese Fahrt eine Art Vergnügungsreise zu sein. Sogar Raymond hatte eine dumme Bemerkung gemacht: »Was plagen Sie sich mit Geschützexerzieren ab, Captain? Ich verstehe ja nicht viel von solchen Dingen – aber Ihre Leute finden das doch sicher höchst lästig bei dieser verdammten Hitze?«

Er hatte entgegnet: »Das ist meine Pflicht, Mr. Raymond. Möglich, daß wir auf dieser Reise die Geschütze überhaupt nicht brauchen – aber man kann nie wissen.«

Mrs. Raymond hatte sich hochmütig von allen ferngehalten; tagsüber saß sie meistens unter einem kleinen Sonnensegel, das Herrick für sie und die Zofe an der achteren Reling hatte anschlagen lassen. Wenn sie zusammenkamen, was vorwiegend bei den Mahlzeiten der Fall war, sprach sie nur wenig, und dann über private Dinge, die Bolitho kaum begriff. Es machte ihr anscheinend Spaß, ihren Mann zu kritisieren, er sei zu saumselig, es fehle ihm im entscheidenden Augenblick an Entschlossenheit. Einmal hatte sie ihm wütend vorgeworfen: »Du läßt dich dauernd beiseite schieben, James! Ich kann mich ja in London überhaupt nicht mehr sehen lassen, wenn du ständig Demütigungen einsteckst! Margarets Mann wurde neulich geadelt, und er hat fünf Dienstjahre weniger als du!« So ging es weiter.

Als Bolitho sich jetzt nach Mudge umdrehte, überlegte er, was dieser und die anderen wohl von ihrem Kommandanten denken mochten. Daß er Offiziere und Mannschaft zu hart herannahm, ohne Sinn und Zweck? Daß er sie mit stupidem Geschützexerzieren schikanierte, während auf dem Spanier die Männer von der Freiwache herumlungerten, schliefen oder Wein tranken wie Passagiere? Aber unvermittelt sagte Mudge, als hätte er seine Gedanken gelesen: »Lassen Sie die Leute ruhig reden, Sir. Sie sind noch jung, aber Sie haben den richtigen Instinkt für das Notwendige – wenn Sie mir die Freiheit gestatten.« Er zupfte an seiner großen Nase. »Ich habe manchen Käpt'n mit langem Gesicht dastehen sehen, weil er nicht bereit war, wenn's darauf ankam.« Er lachte in sich hinein, daß die kleinen Augen in den Falten und Runzeln seines Gesichts fast verschwanden. »Und Sie wissen ja – wenn was schiefgeht, hat's keinen Zweck, die Fäuste zu schütteln und allen anderen die Schuld zu geben.« Damit zerrte er eine kohlrübengroße Uhr aus einer Innentasche. »Ich muß hinauf an Deck, wenn Sie mich nicht mehr brauchen. Mr. Herrick möchte, daß ich dabei bin, wenn die Bestecks verglichen werden.« Das schien ihn zu amüsieren. »Wie gesagt, Sir, Ihr Standpunkt ist ganz richtig. Es ist durchaus nicht nötig, daß die Mannschaft den Kapitän liebt, aber bei Gott, Sir, sie muß Vertrauen zu ihm haben.« Er stapfte aus der Kajüte, daß die Decksplanken unter seinem Schritt knarrten.

Bolitho setzte sich und strich sein offenes Hemd glatt. Mudge war wenigstens ein Lichtblick.

Allday steckte den Kopf durch die Tür. »Kann ich Ihnen jetzt den Steward schicken, Captain?« Er warf einen raschen Blick auf den Tisch. »Er wird Ihr Essen servieren wollen.«

»Na schön«, lächelte Bolitho. Es wäre dumm gewesen, sich über Kleinigkeiten den Kopf zu zerbrechen. Aber das mit Mudge war wichtig. Er hatte vermutlich unter mehr Kapitänen gedient, als Bolitho in seinem ganzen Leben kennengelernt hatte.

Sie blickten sich beide um, denn Midshipman Keen stand in der Tür. Er war schon stark gebräunt und sah so gesund und kräftig aus wie ein alter Fahrensmann.

»Kompliment von Mr. Herrick, Sir, und der Ausguck hat ein Schiff auf Gegenkurs zum Spanier gesichtet. Könnte eine Brigg sein. Ziemlich klein.«

»Ich komme sofort an Deck«, sagte Bolitho und fuhr dann lächelnd fort: »Die Reise scheint Ihnen zu bekommen, Mr. Keen.«

Der junge Mann grinste verschmitzt. »Aye, Sir. Allerdings hat mich mein Vater nicht wegen meiner Gesundheit, sondern aus ganz anderen Gründen zur See geschickt, fürchte ich.«

Er verschwand eiligst, und Allday murmelte hinter ihm her: »Dieser junge Teufel! Hat bestimmt ein armes Mädchen in Schwierigkeiten gebracht – da möcht' ich wetten!«

Bolitho verzog keine Miene. »Es kann ja nicht jeder so tugendhaft sein wie Sie, Allday.«

Er trat an dem Wachtposten vor der Tür vorbei hinaus und stieg hinauf zum Achterdeck. Obgleich er darauf gefaßt war, fuhr ihn die Hitze an wie aus einem Brennofen. Der Teer in den Ritzen der Decksplanken klebte an seinen Schuhsohlen, Gesicht und Nacken brannten ihm, als er zur Wetterseite hinüberging und sein Schiff prüfend musterte. Die *Undine* lief gut unter ihrer sonnengebleichten, leichten Besegelung. In der mäßigen Brise krängte sie nur schwach. Spritzwasser stäubte hoch und netzte den Klüver, und hoch oben wehte der Wimpel waagrecht wie eine Peitschenschnur.

Mudge und Herrick waren in ein leises Gespräch vertieft. Ihre Sextanten glänzten wie Gold. Armitage und Penn, die beiden Midshipmen, verglichen ihre Notizen, in den jungen Gesichtern stand sorgenvolle Konzentration.

Soames an der Achterdeckreling wandte sich um, als Bolitho ihn fragte: »Dieses fremde Schiff – was halten Sie davon?«

Soames schien sehr unter der Hitze zu leiden, das Haar klebte ihm in der Stirn, als käme er vom Schwimmen.

»Wird wohl irgendein Handelsschiff sein, Sir.« Es klang, als sei es ihm ziemlich gleichgültig. »Vielleicht wollen sie den Spanier nach der Position fragen.« Er verzog grimmig das Gesicht. »Was der schon davon weiß!«

Bolitho nahm ein Fernglas aus der Halterung und enterte ein Stück in die Großmastwanten auf. Nach einigem Suchen fand er die *Nervion* weit voraus an Steuerbord, ein Bild der Schönheit mit ihren mächtigen Segeln über dem metallisch glänzenden Rumpf. Er schwenkte das Glas etwas weiter nach Steuerbord auf das andere Schiff. Es war in der flirrenden Hitze kaum auszumachen, aber die bräunlichen Segel konnte er doch gut erkennen: Rahsegel am Vormast, Schratsegel am Großmast. Unbestimmter Ärger stieg in ihm auf.

»Eine Brigantine, Mr. Soames.«

»Aye, Sir.«

Bolitho sah ihn düster an und kletterte dann wieder an Deck. »In Zukunft wünsche ich eine vollständige Meldung über alles, was in Sicht kommt, wie unwichtig es Ihnen im Moment auch erscheinen mag.«

Soames biß die Zähne aufeinander. »Jawohl, Sir!«

Herrick rief dazwischen: »Es war meine Schuld, Sir. Ich hätte Mr. Keen sagen sollen, daß er Ihnen eine genaue Schiffsansprache zu geben hat.«

Bolitho ging nach achtern. »Mr. Soames hat doch die Wache?«

Herrick kam hinter ihm her. »Gewiß, Sir, allerdings.«

Die beiden Rudergänger nahmen Haltung an, als Bolitho zum Kompaß trat. Die Windrose lag ganz stetig: Südwest und Seeraum genug. Irgendwo an Backbord lag die afrikanische Küste, mehr als dreißig Meilen entfernt. Nichts weiter auf dem Ozean als diese drei Schiffe. Zufall oder Absicht? Vielleicht war eine Kontaktaufnahme notwendig? Soames' Gleichgültigkeit irritierte Bolitho wie Wespengebrumm, und er sagte ärgerlich: »Sorgen Sie in Zukunft dafür, daß die Wachhabenden wissen, wozu sie da sind, Mr. Herrick!« Er deutete auf Keen, der an den Netzen lehnte. »Schicken Sie den mit einem guten Glas nach oben. Er hat junge Augen, vielleicht sieht er mehr.«

Mudge kam steifbeinig herbei und knurrte: »Wir müssen ziemlich genau auf der Höhe von Kap Blanco sein.« Er rieb sich das Kinn. »Der westlichste Punkt dieses wilden Erdteils. Und wir sind reichlich dicht dran, wenn Sie mich fragen.« Ein pfeifendes Winseln entrang sich seiner Brust, die sich heftig hob und senkte: seine Art zu lachen.

Vom Mast her kam Keens Stimme: »An Deck! Die Brigantine hält immer noch Kurs auf die *Nervion*.«

Herrick legte die Hände um den Mund und rief hinauf: »Hat sie ihre Farben gesetzt?«

»Keine, Sir.«

Herrick enterte ein Stück mit seinem eigenen Glas auf. Nach einer Weile rief er hinunter: »Die Dons scheinen sich nicht viel daraus zu machen, Sir!«

Mudge knurrte: »Was sollen sie sich auch über diesen kleinen Pott aufregen?«

Bolitho sagte: »Gehen Sie einen Strich mehr an den Wind, Mr. Mudge. Besser, wenn wir der *Nervion* wieder etwas näher kommen.«

In seinem Rücken hörte er eine Stimme: »Machen Sie sich etwa Sorgen, Captain?« Er fuhr herum. Mrs. Raymond stand am Fuße des Großmastes, das Gesicht von dem riesigen Strohhut beschattet, den sie sich in Teneriffa gekauft hatte.

Er schüttelte den Kopf. »Nein, Ma'am, ich bin nur neugierig.« In Hemd und Hose, die noch dazu zerknittert waren, fühlte er sich auf einmal unbehaglich und unsicher. »Tut mir leid, daß ich Ihnen nichts Unterhaltenderes bieten kann.«

Sie lächelte. »Das kann sich ja immer noch zum Besseren ändern.«

»An Deck!« Beim Klang von Keens heller Stimme sahen sie alle nach oben. »Die Brigantine geht über Stag, Sir.«

»Stimmt«, bestätigte Herrick. »Sie segelt dem Spanier direkt vor den Bug!« Mit breitem Grinsen wandte er sich ihnen zu. »Da werden die wohl ein bißchen lebendig werden!«

Aber sein Grinsen war auf einmal wie weggewischt, denn ein dumpfes Krachen hallte übers Wasser, und Keen brüllte: »Sie hat auf die *Nervion* gefeuert, Sir!«

Ein zweites Krachen. Keen kreischte fast vor Aufregung: »Ein Schuß durch die Fock!«

Bolitho kletterte zu Herrick in die Wanten. »Lassen Sie mich sehen!«

Er ergriff das große Teleskop und richtete es auf die beiden Schiffe. Die Brigantine stand jetzt, optisch verkürzt, mit dem Heck zur *Undine* und segelte langsam am mächtigeren Umriß der *Nervion* vorbei. Sogar auf diese Entfernung sah er die Verwirrung an Bord des Spaniers, das Glitzern der Sonne auf den Waffen, als die Besatzung auf Stationen eilte.

Heiser sagte Herrick: »Der Kapitän der Brigantine muß verrückt sein; nur ein Irrer kann sich mit einer Fregatte einlassen!«

Bolitho antwortete nicht. Er strengte sein Auge an, um das Drama zu beobachten, das die Linse des Teleskops ihm zeigte. Die Brigantine hatte zwei Schuß abgefeuert und damit einen, wenn nicht sogar zwei Treffer erzielt. Jetzt entfernte sie sich in rascher Fahrt; und da die *Nervion* mehr Segel zu setzen begann, wollte Triarte vermutlich die Verfolgung aufnehmen.

»Innerhalb einer Stunde wird er sie eingeholt haben. Sie gehen beide über Stag.«

»Vielleicht hat dieser Narr gedacht, die *Nervion* sei ein fetter Kauffahrer?« Davy war an Deck gekommen. »Aber nein, das ist unmöglich.«

Herrick sprang nach Bolitho aus den Wanten und sah ihn zweifelnd an. »Sollen wir uns an der Jagd beteiligen, Sir?«

Aber Mudge stieß ihn fast beiseite und blaffte: »Von wegen Jagd!« Überrascht blickten sie ihn an. »Wir müssen den Spanier warnen, Sir!« Er deutete mit seiner riesigen Hand nach Lee. »Vor Kap Blanco, Sir, liegt ein mächtiges Riff, es zieht sich beinahe hundert Meilen in die See hinein. Die *Nervion* ist zwar jetzt schon in Gefahr, aber wenn der Steuermann nur noch einen Strich mehr an den Wind geht, dann ist sie über dem verdammten Riff, ehe sie sich's versieht!«

Bolitho starrte ihn entsetzt an. »Mr. Herrick, lassen Sie die Royals setzen! Schnell jetzt!« Rasch trat er zum Ruder. »Wir brauchen mehr Fahrt.«

Soames rief: »Sieht so aus, als ob der Don einen Strich mehr an den Wind geht, Sir!«

Mudge starrte mit zusammengekniffenen Augen auf den Kompaß. »Jesus, er steuert tatsächlich Südsüdost!« Beschwörend sah er Bolitho an. »Wir erreichen ihn nicht mehr rechtzeitig!«

Bolitho rannte zwischen Reling und Ruder auf und ab. Mattigkeit, glühende Hitze – alles war vergessen außer jener fernen Pyramide aus weißen Segeln, vor der die kleine Brigantine wie ein lockendes Irrlicht einherhüpfte. Ein Verrückter? Ein Pirat, der sich im Gegner geirrt hatte? Das war jetzt einerlei.

»Buggeschütz klar!« befahl Bolitho. »Mr. Herrick, wir werden versuchen, die *Nervion* abzulenken.«

Herrick beobachtete soeben, die Augen mit dem Sprachrohr beschattend, wie die Toppgasten die Royals setzten.

»Aye, aye, Sir!« Dann rief er: »Mr. Tapril zu mir!« Aber der Stückmeister war bereits im Vorschiff und wies die Bedienung des langen Neunpfünders ein.

Bolitho sagte scharf: »Die *Nervion* ist noch höher an den Wind gegangen, Mr. Mudge!« Vergeblich bemühte er sich um einen ruhigen Ton. Wie konnte so etwas geschehen? Das Meer war so weit, so leer. Und doch, von dem Riff hatte er schon früher von Seeleuten gehört, die diese Gewässer kannten. Manches gute Schiff war an seinem harten Rücken leckgeschlagen und gesunken.

»Steuerbordgeschütz klar, Sir!«

»Feuer!« Es krachte, brauner Rauch trieb nach Lee und zerflatterte, lange bevor die Gischt des Einschlags weit achteraus von der anderen Fregatte sichtbar wurde.

»Nochmals feuern!« Er sah Mudge an. »Einen Strich höher!«

Mudge protestierte. »Das kann ich nicht verantworten, Sir.«

»Nein. *Ich* verantworte es.«

Bolitho schritt wieder zur Reling; sein offenes Hemd flatterte im Wind, aber er verspürte keine Kühlung. Er blickte hoch und sah, daß die Segel prall gefüllt waren – wie die des Spaniers. Bei diesem Segeldruck mußte das Riff der *Nervion* den Kiel herausreißen, wenn Triarte nicht etwas unternahm, und zwar sofort.

Das Deck erzitterte beim zweiten Schuß, und die Kugel jaulte über die Wellenkämme.

»Ausguck!« schrie Bolitho. »Was geschieht?«

Der Ausguck antwortete mit rauher Stimme: »Die Dons holen auf, Sir! Eben rennen sie ihre Geschütze aus.« Bolitho zweifelte nicht daran, daß der Mann richtig gesehen hatte. Vielleicht hatten die Spanier ihr Buggeschütz gehört und sogar den Einschlag gesehen, dachten jedoch, Bolitho wäre wieder einmal beim Exerzieren. Oder vielleicht glaubten sie auch, er sei, weil die *Undine* die Jagd nicht mitmachen konnte, so verärgert, daß er auf diese unmögliche Entfernung feuerte, um seine Wut abzureagieren. »Wie weit noch, Mr. Mudge?« hörte er sich fragen.

Und Mudge antwortete: »Sie müßte eigentlich schon aufsitzen, Sir. Die verfluchte Brigantine muß ohne Schaden drübergekommen sein. Kein Wunder bei dem geringen Tiefgang.«

Bolitho blickte ihn an. »Aber wenn sie durch ist, dann kann vielleicht . . .«

Mudge schüttelte den Kopf. »Nicht die geringste Chance, Sir.«

Der Mann im Ausguck stieß einen Schrei aus. Als Bolitho sich umdrehte, sah er mit Entsetzen, wie die spanische Fregatte hochgehoben wurde, noch etwas weiterrutschte und dann auf dem überspülten Riff querschlug. Auf dem ganzen Schiff splitterten Masten und Rahen, stürzten Stagen, Wanten und Segel in einem fürchterlichen Chaos an Deck. So stark war der Aufprall gewesen, daß sie mit der Backbordseite auf dem Riff lag. Durch die offenen Stückpforten mußte die See in triumphierendem Schwall einströmen. Die Männer waren im Durcheinander der Takelage gefangen, wurden von zersplitterten Spieren durchbohrt oder plattgedrückt von den Kanonen, die sich aus den Halterungen gerissen hatten und über Deck rutschten.

Die Brigantine war auf den anderen Bug gegangen. Sie nahm

sich nicht einmal Zeit, das Ausmaß ihrer Übeltat anzusehen.

»Kürzen Sie die Segel, Mr. Herrick!« befahl Bolitho heiser. »Sobald wir dort sind, beidrehen und alle Boote zu Wasser! Wir müssen alles tun, um sie zu retten.«

Ein paar Matrosen am Buggeschütz redeten laut durcheinander und deuteten auf die *Nervion,* die sich noch stärker überlegte, wobei noch mehr zu Bruch gegangene Spieren und Planken in die Grundseen über dem Riff stürzten.

»Und nehmen Sie die Leute ran, Mr. Herrick!« Bolitho wandte sich ab. »Das ist kein Jahrmarktspektakel!«

Er ging noch einmal zur anderen Seite hinüber; und als er auf das Riff sah, erwartete er fast, die stolze Silhouette der *Nervion* vor dem Wind stehend zu erblicken. Es war ein böser Traum. Ein Alptraum.

Aber warum? Warum? Diese Frage setzte sich in seinem Hirn fest, als wolle sie ihn narren. Wie konnte das geschehen?

»Ich möchte mich nicht näher heranwagen, Sir«, sagte Mudge verbissen. »Wenn wir auch nur eine Mütze mehr Wind kriegen, können wir leicht selbst auflaufen.«

Bolitho nickte langsam. »Auch meine Meinung.« Er wandte den Kopf ab. »Und ich danke Ihnen.«

Ruhig entgegnete Mudge: »Es war nicht Ihre Schuld, Sir. Sie haben alles getan, was Sie konnten.«

»Beidrehen, Mr. Herrick!« Bolitho konnte kaum seine Stimme beherrschen. »Lassen Sie die Boote aussetzen!«

Soames warf ein: »Das wird ein langer Pull, Sir. Mindestens drei Meilen.« Aber Bolitho hörte gar nicht hin. Er sah nur die kleine Brigantine. Das war kein Zufall und auch kein spontaner Streich gewesen.

»Viele werden nicht überleben, Sir«, sagte Mudge, die Hände tief in den Manteltaschen. »In diesen Gewässern gibt's 'ne Menge Haifische.«

Unter dem protestierenden Knattern und Killen der noch stehenden Segel drehte die *Undine* bei, und die Boote wurden mit überraschender Schnelligkeit abgefiert. Es war, als hätte etwas Unheimliches über die drei Meilen friedlich daliegende See zu ihnen herübergegriffen und jeden einzelnen angerührt: ein Flehen um Hilfe, ein Warnschrei – es war schwer zu definieren. Aber als das erste Boot von der Bordwand klarkam und die Rudergasten den Schlag aufnahmen, sah Bolitho, daß die Männer grimmig und mit plötzlicher Entschlossenheit pullten. So hatte er sie noch nie gesehen.

Allday sagte: »Ich nehme die Gig, wenn Sie erlauben, Sir.«

»Ja.« Sie sahen sich an. »Tun Sie, was Sie können.«

Allday wandte sich ab und schrie nach seiner Besatzung.

»Sagen Sie dem Arzt, er soll sich bereithalten, Mr. Herrick.« Bolitho sah, wie Herrick mit den Umstehenden rasche Blicke wechselte, und fuhr kalt fort: »Und wenn er nachher zu betrunken ist, lasse ich ihn auspeitschen.«

Alle Boote waren jetzt zu Wasser, und über die kraftvoll streichenden Riemen hinweg konnte er die Trümmer der spanischen Fregatte über dem unsichtbaren Riff treiben sehen; das große Vormarssegel mit seinem Kreuz in Rot und Gold lag über dem Wrack wie ein Leichentuch.

Die Hände auf dem Rücken, das unregelmäßige Rollen des Schiffes automatisch ausbalancierend, schritt Bolitho ruhelos bei den Finknetzen auf und ab.

Er fing eine Bemerkung Raymonds auf: »Das war eine Dummheit von Triarte! Er hat die Situation total falsch beurteilt.«

Bolitho blieb stehen und sah ihn an. »Schließlich hat er teuer dafür bezahlt, Raymond!«

Raymond erkannte die Geringschätzung in Bolithos grauen Augen und ging weiter. »Ich wollte nur sagen . . .« Aber niemand beachtete ihn.

Herrick sah zu, wie Bolitho ununterbrochen auf und ab schritt und hätte ihm gern etwas gesagt, was seine Verzweiflung lindern konnte. Aber besser als andere wußte er, daß sich Bolitho in solchen Momenten nur selbst helfen konnte.

Stunden später, als die Boote müde zum Schiff zurückkehrten, stand Bolitho immer noch an Deck; sein Hemd war dunkel von Schweiß, der Kopf tat ihm weh vom Grübeln.

Herrick meldete: »Nur vierzig Überlebende, Sir. Und manchen geht es sehr schlecht, fürchte ich.« Er verstand die Frage in Bolithos Augen und nickte. »Der Schiffsarzt ist bereit, Sir. Ich habe dafür gesorgt.«

Bolitho trat langsam an die Netze, beugte sich weit über Bord und schaute in das erste Boot, die Gig, die eben festmachte. Ein Mann, der gekrümmt an Alldays Beinen lehnte und von zwei Matrosen festgehalten wurde, schrie wie eine gemarterte Frau. Ein Hai hatte ihm ein Loch in die Schulter gerissen, so groß wie eine

Kanonenkugel. Bolitho wurde es übel, er wandte sich ab.

»Um Gottes willen, Thomas, schicken Sie mehr Leute zum Helfen!«

»Schon geschehen, Sir.«

Bolitho blickte auf den flatternden Wimpel an der Gaffel. »Himmel, wenn so etwas mitten im Frieden passieren kann, dann wäre mir schon lieber, wir hätten Krieg!«

Er beobachtete einige Rudergasten, die an Bord kletterten, die Hände voller Blasen, Rücken und Gesichter knallrot vom Sonnenbrand. Fast wortlos gingen sie unter Deck.

Vielleicht hatte sie das, was sie da beim Riff gesehen hatten, mehr gelehrt als alles Exerzieren; die Erinnerung daran würde eine Warnung für sie alle sein.

Wieder schritt Bolitho auf und ab. Und für mich auch, dachte er.

Bolitho trat in seine Kajüte und blieb unter dem Skylight stehen. Die Sonne ging eben unter, und die offenen Heckfenster glühten im ersterbenden Glanz wie poliertes Kupfer. Im Rhythmus der stetigen Schiffsbewegungen und der schaukelnden Deckenlampe schwankten die Schatten in der Kajüte; er sah die kleine Gruppe an den Fenstern und konnte kaum glauben, was er sah.

Don Luis Puigserver saß unbeholfen auf der Polsterbank, einen Arm in der Schlinge, die Brust dick bandagiert. Als man ihn vor Stunden mit anderen Überlebenden an Bord gehievt hatte, war er zuerst nicht erkannt worden, bis ein Leutnant, der einzige Gerettete der spanischen Offiziere, Atem genug hatte, um ihn zu identifizieren. Und dann hatte Bolitho gedacht, es sei zu spät. Der untersetzte Spanier war bewußtlos und über und über mit Abschürfungen, Wunden und Beulen bedeckt. Er sah furchtbar aus; und wenn Bolitho an die letzten Minuten der *Nervion* dachte, schien es kaum glaublich, daß er noch am Leben war. Von den etwa vierzig Mann, die an Bord der *Undine* Zuflucht gefunden hatten, waren zehn bereits gestorben, und mehrere schwebten in Lebensgefahr. Die ursprünglich zweihundertsiebzig Mann starke Besatzung war auf die Katastrophe, die sie auf dem Riff erwartete, gänzlich unvorbereitet gewesen: sie wurde von fallenden Spieren zerschmettert, von der einströmenden See halb ertränkt; und dann, als das Schiff gekentert und völlig in Trümmer geschlagen war, tauchten im wirbelnden Wasser die dunklen Schatten der Haie auf und fielen über die Schiffbrüchigen her. Mit Entsetzen hatten die Männer zusehen müssen, wie ihre Gefährten in blutige Fetzen zerrissen wurden – noch vor ein paar Minuten hatten sie mehr Segel gesetzt und die Geschütze bemannt, um die freche Brigantine zu stellen.

Als die Boote der *Undine* kamen, war fast alles vorbei. Ein paar Männer schwammen verzweifelt zu ihrem gekenterten Schiff zurück, aber als die Fregatte vom Riff glitt und sank, gerieten sie in den Sog und wurden mit hinabgezogen. Andere hatten sich an treibende Spieren und gekenterte Boote geklammert, wurden aber einer nach dem anderen von den silbergrauen Haien angefallen und unter Entsetzensschreien in das brodelnde, blutigrote Wasser gezogen.

Und nun saß Puigserver in Bolithos Kapitänskajüte und nippte beinahe gelassen an einem Becher Wein. Er war nackt bis zum Gürtel, so daß Bolitho einige von den blutunterlaufenen Prellungen sah, lauter Zeugnisse seines unbeugsamen Willens zum Überleben. »Ich bin dem Schicksal dankbar, daß Sie sich wieder erholt haben, *Señor*«, sagte Bolitho. Der Spanier setzte zu einem Lächeln an, aber das bereitete ihm offenbar Schmerzen. Er winkte den Arzt und einen Sanitätsgasten heran und fragte: »Wie viele von meinen Leuten leben noch?«

Bolitho starrte über seinen Kopf hinweg auf die Kimmung: ein kupferfarbener Streifen, der vor seinen Augen bereits verblaßte.

Der Arzt hob die Schultern. »Dreißig. Viele waren sehr schwer verletzt.«

Puigserver trank einen Schluck. »Es war furchtbar anzusehen.« Seine dunklen Augen wurden hart. »*Capitan* Triarte war so wütend über den Beschuß, daß er wie ein Besessener hinter der Brigantine hersegelte. Er war zu heißblütig. Anders als Sie.«

Bolitho lächelte nachdenklich. ›Anders als Sie.‹ Aber wenn er keinen Segelmeister wie Mudge gehabt hätte? Keinen befahrenen Mann, der dank seiner reichen Erfahrung die Drohung dieses Riffes in den Knochen spürte? Dann hätte die *Undine* vermutlich das Schicksal des Spaniers geteilt. Obwohl sich kein Luftzug in der Kajüte regte, lief es ihm kalt den Rücken hinunter.

Irgendwo hinter dem Schott schrie ein Mensch: ein dünner, langgezogener Laut, der plötzlich abriß, als sei eine Tür zugeschlagen worden. Whitmarsh wischte sich die Hände an der Schürze ab und richtete sich auf; er mußte den Kopf einziehen, um nicht an die Decksbalken zu stoßen. Dann sagte er: »Don Puigserver wird in nächster Zeit Ruhe haben; ich muß mich um meine anderen Patienten kümmern.« Er schwitzte furchtbar, und an seinem linken Mundwinkel zuckte ständig ein Muskel.

Bolitho nickte. »Ja, danke. Und lassen Sie es mich bitte wissen, wenn Sie irgend etwas brauchen.«

Vorsichtig betastete der Arzt die Verbände des Spaniers. »Gottes Hilfe vielleicht.« Er lächelte melancholisch. »Hier draußen haben wir wenig anderes.«

Als er und der Sanitätsgast gegangen waren, murmelte Puigserver: »Ein Mann mit eigenen Problemen, *Capitan*.« Schmerzlich verzog er das Gesicht dabei. »Aber immerhin ein sanfter Mann, trotz seines Berufs.«

Allday war dabei, ein Handtuch zusammenzufalten und ein paar unbenutzte Binden aufzurollen. »Mr. Raymond wollte Sie sprechen, Captain«, sagte er stirnrunzelnd. »Aber ich habe ihm erklärt, daß laut Ihrem Befehl die Kajüte gesperrt ist, bis der Arzt mit Don Puig –«, er hüstelte, »– mit dem spanischen Gentleman fertig ist.«

»Was wollte er?« Bolitho war so erschöpft, daß ihm ganz gleichgültig war, was Raymond wollte. Er hatte wenig von ihm gesehen, seit die Überlebenden aufgenommen worden waren, hatte nur gehört, daß er in die Offiziersmesse gegangen sei.

»Er wollte sich beschweren, Captain«, erwiderte Allday. »Seiner Frau hat es nicht gepaßt, daß Sie sie aufgefordert haben, bei den Verwundeten zu helfen.« Wieder runzelte er die Stirn. »Ich sagte ihm, Sie hätten Wichtigeres zu tun.« Damit nahm er seine Sachen und ging hinaus.

Puigserver lehnte sich zurück und schloß die Augen. Da sie jetzt allein waren, schien es ihm nichts mehr auszumachen, daß Bolitho sah, welche Schmerzen er wirklich litt.

»Ihr Allday ist ein bemerkenswerter Bursche«, meinte er. »Mit ein paar hundert Männern von seiner Sorte könnte ich mir vorstellen, in Südamerika wieder einen Krieg anzufangen.«

Bolitho seufzte. »Er macht sich zu viele Sorgen.«

Puigserver öffnete die Augen wieder und entgegnete lächelnd: »Anscheinend denkt er, Sie sind es wert, daß man sich um Sie Sorgen macht, *Capitan*.« Er lehnte sich vor und fuhr mit plötzlichem Nachdruck fort: »Aber ehe Raymond und die anderen hereinkommen, muß ich mit Ihnen sprechen. Ich will Ihre Meinung über den Schiffbruch hören.«

Bolitho ging zum Schott hinüber und berührte seinen Degen, der dort hing. »Ich habe die ganze Zeit darüber nachgedacht, *Señor*«, sagte er. »Zuerst glaubte ich, die Brigantine sei ein Piratenschiff, dessen Kapitän so unter Druck stehe, daß er ein Gefecht brauchte, um seine Mannschaft zusammenzuhalten. Aber das kann nicht stimmen. Irgend jemand weiß von unserem Vorhaben.«

Der Spanier wandte kein Auge von ihm. »Die Franzosen vielleicht?«

»Kann sein. Wenn die französische Regierung unsere Schiffsbewegungen so genau verfolgt, dann müssen ihr die Depeschen der *Fortunate* unbeschädigt in die Hände gefallen sein. Es muß schon um etwas äußerst Wichtiges gehen, wenn sie sich auf ein so gefährliches Spiel einlassen.«

Puigserver griff nach der Weinflasche. »Ein Spiel, das sie gewonnen haben.«

»Dann sind Sie also derselben Meinung, *Señor*?« Bolitho beobachtete den Mann genau; jetzt, nachdem es dunkler geworden war, kam er ihm bleicher vor.

Puigserver gab keine direkte Antwort. »Falls – und ich sage ausdrücklich *falls* – jemand dies geplant hatte, dann muß dieser Jemand auch gewußt haben, daß es sich um zwei Schiffe handelte.« Er hielt einen Moment inne und befahl dann scharf: »Sagen Sie etwas, *Capitan* – schnell!«

Bolitho erwiderte: »Das würde keinen Unterschied machen. Dem Betreffenden wäre klar, daß es sich um eine gemeinsame Mission handelt. Ein Schiff kann ohne das andere nichts ausrichten, und . . .«

Puigserver klopfte sich mit dem Becher auf die Hüfte; der Wein schwappte über und befleckte seine Hose wie Blut.

Erregt rief er aus: »Und? Weiter, *Capitan*! Was nun?«

Bolitho blickte zur Seite; er sagte nachdenklich: »Ich muß entweder nach Teneriffa oder nach England zurückkehren und weitere Befehle abwarten.« Er wandte sich wieder dem Spanier zu. Der saß zusammengesunken da; sein kantiges Gesicht war aufs Äußerste gespannt, die Brust hob und senkte sich wie nach schwerem Kampf. Mit dumpfer Stimme erwiderte er: »Schon in Santa Cruz wußte ich sofort, Sie sind ein Mann, der nicht nur redet, sondern auch denkt.« Er schüttelte abwehrend den Kopf. »Lassen Sie mich zu Ende sprechen. Dieser Kapitän der Brigantine und sein Hintermann – wer es auch immer sein mag, der meine Landsleute in einen so schrecklichen Tod gejagt hat –, die *wollen,* daß Sie umkehren!«

Fasziniert von der Kühnheit seines Denkens blickte Bolitho ihn an und wandte dann den Kopf ab. »Wenn Sie nicht hier säßen, *Señor*, dann hätte ich auch keine andere Wahl.«

»Sehr richtig, *Capitan.*« Puigserver sah Bolitho über den Becherrand hinweg prüfend an; im Licht der Deckenlampe glänzten seine Augen wie brauner Bernstein.

Bolitho fuhr fort: »Bis ich wieder in England bin, bis man dort neue Pläne macht und sich über sie geeinigt hat, könnten in Ostindien oder anderswo Dinge geschehen, die wir nicht mehr beeinflussen können.«

»Geben Sie mir die Hand, *Capitan*!« Puigserver beugte sich vor, sein Atem ging schärfer. »In ein paar Minuten werde ich schlafen. Es war ein scheußlicher Tag für uns, aber für viele andere noch weit schlimmer.«

Bolitho nahm die ausgestreckte Hand; Puigservers offenbare Aufrichtigkeit beeindruckte ihn mächtig.

»Wieviel Mann sind auf diesem Schiff?« fragte der Spanier.

Bolitho dachte an das Gesindel, das in Spithead an Bord gekommen war: zerlumptes Volk aus den Gefängnishulken, flüchtige Verbrecher aus London; der Geschützführer mit nur einer Hand. Alle diese Männer. »Es läßt sich etwas aus ihnen machen, *Señor*«, antwortete er. »Alles in allem zweihundert, einschließlich der Marineinfanterie.« Er lächelte, um die Spannung etwas aufzulockern. »Wenn Sie nichts dagegen haben, werde ich auch Ihre Überlebenden anmustern, ja?«

Puigserver schien das nicht zu hören. Aber sein Händedruck war wie Eisen. »Zweihundert, eh?« Er nickte grimmig. »Genügt.«

Bolitho sah ihn scharf an. »Wir machen also weiter, *Señor*?«

»Sie sind jetzt *mein Capitan.* Was sagen Sie dazu?«

Bolitho lächelte. »Das wissen Sie schon, *Señor.*«

Puigserver seufzte erleichtert auf. »Wenn Sie diesen Narren Raymond zu mir schicken und Ihren Schreiber, dann werde ich mein Siegel unter diese neue Aktion setzen.« Seine Stimme wurde härter. »Heute habe ich gesehen und gehört, wie viele Männer in Angst und Schrecken umkamen. Wer auch hinter dieser Gemeinheit steht, ich werde mit ihm abrechnen. Und dann, *Capitan*, wird es eine Rechnung sein, an die unsere Feinde lange denken werden.«

Es klopfte – Midshipman Armitage erschien im Türrahmen, von der Deckenlampe draußen auf dem Gang wie ein Schattenriß angeleuchtet.

»Empfehlung von Mr. Herrick, Sir. Auffrischender Wind aus Nordost.« Wie ein Schüler, der dem Lehrer seine Lektion aufgesagt hat, stand er da.

»Ich komme gleich an Deck.« Bolitho mußte plötzlich an Mudge denken, der besseren Wind prophezeit hatte. Er würde bei Herrick an Deck sein und auf Befehle für die Nacht warten. Das und noch mehr hörte er aus Armitages Meldung heraus. Was jetzt beschlossen wurde, entschied das Schicksal des Schiffes und jedes Mannes an Bord. Bolitho blickte Puigserver noch einmal an. »Es steht also fest, *Señor*?«

»Ja, *Capitan*.« Der Spanier wurde immer schläfriger. »Sie können mich jetzt ruhig allein lassen. Aber schicken Sie mir Raymond, ehe ich schnarche wie ein betrunkener Ziegenhirt.«

Bolitho trat hinter dem Midshipman aus der Kajüte und sah, wie ungeschickt der Wachtposten an der Tür seine Muskete hielt. Wahrscheinlich hatte er gelauscht; bis zur Nacht würde das ganze Schiff Bescheid wissen: das war eine Reise, die nicht nur die Macht der britischen Flotte demonstrieren sollte, sondern eine, bei der mit wirklicher Gefahr zu rechnen war. Er lächelte grimmig, als er die Treppe zum Achterdeck hinaufstieg. Vielleicht würden sie in nächster Zeit nicht mehr so über das häufige Exerzieren an den Geschützen schimpfen.

Herrick und Mudge standen beim Ruder; der Steuermann hielt eine Blendlaterne über seine Schiefertafel, auf welcher er Berechnungen in überraschend sauberer Schrift gemacht hatte.

Bolitho ging auf die Luvseite, blickte prüfend zu den vollen Segeln auf und horchte auf die Bugwelle, die weiß schäumend wie das Wasser in einem Mühlenschacht am Rumpf entlangströmte. Dann trat er zu den beiden wartenden Männern und sagte: »Sie können die Segel zur Nacht kürzen, Mr. Herrick. Morgen mustern Sie von der *Nervion*-Mannschaft alle an, die Ihnen tauglich scheinen.« Er hielt inne, denn aus dem Orlopdeck drang wieder ein wilder Schrei an sein Ohr. »Viele werden es nicht sein, fürchte ich.«

Herrick fragte gespannt: »Wir gehen also nicht auf Gegenkurs, Sir?« Mudge rief dazwischen: »Und das ist auch gut so, wenn ich das sagen darf, Sir!« Er rieb sich den vorspringenden Bauch. »Mein Rheumatismus wird sich verziehen, wenn wir in heißeres

Klima kommen.«

Bolitho sah Herrick bedeutsam an. »Wir segeln auf altem Kurs weiter, Thomas, und führen zu Ende, was da auf dem Riff angefangen hat.«

Herrick war hoch befriedigt. »Dafür bin ich auch!« Er wollte zur Reling, wo schon ein Bootsmannsmaat auf seine Befehle wartete, aber Bolitho hielt ihn zurück: »Von heute nacht an, Thomas, müssen wir scharf auf der Hut sein. Kein unnötiger Aufenthalt, um Trinkwasser aufzunehmen, wenn neugierige Augen in der Nähe sind. Wir werden notfalls jeden Tropfen rationieren, um mit unserem Bestand auszukommen. Aber wir müssen uns klar von Land halten, wo der Feind unsere Absichten und unseren Kurs ausspionieren könnte. Wenn, wie ich jetzt glaube, jemand im Geheimen gegen uns arbeitet, müssen wir ihn mit seinen eigenen Methoden schlagen. Wir müssen, um Zeit zu gewinnen, jede nur mögliche List gebrauchen.«

Herrick nickte. »Das scheint mir durchaus angebracht, Sir.«

»Unseren Leuten hoffentlich auch.« Er schritt nach Luv hinüber. »Weitermachen!«

Herrick wandte sich um. »Alle Mann der Wache – Segel kürzen!«

Während der Befehl weitergegeben wurde und die Matrosen die Decksgänge entlangliefen, sagte Herrick: »Beinahe hätte ich es vergessen – Mrs. Raymond macht sich Sorgen um ihr Quartier.«

»Das ist bereits erledigt.« Bolitho schwieg einen Moment und beobachtete die aufenternden Männer. »Don Puigserver schläft in der Hauptkajüte. Mrs. Raymond kann die Kajüte mit ihrer Zofe teilen.«

»Ob ihr das recht sein wird?« fragte Herrick zweifelnd.

Bolitho schritt weiter auf und ab. »Wenn nicht, soll sie es sagen, Mr. Herrick. Und dann werde ich ihr erzählen, was ich von einer Dame halte, die so zimperlich ist, daß sie keinen Finger rührt, um einem sterbenden Seemann zu helfen!«

Ein Steuermannsmaat trat auf den Decksgang. »Alles klar zum Manöver, Sir!« Herrick blickte Bolitho an, der immer noch auf und ab schritt. Das offene weiße Hemd hob sich deutlich gegen die Netze und die See dahinter ab. In den nächsten Tagen würde es auf der *Undine* noch viel enger werden, dachte er. »Schön, Mr. Fowlar. Reffen Sie die Bramsegel. Wenn der Wind weiter auffrischt, müssen wir vor Tagesanbruch auch noch die Marssegel reffen.«

Der alte Mudge rieb sich den schmerzenden Rücken. »Dieses Wetter ist unberechenbar.« Aber niemand antwortete ihm. Fast wortlos kamen die Toppsgasten wieder aus den Wanten herunter und sammelten sich vor den Deckoffizieren. Um den vibrierenden Bugspriet flog Gischt wie eine Salve weißer Pfeile; hoch oben über Deck arbeiteten die prallgefüllten Marssegel knatternd gegen Takelage und Blöcke.

»Wache abtreten.« Herricks Stimme war so ruhig wie sonst, er verließ sich blindlings auf Bolithos Worte.

Bolitho lächelte in der Dunkelheit. Vielleicht war es besser so.

In der Kajüte saß Don Puigserver am Tisch und sah zu, wie der Federkiel des Schreibers über das Papier kratzte. Raymond stand mit völlig ausdruckslosem Gesicht an einem Heckfenster und starrte in die Nacht. Schließlich sagte er über die Schulter: »Sie nehmen eine große Verantwortung auf sich, Don Puigserver. Ich bin nicht sicher, ob ich Ihnen dazu raten kann.«

Unter Schmerzen lehnte sich der Spanier im Stuhl zurück und horchte auf die regelmäßigen Schritte oben an Deck. »Es ist nicht allein meine Verantwortung, *Señor* Raymond. Ich befinde mich dabei in sehr guter Gesellschaft, glauben Sie mir.«

Über ihnen und um sie herum arbeitete das Schiff flüsternd im Gleichtakt mit See und Wind. Vorn, unter dem Bugspriet, blickte die goldene Nymphe starren Auges gegen den dunkel gewordenen Horizont. Entscheidung und Schicksal, Triumph oder Enttäuschung bedeuteten ihr gar nichts. Ihr gehörte die See und damit das Leben selbst.

V Teufelswerk

Lässig stand Bolitho an der Achterdeckreling, wo ihm der Großmast etwas Schatten spendete; kritisch beobachtete er die täglichen Routinearbeiten des Schiffsdienstes. Eben erklangen vom Vorschiff her acht Glasen*, und er hörte, wie Herrick und Mudge ihr Mittagsbesteck verglichen, während Soames, der Wachoffizier, ruhelos am Niedergang herumstrich und auf seine Ablösung wartete.

Zuzusehen, wie langsam und müde die Männer auf den Decksgängen und dem Geschützdeck umherschlichen, war anstrengend

* Das Ende der zweiten Vormittagswache (der Übersetzer).

genug. Vierunddreißig Tage waren vergangen, seit die *Nervion* auf dem Riff zerschellt war, und fast zwei Monate, seit sie in Spithead Anker gelichtet hatten. Die ganze Zeit hatten sie hart arbeiten müssen; seit dem Tage, an dem das spanische Schiff gesunken war, herrschte an Bord eine so gespannte und drückende Atmosphäre, daß es kaum zu ertragen war.

Am schlimmsten waren die letzten Tage gewesen. Vorher hatte die Mannschaft bei der Äquatortaufe und den damit verbundenen althergebrachten Bräuchen einigen Spaß gehabt. Bolitho hatte eine Extraration Rum ausgeben lassen, und eine Zeitlang hatte sich die Abwechslung ganz segensreich ausgewirkt. Die Neuen hatten die Äquatorüberquerung als eine Prüfung angesehen, die sie nun bestanden hatten. Die Befahrenen kamen sich noch befahrener vor und erzählten allerlei wahre oder erlogene Geschichten von früheren Reisen in diesen Gewässern. Ein Mann hatte sich als Fiedler entpuppt und nach kurzem, verlegenem Vorspiel mit seiner Musik ein bißchen Fröhlichkeit in das tägliche Einerlei gebracht.

Aber dann starben dicht nacheinander die letzten schwerverletzten Spanier, und das drückte stark auf die allgemeine Stimmung. Whitmarsh hatte getan, was er konnte, hatte mehrere Amputationen ausgeführt, und bei den Schmerzensschreien der Unglücklichen schwand Bolithos kurze Befriedigung darüber, daß es ihm gelungen war, seine Mannschaft zusammenzuschweißen. Der Todeskampf des letzten Spaniers hatte tagelang gedauert. Beinahe einen Monat hatte er sich quälen müssen, schluchzend und stöhnend, oder auch friedlich schlafend, während Whitmarsh stundenlang bei ihm wachte. Es war, als wolle der Arzt seine Kräfte erproben, als erwarte er, daß wieder etwas in ihm zerbräche. Die letzten Opfer unter seinen Patienten waren jene gewesen, die von den Haien besonders schlimm zerfleischt worden waren oder so schwere Brüche und Quetschungen erlitten hatten, daß auch eine Amputation sie nicht mehr retten konnte. Wundbrand hatte bei ihnen eingesetzt, und durch das ganze Schiff zog ein so furchtbarer Gestank, daß selbst die Mitleidigsten für einen baldigen Tod der Ärmsten beteten.

Unterhalb des Achterdecks wurde eben die Nachmittagswache gemustert, während Leutnant Davy achtern darauf wartete, daß Soames seinen Bericht im Logbuch unterzeichnete. Selbst Davy sah erschöpft und leicht schmuddelig aus, sein gutgeschnittenes Gesicht war in den langen Dienststunden so tief gebräunt, daß er einem

Spanier glich.

Alle mieden Bolithos Blick. Als ob sie Angst vor ihm hätten oder ihre ganze Energie brauchten, um auch nur einen weiteren Tag hinter sich zu bringen.

»Wache achtern angetreten«, meldete Davy.

Soames funkelte ihn böse an. »Bißchen spät, Mr. Davy.«

Aber Davy warf ihm nur einen angewiderten Blick zu und wandte sich an den Steuermannsmaaten. »Rudergasten ablösen!«

Wütend stapfte Soames zum Niedergang und verschwand unter Deck.

Bolitho preßte die Hände hinterm Rücken zusammen und machte ein paar Schritte vom Mast weg. Das einzig Gute war der Wind. Tags zuvor, als sie beim Kreuzen auf Ostkurs gegangen waren und der Ausguck weit querab Land in Sicht gemeldet hatte, machte sich der Westpassat bemerkbar. Bolitho beschattete die Augen mit der Hand, blickte nach oben und sah, wie der Wind ungeduldig und kraftvoll in jedes Segel drückte und die Großrah unter dem Druck vibrierte wie eine gigantische Armbrust. Dieser verschwommene Fleck Land war Cap Agulhas* gewesen, die südlichste Spitze des afrikanischen Kontinents. Nun dehnte sich vor dem Wirrwarr der Wanten und Schoten die blaue Leere des Indischen Ozeans; und ebenso wie viele seiner neuen Matrosen stolz darauf waren, daß sie den Äquator überquert hatten, konnte er sich mit einigem Stolz vor Augen halten, was sie alle zusammen geleistet hatten, um überhaupt so weit zu kommen. Seiner Vorausberechnung nach hatte das Kap der Guten Hoffnung etwa die Hälfte ihres Weges bezeichnen sollen, und bis jetzt schien seine Rechnung zu stimmen. Meile um Meile, einen sonnendurchglühten Tag nach dem anderen, auf wilder Fahrt in brausenden Stürmen oder mit reglosen Segeln in den Kalmen, hatte er auf jede Weise versucht, seine Leute bei Laune zu halten. Als das nicht mehr wirkte, hatte er den täglichen Dienst verschärft, Geschütz- und Segeldrill befohlen und für die wachfreie Mannschaft allerlei Wettbewerbe veranstaltet.

Der Zahlmeister und sein Gehilfe standen bei einem Faß Pökelfleisch, das soeben aus dem vorderen Laderaum hochgehievt worden war. Midshipman Keen stand daneben und versuchte so auszusehen, als verstünde er etwas davon, während Triphook das Faß

* Auch Nadelkap genannt (der Übersetzer).

öffnete und jedes einzelne Vierpfundstück Schweinefleisch prüfte, bevor er es für die Kombüse freigab. Keen, der voll jugendlicher Würde als Midshipman der Wache bei solchen Gelegenheiten den Kapitän vertrat, hielt das vermutlich für Zeitverschwendung. Aber Bolitho wußte aus Erfahrung, daß dem keineswegs so war. Manche Schiffsausrüster waren für ihre unredlichen Praktiken bekannt; sie wogen zu knapp oder packten unten in die Fässer verdorbenes Fleisch hinein, manchmal sogar Fetzen von altem Segeltuch. Denn sie wußten: wenn der Schiffszahlmeister den Betrug entdeckte, war er weit weg und konnte sich nicht beschweren. Auch die Zahlmeister selbst wirtschafteten manchmal in die eigene Tasche, indem sie mit ihren Partnern an Land allerlei krumme Geschäfte machten.

Bolitho sah, wie der hagere Zahlmeister kummervoll nickte, seine Liste abhakte – offenbar war alles in Ordnung –, und dann der kleinen Prozession zur Kombüse folgte; seine Schuhsohlen quietschten, weil sie an dem heißen Pech der Decksnähte hängenblieben. Die Hitze, die erbarmungslose Eintönigkeit waren schon schlimm genug; aber Bolitho wußte: eine Andeutung von Korruption, der kleinste Verdacht, daß die Mannschaft von ihren Offizieren betrogen wurde – und die ganze Crew explodierte. Er hatte sich immer wieder gefragt, ob er nicht zu oft an seine letzte Reise dachte. Schon das bloße Wort Meuterei füllte das Herz manchen Kapitäns mit Furcht, besonders wenn er nicht im Geschwaderverband, sondern ganz allein segelte. Bolitho tat ein paar Schritte an der Reling und verzog das Gesicht, als seine Hand gegen das Schanzkleid stieß. Das Holz war knochentrocken, die Farbe blätterte trotz regelmäßiger Pflege ab. Er blieb einen Moment stehen und beschattete seine Augen, um einen großen Fisch zu beobachten, der weit voraus hochsprang. *Wasser.* Darum machte er sich die meisten Sorgen. Bei den vielen neuen Leuten und dem unvorhergesehenen zusätzlichen Verbrauch für die Pflege der Kranken und Verwundeten würde das kostbare Trinkwasser selbst bei strenger Rationierung bald knapp werden.

Er sah zwei schwarze Matrosen sich auf dem Backbord-Decksgang ausstrecken; wirklich eine gemischte Mannschaft. Schon bei der Ausreise von Spithead war sie bunt gewesen, aber seit die überlebenden Spanier dazugekommen waren, hatte sich die Zahl der verschiedenen Hautfarben noch erhöht. Außer dem Leutnant Rojart, der stets melancholisch dreinblickte, bestand die überlebende Crew des Spaniers aus zehn Matrosen, zwei Schiffsjungen und fünf Soldaten. Diese letzteren, so froh sie zuerst gewesen waren, daß sie überhaupt noch lebten, waren jetzt mit ihrem neuen Status offensichtlich unzufrieden. Sie hatten an Bord der *Nervion* zu Puigservers Leibwache gehört; jetzt waren sie weder Fisch noch Fleisch, und während sie sich als Matrosen versuchten, schielten sie mit einer Mischung von Neid und Verachtung nach den schwitzenden Marineinfanteristen der *Undine*.

Herrick unterbrach seine trüben Gedanken mit der Meldung: »Mein Besteck und das des Steuermanns stimmen überein.« Er hielt Bolitho seine Schreibtafel hin. »Wenn Sie kontrollieren wollen, Sir?« Sein Ton war ungewöhnlich zurückhaltend.

Mudge schlurfte in den Schatten der Finknetze und sagte: »Wenn Sie über Stag gehen wollen, Sir, dann können wir das ebensogut jetzt tun.« Er zog sein Taschentuch hervor und schnaubte sich heftig die Nase.

Herrick warf eilig dazwischen: »Ich möchte einen Vorschlag machen, Sir.«

Mudge trat beiseite und nahm geduldig beim Rudergänger Aufstellung. Es war schwer zu sagen, ob Herricks Vorschlag auf einem spontanen Einfall beruhte, oder ob er ihn mit den anderen abgesprochen hatte. »Es hat einige überrascht, Sir«, begann er, »daß Sie Cape Town nicht angelaufen haben.« Seine Augen leuchteten blauer denn je in der hellen Sonne. »Wir hätten die Kranken an Land bringen und Trinkwasser übernehmen können. Ich bezweifle, daß der holländische Gouverneur sich groß darum gekümmert hätte, was wir vorhaben.«

»Tatsächlich, Mr. Herrick?«

Von der Kombüse stieg eine mattgraue Rauchwolke auf. Bald würde die Freiwache in der brütenden Hitze des Mannschaftslogis' ihr Mittagessen bekommen, Skillygolee, wie sie es nannten: eine Mischung aus Roggenschleim, zerklopftem Schiffszwieback und Fleischresten vom Vortag; dazu eine volle Ration Bier zum Hinunterspülen.

Bolitho drehte sich in plötzlichem Ärger zu Herrick um.

»Und wie kommen Sie zu dieser bemerkenswerten Ansicht?« Er sah recht wohl, wie Herricks Miene sich verdüsterte, aber trotzdem fuhr er fort: »Ich bin so etwas von Ihnen nicht gewöhnt.«

Herrick entgegnete: »Es ist nur, daß ich nicht zusehen mag, wie Sie sich kaputtmachen, Sir. Mir geht der Verlust der *Nervion* ebenso an die Nieren wie Ihnen, aber es ist nun einmal passiert. Sie haben für die Leute getan, was Sie konnten.«

»Danke für Ihr Mitgefühl«, sagte Bolitho, »aber ich strapaziere weder mich noch die Mannschaft ohne bestimmten Grund. Ich glaube, daß wir gebraucht werden, schon jetzt, in diesem Moment.«

»Vielleicht, Sir.«

Bolitho sah ihn forschend an. »Eben – vielleicht. Aber das habe ich zu verantworten und kein anderer. Wenn ich falsch gehandelt habe, dann werden Sie vielleicht eher befördert, als Sie denken.« Er wandte sich ab. »Wenn die Leute gegessen haben, wird Kurs gewechselt. Nordost zu Ost.« Er blickte zum Wimpel im Topp auf. »Sehen Sie nur, wie es weht! Wir werden die Royals setzen und mit diesem Wind unter unseren Rockschößen laufen, solange es geht.«

Herrick biß sich auf die Lippen. »Ich bin immer noch der Meinung, wir sollten Land anlaufen, Sir, wenigstens um Wasser zu fassen.«

»Ich auch, Mr. Herrick.« Bolitho sah ihm kalt ins Gesicht. »Und ich tue das, sobald es möglich ist, ohne daß uns jemand dabei sieht. Ich habe meine Befehle. Und die führe ich aus, so gut ich kann – verstanden, Mr. Herrick?«

Sie starrten einander an, zornig, beunruhigt, betroffen über die plötzliche scharfe Kontroverse.

»Gewiß, Sir.« Herrick trat zurück und spähte mit zusammengekniffenen Augen in die Sonne. »Sie können sich auf mich verlassen.«

»Schön. Ich dachte schon . . .« Er war mit ausgestreckter Hand einen Schritt vorgetreten; aber in diesem Moment wandte sich Herrick ab, das Gesicht ganz starr, so verletzt war er.

Bolitho hatte seine Worte keineswegs böse gemeint. Er mochte in seinem Leben an vielem gezweifelt haben, aber nicht an Herricks Loyalität. Er war beschämt und wütend über sich selbst. Vielleicht machten ihn der ewige Druck dieser leeren Einförmigkeit, das ständige Zutunhaben mit Leuten, die nichts weiter wollten, als sich vor der Arbeit und der Sonne drücken, dazu die ständigen Pläne und Zweifel, doch mehr kaputt, als er glaubte.

Er drehte sich auf dem Absatz um und sah Davy, der ihn neugierig anblickte. »Mr. Davy«, sagte er scharf, »Sie haben zwar eben erst die Wache übernommen, und es sollte mir leid tun, Sie in Ihren Gedanken zu stören. Aber sehen Sie sich bitte die Fock an!

Setzen Sie ein paar Leute an, damit das in Ordnung kommt!« Er sah das betroffene Gesicht des Leutnants und fügte noch hinzu: »Das Segel sieht genauso schlapp aus wie die ganze Wache!« Als er zum Kajütniedergang schritt, sah er, wie der Leutnant nach vorn eilte. Immerhin – das Focksegel zog zwar nicht ganz so, wie es sollte; aber das als Vorwand zu nehmen, um seine Wut an Davy auszulassen, war auch nicht richtig gewesen.

Am Wachtposten vorbei trat Bolitho in die Kajüte und knallte böse die Tür hinter sich zu. Aber auch hier fand er keine Ruhe. Noddall war dabei, den Tisch zu decken, und machte ein ärgerliches Gesicht, weil Mrs. Raymonds Zofe dauernd hinter ihm hertrippelte wie ein Kind, das sich amüsiert.

Raymond lag schlaff in einem Stuhl bei den Heckfenstern; seine Frau saß auf der Sitzbank, fächelte sich und sah Noddall mit einer Miene zu, die äußerste Langeweile verriet.

Bolitho wollte wieder gehen, aber sie rief: »Bleiben Sie doch, Captain! Wir sehen Sie ja überhaupt nicht mehr!« Sie tippte mit dem Fächer neben sich auf die Holzbank. »Setzen Sie sich doch einen Moment. Ihr geliebtes Schiff wird's schon überstehen.«

Bolitho nahm Platz und stützte den Ellbogen auf das Fenstersims. Es war gut, wieder Leben und Wind zu spüren, das Wirbeln und Schäumen des Kielwassers zu sehen, wie es glatt von der Gillung abfloß oder blubbernd unter dem Ruder hervorkam.

Dann wandte er sich Mrs. Raymond zu und sah sie an. Die ganze Zeit war sie schon an Bord, aber er wußte wenig von ihr. Sie beobachtete ihn amüsiert und forschend. Sie mochte zwei, drei Jahre älter sein als er selbst, war nicht ausgesprochen schön, hatte aber etwas Aristokratisches an sich, das sofort fesselte. Sie hatte schöne gleichmäßige Zähne, und ihr Haar, das ihr offen über die Schultern fiel, war braun wie Herbstlaub. Während er und seine Offiziere ständig schwitzten und Mühe hatten, nach der Tyrannei der Sonne oder nach einer wilden Bö ein sauberes Hemd zu finden, war sie stets untadelig gekleidet. Wie jetzt auch. Sie trug ihr Kleid nicht nur, sie hatte es *arrangiert*, so daß nicht sie hier beim Heckfenster fehl am Platze wirkte, sondern er. Ihre schweren Ohrringe mußten mindestens den Jahressold eines Seesoldaten gekostet haben.

Mrs. Raymond lächelte. »Gefällt Ihnen der Anblick, Captain?«

Bolitho fuhr zusammen. »Entschuldigung, Ma'am. Ich bin müde.«

»Wie galant!« rief sie aus. »Und wie bedauerlich, daß Sie mich nur aus Müdigkeit ansehen.« Sie klappte den Fächer auf und fuhr fort: »Das war ein Scherz, Captain. Machen Sie nicht ein so betroffenes Gesicht!«

Bolitho lächelte. »Vielen Dank.« Plötzlich mußte er an eine andere Frau denken, damals vor drei Jahren in New York. Und an ein anderes Schiff: sein erstes Kommando. Die Welt hatte offen vor ihm gelegen, da hatte ihm jene andere Frau klargemacht, daß das Leben nicht so freundlich war und nicht so einfach.

»Ich habe allerlei Sorgen«, räumte er ein. »Die meiste Zeit meines Lebens habe ich mit Kämpfen und raschen Entschlüssen zu tun gehabt. Aber das jetzt – Tag für Tag nur Segel trimmen und auf die leere See starren – ist mir ungewohnt. Manchmal kommt es mir vor, als hätte ich einen Kauffahrer und kein Kriegsschiff.«

Sie sah ihn nachdenklich an. »Das glaube ich Ihnen. Ich hätte das eher merken müssen.« Die Augen hinter den langen Wimpern verborgen, bot sie ihm ein zögerndes Lächeln. »Dann wäre ich vielleicht nicht so verletzend zu Ihnen gewesen.«

Bolitho schüttelte den Kopf. »Es ist größtenteils meine Schuld. Weil ich so lange auf Kriegsschiffen gefahren bin, setze ich automatisch bei jedem die gleiche Dienstauffassung voraus wie bei mir. Wenn es brennt, erwarte ich, daß alle herbeirennen und löschen. Wenn ein Mann sich gegen mich wendet, Meuterer oder Feind, lasse ich ihn niedermachen oder tue es selbst.« Er blickte ihr ernst ins Gesicht. »Deswegen hatte ich von Ihnen erwartet, daß Sie den verletzten Schiffbrüchigen helfen würden.« Er zuckte die Schultern. »Wie gesagt, ich hatte es erwartet und bat Sie nicht erst darum.«

Sie nickte. »Dieses Eingeständnis muß Sie ebenso überraschen wie mich, Captain.« Lächelnd zeigte sie ihre schönen Zähne. »Hat es die Luft ein bißchen gereinigt?«

»Ja.« Unwillkürlich wischte er die rebellische Locke beiseite, die ihm an der verschwitzten Stirn klebte. Er sah, wie sich beim Anblick der Narbe unter dem Haar ihre Augen weiteten, und sagte rasch: »Entschuldigen Sie mich, Ma'am. Ich muß mir vor dem Essen noch die Seekarte ansehen.«

Als er aufstand und gehen wollte, blickte sie ihn wohlgefällig an. »Sie verstehen Ihre Autorität zu tragen, Captain.« Und mit einem Seitenblick auf ihren schlafenden Mann: »Besser als gewisse andere Leute.«

Bolitho wußte nicht recht, was er dazu sagen sollte. »Das ist wohl kaum ein Gesprächsgegenstand für mich, Ma'am«, brachte er schließlich heraus. Von Deck her hörte man Fußgetrappel, und Schatten glitten rasch über das Oberlicht. Er blickte hoch.

»Was ist das?« fragte sie. Er merkte nicht, daß sie sich über die Unterbrechung ärgerte.

»Ich weiß nicht. Ein Schiff vielleicht. Ich habe befohlen, daß mir dann Meldung gemacht wird, denn ich will jede Begegnung vermeiden.«

Noddall hielt in seiner Arbeit inne, zwei Gabeln in der Hand. »Hab' keine Meldung vom Ausguck gehört, Sir.«

Es klopfte, und Herrick stand keuchend in der Tür.

»Entschuldigung, daß ich so hereinplatze.« Er blickte an Bolitho vorbei auf Mrs. Raymond. »Es wäre besser, wenn Sie mitkämen, Sir.« Bolitho trat hinaus und zog die Tür hinter sich zu. Im Gang zur Offiziersmesse stand eine kleine Gruppe Männer, die offensichtlich auf ihn warteten. Sie sahen verwirrt und betroffen aus, wie Fremde: Bellairs und sein riesiger Sergeant; Triphook, die Pferdezähne entblößt, als wolle er nach einem unsichtbaren Angreifer schnappen; und hinter ihm versteckt der Küfer, ein kleiner, unscheinbarer Deckoffizier namens Joseph Duff. Er war der zweitälteste Mann an Bord und trug bei der Arbeit eine stahlgeränderte Brille, die er jedoch meist vor seinen Messegenossen zu verbergen wußte.

Herrick sagte fast überstürzt: »Duff hat festgestellt, daß unser Trinkwasser zum größten Teil ungenießbar ist, Sir.« Er schluckte mühsam. »Entdeckte es soeben bei einer Routineinspektion und meldete es sofort dem Schiffskorporal.«

Kopfschüttelnd murmelte Triphook: »So etwas habe ich im ganzen Leben noch nicht gesehen.«

Bolitho winkte den Küfer heran. »Nun, Duff, was haben Sie also entdeckt?«

Duff blinzelte ihn durch seine ovalen Brillengläser an; er sah aus wie ein grauer Maulwurf. »Es war eine Routineinspektion, Sir.« Alle drängten sich um ihn, und er schien immer kleiner zu werden. Soames war aus seiner Kajüte hinzugekommen und ragte hinter Bellairs wie ein Baum auf. Zitternd sprach Duff weiter: »Alles gute Fässer, Sir, dafür habe ich gesorgt. Das ist immer das erste, worauf ich achte. Hab' mein Geschäft bei einem erstklassigen alten Küfer auf der *Gladiator* gelernt, und . . .«

»Himmeldonnerwetter, sagen Sie es dem Captain endlich!« rief

Herrick verzweifelt.

Duff ließ den Kopf noch tiefer hängen. »In den meisten Fässern ist das Wasser faul, Sir. Ist auch kein Wunder.«

Sergeant Coaker trat vor; seine Stiefel knarrten, als das Schiff plötzlich in ein Wellental tauchte. Er trug ein kleines Bündel in der Hand, hielt es aber von sich ab, als sei es lebendig.

»Aufmachen!«

Mit steinernem Gesicht faltete der Sergeant das Bündel auseinander. Bolitho hatte ein Gefühl, als stiege das Deck rasend schnell in die Höhe; Brechreiz würgte ihn, denn das Bündel enthielt eine menschliche Hand, verkrümmt wie im Zustand der Amputation.

Erstickt rief Soames: »Jesus Christus!«

Leise sagte Duff: »Und das in allen Fässern, Sir. Außer in den letzten beiden am Schott.«

»Stimmt, Sir«, bestätigte Triphook dumpf. »Überall Leichenteile drin.« Er zitterte heftig. Schweiß strömte über sein Gesicht. »Da war ein Teufel am Werk, Sir!«

Ein kurzer Schreckensschrei erscholl, und Bolitho trat rasch vor den Küfer; Mrs. Raymond, die unbemerkt herzugekommen war, keuchte: »Mir wird schlecht!« Sie lehnte sich an den Seesoldaten vor der Tür, das Gesicht kreideweiß, und starrte entsetzt die Gruppe an.

»Schaffen Sie das weg!« befahl Bolitho scharf. Und zu dem herumgeisternden Noddall: »Rufen Sie diese alberne Zofe und kümmern Sie sich um die Dame!« Sein Verstand wehrte sich noch gegen Duffs furchtbare Entdeckung, gegen ihre Bedeutung und die Maßnahmen, die er jetzt treffen mußte. »Der Schiffsarzt zu mir!«

Bellairs betupfte sich die Lippen mit seinem Taschentuch. »Übernehmen Sie, Sa'rnt Coaker! Lassen Sie den Doktor holen!« Er blickte die anderen bedeutungsvoll an. »Zweifle allerdings, ob er . . . Na ja.«

»Vielleicht gehen wir lieber hier hinein, Sir?« fragte Herrick und machte einen Schritt zur Seite, so daß Bolitho in die Offiziersmesse treten konnte. Dort war es eng und stickig; der für das Dinner gedeckte Tisch wirkte ziemlich deplaziert neben den beiden Zwölfpfündern. Bolitho sank schwer auf eine Seekiste und starrte durch die nächste Stückpforte. Der frische Wind und die tanzenden Wellen freuten ihn jetzt nicht mehr. Gefahr lauerte an Bord seines Schiffes.

»Ein wenig Wein, Sir?« schlug Herrick vor.

Als Bolitho sich umdrehte, sah er, daß die anderen kein Auge von ihm wandten. Soames stand am Kopf der Tafel, Bellairs und Triphook an ihrem anderen Ende. In diesen flüchtigen Sekunden erinnerte er sich an seine Zeit als junger Leutnant: In der Offiziersmesse speiste man nicht nur miteinander, sondern man teilte auch seine Zweifel und Befürchtungen und rechnete auf die Hilfe der Kameraden. Achtern, hinter dem Besanmast, war der Kapitän eine ferne, gottähnliche Gestalt und unerreichbar. Niemals, so lange er zurückdenken konnte, hatte er geglaubt, daß ein Kapitän mehr brauche als Gehorsam.

Man *fühlte* sich sogar anders in der Messe; Pistolen hingen in einem Wandgestell und auf einer Leine ein paar Hemden, die der Messejunge eben gewaschen hatte; dazu Essensgeruch aus einem leise brodelnden Topf.

»Danke sehr«, entgegnete Bolitho. »Ein Glas Wein wüßte ich im Augenblick durchaus zu schätzen.«

Sie entspannten sich etwas, und Soames sagte: »Wir müssen also umkehren, Sir.« Er überlegte einen Moment. »Oder lieber die afrikanische Küste anlaufen.«

Stiefel knarrten draußen, und Mudge schob sich herein; sein graues Haar stand ihm starr vom Kopf ab, als er den Hut in die Ecke warf. »Verdammt sollen meine Augen sein, aber was höre ich da für eine blutige Schweinerei?« Er sah Bolitho und murmelte: »Pardon, Sir. Wußte nicht, daß Sie hier sind.«

Herrick hielt Bolitho ein Glas Weißwein hin. Er lächelte nicht, wirkte jedoch gelassen. »Der ist noch ziemlich frisch, Sir.«

Dankbar nippte Bolitho. »Sehr nett von Ihnen.« Er spürte die Säure des Weines in der Kehle. »Nach dem Anblick von vorhin . . .« Er fuhr herum, als der Arzt schlurfend durch die Tür trat, mit offenem Hemd und verschwommenen Augen.

»Sie wissen Bescheid, Mr. Whitmarsh?« Des Doktors Kinn war voller Stoppeln, und es kostete ihn augenscheinlich Mühe, geradeaus zu blicken. In aller Stille hatte er sich offenbar für die Zeit, in der er wegen seiner angestrengten Tätigkeit nicht hatte trinken können, schadlos gehalten. »Nun?« fragte Bolitho.

Whitmarsh tastete sich zu einem der Geschütze hin, hielt sich mit beiden Händen daran fest und sog durch die offene Stückpforte wie ein Erstickender die frische Luft ein.

»Ich habe es gehört, Sir. Ich weiß Bescheid.«

Bolitho sah ihn unbewegt an. »Da die Wasserfässer in Ordnung waren, als wir sie in Spithead an Bord nahmen, liegt es nahe, daß diese Leichenteile aus Ihrem Operationsraum stammen.« Er hielt inne; der Arzt tat ihm leid, aber Eile war nötig. »Meinen Sie nicht auch?«

»Vermutlich.« Whitmarsh wankte zum Tisch und schenkte sich ein großes Glas Wein ein. Scharf sagte Bolitho: »Wenn Sie das jetzt trinken, Mr. Whitmarsh, dann sorge ich dafür, daß Sie keinen Tropfen mehr kriegen, so lange Sie unter meinem Kommando sind!« Er stand auf. »Jetzt denken Sie nach, Mann! Wer kann das getan haben?«

Whitmarsh stierte das Glas in seiner Hand an; er schwankte stark, obwohl das Schiff nur schwach rollte.

»Ich hatte ununterbrochen zu tun, Sir, die Verwundeten waren in einem furchtbaren Zustand. Dabei halfen mir die Sanitätsgasten und mein Maat.« Er verzerrte das Gesicht vor angestrengtem Nachdenken; Schweiß tropfte ihm vom Kinn. »Sullivan war es. Er hatte amputierte Gliedmaßen und andere Abfälle fortzuschaffen. Er war sogar recht willig dabei.« Der Arzt nickte unsicher. »Jetzt weiß ich es wieder: Sullivan.« Er sah Bolitho starr an. »Der Mann, den *Sie* auspeitschen ließen, Sir.«

»Seien Sie nicht so verdammt unverschämt zum Captain!« sagte Herrick grob.

Plötzlich war Bolitho völlig ruhig. »Ist das Wasser Ihrer Meinung nach für uns noch zu gebrauchen, Mr. Whitmarsh?«

»Auf keinen Fall.« Der Arzt starrte ihn immer noch an. »Es muß über Bord gegossen, die Fässer müssen sofort ausgescheuert werden. Ein Schluck Wasser, in dem verfaultes Fleisch war, und Sie haben eine Seuche an Bord! Ich hab' das schon erlebt. Da ist keine Heilung möglich!«

Ganz langsam stellte Bolitho sein Glas auf den Tisch, damit er Zeit hatte, sich zu beruhigen. »Anscheinend sind Sie nicht der einzige, der auf Heimatkurs zu gehen wünscht, Mr. Herrick. Und nun schnappen Sie sich Sullivan und stellen ihn unter Bewachung, damit er nicht noch mehr Unheil anrichtet!« Er wandte sich wieder an Whitmarsh. »Ich bin noch nicht fertig mit Ihnen.«

Schritte hasteten über das Achterdeck, dann trat Herrick wieder ein. »Sir, dieser verdammte Sullivan sitzt oben auf der Großbramrah und spielt verrückt! Keiner kann an ihn ran!«

Bolitho hörte Rufe an Deck und noch mehr Schritte. »Ich gehe hinauf!« sagte er.

Die Decksgänge waren voller Matrosen und Soldaten; Don Puigserver und sein spanischer Leutnant waren auch dabei und beobachteten zusammen mit Davy einen Bootsmannsmaat, der in den Großmast aufenterte, um Sullivan zu erreichen.

Der Matrose hockte auf der Rah; anscheinend machte ihm weder das mächtige geschwellte Segel noch die glühende Sonne auf seinem Rücken etwas aus. Er war bis auf einen Gürtel völlig nackt, in dem der breite Dolch steckte, für dessen Gebrauch er ausgepeitscht worden war.

Nervös sagte Davy: »Ich weiß nicht, was ich machen soll, Sir. Der Kerl hat offenbar einen Sonnenstich oder Schlimmeres.«

Der Bootsmannsmaat brüllte: »Jetzt scher dich an Deck, oder, beim lebendigen Jesus, ich schmeiß dich eigenhändig von der Rah!«

Aber Sullivan warf nur den Kopf zurück und lachte schrill, nervenzerreißend. »Aber, aber, Mr. Roskilly! Was wollen Sie denn machen? Mich mit Ihrem kleinen Tampen verhauen?« Er lachte wieder und riß den Dolch aus dem Gürtel. »Na, dann komm doch, Kleiner! Auf dich warte ich gerade, du verdammter Arschkriecher!«

»Kommen Sie herunter, Roskilly!« rief Bolitho. »Es hat keinen Sinn, sich umbringen zu lassen!«

Sullivan spähte unter der vibrierenden Rah hervor. »Hoppla, Leute – wen haben wir denn da? Keinen Geringeren als unseren schneidigen Käpt'n!« Er schüttelte sich vor Lachen. »Und er ist ganz durcheinander, weil ihm der arme alte Tom Sullivan sein schönes Wasser versaut hat!«

Ein paar Matrosen hatten über das seltsame Schauspiel gegrinst, aber als die Rede auf Wasser kam, wurden sie schnell wieder ernst. Bolitho musterte die erhobenen Gesichter und spürte die sich ausbreitende Betroffenheit wie den Anhauch einer Flamme. Laut dröhnten seine Schritte in der plötzlichen Stille, als er nach achtern ging. Unter der Rahe blieb er stehen und blickte hoch. »Komm herunter, Sullivan!« Er stand im prallen Sonnenlicht, denn das bauchige Segel bot ihm keinen Schatten; er spürte Schweiß auf Brust und Schenkeln und auch den Haß des Mannes dort oben. »Für heute hast du genug angestellt!«

Sullivan kicherte. »Habt ihr das gehört, Jungs? Genug angestellt!« Er beugte sich über die Rah, das Sonnenlicht spielte über die Narben auf seinem Rücken, die weißlich von der gebräunten

Haut abstachen. »*Sie* haben genug mit mir angestellt, Käpt'n Bluthund Bolitho!«

»Sergeant Coaker!« befahl Herrick. »Lassen Sie einen Scharfschützen nach achtern kommen! Der Kerl da oben ist gemeingefährlich.«

»Befehl belegt!« rief Bolitho scharf, die Augen immer noch auf die Großbramrah gerichtet. »Ich will nicht, daß er abgeschossen wird wie ein toller Hund.« Er merkte, daß Puigserver ihn und nicht den Mann auf der Rah beobachtete, und daß Allday, ein Entermesser in der Hand, dicht neben ihm stand. Aber sie hatten alle nichts damit zu tun, es war eine Sache zwischen Sullivan und ihm. Er rief nach oben: »Ich *bitte* dich, Sullivan!« Er dachte an das Gesicht der Frau in der Kajüte. *Ich bat Sie nicht erst darum,* hatte er zu ihr gesagt.

»Zur Hölle mit Ihnen, Käpt'n!« Sullivan kreischte jetzt schrill, sein nackter Körper wand sich auf der Rah wie in qualvollen Krämpfen. »Und dabei helfe ich jetzt nach!«

Bolitho sah kaum die Handbewegung, nur das kurze Aufblitzen des Sonnenlichts auf der Klinge; dann entfuhr ihm ein leiser Ausruf: das Messer ritzte seinen Ärmel und fuhr dicht neben seinem rechten Schuh mit solcher Kraft in die Planken, daß sich fast ein Zoll der Klinge ins Holz bohrte.

Sullivan war wie erstarrt; ein langer Faden Speichel wehte von seinem Kinn. Ungläubig starrte er zu Bolitho hinab, der regungslos am Fuß des Mastes stand, während ihm Blut über Ellenbogen und Unterarm lief und aufs Deck tropfte. Bolitho ließ Sullivan nicht aus den Augen, und die Konzentration half ihm, den brennenden Schmerz der Schnittwunde zu ignorieren.

Plötzlich erhob sich Sullivan und begann, auf der Rah außenbords zu kriechen. Wildes Geschrei erscholl an Deck; Herrick griff nach Bolithos Arm, um den jemand ein Tuch wickelte, so daß der Schmerz dumpfer wurde.

Whitmarsh war bei den Netzen aufgetaucht und schrie ebenfalls dem Mann etwas zu, dessen Gestalt sich nun scharf vom blauen Himmel abhob. Sullivan drehte sich um und rief zum erstenmal mit jetzt normaler Stimme: »Und Sie auch, Doktor! Gott verdamme Sie zur Hölle!« Dann sprang er in hohem Bogen ins Leere und schlug Sekunden später laut aufklatschend ins Wasser. Ein paar Augenblicke trieb er noch achteraus, doch als der große Schatten des Besansegels über ihn hinwegglitt, warf er die Hände hoch und ging unter.

»Den hätten wir nie auffischen können«, sagte Herrick. »Wenn wir bei diesem Wind beidrehen, kommt alles von oben.«

Bolitho wußte nicht, zu wem Herrick sprach, vielleicht zu sich selbst. Er schritt zum Niedergang, den blutigen Arm mit der anderen Hand umklammernd, und sah noch, wie Roskilly, der Bootsmannsmaat, den Dolch aus den Planken zog. Roskilly war ein kräftiger Mann, aber er mußte zweimal ansetzen, bis die Waffe freikam.

Puigserver war Bolitho gefolgt. »Das war tapfer von Ihnen, *Capitan*.« Er seufzte. »Aber er hätte Sie töten können.«

Bolitho nickte. Die Schmerzen wurden stärker. »Wir haben harte Zeiten vor uns, *Señor*. Wir müssen Wasser finden, und zwar bald. Aber umkehren werde ich nicht.« Er biß die Zähne zusammen.

Puigserver sah ihn melancholisch an. »Es war eine schöne Geste, aber sie hätte Sie das Leben kosten können. Und alles wegen eines Verrückten.«

Bolitho betrat seine Kajüte. »Vielleicht waren wir beide nicht ganz klar im Kopf.«

Herrick kam ihm eilig nach, und sie sahen, daß in der Kabine direkt unter dem Oberlicht ein Stuhl stand: Raymond mußte hinaufgestiegen sein, um das Drama oben zu beobachten.

Mrs. Raymond stand am Heckfenster. Sie war sehr blaß, kam ihm jedoch entgegen. »Ihr Arm, Captain!« Dann befahl sie ihrer Zofe: »Verbandszeug!«

Jetzt erst merkte Bolitho, daß Herrick in der Kajüte war. »Nun?«

Herrick blickte ihn besorgt an. »Was Sie da taten . . .«

»Hätte mich das Leben kosten können. Ich weiß.« Er zwang sich zu einem Lächeln. »Das habe ich bereits von anderer Seite gehört.«

Herrick atmete langsam aus. »Und ich glaubte, Sie zu kennen, Sir.«

»Aber jetzt, Thomas?«

Herrick grinste. »Ich weiß nur, daß Sie mich immer wieder überraschen. Mich und andere auch.« Er machte eine Handbewegung zum Deck hin. »Eben habe ich gehört, wie ein Matrose, der fast einen Monat lang nur geschimpft und über den Dienst geflucht hat, Sullivans schwarze Seele in die tiefste Hölle wünschte, weil er Sie umbringen wollte.« Sein Grinsen verschwand. »Aber mir wäre es lieber, Sie würden die Mannschaft auf andere Weise gewinnen, Sir.«

Die Zofe brachte eine Schüssel zum Tisch, und Bolitho hielt ihr den Arm hin.

»Wenn Sie etwas wissen, Thomas, womit man sie bei guter Stimmung halten kann, dann wäre ich Ihnen dankbar, wenn Sie's mir sagten. Inzwischen lassen Sie ›Alle Mann‹ pfeifen und setzen Sie die Royals. Ich brauche jeden Fetzen Leinwand, den das Schiff tragen kann.« Herrick wollte gehen, aber Bolitho hielt ihn zurück. »Und geben Sie bekannt: die Ration wird auf eine Pinte* Wasser pro Tag gekürzt.« Er blickte sich in der Kajüte um. »Auch für Offiziere und Passagiere.«

Herrick zögerte. »Und der Schiffsarzt, Sir?«

Bolitho schaute auf die Zofe hinab, die den tiefen Schnitt in seinem Arm säuberte. Sie erwiderte seinen Blick ohne Scheu.

»Ich bin einstweilen in guten Händen«, sagte er. »Über Mr. Whitmarsh werde ich nachdenken, wenn ich mehr Zeit habe.«

Bolitho stand wartend am offenen Heckfenster. Das Mondlicht zeichnete einen glitzernden Pfad auf das Wasser. Die See war ungewöhnlich bewegt, aber das rührte, wie er wußte, von einer Tiefenströmung her, die sich noch viele Meilen von der afrikanischen Küste entfernt bemerkbar machte. Eben kamen, hörte er, die anderen in die Kajüte und nahmen am Tisch Platz. Gläser klirrten, Wein wurde eingeschenkt; Noddall tat seine Arbeit. Trotz der Kühle nach des Tages Sonnenglut fühlte er sich ausgedörrt und steif. Um ihn herum knarrte und stöhnte das Schiff in seinen ausgetrockneten Planken; ein Wunder, daß es nicht leckte wie ein alter Bottich.

Eine Woche war jetzt vergangen, seit Sullivan in den Tod gesprungen war. Sieben lange Tage, in denen sein Schiff wieder und wieder die Küste angesteuert hatte; aber jedesmal war irgendwo ein Segel oder auch nur ein Eingeborenenfahrzeug gesichtet worden, und er hatte wieder abgedreht.

Jetzt durfte er es nicht länger aufschieben. Nachmittags war Whitmarsh bei ihm gwesen. Der Mann hatte so viele eigene Probleme, daß eine Unterredung mit ihm schwierig gewesen war.

* 0,57 Liter (der Übersetzer).

Immerhin hatte der Arzt klar und deutlich erklärt, daß er die Verantwortung für die Gesundheit der Mannschaft nicht mehr übernehmen konnte, wenn Bolitho weiter darauf bestand, sich vom Land fernzuhalten. Die beiden verbliebenen Fässer Trinkwasser waren fast leer, und der Rest konnte kaum noch Wasser genannt werden – es war eher Schlamm. Immer mehr Männer lagen krank im Orlopdeck; und die, welche noch dienstfähig waren, durfte man keine Minute lang unbewacht lassen. Ständig gab es Streit und Wutausbrüche; und die Deckoffiziere mußten auch im Hinterkopf Augen haben, damit sie nicht ein Messer in den Rücken bekamen.

Herrick meldete: »Alle anwesend, Sir.« Er war wie die anderen gespannt und argwöhnisch.

Bolitho wandte sich um und musterte seine Offiziere. Alle waren da außer Soames, der die Wache hatte, sogar die drei Midshipmen. Er sah sie nachdenklich an. Das Kommende mochte ihnen eine Lehre für später sein.

»Ich beabsichtige, morgen wieder Kurs aufs Land zu nehmen.«

Don Puigserver und sein Leutnant standen beim Schott; Raymond, etwas entfernt von ihnen, rieb sich das Kinn mit ruckartigen, nervösen Bewegungen.

Davy sagte: »Ausgezeichnet, Sir«, und trank einen Schluck Wein. »Wenn wir den Leuten noch mehr Rum und noch weniger Wasser geben«, fuhr er fort, »sind sie bald zu blau, um auch nur einen Finger zu rühren.« Er zwang sich ein Lächeln ab. »Eine schöne Bescherung wäre das.«

Bolitho wandte sich Mudge zu. Der saß im breitesten Sessel, trug wie immer seinen dicken Rock und starrte zum offenen Oberlicht hinauf, wo eine Motte im Licht der Deckenlampe tanzte. Dann blickte er in Bolithos Gesicht und seufzte.

»Ich war nur einmal an dieser Küste, Sir. Als Steuermannsmaat auf der *Windsor*, einem Indienfahrer. Wir steckten damals in derselben Klemme: kein Wasser, wochenlang Flaute, die halbe Mannschaft verrückt vor Durst.«

»Aber es gibt dort tatsächlich Wasser?« fragte Bolitho.

Der Alte rutschte in seinem Stuhl mit kurzen knarrenden Rucken zum Tisch hinüber und tippte auf die dort ausgebreitete Karte. »Wir sind jetzt in der Straße von Mozambique, das wissen wir alle.« Wütend glotzte er Midshipman Armitage an. »Abgesehen von ein paar, die zu blöd sind, um Navigation zu lernen.« In etwas milderem Ton fuhr er fort: »Die afrikanische Küste ist hier ziemlich wild und noch wenig erforscht. Schiffe laufen sie natürlich hin und wieder an, wegen Wasser. Oder vielleicht 'n bißchen Handel. Und manchmal auch, um schwarzes Elfenbein zu laden.«

Midshipman Keen, der einzige, dessen Gesicht nicht von Überanstrengung gezeichnet war, blickte Mudge erstaunt an. »Schwarzes Elfenbein, Sir?«

»Sklaven«, sagte Herrick scharf. Mudge lehnte sich behaglich zurück. »Folglich müssen wir vorsichtig sein. Mit 'ner ausreichenden Truppe an Land gehen, das Wasser einnehmen, wenn ich tatsächlich noch weiß, wo welches ist, und dann gleich wieder auf See.«

»Meine Soldaten machen das schon«, warf Hauptmann Bellairs ein.

Mudge warf ihm einen zornigen Blick zu. »Genau, Sir! In ihren hübschen roten Röcken, mit Trommeln und Pfeifen – ein schönes Bild, stelle ich mir vor.« Grob fügte er hinzu: »Die Wilden werden sie zum Frühstück fressen, ehe sie auch nur ihre verdammten Stiefel putzen können!«

»Hören Sie mal!« Bellairs war ehrlich schockiert.

Bolitho nickte. »Also gut. Der Wind steht richtig, wir müßten morgen gegen Mittag ankern können.«

»Aye«, stimmte Mudge zu. »Aber nicht zu dicht unter Land, Sir. Denn ein ganzes Stück vor der Landspitze liegt ein Riff. Das heißt: alle Boote zu Wasser und ein langer Pull für die Leute.«

»Ja.« Bolitho sah Davy an. »Sie besprechen mit dem Stückmeister die Bewaffnung der einzelnen Boote. Drehbassen für Pinaß und Kutter, Standmusketen für die anderen Boote.« Er blickte in die aufmerksamen Gesichter. »Und ein Offizier pro Boot. Auf manche von unseren Leuten müssen wir scharf aufpassen, und sei es auch nur zu ihrem eigenen Besten.« Er ließ die Worte wirken. »Denken Sie immer daran: die meisten sind in solchen Unternehmungen völlig unerfahren; nur weil wir jetzt zwei Monate zusammen sind, kommen sie Ihnen vielleicht wie befahrene Seeleute vor. Doch das sind sie nicht; also behandeln Sie sie entsprechend! Führen Sie sie und überlassen Sie das nicht anderen weniger Qualifizierten.«

Er bemerkte, daß die Midshipmen Blicke tauschten wie Schuljungen vor einem Streich. Keens Augen glitzerten vor Erregung. Der kleine Penn war offensichtlich stolz, für voll genommen zu werden. Dem unglückseligen Armitage hatte die Sonne die Stirn verbrannt, weil er ein paar Minuten lang ohne Hut an Deck gewesen war. Diese beiden Kerlchen waren leider noch unerfahrener als die meisten Matrosen.

Bolitho sah auf die Karte. Wenn Sullivan nicht gewesen wäre, hätten sie die ganze Reise bis Madras ohne Unterbrechung geschafft, trotz der Ausfälle durch Krankheit. Herrick hatte ihm helfen wollen, indem er sagte, es sei eben Pech; Puigserver hatte ihm versichert, er stehe bei jeder Entscheidung über das Wohl des Schiffes hinter ihm. Aber es waren eben *seine* Entscheidungen, daran konnte niemand etwas ändern.

Unter den Anwesenden waren mehrere, die mit dem Schiffsarzt überhaupt nicht mehr sprachen; und vielleicht nur aus diesem Grund hatte Bolitho nichts weiter dazu gesagt, daß Whitmarsh sich ausgerechnet Sullivan als Helfer ausgesucht und ihm, mochte er nun verrückt gewesen sein oder nicht, Gelegenheit gegeben hatte, das Wasser zu verderben. Er sah den Doktor nur beim Krankenstandsbericht und war jedesmal erschüttert über den Zustand des Mannes: verbittert, innerlich kochend und dabei unfähig, seine Probleme mit anderen zu besprechen. Er versuchte es nicht einmal.

Bolitho hörte eine Frauenstimme, und die anderen sahen zum Oberlicht hoch, wo an Deck Schritte zu vernehmen waren: Mrs. Raymond und ihre Zofe beim gewohnten Spaziergang unter dem Sternenhimmel. Hoffentlich paßte Soames auf, daß sie das Achterdeck nicht verließen. Er konnte für ihre Sicherheit nicht garantieren, wenn sie gewissen Matrosen vor die Hände liefen. Bolitho wußte genau, welche Gefühle die Mannschaft hegte.

Den Freiwilligen mußte es ziemlich anders vorkommen, als die Rekrutierungsplakate ihnen versprochen hatten; und die Männer von den Gefängnishulken meinten jetzt vielleicht, sie hätten einen schlechten Tausch gemacht. Selbst flüchtige Verbrecher mochten von Zweifel und Reue geplagt werden. Ihre Verbrechen kamen ihnen nun, da sie Festnahme und Prozeß nicht mehr zu fürchten hatten, wohl weniger bedrohlich vor als Hitze, Durst und die tägliche Qual von Dienst und Disziplin.

Er sah, wie Raymond sich auf die Lippen biß, während seine Augen dem Klang der sich entfernenden Schritte folgten, als könne er durch die Decksplanken sehen. Gerade in der Enge des Schiffes entfremdeten sich seine Frau und er immer mehr. Es war schon eine seltsame Ehe.

Bolitho erinnerte sich an ein Vorkommnis der letzten Tage. Im Kartenraum, der ihm als Behelfskajüte diente, hatte Allday ihm soeben den Arm neu verbunden. Mrs. Raymond war ohne vorher anzuklopfen eingetreten; weder er noch Allday hatten sie kommen gehört. Gelassen stand sie an der offenen Stückpforte und sah wortlos zu. Bolitho war bis zum Gürtel nackt, und als er nach seinem frischen Hemd griff, hatte sie leise bemerkt: »Wie ich sehe, haben Sie noch eine andere Narbe, Captain.«

Bolitho hatte sich an die Rippen gefaßt und war sich plötzlich des rissigen Wundmales bewußt geworden, das von einem Pistolenschuß zurückgeblieben war. Grob hatte Allday gesagt: »Der Captain ist beim Anziehen, Madam! An Land sind die Sitten anscheinend anders als an Bord!« Aber sie war ruhig stehengeblieben und hatte ihn mit halbgeöffneten Lippen angesehen. Doch wie konnte sie verstehen, woran er dachte? An den Gegner, der auf ihn geschossen hatte: ein Offizier seines eigenen Bruders, der ein Verräter war, ein steckbrieflich gesuchter Renegat. Jetzt war Hugh tot und von den meisten, die ihn gekannt hatten, vergessen. *Aber nicht von mir.*

Er schüttelte seine trüben Gedanken ab. Wichtig war nur das unmittelbare Vorhaben: Wasser. Nur das brauchte er, um nach Madras zu kommen. Was dann kam, war eine andere Sache, die warten konnte.

»Das ist alles, meine Herren!« Er merkte, daß er schärfer gesprochen hatte, als in seiner Absicht lag, und fügte hinzu: »Wir haben ein gutes Schiff, eines der modernsten und seetüchtigsten Fahrzeuge, das je gebaut wurde. Wir können es mit jedem Schiff aufnehmen, es sei denn mit einem Linienschiff.« Herrick sah ihn bei diesen Worten lächelnd an, und die gemeinsame Erinnerung schloß die Kluft zwischen ihnen. Er machte eine kleine Pause und sprach dann weiter: »Und auch dabei gibt es seltene, allerdings nicht empfehlenswerte Ausnahmen. Aber ohne Trinkwasser sind wir Krüppel ohne die Kraft und den Schwung, einem neuen Tag ins Auge zu sehen. Denken Sie an meine Worte: Seien Sie wachsam! Im Augenblick ist das alles, was ich von Ihnen will.«

Sie verließen die Kajüte, und er blieb mit Puigserver und Raymond allein. Raymond blickte hoffnungsvoll den Spanier an, doch als dieser keine Anstalten machte, seinen üblichen Abendspaziergang an Deck anzutreten, verließ er die Kajüte.

Bolitho setzte sich ans Fenster und betrachtete das Mondlicht, das auf dem schäumenden Kielwasser der *Undine* spielte.

»Was stimmt nicht mit ihm, *Señor*?« Merkwürdig, wie leicht

man mit Puigserver reden konnte. Noch vor einem knappen Jahr war er ein Feind gewesen, einer, den Bolitho im Gefecht getötet hätte, es sei denn, er hätte sich ergeben. Oder umgekehrt. Puigserver war ein kraftvoller Mann, soviel stand fest, und ließ sich nicht in die Karten sehen. Aber Bolitho vertraute ihm. Der größte Teil der Mannschaft hatte ihn ebenfalls akzeptiert – wie Allday, der es schon lange aufgegeben hatte, sich um die richtige Aussprache seines Namens zu bemühen; sie nannten ihn *Mr. Pigsliver**, aber es klang beinahe wohlwollend.

Puigserver musterte ihn amüsiert. »Mein lieber *Capitan*, Raymond ist wie ein Wachhund. Er hat Angst wegen seiner Frau – nicht so sehr, daß andere ihr etwas tun, sondern davor, was sie selbst tun wird.« Ein tiefes Lachen stieg aus seinem Bauch empor. »Sie selbst, glaube ich, bekommt allmählich Spaß an diesem Spiel und weiß ganz genau, daß jeder Mann an Bord sie mit heißen Augen ansieht. Sie steht stolz wie eine Tigerin da.«

»Sie scheinen ja eine ganze Menge über sie zu wissen, *Señor.*«

Das Lächeln wurde noch breiter. »Von Schiffen verstehen Sie sehr viel, *Capitan.* Aber über Frauen haben Sie zum Unterschied von mir noch eine Menge zu lernen, fürchte ich.«

Bolitho wollte protestieren, ließ es aber lieber. Die Erinnerung war noch zu frisch und schmerzhaft, als daß er Puigservers Behauptung hätte bestreiten können.

VI Unternehmen zu Lande

Gespannt blickten sie auf die Küste, die im Morgenlicht zunehmend Farbe und Kontur gewann. »Na, Thomas – was meinen Sie dazu, so aus der Nähe?« fragte Bolitho verhalten. Sie hatten sich dem Land seit Sonnenaufgang vorsichtig genähert. Jetzt lag es vor ihnen – ein endloses Panorama in vielerlei Grüntönen.

Mit zwei erfahrenen Matrosen auf dem Wasserstag, die unablässig loteten, und mit so wenig Leinwand wie möglich tastete sich die *Undine* auf diese unberührte Welt zu: so dicht wuchs der Dschungel, daß man meinte, weder Mensch noch Tier vermöchten von der Küste aus ins Innere vorzudringen.

»Der Steuermann scheint zufrieden, Sir«, entgegnete Herrick

* = Schweineleber (der Übersetzer).

gelassen und richtete sein Fernrohr auf die Küste. »Alles sieht so aus, wie er es beschrieben hat: im Norden ein rundes Kap und etwa eine Meile landeinwärts dieser seltsam aussehende Berg.«

Bolitho stieg auf einen Poller und spähte hinüber. Die *Undine* hatte schließlich etwa vier Kabellängen* vor dem Strand Anker geworfen, um auch bei Niedrigwasser genügend Seeraum und Tiefe zu haben. Immerhin sah es ziemlich flach aus; er konnte sogar den mächtigen Schatten erkennen, den der kupferbeschlagene Rumpf der *Undine* am Meeresgrund warf. Heller Sand auch hier wie in den zahlreichen, weitgeschwungenen Buchten, die sie bei ihrer vorsichtigen Annäherung gesehen hatten.

Lange Fahnen fremdartigen Seegrases wiegten sich in der Strömung wie in einem müden Tanz. Aber wenn das Schiff an seiner Ankerkette nach Backbord schwojte, sah Bolitho andere Gebilde – braun und grün, wie Flecken im Wasser: Riffe. Mudge hatte mit seiner Vorsicht durchaus recht gehabt. Und nach dem Schiffbruch der *Nervion* fand man sie an Bord auch ganz selbstverständlich.

Längsseits waren die ersten Boote bereits ausgebracht, und Shellabeer, der Bootsmann, schimpfte fäusteschüttelnd mit einigen spanischen Matrosen, die eines davon lenzten. Es würde für die ausgetrockneten Fahrzeuge gut sein, wieder ins Wasser zu kommen, dachte Bolitho.

Beiläufig sagte er: »Ich gehe mit an Land; passen Sie hier gut auf.« Er konnte Herricks unausgesprochenen Protest spüren und sprach deshalb rasch weiter: »Wenn an Land etwas schiefgeht, wird es ganz gut sein, wenn ich mit dabei bin.« Er wandte sich um und klopfte Herrick auf die Schulter. »Außerdem habe ich das Bedürfnis, mir die Beine zu vertreten. Das ist mein Privileg als Kapitän.«

Auf dem Geschützdeck schritt Davy bereits auf und ab, musterte die Bootsmannschaften, sah die Waffen nach und kontrollierte das Geschirr für das Verladen der Wasserfässer. Der Himmel über ihnen war bleich, wie von der Sonne zerkocht, und alle Farben beschränkten sich auf den glitzernden Küstenstreifen. Die Ruhe über diesem Landstrich beeindruckte Bolitho stark. Nur hier und da rollte eine Welle wie ein weißes Schaumkollier auf den Strand, bis an den Fuß der Dünen. Es war, als hielte das Land den Atem an; Bolitho konnte sich vorstellen, daß tausend Augen, zwi-

* 1 Kabellänge = 0,1 Seemeile = 185,3 m (der Übersetzer).

schen den Bäumen versteckt, die vor Anker liegende Fregatte belauerten. Mit dumpfem Ton setzten die Drehgeschütze, von Bord abgefiert, auf dem Bug von Barkasse und Kutter auf, während die Standmusketen mit ihren trichterförmigen Mündungen in Gig und Pinasse untergebracht wurden. Die Jolle war zu klein für die großen Wasserbehälter und sollte auch für den Notfall reserviert werden.

Bolitho rieb sich das Kinn und starrte auf die Küste. Notfall? Alles wirkte doch so ruhig. Während sie aufs Land zugeschlichen waren, an zahlreichen Buchten vorbei, die eine wie die andere aussahen (nur Mudge konnte sie allenfalls unterscheiden), hatte er unbewußt auf ein Anzeichen, eine Andeutung von Gefahr gewartet. Aber nirgends lag ein Boot auf dem Sand, nirgends stieg Rauch von einem Feuer empor, nicht einmal der Ruf eines Vogels hatte die Stille unterbrochen.

»Boote klar, Sir!« meldete Shellabeer und wandte dabei sein fleischiges Gesicht von der blendenden Sonne ab.

Bolitho trat zur Reling und schaute hinunter auf das Geschützdeck. Die Matrosen schienen sich verändert zu haben – vielleicht wegen der Entermesser an ihren Gürteln oder weil sie über dem Tatendurst vorübergehend den wirklichen Durst vergaßen. Die meisten hatten sich überhaupt sehr verändert, seit sie an Bord waren. Ihre nackten Rücken waren von der Sonne tief gebräunt; hier und da verriet eine Brandnarbe, daß der Mann unvorsichtig oder einfach dumm gewesen war.

»Da drüben liegt Afrika, Jungs!« rief Bolitho. Ein Raunen der Erregung ging durch die Reihen wie Wind durch ein Kornfeld. »Ihr werdet dergleichen noch oft sehen, ehe wir wieder auf Heimatkurs gehen. Tut, was euch befohlen wird, bleibt bei eurer Abteilung, dann kann euch nichts passieren.« Und in schärferem Ton: »Aber es ist ein gefährlicher Küstenstrich, und die Eingeborenen haben wenig Veranlassung, fremden Seeleuten zu trauen. Also paßt gut auf und beeilt euch mit dem Wasserfassen!« Er nickte ihnen zu. »Und jetzt in die Boote!«

Als die ersten Männer hinunterkletterten, trat Mudge zu Bolitho ans Fallreep. »Ich müßte eigentlich mit an Land, Sir. Aber ich habe Fowlar, meinem besten Maat, die Lage der Wasserstelle beschrieben, und er ist ein tüchtiger Mann, Sir, wirklich.«

Bolitho hob die Arme, damit Allday ihm das Degengehänge umschnallen konnte. »Na, was macht Ihnen dann Sorgen, Mr. Mudge?«

Der Alte zog die Brauen zusammen. »Es gab 'ne Zeit, da konnte ich 'ne halbe Meile schwimmen und danach eine Meile mit vollem Gepäck marschieren . . .«

Herrick grinste. »Und hatten dann noch genug Atem für 'ne Nummer mit einer hübschen Deern, wie?«

Mudge blitzte ihn wütend an. »Ihre Zeit kommt auch noch, Mr. Herrick. Altwerden ist kein Spaß!«

Bolitho lächelte. »Hier an Bord gelten Sie immer noch eine ganze Menge.« Und zu Herrick gewandt: »Riggen Sie Enternetze auf, solange wir weg sind. Mit nur einer Ankerwache und den paar Seesoldaten könnten Sie in Schwierigkeiten kommen, wenn jemand einen Überraschungsangriff versucht.« Er legte ihm die Hand auf den Arm. »Ich weiß, ich bin übervorsichtig. Ich sehe Ihnen am Gesicht an, was Sie denken. Aber besser zu vorsichtig als tot.« Er warf einen kurzen Blick auf die Küste. »Besonders hier.«

Auf dem Weg zur Schanzpforte fügte er noch hinzu: »Die Boote kommen jeweils zu zweien zurück. Wechseln Sie nach Möglichkeit die Leute aus. Sie werden schnell ermüden bei dieser Hitze.«

Er sah noch, wie Puigserver ihm vom Decksgang her zunickte und daß Raymond vom Achterschiff, neben dem kleinen Sonnendach seiner Frau, herüber spähte. Die Abteilung für die Ehrenbezeugung stand angetreten; er faßte grüßend an seinen Hut und kletterte rasch in die Gig, wo Allday schon an der Ruderpinne saß.

»Ablegen!«

Ein Boot nach dem anderen kam gemächlich aus dem Schatten der Fregatte heraus und nahm mit gleichmäßigem Riemenschlag Kurs auf das Land. Bolitho blieb in der Gig stehen, um die kleine Flottille zu mustern: voran Leutnant Soames in der Barkasse, dem größten Boot der *Undine*, und um ihn jeder Kubikzoll Raum vollgepackt mit Männern und Fässern, während im Bug ein Geschützführer an der geladenen Drehbasse hockte. Dann kam Davy im ebenfalls tiefbeladenen Kutter: schlank neben Mr. Pryke, dem rundlichen Schiffszimmermann der *Undine*; wie es sich gehörte, ging Pryke mit an Land, in der Hoffnung, passendes Holz für die ständigen Reparaturen am Schiff zu finden. Midshipman Keen, von dem kleinen Penn begleitet, hatte die Pinasse; die beiden zappelten buchstäblich vor Aufregung in dem ruhig durchs Wasser gleitenden Boot. Bolitho blickte über das Heck seiner Gig zum Schiff zurück. Die Gestalten an Deck wirkten bereits klein und unpersönlich. Jemand war in der Kajüte, Mrs. Raymond wahrscheinlich. Vielleicht sah sie den Booten nach, vielleicht wollte sie ihrem Mann aus dem Weg gehen, vielleicht hatte sie auch ganz andere Gründe. Dann blickte er auf die Männer in der Gig hinab, auf die Waffen zwischen ihren gespreizten Beinen, die verlegen abgewandten Gesichter. Vorn hockte ein Mann und schwenkte den Lauf der Standmuskete hin und her, um das Gestell von verkrustetem Salz zu befreien. Das war Turpin, der damals in Spithead so verzweifelt versucht hatte, Davy zu täuschen. Er spürte Bolithos Blick und hob den Arm; ein Haken aus glänzendem Stahl saß statt der Hand daran. »Der Stückmeister hat's mir machen lassen, Sir!« rief er grinsend. »Besser als die richtige Hand!«

Bolitho lächelte zurück. Der wenigstens war guter Laune. Er beobachtete die langsam dahinziehenden Boote: insgesamt achtzig Mann mit Offizieren, und noch mehr würden übersetzen, sobald er die Boote für ihren Transport entbehren konnte. Er setzte sich und zog den Hut tiefer über die Augen. Dabei rührte er an die Stirnnarbe und erinnerte sich an jenes andere Wasserbeschaffungsunternehmen, an dem er vor so langer Zeit beteiligt gewesen war ... Der plötzliche Angriff damals, Schreie von überallher, der riesige Wilde, der das Entermesser schwang, das er soeben einem sterbenden Matrosen entrissen hatte. Bolitho hatte es noch aufblitzen sehen, dann war er mit blutüberströmten Gesicht besinnungslos zu Boden gestürzt. Sein Bootsmann hatte sich dazwischengeworfen, sonst wäre es aus mit ihm gewesen.

Herrick paßte es vermutlich nicht, daß Bolitho die Landetruppe selbst befehligte. Das war normalerweise Sache des Ersten Leutnants. Aber die Erinnerung an den Kampf damals mahnte ihn daran, daß jederzeit unvermutet etwas schiefgehen konnte.

»Noch eine Kabellänge, Captain«, sagte Allday und ließ die Gig etwas abfallen. Bolitho fuhr auf; er mußte geträumt haben. Die *Undine* war jetzt weit weg und sah wie ein zierliches Spielzeug aus, während vor ihrem Bug das Land seine riesigen grünen Arme nach ihnen ausstreckte.

Wieder einmal erwies es sich, daß man auf Mudges Gedächtnis bauen konnte. Zwei Stunden, nachdem die Boote auf den Strand gezogen und die Arbeitskommandos eingeteilt waren, meldete Fowlar, der Steuermannsmaat, er habe einen Bach mit wunderbar frischem Wasser gefunden.

Sofort gingen sie an die Arbeit. Bewaffnete Wachen wurden an sorgfältig ausgewählten Punkten mit guter Sicht postiert und Späher auf die kleine Anhöhe geschickt, unter der Mudges Bach durch den dichten Dschungel rann. Nach den ersten unsicheren Schritten auf dem festen Land, das ihre Seebeine nicht mehr gewohnt waren, machten sich die Matrosen eifrig ans Werk. Pryke, der Schiffszimmermann, baute mit seinen Helfern rasch ein paar kräftige Schlitten, auf welchen die vollen Wasserfässer hinunter zu den Booten gezogen werden sollten; und während der Küfer wachsam am Bach wartete, hieben die anderen unter Fowlars Aufsicht mit Äxten einen Pfad durch den Wald.

Bolitho hielt Verbindung zwischen Bach und Strand. Mehrmals ging er hin und her, um sich zu vergewissern, daß alles gut lief, und Midshipman Penn trabte treulich mit ihm, um im Bedarfsfall als Befehlsüberbringer zu fungieren. Am Strand hatte Leutnant Soames das Kommando; er sollte auch den Nachschub einteilen, der später vom Schiff herüberkommen würde. Davy war für den Betrieb an der Wasserstelle zuständig, und Keen tauchte ab und zu an der Spitze einiger Bewaffneter auf, mit denen er die arbeitende Abteilung gegen unwillkommene Besucher sichern sollte. Fast sofort hatte Fowlar zwei Feuerstellen von Eingeborenen entdeckt; aber sie waren schon verrottet und auseinandergeweht und wohl seit Monaten nicht mehr benützt worden. Trotzdem spürte Bolitho eine Bedrohung im Nacken, wenn er stehenblieb, um zu kontrollieren, wie weit die einzelnen Abteilungen waren: eine schwer zu definierende Feindseligkeit.

Einmal mußte er auf dem Weg landeinwärts beiseitetreten, als ein plumper Schlitten, von zwei Dutzend lästerlich fluchenden Matrosen geschoben, an ihm vorbeidonnerte und dabei das Unterholz wegdrückte. Da flogen unter mißtönendem Gekreisch mehrere große Vögel auf. Bolitho sah ihnen nach und trat dann in die breite Schleifspur zurück. Wenigstens gab es hier doch etwas Lebendiges, dachte er. Unter den Bäumen, die den Himmel verdeckten, war die Luft schwer und stank nach faulenden Pflanzen. Hier und da raschelte und knackte etwas, oder ein Auge blitzte wie ein kleiner schwarzer Knopf kurz in der Sonne auf und verschwand ebenso schnell.

»Das könnten Schlangen sein«, keuchte Penn. Sein Atem ging schwer, das Hemd klebte ihm am Körper, denn er mußte sich mächtig anstrengen, um Bolithos Tempo durchzuhalten.

Davy stand unter einem Felsüberhang und machte einen Strich

in seiner Liste, denn eben hämmerte Duff wieder ein Wasserfaß sorgfältig zu, damit auf dem holprigen Weg kein Tropfen verlorenging. Er richtete sich auf, nahm Haltung an und meldete: »Alles klar, Sir.«

»Gut.« Bolitho bückte sich, schöpfte mit den hohlen Händen Wasser aus dem Fluß und trank. Es schmeckte erfrischend wie Wein, trotz der schwärzlich-fauligen Wurzeln, die von beiden Ufern ins Wasser wuchsen. »Kurz bevor es dunkel wird, machen wir Schluß«, sagte er und blickte hoch zu einem Fleck blauen Himmels, als die Bäume leise zu rauschen begannen. Am Boden, unter den verfilzten Zweigen, war die Luft unbeweglich, aber oben wehte ein stetiger Landwind.

»Ich steige auf den Hügel, Mr. Davy.« Es kam ihm vor, als höre er Penn hinter sich verzweifelt aufstöhnen. »Hoffentlich sind Ihre Ausguckposten wach.«

Es war ein langer, anstrengender Marsch, und als sie aus den Bäumen heraus waren und das letzte Stück Weg frei vor ihnen lag, fühlte Bolitho die Hitze auf seinen Schultern und ein Brennen unter seinen Schuhsohlen, als schritte er über einen glühenden Rost. Aber die beiden Posten oben schienen sich ganz wohl zu fühlen. In ihren fleckigen Hosen und Hemden, die tiefgebräunten Gesichter von mächtigen Strohhüten fast verborgen, glichen sie eher Schiffbrüchigen oder Ausgesetzten als ehrlichen britischen Seeleuten.

Aus einem Streifen Segeltuch hatten sie sich ein kleines Sonnendach aufgeriggt; dahinter lagen ihre Waffen, die Wasserflaschen und ein großes Fernrohr. Der eine tippte sich grüßend an die Stirn und meldete: »Alles klar, Käpt'n.«

Bolitho zog sich den Hut tiefer in die Stirn und blickte aufmerksam in die Ebene hinunter. Die Küste war zerrissener, als er vermutet hatte. Hier und da, in einer kleinen Bucht oder einem schmalen Meeresarm, den keine Karte verzeichnete, glitzerte Wasser durch Stämme und Laubwerk. Landeinwärts erstreckte sich überall, in der Ferne von einer hohen dunklen Felsbarriere begrenzt, dichter Baumbewuchs wie die Dünung einer grünen See. Und so verfilzt waren die Wipfel, daß es aussah, als könne man festen Schrittes darübermarschieren.

Bolitho nahm das Fernrohr und richtete es auf das Schiff. Die Umrisse der *Undine* änderten sich ständig in der hitzeflirrenden Luft, aber er sah die Boote langsam wie müde Wasserkäfer hin und her fahren. Staub und Sand an seinen Fingern verrieten ihm, daß das Teleskop mehr am Erdboden gelegen als zur Beobachtung gedient hatte. Er hörte Penn laut glucksend aus der Wasserflasche trinken und konnte sich vorstellen, daß die Posten ihn zu allen Teufeln wünschten, damit sie wieder ihre Ruhe hätten. Zwar machte ihr Dienst hier oben recht durstig, aber er war immerhin leichter, als die Schlitten mit den Wasserfässern durch den Urwald zu zerren. Bolitho senkte das Glas. So viele Männer, Schlitten, Fässer – doch von hier aus sah man überhaupt nichts. Sogar der Strand war verdeckt. Sobald die Boote sich der Küste näherten, schienen sie von den Bäumen verschluckt zu werden.

Bolitho wandte sich so plötzlich nach rechts, daß die Männer erschraken. Sorgfältig suchte er das Terrain ab. Bäume und Wasserstreifen tauchten in der Linse des Fernrohrs auf und verschwanden wieder. Irgend etwas war da gewesen, eine flüchtige Reizung am Rande seines Blickwinkels – aber was? Die Posten sahen ihn zweifelnd an, bewegungslos, erstarrt, wie hypnotisiert.

Ein Reflex in der Linse? Er blinzelte und rieb sich das Auge. Nichts. Noch einmal begann er zu suchen, ganz langsam. Dichter, geschlossener Urwald. Oder sah er nur, was er zu sehen erwartete? Und daher ... Er versteifte sich, hielt den Atem an. Als er das Glas sinken ließ, verschwamm das Bild in der Ferne. Er wartete, zählte die Sekunden, bis sein Atem wieder regelmäßig ging.

Die Posten flüsterten miteinander, und Penn trank schon wieder. Wahrscheinlich glaubten sie, ihr Kommandant sei zu lange in der Sonne gewesen. Sehr vorsichtig hob er das Glas erneut ans Auge. Dort, etwas nach rechts, wo er bereits Wasser blinken gesehen hatte, war etwas Dunkleres, das nicht zum Grün und Braun des Waldes paßte. Er starrte hin, bis ihm das Auge tränte und er nichts mehr sehen konnte.

Dann schob er das Fernrohr mit lautem Schnappen zusammen und sagte: »Dort drüben liegt ein Schiff.« Penn starrte ihn offenen Mundes an. »Im Süden von uns. Es muß ein kleiner Meeresarm sein, den wir bei der Anfahrt übersehen haben.« Er beschattete die Augen, versuchte, die Entfernung zwischen dem Liegeplatz des Fremdlings, der *Undine* und ihrer Landungsstelle am Strand zu schätzen.

»Muß blind gewesen sein, Sir«, rief einer der Wachtposten verängstigt – und mehr als das.

Doch Bolitho starrte an ihm vorbei und versuchte, nachzudenken. »Dann nehmt jetzt das Glas und sucht so lange, bis ihr es seht!«

Selbstverständlich hatte der Mann mehr Angst vor seinem Kommandanten oder einer Strafe wegen Nachlässigkeit als davor, was diese Entdeckung bedeuten konnte. Die Gedankengänge waren Bolitho durchaus klar. »Hast du es gefunden?«

»Aye, Sir«, nickte der Mann eifrig, aber unglücklich. »Is'n Mast, ganz klar.«

»Na also«, sagte Bolitho trocken. »Dann behalte ihn gefälligst im Auge, damit er nicht wieder verschwindet.«

Penn ließ die Feldflasche sinken und trabte hinter Bolitho her, der schon mit großen Schritten bergab ging. »Was kann das zu bedeuten haben, Sir?« stotterte er.

»Verschiedenes.« Bolitho spürte jetzt unter den ragenden Bäumen etwas Erleichterung nach der brennenden Sonnenglut. »Vielleicht haben sie uns gesichtet und halten sich versteckt, bis wir Anker lichten. Vielleicht führen sie auch irgend etwas gegen uns im Schilde – ich weiß es nicht.«

Ungeachtet der Ranken und Dornen, die an ihm rissen und zerrten, schritt er schneller aus. Wäre nicht diese kleine Irritation im Blickfeld der Linse gewesen, hätte er nichts gesehen, nichts gewußt von dem fremden Schiff. Vielleicht wäre das sogar besser gewesen; vielleicht machte er sich unnötig Sorgen.

Er fand Davy, wie er ihn verlassen hatte: gelangweilt überwachte er das Füllen der Wasserfässer.

»Wo ist Mr. Fowlar?«

Mit einem Ruck fuhr Davy aus seinem Dösen hoch. »Äh – am Strand, Sir.«

»Verdammt!« Also noch eine gute Meile, bis er sich Fowlars Karte und Mudges Notizen ansehen konnte. Er warf einen Blick zum Himmel: noch Stunden bis zum Sonnenuntergang, der dann aber sehr rasch kommen und das Licht wie ein Vorhang auslöschen würde. »Ich habe ein Schiff gesichtet, Mr. Davy. Gut versteckt, im Süden von uns.« Eben kam der Zimmermann aus dem Unterholz, die blinkende Säge in der Faust. »Übernehmen Sie hier die Aufsicht, Mr. Pryke.« Er winkte Davy. »Wir gehen zum Strand.«

Pryke nickte, sein feistes Gesicht glühte wie ein reifer Apfel.

»Aye, Sir.« Prüfend blickte er zu Duff hinüber. »Nur noch fünf Fässer, meiner Rechnung nach.«

»Schön. Treiben Sie die Leute zur Eile. Und lassen Sie sie am Strand antreten, sobald das letzte Faß voll ist.«

Eilig schritt Davy an Bolithos Seite dahin. Man sah seinem gutgeschnittenen Gesicht an, daß er tief betroffen war.

»Halten Sie es für ein feindliches Schiff, Sir?«

»Eben das müssen wir herausfinden.«

Stumm schritten sie weiter; Bolitho wußte recht gut, daß Davy genau wie oben der Posten der Ansicht war, er mache zuviel Aufhebens von der Sache.

Unten am Strand hörte Fowlar gelassen zu und studierte dann seine Karte. »Wenn es dort liegt, wo ich annehme, dann ist die Stelle hier nicht eingezeichnet. Irgendwo zwischen diesem Strand und der nächsten Bucht.« Er machte ein Kreuz. »Hier ungefähr, möchte ich sagen, Sir.«

»Können wir vor Dunkelheit dort sein – über Land?«

Fowlar machte große Augen. »Es sieht ziemlich nahe aus, Sir. Nicht mehr als drei Meilen entfernt. Aber im Dschungel bedeutet es das Vierfache.« Unter Bolithos festem Blick schlug er die Augen nieder. »Sie könnten es schaffen, Sir.«

»Und wenn wir bis morgen warten, Sir?« warf Davy ein. »Wir könnten dann mit der *Undine* näher an dieses Schiff heran.«

»Das würde zu lange dauern. Vielleicht lichten sie noch in der Nacht Anker und sind morgen früh weg. Und wenn sie über unsere Anwesenheit und unser Vorhaben informiert sind, wäre ein Bootsangriff bei Tage und in einem so schmalen Gewässer sinnlos. Das sollte Ihnen eigentlich klar sein, Mr. Davy.«

Davy blickte auf seine Schuhe nieder. »Jawohl, Sir.«

Eben schleiften die Männer keuchend ein weiteres Faß zum Boot hinunter. Soames, der durch den tiefen Sand herbeigestapft war, um zuzuhören, sagte unvermittelt: »Das kann ein Sklavenschiff sein. Und dann ist es bestimmt gut bewaffnet.« Er rieb sich das Kinn und nickte. »Ihr Plan ist gut, Sir. Wir könnten am Fuß des Berges vorrücken, wo er bis an die See heranreicht, und uns dann südwärts halten.« Mit einem verächtlichen Blick auf Davy setzte er hinzu: »Ich suche mir gute Männer dazu aus, die nicht gleich schlapp machen, wenn es mal ein bißchen rauh wird.«

Davy sagte nichts, aber offenbar wurmte es ihn, daß Soames gleich mit einem Plan bei der Hand war, nachdem er selbst ohne weitere Überlegungen zum Abwarten geraten hatte.

Bolitho blickte zur *Undine* hinüber. »Gut. Eine halbe Stunde

Rast, dann geht es los. Vierzig Mann sollten bei einiger Vorsicht genügen. Vielleicht ist es auch bloße Zeitverschwendung.« Er dachte an das stumme Lauern des Dschungels. »Aber ein Schiff, das so gefährlich weit landeinwärts ankert? Nein, das muß etwas zu bedeuten haben.« Er winkte Penn herbei. »Ich schreibe jetzt Befehle für den Ersten Leutnant nieder, die Sie ihm sofort überbringen werden. Die *Undine* soll morgen früh die Boote dorthin ausschicken und uns abholen. Bis dahin müßten wir Bescheid wissen.« Er warf Davy einen Blick zu. »So oder so.«

Keen trat, eine Pistole lässig im Gürtel, aus dem Wald. Nach einem Blick aufs Meer blieb er stehen und deutete mit erhobenem Arm hinaus. Die Jolle schoß mit Höchstgeschwindigkeit heran, in der Sonne glänzten ihre Riemen wie Silber.

Das Boot stieß ans Ufer; ohne das Festmachen abzuwarten, sprang Midshipman Armitage heraus und fiel natürlich der Länge nach in den Sand. Allday, der die Szene kritisch beobachtet hatte, rief aus: »Mein Gott, Captain! Dieser junge Herr stolpert noch mal über ein Samenkorn!«

Mit hochrotem Kopf hastete Armitage an den grinsenden Matrosen vorbei den Strand herauf. »Mr. Herrick läßt mit Respekt melden, Sir –«, er machte eine kleine Pause, um sich den Sand vom Kinn zu reiben, »– daß einige kleine Fahrzeuge nördlich von hier gesichtet worden sind.« Er deutete aufs Geratewohl irgendwo in den Dschungel. »Ein ganzes Geschwader. Mr. Herrick meint, sie halten auf uns zu; allerdings sind sie . . .« Er machte eine Pause und verzerrte das Gesicht wie immer, wenn er eine schwierige Meldung loswerden mußte, ». . . nicht mehr zu sehen.« Dann fiel ihm der Schluß ein, und er nickte erleichtert. »Mr. Herrick meint, sie haben irgendwas an Land vor, laufen aber eine andere Bucht an.«

Bolitho preßte die Hände auf dem Rücken zusammen. Das war genau das, was er befürchtet hatte. Und es hätte zu keinem schlimmeren Zeitpunkt eintreffen können. »Danke, Mr. Armitage.«

Leise sagte Davy: »Dann wird es nichts mit unserem Unternehmen, Sir. Wir können uns nicht aufsplittern, wenn feindliche Eingeborene in der Nähe sind.«

Verächtlich fuhr Soames dazwischen: »Die Pest darauf, Mr. Davy! Wir haben Munition genug, um tausend lausige Eingeborene zu verscheuchen!«

»Schluß jetzt!« Bolitho starrte die beiden zornig an, während seine Gedanken immer noch mit diesem Problem beschäftigt waren. »Mr. Herrick hat wahrscheinlich recht. Kann sein, sie gehen nur an Land, um zu jagen oder zu lagern. So oder so, unsere Aktion wird dadurch um so wichtiger.« Nachdenklich blickte er Soames an und las in dessen tiefliegenden Augen Ärger und Triumph zugleich. »Suchen Sie Ihre Leute sofort aus.«

Steif fragte Davy: »Und ich, Sir?«

Bolitho wandte sich ab. Im Kampf Mann gegen Mann würde Soames besser sein. Andererseits benötigte Herrick, wenn ihm selbst etwas zustieß, auf der *Undine* eher einen Mann mit Hirn als einen mit Muskeln, falls er in eigener Verantwortung weitersegeln mußte.

»Sie kehren mit dem letzten Arbeitskommando an Bord zurück.« Er kritzelte ein paar Zeilen auf Fowlars Block. »Und Sie werden, so gut Sie können –«, absichtlich übersah er die Enttäuschung auf Davys Gesicht, »– Mr. Herrick klarmachen, was ich vorhabe.«

Gepreßt erwiderte Davy: »Ich bin dienstälter als Soames, Sir. Es ist mein gutes Recht, an dieser Aktion teilzunehmen.«

Bolitho blickte ihn gelassen an. »Aber was Ihre Pflicht ist, entscheide ich. Ihre Loyalität setze ich dabei voraus.« Er warf einen Seitenblick auf Soames, der vor einer Doppelreihe Matrosen auf und ab schritt. »Sie kommen auch noch dran, dessen seien Sie sicher.«

Ein Schatten fiel über Fowlars Karte – es war Rojart, der spanische Leutnant mit den ewig traurigen Augen.

»Ja, *Teniente*?«

Er mußte in einem der anderen Boote an Land gekommen sein.

»Ich möchte mich Ihnen zur Verfügung stellen, *Capitan*.« Stolz blickte er zu Davy und Allday hinüber. »Don Luis hat mir befohlen, Sie nach besten Kräften zu unterstützen.«

Bolitho seufzte. Rojart hatte sich bereits des öfteren als Träumer erwiesen. Vielleicht kam das von seinen furchtbaren Erlebnissen beim Schiffbruch. Immerhin – ein weiterer Offizier, auch wenn er Spanier war, würde von Nutzen sein. Außerdem war damit noch ein Offizier weniger an Bord. »Sie sehen also, Mr. Davy, daß Mr. Herrick Ihre Hilfe mehr denn je benötigt.« Und zu Rojart: »Ich nehme Ihr Angebot mit Dank an, *Teniente*.«

Der Spanier lächelte mit blitzenden Zähnen und verneigte sich. »Zu Ihren Diensten, *Capitan*!«

Grinsend murmelte Allday: »Na, dann helfe uns Gott!«

Wieder wurde ein Wasserfaß aus dem Wald an den Strand geschleift; keuchend klappte Duff seine Brille zusammen und rief: »Das letzte, Sir!« Strahlend musterte er die Umstehenden. »Eine volle Ladung!«

Soames schnallte sich den Gürtel enger und meldete: »Abteilung klar zum Abmarsch, Sir.« Er deutete auf die angetretenen Matrosen. »Alle bewaffnet, aber ohne überflüssiges Gepäck.« Davy übersah er einfach.

Keen sammelte seine Patrouille soeben am anderen Ende des Strandes, und an einer flachen Stelle stand Pryke bei einem Haufen Bauholz, das die Helfer nach seinen Angaben zurechtgesägt hatten.

Davy legte formell die Hand an den Dreispitz. »Viel Glück, Sir!«

Lächelnd entgegnete Bolitho: »Danke, Mr. Davy. Werden wir hoffentlich nicht allzu nötig brauchen.« Und zu Fowlar: »Gehen Sie voran, und machen Sie sich dabei Notizen. Wer weiß – vielleicht kommen wir wieder.«

Damit wandte er sich um und schritt auf den Waldrand zu.

»Kurze Rast!« Bolitho zog die Uhr aus der Tasche seiner Kniehose und sah nach der Zeit. Die Stundenziffern waren jetzt schon schwerer zu erkennen als vorhin. Er blickte hoch. Der Himmel war bereits dunkler, und über den Bäumen lag es nicht mehr wie Gold, sondern wie Purpur. Erschöpft ließen sich die Matrosen nieder oder lehnten sich an Bäume, um sich von dem Gewaltmarsch zu erholen. Anfangs war es nicht allzu schwer gewesen. Mit Äxten hatten sie sich einen Pfad gehauen und waren ganz gut vorangekommen; aber als sie sich der Stelle näherten, wo nach Bolithos und Fowlars Schätzung die schmale Bucht liegen mußte, ließen sie die Äxte stecken und bahnten sich ihren Weg durch Busch und Schlingengewächse mit bloßen Händen.

Nachdenklich betrachtete Bolitho seine Leute. Ihre Hemden waren zerschlitzt, Gesichter und Arme blutig von den Rissen tückischer Zweige und Dornen. Hinter ihnen wurden die verschlungenen Äste dunkler und schienen im Dunst verrottender Vegetation zu zittern wie in einem Wind, den man nicht spürte.

Soames trocknete sich Gesicht und Nacken mit einem Tuch. »Ich habe Späher vorausgeschickt, Sir.« Er riß einem Mann die Feldflasche vom Mund. »Langsam, Idiot! Das muß vielleicht noch eine ganze Weile reichen!«

Bolitho sah Soames jetzt mit anderen Augen. Die Männer zum Beispiel, die er als Späher ausgesucht hatte, waren nicht die Stärksten oder die Befahrensten, wie man es bei einem Leutnant seiner Herkunft erwartet hätte. Beide Späher waren ganz frische Rekruten der *Undine* und ohne jede seemännische Erfahrung. Der eine hatte auf einer Farm gearbeitet, und der andere war Jagdgehilfe in Norfolk gewesen. Doch beide waren sehr gut ausgewählt. Fast lautlos waren sie zwischen den Bäumen verschwunden.

»Was halten Sie davon, Captain?« murmelte Allday.

Beim Anblick dieses kraftvollen, zuverlässigen Mannes ließ Bolithos Spannung etwas nach. »Wir sind jetzt schon ziemlich dicht dran.« Wie Herrick wohl zurechtkam? Und ob er noch mehr Eingeborenenboote gesichtet hatte? Wie die meisten seiner Männer fühlte er sich an Land unbehaglich – abgeschnitten vom Schiff.

Fowlar zischte: »Achtung, da kommt jemand.«

Musketenläufe richteten sich ziellos aufs Gebüsch, und ein paar Männer griffen nach ihren Entermessern.

»Nur einer von unseren Spähern!« rief Soames und trat auf die schattenhafte Gestalt zu. »Bei Gott, Hodges, du hast dich beeilt!«

Der Mann kam auf die kleine Lichtung und blickte Bolitho an. »Ich habe das Schiff gefunden, Sir. Es liegt 'ne knappe halbe Meile entfernt.« Er zeigte in die Richtung. »Wenn wir etwas abdrehen, sollten wir in 'ner knappen Stunde dort sein.«

»Was noch?«

Hodges hob die Schultern. Er war ein mageres Kerlchen, und Bolitho konnte sich gut vorstellen, wie er als Wildhüter in den Marschen von Norfolk herumgestreift war.

»Ich bin nicht zu nahe 'rangegangen, Sir«, sagte er. »Aber sie liegen ziemlich dicht unter Land. Einige Leute waren an Land, auf einer Lichtung. Ich habe . . .« Er zögerte. »Ich habe so eine Art Stöhnen gehört.« Er schüttelte sich. »Lief mir richtig kalt über den Rücken, kann ich Ihnen sagen, Sir.«

»Wie ich dachte«, sagte Soames wütend. »Sklavenjäger, verfluchte! Sie haben wahrscheinlich ihr Lager an Land, fangen die armen Teufel ein und teilen sie in Gruppen. Mädchen in der einen, Männer in der anderen. Dann werden die Kräftigsten ausgesucht.«

Fowlar spuckte ins Laub und nickte grimmig. »Den übrigen

schneiden sie die Hälse durch, um Pulver und Blei zu sparen, und lassen sie liegen.«

Bolitho blickte den Späher an; Fowlars brutalen Kommentar wollte er nicht hören. Daß diese Dinge geschahen, war allgemein bekannt, aber anscheinend wußte niemand, was dagegen zu tun war. Besonders da viele einflußreiche Persönlichkeiten Profite aus dem Sklavenhandel zogen. »Haben sie Wachen aufgestellt?« fragte er.

»Zwei hab' ich gesehen, Sir. Aber sie fühlen sich anscheinend ganz sicher. Das Schiff hat zwei Kanonen ausgefahren.«

»Natürlich«, knurrte Soames. »Wenn einer versucht, die armen Teufel zu befreien, kriegt er den Bauch voll Schrapnell.«

Der spanische Leutnant trat zu ihnen. Trotz des Gewaltmarsches brachte er es irgendwie fertig, in seinem gefältelten Hemd mit den weiten Ärmeln elegant auszusehen. »Vielleicht sollten wir umkehren, *Capitan.*« Vielsagend hob er die Schultern. »Hat keinen Sinn, dieses Schiff zu alarmieren, wenn es bloß ein Sklavenhändler ist, oder?«

Soames wandte sich wortlos ab. Sicher war er, ebenso wie der Großteil der Matrosen, empört darüber, daß Rojart die Sklaverei für eine ganz normale Einrichtung hielt.

»Wir gehen weiter vor, *Teniente.* Unsere Boote treffen sowieso nicht vor morgen früh ein. Mr. Soames, übernehmen Sie das Kommando hier. Ich will mir das selbst ansehen.« Bolitho winkte Midshipman Keen. »Sie kommen mit.« Und während er auf den Wald zuging, sagte er noch: »Die anderen machen sich bereit, mir zu folgen. Kein Wort; und haltet Tuchfühlung, damit ihr nicht getrennt werdet. Wer einen Schuß abfeuert, mit Absicht oder aus Versehen, kann sich auf was gefaßt machen!«

Hodges setzte sich an die Spitze. »Mein Kamerad, Billy Norris«, sagte er, »ist dort geblieben und beobachtet weiter, Sir. Bleiben Sie dicht hinter mir. Ich hab' den Weg markiert.« Und Bolitho glaubte ihm aufs Wort, obwohl er nirgends ein Zeichen sehen konnte.

Erstaunlich, wie nahe sie waren. Schon nach kurzer Zeit tippte Hodges ihn auf den Arm und bedeutete ihm, unter einem scharfblättrigen Busch Deckung zu suchen. Und da lag auch schon, wie auf offener Bühne, der Meeresarm vor ihnen. Hier war es viel lichter als im Wald; die letzten Sonnenstrahlen spielten noch im Laub und malten schillernde Reflexe auf die träge Dünung. Langsam schob sich Bolitho vorwärts und versuchte, die schmerzhaften

Stiche in Brust und Händen zu ignorieren. Dann erstarrte er und vergaß alle Unbequemlichkeiten, denn jetzt konnte er das Schiff deutlich sehen. Hinter sich hörte er, wie Allday seine eigenen Gedanken aussprach: »Bei Gott, Captain, es ist der Schuft, der die Dons auf das Riff gelockt hat!«

Bolitho nickte. In dem engen Meeresarm wirkte die Brigantine größer, aber sie war nicht zu verkennen. Er hätte sie, das wußte er genau, auf Jahre hinaus nicht vergessen. Dann hörte er auch das klägliche Stöhnen, von dem Hodges berichtet hatte; ein scharfer, metallischer Klang drang vom anderen Ufer der Bucht herüber.

»Sie legen den armen Teufeln Handschellen an«, flüsterte Allday. Bolitho zwängte sich noch etwas vor und erkannte die Ankerkette der Brigantine, ein längsseits liegendes Boot und ein glimmendes Licht an der Kampanje. Keine Flagge, ebenso wie damals. Aber zweifellos war die Mannschaft auf der Hut. Zwei Geschütze waren schußbereit ausgefahren, die Mündungen gesenkt, um etwaige Angreifer mit einer Salve zu empfangen.

Langsam glitt ein Boot vom Ufer zum Schiff hinüber, und Bolitho fuhr zusammen, als er den Aufschrei einer Frau hörte. Schrill, nervenzerreißend hallte der Ton von den Bäumen wider.

»Sie schaffen die Sklaven an Bord«, knirschte Allday. »Werden bald ablegen, schätze ich.«

Bolitho nickte und befahl Keen: »Holen Sie die anderen. Aber sie sollen leise sein.« Er sah sich nach dem zweiten Späher um, der dumpf im Busch hockte. »Du gehst mit!« Und zu Allday: »Wenn wir sie schnappen, werden wir endlich erfahren, wer hinter der Sache mit der *Nervion* steckt.«

Allday hatte beide Hände an seinem Entersäbel. »Bin sehr dafür, Captain!«

Dumpfe Laute drangen von der Brigantine herüber, dann folgte ein schriller Aufschrei, der in ein langgezogenes Kreischen überging, das aber plötzlich wie abgeschnitten verstummte. Wie weit mochte es wohl bis zur offenen See sein? Der Sklavenfänger mußte so unauffällig, wie er hereingekommen war, auch wieder hinaus und sich alle Mühe geben, jedes Aufsehen zu vermeiden, bis sein Schiff klar von der Küste war.

Bolitho konnte kaum glauben, daß er hier saß und ausgerechnet dieses Schiff beobachtete. Während die *Undine* lange nach den Überlebenden der *Nervion* gesucht und dann noch weite Umwege gemacht hatte, um das Land und andere Schiffe zu meiden, war dieser Sklavenfänger in aller Ruhe seinen Geschäften nachgegangen, als sei nichts geschehen. Er mußte eiserne Nerven besitzen.

Jetzt waren wieder Schreie zu hören, wie von Tieren im Schlachthaus. Slavenhändler hatten keine Empfindungen. Und schon gar kein Mitleid.

Bolitho hörte ein schwaches Geräusch hinter sich und dann Soames' leise, unbewegte Stimme: »Der junge Keen hat recht. Es ist tatsächlich dasselbe Schiff.« Prüfend blickte er über die Brigantine hinweg zu den Baumwipfeln empor. »Nicht mehr viel Zeit, Sir. In einer Stunde ist es stockfinster, vielleicht schon früher.«

»Glaube ich auch.« In der Lichtung wurden jetzt die Sklaven zusammengetrieben. Ein paar Rauchfetzen stiegen von einem Feuer auf; vielleicht hatte daran ein Schmied an den Handfesseln gearbeitet. Dort war der schwächste Punkt. »Nehmen Sie zwanzig Mann und umgehen Sie das Lager. Beim ersten Alarmzeichen feuern Sie mit allem, was Sie haben. Das sollte wenigstens eine Panik verursachen.«

»Aye. So wird's gehen.«

Bolithos Kopf war eiskalt vor Erregung. Bei solchen Gelegenheiten überkam ihn stets eine Art Besessenheit. »Ich brauche zehn Mann, die schwimmen können. Wenn wir es schaffen, an Bord zu kommen, solange sie noch verladen, müßten wir das Achterdeck halten können, bis Sie die Boote gestürmt haben und uns zu Hilfe kommen.«

Er hörte, wie Soames sich das stoppelige Kinn rieb. »Ein tollkühner Plan, Sir – aber jetzt oder nie!«

»Also dann . . . Sagen Sie Rojart, er soll mit ein paar Mann als Flankenschutz den Platz hier halten. Denn wenn alles schiefgeht, müssen wir wieder hierher zurück.«

Soames kroch zurück und gab flüsternd die Befehle weiter. Weitere Gestalten krochen raschelnd heran, und Keen meldete: »Unsere Abteilung ist klar, Sir.«

»*Unsere* Abteilung?«

Keens weiße Zähne blitzten in dem schwindenden Licht. »Ich schwimme ausgezeichnet, Sir.«

Besorgt murmelte Allday: »Hoffentlich gibt es hier keine von diesen verdammten Wasserschlangen!«

Bolitho blickte in die Gesichter der Männer. Wie gut er inzwischen die meisten von ihnen kannte! Er sah alles in diesen letzten Augenblicken. In manchen Augen glitzerte Angst, Erregung, auch die gleiche Wildheit, die ihn selber überkommen hatte. Und manche Gesichter waren von schierer brutaler Kampfeslust verzerrt.

Kurz befahl er: »Wir gehen unter diesen überhängenden Büschen ins Wasser. Laßt Schuhe und Strümpfe und alles andere bis auf die Waffen hier. Allday, Sie sorgen dafür, daß die Pistolen gut eingewickelt werden, damit sie trocken bleiben!«

Er inspizierte den Himmel. Es wurde schnell dunkel, nur an den Baumwipfeln hielt sich noch der sanfte Widerschein der Abendsonne. In der Bucht und bei der Brigantine war das Wasser schwarz und glanzlos wie flüssiger Schlamm.

»Los!«

Er hielt den Atem an, als ihm das Wasser über den Gürtel und dann bis zum Hals stieg. Es war sehr warm. Noch ein paar Sekunden wartete er, etwa auf einen Alarmruf oder Musketenschuß. Aber die erstickten Schreie vom Lager her verrieten, daß er den Zeitpunkt gut gewählt hatte. Die Sklavenfänger waren jetzt zu beschäftigt, um überall zugleich aufzupassen.

Die anderen schwammen mit hochgehaltenen Waffen, nur Keen überholte ihn mit gleichmäßigem Kraulen. »Ich schwimme zur Ankerkette, Sir«, flüsterte er und grinste tatsächlich dabei.

Weiter, immer weiter . . . Dann hatten sie den halben Weg hinter sich, und Bolitho wußte: wenn sie jetzt entdeckt wurden, waren sie verloren. Hoch ragten die Masten und Rahen über ihnen auf, die gerefften Segel hoben sich scharf gegen den Himmel ab. In der Dämmerung leuchtete die Ankerlaterne besonders hell. Nackte Füße platschten über die Decksplanken, und ein Mann lachte wild auf: ein trunkenes Lachen. Vielleicht brauchte man eine Extraration Rum für solche Arbeit, dachte Bolitho.

Und dann klammerten sie sich am Schiff fest; die Strömung zerrte an ihren Beinen und drückte sie gegen die rauhen Planken, so daß sie unter dem Überhang des Schiffsrumpfes verborgen blieben.

»Hier kann man uns von den Booten aus nicht sehen, damit sind wir erst mal sicher«, keuchte Allday.

Da schallte ein furchtbarer Schrei über das Wasser; Bolitho dachte im ersten Moment, es sei ein Todesschrei. Aber der Matrose neben ihm deutete zum Ufer, das sie eben verlassen hatten, und wäre dabei fast abgetrieben.

Im letzten Abendschein war dort Rojarts gefälteltes Hemd deutlich zu erkennen. Er stand offen und ungedeckt da, die Arme weit ausgebreitet, als wolle er die ganze Bucht mit allem, was darin war, umarmen. Wieder und wieder schrie er, dann drohte er mit den Fäusten und stampfte mit den Füßen, als sei er verrückt geworden.

Bei Rojarts plötzlichem Erscheinen wurde es an Bord der Brigantine schlagartig still; dann hörte Bolitho Stimmengewirr und Schritte auf den Planken und wußte, daß es mit der Überraschung vorbei war. Keen hing am Wasserstag unter dem Bugspriet, ließ sich jetzt aber zu Bolitho hintreiben. Verzweifelt keuchte er: »Niemand hat Rojart darauf vorbereitet, daß es das Schiff ist, das die *Nervion* vernichtet hat. Er muß es eben erst entdeckt haben . . .«

Das Krachen des Schusses so dicht über ihren Köpfen war betäubend. Rauch stieg empor und wirbelte übers Wasser, so daß mancher Mann untertauchte, um nicht husten zu müssen.

Ehe der Qualm ihm die Sicht versperrte, sah Bolitho noch, wie Rojart von einer vollen Ladung gehackten Bleis weggeschleudert wurde: ein blutiger Fetzen, an den nichts mehr an einen Menschen erinnerte. Bolitho klammerte sich an das Tau, das Allday um das Wasserstag geschlungen hatte, und versuchte, einen klaren Gedanken zu fassen.

Achtern krachte ein zweiter Schuß, und er fuhr zusammen, denn der Schiffsrumpf erzitterte unter seinen Händen wie ein lebendes Wesen. Diesmal war es eine Kugel; er hörte sie durch die Bäume zischen und in der Ferne einschlagen.

Und in diesem Moment eröffneten Soames und seine Leute an der anderen Seite des Lagers das Feuer.

VII Herricks Entscheidung

Die vereinzelten Musketenschüsse wurden fast von dem wilden Geschrei der entsetzten Sklaven übertönt. Auf der anderen Seite der Brigantine sprangen Männer polternd in ein Boot und stießen wilde Rufe aus, offenbar um die Genossen am Lagerplatz anzufeuern. Bolitho gab Allday ein Handzeichen. »Jetzt! Über den Bug!« Mit bleiernen Gliedern zog er sich hoch und kletterte über das kurze Vordeck an Bord. Das Herz klopfte ihm an die Rippen, unter sich vernahm er das erregte Flüstern seiner Männer.

Im Vorschiff hockten eng zusammengedrängt die nackten, gefesselten Sklaven. Verständnislos beobachteten sie die Vorgänge an Land. Zwei bewaffnete Matrosen der Brigantine standen an einem Drehgeschütz, aber da das Boot inzwischen auf dem Weg zur Küste war, befand es sich in ihrem Schußfeld, und sie konnten nicht feuern.

»Drauf, Jungs!« brüllte Allday und warf sich mit einem mächtigen Satz an Deck. Sein schweres Entermesser fuhr in den Hals eines Mannes, der lautlos zu Boden stürzte. Der zweite Wachtposten ließ sich auf ein Knie nieder und zielte mit seiner Muskete auf Bolithos Männer, von denen inzwischen immer mehr an Bord geklettert waren. Der Blitz des Schusses erhellte die Gesichter. Bolitho hörte die Kugel vorbeisausen und mit scheußlichem Ton in Fleisch und Knochen einschlagen.

Immer mehr Leute der Brigantine stürzten sich von der Kampanje her ins Gefecht, wild um sich schießend, ohne sich um die Todesschreie der Sklaven zu kümmern, die ihnen in die Schußlinie gerieten. Eine nackte junge Frau – ihr Körper glänzte vor Schweiß, eine Kette klirrte zwischen ihren Handgelenken – versuchte, einen der verwundet am Boden liegenden Sklaven zu erreichen. War es ihr Mann oder ihr Bruder?

Aber einer von der Besatzung, der mit ein paar anderen das Achterdeck verteidigte, hatte sie bereits niedergehauen. Bolitho warf sich mit gezogenem Degen auf den Mörder und spürte, wie dieser den Hieb mit seinem Säbel parierte. Das harte Gesicht des Mannes war von Haß und irrer Wut verzerrt, als sie aufeinander einhieben und ihre Füße auf den blutbeschmierten Planken ausrutschten. Auf dem ganzen Deck wurde wild gefochten, und nur hier und da warf der Mündungsblitz eines Pistolenschusses kurz Licht auf Freund oder Feind. Bolitho trieb den Gegner rückwärts gegen den Großmast und drückte seinen Oberkörper nach hinten. Die Parierstangen der beiden Waffen lagen gekreuzt vor der Kehle des Priaten. Bei dem Mann war jetzt die Wut in Angst umgeschlagen; Bolitho merkte es, machte seinen Degen mit einem heftigen Ruck frei und hieb ihm die Parierstange in die Zähne. Der Kerl schrie auf, riß den Arm hoch, da fuhr Bolithos Degen ihm dicht unter der Schulter bis fast zum Griff in die Brust.

Allday sprang an Bolithos Seite und rief: »Gut gemacht, Captain!« Er rollte den Mann mit einem Fußtritt zur Seite und knurrte: »Noch einer, bei Gott!« Denn ein Matrose der Brigantine war aus den Wanten gesprungen. Ob er überraschend von oben angreifen oder selbst einem Angriff entgehen wollte – Bolitho wußte es nicht. Er hörte nur Alldays Keuchen, das Sausen seiner Klinge, als er den Mann erst niederschlug und ihn dann mit einem weiteren furchtbaren Hieb erledigte.

»Da kommen zwei Boote, Sir!«

Bolitho stürzte zum Schanzkleid und duckte sich sofort, denn eine Kugel schlug dicht neben seiner Hand in die Reling.

»Nehmt sie mit dem Drehgeschütz unter Feuer!« brüllte er.

Hinter ihm rannte ein Mann vorbei, der vor Alldays Degen floh und im Laufen eine Pistole abfeuerte. Bolitho fuhr mit einem Aufschrei herum; er spürte einen stechenden Schmerz im Oberschenkel. Aber als er sein Bein und den klaffenden Riß in der Kniehose betastete, fühlte er weder Blut noch den scharfen Schmerz von Knochensplittern. Der Kerl, der den ungezielten Schuß abgefeuert hatte, kam den schreienden Sklaven zu nahe. Ketten peitschten durch die Luft wie Schlangen, dann verschwand der Sklavenhändler unter einem stoßenden, tretenden Haufen kreischender, schweißglänzender Neger.

Allday tastete nach Bolitho. »Wo sind Sie verwundet, Captain?« Selbst in dem Kampfeslärm, in dem Gebrüll ringsum, war seine Besorgnis deutlich herauszuhören.

Bolitho schob ihn beiseite und stieß zwischen zusammengebissenen Zähnen hervor: »Der Kerl hat meine Uhr getroffen, Gott verdamme seine Augen!«

Grinsend bückte sich Allday. »Für ihn steht die Zeit jetzt auch still, schätze ich.« Bolitho warf einen Blick auf den leblosen Körper bei den keuchenden Sklaven. Sie hatten ihn buchstäblich in Stücke gerissen. Er zerrte Allday weg. »Nicht zu nahe heran, sonst geht's Ihnen ebenso.«

»Undankbare Hunde!« Aber Bolitho stand schon bei der verlassenen Drehbasse und richtete den Lauf auf das vorderste Langboot.

»Die denken vielleicht, wir sind auch Sklavenjäger, nur von der Konkurrenz.« Er riß die Abzugsleine und fühlte den heißen Pulverqualm im Gesicht; das Schrapnell explodierte, ein Hagel gehacktes Blei schlug in das überfüllte Boot. Schreie, Flüche, ins Wasser klatschende Körper und einzelne Schüsse vom Heck her. Er beugte sich vor, um zu sehen, wo Soames die Küste erreicht hatte. Aber das ließ sich unmöglich feststellen. Musketenkugeln jaulten über die Bucht; einmal glaubte er, den Klang von Stahl auf

Stahl zu hören.

Dann wandte er sich um und überblickte das Deck. Soeben rannte Keen vorbei, in der einen Hand eine leergeschossene Pistole wie eine Keule schwingend, in der anderen einen blitzenden Dolch. Bolitho packte ihn am Handgelenk. »Wie viele?«

Keen starrte ihn verwirrt an. »Wir haben fünf Mann verloren«, sagte er dann. »Aber die Sklavenhändler sind alle tot, Sir, oder über Bord gesprungen.« Bolitho horchte angestrengt auf Rudergeräusche. Hoffentlich kam Soames bald zur Hilfe.

Ein dumpfer Aufprall achtern: vermutlich wieder ein Boot, dessen Besatzung entern wollte. Er zählte seine kleine Truppe: fünf Tote, ein Mann offenbar verwundet. Es fehlte ihm an Leuten. Heiser rief Allday: »Wir können eins von den Geschützen an die Luke schaffen und ein Leck ins Schiff schießen. Wenn wir sie auf der Kampanje festhalten können, bis . . .«

Bolitho schüttelte den Kopf und wies auf die Sklaven. »Sie sind alle aneinandergekettet – sie würden mit ertrinken!«

Er merkte, wie der Kampfeswille seiner überlebenden Männer erlosch wie ein Feuer unter einem Regenguß. Stumm blickten sie nach achtern, keiner hatte Lust, dem erwarteten Angriff als erster entgegenzutreten. Aber sie brauchten nicht lange zu warten . Die Kampanjetüren flogen auf, ein Haufen Männer stürmte an Deck, schrie und brüllte in einem Dutzend Sprachen. Bolitho stand breitbeinig, den Degen quer vorm Leib .

»Kappt den Anker, damit sie ins flache Wasser treibt!« Eine Kugel zischte über seinen Kopf hinweg, einer seiner Leute stürzte aufs Gesicht, Blut schoß aus seiner Kehle.

»Haltet stand, ihr Hunde!« brüllte Allday. Aber es hatte keinen Zweck. Die übriggebliebenen Matrosen hasteten zum Vorschiff und warfen die Waffen weg, die ihnen dabei hinderlich waren. Nur Keen war noch zwischen ihm und dem Bug; die Arme hingen ihm schlaff herab, sein junger Körper wankte vor Erschöpfung.

»Kommen Sie, Captain!« sagte Allday. »Es hat keinen Zweck mehr!« Er feuerte noch einmal in den andrängenden Haufen und grunzte befriedigt: er hatte einen Todesschrei gehört.

In den nächsten Sekunden herrschte solches Durcheinander, daß keiner begriff, was eigentlich vorging. Im einen Augenblick saß Bolitho rittlings auf dem Bugspriet, im nächsten schwamm er auf die schwarze Masse der Bäume zu. Er wußte nicht mehr, wann er getaucht und wieder hochgekommen war, aber seine Kehle war rauh wie Sandpapier, nicht nur vom Brüllen, sondern vom schieren Überlebenskampf. Schaum spritzte auf, er hörte Getrampel an Bord der Brigantine, denn immer mehr ihrer Leute hatten jetzt schwimmend oder im Boot das Schiff erreicht und kletterten an Deck. Immer noch pfiffen Kugeln über seinen Kopf, und mit einem erstickten Schrei sank ein getroffener Matrose unter die Wasserfläche.

»Zusammenbleiben!« Mehr konnte er nicht rufen, denn immer wieder klatschten ihm übel schmeckende Wellen in den Mund. Vom Strand her rannte eine weiße Gestalt in das aufspritzende Wasser; Bolitho tastete nach seinem Degen und fiel dabei stolpernd vornüber, denn seine Füße stießen auf Sand und Kies. Es war Soames, der ihn keuchend vor Anstrengung und mit zerzaustem Haar aufs Trockene zog. Bolitho rang verzweifelt nach Luft. Es war mißlungen, und sie hatten manchen guten Mann verloren. Umsonst.

Allday kam aus dem Wasser; zwei weitere lagen wie tot auf dem Sand, doch verriet ihr schwerer Atem, daß sie noch lebten. Mehr waren nicht da.

Von der Brigantine her krachte ein Kanonenschuß, aber die Kugel ging weit daneben, fuhr splitternd durch die Bäume, Vögel und Sklaven kreischten im Chor dazu.

Heiser berichtete Soames: »Ich konnte nur ein Boot erobern, Sir. Es waren zu viele Sklavenfänger an Land.« Seine Stimme zitterte vor Wut und Verzweiflung. »Als sie auf diesen spanischen Leutnant schossen, griffen meine Jungs an. Zu früh. Tut mir furchtbar leid, Sir.«

»Sie können nichts dafür.« Schweren Schrittes ging Bolitho am Wasser entlang und spähte hinaus, ob noch ein Schwimmer käme. »Wie viele haben Sie verloren?«

»Sieben oder acht«, erwiderte Soames dumpf und mit einer Handbewegung zum Strand, wo mehrere dunkle Gestalten lagen. »Aber wir haben ein Dutzend umgelegt.« Und, fast schreiend vor plötzlicher Wut: »Wir hätten dieses verfluchte Schiff gekriegt! Bestimmt!«

»Ja.« Bolitho gab die Suche auf. »Lassen Sie unsere Leute antreten, dann gehen wir ins Boot. Wir müssen Mr. Fowlar und seine Truppe abholen, solange es noch finster ist. Bei Tageslicht kommt uns der Sklavenjäger dazwischen, denke ich.«

Es war nur ein kümmerliches Boot und leckte ziemlich stark; ein paar verirrte Musketenkugeln hatten es getroffen. Einer nach dem anderen kletterten die erschöpften Männer hinein. Sie waren zu müde, um einander auch nur anzusehen; es war ihnen sogar gleichgültig, wo sie sich befanden. Wenn sie jetzt hätten kämpfen müssen, wären sie kurz und klein geschlagen worden.

Bolitho betrachtete sie gespannt. Flüchtig dachte er an eine Äußerung, die Herrick vor vielen Wochen getan hatte: *Im Frieden sind sie eben anders.* Vielleicht.

Die Verwundeten stöhnten und schluchzten leise; er schob Keen zu ihnen hin. »Kümmern Sie sich um sie!« Er sah, wie der junge Mann zurückzuckte, und wußte, daß auch er nahe am Zusammenbrechen war. Da streckte er den Arm aus und drückte ihm die Schulter. »Reißen Sie sich zusammen, Mr. Keen!« Und zu Soames gewandt: »Mr. Fowlars Leute können nachher die Riemen übernehmen. Sie werden besser bei Kräften sein.«

Er fuhr herum. Zwischen den Bäumen dröhnte ein Geräusch auf wie von einem riesigen, stampfenden Tier, und dazu gellte wildes, vielstimmiges Geschrei übers Wasser.

»Um Gottes willen, was ist das?« murmelte Allday erschrocken.

»Die Sklaven im Lager.« Soames stand neben Bolitho, ihr Boot wollte soeben ablegen. »Sie wissen mehr als wir.«

Bolitho konnte sich nur mit Mühe im Gleichgewicht halten, denn das überladene Fahrzeug schwankte gefährlich in der Strömung. Die Sklaven mußten inzwischen begriffen haben, daß sie – obwohl die Brigantine mit ihren Kanonen noch immer draußen lag – jetzt nicht mehr gefesselt auf die andere Seite der Welt verschleppt würden. Dieses Mal jedenfalls nicht. Bolitho dachte an die Boote der Eingeborenen, die Herrick gesichtet hatte. Vielleicht waren sie schon angekommen?

»Streicht Riemen!« kommandierte er. »Da ist Mr. Fowlar!«

Enttäuscht starrte der Steuermannsmaat auf das Boot. »Da drin ist aber für meine Leute kein Platz, Sir!«

»Sie müssen aber rein, wenn sie am Leben bleiben wollen.« Allday übernahm die Ruderpinne und zählte die ins Boot kletternden Männer. Irgendwie fanden sie alle Platz, doch die Riemen ließen sich kaum bewegen, und das Boot lag so tief, daß es nur knappe sechs Zoll Freibord hatte.

»Ablegen!«

Bolitho zuckte zusammen: ein Kanonenschuß krachte, aus der Bordwand der Brigantine schoß eine lange, gelbrote Flamme wie eine giftige Zunge. Die Kugel zischte über das Heck des Bootes hinweg und grub sich in den Sand.

»Ruhe!« rief Bolitho. »Und Schlag halten!« Denn unsauberes Rudern hätte zuviel Gischt aufgeworfen, dann mußte das Boot ein besseres Ziel bieten.

»Einer ist eben gestorben«, flüsterte Keen heiser. »Hodges, Sir.«

»Werft ihn ins Wasser! Aber die Trimmung ausgleichen, das Boot muß ruhig liegen!« Armer Hodges, er würde nie mehr über die Marschen von Norfolk streifen, nie wieder den Anhauch der Nordsee auf seinem Gesicht spüren oder einem Flug Enten nachschauen. Ärgerlich schüttelte sich Bolitho – was war mit ihm los? Der Leichnam glitt über den Bootsrand, und der Ruderer, der dazu Platz gemacht hatte, rutschte wieder an die Ducht.

»Sie haben das Feuer eingestellt«, bemerkte Soames. »Lecken sich wahrscheinlich ihre Wunden, genau wie wir.«

Wieder fühlte Bolitho Bitterkeit in sich aufsteigen. Der Sklavenfänger hatte eine Anzahl Männer verloren, gewiß. Aber er hatte immer noch genügend Neger an Bord, so daß sich seine Reise auch ohne die an der Lagerstelle lohnte. Während er, Bolitho ... Er versuchte, nicht an ihren Mißerfolg zu denken. Seine Männer waren vermutlich deswegen zurückgewichen, weil sie das Vertrauen zu ihm verloren hatten. Und wer die *Nervion* angegriffen hatte, blieb immer noch ein Rätsel. Die Besatzung eines Sklavenschiffes bestand gewöhnlich aus dem Abschaum vieler Häfen und Länder. Vielleicht hatte Davy tatsächlich recht gehabt, und er hätte die Brigantine überhaupt in Ruhe lassen sollen. Der Kopf tat ihm genauso weh wie die Prellung an seinem Oberschenkel. Er konnte kaum noch einen klaren Gedanken fassen.

Fowlar sagte: »Mr. Mudge hat es mir erklärt, Sir. Morgen muß die *Undine* sich weit vom Land klarhalten, wegen der Sandbänke hier herum. Der Sklavenkapitän kennt wahrscheinlich eine bessere Durchfahrt, aber ...« Er sprach nicht zu Ende.

»Ja.« Bolitho sah ein paar überhängende Bäume sich wie eine halbzerstörte Brücke übers Wasser recken. »Wir machen hier fest. Lassen Sie die Männer rasten und verteilen Sie, was noch an Wasser und Verpflegung vorhanden ist.«

Niemand antwortete. Manche schienen im Sitzen zu schlafen und blieben unbeweglich hocken, wie Bündel alter Lumpen.

Bolitho versuchte, nicht an die Brigantine zu denken. Hätte er sie nicht angegriffen, so wüßte ihr Kapitän gar nicht, daß die

Undine in der Nähe lag. Offenbar hatte man die Fregatte nicht gesichtet und wußte auch nicht, wer der Angreifer gewesen war. Es war schließlich nichts Ungewöhnliches, daß ein Sklavenhändler dem anderen die Beute abzujagen versuchte. Aber wegen seiner, Bolithos, Dickköpfigkeit würde der Sklavenkapitän jetzt die *Undine* erkennen, sobald er die freie See gewann. Die *Undine* durfte sich nicht zu nahe heranwagen, und eine lange Verfolgungsjagd hatte auch keinen Zweck. Somit wußte der Kapitän, falls er an der Verzögerung von Puigservers Mission beteiligt war, jetzt zumindest, daß die *Undine* unterwegs war.

Bolitho preßte die Finger um den Degengriff, bis der Schmerz ihn zur Besinnung brachte. Wäre Rojart nicht gewesen, hätte es geklappt. Wie viele Schlachten waren schon verlorengegangen, bloß weil ein einzelner einen dummen Fehler beging? Armer Rojart ... Das Schiff, das seine *Nervion* zugrunde gerichtet hatte, war das letzte gewesen, was er auf Erden gesehen hatte. Dann hatten sie ihn genauso brutal umgebracht.

»Eine kleine Bucht an Backbord, Captain! Sieht ziemlich sicher aus.« Allday starrte auf Bolithos gebeugte Schultern. Er empfand die Verzweiflung seines Kapitäns wie seine eigene.

»Steuern Sie sie an, Allday!« befahl Bolitho. Er schob seine Gedanken mit fast physischer Anstrengung beiseite. »Drei Wachen zu je zwei Stunden.« Er setzte nochmals an. »Posten aufstellen und scharf aufpassen!«

Ein Mann sprang über das Dollbord und watete durch das flache Wasser, den Festmacher wie ein Zuggeschirr über der müden Schulter. Das Boot stieß auf harten Sand. Durch die Strömung und die plötzlich Gewichtsverlagerung beim Hinausklettern der Männer neigte es sich wie trunken zur Seite.

Bolitho hörte Soames die erste Wache einteilen. Ob der wohl Bedenken gehabt hätte, wenn er das Enterkommando befehligt hätte? Vermutlich nicht. Soames hätte getan, was er für richtig hielt, ungeachtet der hilflosen Sklaven, und hätte die Brigantine versenkt oder Feuer an das Pulvermagazin gelegt. Bei diesem Klima wäre die Brigantine innerhalb weniger Minuten ausgebrannt, die Sklavenfänger wären hilflos gewesen und hätten später leicht überwältigt werden können. Dagegen hatte er, Bolitho, überhaupt nichts erreicht und obendrein fast ein Drittel seiner Mannschaft verloren, weil er die Sklaven nicht hatte opfern wollen.

Allday kam mit einer Wasserflasche. »Hab das Boot gesichert,

Captain.« Er gähnte gewaltig. »Ich hoffe bloß, wir müssen nicht zu weit landeinwärts.« Und nach einer kleinen Pause: »Lassen Sie sich nicht unterkriegen, es ist eben nicht zu ändern. Wir haben doch schon viel Schlimmeres gesehen und erlebt. Ich weiß, manche unserer Leute sind weggelaufen, statt zu kämpfen, als sie am nötigsten gebraucht wurden. Aber es sind eben andere Zeiten – viele denken das jedenfalls.«

Bolitho sah ihn stumpf an, konnte aber seine Gesichtszüge nicht erkennen. »Wie meinen Sie das?«

Allday hob die Schultern. »Sie sehen nicht ein, daß sie sich wegen ein paar Sklaven totschlagen lassen sollen – oder wegen eines Schiffes, von dem sie nichts wissen. An Bord der alten *Phalarope* war das anders, verstehen Sie? Da hatten sie eine Flagge, der man folgen konnte, einen Feind, den man sah.«

Bolitho lehnte sich gegen einen Baum, schloß die Augen und lauschte, wie der Dschungel zur Nacht lebendig wurde, quiekend, brüllend, grunzend, raschelnd. »Sie meinen, es war ihnen egal?« fragte er.

Allday grinste. »Wenn wir einen richtigen Krieg hätten, so einen wie den letzten, dann würden wir verdammt schnell ganze Kerls aus ihnen machen.«

»Das heißt also, wenn sie nicht persönlich bedroht sind, fällt es ihnen gar nicht ein, für diese Unglücklichen zu kämpfen?« Bolitho öffnete die Augen wieder und studierte die Sterne. »Ich fürchte, bevor die Reise zu Ende ist, werden einige von ihnen anders darüber denken.«

Aber Allday war schon eingeschlafen. Das Entermesser lag über seiner Brust wie die Grabbeigabe eines Ritters.

Leise erhob sich Bolitho und ging zum Boot, um nachzusehen, wie der Verwundete versorgt war. Der Widerschein der Sterne glitzerte auf dem trägen Wasser. Zu seinem eigenen Erstaunen war er schon nicht mehr ganz so verzweifelt.

Er blickte zum Waldrand zurück, aber Allday war in der Dunkelheit nicht mehr zu erkennen. Es war ihm mit Allday schon oft so ergangen: Der Mann schien, absichtlich oder zufällig, in seiner offenen, einfachen Art jedesmal den springenden Punkt zu treffen. Nicht daß er irgendeine Patentlösung anbot, aber man gewann Abstand, und die Dinge rückten in ihre richtige Perspektive.

Der Verwundete lag in tiefem Schlaf. Kalkweiß hob sich sein Verband von den schwarzen Bootsplanken ab. Keen fuhr hoch, als

Bolitho hinzutrat. »Entschuldigung, Sir. Ich habe Sie nicht kommen sehen.«

»Bleiben Sie ruhig liegen, Mr. Keen«, erwiderte Bolitho. »Wir haben es ja jetzt gemütlich für die Nacht.«

Als Bolitho gegangen war, trat Fowlar, der sich in der See Gesicht und Hände gewaschen hatte, zum Boot und sagte bewundernd: »Das ist 'n Mann, was? Der jammert und jault nicht, wenn's mal schiefgeht.«

Keen nickte. »Ich weiß. Eines Tages werde ich hoffentlich so wie er.«

Fowlar lachte laut auf, und vom Wald her antworteten die Schreie aufgestörter Vögel. »Ach du lieber Gott, Mr. Keen, da würde er sich aber geschmeichelt fühlen, wenn er das wüßte!«

Keen wandte sich wieder dem Verwundeten zu. Leise, aber heftig murmelte er: »Trotzdem ist es so – basta!«

Im bleichen Glanz des Morgens flossen Himmel und Meer zu milchigem Dunst zusammen. Schwerfällig schob sich das überladene Langboot aus den Bäumen und kleinen Stränden heraus, die den Meeresarm zu beiden Seiten säumten. Bolitho hielt scharf Ausschau nach irgendwelchen Zeichen von Leben, die auf einen Hinterhalt deuteten. Hoch oben segelten ein paar Vögel, und weit draußen, vor den letzten, winzigen Landfetzen, sah er die offene See, seltsam farblos im Morgenlicht. Dann musterte er die Männer im Boot. Die kurze Ruhepause schien ihnen wenig genützt zu haben. Müde und verängstigt sahen sie aus, ihre Kleidung starrte vor Schmutz und getrocknetem Blut, die Gesichter waren hohl und stoppelig. Man konnte sich kaum vorstellen, daß sie zu einem Schiff des Königs gehörten.

Soames stand aufrecht neben Allday und spähte voraus, überwachte die Männer, die das eingesickerte Wasser ausschöpften, und sah zwischendurch nach dem verwundeten Matrosen – seine Augen waren überall. Ganz vorn auf dem Steven hockte Keen, die nackten Füße im Wasser, zusammengesunken wie unter einer schweren Last, und beobachtete das nächstliegende Ufer.

Die erste Dünung rollte in die Bucht; das Boot hob und senkte sich in den Wellen. Ein paar Leute stöhnten erschrocken auf, aber die meisten starrten stumpf vor sich hin; ihnen war längst alles gleich. »Wenn wir im offenen Wasser sind«, sagte Bolitho, »drehen wir nach Backbord ab. So treffen wir am schnellsten auf die Boote der *Undine*.«

Soames blickte kurz zu ihm herüber. »Kann Stunden dauern. Bis dahin wird es so heiß wie in einem verdammten Ofen.«

Bolitho tastete unwillkürlich nach seiner Uhr und stöhnte schmerzlich auf, als seine Finger die Prellung auf dem Oberschenkel berührten. Schließlich hatte er die Uhr herausgezogen: die abgeprallte Kugel hatte Deckel und Werk völlig zerschlagen, doch ohne die Uhr wäre er jetzt wahrscheinlich dem Tode nahe oder bestenfalls Gefangener an Bord der Brigantine.

»Die ist hin, Sir«, bemerkte Soames gelassen. Bolitho nickte und erinnerte sich daran, wie seine Mutter sie ihm geschenkt hatte. Er war gerade Leutnant geworden. Die Uhr hatte ihm sehr viel bedeutet, nicht zuletzt deswegen, weil sie ihn an seine Mutter erinnerte, an ihre Sanftheit und die Seelenstärke, mit der sie es getragen hatte, Mann und Söhne an die See zu verlieren.

Ein paar Stimmen protestierten laut, weil das Boot stark krängte, und Bolitho sah, daß Keen von seinem exponierten Platz ins Bootsinnere zurückkletterte. »Da, Sir! Steuerbord voraus!« schrie er, das Gesicht vor Schreck verzerrt.

Bolitho stand auf, stützte sich mit einer Hand auf Alldays Schulter und starrte auf die beiden langen, flachen Gebilde, die eben die äußerste Spitze des Landes rundeten: Boote. Unter perfektem Gleichschlag der langen Paddel glitten sie ziemlich schnell dahin, genau auf den Eingang der Bucht zu.

»Kriegskanus«, sagte Fowlar heiser. »Ich kenne sie von früher. Die kommen noch näher ran, wenn ich mich nicht irre.« Er zog seine Pistole aus dem Gürtel und suchte nach dem Pulverhorn.

Mit zusammengekniffenen Augen spähte Soames nach den beiden Kanus aus. Sein Gesicht war maskenstarr. »Gott verdamm' mich, in jedem sind mindestens dreißig Mann!«

»Die tun uns nichts, das wäre nicht fair! Wir sind doch keine Sklavenjäger!« schrie ein Matrose angstvoll auf.

»Still, der Mann da!« Fowlar spannte die Pistole und legte den Lauf auf den Unterarm. »Für die sind alle Weißen gleich, also halt die Schnauze!«

»Tempo zulegen!« befahl Bolitho. »Vielleicht kommen wir vorbei.«

»Wenn Sie meinen, Captain?« sagte Allday und gab den Ruderern einen schnelleren Rhythmus an.

»Achteraus, Sir!« rief ein anderer Matrose. »Ich sehe die Marssegel der Brigantine.« Vorsichtig, um die Ruderer nicht aus dem Takt zu bringen, drehte Bolitho sich um. Der Mann hatte sich nicht geirrt. Weit hinter ihnen glitt ein schlaffes Segel im Schneckentempo über einer Reihe niedriger Baumwipfel dahin. Das Sklavenschiff mußte schon vor Sonnenaufgang Anker gelichtet haben. Das leblose Tuch verriet Bolitho, daß die Brigantine von Booten geschleppt wurde. Aber war sie erst einmal in offenem Wasser, würde sie auch bald entkommen sein. Und dort kamen die Kanus näher. Zum Unterschied von den Sklavenjägern saßen er und seine Männer hier fest und würden sterben – wenn sie Glück hatten.

»Was können wir schon tun, Sir?« fragte Soames. »Diese Kanus sind schneller als wir, und zum Nahkampf lassen sie uns gar nicht erst dicht genug heran.« Nervös spielte er mit seinem Säbelgriff; zum erstenmal verriet er Angst.

»Stellen Sie fest, was wir an Waffen, Pulver und Munition haben«, erwiderte Bolitho.

Viel konnte nicht mehr übrig sein nach der planlosen Schießerei an Land, zumal sein eigenes Enterkommando ja auch die Waffen an Bord der Brigantine gelassen hatte.

Fowlar meldete: »Reicht kaum für einen Schuß pro Mann, Sir.«

»Na schön. Die zwei besten Schützen nach achtern! Und geben Sie ihnen alles Pulver, das wir haben.« Etwas leiser sagte er zu Soames: »Vielleicht können wir sie in Schach halten, bis unsere Boote eintreffen.«

Die Kanus hatten gestoppt; unter dem Rückwärtsdruck der glitzernden Paddel lauerten sie wie zwei Hechte bewegungslos im Wasser. Bolitho hätte sein Fernrohr gebraucht – aber das lag irgendwo im Dschungel. Dennoch konnte er die Eingeborenen recht deutlich erkennen: die tiefschwarzen Leiber waren über die Paddel gebeugt, um auf Befehl sofort loszurudern. Im Heck saß jeweils ein großer Mann mit buntem Kopfschmuck, den Körper von einem ovalen Schild gedeckt. Bolitho dachte an die Sklaven in der Lichtung, an das Mädchen, das an Deck der Brigantine erschlagen worden war. Von diesen Negern, die stumm das Boot beobachteten, konnte kein Weißer Gnade erwarten. Nur Blut würde sie befriedigen.

Die Weißen ruderten immer näher, bis nur noch eine halbe Kabellänge sie von den Eingeborenen trennte. Bolitho blickte sich nach den beiden Scharfschützen in der Achterplicht um. Fowlar war der eine, der andere ein Matrose mit zernarbtem Gesicht. Das

Häufchen Pulver und Kugeln wirkte zwischen den beiden Männern noch winziger als vorher.

»Abfallen nach Steuerbord, Allday!« Bolitho war selbst überrascht, wie ruhig seine Stimme klang. »Sie müssen jetzt bald reagieren.«

Als sich das Langboot schwerfällig zur Mitte der Einmündung wandte, kam Leben in die beiden Kanus; schwungvoll fuhren die Paddel ins Wasser, plötzlich vibrierte die Luft von Trommelschlag, und im vordersten Kanu stieß der Anführer einen schrillen Kriegsruf aus.

Bolitho fühlte, wie auch ihr Boot unter ihm vorwärts schoß, sah den Schweiß auf den Gesichtern seiner Rudergasten und die Angst, mit der sie den herangleitenden Kanus entgegenblickten.

»Achtung!« brüllte er, »Schlag halten! Augen binnenbords!«

Etwas schlug spritzend längsseits auf – ein schwerer Stein zweifellos; und jetzt prasselte eine ganze Salve wie Hagel auf Schultern und Rücken der zusammenzuckenden Matrosen. Einige wurden am Kopf getroffen und sanken bewußtlos zusammen. Die Ruderer kamen aus dem Takt; ein Riemen fiel ins Wasser und trieb ab.

»Feuer!« befahl Bolitho.

Fowlar drückte ab und fluchte, weil er vorbeigeschossen hatte. Dann knallte die andere Muskete. Drüben schrie ein Neger auf und stürzte ins Wasser.

»Lenzen!« brüllte Soames. Er feuerte und grunzte befriedigt, als wieder ein Schwarzer ins Wasser stürzte.

Die Kanus trennten sich jetzt. Jedes schlug einen weiten Bogen, so daß sie etwas achterlicher zu beiden Seiten des Langbootes aufkamen, das damit völlig von den Ufern der Bucht abgeschnitten war. Vor ihnen lag die offene See, leer und lockend wie zum Hohn.

Wieder schoß Fowlar, und diesmal hatte er mehr Glück: er traf den Mann mit dem Kopfschmuck, der offensichtlich den Takt angab.

Die Matrosen pullten so angestrengt oder spähten angstvoll nach vorn, daß kaum einer die eigentliche Gefahr bemerkte, bis es fast zu spät war.

»Dort vorn, Mr. Fowlar!« brüllte Bolitho. »Feuern Sie so schnell wie möglich!« Denn mindestens ein Dutzend Kanus rundeten die grüne, hügelige Landzunge, fächerförmig ausschwärmend und voll johlender, brüllender Neger. Nach dem ersten Schuß zögerten sie, aber nur kurz. Dann schossen sie weiter durch die Dünung heran, durch die ihre Steven wie Messer schnitten.

Kopflos rissen die Matrosen an den Riemen, einige wimmernd vor Angst, andere wollten aufspringen; nur ein paar griffen nach den ins Boot gefallenen Steinen, um sich zu verteidigen.

»Das ist die letzte Kugel, Sir!« brüllte Fowlar. Ein schwerer Stein, offenbar von einer Schleuder aus einem der beiden Kanus achtern, prallte vom Dollbord ab und riß ihm den Handrücken auf. Er fluchte lästerlich.

Das vorderste Kanu der Flottille war inzwischen unter ohrenbetäubendem Getrommel und Kriegsgeschrei ganz nahe herangekommen.

Bolitho zog den Degen und blickte seine angstgelähmten Matrosen an. »Los, Jungs! Nahkampf!«

Aber daraus wurde nichts. Wieder ging ein Steinhagel auf das Boot nieder; ein Mann wurde so schwer getroffen, daß er über Bord stürzte. Der letzte Scharfschütze feuerte und traf zwei Wilde mit einer Kugel. Das Kanu fiel ab; der ins Wasser gestürzte Matrose trieb dicht daran vorbei und wurde an Bord gezerrt. Sie stellten ihn auf die Füße, mit dem Gesicht zum Langboot, hielten ihm die Arme fest. Er schrie mit weit offenem Mund, aber die Schreie gingen im wilden Gebrüll seiner Bezwinger unter. Plötzlich, Bolitho wurde es fast schlecht bei dem Anblick, hob der Anführer ein Messer hoch über seinen Kopf; die Augen des Gefangenen folgten der blitzenden Klinge wie hypnotisiert, der schreiend aufgerissene Mund war ein schwarzes Loch in dem kalkweißen Gesicht. Sehr langsam senkte sich das Messer, dann spritzte leuchtendrotes Blut. Schrecken und Abscheu drehten den zuschauenden Matrosen fast den Magen um.

»Jesus Christus!« sagte Allday gepreßt. »Sie ziehen ihm bei lebendigem Leibe die Haut ab!«

Bolitho packte den Scharfschützen bei der Schulter; der zuckte zusammen, als stürbe er mit dem Mann im Kanu.

»Tu dein Bestes!« Bolitho hatte Mühe, die Worte herauszubringen. Der Mann drüben lebte immer noch, wand sich wie eine arme Seele in Höllenqualen, während das Messer sein Werk verrichtete.

Ein Knall, und der Musketenkolben schlug im Rückstoß gegen die Schulter des Schützen. Bolitho wandte sich ab.

Gedämpft sagte Soames: »Das war die einzige Möglichkeit, Sir. Ich würde keinen Hund so leiden lassen.«

»Die Brigantine nimmt Fahrt auf, Sir!« rief Fowlar. Ohne daß jemand darauf geachtet hatte, war das Sklavenschiff ins freie Wasser gelangt. Sie hatten die schleppenden Boote eingeholt, die Vorsegel gesetzt, und segelten sich nun frei von Land.

Die Kanus bildeten zwei Stoßkeile; unter wildem Trommelwirbel setzten die Schwarzen zum letzten Angriff an. Bolitho hob seinen Degen zum dunstigen Himmel.

»Pullt, Leute! Wir kämpfen bis zum Letzten!« Leere Worte – aber es war immer noch besser zu kämpfen, als sich schweigend und ohne einen Finger zu rühren, überwältigen, martern und abschlachten zu lassen.

»Da sind sie«, flüsterte Allday. Er klemmte die Ruderpinne zwischen die Knie und zog das Entermesser. »Bleiben Sie dicht bei mir, Captain! Wir werden's den Hunden schon zeigen!«

Bolitho blickte ihn an. Die Schwarzen waren ihnen an Zahl zehnfach überlegen, und der Kampfeswille seiner übermüdeten Leute war schon jetzt gebrochen. »Das werden wir, Allday.« Er legte ihm die Hand auf den muskulösen Unterarm. »Und – danke!«

Ein ohrenbetäubender Aufschrei riß ihn herum, so daß das Boot gefährlich schwankte. Da erblickte er geschwellte Groß- und Vorsegel, eine Gallionsfigur, die wie pures Gold im milchigen Sonnenglast schimmerte – die *Undine* rundete die Landspitze. Ihre Steuerbordbatterie drohte wie mit einer Reihe scharfer schwarzer Zähne.

»Hinsetzen! Sonst kentern wir!« brüllte Soames. Und Fowlar rief: »Sie geht über Stag, Sir! Um Gottes willen, sie hält auf die Untiefe zu!«

Bolitho verschlug es den Atem, als die elegante Silhouette der *Undine* sich verkürzte, die Segel ganz kurz killten, bis die Rahen wieder richtig gebraßt waren. Wenn sie jetzt auflief, ging es ihr wie der *Nervion* und noch schlimmer, denn die Überlebenden würden den Wilden in die Hände fallen.

Aber die *Undine* zögerte nicht; schon erkannte er die blutroten Uniformen der Seesoldaten an den Achterdecknetzen und meinte, neben dem Rad Herrick und Mudge ausmachen zu können, als die Fregatte so stark krängte, daß die See fast in die Stückpforten wusch.

»Hurra, Jungs, hurra!« brüllte Keen unter Freudentränen. Er schwenkte sein Hemd überm Kopf, die immer noch drohende

Gefahr schon vergessend.

Auch die Brigantine hatte inzwischen gewendet und segelte sich frei von dem dunklen Schatten, der unter der glitzernden Wasserfläche lauerte, schüttelte die Reffs aus, um sich vom Wind nach Süden tragen zu lassen.

Ungläubig rief Fowlar: »Sie verfolgt das Sklavenschiff! Die müssen verrückt geworden sein!«

Bolitho sagte nichts. Er sah nur sein Schiff, und das reichte ihm. Er wußte genau, was Herrick dachte; sein Plan war ihm so klar, als hätten sie ihn abgesprochen: Herrick konnte nicht alle Kanus gleichzeitig angreifen, um Bolitho und seine kleine Schar zu retten. Also wollte er die Brigantine stellen und so die Kriegskanus auf die einzige ihm mögliche Weise ablenken.

Noch während sich Bolitho das klarmachte, eröffnete die *Undine* das Feuer. Es war eine langsame, sorgfältig gezielte Breitseite; in regelmäßigen Intervallen spuckten die Rohre Flammen und Rauch, während die Fregatte immer tiefer zwischen die Grundseen geriet.

Jemand stieß ein heiseres Hurra aus, als der Vormast der Brigantine erzitterte und mit dem ganzen Gewirr der Takelage über Bord kippte. Die Wirkung zeigte sich augenblicklich: in Sekundenschnelle kam sie aus dem Wind und bot in voller Breite ihren Rumpf einer zweiten Salve dar. Eine Zwölfpfünderkugel schlug neben dem Heck in die See und zerplatzte – so dicht lag das Riff unter der Wasseroberfläche.

»Sie ist aufgelaufen!«

Alles rief und schrie drüben wie verrückt durcheinander. Männer umarmten sich und schluchzten, weil sie ihr Glück nicht zu fassen vermochten. Bolitho konnte den Blick nur mit Mühe von der Brigantine lassen, die auf einem Riff oder einer Sandbank querschlug, während die chaotische Takelage sie noch weiter landeinwärts drückte.

Bolitho hielt den Atem an, als die *Undine* hastig Segel kürzte; ameisengleich krabbelten winzige Gestalten auf den Rahen, und als das Schiff über Stag ging, blitzte der Kupferbeschlag kurz auf. Eine halbe Kabellänge weiter, und die Fregatte hätte festgesessen.

Allday rief: »Sie hat beigedreht, Captain. Ein Boot wird ausgesetzt!«

Bolitho nickte nur, sprechen konnte er nicht.

Wild paddelten die Kanus zu der hilflosen Brigantine hinüber;

weitere Boote rundeten die Landspitze, hielten sich aber vorsichtig außer Reichweite der ausgefahrenen Kanonen der *Undine*. Die große Pinasse der Fregatte kam in voller Fahrt durch die kabbelige See heran. Als eins der Kanus sich ihr zuwandte, genügte ein Schuß aus der Drehbasse, um die kreischenden Eingeborenen in die Flucht zu jagen.

Davy stand sehr aufrecht, sehr elegant im Heck. Selbst seine Rudergasten sahen im Vergleich zu den zerlumpten, hurrabrüllenden Überlebenden von Bolithos Landungskommando wie Übermenschen aus.

Das erbeutete Langboot sank bereits. Wurfsteine hatten seine Außenhaut eingedrückt; Bolitho hätte sich keine halbe Stunde mehr halten können, ganz abgesehen von dem zweiten Kanugeschwader.

Als die Pinasse längsseits kam und hilfreiche Hände die keuchenden Männer an Bord zogen, drehte sich Bolitho noch einmal um und sah zu der schon mit starker Schlagseite liegenden Brigantine hinüber. Selbst auf diese Entfernung waren Musketenschüsse zu hören und das abgehackte Kriegsgeschrei aus den Kanus, die sich zum Angriff formierten: die Sklavenfänger würden ein furchtbares Ende nehmen.

Davy faßte ihn beim Handgelenk und zog ihn in die Pinasse.

»Schön, Sie wiederzusehen, Sir. Und Sie auch natürlich, Mr. Soames«, setzte er verlegen grinsend hinzu.

Bolitho ließ sich nieder, jetzt konnte er das Zittern seiner Beine nicht mehr beherrschen. Er vermochte die Augen nicht von seinem Schiff zu wenden, das, je näher sie kamen, immer höher aufwuchs und schließlich turmhoch über ihnen stand. Er war sich klar darüber, was er für die *Undine* empfand – und für diejenigen, die ihr Leben für ihn aufs Spiel gesetzt hatten.

Herrick stand an der Reling, um ihn zu begrüßen. Seine Erleichterung, als er Bolithos beide Hände ergriff, schien ebensogroß wie die Angst, die er offenbar ausgestanden hatte. »Gott sei Dank, Sir, daß Sie in Sicherheit sind!«

Bolitho suchte Zeit zu gewinnen. Er musterte die killenden Segel, die neugierigen Seesoldaten, die Geschützbedienungen, die ihre Reinigungsarbeiten kurz unterbrochen hatten, um grinsend zu ihm herüberzusehen. Herrick war ein furchtbares Risiko eingegangen. Der reine Irrsinn. Aber Mudge neben dem Kompaß nickte ihm so strahlend zu, daß er an diesem Plan mindestens den gleichen Anteil gehabt haben mußte wie Herrick.

Doch Bolitho spürte auch etwas Neues an ihnen und versuchte, es zu definieren.

Herrick berichtete: »Wir hörten die Schießerei, Sir, und schlossen daraus, daß Sie in Schwierigkeiten wären. Aber statt Boote zu schicken, kamen wir sozusagen in voller Stärke.« Er warf einen Blick auf die geschäftigen Männer an den Geschützen und Brassen. »Sie hielten sich gut. Und freuten sich, dabeizusein.«

Bolitho nickte begreifend. *Stolz*. Das war das Neue. Ihn zu erwerben, war sie teuer zu stehen gekommen, und es hätte noch schlimmer ausfallen können.

»Bitte nehmen Sie Fahrt auf«, sagte er. »Lassen Sie uns von dieser Unheilsküste schleunigst verschwinden.« Einen Moment lang suchte er nach den richtigen Worten. »Und, Thomas, wenn Sie jemals wieder daran zweifeln, daß Sie ein Schiff kommandieren können, dann werde ich Sie an den heutigen Tag erinnern. Sie haben die *Undine* erstklassig geführt.«

Herrick blickte zu Mudge hinüber und hätte ihm beinahe zugeblinzelt. »Wir haben den richtigen Kommandanten, Sir, und begreifen allmählich auch den Nutzen seiner harten Schule.«

Bolitho wandte sich, plötzlich zu Tode erschöpft, dem Achterdeck zu. »Ich werde es euch nicht vergessen.« Damit verschwand er, gefolgt von Allday, durch den Kajütniedergang.

Wiegenden Schrittes kam Mudge herbei und blieb neben Herrick stehen. »Das war knapp, Mr. Herrick. Wenn Sie's nicht befohlen hätten – ich weiß nicht, ob ich mich durch die Riffe getraut hätte.«

Herrick blickte ihn an und dachte an Bolithos Äußerung vorhin; schließlich brauchte er seine Gedanken jetzt nicht mehr zu verbergen.

»Gewiß, Mr. Mudge. Aber es war das Risiko wert.«

Er schaute auf die dunstige Küstenlinie, wo eine dünne Rauchwolke hochstieg. Die Brigantine mußte in Brand geraten sein. Noch lange würde ihm das Bild des vollgeschlagenen Bootes vor Augen stehen, mit Bolitho aufrecht im Heck, den alten, angelaufenen Degen in der Faust. Laut ausdrücklichem Befehl hatte die Sicherheit des Schiffes zwar absoluten Vorrang haben sollen. Und wenn er nicht gegen diesen Befehl gehandelt hätte, wäre er jetzt Kommandant gewesen. Aber Bolitho wäre auch irgendwo dort draußen und kämpfte mit dem Tode.

»Alle Mann an die Brassen!« Mit seinem Sprachrohr trat er an die Reling. »Und dankt Gott für unser Glück!«

In der Kajüte hörte Bolitho Herricks Lachen und dann das Klappern und Knarren der Blöcke, als die Matrosen auf Stationen eilten, um das Schiff wieder in Fahrt zu bringen.

»Einen Schluck Wein, Captain?« fragte Allday leise. »Oder vielleicht etwas Stärkeres?«

Bolitho lehnte sich an den Fuß des Besan. Das Holz vibrierte, als hoch oben der Wind in die Segel fuhr.

»Wissen Sie, Allday, nach allem, was es uns gekostet hat, möchte ich am liebsten ein Glas frisches Wasser.«

VIII Madras

Unbeweglich stand Bolitho an der Achterdeckreling und studierte die ausgedehnte Landfläche vor dem Bug der *Undine*. In der Morgensonne leuchteten die terrassenartig übereinandergebauten, weißen Häuser, deren Firstlinien in unregelmäßigen Abständen von hohen Minaretten und goldenen Kuppeln unterbrochen wurden. Es war atemberaubend schön; und aus der Art, wie sich die Matrosen lautlos, gleichsam ehrfürchtig, an Deck bewegten, schloß er, daß sie ebenso beeindruckt waren. Er blickte sich nach Herrick um. Tiefgebräunt und in seiner Galauniform wirkte er seltsam fremd.

»Wir haben es geschafft.«

Bolitho hob sein Teleskop ans Auge und beobachtete ein paar hochbordige Dhaus, die unter den Schwingen ihres riesigen Segels dahinglitten. Auch sie gehörten zu diesem fremdartigen Zauber.

»Einen Strich abfallen!« sagte Mudge, und dann schwieg auch er, während das Rad sich knarrend drehte.

Vielleicht war er mit sich zufrieden, dachte Bolitho, und dazu hatte er auch allen Grund. Madras – allein dieser Name bezeichnete wie ein großer Meilenstein alles, was sie gemeinsam erreicht hatten. Drei Monate und zwei Tage waren seit dem Ankerlichten in Spithead vergangen. Damals hatte er in Mudges Gesicht grimmige Zweifel lesen können, als er sagte, sie würden die Reise in hundert Tagen schaffen.

Leise meinte Herrick: »Ja, Sir, seit wir die Küste Afrikas im Rücken haben, ist uns das Glück treu geblieben.« Er grinste breit.

»Sie und Ihr Glück!« Aber Bolitho mußte ebenfalls lächeln. Was Herrick gesagt hatte, stimmte. Innerhalb weniger Tage, nachdem das Land mit seinen Toten und Sterbenden achteraus verschwunden war, hatte der Südwest stetig aufgefrischt – es waren die Ausläufer des Monsuns, der sich jetzt als ihr Freund erwies. Tag um Tag zog die *Undine* unter vollen Segeln frei und unbehindert dahin, nie ohne sprühenden Schaum am Bug; Delphine und andere seltsame Fische leisteten ihr treulich Gesellschaft. Es war, als sei das schreckliche Treffen mit den Kriegskanus die letzte Prüfung des Schicksals gewesen.

Bolitho warf einen Blick auf die leicht killenden Bramsegel oben und die einsame Fock vorn. Sie reichten knapp, um sie in das weite Hafenbecken zu bringen, wo eine imponierende Anzahl Schiffe vor Anker lag. Das war also Madras, der wichtigste britische Außenposten an der Südostküste des indischen Kontinents, die Schwelle zu erweitertem Handel und neuen Entdeckungen. Schon die Namen klangen wie eine Aufforderung zum Abenteuer: Siam und Malakka und weiter südöstlich Java und eine Unzahl unbekannter Inseln.

Schwerfällig kreuzte ein turmhohes Handelsschiff, das immer noch mehr Segel setzte, in eine bleiche Dunstbank über dem Meer hinein. Mit seinen schwarzweißen Stückpforten und dem tadellosen Segeldrill hätte man es für ein Kriegsschiff halten können. Aber es war ein Kauffahrer der East India Company, der Ostindischen Handelsgesellschaft, und noch vor drei Monaten hätte Bolitho seinen rechten Arm für ein paar ihrer Matrosen gegeben. Sie waren gut ausgebildet und diszipliniert, der durchschnittlichen Mannschaft eines Kriegsschiffes in vieler Hinsicht überlegen. Denn die britische Handelsgesellschaft konnte sich höhere Heuer, bessere Quartiere und Verpflegung für ihre Besatzungen leisten, während die Kriegsflotte nehmen mußte, was sie mit anderen Mitteln kriegen konnte. Und in Kriegszeiten lief das gewöhnlich auf Preßkommandos hinaus.

Bolitho hatte oft darüber nachgedacht, wie ungerecht das ganze System war. Eines Tages – hoffentlich würde er es noch erleben – mochte sich das ändern und die Marine die gleichen Gegenleistungen bieten können wie die Handelsschiffahrt.

Der große Indienfahrer dippte die Flagge, und Bolitho hörte, wie Keen seine Signalgasten anwies, den Gruß zu erwidern. Dann schaute er wieder auf seine eigene Mannschaft – zur Zeit hätte er kaum einen Mann auswechseln wollen, wenn nicht besondere Gründe vorlagen. Braungebrannt von der Sonne, gehärtet von schwerer Arbeit und regelmäßigem Geschütz- und Segeldrill, waren sie aus ganz anderem Holz als der buntgemischte Haufen damals in Spithead.

Er blickte kurz zum Indienfahrer hinüber und lächelte. Ein schönes Schiff, gewiß, und in jeder Hinsicht vollkommen – aber es mußte vor einem Schiff des Königs die Flagge dippen. Auch vor seiner *Undine*.

Mudge schnaubte sich die Nase und rief: »Noch fünf Minuten, Sir!«

Bolitho hob die Hand, und der Maat des Ankerkommandos bestätigte das Signal. Es war Fowlar, ein Mann, der seinen Wert und seine Treue bewiesen hatte. Der sich bereits eine Beförderung verdient hatte, sobald die Gelegenheit kam.

Hauptmann Bellairs von der Marineinfanterie musterte seine Trommler und glich in dem blendenden Sonnenlicht mehr denn je einem Zinnsoldaten. Davy und Soames waren an ihren Stationen auf dem Geschützdeck. Nie hatte das Schiff besser ausgesehen.

Er hörte Stimmen in seinem Rücken und wandte sich um. An der Heckreling standen Don Puigserver und Raymond im Gespräch. Vermutlich waren sie genauso gespannt darauf wie er, was sie in Madras erwartete. Puigserver trug den Galarock eines Leutnants, den Mrs. Raymonds Zofe auseinandergetrennt und geändert hatte, und zwar mit bereitwilliger Unterstützung durch den Segelmacher der *Undine*. Dieser John Tait hatte zwar nur ein Auge und die gemeinste Verbrechervisage an Bord; die Zofe jedoch fand ihn anscheinend faszinierend.

»Nun, Captain, Sie müssen heute sehr zufrieden mit sich sein.« Mrs. Raymond war aus dem Kajütniedergang gekommen und trat an seine Seite. Sie bewegte sich vollkommen sicher, durchaus vertraut mit jedem Seegang. Auch sie hatte sich verändert. Zwar wirkte sie immer noch etwas hochnäsig, aber sie hatte doch diese Uninteressiertheit am Schiffsleben abgelegt, die Bolitho in der ersten Zeit so irritiert hatte. Ihr umfangreicher Vorrat an eigenen Delikatessen, den sie in Santa Cruz mit an Bord gebracht hatte, war längst verbraucht, und sie hatte ohne Klagen mit der einfachen Kost der Kapitänskajüte vorliebgenommen.

»Das bin ich auch, Ma'am.« Er deutete zum Bug. »Nun werden Sie bald die Geräusche und Gerüche einer kleinen Fregatte hinter sich lassen können. Zweifellos wird eine englische Lady hier draußen wie eine Königin behandelt.«

»Vielleicht.« Sie wandte den Kopf, um nach ihrem Mann zu sehen. »Hoffentlich werden Sie mich besuchen, wenn Sie an Land kommen. Auch Sie sind schließlich ein König hier an Bord, nicht wahr?« Ein flüchtiges Lachen. »In mancher Hinsicht tut es mir leid, das Schiff zu verlassen.«

Bolitho betrachtete sie nachdenklich und dachte an seine Rückkehr an Bord nach der Affäre mit den Kanus: völlig ausgepumpt, fast im Stehen schlafend, der Kampfeswille war in totale Erschöpfung umgeschlagen und sein Hirn so abgestumpft, daß er sich nicht einmal über seine Errettung aus unmittelbarer Todesgefahr freuen konnte. Mrs. Raymond hatte ihn zu einem Sessel geführt, ihrer Zofe ein paar knappe Befehle zugerufen, auch dem darüber höchst schockierten Noddall und sogar Allday, als hätte sie das Kommando übernommen. Sie wollte den Schiffsarzt holen lassen, aber Bolitho hatte das kurz abgelehnt: »Ich bin nicht verwundet! Die Kugel hat bloß meine Uhr getroffen – Schweinerei, verdammte!« Da hatte sie mit lautem Lachen den Kopf zurückgeworfen. Diese unerwartete Reaktion hatte ihn geärgert; aber dann hatte sie, außerstande, ihr Lachen zu unterdrücken, seine Hand ergriffen, und da hatte er zu seiner eigenen Überraschung mitlachen müssen. Vielleicht hatte gerade das mehr als alles andere dazu beigetragen, daß er sich wieder fing und die nervöse Spannung verlor, die er bis zu diesem Moment gewaltsam verborgen hatte.

Etwas davon mußte jetzt noch auf seinem Gesicht zu lesen sein, denn sie fragte leise: »Darf ich's wissen?«

Er lächelte verlegen. »Woran ich denke? Ich dachte nur an meine Uhr.«

Er sah, daß ihre Lippen wieder zu zucken begannen. Warum hatte er eigentlich nie bemerkt, wie zart ihr Kinn und ihr Hals geformt waren? Erst jetzt fiel es ihm auf, da es zu spät war. Er fühlte, daß er rot wurde. Wieso eigentlich?

Sie nickte. »Es war grausam von mir, so zu lachen. Aber Sie machten ein so wütendes Gesicht, während jeder andere zunächst einmal dankbar gewesen wäre.«

Da rief Herrick: »Klar zum Ankern, Sir«, und sie wandte den Kopf ab.

»Machen Sie weiter, Mr. Herrick!« sagte Bolitho.

»Aye, Sir«, antwortete Herrick, aber seine Augen hafteten an der Frau. Dann begab er sich eilig zur Reling und kommandierte: »An die Leebrassen!«

Leicht und elegant drehte die *Undine* in den Wind, und schließlich fiel ihr Anker spritzend in das seidig blaue Wasser.

Puigserver deutete auf eine kleine Prozession von Booten, die sich bereits dem Schiff näherte. »Jetzt beginnt die Zeit der Zeremonien, *Captain.* Der arme Rojart hätte daran seine Freude gehabt.«

Er war jetzt ein ganz anderer Mann, mit stahlhartem Blick, tatendurstig seine Pläne schmiedend. Hinter ihm beobachtete Raymond die näher kommenden Boote mit eher nervöser Spannung.

Der Anker war gesteckt, alle Segel sauber gerefft; reges Leben herrschte auf den Decks der *Undine,* denn die Mannschaft traf Vorbereitungen, um Proviant, Besucher, oder was sonst befohlen wurde, an Bord zu nehmen. Und vor allen Dingen, um notfalls innerhalb weniger Stunden wieder seeklar zu sein.

Bolitho wußte, daß er von einem Dutzend verschiedener Seiten zugleich gebraucht wurde. Schon sah er den Zahlmeister herumschleichen, der sich bemühte, das Auge des Kapitäns auf sich zu lenken. Auch Mudge kam näher, offenbar mit einer Frage oder einem Vorschlag.

»Vielleicht sehen wir uns an Land, Mrs. Raymond«, sagte er ernst. Die anderen hörten zu; er spürte ihre verstohlenen Blicke, ihr Interesse. »Es war keine leichte Reise für Sie, und ich würde Ihnen gern danken für Ihre – äh –«, er zögerte, denn schon wieder begannen ihre Lippen vor unterdrücktem Lachen zu zittern –, »Ihre Nachsicht.«

Ebenso ernsthaft erwiderte sie: »Und ich darf Ihnen meinerseits danken für Ihre – Kameradschaft.«

Bolitho setzte zu einer Verneigung an, doch sie streckte ihm die Hand hin und sagte: »Bis zum nächsten Mal also, Captain.«

Er nahm ihre Hand und führte sie an die Lippen. Dabei spürte er einen ganz leichten Druck ihrer Finger, und als er ihr ins Gesicht sah, merkte er, daß es kein Zufall war.

Dann war alles vorbei. Die Herren vom Empfangskomitee des Gouverneurs umringten ihn, und er mußte seine Depeschen dem Kommandanten des Regierungsbootes übergeben. Dann löste sich eine Barkasse mit grellbuntem Sonnendach aus dem dunklen Schatten der *Undine;* er sah seine Passagiere im Heck sich noch einmal nach ihm umblicken. Mit jedem Schlag der Riemen wurde das Boot kleiner.

»Sie sind sicher froh, Sir, daß Sie die Kajüte jetzt wieder für sich haben«, bemerkte Herrick munter. »Lange genug hat es ja gedauert.«

»Ja, Thomas. Da bin ich wirklich froh.«

»Und jetzt, Sir, was zusätzliche Männer betrifft . . .«

Herrick hatte Bolithos Lüge durchschaut und hielt es für klug, unverzüglich das Thema zu wechseln.

Erst am späten Nachmittag erhielt Bolitho die Aufforderung, persönlich beim Gouverneur vorzusprechen. Er hatte schon gedacht, dieser Teil seiner Mission sei gestrichen worden oder sein Status in Madras so tief gesunken, daß man ihn sich auf Armeslänge vom Leibe hielt, bis er von der Obrigkeit mit den entsprechenden Befehlen versehen wurde.

Die Gig der *Undine* trug ihn, Herrick und Midshipman Keen an Land, obwohl ein hochnäsiger Abgesandter ihn überreden wollte, ein Hafenboot sei passender und bequemer.

Am Kai wartete eine offene Kutsche, um sie zum Gouverneurspalast zu bringen; während der ganzen langen Fahrt wechselten sie kaum ein Wort. Die grellen Farben, die wimmelnden, schwatzenden Menschen, überhaupt die Fremdartigkeit der Stadt nahmen ihre Aufmerksamkeit voll in Anspruch. Bolitho fand die Menschen außerordentlich interessant, schon wegen der unterschiedlichen Hautfarben: vom hellen Braun, nicht dunkler als die Sonnenbräune des jungen Keen, bis zum Tiefschwarz wie dem der Krieger, die er in Afrika gesehen hatte. Männer mit Turbanen und langen, fließenden Gewändern, Rinder und herrenlose Ziegen, alles drängte sich durch die gewundenen Straßen, zwischen den mit Tüchern verhangenen Läden und Bazaren – ein endloses Panorama von Bewegung und Lärm.

Die Residenz des Gouverneurs glich mehr einer Festung als einem Haus und hatte Schießscharten in den Mauern, die von indischen Soldaten wohlbewacht wurden. Diese Gardisten waren besonders eindrucksvoll. Zu Turban und Bart trugen sie die wohlbekannten roten Röcke der britischen Infanterie und weite blaue Pumphosen mit hohen weißen Gamaschen.

Herrick deutete auf die Fahne, die schlaff, fast reglos an ihrem hohen Mast hing, und murmelte: »Das wenigstens ist ein Stück Heimat.«

Trat man aber durch das Tor in den kühlen Schatten des Hauses, so war man wieder in einer anderen Welt. Die riesigen Torflügel schlossen den Lärm der Straße aus, und überall spürte man eine seltsame Atmosphäre, eine Mischung aus Wachsamkeit und Eleganz: prächtige Teppiche, schwere Messingornamente, bloßarmige Diener, so lautlos wie Geister, und gekachelte Gänge, die labyrinthartig in alle Richtungen führten.

Der Adjutant sagte geschmeidig: »Seine Exzellenz wird Sie sofort empfangen, Captain.« Und mit einem wenig begeisterten Blick auf die anderen: »Allein.«

»Mr. Keen bleibt hier für den Fall, daß ich eine Nachricht zum Schiff senden muß«, sagte Bolitho zu Herrick. »Und Sie können Ihre Zeit nutzen, wie es Ihnen beliebt.« Er trat etwas näher heran, damit der Adjutant das folgende nicht verstand. »Und sehen Sie sich ein bißchen nach zusätzlichen Leuten um – vergessen Sie das nicht!«

Herrick grinste erleichtert, möglicherweise weil er jetzt nicht mehr auf dumme Fragen zu antworten brauchte, mit denen ihn seit dem Festmachen alle möglichen Besucher überfallen und in Atem gehalten hatten. Ein britisches Kriegsschiff schien weit mehr Interesse zu erregen als die ständig ein- und auslaufenden Handelsschiffe. Es war ein Bindeglied zur Heimat, eine Andeutung von dem, was diese Menschen hinter sich gelassen hatten, als sie auszogen, um ein Weltreich aufzubauen.

»Viel Glück, Sir«, sagte Herrick. »Das hier ist ein gewaltiger Unterschied zu Rochester.« Damit ging er.

Der Adjutant sah ihm nach und warf dann einen uninteressierten Blick auf Keen. »Wenn Sie wünschen«, sagte er, »kann ich diesen jungen Herrn in die Offiziersmesse bringen lassen.«

Bolitho lächelte. »Hier wird er sich bestimmt viel wohler fühlen.«

Gelassen erwiderte Keen den starren Blick des Adjutanten und sagte: »Davon bin ich überzeugt, Sir.« Und er konnte sich nicht enthalten, hinzuzufügen: »Mein Vater wird sich freuen zu erfahren, wie gastfreundlich man hier ist, wenn ich ihm nächstens schreibe.«

Bolitho ergänzte, schon im Weggehen: »Seinem Vater gehört ein erklecklicher Teil dieser Handelsniederlassung.«

Der Adjutant sagte nichts weiter, sondern eilte schweigend durch den prächtigen Korridor voran. Er öffnete Doppeltüren und verkündete mit aller Würde, derer er noch fähig war: »Captain

Richard Bolitho von Seiner Majestät Schiff *Undine*.«

Bolitho kannte zwar den Namen des Gouverneurs, wußte aber sonst nicht viel von ihm. Sir Montagu Strang verschwand fast hinter einem mächtigen Schreibtisch aus Ebenholz mit silbernen Füßen in der Form von Tigerpfoten. Strang war klein, grauhaarig und schmächtig, und seine bleiche Gesichtsfarbe deutete auf ein kürzlich überstandenes Fieber. Sein schmaler Mund lächelte nicht, und unter den buschigen Brauen hervor betrachtete er den auf einer blauen Teppichgalerie näher tretenden Bolitho, wie ein Jäger seine Beute belauert.

»Willkommen, Bolitho.« Die Winkel des schmalen Mundes hoben sich nur so wenig, als schmerze ihn schon diese winzige Anstrengung.

Doch dann bemerkte Bolitho, daß Strangs Haltung keineswegs Geringschätzung ausdrückte, denn als er näher kam, sah er, daß der Gouverneur aufgestanden und nicht, wie er zunächst gedacht hatte, in seinem Sessel sitzen geblieben war.

»Besten Dank, Sir.«

Bolitho versuchte, seine Überraschung oder, was schlimmer war, sein Mitleid zu verbergen. Bis zum Gürtel war Sir Montagu ein normal gebauter, wenn auch schmächtiger Mann. Aber seine Beine waren zwergenhaft kurz, und seine schmalen Hände schienen bis zu den Knien zu hängen.

Im gleichen knappen Ton fuhr Strang fort: »Bitte nehmen Sie Platz. Ich habe Ihnen einiges zu sagen, bevor wir zu den anderen gehen.« Er musterte ihn von oben bis unten und sprach dann weiter: »Ich habe Ihren Bericht gelesen und auch die Berichte gewisser Augenzeugen. Die *Undine* ist schnell gesegelt, und Ihr Verhalten war ausgezeichnet. Die Rettung der Überlebenden der *Nervion* und Ihre wenn auch nur teilweise erfolgreiche Aktion gegen das Sklavenschiff waren so ziemlich das Erfreulichste, was ich heute zu hören bekam.«

Bolitho nahm auf einem mächtigen Sessel Platz und bemerkte erst jetzt, daß der riesige Fächer über seinem Kopf von einem winzigen Inder bewegt wurde, der scheinbar schlafend in einer entfernten Ecke saß, mit dem nackten Fuß regelmäßig an einem Seil zog und so den Fächer in Schwung hielt.

Strang trat wieder an seinen Schreibtisch und setzte sich. Wahrscheinlich, dachte Bolitho, benahm er sich immer so, wenn jemand kam, den er noch nicht kannte. Er wollte es hinter sich bringen und dem Besucher Verlegenheit ersparen. Bolitho hatte gehört, daß Strang schon seit vielen Jahren als Repräsentant der Regierung und Ratgeber in Handels- und Eingeborenenangelegenheiten in Indien stationiert war. Ein sehr bedeutender Mann. Kein Wunder, daß er lieber hier draußen auf hohem Posten saß, als daß er sich in London der ständigen Demütigung taktloser Blicke aussetzte.

»Also, Bolitho, zur Sache«, begann Sir Montagu gemessen. »Ich habe lange auf Depeschen warten müssen, ohne zu wissen, ob meine ursprünglichen Vorschläge angenommen wurden. Der Verlust der *Nervion* war ein schwerer Schlag, aber Ihr Entschluß, die Reise auf eigene Faust fortzusetzen, ohne erst Befehle abzuwarten, mildert ihn bis zu einem gewissen Grad. Don Puigserver ist voller Bewunderung für Sie, doch ob uns das nützt oder schadet, bleibt abzuwarten.« Die Augen unter den schweren Brauen blitzten ärgerlich. »Die Spanier haben in Teluk Pendang vieles verscherzt. Schwert und Kruzifix waren so ziemlich das einzige, was sie den Eingeborenen zu bieten hatten.«

Bolitho preßte die Hände zusammen und versuchte, sich von Strangs Betrachtungen nicht ablenken zu lassen. Also lief sein Auftrag weiter, die *Undine* würde nach Teluk Pendang segeln.

Strangs scharfe Stimme unterbrach seine Überlegungen. »Sie denken bereits voraus, wie ich sehe. Erlauben Sie mir, ein paar Kleinigkeiten hinzuzufügen.«

Weit draußen hörte Bolitho ein Hornsignal; es klang seltsam melancholisch. Strang bemerkte seinen Gesichtsausdruck und sagte: »Wir haben während des Krieges viel durchgemacht. Hyder Ali, der Herrscher von Mysore, der die Briten grimmig haßt, bekam reichlich Unterstützung durch die Franzosen. Ohne unsere Kriegsflotte würde heute das Lilienbanner und nicht der Union Jack hier wehen, fürchte ich.« Nüchterner fuhr er fort: »Aber das hat mit Ihrer Aufgabe nichts zu tun. Je eher wir in der Pendang Bay einen britischen Gouverneur einsetzen können, um so besser. Seit Kriegsende herrscht in der dortigen spanischen Garnison, die vorwiegend aus eingeborenen Soldaten besteht, ein einziges Chaos. Fieber und Aufsässigkeit machen einen geordneten Dienstbetrieb unmöglich. Es überrascht mich nicht, daß der König von Spanien diesen Stützpunkt loswerden will.« Seine Stimme wurde entschlossen. »Doch unter unserem Schutz wird er gedeihen. Der eingeborene Herrscher ist ziemlich harmlos, sonst hätte er die spanische

Besatzung gar nicht erst am Leben gelassen. Aber weiter westlich liegt ein großes Gebiet, kaum erforscht, von dem aus ein anderer, weniger freundlicher Fürst namens Muljadi ständig Raubzüge unternimmt. Er muß im Zaum gehalten werden, wenn wir unsere Einflußsphäre ausdehnen wollen, verstehen Sie?«

Nachdenklich nickte Bolitho. »Jawohl, Sir. Sie tragen große Verantwortung.«

»Gewiß. Der Wind zaust immer den Wipfel des Baumes am meisten, Bolitho.«

»Ich bin mir noch nicht klar, was ich dabei tun soll, Sir. Meiner Meinung nach könnte eine neue Garnison mit frischen Soldaten dort mehr ausrichten als ich.«

»Das kenne ich schon«, wehrte Strang bitter ab. »Sie bestünde größtenteils aus eingeborenen Truppen und ein paar britischen Offizieren, die abgestumpft sind von der Hitze und gewissen, äh, lokalen Reizen. Nein, ich brauche etwas Bewegliches – mit einem Wort, Ihr Schiff. Die Franzosen sind, wie Sie inzwischen selbst erfahren haben, sehr interessiert. Sie haben irgendwo in diesen Gewässern eine Fregatte stationiert; das wissen Sie ja auch. Und deswegen kann ich mir keinen offenen Konflikt leisten. Wenn wir Erfolg haben wollen, müssen wir das Recht auf unserer Seite haben.«

»Und wenn sich Muljadi gegen uns oder unsere Verbündeten stellt, Sir?«

Strang schritt zur Wand und strich leicht über einen Gobelin. »Dann werden Sie ihn zerschmettern.« Mit überraschender Gewandtheit drehte er sich um. »Im Namen des Königs.«

Damit griff er nach einer Tischglocke und läutete ungeduldig. »Ich organisiere den Transport der Truppen und aller notwendigen Vorräte. Die East India Company wird zu gegebener Zeit ein geeignetes Schiff zur Verfügung stellen. Das andere ist Ihre Sache, Sie stehen dann unter dem Oberbefehl des neuen Gouverneurs. Konteradmiral Beves Conway hat einiges bereits in die Wege geleitet.« Ein rascher Blick. »Sie kennen ihn doch?«

»Natürlich, Sir.« Ein Dutzend verschiedener Erinnerungen fuhren Bolitho durch den Kopf. »Er war Kommandant der *Gorgon*, vierundsiebzig Geschütze und mein zweites Schiff.« Trotz Strangs ernster Miene mußte er lächeln. »Damals war ich sechzehn.«

»Zweifellos ein interessantes Wiedersehen.« Strang blickte zur offenen Tür hinüber, wo ein Diener stand, der ihn ängstlich beobachtete. »Führe den Captain in den Saal. Und wenn ich das nächstemal läute, kommst du sofort!«

Als Bolitho sich zum Gehen wandte, fragte Strang noch: »Haben Sie gesehen, daß ein Schiff der Company den Hafen verließ, als Sie heute einliefen?«

»Jawohl, Sir.«

»Auf Heimatkurs und mit reicher Ladung für England.« Er lächelte. »Nein, ich hege keineswegs Sehnsucht nach der Heimat, die in meinem Fall Schottland heißt, sondern wollte Ihnen bloß andeuten, daß dessen Mannschaft die ganze Nacht gefeiert und dabei nach Seemannsart zuviel getrunken hat.« Er wandte sich ab. »Etwa zwanzig Matrosen waren zu betrunken, um an Bord zurückzufinden. Sie stehen jetzt unter Aufsicht meiner Offiziere, und die haben mehr zu tun, als sich um Schnapsdrosseln zu kümmern, die auf einem Kriegsschiff zweifellos wegen Desertion ausgepeitscht würden. Ich will von dieser Angelegenheit weiter nichts wissen; aber falls Ihre Leutnants die Verantwortung übernehmen, bekämen Sie vielleicht ein paar zusätzliche Männer.«

»Besten Dank, Sir«, lächelte Bolitho.

»Ich komme in Kürze nach. Gehen Sie jetzt, und trinken Sie ein Glas Wein mit den Herren meines Stabes.«

In der Vorhalle setzte Bolitho Keen unverzüglich ins Bild. Erfreut zog der Midshipman die Brauen hoch. »Ich sage es sofort Mr. Davy, Sir. Allerdings habe ich meine Zweifel, daß John Company* es uns danken wird, wenn wir Leute von seinem Indienfahrer schnappen.« Er lachte leise. »Und sie selbst werden auch nicht begeistert sein, Sir!«

Eilig schritt Bolitho den Gang hinunter, wo der Diener bereits auf ihn wartete. Seine Gedanken waren schon bei dem, was er von Strang gehört hatte. Beves Conway, damals Kapitän eines Zweideckers, war immer so etwas wie ein Held für ihn gewesen. Kalt und abweisend, gewiß – aber ein erstklassiger Seemann und niemals grundlos schroff, auch nicht gegenüber den Kadetten. Nachdem er das Kommando einige Jahre innegehabt hatte, war er noch vor Bolitho von Bord gegangen. Dann war er völlig von der Szene verschwunden – in der Flotte etwas Ungewöhnliches. Die Gesichter und Schiffe wechselten ständig wie der Wind, der ihr Leben beherrschte. Mit Conway an der Spitze bestand wohl kaum die

* In der Kriegsflotte und auch sonst übliche, leicht abfällige Bezeichnung für die East India Company (der Übersetzer).

Gefahr eines Mißerfolgs, dachte Bolitho.

Der Diener geleitete ihn zu einem Kuppelsaal, wo sich bereits eine Menge Menschen befanden, zu Bolithos Überraschung auch Frauen. Er sah Puigserver, immer noch in seinem provisorischen Galarock, und Raymond, der sich lebhaft mit einem vierschrötigen Major unterhielt. Sofort ließ Raymond seinen Partner stehen, kam mit einem knappen Nicken Bolitho entgegen, führte ihn im Saal herum, stellte ihn überall vor und konnte dabei kaum seine Ungeduld verbergen, wenn jemand Fragen über England stellte, etwas nach der letzten Mode daheim. Was »daheim« bedeutete, war etwas unklar; meistens war wohl London gemeint.

Als Bolitho ein Glas Wein von einem devoten Diener entgegennahm, blieb Raymond kurz stehen. »Wie ein Haufen Kuhbauern!« Er lächelte einer vorübergehenden Dame zu, fuhr aber wütend fort:

»Doch sie lassen es sich hier mächtig gutgehen!«

Bolitho beobachtete ihn neugierig. Der Mann bemühte sich, Verachtung zu zeigen, war aber in Wirklichkeit einfach neidisch.

Dann hörte er eine vertraute Stimme, und als er sich umwandte, sah er Mrs. Raymond, die sich mit einem Herrn unterhielt, mit dem er noch nicht bekannt gemacht war.

Auch sie sah ihn sofort und rief: »Kommen Sie doch zu uns!« Ihr Lächeln erlosch, als sie ihren Mann bemerkte. »Wir haben über die hiesigen Sitten und Gebräuche gesprochen.«

»Konteradmiral Conway, der neue Gouverneur von Teluk Pendang«, sagte Raymond kurz.

Conway stand mit dem Rücken zu Bolitho. Er trug einen flaschengrünen Zivilrock und hielt die Schultern so gebeugt, daß es aussah, als stünde er gebückt. Jetzt wandte er sich um und sah Bolitho an; seine raschen, aufmerksamen Blicke registrierten jede Einzelheit.

»Schön, Sie wiederzusehen, Sir«, sagte Bolitho. Weiter fiel ihm nichts ein. Hätte er Conway in Plymouth oder anderswo gesehen, er wäre an ihm vorbeigegangen. Konnte sich ein Mann in zwölf Jahren so verändern? Conway wirkte mager und angespannt, zwei tiefe Furchen liefen von der scharfen Adlernase zum Kinn, so daß es aussah, als sei der Mund an ihnen aufgehängt.

Conway streckte die Hand aus. »Richard Bolitho, wie?« Der Händedruck war so knapp wie sein Ton. »Und sogar Fregattenkapitän. So, so.«

Bolitho fing sich wieder. Conway war Konteradmiral, gewiß; aber abgesehen vom höheren Dienstalter stand er nur eine Rangstufe über ihm selbst. Und kein Adelstitel, weder Knight noch Lord, belegte seinen Aufstieg auf der Leiter des Erfolges.

Ruhig sagte er: »Ich habe viel Glück gehabt, Sir.«

Mrs. Raymond berührte Conways Ärmel mit ihrem Fächer. »Er ist viel zu bescheiden. Ich hatte die beste Gelegenheit, den Captain im Dienst zu beobachten und auch von seinen früheren Erfolgen zu hören.«

Conways Blicke flogen zwischen beiden hin und her. »Hat er sie unterhaltsam erzählt, Ma'am?«

»Ich hörte es von anderer Seite«, entgegnete sie kühl. »Captain Bolitho ein Selbstlob zu entreißen ist, als wolle man eine Auster mit einer Feder öffnen.«

Conway zupfte ein Fädchen von seiner Weste. »Freut mich zu hören.«

Raymond mischte sich ein. »Anscheinend soll ich mit Ihnen zu dem neuen Stützpunkt segeln, Sir.« Offensichtlich wollte er Conways Aufmerksamkeit von der plötzlichen Verstimmung seiner Frau ablenken.

»Das ist richtig«, erwiderte Conway. »Und Captain Bolitho hier wird Ihnen bestätigen, daß ich Unfähigkeit und Schluderei nicht vertragen kann. Ich wünsche, daß jeder, der mit der Übernahme des Stützpunktes zu tun hat, an Ort und Stelle ist.« Verächtlich blickte er zu der schwatzenden Gesellschaft hinüber. »Und nicht hier in dieser verweichlichten Traumwelt herumlungert.«

Mrs. Raymond, die hinter Conway stand, warf über dessen Schulter Bolitho einen Blick zu und verzog spöttisch den Mund.

»Ich muß mit den Offizieren sprechen«, sagte Conway und neigte flüchtig den Kopf. »Wenn Sie mich entschuldigen wollen, Ma'am?«

Raymond wartete nur ein paar Sekunden, dann brach er los. »Mußt du ausgerechnet jetzt eine Szene machen, Viola? Conway kann weiß Gott wichtig für mich sein. Für uns beide!«

Sie warf Bolitho einen Blick zu. »Er ist ein –«, sie suchte nach einem Ausdruck, »– ein aufgeblasenes Ekel!« Und zu ihrem Mann: »Es macht mich krank, wie du vor solchen Leuten katzbukkelst! Immer vor solchen Nieten!«

Raymond starrte sie entgeistert an. »Was meinst du damit? Er ist schließlich der neue Gouverneur.«

Viola warf jemandem am anderen Ende des Saales ein flüchtiges Lächeln zu. »Du hast ja keine Ahnung. Er ist ein Versager. Man braucht ihn nur anzusehen.«

Merkwürdigerweise schien Raymond erleichtert. »Ist das alles? Ich dachte schon, du hättest etwas Bestimmtes gehört.« Er blickte Conway nach. »Jetzt muß ich wohl wieder zu ihm. Sir Montagu Strang hat mich angewiesen, ihm meine ganze Erfahrung zur Verfügung zu stellen.«

Seine Frau bedeckte die Lippen mit dem Fächer und flüsterte: »Das dürfte nicht viel Zeit in Anspruch nehmen!« Dann hängte sie sich bei Bolitho ein. »Und jetzt, Captain, dürfen Sie mich begleiten, wenn Sie wollen.«

Bolitho dachte über die kleine Auseinandersetzung zwischen den Ehegatten nach; aber noch mehr darüber, wie sehr sich Conway verändert hatte. Sie kniff ihn in den Arm. »Ich warte!«

»Es ist mir eine Ehre«, sagte er, lächelnd über ihre Ungeduld. »Aber«, fuhr er kopfschüttelnd fort, »ich möchte bloß wissen, was mit Conway passiert ist.«

Wieder gruben sich ihre Finger in seinen Arm. »Eines Tages wird irgendein dummer Offizier dasselbe von Ihnen sagen.« Sie warf den Kopf zurück. »Auf jeden Fall ist er wirklich ein aufgeblasenes Ekel.«

Bolitho bemerkte, wie der vierschrötige Offizier zu ihnen herübersah und dann etwas zu einem Kameraden sagte.

»Es wird Gerede geben, Ma'am, wenn wir hier so miteinander paradieren.«

Gelassen blickte sie ihn an. »Na und? Macht Ihnen das was aus?«

»Mir? Nein.«

Sie nickte. »Dann ist es ja gut. Und mein Name ist Viola. Bitte benutzen Sie ihn in Zukunft.«

Seinen Worten getreu, verlor Sir Montagu Strang keine Zeit, um die lange vorbereiteten Pläne in die Tat umzusetzen. Zwei Tage nach dem Einlaufen der *Undine* in Madras warf die *Bedford*, ein schweres Transportschiff unter der Flagge der East India Company, Anker und begann, Proviant und Ausrüstung für den neuen Stützpunkt zu laden.

Nach seinem ersten Besuch im Gouverneurspalast hatte Bolitho keine Zeit mehr für Zerstreuungen. Über Teluk Pendang war nur wenig bekannt, allenfalls bei Kaufleuten, die Handelsbeziehungen nach dort gehabt hatten; so dauerte es eine ganze Weile, bis Bolitho mit seinen Kursberechnungen zufrieden war. Mudge, der diese Gewässer gut kannte, gab seine vorsichtige Zustimmung; und als er dem Kapitän der *Bedford* einen Besuch abstattete, beeilte er sich nicht nur, dessen Arbeit zu loben, sondern deutete auch an, daß er sachverständigen Rat sehr zu schätzen wissen würde.

Der Kapitän zeigte sich höflich amüsiert. »Das sieht aber einem Offizier des Königs gar nicht ähnlich!« sagte er. »Die meisten würden lieber auf Grund laufen, als unsereinen fragen.« Wie würde er sich wohl anstellen, fragte sich Bolitho, wenn er von den zwanzig Matrosen wüßte, die er, Bolitho, der allmächtigen I.E.C. weggeschnappt hatte?

Ehe er von Bord des Transporters ging, hatte er einen ersten Blick auf die Truppen geworfen, welche die spanische Besatzung ablösen sollten. Sie machten den Eindruck, als wollten sie sich in ihrer neuen Garnison für immer häuslich niederlassen, denn sie hatten Frauen und Kinder, allerlei Viehzeug und haufenweise Töpfe und Pfannen bei sich – wo ließ sich das alles verstauen? Aber den Kapitän der *Bedford* schien es nicht zu stören; anscheinend war das hier draußen so üblich.

Als Bolitho dann in seiner Kajüte saß und seine Abmeldung schrieb, trat Herrick ein und meldete, daß Konteradmiral Beves Conway gleich an Bord kommen würde.

Conways Boot legte bereits an, als Bolitho an Deck kam. Er hatte sich schon Gedanken darüber gemacht, warum Conway ihn seit dem Einlaufen der *Undine* nicht mehr hatte sprechen wollen – über diese Vernachlässigung war er sogar etwas betroffen gewesen. Zu seiner Überraschung sah er, daß Conway immer noch seinen grünen Zivilrock trug, ohne Orden und Degen. Er hatte nicht einmal einen Hut auf, als er an Bord kam. Bellairs' Empfangskommando und das Achterdeck grüßte er nur durch ein kurzes Nicken.

»Sauberes Schiff, Bolitho.« Hierhin und dorthin schweiften seine Augen, und Bolitho versuchte, sein Mißbehagen über Conways Haltung zurückzudrängen. Vielleicht war er immer so gewesen, auch damals an Bord der *Gorgon,* als Bolitho jedesmal vor Ehrfurcht fast erstarrte, wenn Conway auf dem Achterdeck erschien.

»Lassen Sie die Soldaten wegtreten«, sagte Conway, »ich bin nicht dienstlich hier.«

Er schritt zu einem der Sechspfünder und strich mit der Hand über den Verschluß. Dann blickte er nach oben, wo gerade einige Matrosen die Wanten und Stagen schwärzten, bis sie wie Ebenholz glänzten. »Sieht sehr ordentlich aus.«

Dann schaute er zur *Bedford* hinüber, die ihre Ladebäume über die längsseits liegenden Leichter ausschwenkte.

Bolitho konnte Conway jetzt etwas ungezwungener betrachten. Wie grau und dünn sein Haar geworden war!

Ohne sich umzuwenden, fragte Conway: »Wann können wir Ihrer Schätzung nach an unserem Bestimmungsort sein?«

»Bei gutem Wind und unter Berücksichtigung alles dessen, was ich inzwischen gehört habe, sollten wir in achtzehn Tagen Land sichten. Spätestens in drei Wochen. Ich habe bereits erfahren, daß ich vor dem Transporter absegeln soll.«

»Das war meine Idee.« Conway wandte sich jetzt um und blickte Bolitho forschend an. »Es hat keinen Sinn, daß wir neben diesem verdammten Kasten herschleichen.«

»Dann werden Sie die Überfahrt also auf der *Undine* machen, Sir?«

»Enttäuscht? Natürlich segle ich mit Ihnen. Ich habe bereits angeordnet, daß mein Gepäck heute nachmittag an Bord kommt.«

Also war Bolitho wieder einmal seine Kajüte los. Er hatte sich seit dem Einlaufen in Madras auf sie gefreut. Dort konnte er in Ruhe über seine Fehler und Erfolge nachdenken. Puigserver – der ging noch. Aber Conway war etwas ganz anderes. Es würde so sein, als wäre er wieder Conways Untergebener.

»Ich werde meinem Ersten Leutnant gleich Bescheid sagen, Sir.«

»Herrick?« fragte Conway gleichgültig. »Nicht nötig.«

Bolitho starrte ihn verdutzt an. Das sah Conway gar nicht ähnlich. Er versuchte es noch einmal. »Wenigstens werden wir die Admiralsflagge am Kreuzmast fahren, wenn wir in Teluk Pendang einlaufen, Sir.«

Die Wirkung war verblüffend. Conway fuhr herum, seine Gesichtszüge verzerrten sich in plötzlicher Wut. »War dieser Seitenhieb Absicht? Finden Sie ein perverses Vergnügen daran, mich zu verhöhnen? Wenn ja, dann mache ich Sie fertig für Ihre verdammte Frechheit, und zwar bald!«

Bolitho bemühte sich, ruhig zu antworten; er merkte, daß Herrick, der nicht weit weg von ihnen stand, mit offensichtlicher Betroffenheit zuhörte. »Ich bitte um Entschuldigung, Sir. Ich wollte

Sie keinesfalls verletzen.«

Conway holte tief Atem. »Keine Flagge, Bolitho. Ich bin der künftige Gouverneur von Pendang Bay, einem Ort, von dem weder Sie noch die meisten Bewohner dieser Erde bis zum heutigen Tage gehört haben.« Seine Stimme klang jetzt schneidend bitter. »Ich bin praktisch nicht mehr im Dienst. Nach dieser Tatsache wird sich der Respekt bemessen, den Sie mir erweisen.«

Bolitho starrte ihn an. Plötzlich wurde ihm das Ganze nur allzu klar. Conway hatte diese Begegnung hinausgeschoben, nicht aus Hochmut oder Neid auf Bolithos verhältnismäßig raschen Aufstieg seit der Zeit auf der *Gorgon*, sondern weil er ein ruinierter Mann war.

»Dann wird Ihnen der höchste Respekt erwiesen, Sir. Das kann ich Ihnen versprechen.« Bolitho blickte etwas verlegen zur Seite. »Ich habe mehrfach Erfolg gehabt bei der Flotte. Der Zufall hat mir geholfen oder mein Glück, wie mein Erster Leutnant sagen würde. Aber ich habe nie vergessen, wo ich meine ersten Erfahrungen gesammelt habe, und auch nicht die Geduld, die mein damaliger Kapitän mit mir hatte.«

Conway zupfte an seiner Weste; die Sonne brannte ihm auf Schultern und Nacken, aber er achtete nicht darauf. »Das war sehr freundlich von Ihnen.«

Er blickte auf seine Hände und legte sie dann auf den Rücken. »Können wir unter Deck gehen?«

In der Kajüte schritt er ruhelos auf und ab, faßte die Möbel an, spähte in die Ecken und sagte nichts. Schließlich erblickte er die hölzernen Kanonenattrappen und sagte bissig: »Das war für dieses Frauenzimmer, wie?«

»Jawohl, Sir. Ich werde dafür sorgen, daß sie stehenbleiben, bis Sie sich an Ihrem neuen Standort eingerichtet haben.« Er hatte »Residenz« sagen wollen, aber das andere Wort war ihm herausgerutscht.

Conways Miene blieb ausdruckslos. »Nein, im Gegenteil. Lassen Sie die Geschütze wieder montieren. Mit mir brauchen Sie keine Umstände zu machen. Das Schiff muß gefechtsbereit sein, und ein paar fehlende Geschütze könnten sehr viel bedeuten.« Er gab keine weiteren Erklärungen, sondern fragte im gleichen bissigen Ton weiter: »Dieses Frauenzimmer, Mrs. Raymond, wie hat sie denn die drei Monate in einem Schiff der fünften Klasse ausgehalten, eh?«

»Besser als ich dachte.«

»Hm.« Conway blickte Bolitho lange und grimmig an; sein eigenes Gesicht blieb im Schatten. »Seien Sie vorsichtig mit ihr. Sie ist nur drei Jahre älter als Sie, aber der Erfahrungsabstand ist unermeßlich größer.«

Hastig wechselte Bolitho das Thema. »Darf ich fragen, Sir, wann die Segelorder zu erwarten ist?«

»Morgen wahrscheinlich, aber ich kann es Ihnen schon jetzt sagen: Ankerlichten am Tag nach Befehlsempfang. Keine Verzögerung und möglichst schnelle Fahrt. Wir werden auf der Reise Begleitung haben.«

»Sir?« Bolitho war überzeugt, daß Conways Gedanken ganz woanders weilten, obwohl seiner Rede nichts dergleichen anzumerken war.

»Eine Brigg«, erwiderte Conway. »Don Puigserver hat sie zum eigenen Gebrauch gechartert. Unter anderem auf meine Veranlassung hin. Für mich ist der Krieg noch nicht lange genug vorbei, als daß ich einen Spanier als Freund betrachten könnte.«

»Verstehe, Sir.«

»Sie verstehen gar nichts. Aber das spielt auch keine Rolle.« Conway trat an die Heckfenster und starrte auf die Küstenlinie und auf die zahllosen winzigen Fahrzeuge hinaus, die wie geschäftige Wasserkäfer hin- und herschossen. »Ich möchte an Bord bleiben, Bolitho.«

»Bis zum Ankerlichten, Sir?« Bolitho sah sich in der Kajüte um. Wie eng es hier war, verglichen mit dem Palast an Land.

»Ja.« Conway wandte sich vom Fenster ab. »Haben Sie was dagegen?« Eine Sekunde klang seine Stimme wie früher.

»Nein, Sir«, lächelte Bolitho. »Ich habe die ganze Zeit auf die Gelegenheit gewartet, den Wein zu probieren, den ich in London gekauft habe, und . . .«

»London?« Conway seufzte bitter. »Verdammte Stadt! Seit fünf Jahren habe ich keinen Fuß mehr dorthin gesetzt. Die Pest über London und seine Gemeinheit!«

»Vielleicht hat es sich seitdem geändert . . .«

»Die Menschen ändern sich nicht, Bolitho.« Conway tippte auf seine Brust. »Nicht hier drin. Gerade Sie müßten das doch wissen. Als ich hörte, wer das Schiff kommandiert, mit dem ich die Überfahrt machten sollte, da wußte ich sofort, Sie würden noch so sein wie damals. Vielleicht sind Sie nicht mehr so vergnügt und vertrauensselig, aber geändert haben Sie sich im Grunde nicht.«

Schweigend beobachtete Bolitho, wie Conways Gesichtsausdruck mehrmals wechselte; vielleicht erinnerte er sich jedesmal an etwas Bestimmtes. »Die *Gorgon* – eine Ewigkeit ist das her. An Bord der *Gorgon* habe ich meine beste Zeit gehabt, wenn ich das damals auch nicht wußte.«

Vorsichtig wandte Bolitho ein: »Auf Ihrem neuen Posten werden Sie diese Ansicht vielleicht ändern, Sir.«

»Glauben Sie?« Conway lächelte, aber seine Augen lächelten nicht mit. »Ich habe ihn bekommen, weil ich Erfolg haben werde. Ich *muß*, es bleibt mir nichts anderes übrig. Wenn man etwas verpatzt hat, Bolitho, dann bekommt man manchmal eine Chance, es wieder auszubügeln.« Er schlug mit der Faust in die andere Handfläche. »Und ich *will* Erfolg haben!«

Es klopfte, und Allday trat in die Kajüte.

»Wer ist dieser Kerl?«

»Mein Bootsführer, Sir.« Bolitho mußte lächeln, weil Allday ein so schockiertes Gesicht machte.

»Ach so.«

»Mr. Herrick läßt respektvoll fragen, Sir«, meldete Allday, »ob Sie an Deck kommen können, um den Kapitän der *Bedford* zu empfangen.«

Bolitho entschuldigte sich bei Conway und ging mit Allday hinaus. »›Kerl‹ hat er gesagt, Captain?« murmelte Allday. »Bißchen grob, finde ich.«

Bolitho lachte. »Wenn er Sie erst besser kennt, nennt er Sie bestimmt beim Vornamen.«

Allday warf ihm einen mißtrauischen Blick zu und grinste dann. »Sicher, Captain.« Dann senkte er die Stimme: »Es wurde eine Nachricht für Sie abgegeben. Hier.« Er hielt Bolitho eine Visitenkarte hin. Sie sah in seiner breiten Hand ganz winzig aus.

»Um acht Uhr. Bitte?« hatte sie auf die Rückseite geschrieben.

Bolitho blickte von der Karte in Alldays maskengleiches Gesicht. »Wer hat Ihnen das gegeben?«

»Ein Diener, Captain.« Seine Lider zuckten nicht einmal. »Die Lady weiß, daß sie mir vertrauen kann.«

Bolitho wandte sich ab, um seinen Gesichtsausdruck zu verbergen. »Danke.«

Allday blickte ihm nach, wie er raschen Schritts zum Achterdeck hinaufging. »Wird ihm guttun.« Dann sah er, wie der wachhabende Marineinfanterist ihn verwundert anstarrte. »Was hast du denn zu glotzen?« blaffte er ihn an. Dann grinste er nochmals. »He, du Kerl?«

IX Geschenk von zarter Hand

Eine Stunde vor Ablösung der Morgenwache kam Bolitho an Deck, um diese friedlichste Zeit des Tages zu genießen. Das Hemd offen bis zum Gürtel, ging er zur Luvseite und studierte genau jedes Segel; dann erst trat er zum Kompaß und kontrollierte den Kurs. Madras lag seit zwölf Tagen hinter ihnen; aber der Wind, der sich so vielversprechend angelassen hatte, war zu einer sanften Brise abgeflaut, so daß es unwahrscheinlich wurde, daß sie mehr als vier Knoten machen konnten, selbst wenn sie jeden Fetzen Tuch setzten.

Fowlar kritzelte gerade etwas auf die Tafel neben dem Rad, richtete sich aber auf, als Bolitho kam, berührte grüßend die Stirn und meldete: »Kurs Südost, Sir. Voll und bei.«

Bolitho nickte, beschattete seine Augen und studierte aufs neue die Segel. Der Wind, soweit von Wind die Rede sein konnte, kam aus Südwesten, und die Rahen der *Undine* waren dicht gebraßt, während sie über Backbordbug segelte. Ungefähr eine Meile voraus lag die Brigg *Rosalind*, die keine Schwierigkeiten hatte, das Tempo ihres schwereren Begleitschiffes zu halten. Bolitho fühlte sich versucht, ein Fernrohr zu nehmen und sie etwas genauer zu studieren.

Anscheinend dachte Fowlar, er müsse außer der bloßen Kursmeldung etwas mehr sagen. »Wir könnten noch vor Sonnenuntergang bessere Fahrt machen, Sir. Mr. Mudge denkt, der Wind wird auffrischen, wenn wir erst in die Straße von Malakka kommen.«

»Äh – ja.« Bolitho versuchte, sich zu konzentrieren. Vom Deck der *Rosalind* aus mußte die *Undine* unter vollen Segeln einen großartigen Anblick bieten. Aber diesmal war ihm das ein karger Trost. Er wollte mehr Fahrt machen, um seine eigentliche Aufgabe in Angriff zu nehmen. Dieses Dahinschleichen mochte für einen Poeten oder Maler sehr idyllisch sein, aber es ließ ihm zuviel Zeit für andere Gedanken.

Davy kam eilig herbei. »Entschuldigen Sie, Sir, ich habe Sie nicht an Deck kommen sehen«, sagte er mit besorgt gerunzelter

Stirn und machte eine Handbewegung zum Großmast hin. »Ich mußte mich mit der Beschwerde eines Soldaten befassen. Nichts von Bedeutung«, setzte er beflissen hinzu.

»Sie sind Offizier der Wache, Mr. Davy. Allmählich könnten Sie wissen, daß ich mich nicht in Ihren Dienst mische, bloß um mich wichtig zu machen.« Er lächelte. »Schöner Tag heute, nicht wahr?«

»Jawohl, Sir.« Davy folgte mit den Augen Bolithos prüfendem Blick. Das Meer war sehr blau, und außer der niedrigen Brigg gab es kein Fleckchen, weder Land noch ein anderes Schiff, das die Leere, diese unendliche Weite unterbrach.

Beiläufig fragte Davy: »Stimmt es, Sir, daß solche Missionen manchmal zur ständigen Verwendung im Kolonialdienst führen, Sir?«

Bolitho nickte. »Bei Konteradmiral Conway ist das der Fall.« Er blickte nachdenklich in Davys gebräuntes Gesicht. Der Leutnant hatte irgendwelche Sorgen. So etwas sah man ihm immer gleich an, genau wie damals, als nicht er, sondern Soames das Kommando bei dem Überfall auf die Sklavenjäger bekam.

»Ich dachte ...«, setzte Davy zögernd an. »Ich bin selbstverständlich mit dem Dienst bei der Königlichen Marine durchaus zufrieden. Er ist genau das, was ich will. Als erster meiner Familie bin ich zur See gegangen. Mein Vater war Kaufmann in der City und hielt nichts vom Dienst. Er wollte mich durchaus nicht zur See gehen lassen.«

Dieses Herumreden, dachte Bolitho, erwiderte aber ermunternd: »Bei Mr. Herrick war es auch so: der erste Seemann in der Familie.«

»Ja.« Jetzt kam Soames den Niedergang herauf, gähnte und sah nach der Uhr. Davy machte ein verzweifeltes Gesicht. »Also – das ist nicht ganz das, was ich meinte, Sir.«

Bolitho wandte sich um und sah ihn voll an. »Mr. Davy, ich wäre Ihnen verbunden, wenn Sie endlich zur Sache kämen. In einer Stunde ist es so heiß wie im Backofen, und ich würde meinen Spaziergang gern noch vor dem Frühstück machen, nicht erst nach dem Dinner.«

Davy biß sich auf die Lippen. »Entschuldigung, Sir! Ich will es erklären.« Dann schlug er die Augen nieder. »Darf ich von Ihrem Bruder sprechen, Sir?«

Bolitho erstarrte. »Von meinem *verstorbenen* Bruder?«

»Ich wollte nicht unverschämt sein, Sir.« Davy hob den Kopf

und sprach jetzt rasch weiter. »Ich habe irgendwo gehört, daß er den Dienst quittiert hatte.«

Bolitho wartete ab. Er wurde diese Sache mit Hugh eben nicht los. Jetzt riskierte schon sein Zweiter Leutnant einen Anpfiff, bloß um seine Neugier zu befriedigen. Aber er irrte sich in Davys Fall.

»Es war wegen Spielschulden, habe ich gehört?« fragte Davy leise und mit so kläglich flehendem Gesicht, daß Bolitho seine Verbitterung vergaß und fragte: »Ist *das* Ihr Problem? Spielschulden?«

»Jawohl, Sir. Wie ein rechter Narr versuchte ich in London, meine Verluste zurückzugewinnen. Jetzt, da mein Vater tot ist, bin ich verantwortlich für das Wohl meiner Mutter und für unseren Grundbesitz.« Verlegen blickte Davy zur Seite. »In Kriegszeiten hätte ich mit schnellerer Beförderung und entsprechenden Prisengeldern rechnen können, Sir.«

»Genauso schnell hätten Sie den Tod finden können.« Doch er fragte freundlich weiter: »Wollen Sie mir verraten, wieviel Schulden Sie haben?«

»Zwanzigtausend, Sir.«

Bolitho fuhr sich durchs Haar. »Das ist ungefähr so viel, wie die *Undine* und die Brigg zusammen kosten. Ich hätte Sie für vernünftiger gehalten.«

»Vielleicht hätte ich es Ihnen nicht sagen sollen, Sir.« Davy war rot geworden und sah ganz elend aus.

»Nein. Es ist besser, wenn ich es weiß. Hier draußen sind Sie wenigstens sicher vor Ihren Gläubigern.« Er blickte Davy einigermaßen erschüttert an. »Aber zwanzigtausend Pfund sind ein kleines Vermögen!«

Soames stapfte vorbei und winkte seinen Bootsmannsmaaten. »Lassen Sie die Wache an Deck pfeifen, Kellock!« Sorgfältig vermied er die Luvseite.

Davy beeilte sich; er wußte, daß Soames darauf wartete, ihn abzulösen. »Sehen Sie, Sir, ich dachte, daß ich auf so einer Reise wie dieser eine neue Stellung finden könnte.«

»Verstehe. Aber wir haben einen Schutzauftrag. Es geht nicht um Entdeckungen oder einen spanischen Goldschatz.« Er nickte Soames zu und sagte dann: »Aber ich werde Ihre Angelegenheit im Auge behalten.«

Während die beiden Leutnants sich über den Kompaß beugten, nahm Bolitho seinen Spaziergang an Deck wieder auf. Eben gingen Keen und Armitage den Backborddecksgang entlang; er schickte ein stilles Gebet zum Himmel, die beiden Midshipmen möchten vor Davys Schicksal bewahrt bleiben, oder auch vor dem seines Bruders Hugh.

Bei Keen lagen die Familienverhältnisse ähnlich wie bei Davy. Auch er hatte einen reichen Vater und reiche Verwandte, die nicht im Dienst des Königs zu Geld und Gut gekommen waren, sondern durch Handel und Gewerbe. Als Davys Vater starb, war sein Sohn völlig ungewappnet gegen die Versuchungen gewesen, die ihm sein Erbe ermöglichte. Keen andererseits war zur See geschickt worden, eben weil sein Vater reich war und großen Einfluß hatte. Herrick hatte Bolitho einmal erzählt, daß Keen selber ihm das während einer Nachtwache im Indischen Ozean anvertraut hatte. »Um einen Mann aus ihm zu machen.« Keen schien das ziemlich komisch zu finden, wie Herrick berichtete. Doch nach Bolithos Meinung mußte der alte Keen ein sehr bemerkenswerter Herr sein. Es gab nicht viele, die das Leben und die heilen Knochen ihres Sohnes aus einem solchen Grund aufs Spiel setzten.

Er sah Noddall mit einer Kanne heißen Wassers übers Geschützdeck hasten. Also war Conway aufgestanden und wartete aufs Rasieren. Es war überraschend, wie wenig im normalen Bordalltag von Conways Anwesenheit zu spüren war. Aber er hatte es selbst so gewollt. Was nicht hieß, daß er sich nicht für das Schiff interessierte, ganz im Gegenteil. Jedesmal, wenn ein anderes Schiff gesichtet oder wenn zum Reffen oder Segelsetzen gepfiffen wurde, war Conway da und paßte auf. Einmal, als sie einen halben Tag in einer Flaute lagen, hatten die Matrosen ein Netz ausgebracht, um vielleicht etwas frischen Fisch zu besorgen. Sie fingen nur ein paar Flundern und ein paar plattköpfige Fische, die Mudge sachverständig als »Seefüchse« bezeichnete; aber Conway hatte so viel Spaß daran gehabt, als hätten sie einen Wal gefangen.

Es war, als ob er jede Stunde bewußt auslebte wie ein Gefangener, der sein Urteil erwartete. Kein erfreulicher Anblick. Bolitho war knapp achtundzwanzig Jahre alt; aber als Fregattenkapitän mit zwei selbständigen Kommandos hinter sich hatte er gelernt, das Urteil der Marine zu akzeptieren, wenn er auch manchmal anderer Meinung war.

Eines Abends beim Dinner hatte er erfahren, was mit Conway geschehen war. Es war zwei Tage nach Madras gewesen, und Bolitho hatte Noddall befohlen, ein paar Flaschen vom besten Wein zu bringen, weil er Conway etwas Besonderes bieten wollte. Es war ein Madeira, der teuerste, den er jemals im Leben gekauft hatte. Conway schien das kaum zu merken. Er hatte ihn hinuntergegossen wie Apfelwein, ohne einen Ton dazu zu sagen. Aber er hatte sich schwer betrunken. Nicht langsam oder weil er nicht aufgepaßt hätte; auch nicht, weil er zeigen wollte, was er vertragen konnte. Sondern ganz bewußt wie jemand, der zu oft allein war und die Wirklichkeit möglichst schnell vergessen wollte.

Es war vor zwei Jahren in eben diesen Gewässern passiert, als Suffren, der französische Admiral, den Hafen Trincomali auf Ceylon eingenommen und dabei Englands Macht in Indien fast gebrochen hatte. Conway hatte seine Geschichte erzählt, als sei Bolitho gar nicht da. Als wolle er sich bloß vergewissern, daß er sich noch an alles erinnerte.

Conway war damals Kommandant eines Küstengeschwaders gewesen und hatte die Aufgabe, Versorgungsschiffe und militärische Geleitzüge zu schützen. Eine Schaluppe hatte die Nachricht gebracht, daß ein französisches Geschwader vor der ceylonesischen Küste eingetroffen war, und ohne Zögern war er ausgelaufen, um die feindlichen Schiffe anzugreifen und sie so lange unter Feuer zu nehmen, bis die Hauptmacht eintraf, um sie zu vernichten.

Aber Conway wußte nicht, daß ihn eine andere Schaluppe überall suchte, mit neuen Befehlen für die Verteidigung von Trincomali. Conway erreichte das Gebiet, wo die Franzosen gesichtet worden waren – aber sie waren schon weg. Er hörte von Fischern, daß sie eben dorthin gesegelt waren, wo er herkam; und mit einer Nervosität, die sich Bolitho nur zu gut vorstellen konnte, war er mit seinen Schiffen auf Gegenkurs gegangen. Er fand die Franzosen und konnte gerade noch ihre Nachhut in ein kurzes, unbefriedigendes Gefecht verwickeln, doch verloren seine Schiffe in dieser Nacht die Verbindung zueinander. Als sich sein kleines Geschwader beim Morgengrauen wieder sammelte, waren die Versorgungsschiffe, die er hätte schützen sollen, gekapert oder vernichtet; und als er Signalverbindung mit der Schaluppe des Admirals bekam, hatte sie abermals neue Befehle für ihn: Trincomali war erobert worden.

In der Stille der Kajüte sprach Conway immer lauter; schließlich schrie er wie im Fieber. »Noch einen Tag, und ich hätte sie fertiggemacht! Dann hätte uns weder Suffren noch sonst ein Admiral aus Ceylon vertrieben!«

Bolitho blickte hoch. Die ersten Trupps schwärmten auf die Rahen aus, um die regelmäßigen Reparaturen zu besorgen, um zu spleißen und zu flicken. Es war nur zu klar: Conway hätte auch als Held aus der Affäre hervorgehen können. Statt dessen machte man ihn zum Sündenbock. Doch mußte er, wie Bolitho annahm, immer noch über einigen Einfluß verfügen. Ein Gouverneursposten, ganz gleich wo, das sah immer noch mehr nach einer Belohnung aus als nach Schimpf und Schande.

Plötzlich wurde Bolitho hellwach und hielt auf seinem Spaziergang inne. Vielleicht gab es noch einen Anlaß dafür, einen viel heimtückischeren. Vielleicht sollte Conway wieder als Sündenbock dienen?

Aber er schüttelte den Kopf. Was hätte das für einen Sinn gehabt?

Allday kam über das Achterdeck. »Frühstück ist fertig, Captain.« Mit zusammengekniffenen Augen spähte er zur Brigg hinüber. »Sie ist also immer noch da?« Er lächelte, unbewegt von Bolithos starrem Blick. »Das ist gut.«

Bolitho sah ihn nachdenklich an. Es war derselbe Blick wie damals in Madras, als er die Gig für ihn klargemacht hatte. »Danke«, sagte er kalt. »Was finden Sie daran so besonders gut?«

Allday hob die Schultern. »Schwer zu sagen, Captain. Es ist so eine Art warmes Gefühl im Bauch – ich habe das manchmal. Ganz angenehm.«

Bolitho schritt an ihm vorbei zum Kajütniedergang. Der Morgen war ihm verdorben. Als er in die schattige Kühle zwischen den beiden Decks trat, stellte er sich vor, was Viola Raymond jetzt eine Meile voraus an Bord der Brigg wohl tat. Ihr Mann würde sie nicht aus den Augen lassen. Und »Mister Pigsliver« würde beide beobachten.

Es war immer noch schwer zu sagen, was sie wirklich von ihm hielt, ob sie seine Eroberung als ein Spiel betrachtete. Es gab allerlei distinguierte Gäste in der Residenz des Gouverneurs, Militärs, Beamte der Company und andere; aber sie war von Anfang an fest entschlossen gewesen, gerade ihn an sich zu fesseln. Zwar hatte sie es nie direkt ausgesprochen, es zeigte sich an ihrer Erregtheit, ihrer spitzbübischen Rücksichtslosigkeit: eine Herausforderung, die er einfach nicht übersehen konnte.

Bald hatte sie ihn nicht mehr auf Abstand gehalten; und ein paarmal hatte sie ihre Hand auf der seinen ruhen lassen, selbst wenn Raymond in der Nähe war.

Am letzten Abend, als er im Begriff war, wieder an Bord zu gehen, war sie ihm auf die dunkle Terrasse an der inneren Mauer nachgekommen und hatte ihm eine kleine Schachtel hingehalten. »Für Sie.« Ganz beiläufig hatte sie es gesagt; aber er sah, wie ihre Augen glänzten, und wie erregt sich ihre Brust unter dem eleganten Kleid hob, als er die Schachtel öffnete. Es war eine goldene Uhr.

Er wandte sie in den Händen hin und her; Viola ergriff seinen Arm und flüsterte: »Nie werde ich Ihr Gesicht damals vergessen . . .« Diesmal hatte sie nicht gelacht. »Weisen Sie mein kleines Geschenk nicht zurück . . . Bitte!«

Er nahm ihre Hand und küßte sie, versuchte zu begreifen, was er tat, sah alle Gefahren voraus – doch sie waren ihm völlig gleichgültig.

»Es ist ganz gut, daß wir nicht auf demselben Schiff reisen, Captain!« Lachend zog sie seine Hand an ihre Brust. »Fühlen Sie, wie mein Herz schon jetzt klopft? Eine Woche oder auch nur einen Tag – was da alles passieren könnte!«

Bolitho trat an dem Posten vorbei in die Kajüte. Diese Minuten gingen ihm nicht aus dem Sinn.

Conway bestrich sich eben einen Zwieback dick mit Sirup; sein schütteres Haar war von der leichten Brise zerzaust, die durch ein offenes Heckfenster hereindrang.

»Wie spät ist es, Bolitho?«

»Wie – spät, Sir?«

Conway warf ihm einen verschlagenen Blick zu, ehe er in seinen Zwieback biß. »Ich bemerkte, daß Sie Ihre, äh, neue Uhr in der Hand hatten und dachte, die Uhrzeit wäre irgendwie von Wichtigkeit.«

Bolitho starrte ihn verdutzt an. Wieder kam er sich vor wie ein Midshipman vor seinem Captain. Dann grinste er freimütig. »Es war nur eine Erinnerung, nichts weiter.«

Conway schnaubte verächtlich durch die Nase. »Kann ich mir lebhaft vorstellen.«

»Ein schöner Anblick, Thomas.« Bolitho ließ das Teleskop sinken und wischte sich die Stirn mit dem Handrücken. Gnadenlos brannte die Sonne herab, aber wie die meisten Männer an Deck oder oben in den Wanten spürte er sie im Augenblick nicht. Fünfzehn Tage seit Madras, und trotz des widrigen Windes hatte die *Undine* gute Fahrt gemacht. Schon oft in seiner Fahrenszeit hatte Bolitho Land gesichtet; aber jedesmal, wenn er nach den Zufällen, von denen die Seefahrt letztlich abhing, das Ziel der Reise vor sich sah, erregte ihn der Anblick der Küste aufs neue.

Und jetzt sah er, undeutlich wegen des Gleißens von Meer und Himmel, ein Fleckchen Grün an Backbord voraus, und wieder überkamen ihn Erregung und Befriedigung. Das war die schmalste Stelle der Straße von Malakka. Steuerbords, selbst für den Ausguck im Masttopp unsichtbar, lag die riesige, wie ein Krummschwert gebogene Insel Sumatra, als wolle sie die Meerenge abriegeln, so daß sie in alle Ewigkeit auf fremden Meeren segeln mußten.

»Kommt mir ungemütlich eng vor, Sir«, bemerkte Herrick.

Bolitho lächelte. »Breiter als der Ärmelkanal, Thomas. Der Steuermann schwört, es wäre der sicherste Kurs.«

»Vielleicht.« Herrick beschattete die Augen mit der Hand. »Das ist also Malakka? Kaum zu glauben, daß wir überhaupt so weit gekommen sind.«

»Und in etwa fünf Tagen werden wir mit Gottes Hilfe in der Pendang Bay Anker werfen.« Er sah Zweifel in Herricks blauen Augen. »Na los, Thomas, loben Sie unser Glück!«

»Ja, Sir. Ich weiß recht gut, daß es eine schnelle Reise war, und ich bin ebenso zufrieden wie Sie.« Er fingerte an seiner Gürtelschnalle herum. »Aber etwas anderes macht mir mehr Sorgen.«

»Aha.« Bolihto wußte, was kommen würde. Er hatte wohl gemerkt, daß Herrick in diesen zwei Wochen mit jedem Tag besorgter aussah. Da er sehr viel Zeit mit dem Admiral verbringen mußte, hatte er wenig Gelegenheit gehabt, mit Herrick zusammen zu sein: mal ein Gang über Deck vor Sonnenuntergang, eine Pfeife Tabak, ein Glas Wein miteinander.

Jetzt sprach Herrick es unverblümt aus. »Alle wissen Bescheid, Sir. Es steht mir nicht zu, über Ihr Verhalten zu urteilen, aber ...«

»Aber das ist genau das, was Sie jetzt tun, nicht wahr?« Bolitho lächelte nachdenklich. »Ist schon gut, Thomas, ich reiße Ihnen nicht den Kopf ab.«

Doch Herrick blieb ernst. »Es ist kein Spaß, Sir. Die Lady ist schließlich mit einem hochgestellten Gouvernementsbeamten verheiratet. Wenn diese Affäre nach London durchsickert, dann sind Sie in Gefahr, und das ist eine Tatsache.«

»Vielen Dank für Ihre Besorgnis.« Bolitho spähte voraus. Weit vor dem träge tanzenden Bugspriet der *Undine* segelte die *Rosalind* an Untiefen und Sandbänken vorbei, wie zweifellos schon manches liebe Mal.

»Aber darüber möchte ich nicht reden. Auch nicht mit Ihnen; schließlich halten Sie alles, was ich dazu sage, für verkehrt.«

»Gewiß, Sir, ich bitte um Entschuldigung.« Aber dickköpfig redete er weiter. »Ich kann einfach nicht dabeistehen und zusehen, wie Sie durch anderer Leute Schuld kaputtgehen. Ich muß wenigstens versuchen, Ihnen zu helfen.«

Bolitho ergriff seinen Arm. »Trotzdem wollen wir über diese Angelegenheit nicht mehr reden, Thomas. Einverstanden?«

»Aye, Sir.« Aber Herrick sah dabei unglücklich aus. »Wenn Sie es so haben wollen . . .«

Ein Matrose kam aus der Kombüse und verschwand in einem Niedergang; er trug Pütz und Schrubber.

»Der Schiffsarzt hat sich schon wieder übergeben«, sagte Herrick müde. »Der Mann da soll vermutlich seine Kajüte klarieren.«

»Betrunken, natürlich?«

»Sieht so aus. Aber er hat eben wenig zu tun, Sir; unsere Leute sind bemerkenswert gesund.«

»Ist auch besser so.« Unvernünftigerweise wurde Bolitho jetzt gereizt. »Was, in drei Teufels Namen, soll ich bloß mit Whitmarsh machen?«

»Es geht ihm eine Menge im Kopf herum, Sir.«

»Anderen Leuten auch.«

Herrick bemühte sich, gelassen zu sprechen. »Er hat zusehen müssen, wie sein jüngerer Bruder wegen eines Verbrechens gehängt wurde, das er, wie sich später herausstellte, nicht begangen hatte. Und selbst wenn er schuldig gewesen wäre, dann wäre es immer noch ein furchtbares Erlebnis gewesen.«

Bolitho stieß sich von der Reling ab und fuhr herum. »Wie haben Sie denn das erfahren?«

»In Madras. Er kam betrunken an Bord, und ich war ein bißchen grob mit ihm. Da brüllte er mir die Geschichte ins Gesicht. Es macht ihn kaputt.«

»Ich danke Ihnen, daß Sie es mir erzählt haben – wenn auch ein bißchen spät.«

Herrick wich nicht zurück. »Sie waren sehr beschäftigt, Sir. Ich wollte Sie nicht belästigen.«

Bolitho seufzte. »Verstehe schon. Aber in Zukunft möchte ich solche Dinge sofort hören. Die meisten Schiffsärzte sind bloße Schlächter. Whitmarsh ist etwas Besseres. Aber ein ständig betrunkener Arzt ist eine Gefahr für jeden an Bord. Die Sache mit seinem Bruder tut mir leid; ich kann seine Gefühle verstehen.« Er blickte Herrick ruhig ins Gesicht. »Wir müssen sehen, was wir tun können, damit er wieder einigermaßen in Ordnung kommt, ob es ihm nun paßt oder nicht.«

Herrick nickte ernsthaft. »Ganz meine Meinung, Sir. Der Patient kann seine Krankheit selbst am wenigsten beurteilen.« Er unterdrückte ein Grinsen. »Wenn Sie verstehen, was ich meine, Sir.«

Bolitho schlug ihm auf die Schulter. »Bei Gott, Thomas, Sie gehen wirklich zu weit. Es wundert mich gar nicht, daß Ihr Vater Sie zur See geschickt hat.« Damit ging er das schrägliegende Deck hinauf nach Luv und überließ es Herrick, die Wache zu kontrollieren.

Also wußten alle Bescheid. Bolitho strich über die Uhrtasche seiner Hose. Was hätte Herrick erst gesagt, wenn er die Gravur auf der Innenseite des Deckels hätte lesen können?

»Wir gehen gleich über Stag, Mr. Herrick.« Bolitho trat zum Kompaß und blickte über Mudges Schulter. »Kurs Nordnordost.«

Herrick faßte an den Hut. »Aye, aye, Sir«, sagte er, ebenso dienstlich wie sein Captain.

Fünf Tage waren vergangen, seit sie über Viola Raymond und über des Doktors private Probleme gesprochen hatten; und Bolithos Stimmung war besser denn je. Auf dem Schiff hatte sich eine regelmäßige, gelassene Routine eingespielt, sogar das Exerzieren ging ohne Klagen vor sich. Die Mannschaft der *Undine* hatte zwar in bezug auf Geschützdienst noch allerlei zu lernen, aber immerhin arbeitete jetzt an jeder Kanone eine eingespielte Bedienung und nicht ein kopflos durcheinanderstolpernder Haufen.

Bolitho hob das Fernrohr und studierte die neuen Formen und Muster des Horizonts. Mudge hatte ihm versichert, daß Pendang Bay nur noch etwa fünf Seemeilen voraus lag, aber trotzdem war es schwer zu glauben, daß sie das Ziel ihrer Reise so gut wie erreicht hatten. Nach fünftausend Meilen eine andere Welt. Ein ganz anderes Leben.

»Alle Mann an die Brassen!« Bolitho hörte Schritte hinter sich und wandte sich um, denn er wollte sehen, was Conway, der eben an Deck kam, für ein Gesicht machte. Es war früher Morgen, und ein paar Sekunden lang dachte Bolitho, er bilde sich bloß ein, was er sah. Aber Conway trug wirklich große Konteradmiralsuniform mit Degen und Dreispitz. Den ersten hielt er etwas ungeschickt wie einen Zeigestock, als wäre er nicht sicher, was die Leute dazu sagen würden.

»Guten Morgen, Sir!« grüßte Bolitho. Herrick starrte sie beide an, die Sprechtrompete in der halberhobenen Hand vergessend.

Conway trat zu Bolitho an die Reling und lüftete grüßend den Hut. Die mächtigen Rahen knarrten im Chor; keuchend vor Anstrengung, holten die Matrosen die Brassen dicht.

»Na, was meinen Sie dazu?« fragte Conway argwöhnisch.

»Ich finde, Ihre Uniform ist dem Anlaß durchaus angemessen, Sir.«

Conways Lippen wurden plötzlich schmal, und die Mundfalten vertieften sich noch mehr. Seine Dankbarkeit, denn das und nichts anderes war es, war rührend, ja herzbewegend anzusehen. »Sie ist natürlich noch nicht gebügelt. Ich habe sie nur anprobiert, um zu sehen, ob etwas geändert werden muß.« Und schärferen Tones: »Wenn ich schon Gouverneur bin, dann sollen sie gleich bei der Landung sehen, woher der Wind weht – hol sie alle der Teufel!«

Midshipman Armitage beobachtete die Brigg, die ihre Rahen braßte, um in Lee der *Undine* zu bleiben.

»Ein Gewitter, Sir«, sagte er nervös. Aber Bolitho hatte bereits ein Fernrohr ergriffen.

»Diesmal nicht, Mr. Armitage.« Er wandte sich Herrick zu. »Segel kürzen, Mr. Herrick, und dann alle Mann auf Stationen!«.

Sie starrten ihn an wie einen völlig Fremden.

»Diese Sorte Gewitter kenne ich nämlich.«

X Unter der Piratenflagge

»Schiff klar zum Gefecht, Sir.« Gespannt wartete Herrick auf Bolithos Reaktion. Der ließ langsam sein Fernrohr vom Bug bis zum Heck gleiten. Er versuchte, das sich überschneidende Gewirr von Wanten und Schoten zu meiden und seinen Blick auf die Küste zu konzentrieren. Wegen des grellen Sonnenlichts, das bereits durch den Morgendunst sickerte, war es unmöglich, einen exakten Blickpunkt festzulegen und Entfernungen zu schätzen.

»Das dauert zu lange, Mr. Herrick«, erwiderte er. »Sie müssen auf zwölf Minuten kommen.« Aber er redete nur, damit er etwas mehr Zeit bekam, seine Gedanken zu sammeln.

Das ferne Geschützfeuer hatte aufgehört, aber es waren mindestens ein Dutzend Schüsse gefallen: scharf und laut, trotz der großen Entfernung. Kleine Kaliber, wahrscheinlich.

Bolitho ließ den Blick weiter nach Steuerbord schweifen. Als niedriger Keil schob sich das Land vor, parallel zum Kurs der *Undine,* die langsam heranglitt. Der östliche Arm der Pendang Bay, ganz ohne Zweifel.

Etwas Dunkles kam in die Linse; es war die Brigg, leicht krängend in der schwachen Brise; auf den Rahen wimmelten winzige Gestalten, das Reffen der Segel war fast beendet. Eine große spanische Flagge wehte an der Besangaffel, und er überlegte einen Augenblick, wie der Kapitän der *Rosalind* wohl auf Puigservers nationale Ambitionen reagieren mochte.

Fast gegen seinen Willen sprach er seine Gedanken laut aus: »Ich wünschte, Puigserver wäre bei uns. Gemeinsames Planen und Handeln wären meiner Meinung nach jetzt angebracht.«

Conway grunzte. »Überflüssig. Die *Undine* ist das Kriegsschiff, Bolitho, nicht die Brigg. Heute will ich mich mit keinem verdammten Spanier rumärgern müssen.«

»Was halten Sie davon, Sir?« fragte Herrick.

Bolitho wiegte nachdenklich den Kopf. »Vielleicht ein Überfall auf den Stützpunkt. Aber soweit ich weiß, ist er gut befestigt.«

Grob fuhr Conway dazwischen: »So viel Theater um ein paar lausige Wilde!«

Herrick, der dicht neben Mudge stand, flüsterte diesem zu: »Das hat wahrscheinlich auch der arme Captain Cook gesagt.«

Bolitho fuhr herum: »Wenn Sie weiter nichts zu tun haben, als dämliche Bemerkungen zu machen . . .« Er wandte sich wieder ab und befahl: »Sofort zwei gute Lotgasten aufs Wasserstag, und sie sollen regelmäßig aussingen! Mr. Mudge, lassen Sie einen Strich abfallen!«

Sein scharfer Ton wirkte. Männer, die eben noch ihre Mutmaßungen über die Vorgänge an Land ausgetauscht hatten, standen auf einmal stumm und eifrig bei den Geschützen, sammelten sich an den Fallen und Brassen und warteten auf das nächste Kommando. Das Ruder knarrte laut in der plötzlichen Stille, und der Rudergast sang aus: »Nordost zu Nord, Sir.«

»Recht so.« Fasziniert blickte Bolitho Conway an. Er sah ihn im

Profil, seine Augen glitzerten vor Spannung.

Vom Vorschiff her kam die Meldung des Lotgasten: »Kein Grund, Sir!«

Bolitho blickte zu Mudge hinüber, aber dessen massiges Gesicht war fast ausdruckslos. Wahrscheinlich hielt er das Loten für überflüssig. Nach der Karte und allen sonstigen Informationen war ausgewiesen, daß diese Gewässer bis auf etwa eine Kabellänge vor Land tief genug waren. Aber vielleicht dachte Mudge auch, der Captain sei nur deshalb so vorsichtig, weil er nichts dem Zufall überlassen wollte.

Noch ein Krachen, ein einzelnes nur, rollte von der dunstigen Küste herüber und verklang.

Bolitho zog seine neue Uhr hervor und starrte lange auf das Zifferblatt. Bei der geringen Fahrt, die sie jetzt machten, würden sie fast eine Stunde bis an Land brauchen. Aber das war nicht zu ändern.

»Kein Grund, Sir!«

»Weitergeben an Hauptmann Bellairs«, befahl Bolitho. »Ein komplettes Landungsdetachement! Und an Mr. Davy: Boote klar zum Aussetzen, sobald wir ankern. Er übernimmt das Kommando selbst!«

»Eine sichere Küste, nach allem, was ich gehört habe«, sagte Conway. »Die Ansiedlung und das Fort liegen am westlichen Abhang der Bucht.«

Herrick kam wieder nach achtern. Er faßte grüßend an den Hut und fragte mit einer gewissen Zurückhaltung: »Soll ich die Geschütze laden lassen, Sir?«

»Noch nicht, Mr. Herrick.«

Bolitho richtete sein Fernrohr über Backbord voraus. Die Ansiedlung, das Fort – er konnte sie nicht deutlich erkennen; vielleicht bildete er sich auch nur ein, etwas zu sehen. Eigentlich war alles nur ein verwischtes Grün, ohne Anzeichen von Besiedlung.

Er hörte das Befehlsgebrüll des Sergeanten der Marineinfanterie und das Getrampel der Seesoldaten, die für das Landungsdetachement in Gruppen eingeteilt wurden. Bellairs beaufsichtigte den Vorgang vom Steuerborddecksgang aus. Sein Gesicht war vollkommen ausdruckslos, aber seinen Augen entging nichts.

»Zwanzig Faden*!« sang der Mann unterm Bugspriet triumphie-

* Tiefenmaß: 1 Faden = 1,829 m (der Übersetzer).

rend aus.

Düster nickte Mudge. »Stimmt ungefähr. Hier sind es überall zwanzig Faden.«

Ein paar kleine Vögel flitzten kreuz und quer über die Wasserfläche und kreisten um die gebraßten Rahen. Bolitho sah ihnen zu und dachte an die Mauersegler, die um das graue Steinhaus in Falmouth flogen. Dort mußte es jetzt schön sein! Sonne, leuchtende Farben, Schafe und Rinder auf den Hügeln. Und in der Stadt selbst ein Gewimmel von Farmern und Seeleuten, die seit uralten Zeiten einer von des anderen Arbeit lebten.

Bolitho bemerkte Herrick in der Nähe und sagte leise: »Tut mir leid, daß ich vorhin grob geworden bin.«

Herrick lächelte. »Hat nichts zu sagen, Sir. Sie hatten ganz recht. Wir sind auf dieser Reise schon mal reingefallen, weil wir nicht aufgepaßt haben. Schwierigkeiten verschwinden nicht davon, daß man wegsieht.«

»Die *Rosalind* setzt wieder ihre Vorsegel, Sir!«

Sie wandten sich um und sahen, daß die Brigg sich vor den Wind legte und mehr Fahrt zu machen begann. »Bei Gott«, knurrte Conway, »der Kerl will vor uns einlaufen! Der Teufel soll ihn holen!«

»Das ist sein gutes Recht, Sir.« Bolitho richtete sein Teleskop auf die Brigg, sah die geschäftigen Gestalten an Deck und in der Takelage, sah, wie der Wimpel mit großartigem Schwung im Wind schlug und das Wappen darauf im Sonnenlicht glänzte. »Bis die Übergabe offiziell vollzogen ist, bleibt es Territorium der Spanischen Handelskompanie.«

»Eine bloße Formalität«, erwiderte Conway wütend und starrte Bolitho ins Gesicht. »Geben Sie einen Warnschuß ab, Captain!«

»Befehl weitergeben zum Vorschiff, Mr. Herrick! Eine Kugel! Aber aufpassen, daß sie die Brigg nicht trifft!«

Der Mann an der Lotleine sang aus: »Achtzehn Faden!«

Die Lafette quietschte und knarrte, als das Geschütz ausgefahren wurde. Der Stückführer visierte am Rohr entlang, und als ein Sonnenstrahl ihn traf, sah Bolitho, daß seine eine Hand ein eiserner Haken war: Turpin.

»Klar zum Schuß, Sir!« meldete Herrick.

»Dann Feuer frei.«

Die Kanone krachte, und Sekunden später spritzte ein dünner Wasserstrahl hoch, weitab vom Bug der Brigg.

»Nun wissen sie wenigstens, daß wir kommen, Sir«, sagte Bolitho.

»Diese Wilden!« schimpfte Conway. »Ich werde es ihnen schon zeigen!«

Mit einem Seufzer der Erleichterung sah Bolitho, daß die Brigg einen Strich abfiel. Der Klüver wurde, als Reaktion auf das grobe Signal, bereits aufgegeit. Der Gedanke, daß eine unzureichend bewaffnete Brigg zwischen einen eventuellen Feind und seine eigenen Kanonen geriet, war ihm unerträglich. Und noch dazu, da *sie* an Bord der *Rosalind* war.

Scharf wandte er sich ab; er ärgerte sich über sich selbst, weil er seine Gedanken wieder einmal ihre eigenen Wege gehen ließ. Gerade jetzt mußte er völlig klaren Kopf behalten.

»Mr. Mudge, was wissen Sie noch von dieser Gegend, außer dem, was Sie mir schon erzählt haben?«

Der Steuermann zuckte die Schultern. »Kaum jemand kennt das Hinterland, Sir: Kopfjäger und viele Stammesfehden, wie ich gehört habe. Die Eingeborenen sind zum Teil Seefahrer, Piraten aus Nordborneo. Seedajaks nennt man sie. Manches gute Schiff, das nichtsahnend hier vor Anker lag, ist von diesen Teufeln überfallen worden.« Er schüttelte so heftig den Kopf, daß seine Backen schwappten. »Dann hauen sie mit diesen langen Messern zu, und es ist aus und vorbei.«

In diesem Moment deutete ein Matrose, der neben einem Sechspfünder stand, nach oben, wo der Wimpel im Topp auf einmal energisch zu flattern begann. Wie ein langer, träger Vorhang hob sich der Dunst und zerstob. Endlose Strände, dichter Dschungel und schließlich weit hinten die sich überschneidenden Berge wurden sichtbar. Herrick ließ das Teleskop sinken.

»Und *das* soll der Stützpunkt sein, Sir?«

Bolitho behielt sein Glas vorm Auge; er wagte nicht, Conway ins Gesicht zu sehen. Was er zuerst für einen Haufen gefällter und aufeinandergeschichteter Baumstämme gehalten hatte, wurde nun zu langen, spitzen Palisaden, in unregelmäßigen Zwischenräumen von niedrigen Blockhäusern verstärkt. Als sich der Dunst vollends verflüchtigt hatte, konnte er die Gouverneursresidenz ausmachen. Das mußte sie sein, das größte Gebäude, das zu sehen war. Es war ebenfalls aus Baumstämmen erbaut, mit einem oberen und einem unteren Wehrgang und einem spinnenbeinigen Wachtturm in der Mitte, an dem die spanische Flagge sich manchmal in der schwachen Brise träge hob.

»Um Gottes willen«, sagte Conway gepreßt – kaum wollten ihm die Worte aus der Kehle.

Angestrengt spähte Bolitho hinüber, ob sich nicht außer der Flagge etwas regte – irgendein Zeichen menschlichen Lebens. Der Bau sah primitiv aus, war aber günstig gelegen und leicht zu verteidigen. Überall auf der Welt mußte es solche Stützpunkte geben. Aber wie hatte es hier vorher ausgesehen? Irgendwer mußte als erster aus einem Boot gestiegen und an Land gewatet sein, um eine Fahne zu hissen und damit das Gebiet für sein Vaterland in Besitz zu nehmen. Bolitho hatte von Inseln im Pazifik gehört, die abwechselnd von einem halben Dutzend Nationen als ihr Eigentum beansprucht wurden. Manchmal lag der echte Wunsch nach Kolonisierung vor; manchmal aber war nur ein Schiff eingelaufen, das nichts weiter wollte, als Wasser und Brennholz zu übernehmen.

»Zehn Faden!« sang der Mann am Lot aus.

»Wir ankern bei acht Faden«, sagte Bolitho zu Herrick. Allday machte sich bereits an der festgelaschten Gig zu schaffen. »Und dann die Boote zu Wasser, so schnell es geht!«

Er betrachtete aufmerksam die kabbligen kleinen Wellen, welche die auffrischende Brise vor sich hertrieb: eine große, gutgeschützte Bucht. Wie es heißt, hatte die Königlich Spanische Handelsgesellschaft sie vor einigen Jahren beinahe zufällig in Besitz genommen. Eigentlich hatte sie ihren Stützpunkt weiter nördlich errichten wollen, um Zugang zum Handel mit den Philippinen zu gewinnen. Aber da war Fieber ausgebrochen, es hatte Verluste an Schiffen und Vorräten gegeben, und so hatten sie sich schließlich hier festgesetzt. Es war leicht zu verstehen, warum die Spanier den Mut verloren hatten, und noch leichter war einzusehen, wieviel wichtiger das Gebiet für die Briten sein würde. Beide Indien waren von hier aus erreichbar und desgleichen die weiträumigen, bisher kaum erforschten Reserven des Chinesischen Meeres. So konnte der Stützpunkt Teluk Pendang ein lebenswichtiges Bindeglied sein, vorausgesetzt, er bekam Zeit, sich zu entwickeln, und wurde geschickt regiert. Jetzt, da die Spanier und Franzosen sich aus dieser Gegend zurückgezogen hatten, gab es nur noch die Konkurrenz des holländischen Ostindienhandels.

Bolitho warf einen raschen Blick auf Conways maskenstarres Gesicht. War er der Mann, so etwas in Angriff zu nehmen?

Berufssoldaten sahen selten etwas anderes als die Taktik der unmittelbaren Situation. Und wenn ein solcher Mann noch dazu durch eigene Fehler verbittert und verzweifelt war, so würde er um so weniger zu Kompromissen bereit sein.

»Da kommen Leute aus den Palisaden, Sir!«

Bolitho hob sein Teleskop aufs neue. Zu zweit und dritt kamen sie; einige trugen Musketen, andere hinkten waffenlos über den Sand auf die lange, noch unfertige Pier aus Baumstämmen und Steinen. Manche waren so dunkelhäutig, daß man sie für Eingeborene halten konnte; aber ihre Uniformen waren ohne Zweifel spanisch.

Keiner winkte. Sie standen oder saßen stumpf da und beobachteten das langsame Einlaufen der Fregatte.

»Mein Gott!« murmelte Herrick. »Die sehen ja aus wie Vogelscheuchen.«

»Was haben Sie denn erwartet, Mr. Herrick, *Sir*?« Ungesehen und ungehört war der Schiffsarzt aufs Achterdeck gekommen. Sein Gesicht und sein Hals sahen wie rohes Fleisch aus.

Mit unbewegter Miene musterte Bolitho ihn. »Sie haben sich inzwischen erholt, Mr. Whitmarsh?«

Der starre Blick des Arztes wanderte zum Kapitän hinüber. Seine Augen waren rotgerändert und schienen in ihren Höhlen zu brennen. Undeutlich murmelte er: »Wir sind am Ziel, wie ich sehe, Sir.« Er tastete nach einem Halt, fand keinen und fiel beinahe lang hin. »Immer geht's nach dem gleichen Muster«, murmelte er. »Erst kommen wir als Schutzmacht, wenn notwendig mit Kriegsschiffen und Soldaten, damit's auch ein richtiges Protektorat wird. Und wenn alles gesichert ist, dann kommen die Kaufleute, und von da an regiert die Flagge der Handelskompanie.«

»Und was weiter?« fragte Bolitho kalt.

Whitmarsh richtete seinen leeren Blick auf ihn. »Dann wird der Landstrich eine Kolonie. Und wenn wir ihn ausgesogen haben wie eine Auster, dann – hick – schmeißen wir die Schale weg.«

Erst jetzt schien Conway zu hören, was er sagte. »Scheren Sie sich unter Deck, Sie versoffener Kerl!« Verzweiflung arbeitete in seinem Gesicht; er mußte sich durch diesen Wutausbruch entlasten. »Oder es wird Ihnen leid tun, beim Himmel!«

Der Arzt brachte eine wacklige Verbeugung zustande. »Aber es tut mir schon jetzt leid, glauben Sie mir! *Sie* tun mir leid, daß Sie hier eine so elende Aufgabe übernehmen müssen.« Schwankend wendete er sich Bolitho zu. »Und der gute Captain hier tut mir leid, der schließlich zwischen Gerechtigkeit und Tyrannei seinen Kopf hinhalten muß. Und vielleicht am meisten tut mir . . .« Er taumelte, brach zusammen und blieb unbeweglich liegen wie ein Bündel Lumpen.

»Acht Faden Tiefe!«

Die Meldung des Lotgasten brachte Bolitho in die Wirklichkeit zurück. »Schafft ihn in seine Koje!« befahl er kurz. Einige Matrosen schleppten den leblosen Arzt zum Niedergang, und Bolitho bekam den sauren Gestank von vergossenem Wein und Erbrochenem in die Nase. Da verfaulte ein guter Mann.

Conway starrte immer noch auf die Decksplanken. »Noch eine Sekunde, und ich hätte ihn in Eisen legen lassen.« Er warf Bolitho einen wütenden Blick zu. »Nun?«

»Es war schon etwas an dem, was er sagte, Sir. Was ein Nüchterner nur denkt, spricht ein Betrunkener oft genug aus.«

»Wir sind nahe genug, Sir, glaube ich«, rief Herrick dazwischen.

Bolitho eilte zum Achterdeck, froh, Conways düsterer Stimmung zu entrinnen. Jetzt konnte er die Küstenlinie studieren, die der kleinen Landzunge an Backbord und die der größeren östlichen an Steuerbord. Beide reichten weit ins Meer hinaus und hatten in der Frühsonne bereits einen zartgrünen Schimmer.

»Signalisieren Sie der *Rosalind*, was wir vorhaben, und dann ankern Sie bitte.« Er wartete, bis die Ankermannschaft über dem Kranbalken bereitstand, dann fügte er hinzu: »Sagen Sie Mr. Davy, er soll unsere Leute zusammenhalten, wenn wir an Land gehen. Ich will keine Seuche an Bord.«

»Glauben Sie, daß es hier Fieber gibt, Sir?« Sekundenlang glomm Angst in Herricks Augen auf. Wie die meisten Seeleute konnte er Blut und Breitseiten verkraften, auch die harte Disziplin, die seinen Alltag beherrschte. Aber das Unbekannte, die Schrecken der Seuchen, die ein ganzes Schiff dienstunfähig machen, es in ein schwimmendes Grab verwandeln konnten – das war etwas anderes.

»Wir werden es bald merken.«

»Die *Rosalind* hat unser Signal bestätigt, Sir.«

Keen schien so munter und sorglos wie immer zu sein. Sogar Armitage blickte beinahe erwartungsvoll zum Land hinüber.

»Ruder legen!«

»An die Leebrassen!«

Das Ruder schwang herum, und Bolitho schritt auf Conways Seite hinüber, um dem Gerenne der Matrosen auf dem Achterdeck aus dem Wege zu gehen; langsam drehte die Fregatte in den Wind.

»Wollen Sie auf Don Puigserver warten, Sir?«

Conway blickte ihn an; an seinem Hals zuckte ein Nerv, als der Anker mit einer mächtigen Schaumkaskade ins Wasser platschte.

»Muß ich ja wohl.« Er spähte zur Brigg hinüber, die schon an ihrer Ankertrosse schwojte. »Ich wünsche, daß Sie mich begleiten.«

»Es ist mir eine Ehre, Sir.«

»So, finden Sie?« Conway nahm den goldbetreßten Hut ab und fuhr sich mit der Handfläche über das graue Haar. »Wir werden ja sehen«, sagte er mit bitterem Lächeln.

Noddall kam mit Bolithos Degen an Deck, zog sich aber sehr schnell zurück, als Allday ihn wütend anknurrte: »He – gib *mir* das!« Er eilte zu Bolitho und schnallte ihm den Degen sorgfältig um. »Was der sich einbildet!« murmelte er dabei. Dann richtete er sich auf und starrte die Boote an, die hochgehievt und ausgeschwungen wurden.

»Da haben wir eine lange Reise hinter uns gebracht, Captain.« Er wandte sich halb um und beobachtete, wie auch die Boote der Brigg abgefiert wurden. »Das ist kein guter Ort, finde ich.«

Aber Bolitho hörte nicht hin. Er sah zu, wie die Seesoldaten in die dümpelnden Boote kletterten, mit ihren roten Röcken, den ständig ausrutschenden Stiefeln und, wie immer, mit mächtigem Waffengeklirr. Hauptmann Bellairs inspizierte jeden einzelnen und ganz besonders den jungen Corporal, der die verhüllte Flagge Englands trug, die bald über dem fremden Boden wehen sollte.

Wie viele Marineoffiziere hatte sich auch Bolitho oft die Inbesitznahme neuer Gebiete im Geist ausgemalt; aber dann war das Zeremoniell großartiger und glänzender gewesen: endlose Reihen von Soldaten, dazu Militärkapellen, eine hurraschreiende Volksmenge, und der ebenso prachtvolle wie mächtige Anblick der draußen vor Anker liegenden Kriegsschiffe. Jetzt sah er das ganz anders. Aber es war schließlich nur ein Anfang. Klein, doch darum nicht weniger beeindruckend.

»Na, dann wollen wir mal«, sagte Conway. »Wie ich sehe, ist der Don schon unterwegs.«

Tatsächlich ruderten die Boote der Brigg bereits auf die Küste zu; das eine trug die spanische Flagge, das andere die der East India Company. Erleichtert stellte Bolitho fest, daß Viola Raymond an Bord geblieben war.

Conway kletterte hinter Bolitho in die Gig; die anderen Boote, bis zum letzten Platz voll schwerbewaffneter Seesoldaten, folgten in Fächerformation; so bewegte sich die Flotille auf die nächste Bucht zu.

Lange bevor sie in Rufweite der am Ufer hinter der Brandungslinie stehenden Leute waren, konnte Bolitho den Urwald riechen, wie Weihrauch, verwirrend und überwältigend. Er faßte den Degengriff fester und versuchte, sich zusammenzunehmen. Das war ein Moment, den er nie vergessen durfte. Er warf einen raschen Blick auf Conway, aber der schien völlig unbeteiligt zu sein; ernst, fast melancholisch, irgendwie abwesend sah er aus.

Der neue Gouverneur von Teluk Pendang war eingetroffen.

Leutnant Thomas Herrick ging ein paar Schritte quer über das Achterdeck. Nervös beobachtete er Bellairs' Seesoldaten und einige Matrosen unter den nächstgelegenen Palisaden. Es war kurz nach zwölf Uhr mittags, und die Sonne brannte mit voller Wucht auf die vor Anker liegenden Schiffe herab. Wer von den Matrosen nichts zu tun hatte, suchte Schatten unter den Decksgängen. Aber Herrick traute sich nicht, das Deck zu verlassen, obwohl ihm der Kopf bereits schwamm und ihm das Hemd am Leibe klebte wie ein nasser Fetzen.

Die *Undine* zerrte an ihrer Ankerkette. Sie war geschwojt, jetzt zeigte ihr Heck auf den langen hellen Strand. Die Sicht war klarer geworden, man erkannte deutlicher, wie groß der Gebäudekomplex war, der jetzt Conway unterstand. Er war weitläufiger, als es auf den ersten Blick ausgesehen hatte, und offensichtlich von einem Festungsbaumeister entworfen. Selbst die noch unfertige hölzerne Pier machte einen soliden Eindruck, aber wie der ganze Komplex war auch sie sehr vernachlässigt.

Jedesmal wenn Herrick das Achterdeck überquerte oder über die Heckreling spähte, sah er Bolitho und ein paar Männer vom Landungskommando irgendwo auf den hölzernen Brustwehren; auch im Raum zwischen den Palisaden, welche den Zugang zum Fort und den anderen Gebäuden schützten, hatte er sie beobachtet. Wie tote Fische lagen die Boote auf dem Strand da, wo sie vor vier Stunden gelandet waren. Ein paar Seesoldaten hatten die

Drehgeschütze zum Fort geschafft; andere, von dem bulligen Sergeanten Coaker gescheucht, hatten die Brustwehren besetzt oder patrouillierten jetzt auf der Pier. Die wenigen spanischen Soldaten hatten sich ins Innere des Forts zurückgezogen; und der Feind – oder worauf sie vorhin gefeuert hatten – war nirgends zu sehen.

Schwere Schritte kamen über die Planken; Herrick wandte sich um und erblickte Soames, der mit der einen Hand seine Augen beschattete und in der anderen ein Stück Schiffszwieback hielt, an dem er kaute. »Schon ein Signal, Sir?« Soames betrachtete die ferne Ansiedlung ohne sonderliche Begeisterung. »An solch einem Ort sein Leben zu beenden – nein, danke!«

Herrick war besorgt. Inzwischen hätte eigentlich etwas geschehen sein müssen. Es sollten sich etwa dreihundert spanische Soldaten nebst Troß im Stützpunkt befinden, und Gott weiß wie viele Eingeborene außerdem. Aber gesehen hatte er bisher nur ganz wenige. Der alte unheimliche Gedanke fuhr ihm wieder durch den Sinn: die Pest vieleilcht? Oder etwas noch Schlimmeres?

»Anscheinend inspizieren sie die inneren Verteidigungsanlagen«, erwiderte er. »Kein Wunder, daß die Dons diesen Posten loswerden wollen.« Er schauderte. »Von hier aus hat man den Eindruck, daß der verdammte Dschungel die Menschen wieder ins Meer drängen will.«

Achselzuckend deutete Soames mit seinem angebissenen Zwieback zum Geschützdeck. »Soll ich die Geschützbedienungen wegtreten lassen? Sieht nicht so aus, als ob uns die da drüben noch Grund zum Eingreifen geben werden.«

»Nein. Es sind ja nur fünf Geschütze bemannt. Lassen Sie die Bedienungen ablösen, und schicken Sie sie unter Deck zum Ausruhen.« Herrick war froh, als Soames ging. Er wollte sich konzentrieren, wollte sich über Entscheidungen klarwerden, wenn er plötzlich handeln mußte, ohne daß Bolitho hinter ihm stand. Beim letzten Mal war es anders gewesen. Da war eine wilde Verwegenheit über ihn gekommen, noch verstärkt durch die Notwendigkeit, Bolitho auf dem schnellsten Wege zu Hilfe zu eilen.

Aber hier gab es keine schreienden Wilden, keine heranflitzenden Kanus, die er mit ein paar Ladungen Hackblei zerschmettern konnte. Nur Schweigen. Deprimierende, unbewegte Stille.

Da rief Midshipman Penn mit seiner schrillen Knabenstimme: »Eins der Boote wird zu Wasser gebracht, Sir!«

Herrick spürte sein Herz klopfen, als der Mann dort drüben am

Strand die grüngestrichene Gig der *Undine* ins flache Wasser stieß. Dann kam Bolitho – seine schlanke Gestalt war unverkennbar – zum Strand herunter, blieb einen Moment stehen, um Davy etwas zu sagen, und schwang dann die Beine über das Dollbord.

Endlich. Bald würde er wissen, was los war. Nur vier Stunden hatte es gedauert, aber sie waren ihm wie eine Ewigkeit vorgekommen.

»Klar zum Seitepfeifen!«

Als Bolitho durch die Pforte an Bord kam, fiel Herrick auf, wie besorgt und nachdenklich er dreinsah. Sein Rock war voller Sand und Staub, das Gesicht schweißnaß. Blicklos starrte er auf das strammstehende Empfangskommando.

»Schiffsarzt mit Sanitätsgasten an Land!« befahl Bolitho. »Soll sich bei Mr. Davy melden. Wenn die anderen Boote kommen, schicken Sie Pulver, Blei und frisches Obst hinüber!« Er spähte nach der vor Anker liegenden Brigg und dem Boot aus, das sich wieder in rascher Fahrt dem Land näherte. »Ich habe die *Rosalind* aufgefordert, nach besten Kräften zu helfen.« Er warf einen Blick auf Herricks rundes Gesicht und lächelte zum erstenmal. »Beruhigen Sie sich, Thomas – es ist noch nicht das Ende. Nur beinahe. Kommen Sie in meine Kajüte, wenn Sie die Befehle weitergegeben haben. Allday hat eine Liste von alldem, was gebraucht wird.«

Als Herrick schließlich zu Bolitho in die Kapitänskajüte kam, fand er ihn mit entblößtem Oberkörper vor einem großen Krug Zitronenlimonade.

»Setzen Sie sich, Thomas.« Herrick nahm Platz. Er sah, daß Bolitho sich wieder gefaßt hatte. Aber da war noch irgend etwas; seine Gedanken liefen in einer anderen Richtung.

»Bei Kriegsende lag hier eine Garnison von rund dreihundert Mann.« Es war, als zeichne Bolitho ein Bild nach, das jemand für ihn gemalt hatte. »Der Kommandant, bewährter Ratgeber des Königs von Spanien, war Oberst Don José Pastor, ein bekannt tüchtiger Soldat und bewandert in der Errichtung derartiger Stützpunkte. Er verschaffte sich einiges Vertrauen bei den Eingeborenen und konnte durch Tauschgeschäfte und andere Überredungsmittel, nach spanischem Brauch auch durch Gewaltanwendung, eine starke Verteidigungslinie aufbauen und außerdem ein ziemlich großes Stück Urwald in unmittelbarer Nähe roden. Es gibt sogar eine Art Straße, die jetzt allerdings überwuchert ist. Eine Wildnis.«

»Fieber?« riet Herrick.

»Das natürlich auch, aber nicht schlimmer, als in einer solchen Gegend zu erwarten.« Er sah Herrick ein paar Sekunden aufmerksam ins Gesicht; seine Augen waren sehr grau in dem reflektierten Licht. »Nein, der Stützpunkt wurde über ein Jahr lang fast ununterbrochen angegriffen. Zuerst dachten sie, es handle sich um irgendwelche räuberischen Stämme, Dajakpiraten vielleicht, denen der wachsende spanische Einfluß in ihrem Gebiet nicht paßte. Oberst Pastor hatte nicht weit vom eigentlichen Stützpunkt eine katholische Mission eingerichtet. Man fand die Mönche fürchterlich verstümmelt und ohne Köpfe.« Er beachtete Herricks entsetzte Miene nicht. »Dann gab es Todesfälle durch Vergiftung der Zisternen. Die Garnison mußte mit dem kleinen Bach auskommen, der innerhalb der Palisaden entspringt. Ohne ihn wäre schon längst alles aus gewesen. Stellen Sie sich vor, Herrick, Sie wären hier Offizier, müßten versuchen, die Moral aufrechtzuerhalten, ständig gegen einen unsichtbaren Feind kämpfen, und hätten Tag für Tag ein paar Männer weniger. Jeden Morgen bei Sonnenaufgang suchen Sie die Kimm ab, beten um ein Schiff, irgendein Schiff, das Hilfe bringen könnte. Nur eins kam in der ganzen Zeit, aber der Kapitän ließ niemanden an Land, aus Angst vor der Pest. Er warf nur Depeschen ab und segelte weiter. Ich kann das, weiß Gott, verstehen. Die da drüben sehen aus wie lebende Skelette.« Ein Boot legte vom Rumpf ab, und er wandte sich um. »Hoffen wir, daß unser Arzt jetzt weniger an sich selbst denkt und lieber anderen hilft.«

Leise fragte Herrick: »Was gedenkt Admiral Conway zu tun, Sir?«

Bolitho schloß die Augen und erinnerte sich an die kleine Konferenz im Turmzimmer des Palisadenforts, wo Puigserver mit bebender Stimme den Bericht des Hauptmanns Vega, des einzigen überlebenden spanischen Offiziers, übersetzt hatte.

Die Überfälle hatten nicht aufgehört. Einmal, als eine Patrouille in einen Hinterhalt geraten war, wurden die Verteidiger im Fort schier verrückt von den furchtbaren Schreien ihrer Kameraden, die in Sichtweite zu Tode gemartert wurden.

»Westlich von uns liegt eine kleine Inselgruppe, die Benuas«, sagte Bolitho. Obwohl Herrick den Zusammenhang nicht verstand, nickte er. »Ja, wir haben sie gestern passiert.«

»Sie beherrscht den Eingang zur Straße von Malakka, zwischen Borneo, Sumatra und Java.« Bolithos Stimme klang stahlhart.

»Dieser Fürst von eigenen Gnaden, Muljadi, hat dort seine Festung. Vor vielen Jahren haben die Holländer sie als Fort errichtet, gaben sie aber auf, nachdem fast die ganze Besatzung an einer Seuche starb.« Düster blickte er zum Heckfenster hinaus. »Nicht so ein Blockhaus wie Conways neue Residenz, Thomas. Eine richtige Festung aus Stein.«

Herrick versuchte, Bolitho aus seiner Depression zu reißen. »Aber mit ein paar Schiffen und genügend Soldaten müßte man doch diesem Muljadi eins verpassen können, Sir.«

»Einmal vielleicht.« Bolitho trank aus und starrte in das leere Glas. »Heute morgen wurde wieder ein Versuch gemacht, die Verteidiger hier zu überwältigen. Ich nehme an, die Angreifer sahen die *Undine* gestern die Meerenge passieren und wußten daher, daß sie sich beeilen mußten. Jetzt sind sie im Urwald verschwunden. Hauptmann Vega von der Garnison sagt, sie ziehen sich westwärts in die Marschen an der Küste zurück, dort werden sie abgeholt und über See in Muljadis Festung gebracht.« Er seufzte laut. »Im ganzen Stützpunkt leben gerade noch fünfzig Menschen. Giftpfeile, Musketenkugeln – denn die Wilden haben europäische Waffen – und auch das Fieber forderten einen furchtbaren Zoll. Es hat sogar eine Meuterei gegeben, und Vegas Leute mußten gegen ihre eigenen Eingeborenen kämpfen; dabei wußten sie vor Trunkenheit und Verzweiflung kaum noch, was sie eigentlich hier sollten.«

Entsetzt starrte Herrick ihn an. »Und was ist mit Oberst Pastor, Sir? Wurde auch er getötet?«

Bolitho rieb sich die weiße Narbe auf der Brust. »Darauf wollte ich gerade kommen. Vor ein paar Wochen traf tatsächlich ein Schiff ein – aber nicht um zu helfen, nicht um Menschen, die immerhin vom selben Erdteil stammen, Unterstützung zu gewähren. Es war die *Argus*, Thomas.« Er fuhr herum, und die Mattigkeit fiel von ihm ab wie ein Mantel. »Eine Fregatte von vierundvierzig Kanonen, unter dem Befehl von *Capitaine* Le Chaumareys. Er kam selbst an Land und verhandelte mit Oberst Don Pastor. Unter anderem brachte er eine Botschaft von Muljadi. *Persönlich.*« Bolitho hielt sich mit beiden Händen am Tischrand fest. »Und er forderte Pastor auf, die Flagge zu streichen und sich im Namen Spaniens aller Ansprüche auf diesen Stützpunkt zu begeben.«

»Mein Gott!«

»Das kann man wohl sagen. Anscheinend sprach der Oberst von

Hilfe, die bald eintreffen würde, aber Le Chaumareys lachte ihn aus. Keine Rede von Hilfe, sagte er; kein einziges Schiff würde durchkommen.«

»Dann haben also die Franzosen ihre Finger hier drin, Sir?«

»Ganz erheblich.« Bolithos Miene erhellte sich. »Merken Sie nichts, Thomas? Le Chaumareys hatte Instruktion, die Spanier zur Aufgabe ihrer hiesigen Besitzung zu zwingen. Er wußte besser als jeder andere, daß die *Nervion* oder die *Undine* – oder beide – mit allen zur Verfügung stehenden Mitteln aufgehalten werden würden. War der Stützpunkt einmal offiziell an Muljadi übergeben, und hatte der Franzose eine schriftliche Einverständniserklärung von Pastor in Händen, der schließlich hier der Repräsentant seines Königs ist, dann hätten wir oder sonst jemand nichts weiter tun können. Zweifellos hatte Le Chaumareys außerdem Befehl, im Namen Frankreichs die Souveränität Muljadis anzuerkennen und ihn um jeden Preis als Verbündeten Frankreichs zu gewinnen.« Er blickte zum Strand hinüber, wo die Matrosen zwei Boote löschten. »Aber wir sind durchgekommen, Thomas. Zu spät allerdings für Pastor, der auf der *Argus* zu Muljadi gefahren ist, um zu Gunsten seiner Leute mit ihm zu verhandeln. Er tut mir leid, wenn ich auch seinen Mut bewundere.«

Herrick nickte langsam, seine Augen umwölkten sich.

»Und als Pastor weg war«, fuhr Bolitho fort, »begann der letzte Angriff. Kein Befehlshaber, sehr wenige Verteidiger ... Tote reden nicht viel.«

Herrick dachte daran, wie sie morgens ganz langsam in die Bucht eingelaufen waren, wie der Dunst bei dem Kanonenschuß vom Wasser hochgewirbelt war. Kein Wunder, daß die zerlumpten Verteidiger nicht mehr imstande gewesen waren, sie durch Winken oder Rufen zu begrüßen. Die *Undine* mußte ihnen wie eine Erscheinung vorgekommen sein.

Bolitho sprach weiter: »Don Puigserver ist unser einziger Trumpf. Er kann im Namen seines Königs handeln und Conway beweisen, daß Spanien ihm vertraut.«

»Wie hat *er* denn auf all das reagiert?«

Bolitho dachte an das Gesicht des Spaniers bei Vegas' Bericht: voll Schrecken, Scham und schließlich Wut. Was aber Conway von der Situation hielt, war nicht zu erkennen gewesen. Er hatte wenig gesagt, war nicht einmal auf Raymond eingegangen, als dieser anfing, sich darüber auszulassen, was das Parlament wohl sanktionieren würde und was nicht. Eines war sicher: die Angelegenheit mußte in engen Grenzen gehalten werden. Truppenverstärkungen konnten sie sich nicht erhoffen; es durfte überhaupt nicht offiziell zur Kenntnis genommen werden, daß hier oder anderswo ein Machtwechsel stattfand. Wie Raymond mehr als einmal versicherte, hatten die Holländer viel zuviel damit zu tun, ihre Kriegsverluste zu kompensieren, als daß sie sich in ihrem Einflußgebiet einen neuen Konflikt leisten konnten. Wenn Frankreich andererseits mehr Seekräfte in diese Gewässer warf, dann mochte Spanien seine Ansichten über die bisher noch unerprobte Allianz mit England ändern. Unter Umständen konnte es wieder Krieg geben.

Erst als sich Bolitho anschickte, wieder an Bord zu gehen, hatte der Konteradmiral ihn in eine Ecke gezogen.

Leise hatte er gesagt: »Politik, Handelsprivilegien, Expansion kolonialer Macht – das sind Punkte, über die man verschiedener Ansicht sein kann. Nur eines ist mir vollkommen klar und sollte auch Ihnen klar sein, Bolitho.« Er blickte ihn starr an, um eine Reaktion zu erkennen, bevor er weitersprach: »Jedes Rätsel hat eine Lösung. Dieses hier hat sogar zwei, nämlich die *Undine* und die *Argus*. Vielleicht versuchen die Regierungen später, hier mehr Kräfte einzusetzen; aber dann ist es zu spät für uns. Wenn die *Undine* verlorengeht, sind auch wir verloren. Seien Sie sicher, daß Le Chaumareys das ganz genau weiß!« Bolitho wollte etwas fragen, aber Conway redete schon weiter: »Er ist ein sehr fähiger Seeoffizier, geben Sie sich da keinen Täuschungen hin. Unsere Geschwader hatten im Krieg alle Ursache, ihn in die tiefste Hölle zu wünschen. Frankreich hat Muljadi seinen besten Mann geliehen; ich hoffe nur, England hat dasselbe für mich getan!«

Bolitho hatte wohl manches von dem, was ihm im Kopf herumging, laut ausgesprochen, denn Herrick rief erschrocken: »Aber wir haben doch keinen Krieg mehr, Sir! Kein Franzose wird den Degen ziehen, eben aus Angst, es könnte wieder Krieg geben!«

Bolitho blickte Herrick an, froh, daß er da war. »Le Chaumareys hat bestimmt einen Kaperbrief. Er ist alles andere als ein Narr. Wenn er seine vierundvierzig Kanonen ausrennt, dann wird Muljadis Flagge an seinem Großtopp wehen, nicht das Lilienbanner Frankreichs!« Er stand auf und ging ziellos in der Kajüte hin und her. »Aber jedes Geschütz wird eine erfahrene Mannschaft bedienen, die Besten der französischen Flotte. Wir dagegen . . .« Er wandte sich ab; plötzlich war sein Gesicht wieder wie ausgelaugt. »Aber genug davon. Seeschlachten werden nicht durch Tagträume gewonnen.«

Herrick nickte. »Und was tun wir jetzt, Sir?«

Bolitho fuhr in sein Hemd, das gleiche fleckige wie vorher. »Wir werden Anker lichten, sobald es die Tide erlaubt. Wenn Muljadi Schiffe in diesen Gewässern hat, müssen wir Berührung mit ihnen suchen. Wir müssen ihm zeigen, daß wir zu Ende zu führen gedenken, was wir begonnen haben.«

Ein Hornsignal tönte melancholisch über das glitzernde Wasser, und Bolitho zog Herrick zum Heckfenster. Über dem Fort wehte Conways neue Flagge; die wenigen Marineinfanteristen am Flaggenmast sahen aus wie kleine rote Insekten. »Sehen Sie, Thomas, eine Rückzugsmöglichkeit gibt es nicht. Weder für Conway noch für uns.«

Voller Zweifel beobachtete Herrick das kleine militärische Schauspiel. »Es wäre sicherlich besser, die *Bedford* abzuwarten, Sir. Mit mehr Truppen und Geschützen hätten wir eine bessere Chance.«

»Genau das wird auch Le Chaumareys denken.« Er lächelte und sah dabei plötzlich ganz jung aus. »Ich hoffe es jedenfalls.«

Herrick tastete nach seinem Hut und war froh, daß er etwas zu tun hatte, das die Spannung überbrückte, die Bolithos Ausführungen bewirkt hatten. »Werden wir Bellairs und seine Seesoldaten an Land lassen?« fragte er.

»Zur Hälfte. Es gibt eine Menge zu tun. Überall liegen unbestattete Leichen; die ganze Gegend ist ein Seuchenherd. Die Verteidigungsanlagen sind stark, aber sie brauchen gute Wachen und Patrouillen. Auch die *Rosalind* wird hierbleiben, unter dem Schutz der Festungsartillerie – viel taugt sie allerdings nicht. Ich glaube, der Kapitän würde am liebsten so schnell wie möglich absegeln, aber mit Conway wird er so leicht nicht fertig.«

Herrick ging zur Tür. »Das habe ich mir aber ganz anders vorgestellt, Sir.«

»Ich auch. Doch ob es uns nun paßt oder nicht, wir müssen unsere Pflicht tun. Wenn wir mit Muljadi und seiner Drohung fertig werden wollen, dann muß er als gemeiner Seeräuber behandelt werden.« Er wischte mit der Hand über die Tischplatte. »Ganz egal, ob er die *Argus* als Verbündeten hat oder nicht!«

Herrick eilte hinaus, seine Gedanken überstürzten sich. In der Offiziersmesse stieß er auf Mudge, der düster auf einen Teller

Salzfleisch starrte. »Segeln wir wieder los, Mr. Herrick?«

Der mußte lächeln. In einem kleinen Schiff wurden aus Gerüchten sehr rasch Tatsachen. »Ja, Mr. Mudge. Die *Argus* treibt sich hier herum. Als Kaperschiff, nicht offen im Namen Frankreichs.«

Unbeeindruckt gähnte Mudge. »Nichts Neues. Wir haben früher dasselbe für die East India Company gemacht. Wenn so ein Rajah nicht recht weiß, wie er sich verhalten soll, dann sind ein paar schußbereite Rohre ein ganz gutes Argument, mit dem man ein bißchen nachhelfen kann.«

Seufzend blickte Herrick ihn an. »Also werden die Froschfresser einen bewaffneten Aufstand unterstützen, wir dagegen werden den Schutz der Handelswege übernehmen. Aber was ist mit den Menschen, die dazwischengeraten, Mr. Mudge?«

Mit Widerwillen stieß der Steuermann seinen Teller weg. »Die sind noch nie gefragt worden.« Weiter sagte er nichts.

XI Kriegsglück

Bolitho beobachtete aufmerksam den im Topp wehenden Wimpel und schritt dann nach achtern zum Kompaß. Nordwest zu West. Es war Nachmittag, und trotz des unbewölkten Himmels reichte die Brise aus, um die Hitze etwas erträglicher zu machen. Die *Undine* hatte tags zuvor noch bis fast zur Dämmerung in der Pendang Bay vor Anker gelegen, weil es bei den Küstenströmungen und dem stetigen Südost zu gefährlich gewesen wäre, nachts zu segeln. Aber im letzten Moment hatte der Wind stark gekrimpt, und die *Undine* hatte, den schlanken Rumpf unter dem Segeldruck neigend, die Bay und den Stützpunkt mit all seinen grimmen Erinnerungen in einem purpurnen Schatten hinter sich gelassen.

Aber wenn der Wind auch aufgefrischt hatte, so mußte die *Undine* doch fast gegen ihn ansegeln, alle Rahen vierkantgebraßt, damit jedes Segel richtig zog und das Schiff möglichst weit von Land freikam. Falls der Wind unvermittelt umsprang, solange sie noch so dicht unter dieser unsicheren Küste waren, konnten sie leicht auf Legerwall und damit in ernste Schwierigkeiten geraten.

»Wie lange behalten wir den Kurs bei, Sir?« fragte Herrick.

Bolitho antwortete nicht gleich. Er beobachtete aufmerksam die winzigen, dreieckigen Segel ihres eigenen Kutters, der vorsichtig zwischen ein paar felsigen Inselchen kreuzte. Dann wandte er den

Blick zum Großtopp, wo Midshipman Keen saß, das eine nackte Bein herabbaumeln ließ und das Teleskop auf das ferne Boot gerichtet hielt. Davy befehligte den Kutter und würde sofort signalisieren, wenn er etwas Verdächtiges sichtete. Es hatte keinen Sinn, mit dem Schiff zu nahe heranzugehen, wenn die Sicht gut blieb.

Schließlich sagte Bolitho: »Wir haben das südwestliche Kap gerundet, soweit ich das berechnen kann. Da ist alles Marsch und Sumpf, wie Mr. Mudge und Fowlar schon sagten. Wenn Hauptmann Vegas' Informationen stimmen, müssen Muljadis Schiffe in nächster Nähe sein.« Er drehte das Gesicht in den Wind, der ihm den Schweiß auf Stirn und Hals trocknete. »Die Benua-Inseln liegen etwa hundert Meilen westlich. Das ist ein schönes Stück offenes Wasser, wenn wir das Glück haben sollten, diese Piraten zu stellen.«

Herrick sah ihn skeptisch an; aber der offenbare Optimismus seines Kommandanten machte auch ihn zuversichtlich. »Was wissen wir eigentlich von Muljadi, Sir?« fragte er.

Bolitho schritt das krängende Deck hinan zur Luvreling und zog sich das an den Rippen klebende Hemd ein Stückchen aus dem Hosenbund. »Wenig oder nichts. Er stammt aus Nordafrika – aus Marokko oder von der Barbareskenküste, heißt es. Die Spanier schnappten ihn, und er kam als Sklave auf eine ihrer Galeeren. Er konnte fliehen, wurde aber wieder gefaßt.«

Herrick stieß einen leisen Pfiff aus. »Da wird er bei den Dons einiges mitgemacht haben.«

Bolitho mußte plötzlich an den ältlichen Oberst Pastor und seine unerfüllbare Mission denken. »Sie schnitten ihm eine Hand und ein Ohr ab und setzten ihn an irgendeiner wüsten Küste aus.«

Herrick schüttelte den Kopf. »Und doch gelangte er irgendwie bis nach Indien und kann jetzt seinen ehemaligen Herren Angst einjagen.«

»Und jedem anderen«, ergänzte Bolitho unbewegt, »der sich zwischen ihn und sein Ziel stellt – was das auch sein mag.«

Da fuhren sie beide herum und blickten nach oben, denn Keen schrie: »An Deck! Der Kutter hat signalisiert, Sir! Mr. Davy segelt nach Norden.«

Bolitho griff nach einem Fernglas. »Natürlich. Das hätte ich wissen müssen.« Er richtete das Glas erst auf den Kutter und dann jenseits von diesem auf das sanft abfallende Vorgebirge. Winzige

Inseln, zerbröckelnde Klippen und Felsen, und überall das ungebrochene Grün des Urwalds. Jedes kleine Fahrzeug konnte sich da hindurchwinden, genauso wie Davys Kutter es eben tat.

Herrick hieb eine Faust in die andere Handfläche. »Wir haben sie, bei Gott!«

Knapp befahl Bolitho: »Wir bleiben zunächst auf diesem Kurs. Heißen Sie das Rückkehrsignal für Mr. Davy, und lassen Sie auf Gefechtsstationen trommeln.« Er lächelte, vielleicht bloß, um die Spannung etwas zu lockern. »Vielleicht schaffen Sie es diesmal in zehn Minuten?«

Herrick wartete, bis Keen an einer Pardune heruntergerutscht kam und wieder bei seinen Signalgasten stand. Dann rief er: »Alle Mann an Deck! Klar Schiff zum Gefecht!«

Ein einsamer Trommeljunge tat sein Bestes und ließ die Schlegel im Doppeltakt zum Signal wirbeln, und schon kamen die Männer aus den Niedergängen an Deck gerannt und stürzten sich an die Gratings.

»Damit könnten wir sie verjagen, Sir«, warf Mudge ein, der beim Rudergänger stand. Seine Kiefer malmten auf einem Stück Fleisch oder auf einem Priem.

»Ich glaube kaum«, erwiderte Bolitho und beobachtete kritisch die Matrosen, die mit nacktem Oberkörper an die Geschütze rannten, die Persennings abwarfen und nach ihrem Gerät griffen. Die kleine Restabteilung Seesoldaten unter Führung eines Korporals marschierte über das Achterdeck; und ein paar andere enterten in den Vormast auf, wo ein Drehgeschütz montiert war.

Der Kutter hatte inzwischen gewendet. Die Segel waren niedergeholt, das Boot arbeitete sich nur mit der Kraft seiner Riemen durch die landeinwärts laufende Dünung.

»Die hatten es bestimmt nicht oft mit einer Fregatte zu tun«, fuhr Bolitho, zu Mudge gewandt, fort. »Ihr Anführer wird versuchen, das offene Meer zu erreichen und an uns vorbeizukommen, ehe er es riskiert, daß wir ihn blockieren oder eine Abteilung Seesoldaten in seinem Rücken landen.« Er faßte Mudge beim Arm. »Der Kerl wird schon nicht wissen, wie wenig wir von solchen Dingen verstehen – eh?«

Mudge verzog unwillig den Mund. »Ich kann nur hoffen, daß dieses Aas von Muljadi selbst der Anführer ist. Der braucht eine Lektion, und das bald!«

»An Deck!« Der Ausguck im Masttopp wartete, bis das Gerenne

auf dem Geschützdeck aufgehört hatte. »Segel in Lee voraus!«

»Beim Himmel, tatsächlich!« Midshipman Keen ergriff einen Matrosen beim Arm und fügte aufgeregt hinzu: »Ein Schoner, nach dem Umriß zu urteilen!« Der Matrose – zehn Dienstjahre auf dem Buckel und schon graue Haare im Zopf – sah ihn von der Seite an und grinste: »Mein Gott, Sir, was ihr jungen Herren so alles gelernt habt – beneidenswert!« Aber seine Ironie ging im Trubel des Augenblicks unter.

Herrick hob die Hand, als sich der letzte Geschützführer ihm zuwandte. Aus der Luke unter dem Achterdeck dröhnte die Stimme eines Bootsmannsmaaten: »Achtern alles klar, Sir!« Herrick fuhr herum und sah, wie Bolitho seine neue Uhr zu Rate zog. »Schiff klar zum Gefecht, Sir«, meldete er.

»In zwölf Minuten. Ausgezeichnet, Mr. Herrick! Sie können es der Mannschaft weitersagen.« Dann schritt er wieder über das krängende Deck und richtete sein Fernrohr durch die Netze: zwei schräge Masten mit großen dunklen Segeln wie Vogelschwingen. Sie schienen stillzustehen; der Schiffsrumpf war noch hinter einer vorspringenden Landspitze verborgen. Doch das war Täuschung. Das Fahrzeug umrundete eben die letzte gefährliche Klippe. Hatte es die hinter sich, mußte es außer Schußweite sein. Aber dazu würde es noch eine ganze Weile brauchen.

Bolitho drehte sich um. »Wo bleibt dieser verdammte Kutter?«

Mowll, Waffenmeister und mit Abstand der unbeliebteste Mann an Bord, rief aus: »Kommt rasch auf, Sir!«

»Na, dann signalisieren Sie Mr. Davy, er soll sich beeilen. Sonst muß ich ihn zurücklassen!«

»An Deck! Noch ein Segel in Lee voraus!«

Wortlos suchte Herrick die zweite Segelpyramide mit seinem Fernrohr. »Noch ein Schoner. Wahrscheinlich Schiffe der Company, die der Pirat gekapert hat.«

»Zweifellos.«

Jetzt war der Kutter längsseits, rundete den Bug der *Undine* unter dem Bugspriet und stieß mit einem lauten Knirschen gegen den Schiffsrumpf. Flüche und schlagende Riemen übertönten Davys Schimpfen; dann gab Bootsmann Shellabeer, der das ganze Manöver vom Decksgang her mit unverhohlenem Abscheu beobachtet hatte, gelassen den Befehl zum Fieren.

Allday stand hinter Bolitho und flüsterte: »Ein Glück, daß der junge Mr. Armitage nicht das Kommando hat. Der hätte den Kutter bestimmt glatt durch die Rumlast* gerannt.«

Bolitho lächelte und hob die Arme, damit Allday ihm den Degen umschnallen konnte. Er hatte seinen Bootsführer seit dem Frühstück, also kurz nach Sonnenaufgang, nicht gesehen. Aber im Augenblick der Gefahr, bei der leisesten Aussicht auf Feindberührung, war Allday zur Stelle, ruhig und gelassen wie immer; kaum daß er sich durch ein Wort bemerkbar machte.

»Kann sein.«

Midshipman Armitage und Soames standen am Vormast und strichen auf ihren Listen die Geschützbedienungen ab, die Soames während der Überfahrt nach Indien neu zusammengestellt hatte. Bolitho erübrigte eine Sekunde, um sich auszumalen, was Armitages Mutter wohl sagen würde, wenn sie ihr geliebtes Söhnchen jetzt hätte sehen können: abgemagert, tief gebräunt, das Haar zu lang und ein Hemd, das eine gründliche Wäsche verdammt nötig hatte. Wahrscheinlich würde sie wieder in Tränen ausbrechen. Aber in einer Hinsicht hatte sich der junge Mann nicht verändert: er war immer noch so ungeschickt und unsicher wie an seinem ersten Tag an Bord.

Der kleine Penn dagegen, der wichtig an den Zwölfpfündern der Steuerbordbatterie entlangstolzierte und auf Leutnant Davy wartete, als dessen Adjutant er fungierte, war von diesem Fehler frei. Dafür versuchte er sich allerdings gern an Aufgaben, die für die Erfahrung seiner zwölfeinhalb Jahre ein paar Nummern zu groß waren.

Davy duckte sich unter dem schwingenden Schatten des an Bord gehievten Kutters, der schnell in seinen Halterungen auf dem Geschützdeck festgezurrt wurde, und rannte nach achtern. Er war klitschnaß vom Sprühwasser, aber äußerst zufrieden mit sich.

»Das haben Sie gut gemacht«, lobte Bolitho. »Durch Ihr schnelles Signal werden wir diese beiden Fahrzeuge vielleicht nehmen können.«

Davy strahlte. »Bißchen Prisengeld, möglicherweise?«

»Bleibt abzuwarten«, erwiderte Bolitho und verbarg ein Lächeln.

Herrick wartete, bis Davy bei seiner Geschützmannschaft war, und sagte dann: »Nur die beiden Schoner, sonst nichts weiter in Sicht.« Er rieb sich geräuschvoll die Hände.

* Lagerraum für Spirituosen, ganz achtern im untersten Deck (der Übers.).

Bolitho ließ das Teleskop sinken und nickte. »Sehr schön, Mr. Herrick. Sie können jetzt laden und ausrennen lassen.« Zum hundertsten Male blickte er nach dem Verklicker im Topp. »Wir werden gleich mehr Segel setzen und diesen Piraten zeigen, mit wem sie es zu tun haben.«

»Beide Schoner halten sich dicht unter Land, Sir.« Herrick nahm das Rohr vom Auge und wandte sich fragend zu Bolitho um. »Mit dieser Takelung können sie eben hoch am Wind segeln.«

Bolitho trat zum Kompaß und behielt das Bild der beiden Fahrzeuge scharf im Gedächtnis. Seit mehr als einer halben Stunde arbeiteten sie sich langsam und methodisch durch die kleinen Inseln voran und folgten nun der Küstenlinie in Richtung auf eine abfallende, schmale Landzunge. Dahinter lag eine weitere Bucht mit noch mehr vorspringenden Landzungen; aber die Schoner würden sich bestimmt sehr sorgfältig den rechten Moment aussuchen: rasch wenden und dann auf das offene Meer hinaus, wahrscheinlich so weit wie möglich auseinander, so daß die *Undine* nur einen von ihnen angreifen konnte.

Beide Schiffe wurden sehr geschickt geführt. Durchs Fernrohr erkannte Bolitho eine gemischte Auswahl von kleinen Kanonen und Drehgeschützen; die Mannschaft schien ähnlich zusammengewürfelt.

Mudge sah ihn düster an. »Der Wind hat einen Strich gekrimpt, Sir. *Könnte* sich eine Weile so halten.«

Bolitho wandte sich um, ließ seine Blicke langsam über das Schiff gleiten und wog dabei Risiko und Vorteil gegeneinander ab. Die grüne Landzunge schien fast den Steuerbordbug der *Undine* zu berühren; in Wirklichkeit lag sie noch gut drei Meilen querab. Die beiden Schoner standen schwarz gegen die kabbelige, weißbemützte See und überlappten jetzt einander, so daß sie wie ein einziges Schiff von grotesker Bauart wirkten. Die großen Segel standen wie eingraviert vor dem niedrigen Land.

»Bramsegel setzen! Ruder zwei Strich Steuerbord!« befahl Bolitho.

Zweifelnd sah Herrick ihn an. »Das wird aber knapp, Sir. Wenn der Wind ausschießt, haben wir alle Hände voll zu tun, um von der Küste klarzukommen.«

Aber Bolitho antwortete nicht; und so hob der Erste mit resigniertem Seufzer seine Sprechtrompete.

»An die Brassen!«

Achtern ließen die Rudergänger das Rad spielen und schielten nach den killenden Segeln und dem kardanisch aufgehängten Kompaß, bis sogar Mudge zufrieden war.

»Nordwest zu Nord, Sir!«

»Recht so.«

Bolitho sah sich die Landzunge noch einmal genau an: eine Falle für die beiden Schoner oder die letzte Ruhestätte der *Undine*, wie Herrick zu glauben schien?

Herrick beobachtete die Männer auf den Rahen; er wartete darauf, daß die Bramsegel frei fielen und dann an den unteren Rahen festgezurrt wurden, bis sie sich wie stählerne Brustpanzer im Wind wölbten. Die *Undine* machte schnelle Fahrt, sie lag jetzt fast vor dem Wind, der schräg von Backbord über das Achterdeck fegte; mit vollen Groß- und Vorbramsegeln holte sie deutlich auf.

Besorgt erkundigte sich Mudge: »Glauben Sie, daß sie eine Wende versuchen werden, Sir?«

»Kann schon sein.« Eine Wand von Sprühwasser stieg hoch, brach sich am Luvschanzkleid und weichte Bolitho bis auf die Haut durch, so daß er erschauerte und seine Erregung noch stieg. »Sie werden so dicht unter Land bleiben, wie sie es riskieren können, und dann in der nächsten Bucht über Stag gehen. Aber wenn einer den Kopf verliert oder vielleicht sogar alle beide und sie schon diesseits der Landzunge auf den anderen Bug gehen – dann werden wir ihnen eins verpassen.«

Er blickte prüfend zum Geschützdeck hinüber, musterte die Männer an den Zwölfpfündern. Eine gute Breitseite sollte für so einen Schoner mehr als ausreichen. Dann bekam der andere vielleicht Angst und strich die Segel, damit es ihm nicht ebenso ging. Aber daran durfte er jetzt nicht denken. Der Kampf hatte noch nicht einmal begonnen.

Er stellte sich vor, wie Conway in seinem fernen Herrschaftsbereich lebte. Er wußte bestimmt besser als Puigserver oder Raymond, was auf dem Spiel stand. Hatte die *Undine* einigermaßen Glück, so bedeutete das für ihn eine gewisse Periode der Sicherheit, in der er seine Tüchtigkeit als Gouverneur beweisen konnte.

Ein schwacher Knall tönte über das Wasser, und eine weiße Gischtfeder stieg ein paar Sekunden hoch, aber ziemlich weit voraus an Steuerbord; gellendes Hohngeschrei von den ungeduldig wartenden Geschützbedienungen quittierte den Versuch.

»Flagge zeigen, Mr. Keen!«

Im Vormast richteten die Marineinfanteristen ihr Schwenkgeschütz aus. Eine andere Abteilung nahm mit Musketen an den Finknetzen Aufstellung, die Gesichter starr vor Konzentration.

»Der eine bricht aus, Sir!«

Bolitho hielt den Atem an. Der ihnen nächste Schoner begann stark zu krängen, sein mächtiges Großsegel fegte über Deck wie eine riesige Vogelschwinge, und er steuerte hart Backbord.

»Jesus! Der Kerl hat sich festgesegelt! Seht euch *das* an!« brüllte jemand.

Der Kapitän des Schoners hatte sich übel verschätzt. Denn während er sein Schiff durch den Wind bringen wollte, um auf neuem Bug mehr Raum zu gewinnen, war es aufgeschossen und lag nun mit chaotisch schlagenden Segeln unbeweglich da.

»Den nehmen wir zuerst!« rief Bolitho. »Backbordbatterie klar zum Feuern!«

Soames rannte an seinen Kanonen entlang, die Geschützführer hockten geduckt wie startende Läufer, visierten hinter den Verschlüssen durch die Stückpforten nach dem aufkommenden Ziel und hielten die Abzugsleinen straff.

Breitbeinig versuchte Bolitho, das nähere Schiff im Blickfeld zu behalten. Schon trieb es ungelenk quer zum Wind, deutlich war zu sehen, wie die Mannschaft auf dem schmalen Deck verzweifelt arbeitete, um es wieder unter Kontrolle zu bekommen. Die *Undine* kam so schnell auf, daß es jetzt nur noch zwei Kabellängen backbords vorauslag und zusehends größer wurde. Bolitho sah die fremdartige Flagge an der Gaffel: schwarz, mit einem roten Emblem in der Mitte – eine auf den Hinterbeinen stehende, die Tatzen hebende Raubkatze. Er schob das Glas mit einem so lauten Schnappen zusammen, daß Keen der Schreck in die Glieder fuhr.

Allday grinste. »Noch zwei Minuten, Captain – gerade richtig.« Er nickte zum Bug, wo der andere Schoner steten Kurs auf die Landzunge hielt. »Der läßt seinen Genossen anscheinend ruhig untergehen.«

Soames spähte angestrengt nach achtern. Sein gebogenes Entermesser blitzte in der hellen Sonne, als er es langsam über den Kopf hob. Er mußte genau in die Sonne blicken und verzog das Gesicht so stark, daß er wie irre zu grinsen schien.

Bolitho blickte zu Mudge hinüber. »Lassen Sie noch einen Strich abfallen!« Er rang sich ein Lächeln ab. »Keine Sekunde länger als unbedingt nötig, das verspreche ich Ihnen.«

Er zog seinen Degen und legte ihn lässig über die Schulter, fühlte den eiskalten Stahl durch das verrutschte Hemd.

Heiser meldete der Rudergänger: »Nordnordwest liegt an, Sir!«

Zum Fieren der Brassen blieb keine Zeit mehr, als die *Undine* noch näher auf die Küste zuhielt, so daß der schwer kämpfende Schoner endlich ins Schußfeld der gespannt lauernden Geschützführer kam.

»Feuer frei, Mr. Soames!« rief Bolitho.

»Achtung!« blaffte Soames. Mit großen Sprüngen rannte er nach achtern und blieb bei jedem Geschütz kurz stehen, um die Ausrichtung des Rohres zu kontrollieren. Offenbar zufrieden, sprang er zur Seite. »Feuer!«

Bolitho erstarrte, als der Schiffsrumpf die Breitseite unregelmäßig und erschauernd aushustete. Soames hatte gute Arbeit geleistet. Er hatte eine plötzliche Bö, welche die Fregatte ein Stück weiter nach Lee schob, sehr geschickt mit einkalkuliert und in dem Moment gefeuert, als die *Undine* sich wieder hob, so daß die Salve das gesamte Deck des Feindes bestrich.

Bolitho griff nach einem Stag; seine Augen waren voller Pulverqualm, den der Wind auch durch die Pforten ins Schiff drückte. Überall fluchten hustende Männer im dicken, braunen Dunst; aber Befehle und Drohungen brachten sie dazu, daß sie trotzdem unverzüglich die Rohre auswischten und neu luden, für den Fall, daß eine weitere Breitseite nötig wurde.

Endlich hatte sich der Qualm vom Achterdeck verzogen, und Bolitho konnte den Schoner sehen. Was für ein Anblick: kein Mast stand mehr, und das Deck war fast begraben unter einem Chaos von gefallenen Spieren und zerfetzter Leinwand. Der Schoner war ein Wrack.

»Gehen Sie wieder auf Nordwest zu Nord, Mr. Mudge!«

Bolitho konnte nicht sehen, was der Steuermann für ein Gesicht machte: erleichtert und bewundernd. In seinen Ohren dröhnte noch der Donner der Kanonen und der schärfere, stechende Knall der Sechspfünder auf dem Achterdeck. Hoffentlich hatten die weniger Erfahrenen unter den Geschützbedienungen daran gedacht, sich die Halstücher um die Ohren zu wickeln. Ein Mann, der in ungünstigem Winkel zum Geschütz stand, konnte von einem einzigen Schuß taub werden – oft für sein ganzes Leben.

»Ausrennen!« Soames blickte zu den Stückführern hinüber, die einer nach dem anderen die pulvergeschwärzte Faust hoben, um zu signalisieren, daß ihr Geschütz feuerbereit war.

»Jetzt auf den anderen!« brüllte Herrick. Er winkte Davy, der bei seiner Steuerbordbatterie stand; es war eine impulsive, ihm kaum zu Bewußtsein kommende Bewegung. Davy winkte zurück, verkrampft und marionettenhaft. Als sie hinter dem zweiten Schoner hersegelten, schob sich Midshipman Penn sachte ein Stückchen zur Seite, um gegebenenfalls hinter seinem Leutnant Deckung zu finden.

Herrick lachte laut auf. »Bei Gott, der junge Penn hat die richtige Idee, Sir.« Er blickte zu dem steif stehenden Wimpel empor. »Der Wind ist uns immer noch wohlgesonnen, das hebt die Stimmung der Leute.«

Bolitho sah ihn nachdenklich an. Später würden sie darüber reden. Aber wenn man mittendrin steckte, zwischen allen anderen, dann hatten Diskussionen wenig Sinn. Man wußte nie vorher, wie sich ein Mann verhalten würde, wenn es wirklich hart auf hart ging. Alles war drin: Stolz, Wut, Wahnsinn – und weiß Gott was noch. Selbst Herricks vertrautes Gesicht hatte sich verändert – und auch sein eigenes, zweifellos.

»Wir folgen ihm so dicht es geht unter Land«, sagte er. »Dann muß er sich entscheiden: streichen oder kämpfen.« Er nahm die Degenklinge von seiner Schulter. Jetzt war die Eiseskälte einer Hitze gewichen, als sei der Stahl ein heißgeschossener Flintenlauf.

»Der Steuermann ist ein Narr«, bemerkte Mudge. »Er hätte viel früher wenden sollen. Ich hätte es so gemacht. Vor unserem Bug vorbeikreuzen, ehe wir ihn hätten wegputzen können.« Er grunzte verächtlich. »Eine zweite Chance kriegt er nicht.«

Bolitho blickte zu ihm hinüber. Mudge hatte natürlich recht. Die *Undine* trieb ein gefährliches Spiel, indem sie so leichtsinnig eine Leeküste ansegelte; aber die beiden Schoner hatten noch viel mehr riskiert.

Eben sagte Herrick: »Prisenkommando auf den einen, und den anderen nehmen wir in Schlepp, wie? Wir sollten ganz schönes Geld für die beiden Schoner bekommen, Sir, auch wenn der eine kaum mehr als eine Hulk ist.«

Bolitho beobachtete den zerschossenen Schoner und erwiderte nichts. War Muljadi an Bord gewesen? Sterbend oder vielleicht schon tot unter seinen Männern? Das wäre immer noch besser für ihn, dachte er, als Puigserver in die Hände zu fallen.

»An Deck!« Der Ruf des Ausgucks ging fast unter im Brausen der Gischt und dem Rauschen des Windes. »Schiff achteraus an Backbord!«

Bolitho fuhr herum und dachte eine Sekunde lang, der Ausguck sei zu lange in der Sonne gewesen. Erst konnte er nichts sehen, aber dann erkannte er Fock und Vormarssegel eines anderen Schiffes, das gerade die letzte Landspitze rundete, von der sie sich vorhin so vorsichtig in Verfolgung des Schoners freigehalten hatten.

»Wer ist das?« fragte Herrick bestürzt und starrte Bolitho an. »Die *Argus*?«

Der nickte grimmig. »Ich befürchte es, Mr. Herrick.«

Er versuchte, gleichmütig zu sprechen, obwohl alles in ihm danach schrie, etwas zu unternehmen, das Unmögliche zu wagen. Wie leicht er es ihnen gemacht hatte! Er hatte sich von den beiden Schonern ablenken lassen wie ein Fuchs, der zwei Hasen auf einmal jagen will. Le Chaumareys mußte ihnen längs der Küste gefolgt sein – er hatte Bolithos Gedankengänge erraten, ohne ihn auch nur zu sehen.

»Dann, bei Gott«, rief Herrick aus, »werden wir diesen Franzosen zum Teufel jagen! Der hat hier gar nichts zu suchen!«

»Sie kommt schnell auf, Sir!« rief Keen.

Bolitho spähte hinüber. Die *Argus* war an Backbord schon fast in Höhe ihres Achterdecks, nahm ihnen den Wind weg, genau wie er selbst es mit den Schonern hatte machen wollen. Jetzt saß die *Undine* in der Falle. Sollte er auflaufen oder versuchen, sich nach Luv durchzukämpfen? Die Sonne blitzte auf der ihnen zugekehrten Rumpfseite der mächtigen Fregatte, und über ihrem milchigen Fahrwasser wurden kleine Schattenstriche sichtbar – sie rannte ihre Breitseite aus. Bolitho dachte an den Mann, der diese Kanonen befehligte. Wie mochte ihm in diesem Augenblick zumute sein?

Leise fragte Herrick: »Achtzehnpfünder, nicht wahr, Sir?« Gespannt blickte er Bolitho ins Gesicht, als hoffe er, sein Kapitän würde die Stärke des Gegners bestreiten.

»Ja«, sagte Bolitho und holte Atem, denn an der Gaffel des Franzosen stieg eine Flagge hoch: schwarz und rot wie die auf den beiden Schonern. Also fuhr er mit Kaperbrief. Als Mietling einer fremden Macht, und die Flagge sollte den Anschein der Legalität wahren.

Keen setzte sein Teleskop ab und sagte hastig: »Sie ist jetzt fast in Höhe des entmasteten Schoners, Sir.« Es gelang ihm, in ruhigem Ton zu sprechen, aber seine Hände zitterten heftig. »Es sind ein paar Männer im Wasser. Vermutlich über Bord gegangen, als die Masten runterkamen.«

Bolitho nahm das Glas. Ihm wurde kalt, als er sah, wie die Fregatte mitten durch die Schiffbrüchigen segelte und einige sogar überrannte. Wahrscheinlich sah der Kapitän nur die *Undine* und hatte die Unglücklichen überhaupt nicht bemerkt.

Er sprach lauter als sonst und hoffte nur, die anderen würden nicht gänzlich den Mut verlieren, weil seine Stimme so seltsam klang. »Wir ändern gleich den Kurs.« Den unausgesprochenen Protest in Mudges finsterem Gesicht ließ er unbeachtet. »Aber jetzt – Bramsegel weg, Mr. Herrick. Das erwartet der Franzose von uns, als Vorbereitung zum Kampf.« Und mit einem Blick auf Mudge: »Mit etwas weniger Tuch bleibt uns etwas mehr Platz, um ihm die Stirn zu bieten.«

»Das heißt also, wir segeln vor ihrem Bug vorbei, Sir«, erwiderte Mudge heiser. »Aber selbst wenn wir durch den Wind kommen, ohne daß es uns die Rahen abreißt – was dann? Dann überholt uns die *Argus* achtern und verpaßt uns dabei eine Breitseite ins Heck!«

Bolitho blickte ihm kühl ins Gesicht. »Ich rechne darauf, daß er unbedingt den Windvorteil behalten will, denn sonst werden die Rollen vertauscht.« Aber in Mudges winzigen Augen las er kein Begreifen. »Oder wollen Sie lieber, daß ich die Flagge streiche, he?«

Mudge wurde rot vor Wut. »Das war nicht fair, Sir!«

Bolitho nickte. »Ein Seegefecht ist es auch nicht.«

Mudge wandte den Blick ab. »Ich werde mein Bestes tun, Sir. Ich bringe sie so hart an den Wind wie noch nie.« Er tippte auf die Kompaßbussole. »Wenn der Wind hält, sollten wir fast genau West steuern können.« Er trat zum Ruder. »Mit Gottes Hilfe!«

Eben rutschten die Toppmatrosen wieder an Deck, und Bolitho spürte, wie die *Undine* unter Mars- und Vorsegeln ins Stampfen geriet. Mit einem raschen Blick stellte er fest, daß sein Gegner desgleichen tat. Der brauchte sich keine Sorgen zu machen; die *Undine* mußte sich zum Kampf stellen, sie hatte gar keinen Seeraum zur Flucht. Langsam schritt er auf und ab, trat, ohne hinzusehen, über die Zugleinen der Sechspfünder, streifte im Vorbeigehen den gebeugten Rücken eines Matrosen am Geschütz. Sicherlich beobachtete der Kapitän der *Argus* jede seiner Bewegungen. Seine Chance – wenn er überhaupt eine bekam – würde nur Sekunden, bestenfalls wenige Minuten dauern. Er blickte zur Landzunge hinüber. Sie wirkte jetzt sehr nahe, öffnete sich an Backbord wie ein riesiger Schlund, der das Schiff als Ganzes verschlingen wollte.

Dann trat er an die Achterdeckreling und rief: »Mr. Soames! Ich brauche eine Breitseite, sowie wir wenden! Die Chance, daß Sie ihn treffen, ist nur gering, aber die plötzliche Attacke wird ihn vielleicht verwirren.« Langsam glitten seine Blicke über die emporgewandten Gesichter auf dem Geschützdeck. »Das Nachladen und Ausrennen muß schneller gehen als je zuvor. Die *Argus* ist ein starkes Schiff und wird ihr schweres Kaliber voll einsetzen. Wir müssen nahe heran.« Sein Grinsen fühlte sich wie eingefroren an. »Zeigt ihnen, daß wir besser sind, ganz egal, unter welcher Flagge sie fahren!«

Ein paar Mann schrien hurra, aber es war kein beeindruckender Salut.

Gelassen sagte Herrick: »Klar zur Wende, Sir.«

Stille. Bolitho blickte noch einmal hinauf, der Wimpel stand wie vorhin. Wenn der Wind etwas rückdrehen wollte, wäre das eine kleine Hilfe. Aber ein Ausschießen wäre katastrophal. Eben stapfte Soames nach achtern und verschwand unter Deck. Er wollte die Heckzwölfpfünder inspizieren, die, sobald das Schiff auf dem neuen Bug lag, als erste den Gegner vor die Pforten bekommen würden. Davy stand am Fockmast und schickte einige Leute seiner Geschützbedienungen als Verstärkung der Backbordbatterie nach achtern. Wenn die Achtzehnpfünder der *Argus* erst Ernst machten, würden sie viele Ersatzleute brauchen, dachte Bolitho grimmig.

Er blickte Herrick an und lächelte. »Na, Thomas?«

Der zuckte die Schultern. »Ich sage Ihnen, was ich davon halte, wenn es vorbei ist, Sir.«

Bolitho nickte. Es war ein enervierendes Gefühl. Selbstverständlich war es das immer, doch leider jedesmal schlimmer als beim letztenmal. In einer Stunde, in Minuten, konnte er tot sein. Und dann würde sein Freund Thomas Herrick eine Schlacht ausfechten müssen, die er nicht gesucht hatte; oder vielleicht tödlich getroffen im Orlopdeck liegen und sich die Seele aus dem Leib brüllen.

Und Mudge – ein großartiger Seemann mit einem reichen Schatz an Erfahrungen. Er hätte bereits den Dienst quittiert; wenn ihm diese Einberufung nicht dazwischengekommen wäre, würde an Land bei seinen Kindern leben.

»Also dann«, befahl Bolitho kurz. »Ruder legen!«

»An die Brassen! Aber lebhaft!«

Die *Undine* erschauerte und stöhnte protestierend unter dem donnernden Druck des Windes und dem wilden Schlagen der Segel. Bei dem harten Kurswechsel krängte sie so stark, daß Gischt in die offenen Stückpforten sprühte. Aus den Augenwinkeln sah Bolitho, wie die Bramsegel der *Argus* über seinen Finknetzen emporwuchsen und ihr Umriß sich verkürzte, als die *Undine* um ihren Bug bog. Ein Geschütz krachte, aber die Kugel fuhr jaulend hoch über ihnen davon. Jemand mußte zu früh abgezogen haben, oder vielleicht hatte der französische Kapitän auch schon gemerkt, was sie vorhatten.

Soames war bereit und wartete auf freies Schußfeld. Und dann erzitterte das ganze Deck unter dem Krachen der ersten Geschütze. Qualm wirbelte auf und stieg als zerflatternde Wolke über die Finknetze. Geschütz nach Geschütz feuerte, den ganzen Rumpf entlang, vom Heck bis zum Bug. Auch die Sechspfünder mischten sich ein, als die *Argus* an jeder einzelnen der schwarzen Mündungen vorbeiglitt. Bolitho sah, wie ihre Fock unter den Einschlägen bebte. Soames' Geschützbedienungen feuerten, luden, feuerten nochmals, und wie durch Zauber erschienen Löcher in den Segeln der *Argus*. Nun sah Bolitho auch, daß die Landzunge bereits an Steuerbord achteraus lag. Der Schoner, der sich in die nächste Bucht schlich, war schon ganz winzig.

»West zu Nord, Sir – voll und bei!« brüllte Mudge. Er hielt sich an der Nagelbank des Besan fest und wischte sich die Augen mit seinem Taschentuch. »So hoch am Wind, wie es geht, Sir!« fügte er hinzu und deutete zum Topp, wo der Wimpel beinahe mittschiffs flatterte.

Bolitho fuhr zusammen, als die Sechspfünder wieder krachten. Dicht neben ihm stieß ein Rohr auf seiner Lafette zurück, bis es von der Halterung gebremst wurde. Schon war die Bedienung dabei, es auszuwischen, der Geschützführer holte vom Kugelrack ein neues Geschoß, weiß starrten die Augen und Zähne in den pulvergeschwärzten Gesichtern, die Stimmen gingen unter im Krachen und Brüllen der Geschütze, die schweren Rohre quietschten beim Ausfahren wie wilde Eber.

Endlich folgte die *Argus* Bolithos Manöver. Mit hartgebraßten

Rahen schwang sie herum, um den Wind einzufangen und die *Undine* in Lee zu halten. Und da sah er auch schon die langen, gelb-roten Feuerzungen aus ihren Stückpforten fahren; gelassen, ohne Eile, sorgfältig gezielt, kam Schuß auf Schuß durch den Wirbel aus Pulverdampf und Gesicht. Eine Kugel jaulte über das Achterdeck, durchschlug das Großmarssegel und klatschte querab ins Wasser. Andere aber trafen den Rumpf – ob über der Wasserlinie oder darunter, wußte Bolitho nicht. Er hörte Schreie hinter dem beißenden Qualmvorhang, sah Männer hierhin und dorthin rennen wie verlorene Seelen in der Hölle, sah sie neue Ladungen in die Rohre rammen und ihre schweißglänzenden, pulvergeschwärzten Körper in die Zugleinen werfen, wieder und immer wieder.

Über dem Krachen vernahm er Soames' tiefe, schimpfende und anfeuernde Stimme, die die Männer an ihren Geschützen hielt. Vom Vormast krachte das Drehgeschütz; vermutlich feuerten die Seesoldaten mehr, um ihre Angst abzureagieren, als in der Hoffnung, etwas zu treffen. Unter dem Achterdeck schien eine Stückpforte in einem mächtigen Flammenausbruch zu explodieren, und Bolitho sah, wie Männer und Körperteile in alle Richtungen geschleudert wurden; die Kugel hatte auch das Schanzkleid zerrissen, lauter spitzige Splitter schwirrten wie furchtbare Pfeile umher.

Heulend, die Hände vor dem, was von seinem Gesicht übriggeblieben war, stürzte ein Seesoldat von den Netzen weg. Andere standen oder knieten bei ihren gefallenen Kameraden, schossen, luden, schossen aufs neue, solange noch Leben in ihnen war.

Eine Fallbö wirbelte den Qualm hinweg, und Bolitho erblickte die Rahen und die durchlöcherten Segel der feindlichen Fregatte kaum fünfzig Meter entfernt. Gedämpftes Sonnenlicht spielte auf den Haken und Messern des Gegners, der sich zum Entern fertigmachte oder zur Abwehr ihres Angriffs. Noch eine Reihe feuriger Zungen stieß durch den Qualm, zusammenzuckend spürte er, wie sich die Planken unter seinen Füßen bogen. Mit dumpfem Krach stürzte ein Geschütz um oder zersprang in Stücke.

Das Großbramsegel oben war nur noch ein Fetzen, aber Spieren und Rahen schienen intakt. Ein verwundeter Matrose klammerte sich an die Großbramrah, Blut rann an seinem Bein entlang und tropfte hinunter aufs Deck. Ein anderer hatte ihn erreicht und zog ihn in Sicherheit; beide duckten sich unter die Rah; sie hingen in den zerrissenen Tauen wie zwei Vögel mit gebrochenen Schwingen.

»Er will uns manövrierunfähig schießen und dann als Prise aufbringen!« brüllte Herrick.

Bolitho hatte eben einen Verwundeten von einem Sechspfünder weggezogen. Er nickte, denn er konnte sich schon denken, was die *Argus* wollte: ein weiteres Schiff für Muljadis Flotte, vielleicht um die *Argus* abzulösen, damit sie nach Frankreich zurückkehren konnte. Der bloße Gedanke fuhr ihm wie ein Messer durchs Herz.

»Hart Ruder legen! Wir rammen!« Seine Stimme kam ihm selbst ganz fremd vor. »Davy soll die Enterhaken klarmachen!« Er faßte Herrick beim Arm. »Wir *müssen* entern! Er schießt uns sonst in Fetzen.« Eine Kugel flog dicht an seinem Kopf vorbei; er hörte sie in das gegenüberliegende Schanzkleid einschlagen, und eine Wolke von Splittern flog wie tausend Pfeile über das Deck. Herrick schrie Mudge etwas zu, dann den Männern an den Brassen; durch den Qualm sah Bolitho den schattenhaften Umriß der *Argus* turmhoch über ihrer Back stehen und die Männer auf dem Vorschiff durcheinanderrennen, als die beiden Schiffe aufeinander zuhielten. Das Prasseln des Musketenfeuers wurde vom Schlagen der Segel übertönt, die jetzt aus dem Wind gerieten. Lustlos fiel ihr Schiff ab.

Herrick war in einer Blutlache ausgerutscht; er keuchte: »Hat keinen Zweck! Zu weit für die Enterhaken!«

Bolitho starrte an ihm vorbei. Der Gegner schob sich bereits vor, er lag quer vorm Bug der *Undine*; ein paar Schüsse krachten, die *Argus* drehte vor den Wind, änderte leicht den Kurs und nahm Fahrt auf, während die *Undine*, hilflos und mit fast backstehenden Segeln weiter abtrieb.

Die *Argus* wollte anscheinend die *Undine* nochmals aus allen Rohren beharken, aber dann Bolitho Zeit geben, die Flagge zu streichen, ehe sie sein Heck kreuzte und ihm den Gnadenstoß gab.

Herrick zog ihn am Ärmel.

»Was ist?«

Herrick deutete nach oben, wo ein paar Sonnenstrahlen einen Weg durch den wirbelnden Rauch fanden. »Der Ausguck, Sir! Er hat Segel westlich voraus gemeldet!« Seine Augen glänzten hoffnungsvoll. »Der Franzose zieht ab!«

Wie betäubt blickte Bolitho ihn an. Es stimmte; er mußte die Meldung wohl überhört haben, halb taub wie er war vom Donnern der Geschütze oder von seiner Verzweiflung umnebelt. Jedenfalls hatte die *Argus* bereits ihr Großsegel gesetzt und hielt vor dem Wind rasch auf die offene See zu.

»Alle Mann an die Brassen, Mr. Herrick!« befahl Bolitho. »Gehen Sie wieder auf Backbordbug. Wenn wir mit dem Schiff dort Signalverbindung bekommen, können wir vielleicht die Verfolgung aufnehmen.«

Er hörte einen unterdrückten Schrei, wandte sich um und sah zwei Matrosen bei Keen knieen, der auf den Planken lag. Der Midshipman versuchte, sich an den Leib zu fassen, aber der eine Matrose hielt ihm die Handgelenke fest, während der andere ihm die blutige Hose mit seinem Dolch aufschlitzte und die Hälften zur Seite klappte. Ein paar Zoll über der Leistenbeuge ragte etwas wie ein gebrochener Knochen heraus; aber es war etwas weit Schlimmeres: ein Holzsplitter vom Deck, wahrscheinlich so zerfasert, daß er wie ein Widerhaken festsaß.

Bolitho kniete nieder und tastete vorsichtig danach; Blut pulsierte über den Schenkel des Jungen, der die Schmerzensschreie zurückhielt und nur leise stöhnte. Bolitho dachte an Whitmarsh; aber der war weit weg in Pendang Bay und behandelte die Kranken und Verwundeten der Garnison.

Der eine Matrose sage: »Ohne Hilfe schafft er's nicht, Sir. Ich hole einen Sanitätsgasten.«

Aber da kniete Allday neben ihm. »Ich mach' das schon«, sagte er grimmig entschlossen. »Ruhig, Mr. Keen. Gleich sind Sie wieder auf den Beinen.«

Bolitho stiegen vor Wut und Verzweiflung die Tränen in die Augen. Was hatte er ihnen allen angetan? Er berührte die nackte Schulter des Midshipman, sie war so glatt wie die einer Frau. Der Junge hatte noch nicht richtig zu leben begonnen.

»Schaffen Sie das, Allday?« fragte er kurz.

Gelassen blickte der Bootsmann auf. »So gut wie die anderen Schlächter auch.«

Davy kam eilig nach achtern und faßte an seinen Hut. »Ausguck meldet, das Schiff ist die *Bedford,* Sir. Der Franzose muß sie für ein Kriegsschiff gehalten haben.« Da sah er Keens Wunde. »Mein Gott!« murmelte er heiser.

Die Finger des Verletzten krümmten sich wie gefangene Tiere unter dem starken Griff des Matrosen. Schwerfällig stand Bolitho auf. »Also gut, Allday, schaffen Sie ihn in meine Kajüte. Ich komme selbst, sobald ich hier fertig bin.«

Allday sah zu ihm hoch. »Machen Sie sich keine Vorwürfe,

Captain. So was ist eben Glückssache. Wir kommen auch noch dran.« Er nickte den beiden Matrosen zu. »Nehmt ihn hoch!«

Keen stieß einen scharfen Schrei aus, als sie ihn zum Kajütniedergang trugen, und ehe er unter Deck verschwand, sah Bolitho noch, daß seine Augen in den Himmel über den zerfetzten Segeln starrten. Wollte er sich daran festhalten? Und durch dieses Bild am Leben selbst?

Bolitho bückte sich und nahm Keens Dolch von dem blutbesudelten Deck auf. Er gab ihn Davy und sagte: »Wir werden mit der *Bedford* Kontakt aufnehmen. Im Augenblick können wir nichts weiter tun, als zum Stützpunkt zurückzukehren.«

»Gerettet durch die alte *Bedford*!« sagte Herrick bitter. »Ein lausiges Transportschiff aus Madras, vollgestopft mit seekranken Soldaten und ihren Weibern!«

Sorgfältig brachte der Rudergänger die *Undine* auf Kurs zurück, wobei er geschickt den Kraftverlust ausglich, der durch die Löcher in den Segeln entstand.

»Wenn die *Argus* das gewußt hätte«, sagte Bolitho, »dann hätte sie uns alle beide fertiggemacht.« Er sah die Bestürzung in ihren Gesichtern und fügte kurz hinzu: »Aber dabei wäre sie selbst draufgegangen.« Er warf einen Blick nach oben, zum Wimpel am Masttopp, und dann auf seine Uhr. Das ganze Seegefecht hatte weniger als zwei Stunden gedauert, und schon war die *Argus* fast in dem Dunst verschwunden, der vor der Küste lag und das Nahen des Abends verkündete. Er beschattete die Augen und schaute nach der *Bedford* aus; wie kleine gelbe Muscheln standen ihre Bramsegel an der Kimm.

Dann blickte er sich um. Zersplitterte Planken; die Toten, die unter dem Luv-Decksgang aufgereiht worden waren. Es gab viel zu tun; er durfte die Zügel keine Minute lockerlassen, wenn die Männer ihren Kampfeswillen behalten sollten – sie würden ihn noch brauchen. Wieder brachten sie einen Toten von der Kampanje herbei. Er mußte sich mit den Schadensmeldungen befassen, die Ausfälle ersetzen, Reparaturen anordnen. Und die Bestattungen.

Aus dem Oberlicht der Kapitänskajüte drang ein scharfer Schrei – dort unten lag Keen, und Allday versuchte, den Splitter herauszuholen.

»Ich gehe nach unten, Mr. Herrick«, sagte er. »Befassen Sie sich mit den Schadens- und Verlustmeldungen!«

Bolitho eilte am Wachtposten vorbei und blieb dann stehen. Es war sehr still in der Kajüte. Keen lag still und nackt auf dem Fußboden. War es schon zu spät?

»Alles vorbei, Captain«, sagte Allday und hielt den blutigen Holzsplitter mit einer Pinzette hoch. »Für so einen jungen Bengel hat er sich tapfer gehalten.«

Bolitho blickte auf Keens aschgraues Gesicht hinunter. Seine Lippen waren blutig. Ein Matrose hatte ihm einen Lederriemen zwischen die Zähne gezwängt, damit er sich nicht die Zunge durchbiß. Noddall und der zweite Matrose legten ihm einen Verband an, und es roch stark nach Rum.

»Danke, Allday«, sagte Bolitho leise. »Ich wußte nicht, daß Sie auch davon etwas verstehen.«

Allday schüttelte den Kopf. »Hab's auch nur einmal gemacht, bei einem Schaf. Das arme Vieh war von einer Klippe auf einen jungen Baumstumpf gefallen. Kein großer Unterschied.«

Bolitho trat zum Heckfenster und füllte sich die Lungen mit frischer Luft. »Das müssen Sie Mr. Keen erzählen, wenn er wieder zu sich kommt.« Er wandte sich um und sah Allday ins Gesicht. »Wird er wieder ganz gesund?«

Allday nickte. »Ja. Einen Zoll weiter, dann wäre es aus gewesen.« Er sah, wie Bolitho zusammenzuckte, und rang sich ein Grinsen ab. »Jedenfalls was die Mädchen betrifft.«

Die Tür ging auf, und Herrick meldete: »Wir sind auf Signaldistanz mit der *Bedford*, Sir.«

»Ich komme an Deck.« Bolitho hielt inne und warf noch einen Blick auf Keen. Der Junge atmete schon leichter, das sah man deutlich. »Die Verluste?«

Herrick senkte den Kopf. »Zehn Tote, Sir, und zwanzig Verwundete. Ein Wunder, daß wir nicht mehr verloren haben. Der Zimmermann und seine Leute sind schon unten, aber die meisten Löcher scheinen über der Wasserlinie zu liegen. Die *Undine* hat Glück gehabt, Sir.«

Bolitho blickte von Herrick zu Allday. »*Ich* habe Glück gehabt.« Dann ging er aus der Kajüte.

Allday schüttelte den Kopf und seufzte, und es roch noch stärker nach Rum. »Wenn Sie mich fragen, lassen Sie ihn lieber in Ruhe, Mr. Herrick, Sir.«

Herrick nickte. »Ich weiß. Aber er nimmt sich diesen Rückschlag sehr zu Herzen, obwohl ich keinen Kapitän kenne, der sich besser aus der Affäre gezogen hätte.«

Allday senkte die Stimme. »Aber *ein* Kapitän war heute besser. Und unserer wird nicht ruhen, bis er ihn wieder vor den Rohren hat.«

Keen stieß einen leisen Seufzer aus, und Allday schnauzte die Matrosen an: »Los, ran, ihr Faulpelze! Eine Schüssel neben seinen Kopf! Ich habe ihm so viel Rum in die Eingeweide gepumpt, daß er die ganze Kajüte vollkotzen wird, wenn er wieder aufwacht!«

Herrick schritt lächelnd zur Tür. Die Matrosen zurrten die Geschütze wieder fest und grinsten ihn an, als er vorbeiging. Einer rief: »Den Scheißkerlen haben wir's aber gezeigt, Sir, wie?«

Herrick blieb stehen. »Jawohl, das haben wir, Jungs. Der Captain ist stolz auf euch.«

Die Matrosen grinsten noch breiter. »Aye, Sir. Ich hab ihn gesehen. Mitten im dicksten Beschuß ist er rumspaziert, als ob er in Plymouth wäre. Hoho! Da hab' ich gewußt, wir schaffen es.«

Herrick kletterte nach oben in die Sonne und starrte auf die zerfetzten Segel. Wenn ihr wüßtet, dachte er trübe.

Die anderen Leutnants und die Deckoffiziere waren bereits auf dem Achterdeck versammelt und gaben ihre Meldungen ab. Bolitho lehnte am Großmast. Als er Herrick sah, meinte er: »Uns bleibt noch eine ganze Weile Tageslicht. Wir werden die zerschossenen Segel und das laufende Gut auswechseln lassen, so lange es noch hell ist. Ich habe Befehl gegeben, daß in der Kombüse Feuer gemacht wird. Die Leute sollen anständig zu essen bekommen.« Er deutete auf das schwerfällige Transportschiff, das nun knapp eine Meile entfernt war. »Wir könnten uns sogar von denen ein paar Helfer ausleihen, was?«

Herrick sah, daß die anderen nur halb zuhörten; sie waren noch abgestumpft von der Anstrengung und dem Schock, den sie erst jetzt richtig spürten. Vermutlich war es dieser andere Bolitho – kühl, selbstsicher, den Kopf schon wieder voll neuer Ideen –, den jener Matrose von der Geschützbedienung während des Gefechtes zu sehen geglaubt hatte.

Aber daß er, Herrick, den richtigen Bolitho kannte, der sich hinter dieser Maske verbarg, das machte ihn plötzlich so stolz, daß alle Erschöpfung von ihm abfiel.

XII Sturm

Wie ein Scherenschnitt stand die Gestalt des Konteradmirals vor dem farbenfrohen Viereck des Fensters; obwohl er Bolitho den Rücken zuwandte, konnte dieser erkennen, daß Conway vor Ungeduld fast zersprang. Draußen vor dem Fenster, still und friedlich im Spiel der in der Abendsonne ständig wechselnden Schatten, ankerten die Schiffe.

Die *Undine* lag etwas abseits von dem ungefügen Transporter und der kleinen Brigg; die Schäden, welche die Achtzehnpfünder der französischen Fregatte angerichtet hatten, waren nicht mehr zu erkennen. Gelegentlich, wenn das Stimmengewirr verstummte, hörte Bolitho das Klopfen und Hämmern, das Knirschen der Sägen – die *Undine* bot nur aus der Ferne einen so schmucken Anblick.

Nach der Hitze draußen in der Bucht kam es ihm in dem großen Raum mit den Balkenwänden kühl vor; obwohl die Männer, die darin saßen, so aussahen, als hätten sie sich seit ihrer letzten Begegnung kaum bewegt, hatte sich doch der Raum selber in der kurzen Zeit beträchtlich verändert. Es gab mehr Möbel, ein paar Teppiche, eine ganze Sammlung von blitzenden Karaffen und Gläsern – man hatte den Eindruck, in einer Wohnstätte zu sein, nicht mehr in einer belagerten Festung.

Don Luis Puigserver hockte auf einer messingbeschlagenen Truhe und nippte an seinem Wein. Ihm gegenüber saß James Raymond an dem mit Papieren bedeckten Schreibtisch und machte ein todernstes, verkniffenes Gesicht. Der Kapitän der Brigg, Hauptmann Vega von der ursprünglichen spanischen Garnison und zwei Offiziere der *Bedford* in roten Uniformen vervollständigten die kleine Versammlung. Einen der letzteren, einen breitgesichtigen Mann, der als Major Frederick Jardine vorgestellt worden war und die von Madras gekommenen Soldaten befehligte, erkannte Bolitho sofort wieder: er hatte ihn in Madras mit Viola Raymond zusammen gesehen. Jardine ließ die bösartigen kleinen Schweinsaugen kaum einen Moment von Bolitho. Der andere Offizier, ein Hauptmann Strype, war sein Stellvertreter und vollkommenes Gegenteil: lang und dünn wie ein Stock, lispelnd unter seinem schwarzen Schnurrbart, und wenn er lachte, klang das wie ein kurzes Bellen. Er kam Bolitho ziemlich dumm vor, hatte jedoch offenbar großen Respekt vor seinem Vorgesetzten.

Eben sagte Conway scharf: »Natürlich bin ich höchst betroffen zu hören, daß die *Argus* Sie angegriffen hat, Captain Bolitho.«

»Ein unrechtmäßiger Angriff obendrein«, warf Raymond dazwischen.

Conway wandte sich um. In der Abendsonne bekam sein graues Haar einen strohgelben Schimmer. »Aber nicht unerwartet, Raymond. Ich jedenfalls habe damit gerechnet. Es war von Anfang an klar, daß die Franzosen die Hände im Spiel haben. Wir hatten Glück, daß das Erscheinen der *Bedford* ihre Absicht, Captain Bolithos Schiff zu kapern, vereitelt hat. Das hätten sie doch geschafft, wie?« fragte er schneidend.

Bolitho spürte aller Augen auf sich. »Ich glaube ja, Sir.«

Conway nickte lebhaft. »Gut. Gut, Bolitho. Ich wollte die Wahrheit hören, und ich weiß, was es Sie kostet, sie auszusprechen.«

Raymond versuchte nochmals, seinen Standpunkt zu vertreten. »Ich glaube, Sir, wir sollten unverzüglich die Brigg mit Depeschen nach Madras schicken. Möglicherweise wird Sir Montagu Strang zu der Überzeugung kommen, daß weitere Operationen hier nicht ratsam sind.« Conway richtete sich starr auf, aber Raymond redete weiter: »Später können neue Pläne gemacht werden. Bis dahin müssen wir diesen Angriff als Warnung betrachten.«

»Warnung?« knurrte Conway. »Bilden Sie sich ein, daß ich mich von einem verdammten Piraten auch nur eine Minute ins Bockshorn jagen lasse und damit die ganze Aufgabe in Frage stelle, die ich eben erst übernommen habe?« Er trat dicht an Raymond heran. »Nun? Bilden Sie sich das tatsächlich ein?«

Raymond wurde blaß, aber er erwiderte stur: »Ich bin im Auftrag der Regierung hier, Sir. Als Ratgeber. Die Franzosen müssen doch begriffen haben, daß Sie ausmanövriert sind, ehe Sie überhaupt angefangen haben. Wenn dieser Muljadi in den hiesigen Gewässern ungehindert rauben und morden kann, dann ist es unmöglich, aus Pendang Bay eine neue, blühende Handelsniederlassung zu machen. Keine Gesellschaft würde sich darauf einlassen.« Er wandte sich an den Kapitän der Brigg. »Ist dem nicht so?«

Düster nickte der Mann. »Wir brauchen mehr Schutz, Sir.«

Triumphierend fuhr Raymond fort: »Genau! Und das wollen die Franzosen bezwecken. Wenn wir noch mehr Kriegsschiffe für den Patrouillendienst in diesen Gewässern anfordern, dann haben sie einen Grund, außer der *Argus* weitere Schiffe zu schicken, um das Kräftegleichgewicht zu halten.«

Conway starrte ihn wütend an. »Dann sollen sie doch!«

»Nein, Sir. Das würde Krieg bedeuten. Die *Argus* ist durch ihren Kaperbrief gedeckt. Muljadi hat eine eigene Flotte und wird außerdem von seinen französischen Freunden unterstützt. In Indien gibt es tausend Muljadis. Manche sind echte Herrscher, und manche haben weniger Untertanen, als Captain Bolitho zur Zeit Matrosen hat. Wir alle wollen Frieden und unseren Handel bis nach China ausdehnen, wenn es geht, und noch weiter. Dort gibt es Reichtümer, von denen wir nur träumen können, Länder, deren Bewohner noch nie von König George oder König Louis gehört haben.«

Gelassen warf Bolitho ein: »Wenn ich Sie richtig verstanden habe, Sir, sind Sie der Meinung, daß sich der Gouverneur zurückziehen sollte?«

Raymond lächelte kühl. »So wie Sie sich zurückgezogen haben, nicht wahr?«

Bolitho trat zum Fenster und blickte auf sein Schiff hinunter. Damit gewann er Zeit, die aufsteigende Wut, die ihm den Blick trübte, abklingen zu lassen. In der unteren Einfriedung saß Midshipman Keen mit einem Schiffsjungen von der *Nervion*, der ihm als Pfleger zugeteilt war und aufpassen sollte, daß Keen nicht zu viel herumlief. Es war noch nicht ganz sicher, ob er sich von seiner Verwundung erholen würde. War das tatsächlich erst vorgestern gewesen? Der Qualm, der Kanonendonner, die Erschöpfung nach den anstrengenden Reparaturarbeiten. Dann die Bestattungen auf See – jeder Leichnam mußte gut beschwert sein, ehe man ihn über Bord warf, damit die streunenden Haie keine Zeit hatten, zuzupacken.

»Soviel ich weiß, Mr. Raymond«, entgegnete Bolitho, »haben Sie niemals Ihrem Vaterland mit der Waffe gedient?« Er wartete die Antwort nicht ab. »Hätten Sie jemals des Königs Rock getragen, so wüßten Sie, daß ein geordneter Rückzug nicht das Ende eines Kampfes bedeutet.«

Er vernahm Hauptmann Strypes meckernde Stimme: »Ach Gott, das war aber ein bißchen dünn, wie?«

Bolitho fuhr herum und erwiderte grob: »Ich sprach zu Mr. Raymond, Sir, nicht zu einem verdammten Söldner, der sich einbildet, ein richtiger Soldat zu sein, bloß weil er Hauptmann wurde!«

Don Puigserver setzte sein Glas heftig auf den Tisch. »Meine Herren! Ich weiß, daß Vega und ich hier nichts mehr zu sagen haben. Ich weiß aber auch, daß *Señor* Raymond wie auch der Gouverneur –«, er verbeugte sich leicht vor Conway –, »beide recht haben. Solange Muljadi hier ungehindert Einfluß ausübt, können Sie keine Fortschritte machen. Bekommen Sie militärische Verstärkung, so führt das nur zu weiteren Feindseligkeiten und stärkerem Engagement der Franzosen.« Er machte eine Pause und zuckte beredt mit den Schultern. »Und ich bezweifle, daß mein Land das ignorieren könnte.«

Dankbar für sein Eingreifen, nickte Bolitho ihm zu. Er wußte genau, noch eine Sekunde, und er hätte zuviel gesagt; auch Conway hätte ihm dann nicht helfen können, selbst wenn er gewollt hätte.

Major Jardine räusperte sich. »Trotz der Äußerungen des tapferen Captain«, sagte er, ohne Bolitho dabei anzublicken, »glaube ich, daß meine Truppe stark genug ist. Ich habe zweihundert Sepoys und eine Geschützbatterie auf Maultieren. Erfahrene Soldaten.« Er sprach undeutlich und schwitzte furchtbar, obwohl der Raum vergleichsweise kühl war.

Puigserver nickte ernst. »Wenn die *Nervion* hier wäre, hätte das alles nicht passieren können. Ein weiteres Schiff, das der *Argus* unsere Flagge zeigt, und Muljadi hätte seine Pläne zurückgestellt, wenn nicht ganz aufgegeben.«

»Aber sie ist nicht da«, entgegnete Conway, »nur die *Undine.*«

»Und die scheint sich nicht allzugut aus der Affäre gezogen zu haben«, nörgelte Jardine. Er wandte sich Bolitho zu, seine kleinen Augen glitzerten wie Stahl. »Wenn ich auch nur Soldat bin oder ein *Söldner,* so sehe ich doch, daß dort unten keiner der beiden Schoner vor Anker liegt, und soviel wir wissen, weht auf der *Argus* immer noch die Flagge Muljadis. Was sagen Sie dazu, Captain?«

Bolitho blickte ihm voll ins Gesicht. »Der eine Schoner ist gekentert und gesunken. Der andere konnte fliehen, weil die *Argus* kam.« Er war jetzt ganz unbewegt. Wer den Schaden hatte, brauchte eben für den Spott nicht zu sorgen. Man mußte dergleichen hinter sich bringen, es reinigte die Luft.

»In der Tat.« Jardine lehnte sich im Sessel zurück, seine blankgeputzten Stiefel quietschten. »Und dann kam Ihnen die *Bedford* zu Hilfe. Das arme, vielgelästerte Schiff der Company mußte die

Argus vertreiben.«

»Wenn Sie an meiner Stelle gewesen wären, Major ...«

Jardine spreizte die dicken Hände. »War ich aber nicht, Sir. Ich bin Soldat. Für solche Dinge ist schließlich die Flotte zuständig und nicht ich – oder wie meinen Sie?«

»Das reicht mir«, sagte Conway kalt. »Ich verbitte mir dieses Wortgeplänkel. Das gilt sowohl für Sie, Bolitho, als auch –«, er sah Jardine an, »– für jeden anderen!« Er legte die Hände auf den Rücken, so daß seine schon gebeugten Schultern noch tiefer sanken. »Wäre die *Undine* in offener Seeschlacht von einem gleich starken Schiff geschlagen worden, hätte ich Captain Bolitho als ihren Kommandanten ablösen lassen. Das weiß er ganz genau, und Sie, meine Herren, sollten das auch bedenken. Von der Kriegsmarine wird nur zu häufig erwartet, daß sie gegen eine Übermacht kämpft; und bisher hat sie dabei so oft Erfolge erzielt, daß hohlköpfige Politiker und gierige Kaufleute, die schnelle Profite für wichtiger halten als langfristige Sicherheit, den Sieg selbst gegen einen hoffnungslos überlegenen Feind für selbstverständlich halten. Doch wie die Dinge liegen, muß Captain Bolitho, sobald die nötigen Reparaturen ausgeführt sind, unverzüglich in Muljadis Gebiet segeln.« Er blickte Bolitho unbewegt an. »Sie werden mit der *Argus* Kontakt aufnehmen, und zwar unter Parlamentärsflagge, und eine Botschaft von mir überbringen.«

Hastig warf Raymond ein: »Ich beschwöre Sie, Sir, lassen Sie Don Puigserver mit Captain Bolitho segeln! Er hat das Recht, die Freiheit des letzten hiesigen Gouverneurs, des Obersten Pastor, zu fordern. Er könnte Muljadi gegenüber sein Mißfallen auf eine Weise zum Ausdruck bringen, die ...«

Jetzt wurde Conway ernstlich wütend, und seine Stimme hallte dröhnend von den Wänden wider: »Ich bin hier Gouverneur«, brüllte er Raymond an, »ich brauche Ihre Gängelei nicht, und auch nicht die Hilfe des Königs von Spanien, verstanden?«

Raymonds Mut welkte unter Conways Zorn dahin. Er sagte nichts mehr. Puigserver stand auf und schritt langsam zur Tür. Erleichtert und dankbar folgte ihm Hauptmann Vega.

Puigserver blieb einen Moment stehen und blickte sie alle an. Seine Augen waren sehr dunkel. »Ich würde *Captain* Bolitho natürlich gern begleiten.« Er lächelte flüchtig. »Ich hege große Bewunderung für seinen Mut und seine –«, er suchte nach dem richtigen Wort, »– seine Integrität. Aber ich habe viel zu tun. Es ist meine Aufgabe, die spanischen Soldaten und ihre Angehörigen mit der *Bedford* nach Hause zu schicken.« Er warf einen kurzen Blick auf Conway, und sein Lächeln schwand. »Wie Sie heute früh sehr richtig bemerkten, hat Spanien hier keine Hoheitsrechte mehr.«

Bolitho sah ihm nach, als er hinausging. Sofort bei der Ankunft hatte er die Spannung gespürt. Es konnte für Conway nicht leicht gewesen sein. Er machte sich Sorgen, weil weder Nachrichten noch Verstärkungen noch Lebensmittel eintrafen. Aber es war falsch von ihm, sich Puigserver zum Gegner zu machen. Wenn es hier schiefging, würde Conway alle Fürsprache brauchen, die er bekommen konnte, sogar von spanischer Seite.

Jardine sagte möglichst beiläufig: »Ich gehe dann am besten auch. Ich muß die Sepoys einweisen und die Seesoldaten ablösen lassen.« Für das, was Hauptmann Bellairs und seine Leute in so kurzer Zeit geschafft hatten, äußerte er kein Wort des Dankes oder der Anerkennung.

Wieder blickte Bolitho durchs Fenster. Urwald und Schlinggewächse, die den Stützpunkt bedrängt hatten, waren gelichtet und alle Toten beerdigt. Das als Lazarett benutzte Gebäude war gereinigt und frisch gestrichen worden; Whitmarsh war sogar des Lobes voll über die Leistungen der Männer gewesen.

Conway nickte. »Nach Sonnenuntergang kommen Sie bitte wieder hierher, Major.«

Bolitho wartete, bis die beiden Offiziere draußen waren, und sagte dann: »Bitte um Entschuldigung für meinen Ausbruch, Sir. Aber ich habe die Nase voll von dieser Sorte.«

»Mag sein«, knurrte Conway. »Doch in Zukunft werden Sie den Mund halten. Auch wenn Jardine nur eine Handvoll invalider Bettler unter seinem Kommando hätte, würde ich Ihnen dasselbe sagen. Ich brauche jeden Mann, den ich kriegen kann.«

Raymond stand gähnend auf. »Verdammte Hitze! Ich glaube, ich lege mich vor dem Dinner ein bißchen hin.« Auch er ging langsam hinaus, ohne einen Blick für Bolitho.

Gedämpft sagte Conway: »Ihre Bemerkung über das Waffentragen gefiel ihm nicht.« Er lachte leise. »Während Sie weg waren, hat seine Frau Loblieder auf Marineoffiziere im allgemeinen und auf Sie im besonderen gesungen.« Er runzelte die Stirn. »Ich habe anscheinend zu meinem Unheil dauernd mit Menschen zu tun, die einander absichtlich ruinieren.«

»Wie geht es ihr, Sir?« Bolitho traute sich nicht, Conway ins Gesicht zu blicken. »Ich habe sie seit meiner Rückkehr noch nicht gesehen.«

»Sie hat diesem Säufer von Schiffsarzt bei der Kranken- und Verwundetenpflege geholfen.« Conway zog die Brauen hoch. »Überrascht Sie das? Bei Gott, Bolitho, über Frauen müssen Sie noch viel lernen. Aber alles zu seiner Zeit.«

Bolitho dachte daran, wie Viola sich geweigert hatte, die Verwundeten an Bord der *Undine* zu versorgen, nachdem Puigserver mehr tot als lebendig an Bord gekommen war. Warum bloß? Er seufzte. Vielleicht hatten Puigserver und Conway beide recht: er mußte noch viel lernen.

»Ich gehe wieder an Bord, Sir«, antwortete er. »Da ist eine Menge zu erledigen.«

Conway sah ihn nachdenklich an. »Ja. Und denken Sie daran: Wenn Sie mit dem Kapitän der *Argus* zusammentreffen, dann behalten Sie Ihre persönlichen Gefühle für sich. Er tut seine Arbeit, so gut er kann. Sie würden dasselbe tun, wenn es Ihnen befohlen würde. Wenn Le Chaumareys nicht im Feuer Ihrer Geschütze umgekommen ist, wird ihm ebensoviel daran liegen, persönlich mit Ihnen zu sprechen. Er ist älter als Sie, aber ich glaube, Sie haben etwas gemeinsam.« Seine Falten vertieften sich, als er trocken schloß: »Keinen Respekt vor Ihren Vorgesetzten!«

Bolitho nahm seinen Hut. Bei Conway wußte man nie, wo die menschliche Wärme endete und die stählerne Härte begann.

»Bitte kommen Sie abends an Land und speisen Sie mit uns –«, Conway machte eine Geste, die den ganzen Raum umfaßte, »– mit uns Abgeschriebenen.«

Bolitho verstand, daß er entlassen war, verbeugte sich und ging.

Jenseits der Palisaden war der Urwald so dicht und bedrückend wie eh und je; dennoch wirkte der Ort anheimelnder, wie etwas Dauerndes.

Allday trieb sich im Schatten unterhalb des Haupttores herum. Er sah ein paar eingeborenen Frauen zu, die in einem großen Holztrog Wäsche wuschen. Sie waren klein, bräunlich, etwas mollig, besaßen aber eine geschmeidige Grazie, die Allday anscheinend sehr gefiel. Er nahm Haltung an und fragte: »Alles erledigt, Captain?« Zu Bolithos anzüglichem Blick nickte er wohlgefällig. »Niedliche kleine Krabben. Wir werden auf unsere Matrosen aufpassen müssen, Captain.«

»Nur auf die Matrosen?«

»Na ja . . .«

Da kam der Schiffsarzt aus dem Behelfslazarett. Er rieb sich die Hände an einem Tuch ab und blinzelte in das schräg einfallende Sonnenlicht. Als er Bolitho sah, nickte er ihm zu. »Zwei von Ihren Verwundeten sind ab morgen wieder dienstfähig, Sir. Zwei sind gestorben, aber die anderen werden überleben.« Er wandte den Blick ab. »Bis zum nächsten Mal.«

Bolitho überlegte. Zwölf Tote hatte sie der Angriff der *Argus* gekostet. Das war zuviel, auch wenn man bei diesem wütenden Gefecht von Glück sagen konnte, daß es nicht mehr waren. Er seufzte. Vielleicht hatte Herrick ein paar »Freiwillige« von den anderen Schiffen erwischt?

»Ihr Bootsmann«, fuhr Whitmarsh fort, »hat, nebenbei bemerkt, gute Arbeit geleistet. Eigentlich müßte der Junge tot sein.« Er blickte Allday an. »Schade um Sie. Sie sollten was Vernünftiges aus Ihrem Leben machen.«

Gelassen erwiderte Bolitho: »Freut mich, daß Sie Allday für die Mühe gedankt haben, die er sich mit Mr. Keen gegeben hat. Aber er wird über seine Zukunft schon selbst entscheiden, da bin ich ganz sicher.«

Allday selbst stellte sich taub.

»Jedenfalls«, sagte Whitmarsh, »habe ich hier ein bißchen saubergemacht. Die meisten werden durchkommen, aber ein paar werden doch noch sterben, ehe sie Spanien erreichen. Geschlechtskrank, selbstverständlich.«

»Selbstverständlich?«

Whitmarsh sah ihm in die Augen. »Völlig verseucht. Und sie haben natürlich auch diese armen unwissenden Wilden angesteckt. Wenn einer Ihrer Matrosen mit diesen verdammten Pickeln zu mir kommt, dann verarzte ich ihn so, daß er wünscht, er hätte nie im Leben eine Frau berührt!«

»Es sind auch *Ihre* Matrosen, Mr. Whitmarsh!« erwiderte Bolitho mit einem prüfenden Blick. Obwohl sich die übliche feindselige Haltung des Arztes nicht geändert zu haben schien, sah er doch erheblich besser aus. Vielleicht lag es nur daran, daß es hier wenig zu trinken gab? Jedenfalls hatte er keine Ähnlichkeit mehr mit dem betrunkenen Wrack, das in Portsmouth im Frachtnetz an Bord gehievt werden mußte.

»Da sind Sie also, Captain.«

Er wandte sich um. Sie stand am Tor und sah ihn an. Ein weißer Überwurf reichte ihr fast bis zu den Füßen, und sie trug den Strohhut, den sie in Santa Cruz gekauft hatte. Ihre Augen lagen im Schatten, aber ihr Lächeln war strahlend und warm.

»Ich bin Ihnen sehr dankbar, Madam«, erwiderte er, »für alles, was Sie hier getan haben.«

Whitmarsh nickte. »Mrs. Raymond hat das ganze Lazarett von oben bis unten organisiert.« Seine Bewunderung war echt.

Viola lächelte Allday grüßend zu und hakte sich bei Bolitho ein. »Ich komme bis zum Strand mit, wenn ich darf. Es ist so erfrischend, Sie wieder hier zu haben.«

Bolitho merkte, daß Whitmarsh und Allday sie beobachteten. »Sie sehen – äh – wohl aus«, sagte er. »Sehr wohl sogar.«

Sie drückte seinen Arm ein ganz klein wenig. »Sagen Sie Viola zu mir!«

»Viola«, sagte er lächelnd.

»So ist's schon besser.« Aber als sie weitersprach, klang ihre Stimme ganz anders. »Ich sah Ihr Schiff vor Anker gehen und war richtig verrückt vor Angst. Ich bat James, mich mit dem Boot hinüberzufahren, aber er weigerte sich. Natürlich! Da nahm ich ein Fernrohr und konnte Sie sehen – als ob ich neben Ihnen stünde. Und heute war ich ein Weilchen mit Valentin zusammen.«

»Valentin?« Er sah sie von der Seite an. »Wer ist das?«

Sie lachte. »Natürlich – so eine Kleinigkeit wie einen Vornamen werden Sie sich nie merken. Ich meine Ihren Mr. Keen.« Dann wurde sie ernst. »Der arme Junge sieht noch so elend aus, aber er spricht immer nur von Ihnen.« Wieder ein fester Druck auf seinen Arm. »Ich bin beinahe eifersüchtig.«

Bolitho blickte über ihren Kopf hinweg auf die Gig. Sie lag auf dem Sand; kleine, schaumköpfige Wellen umspielten sie. Die Bootsbesatzung war in lärmender Unterhaltung mit einigen Matrosen der Brigg begriffen; offensichtlich schilderten sie ihren Sieg – denn so sahen sie die Sache an – über die *Argus* und die beiden Schoner. Trotz aller Bitterkeit und Enttäuschung über das Gefecht mußte er lächeln. Vielleicht hatten sie sogar recht. Daß man unter solchen Umständen überhaupt am Leben geblieben war, konnte man durchaus als einen Sieg ansehen.

Viola blickte ihn an, als suche sie etwas. »Sie lächeln, Captain? Über meine Dreistigkeit vielleicht?«

Er griff nach ihrer Hand. »Nein, das nicht. Niemals.«

Sie warf den Kopf in den Nacken. »So ist es schon besser, Captain.«

Er hörte Alldays Schritte im Sand, und bei der Gig wurde es auf einmal still. »Ich heiße Richard«, sagte er ernst.

Allday hörte Mrs. Raymond lachen und war plötzlich besorgt. Hier entstand eine Gefahr, die er recht gut sehen konnte; jedenfalls besser als sein Kommandant. Er zog den Hut, als Bolitho auf dem Weg zur Gig an ihm vorbeikam, und hörte ihn sagen: »Ich komme nachher wieder an Land, Ma'am.«

Sie beschattete die Augen mit der Hutkrempe. »Bis dann also, Captain.«

Aber Allday hatte ihr Gesicht gesehen, ehe der Schatten es verbarg. Er wußte, was es bedeutete, wenn eine Frau so aussah. Er warf einen raschen Blick auf den Turm des Forts und holte tief Atem, als prüfe er die Luft. Widrige Winde im Anzug, dachte er, und nicht mehr allzuweit weg.

Bolitho blickte ihn an. »Alles klar?«

»Scheint so, Captain«, antwortete Allday mit unbewegter Miene.

Drei Tage nach ihrer Rückkehr nach Teluk Pendang lichtete Seiner Majestät Fregatte *Undine* wieder Anker und ging in See. Am späten Nachmittag war sie bereits weit draußen in der glitzernden Einsamkeit der Javasee, und nicht einmal ein Kormoran leistete ihr Gesellschaft.

Als die *Undine* in See ging, hätte ein flüchtiger Betrachter kaum noch etwas von den Schäden gesehen, welche die Kanonen der *Argus* angerichtet hatten. Aber Bolitho sah sie recht gut, als er an Deck kam. Die von Splittern und Schrapnellen zerrissenen Wanten und Stagen waren ersetzt und frisch geteert worden, so daß sie in der hellen Sonne glänzten. Die eilig eingezogenen, neuen Decksplanken hoben sich dunkler von der wettergebleichten und bimssteingescheuerten Beplankung ab, die so alt war wie das Schiff selbst. Der Segelmacher und seine Leute hatten am meisten zu tun gehabt, und sogar jetzt noch sah Bolitho, als er an Luv entlangschlenderte, Jonas Tait dort hocken, und sein eines Auge kontrollierte wachsam die nadelbewehrten Fäuste, die immer noch fleißig Nähte setzten.

Fowlar, der wachhabende Steuermannsmaat, tippte grüßend an die Stirn und meldete: »Südwest zu Süd liegt an, Sir.« Er deutete voraus. »Ziemliche Dünung, Sir. Mr. Soames ist im Vorschiff und kontrolliert die Halterungen der Geschütze.«

Bolitho warf einen Blick auf den Kompaß und betrachtete dann nacheinander die Segel an jedem Mast. Er hatte das unangenehme Stampfen des Schiffes schon bemerkt, aber es war noch zu früh, um beurteilen zu können, was es damit auf sich hatte. Das Barometer stand auf unbeständig, doch das war man in diesen Breiten gewohnt. Mudge hatte sich sehr vorsichtig ausgedrückt, als Bolitho ihn nach seiner Meinung gefragt hatte. »Könnte Sturm geben, Sir – in diesen Gewässern weiß man das nie.«

Bolitho nickte Fowlar zu und ging zur Achterdecksreling. Die Sonne stach auf Kopf und Schultern. Ganz ordentlicher Wind, dachte er; aber die Luft ist drückend, sehr drückend sogar.

Herrick und Soames standen an den Zwölfpfündern im Gespräch. Der Bootsmann war auch dabei und wies auf die Stellen, wo noch etwas repariert werden mußte. Aus dem Niedergang beim Großmast erklang die muntere Melodie eines Jig, den der Schiffsfiedler spielte: normale, alltägliche Geräusche und Bilder. Beruhigt begann er, an der Luvseite auf und ab zu schlendern.

Aus dem Augenwinkel beobachtete er Soames, der vom Geschützdeck kam. Es sah so aus, als wolle er zu Bolitho herüberkommen; aber er blieb dann doch auf der Leeseite. Bolitho war erleichtert. Soames hatte sich im Gefecht bewährt, aber als Gesprächspartner war er schwerfällig und engstirnig.

Und Bolitho wollte allein bleiben, nachdenken, was er richtig und was er falsch gemacht hatte. Jetzt, da er wieder einmal das Land weit hinter sich hatte und auf sich selbst angewiesen war, konnte er alles viel klarer sehen. Jetzt, da er nur seinen eigenen, über die schwarzen Sechspfünder schwankend hinweggleitenden Schatten zur Gesellschaft hatte, fand er, daß er öfter richtig als falsch gehandelt hatte. War es unvermeidlich gewesen? Oder hätten sie es beide, er und sie, in Sekundenschnelle beenden können, durch ein bloßes Wort, eine Andeutung? Ihm fiel wieder ein, wie sie ihn über den Tisch hinweg angesehen hatte, während die anderen sich mit allerlei Unterhaltung und Geplauder die Zeit vertrieben. *Capitan* Vega hatte ihnen ein Lied vorgesungen, so traurig, daß ihm dabei die Tränen in die Augen traten. Puigserver hatte von den Abenteuern erzählt, die er vor dem Kriege in Westindien und Südamerika erlebt hatte. Raymond hatte sich nach einem ergebnislosen Streitgespräch mit Major Jardine über die Möglichkeit eines dauernden Friedens mit Frankreich langsam aber sicher betrunken. Conway war schrecklich nüchtern geblieben, oder, wenn das nicht der Fall war, mußte er ein besserer Schauspieler sein, als Bolitho sich vorstellen konnte.

Wann also war der eigentlich entscheidende Moment gewesen?

Sie waren zusammen auf der oberen Brustwehr gestanden und hatten, über das rauhe Balkenwerk gebeugt, auf die Bucht und die ankernden Schiffe geschaut. Ein schönes Bild. Winzige Lichter glitzerten auf dem unruhigen Wasser. Bleich schäumte es an den Riemen eines Wachtbootes, das seine gleichförmigen Kreise um die mächtigen Schiffsrümpfe zog.

Ohne ihn anzusehen, hatte sie gesagt: »Ich möchte, daß Sie heute nacht an Land bleiben. Ja?«

War das die Entscheidung? Mit plötzlichem, gefährlichem Entschluß hatte er alle Bedenken beiseite geschoben. »Ich lasse meinem Ersten Leutnant Bescheid sagen.«

Er wandte sich um und blickte über das Deck. Da stand Herrick immer noch im Gespräch mit Shellabeer. Ob er damals wohl erraten hatte, was vorging?

Bolitho wußte noch ganz genau, wie sein Zimmer im Fort ausgesehen hatte. Es war eher eine Zelle, karger als eine Leutnantskajüte auf einem Kriegsschiff. Er hatte auf dem Bett gelegen, die Hände hinterm Kopf gefaltet und auf die seltsamen Geräusche draußen, auf die Schläge seines eigenen Herzens gelauscht.

Tierschreie aus dem Dschungel, gelegentlich der Anruf einer Patrouille an den kontrollierenden Sergeanten. Der Wind, der um den viereckigen Turm strich, ohne das antwortende Summen der Takelung und das Klappern der Taljen, das Bolitho gewohnt war.

Dann hatte er ihre Schritte draußen auf dem Gang gehört, ein rasches Flüsterwort zu ihrer Zofe, bevor sie die Tür öffnete und schnell wieder hinter sich zuzog.

Wie es weitergegangen war, wußte er nicht mehr so genau. Da ging es ihm etwas durcheinander. Er erinnerte sich noch, daß er sie an sich gepreßt hielt, an ihren warmen Mund, an das plötzliche, überwältigende, verzweifelte Begehren, das die letzten Bedenken in alle Winde jagte.

Es war kein Licht in der winzigen Kammer, nur der Mondschein. Er hatte sie nur kurz gesehen, ihre nackte Schulter, die wie Silber glänzenden Schenkel, als sie ins Bett kam und ihn tiefer, immer tiefer zu sich herabzog, bis sie sich schließlich in der Erfüllung ihres Begehrens vereinten, keuchend und ermattet.

Hatte er überhaupt geschlafen? Oder sie nur in den Armen gehalten, sie begehrt mit der quälend klaren Gewißheit, daß es nicht dauern konnte? Einmal in dieser Nacht, als es schon fast dämmerte, hatte sie ihm ins Ohr geflüstert: »Mach dir keine Vorwürfe. Das hat nichts mit Ehre zu tun. Es gehört zum Leben.« Sie hatte die Lippen auf seine Schulter gepreßt und zärtlich weitergeflüstert: »Wie wunderbar du riechst. Nach Schiff. Nach Salz und Teer.« Und mit leisem Kichern: »Das muß ich auch haben.« Dann das ängstliche Klopfen an der Tür, mit dem die treue Zofe das Nahen des Tages ankündigte, und das hastige Rascheln, als sie ihr Gewand überstreifte.

Aber für Bolitho war es ein völlig anderer Tag als alle Tage bisher. Er fühlte sich ganz anders als sonst. Voller Leben und Unruhe. Befriedigt, aber hungrig nach mehr.

Er hörte Schritte an Deck. Herrick stand vor ihm und sah ihn an. »Ja, Mr. Herrick?«

»Der Wind frischt wieder auf. Soll ich die Marssegel reffen lassen, Sir?« Kritisch musterte er die Takelung. »Hört sich an, als ob das Rigg mächtig straff ist.«

»Wir wollen sie noch ein bißchen so laufen lassen. Wenn möglich, bis acht Glasen, wenn wir halsen und Westkurs haben. Hat ja keinen Sinn, die Leute zusätzlich anzustrengen, wenn wir mit nur einem Manöver auskommen können.« Er lehnte sich zurück, die Hände in die Hüften gestemmt, und starrte zum Topp des Großmastes, wo der lange Wimpel im Winde flatterte. »Sie hat immer noch eine Menge Kraft in sich.«

»Aye, Sir.« Herricks Stimme klang seltsam müde.

»Was nicht in Ordnung?«

Gelassen erwiderte Herrick: »Sie wissen ja schon, Sir. Ich habe gesagt, was ich zu sagen hatte. Was geschehen ist, ist geschehen.«

Bolitho blickte ihn ernst an. »Dann wollen wir es auf sich beruhen lassen.«

»Gewiß, Sir«, seufzte Herrick. Er sah zum Rudergänger hinüber. »Ich habe nur vier Mann kriegen können, bedauerlicherweise. Weder die *Bedford* noch die *Rosalind* wollten mehr abgeben. Und diese vier sind ausgesprochene Stänker-Typen.« Er lächelte ein bißchen. »Immerhin hat mir Mr. Shellabeer versichert, daß sie ihr Benehmen ändern werden, ehe die Sonne wieder aufgeht.«

Midshipman Armitage kam eilig den Niedergang herauf, faßte an den Hut und stotterte Herrick an: »Mr. Tapril läßt respektvoll anfragen, ob Sie zu ihm ins Magazin kommen können, Sir.«

»Ist das alles?« fragte Herrick.

Der Junge machte ein unglückliches Gesicht. »Sie hätten es versprochen, Sir.«

»Eben, Mr. Armitage.« Der Midshipman eilte wieder nach unten, und Herrick erklärte: »Ich wollte die Pulverfässer kontrollieren und neu markieren lassen. Hat keinen Sinn, gutes Pulver zu verschwenden.« Er senkte die Stimme. »Hören Sie, Sir, können Sie denn wirklich nicht sehen, wie verrückt das ist, was Sie da machen? Es ist überhaupt nicht abzusehen, wie das Ihrer Karriere schaden kann!«

Bolitho fuhr gereizt herum; aber dann sah er die echte Besorgnis in Herricks Miene. »Ich verlasse mich auf Ihre Lady Glück, Thomas.« Er schritt zum Kajütniedergang und sagte zu Soames: »Rufen Sie mich sofort, wenn sich etwas ändert.«

Als er verschwunden war, schritt Soames zum Kompaß. Fowlar beobachtete ihn verstohlen. Wenn sie wieder in England waren, würde auch er ein Leutnantspatent erhalten. Der Captain hatte so etwas angedeutet, und auf den konnte man sich verlassen. Aber wenn er diese allererste Stufe der Leiter erklomm, würde er hoffentlich mehr Freude daran haben, als das bei Soames der Fall zu sein schien.

Soames schnauzte ihn an: »Mr. Fowlar, Ihre Rudergänger sind einen Strich oder so vom Kurs abgekommen. Verdammt noch mal, bei Ihnen hätte ich das nicht erwartet!« Dann ging er wieder, und Fowlar grinste hinter ihm her. Das Ruder lag genau richtig, und Soames wußte das auch. Aber so war es nun mal in der Flotte – ein lausiges Spiel. »Halten Sie Kurs, Mallard!« sagte er zu dem Ersten Rudergänger. Mallard schob seinen Priem in die andere Backe und nickte. »Aye, aye, Mr. Fowlar, Sir.«

Die Wache ging weiter.

Gegen Ende der Hundewache frischte der Wind so auf, daß die Marssegel gerefft werden mußten. Bolitho faßte in die Finknetzen, visierte die ganze Länge des Schiffes entlang und beobachtete, wie die Deckoffiziere ihre Segelbedienungen kontrollierten, ehe diese in die Masten gingen, während Shellabeer und seine Maaten die Boote fester zurrten.

Herrick brüllte durch den Wind: »Innerhalb einer Stunde müssen wir noch ein Reff stecken, Sir, wenn ich mich nicht irre.«

Bolitho wandte sich nach achtern und fühlte das Sprühwasser im Gesicht, das freigiebig in Luv überkam. Der Wind hatte schnell rückgedreht und blies jetzt kräftig von Südost, so daß die *Undine* ebenso heftig wie ungemütlich stampfte. Er antwortete: »Wenn wir gerefft haben, gehen wir auf Westkurs. Auf Backbordkiel wird sie ruhiger laufen.« Er beobachtete die großen, steil anlaufenden Wellen; wie zackige Reihen bösartiger Glasberge sahen sie aus. Wenn der Wind noch mehr auffrischte, würden diese jetzt noch runden Wellen zu schweren Brechern werden.

Er hörte Mudge rufen: »Wir kriegen tatsächlich einen ordentlichen Sturm, Sir!« Er hielt seinen mißgeformten Hut fest; der Wind trieb ihm das Wasser in die Augen. »Das Barometer hopst herum wie 'ne Erbse auf der Trommel!«

»Musterung durch, Sir!« schrie Davy.

»Sehr schön. Alle Mann in die Masten!« Herrick hob die Hand. »Kein Wettrennen! Verbieten Sie den Bootsmannsmaaten, mit ihren Tauenden herumzuprügeln!« Er warf einen Blick auf Bolitho. »Ein Ausrutscher, und der Mann geht über Bord und ist verloren.«

Bolitho nickte zustimmend. Herrick vergaß solche Hinweise nie.

»Ich hoffe, der Sturm wird nicht allzulange dauern. Wenn wir beidrehen und ihn abreiten müssen, kommen Admiral Conways Pläne bestimmt durcheinander.«

Von oben tönten abgerissene Flüche und Schreie herab. Die Toppmatrosen kämpften hart mit den schwer zu bändigenden, heftig schlagenden Segeln. Sie stießen mit Fäusten und Füßen, warfen sich mit dem Oberkörper über die Rahen, tief unter ihnen das Deck. Bolitho wurde beim bloßen Anblick dieser Knochenarbeit schwindlig. Es dauerte fast eine Stunde, bis die Segel zu Herricks Zufriedenheit gemeistert waren; und dann war es auch schon Zeit, das nächste Reff zu stecken. Schaum und Sprühwasser peitschte an Luv übers Deck; jede Planke, jede Leine quietschte und knarrte in wütendem Protest.

»Noch einen Strich vor den Wind, Mr. Herrick!« rief Bolitho. »Kurs West zu Süd!« Herrick nickte. Auch sein Gesicht troff von Sprühwasser. »Achterwache an die Besanbrassen!« Wütend schüttelte er seine Sprechtrompete. »Zusammenbleiben, verdammt noch mal!«

Ein Marineinfanterist war ausgerutscht, lag als scharlachroter Haufen auf den Decksplanken und strampelte mit den Beinen, so daß noch ein paar seiner Kameraden durcheinander gerieten.

Bolitho deutete voraus; unter dem weiter auffrischenden Wind bekamen die Wellen jetzt glitzernde Schaumkronen.

»Sie läuft doch ruhiger, Mr. Herrick!« Er wurde gelassener, als jetzt die älteren Matrosen nach achtern eilten, um den Seesoldaten und den weniger erfahrenen Männern bei den Besanbrassen zu helfen. »Und bis jetzt ist kein Mann verletzt, soweit ich sehe!«

Die *Undine* hatte sich mühsam vor den Wind gedreht. Lackschwarz stachen Wanten und Schoten gegen die aufkommenden Wellen ab. Aber mit ihren leicht backgebraßten Rahen und der bis auf Mars- und Focksegel gerefften Leinwand wurde sie einigermaßen mit dem Wind fertig.

Keuchend, das Hemd klatschnaß, kam Davy aufs Achterdeck. »Alles klar, Sir!« Er schwankte, stolperte, fiel gegen die Netze und sagte wütend: »Bei Gott, ich hatte völlig vergessen, was ein richtiger Wind ist!«

Bolitho lächelte. »Lassen Sie die Freiwache unter Deck gehen, aber sagen Sie dem Bootsmann, er soll ständig Kontrollen machen. Wir können uns nicht leisten, kostbares Geschirr zu verlieren, bloß weil es nicht ordentlich verstaut wurde.« Er wandte sich Herrick zu: »Kommen Sie mit in meine Kajüte.«

Dort war es trotz der tosenden See und den unter dem Anprall stöhnenden Planken warm und gemütlich. Der Gischt malte ein Diagonalmuster an die Heckfenster, das Ruder knirschte und quietschte unter den Händen der Rudergasten, die das Schiff auf seinem neuen Kurs hielten. Noddall kam taperig herein, den schmächtigen Körper schräg gegen den überhängenden Fußboden geneigt, und setzte Weingläser auf. Herrick quetschte sich in die Ecke der Sitzbank und blickte Bolitho fragend an. »Und wenn wir vor dem Wind segeln müssen und dabei etwas vom Kurs abkommen – würde das so viel ausmachen, Sir?«

Bolitho dachte an seine schriftlichen Befehle, an Conways kurze, aber klare Instruktionen. »Unter Umständen ja.« Er wartete, bis der Wein eingeschenkt war, und sagte dann: »Auf das, was wir erreichen können, Thomas!«

Herrick lachte kurz auf. »*Darauf* trinke ich mit!« Bolitho setzte sich an seinen Schreibtisch. Das Schiff stieg und glitt dann steil in ein Wellental. Er war froh, daß Keen und ein paar andere Rekonvaleszenten auf seinen ausdrücklichen Wunsch in Pendang Bay geblieben waren. Wenn das Schiff noch lange so stampfte und rollte, mußten ja die besten Wundnähte reißen.

»Admiral Conway beabsichtigte, die *Bedford* in See gehen zu lassen, sobald wir auf dem Wege zu den Benua-Inseln sind. Ich denke, er will die spanischen Soldaten so schnell wie möglich loswerden.«

Herrick sah ihn gespannt an. »Ein bißchen riskant, Sir, nicht wahr? Wo sich doch diese verdammte *Argus* immer noch hier herumtreibt?«

Bolitho schüttelte den Kopf. »Glaube ich nicht. Bestimmt haben die Franzosen oder Muljadi ihre Spione, die Conways Stützpunkt beobachten. Die werden gesehen haben, daß wir in See gegangen sind. Die *Argus* weiß inzwischen ganz genau, daß wir kommen.«

»So gerissen sind die also?« Herrick sah ganz finster aus bei diesem Gedanken.

»Damit müssen wir rechnen. Ich glaube, Conway hat recht. Es ist besser, wenn die *Bedford* mit den Kranken und den Depeschen für Madras weg ist, bevor es in Pendang Bay noch schlimmer wird.«

»Wenn ein richtiger Sturm aufkommt«, antwortete Herrick etwas optimistischer, »dann passiert erst mal gar nichts. Die Froschfresser mögen schlechtes Wetter nicht.«

Bolitho mußte über Herricks Gottvertrauen lächeln. »Diesem hier könnte das egal sein. Er ist lange in diesen Gewässern gesegelt. Das ist keiner von diesen Ein-Schuß-und-weg-Spezialisten, die vor Brest oder Lorient mal kurz die Nase in den Kanal stecken und nach Hause flitzen, sobald sie das erste englische Schiff zu Gesicht kriegen.« Er rieb sich das Kinn. »Dieser Le Chaumareys interessiert mich. Ich würde gern wissen, wie er als Mensch ist, nicht nur als Seemann und Kämpfer.«

Herrick nickte. »Er seinerseits scheint eine ganze Menge über Sie zu wissen, Sir.«

»Zuviel.«

Eine mächtige Woge glitt unter das Achterdeck, hob das Schiff an, stellte es einen Moment lang steil, und ließ es dann in das nächste Wellental gleiten. Draußen vor der Tür stürzte der Posten stehende Marineinfanterist der Länge nach hin; sie hörten das Klappern und Klirren der fallenden Muskete und sein Fluchen, während er sich aufrappelte. Langsam sagte Bolitho:

»Wenn wir mit dem Kapitän der *Argus* zusammentreffen, müssen wir die Augen offenhalten. Wenn er gewillt ist, zu verhandeln, erfahren wir vielleicht etwas. Andernfalls müssen wir bereit sein zu kämpfen.«

Herrick runzelte die Stirn. »Kämpfen wäre mir lieber, Sir. Das ist die einzige Methode, die ich kenne, um mit einem Franzosen klarzukommen.«

Bolitho mußte plötzlich an jenes Zimmer in der Admiralität denken und an die verschlossene Miene des Admirals Winslade, der ihm in aller Kürze die Mission der *Undine* angedeutet hatte. Vier Monate war das her. Es war Frieden – und doch waren Schiffe untergegangen, Menschen getötet oder für den Rest ihres Lebens zu Krüppeln geworden. Aber selbst die Herrschermacht Ihrer Lordschaften von der Admiralität, alle Gerissenheit und Erfahrung der Diplomaten waren hier nutzlos. Eine einsame, winddurchbrauste Fregatte, ein Minimum an Reserven, und kein Befehl von oben, wenn man ihn am allernötigsten brauchte! Herrick faßte Bolithos Verstummen als Signal auf. Er stellte seinen Becher zwischen den erhöhten Leisten des Tisches ab und stand vorsichtig auf. »Zeit für meine Runde, Sir.« Er lauschte mit schiefem Kopf auf das Gurgeln des Wassers in den Speigatten des Achterdecks. »Ich habe die Mittelwache; vielleicht kann ich vorher noch ein paar Minuten schlafen.« Bolitho zog seine Uhr und merkte, daß Herrick sie mißbilligend ansah. »Ich gehe jetzt in die Koje. Wir werden in Kürze doch alle rausmüssen.«

Und in der Tat kam es ihm vor, als seien es nur Minuten gewesen, seit er den Kopf aufs Kissen gelegt hatte, als schon jemand an der Koje stand und ihm auf die Schulter klopfte. Es war Allday. Sein Schatten stieg und fiel im heftigen Schwanken der Deckenlaterne wie ein schwarzes Gespenst.

»Tut mir leid, Sie aufzuwecken, Captain; aber es wird oben immer schlimmer.« Er schwieg einen Moment, damit Bolitho sich sammeln konnte. »Mr. Herrick befahl mir, Ihnen Bescheid zu sagen.«

Bolitho taumelte aus der Koje. Unvermittelt spürte er, daß die Bewegungen des Schiffes noch unregelmäßiger geworden waren. Er zog Kniehosen und Stiefel an, streckte den Arm aus, um sich in das schwere Ölzeug helfen zu lassen, und fragte: »Wie spät?« Allday mußte schreien, denn die See donnerte gegen den Schiffsrumpf und klatschte wütend über das Achterdeck.

»Kurz vor der Morgenwache, Sir.«

»Sagen Sie Mr. Herrick Bescheid: die Wache soll sofort raus!« Er faßte Alldays Arm, und sie torkelten zusammen durch die Kajüte wie zwei betrunkene Matrosen.

»Alle Mann sofort an Deck! Ich bin in der Kartenkammer.«

Dort fand er bereits Mudge vor, der mit seinem massigen Oberkörper über dem Kartentisch lag und beim unsicheren Schein der wild schwingenden Deckenlampe leise fluchend die Karte studierte.

»Wie steht's?« fragte Bolitho knapp.

Mudge sah zu ihm auf. Rötlich glommen seine Augen in dem schwachen Lichtschein. »Schlecht, Sir. Die Segel gehen in Fetzen, wenn wir nicht 'ne Weile beidrehen.« Bolitho blickte auf die Karte. Seeraum war reichlich vorhanden. Wenigstens ein Trost. Er eilte zum Achterdeck-Niedergang und fiel beinahe hin, als das Schiff in Korkenzieherlinien gleichzeitig rollte und jumpte, doch er kämpfte sich zum Ruder durch. Vier Rudergasten standen am Rad. Sie waren festgelascht, damit sie nicht hinterrücks von einer Welle erwischt und über Bord gewaschen wurden. Sie kämpften mit den Spaken; ihre Augen glühten in der flackernden Kompaßbeleuchtung. Eben brüllte ihm Herrick zu: »Ich habe ›Alle Mann‹ pfeifen lassen, Sir, und außerdem die Pumpen besetzt.«

Die Kompaßrose sprang und zuckte. »Recht so. Wir werden unter gerefftem Großbramsegel beidrehen. Davy soll die besten Männer sofort in den Mast schicken!«

Er fuhr herum. Ein kanonenschußähnlicher Knall übertönte die brüllende See, und er sah, wie das Besanmarssegel mitten auseinanderriß; die Teile zerfledderten noch in einzelne Streifen, die sich bleich gegen die schwarzen, tief dahinjagenden Wolken abhoben. Er hörte das trübselige Janken der Pumpen, die heiseren Rufe der Männer, die sich zu ihren Stationen durchkämpften und sich vor den schäumenden Wassern unter die Decksgänge duckten.

Fowlar rief, trotz des furchtbaren Durcheinanders schadenfroh grinsend: »Das Segel hat der Segelmacher gerade geflickt, Sir! Der wird sich ganz schön ärgern.«

Bolitho beobachtete die schwarzen Silhouetten der Toppmatrosen, wie sie geschickt in die schwirrende Takelage aufenterten. Manchmal drückte der Wind sie so fest gegen die Wanten, daß sie einen Moment reglos hängenblieben, ehe sie weiter zu den Topprahen aufentern konnten.

»Die Barkaß ist über Bord gewaschen, Sir!« schrie Mudge. Aber niemand reagierte darauf, und Herrick spuckte erst einen Mundvoll Spritzwasser aus, ehe er sagte: »Das Vormarssegel wird eben eingeholt, Sir. Die Jungen arbeiten großartig.«

Da sauste etwas gegen die straffen Leinen und schlug mit dumpfem tödlichem Krach auf die Planken des Geschützdecks.

»Mann von oben!« brüllte Herrick. »Bringt ihn zum Arzt!«

Bolitho biß sich auf die Lippe. Sehr unwahrscheinlich, daß der Mann einen solchen Sturz überlebt hatte. Meter um Meter kämpfte sich die *Undine* in den Wind; vom Achterdeck bis zum Bug schlugen die Wogen über das Deck. Die Männer klammerten sich an die festgezurrten Geschütze oder an die Deckstützen, um nicht vom Sog der zurückflutenden Seen über Bord gewaschen zu werden.

»Jetzt können wir ihn abreiten!« rief Mudge heiser. Bolitho nickte. Der Kopf wirbelte ihm von der brutalen Heftigkeit des aufprallenden Sturmes. »Wir setzen das Besansegel, wenn das Großmarssegel wegfliegt! Der Bootsmann soll seine Leute bereit halten – wenn es soweit ist, muß es verdammt fix gehen!«

Eine Vorleine schlang sich um seine Taille, und er blickte in Alldays grinsendes Gesicht. »Sie kümmern sich um uns, Captain – ich kümmere mich um Sie!« Bolitho nickte; er hatte kaum noch Atem. Dann hielt er sich an den klitschnassen Finknetzen und spähte durch das nadelscharfe Sprühwasser über sein Schiff. Ein glückhaftes Schiff? Vielleicht hatte er das zu früh gesagt und damit das Schicksal herausgefordert.

»Kurz vor Sonnenaufgang könnte es vorbei sein«, keuchte Herrick.

Aber als die Morgendämmerung tatsächlich kam und Bolitho die zornigen, kupferroten Wolken über die endlosen, zerfetzten, schaumbedeckten Wogenkämme fliegen sah, da wußte er, daß der Sturm den Kampf nicht so leicht aufgeben würde. Hoch überm Deck flatterten zerrissene Leinen wie verdorrte Schlingpflanzen im Wind, und das einsame Marssegel stand so voll, daß es ebenfalls jeden Moment reißen konnte.

Er blickte auf Herrick, dessen Nacken und Hände wund waren von Salzwasser und Wind. Die anderen sahen nicht besser aus – zerknittert, kaputt, müde. Er mußte an die *Argus* denken; vielleicht lag sie sicher im geschützten Hafen. Die blanke Wut kam ihm hoch.

»Schicken Sie ein paar Mann nach oben, Mr. Herrick. Da ist

allerhand zu tun!« Aber Herrick zog sich eben Hand über Hand an den Netzen zur Reling. Bolitho wischte sich Mund und Gesicht mit dem Ärmel ab. Wenn die Mannschaft diesen Sturm abwettern konnte, dachte er, dann war sie allem gewachsen.

XIII Kein Pardon

»Noch etwas Kaffee, Sir?« Noddall hielt die Kanne über Bolithos Becher, ohne auf Antwort zu warten.

Bolitho trank langsam; die heiße Flüssigkeit durchrann ihn angenehm. Ein bißchen schmeckte sie auch nach Rum. Noddall tat wirklich sein Bestes.

Er ließ die Schultern sinken und zuckte zusammen. Jeder Knochen und Muskel tat ihm weh. Tatsächlich wie nach einem richtigen Gefecht. Oben an Deck stieg von den nassen Planken, aus den durchweichten Kleidungsstücken der müden Männer dichter Dampf auf. Seltsam geisterhaft sahen sie aus. Aber es war auch ein richtiges Gefecht gewesen, überlegte er, obwohl kein Kanonenschuß gefallen war. Drei Tage und drei Nächte lang hatten sie gekämpft. Ihre schon engbegrenzte Welt wurde noch bedrängter durch die weißbeschäumten, aus endloser Weite donnernd anrollenden Wogen; ihre Sinne wurden stumpf im ständigen Geheul des Windes. Wie Bolitho selbst kaum noch Atem hatte, schien auch dem Schiff der Atem ausgegangen zu sein. Jetzt stand es unter fast schlaffen Besansegeln beinahe ohne Fahrt über seinem Spiegelbild. Dampfend unter dem wieder wolkenlosen Himmel, lag das Deck voller Fetzen, Enden, Späne, Splitter. An vielen Stellen war die Farbe abgeblättert, und das Holz trat nackt zutage, als wären die Zimmerleute eben erst fertiggeworden. Überall arbeiteten Matrosen mit Marlspiekern und Segelnadeln, Hämmern und Taljen, bemüht, ihr Schiff wieder in Ordnung zu bringen, das sie so treulich durch dieses Chaos getragen hatte. Selbst Mudge hatte erklärt, das sei so ziemlich der schlimmste Sturm gewesen, den er erlebt habe.

Eben kam der Alte über das Deck; auch aus seinem Mantel stieg Dampf auf, Wangen und Kinn verschwanden fast unter einem Wald von weißen Stoppeln. »Nach meiner Schätzung sind wir ein ganzes Stück über die Benua-Gruppe hinaus. Wenn wir das Mittagsbesteck aufgenommen haben, wird mir wohler sein.« Er blinzelte zu dem schlaff hängenden Wimpel hinauf, der im Sturm fast die Hälfte seiner Länge eingebüßt hatte. »Aber der Wind ist ausgeschossen, ganz wie ich mir das gedacht habe. Ich schlage vor, wir halten Ihren neuen Kurs, Nordnordwest, bis wir unsere Position einigermaßen festgestellt haben.« Er schnaubte sich heftig die Nase. »Und ich erlaube mir zu sagen, Sir, daß Ihre Schiffsführung erstklassig war.« Er blies die Backen auf. »Ein paarmal dachte ich tatsächlich, wir wären verloren.

Bolitho blickte zur Seite. »Danke sehr.« Er dachte an die zwei Männer, die weniger Glück gehabt hatten. Der eine war in der zweiten Nacht über Bord gegangen. Weggewaschen, ohne daß jemand ihn gesehen oder gehört hatte. Der andere war vom Backbordbalken abgerutscht, als er eine durchgeriebene Zurring am Ankerstock auswechselte. Eine unvermutete einzelne Woge hatte ihn fast beiläufig von seinem Sitz gefegt, und Bolitho hatte noch eine Zeitlang gedacht, er würde gerettet werden. Eifrige Hände hatten nach ihm gegriffen, aber eine zweite Welle hatte ihn erfaßt und ihn nicht etwa weggeschwemmt, sondern hoch in die Luft geworfen wie einen Hampelmann, und ihn dann mit wilder Wut gegen den schweren eisernen Anker geschleudert. Bootsmannsmaat Roskilly schwor, er habe die Rippen des Mannes krachen und splittern gehört, ehe er schreiend in dem schäumend am Schiffsrumpf entlangwirbelnden Wasser verschwand. Und dann noch der Mann, der vom Mast gefallen war. Somit hatte der Sturm drei Tote gekostet, und dazu sieben Verletzte. Knochenbrüche, von der stoßenden, bockenden, klatschnassen Leinwand aufgerissene Finger, Hautentzündungen durch Salz und Wind; Wunden an den Handflächen von den Leinen, die durch die umklammernden Fäuste gerutscht waren – so lauteten die Eintragungen im Krankenjournal des Schiffsarztes.

Herrick kam nach achtern und sagte: »Ich lasse gerade einen neuen Klüver anschlagen, Sir. Der andere ist nur noch als Flickzeug zu gebrauchen.« Noddall reichte ihm einen dampfenden Becher, und er trank genüßlich. »Der Himmel helfe dem armen Seemann!«

Bolitho blickte ihn von der Seite an. »Sie wollen ja gar keinen anderen Beruf!«

Herrick schnitt eine Grimasse. »Hier und da hatte ich schon mal meine Zweifel darüber.«

Davy, der die Wache hatte, trat zu ihnen an die Reling. »Ob wir wohl bald Land in Sicht kriegen, Sir?« fragte er.

Davy sah älter aus, weniger selbstgefällig als beim Dienstantritt auf der *Undine*. Im Sturm hatte er sich gut bewährt; vielleicht dachte er immer noch, wirkliche Gefahr könne nur aus der Mündung einer Kanone kommen.

Bolitho überlegte. »Das hängt davon ab, wie genau wir unsere Position fixieren können. Wenn wir die Abdrift berücksichtigen und die veränderte Windrichtung, könnten wir, glaube ich, vor Einbruch der Dunkelheit die Inseln in Sicht haben.«

Er lächelte, und das tat ihm so weh, daß ihm erst richtig klar wurde, wie anstrengend die letzten Tage gewesen waren.

Mißmutig sagte Herrick: »Der verdammte Froschfresser wird uns schön auslachen. Sitzt gemütlich in seinem Hafen unter den Kanonen dieses verdammten Piraten!«

Bolitho blickte ihn nachdenklich an. Dieser Gedanke hatte ihn selbst während der ganzen Zeit kaum losgelassen, obwohl er weiß Gott anderes genug im Kopfe hatte. Mit dem französischen Kapitän zu parlamentieren, war eine Sache. Eine ganz andere war, daß dieser Muljadis Flagge fuhr. Das zu akzeptieren, bedeutete das offene Eingeständnis einer Niederlage: die Anerkennung der faktischen Souveränität Muljadis. Wenn Conway diese anerkannte, dann würde jedes andere europäische Land, das Handels- und Schutzrechte in Indien besaß, und ganz besonders die mächtige Niederländische Ostindien-Companie, das als den Versuch Englands betrachten, alle Vorteile für sich in Anspruch zu nehmen. Und das war genau, was Frankreich wollte.

Was aber sollte er tun, wenn der französische Kapitän auf Conways Botschaft nicht einging? Draußen vor den Inseln auf- und abpatrouillieren und die *Argus* in Kämpfe verwickeln? Das wäre eine sehr einseitige Angelegenheit. Le Chaumareys war ein alter Seefuchs und kannte in diesen Gewässern jedes Inselchen, jede Bucht, wo er sich in Kriegszeiten vor den britischen Fregatten verkrochen hatte. Und er brauchte weiter nichts zu tun, als irgendwo vor Anker liegen zu bleiben und sich von Land aus zu versorgen, bis die *Undine* wieder abzog.

Seine Müdigkeit verstärkte noch seinen Ärger. Wenn nur die Politiker mal hier wären und selbst sehen könnten, wie sich ihre Träume von Weltstrategie in Fleisch und Blut, in Holz und Segelleinwand ausnahmen!

»Land in Sicht! Steuerbord voraus!«

Davy rieb sich die Hände. »Da sind wir ja näher dran, als Sie dachten, Sir!«

»Auf gar keinen Fall!« warf Mudge dazwischen. Er zerrte seine Tafel aus der Tasche und machte ein paar blitzschnelle Berechnungen. »Da gibt es eine kleine Insel, etwa vierzig Meilen südlich der Benuas, Sir.« Er blickte sich suchend um, bis er Midshipman Penns winzige Gestalt an der Heckreling entdeckt hatte. »Rauf mit Ihnen, Mr. Penn, und nehmen Sie sich das große Glas zur Gesellschaft mit!« Er starrte ihn wild an. »Sehen Sie sich genau um, und machen Sie mir 'ne Zeichnung, wie ich's Ihnen beigebracht habe!« Er wartete, bis der Junge an die Hauptmastwanten gerannt war, und lachte dann leise.

»Capt'n Cook hatte die richtige Idee, Sir. Jedes verdammte Ding, das man sieht, abzeichnen und beschreiben. Die Zeit wird kommen, wo jedes verdammte Kriegsschiff 'n komplettes Bilderbuch zum Studieren hat.« Er sah hinter dem aufenternden Penn her. »Manche Leute werden sich natürlich doch nicht danach richten!«

»Besser als ich dachte«, sagte Bolitho lächelnd zu Herrick. »Wir setzen einen Mann auf Lotstation und lassen loten, sobald wir Mudges Insel passieren. Nach der Karte sind hier herum etwa neunzehn Faden, aber ich möchte lieber sichergehen.«

Nach zwanzig Minuten war Penn wieder an Deck, das braune Gesicht schweißbeperlt. Er reichte Mudge seinen fleckigen Notizblock und trat dann einen Schritt zurück, gespannt, was der Alte wohl dazu sagen würde. Davy blickte ihm über die Schulter. »Sieht ja wie ein Wal aus!« Mudge warf ihm einen kalten Blick zu. »Genau.« Und zu Penn gewandt: »Haben Sie gut gemacht. So hab ich's in Erinnerung.« Seine kleinen Augen gingen wieder zu Davy hinüber. »Genau wie ein großer steinerner *Wal.*« Und nach einer kaum merkbaren Pause: »Sir.«

»Irgendwas darauf?« Bolitho nahm ein Fernrohr und richtete es über das Geschützdeck auf die Insel. Zunächst sah er nur den gleichen schmerzhaft gleißenden Glanz wie überall. Einen Moment überlegte er, wo denn der Sturm eigentlich geblieben sei, wohin er nach diesem furchtbaren Toben verschwunden sein mochte.

»Lieber Gott, nein, Sir.« Mudge freute sich offensichtlich, daß er Davy eins ausgewischt hatte. »Bloß 'ne Handvoll Stein, wie die Spitze einer unterseeischen Klippe, was es zweifellos auch irgendwann mal war. Aber ich glaube schon, daß es bei starkem Wind einen ganz guten Schutz abgeben könnte.«

Eben zogen ein paar Matrosen ein langes neues Tau über die Decksplanken, von denen immer noch Dampf aufstieg. Sie mochten erschöpft und dreckig und stoppelig sein, aber da war noch etwas anderes an ihnen. Die Art, wie sie zusammenarbeiteten – sie vertrauten einander. »Wir wollen einen Strich abfallen, Mr. Davy«, sagte er, »damit Sie sich Ihren Walfisch genauer ansehen können.«

Davy stürzte an die Reling. »Mr. Penn! Pfeifen Sie ›Alle Mann an die Brassen!‹« Lächelnd sah Herrick ihm nach. »Haben Sie einen besonderen Grund dafür, Sir?«

Bolitho zuckte die Achesln. »Mehr so ein Gefühl.« Er beobachtete die über das Deck stampfenden Männer. Es dampfte immer noch. Im Vorschiff sah er richtigen Rauch, denn Boyle, der Koch, bereitete eben die erste warme Mahlzeit seit dem Sturm.

Die Rahen schwangen unter dem Zug der Brassen herum, und der Rudergänger sang aus: »Nordost zu Nord, Sir!« Davy eilte nach achtern, um den Kompaß und den Stand der Segel zu kontrollieren. »Die Luv-Großbrasse noch ein Stück dichtholen, Mr. Shellabeer!« Er tupfte sich das schweißüberströmte Gesicht ab. »Recht so – belegen!« Bolitho lächelte wieder. Wenn Davy sich geärgert hatte, versah er aus irgendeinem Grund seinen Dienst besser. »Schicken Sie noch einen guten Ausguck hoch, bitte!« befahl er. »Die Insel soll scharf beobachtet werden, bis wir auf ihrer Höhe sind.«

Sanft hob und senkte sich der Bugspriet über einem Teppichmuster aus glitzernden Sonnenreflexen. »Ich gehe unter Deck, Mr. Herrick. Ich will mich rasieren lassen und Noddall ein sauberes Hemd entreißen.«

Als er dann im Stuhl zurückgelehnt saß und Allday mit seinem Rasiermesser an der Arbeit war, fand er Zeit, sich darüber Gedanken zu machen, was er tun würde, falls er mit dem Kapitän der *Argus* zusammenträfe. Das eilig heißgemachte Wasser, das sanfte Gleiten der Klinge auf seiner Haut wirkten entspannend auf die Muskeln, und der leichte Luftzug von den offenen Heckfenstern fächelte um seine bloßen Schultern wie eine beschwichtigende Umarmung. Auf dem ganzen Erdball taten des Königs Kapitäne ihren Dienst, schlugen sich mit Skorbut und anderen Seuchen herum, beförderten Depeschen an einen Admiral oder an einen gottverlassenen Außenposten, der noch auf keiner Landkarte eines

Schuljungen zu finden war. Oder sie hockten hinter einem Kabinenschott und hatten Angst vor einer Meuterei, oder dachten sich irgendwelche Ablenkungsmanöver aus, um eine zu verhindern. Vielleicht kämpften sie gegen irgendeinen abtrünnigen Herrscher, welcher Untertanen des Königs angegriffen hatte. Er lächelte. Und der eine oder andere würde in ähnlicher Lage wie er selbst sein: ein winziges Teilchen eines halbausgeformten Planes.

Durch das offene Oberlicht hörte er den Ausguck: »Deck ahoi! Schiff vor Anker dicht unter der Küste!« Er sprang auf, griff das saubere Handtuch und wischte sich damit den Schaum vom Kinn.

Allday trat zur Seite und grinste bewundernd. »Bei Gott, Captain, Sie müss'n ja schlauer sein als ein Bauernkater! Woher haben Sie bloß gewußt, daß da ein Schiff ist?«

Bolitho stopfte sich das zerknitterte Hemd in den Hosenbund. »Pure Magie, Allday!« Er rannte zur Tür, zwang sich dann aber zu warten, bis Midshipman Penn im Türrahmen erschien.

»Ein Schiff, Sir!« Mr. Davy läßt respektvoll melden, er glaubt, es ist ein Schoner.«

»Danke, Mr. Penn«, antwortete er und zwang sich, seine Erregung zu verbergen. »Ich komme an Deck, sobald ich mich umgezogen habe. Mein Kompliment an den Ersten Leutnant, und ich lasse ihn bitten, aufs Achterdeck zu kommen, sobald ich dort bin.«

Er wandte sich um und sah, daß Allday ein Lächeln verbarg. »Finden Sie irgend etwas amüsant?« fragte er.

»Aber nein, Captain«, erwiderte Allday und blickte ihm ganz ernsthaft ins Gesicht. »Ich höre immer gern zu, wenn feine Leute miteinander sprechen.«

»Hoffentlich lernen Sie was davon«, brummte Bolitho und trat auf den Gang hinaus.

Oben empfing ihn Herrick ganz aufgeregt. »Ein Schoner, Sir! Der Mann im Vortopp ist mein bester Ausguck, und ich habe ihm noch ein besseres Glas hinaufbringen lassen.« Er starrte Bolitho mit unverhohlenem Staunen an. »Das ist ja direkt unheimlich!«

Bolitho lächelte flüchtig. »Es war nur so eine Idee, um die Wahrheit zu sagen. Aber der Sturm war ja ziemlich schlimm, und als der Steuermann davon sprach, daß die Insel guten Schutz bietet, habe ich mir eben gedacht, man müßte mal nachsehen.«

Er nahm Penns Fernrohr und spähte über den Bug. Dort lag das Eiland jetzt, ein unbestimmter graublauer Fleck. Der Ausguck im Masttopp würde viel mehr sehen können.

»Wie steht der Wind?«

»Aus Südwest, Sir«, sagte Davy. Dementsprechend traf Bolitho seine Entscheidung. »Kurs ändern. Auf Backbordbug gehen.« Er schritt zur Bussole. Neugierig blickte der Rudergänger ihn an.

»Ruder Nordnordwest!«

Ein Bootsmannsmaat beeilte sich, ›Alle Mann an die Brassen‹ zu pfeifen.

Bolitho erläuterte Herrick, was er vorhatte: »Auf diese Weise bleibt die Insel zwischen uns und dem Schoner, und wir haben Raum in Luv. Setzen Sie Großsegel, aber lassen Sie die Oberbramsegel vorläufig noch angeschlagen.«

Herrick war sofort im Bilde. »Aye, Sir. Je weniger Leinwand wir zeigen, um so unwahrscheinlicher ist es, daß sie uns sichten.«

Bolitho warf einen Blick auf Mudge, der jetzt bei Fowlar am Ruder stand. »Sie selbst haben mir diese Idee in den Kopf gesetzt. Ich habe mir dauernd überlegt, wieso Muljadi immer so gut über unsere Bewegungen informiert ist. Ich glaube, wir werden bald wissen, wie er das macht.« Er schaute in den verwaschenen blauen Himmel hoch über den Masten, die in der heißen Luft verschwammen. »Wir wären direkt von Osten gekommen, wenn der Sturm nicht gewesen wäre. So haben wir wenigstens einen Vorteil von diesem Dreckwetter gehabt.«

»Und was ist mit den Instruktionen des Admirals?« fragte Herrick leise. Aber dann grinste er. »Ich kann Ihnen am Gesicht ansehen, daß Sie sich den passenden Moment selbst aussuchen wollen.«

Bolitho lächelte. »Bettler können sich gar nichts aussuchen. Das habe ich längst gelernt.«

Die *Undine* schwang mit krachenden, schauernden Segeln nach Backbord auf den neuen Kurs. Das kleine bucklige Inselchen schwamm in Luv vom Bugspriet weg, als habe es Anker gelichtet.

»Nordwest liegt an, Sir! Voll und bei!«

»Jetzt 'ran mit dem Großsegel!« befahl Bolitho und gab Davy das Handzeichen. »Mr. Mudge, wie lange noch, Ihrer Meinung nach?«

Mudge schob nachdenklich die Lippen vor. »Zwei Stunden, Sir.«

»Gut. Dann können wir beide Wachen zum Essen schicken, sobald die Segel richtig ziehen.«

Eilig kletterten die Matrosen die Rahen entlang; andere standen unten an Deck bereit, um die mächtigen Großsegel von Haupt- und Fockmast dichtzuholen. Wohlgefällig nickte Herrick. »Die haben sich ein bißchen verändert seit damals, als sie an Bord kamen, Sir!«

»Das wird wohl für die meisten von uns zutreffen«, erwiderte Bolitho und merkte dabei plötzlich, daß er furchtbaren Hunger hatte. Er schritt zum Kajütniedergang. Bestimmt war das unbekannte Schiff harmlos, vielleicht ein schon längst aufgegebenes Wrack. Vielleicht wieder ein Trick, um ihn aufzuhalten und irrezuführen.

Noddall blickte ihm ängstlich entgegen. »Wieder Salzfleisch, Sir.«

»Ausgezeichnet.« Er übersah die Verwunderung in Noddalls Nagetiergesicht. »Aber etwas Wein zum Anfeuchten!« Er lehnte sich über das Bord des Heckfensters und starrte auf das schäumende Kielwasser unter dem Steven. Zufall oder Glück, wie man es nun nennen mochte – nur darauf konnte er rechnen. Und er würde es zu nutzen wissen!

»Siebzehn Faden!« sang der Mann am Lot aus. Seine Stimme übertönte das Flappen der Leinwand. Die Großsegel waren jetzt wieder aufgegeit, und die *Undine* glitt stetig auf die kleine Insel zu. Eben tippte Shellabeer dem Mann auf die Schulter und ließ sich das Lot geben. Er befühlte das talggefüllte Bodenstück und meldete dann: »Felsiger Grund, Sir.«

Bolitho nickte. Das Inselchen war so, wie Mudge es beschrieben hatte: eine isoliert stehende Felsenklippe, kein eigentlicher Teil des Meeresgrundes.

»Klarmachen zum Ankern, Mr. Herrick!« Er ließ sich von Penn ein Fernglas geben und suchte sorgfältig die Felszacken der Insel ab. Sie lagen jetzt etwa fünf Kabellängen entfernt, aber es war nahe genug um zu sehen, daß der erste Eindruck falsch gewesen war. Die Insel sah jetzt keineswegs mehr wie ein glatter Walfischrücken aus. Die Felsen waren bläulichgrau wie die Schiefergebirge in Cornwall. Wind und Wetter hatten tiefe Klüfte hineingegraben, so als hätte ein Riese versucht, die Insel in Stücke zu hacken. Abgesehen von ein paar Büschen Stechginster und sonstigen Steinpflanzen sah sie kahl und unwirtlich aus, aber in vielen kleinen Spalten hockten zahllose Seevögel, und andere kreisten hoch oben in der Luft, etwa dreihundert Fuß über dem Wasser, seiner Schätzung nach.

Herrick gab mit lauter Stimme seine Befehle; die Takelung

knarrte und krachte, als die *Undine* in einer plötzlich aufkommenden Dünung rollte. Das Wasser sah tief aus, aber das war Täuschung. Am Fuße der nächstgelegenen Klippe gab es ein paar schmale, steinige Strände; vermutlich war der sicherste Ankerplatz auf der anderen Seite, dort wo sich das unbekannte Schiff versteckt hatte. Hier auf dieser Seite lief auch eine Brandung; steil und bösartig schäumte sie um die einzig sichtbare Stelle, wo eine Landung möglich schien.

»Ruder nach Lee!« Das Schiff glitt leicht in den Wind; er fing die Bewegung mit dem Glase ab und suchte nach irgendeinem Zeichen von Leben, einer geringfügigen Bewegung, die anzeigte, daß man sie gesehen hatte.

»Fallen Anker!«

Das Aufplatschen des Ankers klang ungebührlich laut; diese gottverlassenen Klippen schienen den Schall ärgerlich zurückzuwerfen. »Lebhaft, Jungens!« rief Herrick. »Boote klar zum Aussetzen, Mr. Davy!«

»Mr. Herrick«, warf Bolitho dazwischen, »der Mann am Lot soll jetzt genau aufpassen, ob der Anker hält. Wenn er auf dem felsigen Grund rutscht, müssen wir mehr Kette stecken.«

»Aye, Sir.« Und Herrick eilte davon. Er hatte alle Hände voll zu tun.

Träg schwojte und zerrte das Schiff an der Kette; es wurde jetzt ruhiger, einige Seevögel verließen ihre luftigen Plätze und zogen über den Masttopps ihre Kreise. Schwer atmend kam Herrick wieder. »Es scheint, wir liegen ziemlich sicher, Sir. Aber ich habe die Ankerwache angewiesen, scharf aufzupassen.« Er spähte mit zusammengekniffenen Augen zur Küste hinüber. »Das sieht ja wie ein Kirchhof aus.«

»Zwei Boote brauchen wir«, sagte Bolitho nachdenklich. »Gig und Kutter sind genug. Die müssen flott durch die Brandung. Steiler Strand, anscheinend. Teilen Sie also einen guten Bootsmann für den Kutter ein.« Er sah, daß Allday bereits durch Handzeichen das Anhieven und Aussetzen der Gig dirigierte, und fügte lächelnd hinzu: »Ich denke, mein Boot ist in guten Händen.«

Herrick fragte betroffen: »Wollen Sie denn mit an Land, Sir?«

»Nicht weil es mich nach Ruhm gelüstet, Thomas.« Er senkte die Stimme. Die eingeteilten Besatzungen traten jetzt bei den Waffenkisten zur Musterung an. »Aber ich muß zum mindesten wissen, womit wir es zu tun haben.«

Herrick war anscheinend nicht überzeugt. »Aber wenn das andere Schiff zu den Piraten gehört – was dann, Sir? Dann werden Sie doch sicher wenden wollen und den Kerl unter Feuer nehmen, wenn er versucht freizuschlippen.«

»Nein.« Er schüttelte bestimmt den Kopf. »Der liegt da hinten sicher vor Anker. Und dort ist das Wasser zu flach, als daß ich nahe genug herankönnte, um ihn unter Feuer zu nehmen. Wenn er erst mal auf hoher See ist, dann kann er uns zum Besten haben, wie er will – ich fürchte, wir sind unter diesen Umständen einfach nicht beweglich genug. Und außerdem«, fügte er hart hinzu, »will ich ihn entern.«

»Boote liegen längsseits, Sir!« meldete Davy. Ein krummer Entersäbel baumelte an seiner Seite. Bolitho faßte seinen eigenen Degen. Indessen betrachtete Hauptmann Bellairs die Boote, die ohne ihn fahren sollten, mit wachsendem Ärger.

»Hauptmann Bellairs«, rief Bolitho, »ich wäre Ihnen verbunden, wenn ich für jedes Boot drei Ihrer allerbesten Scharfschützen haben könnte.« Bellairs wurde zusehends heiterer und blaffte Sergeant Coaker an: »Äh – Beeilung, Sa'rnt! Eigentlich müßten sie ja allesamt erstklassige Scharfschützen sein, wie?«

Herrick grinste. »Sie denken auch an alles, Sir.«

Bolitho ließ das Glas aufs neue über die Insel gleiten, dort wo eben ein paar Seevögel elegant auf einer Klippe landeten. Das würden sie nie tun, wenn Menschen in der Nähe wären. »Kann ja sein, daß Seeleute besser klettern können, aber eine gutgezielte Kugel im richtigen Moment ist nun mal nicht zu schlagen.«

Er nickte Davy zu. »Mannschaften in die Boote!« Und dann zu Herrick, ganz beiläufig: »Wenn etwas schiefgeht, finden Sie die Befehle des Admirals in meiner Kajüte.«

»Sie können sich auf mich verlassen, Sir«, antwortete Herrick und machte wieder sein besorgtes Gesicht. »Aber ich bin sicher, daß . . .«

Lächelnd tippte Bolitho ihm auf den Arm. »Ja. Aber denken Sie trotzdem an die Befehle. Wenn es nötig ist, führen Sie sie aus – nach *Ihrem* eigenen Ermessen!«

Langsam schritt er zum Fallreep an den angetretenen Matrosen und Seesoldaten vorbei. Jetzt kannte er sie; von jedem einzelnen wußte er, wie er hieß und was er taugte.

Midshipman Armitage schien verwirrt und außer Fassung zu sein. »Sir! Die Scharfschützen wollen ihre Uniformröcke nicht ausziehen.« Ein paar von den Matrosen stießen einander grinsend in die Rippen, und Armitage bekam einen roten Kopf.

Bellairs krähte: »Äh – meine Männer können schließlich nicht wie die verdammten Landstreicher rumlaufen, wie?« Und zu Bolitho mit einem raschen, entschuldigenden Blick: »Das geht doch nicht, Sir, nicht wahr?«

Bolitho schlüpfte aus seinem blauen Rock und warf ihn Noddall zu, der sich bei der Achterdecksleiter herumtrieb. »Ist schon in Ordnung.« Ernsthaft nickte er den Marineinfanteristen zu. »Wenn ich ein bißchen Autorität ablegen kann, dann können Ihre Leute das bestimmt auch.« Der Sergeant sammelte die roten Röcke und die Tschakos ein, und der Ehre war offenbar Genüge getan. Trotzdem fügte er noch hinzu: »Außerdem wird es eine schwierige Kletterei geben, und wer weiß, was danach kommt.«

Einen Moment noch überblickte er die schwankenden Boote und dachte nach, was er wohl vergessen haben könnte. Halblaut sagte Herrick: »Viel Glück, Sir.«

Bolitho warf noch einen Blick auf die Männer am Fallreep und in den Wanten. »Auch Ihnen, Thomas. Halten Sie die Leute in Alarmbereitschaft, Wache um Wache. Sie wissen, was Sie zu tun haben.« Er sah, wie Armitage zwischen den Rudergasten in der Gig herumstolperte. Es war beinahe grausam, ihn mitzunehmen. Und obendrein ein Risiko. Aber irgendwann mußte er ja mal anfangen. Wenn jemand so eine Mutter hat wie Armitage, dachte er, dann ist es überhaupt ein Wunder, wenn er zur See geht. Wäre Keen an Bord gewesen, hätte er den mitgenommen. An der Reling stand Penn und sah sehnsüchtig auf die Boote hinunter. Der wäre mit Freuden mitgefahren. ›Tiger‹ nennen ihn die Matrosen, dachte Bolitho amüsiert.

Dann kletterte er in die Gig. Diesmal wurde nicht Seite gepfiffen. Ein Gefühl der Spannung überkam ihn, als die Boote ablegten. »Nehmen Sie die Spitze, Allday!« befahl er. Bei jedem Schlag der Riemen stiegen die felsigen Klippen höher und höher aus dem Wasser, und Bolitho konnte die starke Unterströmung spüren. Die Dünung brach sich und sprang als schäumende Brandung auf den Strand. Achteraus stampfte der Kutter durch das glitzernde Sprühwasser; über den Schultern der Rudergasten schwankte Davys Kopf. Auch der Leutnant spähte aufmerksam zur Insel hinüber. Woran mochte er denken? Daß er auf diesem gottverlassenen Fleck seinen Tod finden könnte? Oder daß er dem so dringend benötigten Prisengeld einen Schritt näher sein mochte? Bolitho wischte sich die Spritzer vom Gesicht und konzentrierte sich auf die schnelle Anfahrt. Im Augenblick war die Gefahr des Ertrinkens größer als jede andere.

Allday stand halbgebückt, umfaßte eisern mit der einen Hand die Ruderpinne, visierte über Heck und Bug, berechnete den Rhythmus der wütenden Brandungswellen, die schräge Linie der Brecher, die brüllend zwischen die dunklen Klippen schlugen. Ihn brauchte man nicht zu warnen. Jedes Dreinreden würde ihn nur verwirren, und das könnte katastrophale Folgen haben.

»Mächtig steile Küste, Captain«, warf er hin. Sein kraftvoller Körper glich die Schwankungen des Bootes aus. »Am besten schnell rein, im letzten Moment 'rum mit dem Bug, und dann mit der Welle breitseits auf den Strand. Was halten Sie davon, Captain?«

»Sehr schön«, lächelte Bolitho. Dann würden sie überdies Zeit haben, um auszusteigen und dem nachkommenden Kutter zu helfen.

Ihm wurde plötzlich kühl. Sie waren bereits im Schatten der Klippen; der Wellenschlag, das Knirschen der Riemen in den Duchten hallte von den Steinen wider. Es hörte sich an, als sei ein drittes unsichtbares Boot in der Nähe.

Sie rutschten beinahe über die letzte Welle; verzweifelt versuchten die Rudergasten, Schlag zu halten. »Jetzt!« brüllte Allday und riß die Ruderpinne herum. »Stauwasser an Backbord«, meldete er.

Gefährlich dümpelnd und krängend setzte die Gig beinahe breitseits auf den Strand, der Kiel pflügte mit protestierendem Knirschen und Zittern durch Kiesel und Tang. Doch schon sprangen die Männer in den Schaum, packten das Dollbord und brachten die Gig mit purer Muskelkraft ins Sichere.

»Alles raus!« Allday stützte Bolitho am Arm, als sie alle miteinander durch die Wellen aufs feste Land wateten.

Bolitho eilte zum Fuße der Klippe und überließ Allday die Aufsicht über die Sicherung des Bootes. Er winkte den drei Marineinfanteristen. »Ausschwärmen! Seht zu, ob ihr einen Weg zum Gipfel findet!« Sie begriffen sofort und eilten, ohne sich nach dem näherkommenden Kutter umzublicken, den geröllbedeckten Abhang empor, die geladenen Musketen schußfertig im Arm.

Gespannt sah Bolitho zu dem gezackten Felsgrat empor. Blaßblau wölbte sich der Himmel darüber. Keine spähenden Köpfe tauchten auf, keine plötzliche Musketensalve prasselte herab. Sein Atem ging jetzt ruhiger. Er wandte sich um und beobachtete den ankommenden Kutter, der herumschwang und mit dumpfem Aufschlag zwischen den wartenden Matrosen auf den Strand setzte.

Nach Atem ringend stolperte Davy ihm entgegen; doch waren seine Finger, als er die Pistole lud, bemerkenswert ruhig.

»Mustern Sie die Männer«, sagte Bolitho, »und schicken Sie Ihre drei Seesoldaten hinter den anderen her!« Er sah sich nach Armitage um, aber der war irgends zu erblicken.

»Himmeldonnerwetter, wo ist . . .« Aber Davy grinste – eben kam Armitage, sich die Hose zuknöpfend, hinter einem Felsblock hervor. Unwillig sagte Bolitho: »Wenn Sie sich schon ausgerechnet jetzt erleichtern müssen, Mr. Armitage, wäre ich Ihnen dankbar, wenn Sie wenigstens in Sicht blieben!«

Der Midshipman ließ den Kopf hängen. »P . . pardon, Sir.« Bolitho lenkte ein. »Es ist sicherer für Sie; und ich werde mich bemühen, es Sie nicht merken zu lassen, wenn ich schockiert sein sollte.«

Allday kam mit knirschenden Schritten über die Kiesel und lachte in sich hinein, während er ein paar Pistolen mit frischem trockenem Pulver lud. »Wissen Sie, Mr. Armitage, ich kann verstehen, wie Ihnen zumute war.«

Der Junge starrte ihn unglücklich an. »Sie?«

»Na klar. Ich hab mich mal auf 'nem Heuboden versteckt.« Er blinzelte dem Bootsmann des Kutters zu. »Vor so 'nem lausigen Preßkommando; und, ob Sie's glauben oder nicht, ich konnte nichts anderes denken, als daß ich furchtbar pissen mußte!«

»Na, hoffentlich hilft ihm das ein bißchen«, sagte Bolitho zu Davy. Dann vergaß er Armitages Privatsorgen und befahl: »Vier Mann bleiben bei den Booten!«

Wie ein wunderhübsches Schiffsmodell schwojte die *Undine* vor Anker; die Heckfenster glänzten im Sonnenlicht. Wahrscheinlich sah Herrick zu, wie sie vorgingen. Wenn die auf Strand gesetzten Boote angegriffen wurden, konnte er Hilfe schicken. Er blickte wieder an den Klippen hoch. Feucht, dumpf, trügerisch kühl. Oben auf dem Grat, in der Sonne, würde es brühheiß sein. Er wartete, bis Davy wieder bei ihm war.

»Also dann los!«

Allday gab dem Landungskommando ein Handzeichen, in Richtung auf die Klippen vorzugehen. Bolitho musterte die Männer prüfend. Außer Davy und Armitage hatte er an Chargen noch einen Steuermannsmaat namens Carwithen mitgenommen, der es furchtbar übelgenommen hätte, wenn er an Bord hätte bleiben müssen, nachdem Fowlar sich so hatte auszeichnen können. Carwithen stammte wie Bolitho aus Cornwall und war ein dunkelhaariger, selten lächelnder Mann aus dem Fischerdorf Looe.

Bolitho wartete, bis sie ihre Waffen nachgesehen hatten: alles Männer, die seinem Befehl gehorchten – an Bord oder an Land, das galt ihnen gleich.

Carwithen sagte: »Hoffentlich gibt's was zu trinken auf der anderen Seite.« Es fiel Bolitho auf, daß kaum jemand bei dieser Bemerkung lächelte. Carwithen war als harter Mann bekannt, der leicht zuschlug, wenn er gereizt wurde. Er verstand seine Arbeit, aber zu mehr reichte es nach Meinung des Steuermanns nicht. Ganz anders als Fowlar, dachte Bolitho.

»Gehen Sie mit Ihrer Abteilung nach links, Mr. Davy, aber die Seesoldaten sollen das Tempo angeben. Sie, Mr. Armitage, bleiben bei mir.«

Einer der Marineinfanteristen gab soeben ein Zeichen – er hatte einen Kletterpfad entdeckt, der zu einer ersten Felskante führte.

Seltsam, wie unangenehm den Matrosen jedesmal der Moment war, wenn sie die See hinter sich ließen. Als ob eine Leine am Gürtel sie zurückzerrte. Bolitho schob seinen Degen etwas beiseite und packte den nächsten Felsvorsprung. Endloser Regen und Wind hatte die Steine glattgeschliffen, Millionen von Seevögel sie mit ihrem Kot bedeckt. Kein Wunder, daß die Schiffe diese Insel mieden.

Vorsichtig kletterte er über Felsbrocken und Geröll. Er spürte einen kleinen Druck an seinem Schenkel – die Uhr, die sie ihm in Madras geschenkt hatte. Plötzlich mußte er daran denken, daß sie ihm noch viel mehr gegeben hatte. Und er hatte es bedenkenlos genommen. Welch ein Gefühl, als sie in seinen Armen lag, sanft und doch voller Leben . . .

Seine Finger faßten in frischen Vogelkot, und er verzog das Gesicht. Wie schnell sich die Verhältnisse ändern können, dachte er grimmig.

Das Vorgehen auf der kleinen Insel erwies sich als schwieriger und anstrengender, als sie erwartet hatten. Sobald sie die erste

Klippe überwunden hatten und die Sonne mit voller Glut auf sie niederbrannte, sahen sie, daß sie erst eine tückische Schlucht passieren mußten, ehe sie die nächste Höhe in Angriff nehmen konnten. Und so ging es weiter, bis sie endlich über eine fast kreisrunde Hochfläche stapften, die, wie Bolitho annahm, die Mitte der Insel bildete. Dort fing sich die Hitze; keine Seebrise drang bis hierher, und der Vormarsch wurde noch durch den klebrigen Teppich aus Vogelmist erschwert, der das Plateau von einem Ende zum anderen bedeckte.

Allday keuchte: »Machen wir Rast, wenn wir auf der anderen Seite sind, Captain?« Seine Arme und Beine waren, ebenso wie die der anderen, voller Vogelschmutz, und eine dünne Lage Staub bedeckte sein Gesicht wie eine Maske. »Ich bin trocken wie ein Henkerauge!«

Bolitho wollte nicht schon wieder auf die Uhr sehen. Wie er am Stand der Sonne erkannte, war es bereits tiefer Nachmittag. Das dauerte alles viel zu lange!

An der anderen Seite des umschlossenen Plateaus konnte er Davys Abteilung sehen, die mühsam im Gänsemarsch vorging. Die Scharfschützen der Marineinfanterie schritten mit geschulterten Musketen wie Jäger voran. »Ja«, antwortete er auf Alldays Frage, »aber wir müssen mit den Wasserrationen sparen.«

Ihm kam es so vor wie der Gipfel der Welt. Die gekrümmten Ränder des Plateaus verbargen alles außer der Sonne und dem leeren Himmel. Wie er an den langgestreckten, schwankenden Schatten sehen konnte, war hinter ihm einer der Männer in den mehrere Zoll hoch liegenden Vogelmist gefallen; Bolitho brauchte sich nicht umzudrehen; er wußte auch so, daß es Armitage war.

Heiser rief ein Matrose: »Hier, fassen Sie meine Hand! Mensch, Sie sehen vielleicht aus . . . Pardon, Sir!«

Der arme kleine Armitage! Bolitho starrte blicklos die gelblichweißen Kniehosen des Marineinfanteristen vor ihm an, der vor Staub und Hitze förmlich qualmte. Vor dem Seesoldaten lagen ein paar Felsen; wahrscheinlich war die Hochebene dort zu Ende. Da konnten sie Rast machen, eine kurze Ruhepause im Schatten; sich ein bißchen erholen.

Er wandte sich um und sagte zu dem Matrosen, der Armitage aufgeholfen hatte: »Hast du noch Atem genug, um der Vorhut einen Befehl zu überbringen, Lincoln?«

Eifrig nickte der Mann. Er war klein und drahtig; sein Gesicht entstellte eine schreckliche Narbe – sie konnte von einem Seegefecht stammen oder auch von einer Kneipenschlägerei. Auf alle Fälle mußte er an einen Pfuscher von Wundarzt geraten sein, denn der eine Mundwinkel war ständig in schiefem Grinsen hochgezogen.

»Aye, Sir«, sagte er und beschattete seine Augen.

»Dann sag ihnen, sie sollen am Felsen haltmachen.«

Schon eilte Lincoln vorwärts. Seine flatternden, zerfetzten Hosenbeine wirbelten Wolken von Staub hoch.

Sie brauchten dann noch eine Stunde bis zu dem felsigen Rand der Hochebene, und es kam Bolitho vor, als machten sie immer einen Schritt vor und zwei zurück.

Davys Abteilung erreichte den Plateaurand fast zur gleichen Zeit; und während die Männer sich keuchend und hustend in den wenigen Schattenstellen zu Boden warfen, winkte Bolitho den Leutnant beiseite und sagte: »Wir wollen uns umsehen.« Müde nickte Davy. Sein Haar war so gebleicht, daß es aussah wie Stroh in der Sonne.

Jenseits der Felsen hockte ein Seesoldat und musterte mit zusammengekniffenen Augen und sachverständigem Interesse den sanft abfallenden Abhang, der sich ungebrochen bis zum Meer erstreckte. Und dort, an der schmalsten Stelle der Insel, dem »Schwanz des Walfisches«, lag der Schoner versteckt.

Er lag so weit landeinwärts, daß Bolitho im ersten Moment dachte, er wäre im Sturm aufgelaufen. Dann aber sah er Rauch von einem Feuer am Strand und hörte gedämpfte Hammerschläge – anscheinend führte die Mannschaft Reparaturen aus. Vielleicht hatten sie den Schoner sogar trockenfallen lassen, um Schäden an Rumpf oder Kiel auszubessern. Doch jetzt schien das Schiff ganz in Ordnung zu sein, soweit auf den ersten Blick zu erkennen war.

Winzige Gestalten bewegten sich an Deck, andere waren am Strand und zwischen den Felsen verstreut. Anscheinend war die Hauptarbeit inzwischen getan.

Davy sagte: »Sie stochern in den Priels zwischen den Felsen herum, Sir. Suchen wohl Muscheln oder dergleichen.«

»Wieviele, meinen Sie, sind es?« fragte Bolitho.

Davy runzelte die Stirn. »Zwei Dutzend, schätzungsweise.«

Bolitho sagte nichts darauf. Es war eine lange Strecke den Abhang hinunter, und gänzlich ohne Deckung. Man mußte seine

Männer bemerken, lange bevor es zum Nahkampf kam. Nachdenklich biß er sich auf die Lippen. Ob der Schoner wohl einen Tag oder auch länger hier bleiben würde?

Carwithen war zu ihnen gekommen und sagte heiser: »Die sind noch nicht fertig, Sir.« Er flüsterte, als sei die Mannschaft des Schoners in Hörweite. »Ihre Boote haben sie mächtig weit auf den Strand gezogen.«

Davy hob die Schultern. »Müssen sich wohl sicher fühlen.«

Bolitho zog ein kleines Teleskop aus der Tasche und stützte es sorgfältig auf einen Fels. Eine falsche Bewegung, und ein Sonnenreflex würde aufblitzen, der gewiß meilenweit zu sehen war.

Ein Ausguckposten . . . Mindestens einer mußte am Strand so plaziert sein, daß er die kleine Bucht gut überblicken konnte, aber nicht die andere Seite der Insel, wo jetzt die *Undine* lag. Bolitho lächelte grimmig. Bei diesem langen, beschwerlichen Anmarsch war es kein Wunder, daß sie hier oben keinen Posten aufgestellt hatten.

Bolitho fuhr zusammen und erstarrte. Jenseits der Bucht, fast in einer Linie mit dem reglos liegenden Schoner, bewegte sich etwas auf einer Felskante. Langsam stellte er sein Glas darauf ein: ein weißer, breitkrempiger Hut, darunter ein dunkles Gesicht.

»Auf dem Felsrand gegenüber sitzt ein Ausguck. Dort – fast genau über dem Priel.«

»Kein Problem«, sagte Carwithen. »Von See her geht's nicht, aber von hinten könnt' ich ihn leicht fertigmachen.« Kampfeslust klang aus seiner Stimme.

Unten krachte ein Schuß, und sie duckten sich; hinter sich hörte Bolitho Waffenklirren, als seine Leute in Deckung gingen.

Etwas Weißes, Flatterndes fiel vom Himmel und blieb reglos am Strand liegen. Die muschelsuchenden Matrosen des Schoners blickten kaum auf, als einer der Ihren hinging und es aufnahm.

»Er hat einen Tölpel geschossen«, sagte Carwithen. »Schmeckt ganz gut, wenn man nichts Besseres hat.«

Der Seesoldat meinte: »Muß 'n verdammt guter Schütze sein, Sir.«

Der Soldat hatte recht. Das Gleiche hatte auch Bolitho gedacht. Ein Frontalangriff war also zu riskant, dabei wären sie alle umgekommen.

Er sagte: »Ich schicke Nachricht zum Schiff, wir müssen warten, bis es dunkel ist. Hier«, sagte er zu dem Seesoldaten, »nimm das

Glas, aber deck' es gut ab.« Er brauchte nichts weiter zu erklären. Der Mann hatte soeben bewiesen, daß er nicht nur schießen, sondern auch denken konnte.

Die anderen lagerten weiter hinten noch zwischen den Felsen. Allday hielt ihm eine Feldflasche hin: »Trinken Sie, Captain. Schmeckt wie Bilgewasser.«

Bolitho kritzelte etwas auf seinen Block und gab das Blatt einem Matrosen. »Bring das zur Küste und übergib es dem Deckoffizier dort.« Er sah das verzweifelte Gesicht des Mannes und fügte beruhigend hinzu: »Du brauchst nicht zurückzukommen. Wenn du bei der *Undine* bist, hast du eine Ruhepause verdient.«

Da krachte noch ein Schuß, diesmal durch die Felsen gedämpft, und dann folgte ein anderer Ton: etwas Weiches fiel zu Boden. Carwithen sprang auf. »Noch 'n Vogel, Sir!«

Bolitho schlich mit ihm zu dem Ausschau haltenden Seesoldaten zurück. Der starrte verwirrt auf den großen Tölpel nieder, der ihm mit ausgebreiteten Schwingen und blutiger Brust fast direkt vor die Füße gefallen war.

Ärgerlich sagte Davy: »Also, wie in drei Teufels Namen hat er . . .«

Bolitho hob die Hand, und sie erstarrten in Schweigen. Schwach erst, dann deutlicher, hörte man Scharren und das Rollen loser Steinchen – jemand kam eilig herauf, um den toten Vogel zu holen.

Bolitho blickte sich blitzschnell um. Hinter diesen paar kleinen Felsen konnte er seine dreißig Mann nicht verstecken. Er sah, wie Allday ihnen Zeichen machte, ganz still zu sein, sah die Angst in Armitages Augen, der wie gebannt auf die letzte Felsbarriere starrte.

Die Geräusche wurden lauter; Bolitho konnte hören, wie sich der Mann keuchend das letzte Stück Abhang hinaufkämpfte.

Niemand bewegte sich. Der Seesoldat blickte starr seine Muskete an, die zwei Fuß von seiner Hand entfernt lag. Das geringste Geräusch, und sie waren alle verloren.

Da handelte Carwithen, der am dichtesten bei der Felsenbarriere war. Fast lautlos ergriff er den toten Vogel und zog ihn ein paar Zoll unter die Kante des nächsten Felsens. Mit der anderen Hand zerrte er etwas unter seinem kurzen blauen Überrock hervor, die Augen ohne zu blinzeln auf den Vogel gerichtet.

Es schien eine Ewigkeit zu dauern, bis etwas geschah. Aber

dann ging es so schnell, daß man kaum folgen konnte.

Das dunkle Gesicht des Fremden starrte offenen Mundes auf sie herab, sein Blick flog von dem Vogel zu Carwithen, als er sich mit dem Oberkörper über die Felskante zog, um nach seiner Beute zu greifen. Der Bootsmannsmaat ließ den Lockvogel fallen; die Bewegung war so schnell, daß sie den Fremden überraschte, er schwankte, tastete im Gürtel nach dem blanken Griff einer Pistole.

»So nicht, mein Hübscher«, murmelte Carwithen ruhig, beinahe freundlich. Dann schoß seine andere Hand unter dem Rock hervor, ein Enterbeil blitzte auf. Carwithen schlug kurz und brutal zu – der Pickel der Axt grub sich in den Nacken des Mannes. Mit einem mächtigen Ruck zog Carwithen den schon Bewußtlosen ganz über die Felskante, riß das Beil heraus, drehte es um und durchschlug mit der Schneide seine Kehle. Nochmals hob sich das Beil und schlug zu.

Blut spritzte über Armitages Seesoldaten. Wieder riß Carwithen das Beil hoch, aber Bolitho fiel ihm in den Arm. Er fühlte den irren, aufgestauten Haß in den Muskeln des anderen, der ihn abzuschütteln versuchte.

»Halt! Genug, verdammt noch mal!«

In schreckerfülltem Schweigen starrten die Männer einander und den Toten an, der über dem toten Seevogel lag. Heiser flüsterte Carwithen: »Dieser Mistkerl treibt keine Seeräuberei mehr!«

Bolitho zwang sich, den Leichnam näher anzusehen: ein Javaner vermutlich, bekleidet mit irgendwelchen Fetzen, aber eine Pistole mit dem Wappen der Ostindischen Handelskompanie. »Hat er wahrscheinlich einem armen, ehrlichen Seemann abgenommen, der Bastard!« murmelte Carwithen.

Niemand sah ihn an. Bolitho kniete mit seinem Teleskop hinter einem Felsblock und suchte sorgfältig die Bucht unten ab. Carwithen hatte schnell und nachdrücklich getan, was getan werden mußte. Aber es hatte ihm Spaß gemacht, das entwertete die Tat.

Bolitho beobachtete den fernen Ausguck in seinem felsigen Versteck und die winzigen Gestalten, die noch immer in den Prielen herumstocherten. »Sie haben nichts gesehen«, sagte er leise.

Mit einem Blick auf den immer noch schluchzenden Armitage fragte Davy: »Ändert das etwas für uns, Sir?«

Bolitho schüttelte den Kopf. »Höchstens wenn der Mann von seinen Leuten vermißt wird.« Er studierte die länger werdenden Schatten der Felsen. »Wir müssen abwarten und können nur hoffen, daß es bald dunkel wird.«

Carwithen wischte sein Enterbeil an einem Fetzen ab, den er von der Kleidung des Toten gerissen hatte. Sein Gesicht drückte nur Befriedigung aus – sonst nichts.

Davy gab seinen Männern ein Zeichen. »Schafft das da beiseite! Mit Steinen bedecken!« Er schluckte. »Diesen Tag werde ich so bald nicht vergessen.«

Bolitho faßte den Midshipman bei der Schulter und zog ihn vom Felsen weg. »Hören Sie zu, Mr. Armitage!« Er schüttelte ihn heftig, da die Augen des Jungen immer noch an der roten Spur hafteten, die der Leichnam hinterlassen hatte. »Reißen Sie sich zusammen! Ich weiß, das war ein schrecklicher Anblick, aber Sie sind nicht bloß zum Zusehen hier, verstanden?« Er schüttelte ihn nochmals; es tat ihm weh, den Schmerz und Abscheu in den Augen des Jungen zu sehen. »Schließlich sind Sie einer meiner Offiziere und sollen ein Vorbild für unsere Leute sein!«

Armitage nickte benommen. »Jawohl, Sir. Ich werde versuchen, mich . . .« Wieder überfiel ihn Brechreiz.

»Ich weiß, das werden Sie«, sagte Bolitho freundlich. Er merkte, daß ihn Allday über die zitternde Schulter des Jungen hinweg anblickte und leise den Kopf schüttelte. »Nun weg mit Ihnen, sehen Sie nach, ob der Kurier schon unterwegs ist!«

»Armer Kerl«, sagte Allday leise. »Der wird sich nie an diese Dinge gewöhnen.«

Bolitho blickte ihn ernst an. »Ich auch nicht. Sie etwa?«

Allday zuckte die Schultern. »Wir haben gelernt, uns nicht anmerken zu lassen, was wir denken. Mehr kann ein Mann nicht tun.«

»Mag sein.« Er sah, daß Davy mit dem Fuß Sand über das trocknende Blut scharrte. Dann blickte er Carwithen in das schwärzliche Gesicht, der eben die Pistole des Toten untersuchte. »Doch es gibt manche, die haben überhaupt keine Gefühle, und ich fand immer, daß sie keine richtigen Menschen sind.«

Er trat in den Schatten zurück, und Allday kam hinterher. Beim ersten Anzeichen, daß es losging, würde sich Bolithos Stimmung schon ändern, dachte er; im Moment war es besser, wenn man ihn in Ruhe ließ.

»Wird es nicht langsam Zeit, Sir?« fragte Davy. Bolitho spähte vorsichtig über die Felsen; bleich hob sich sein Hemd gegen den schon dunkler werdenden Himmel ab.

»Ja, das glaube ich auch. Carwithen soll antreten lassen.«

In der kühlen Abendbrise überlief ihn ein Frösteln. Sowie die Sonne hinter den Bergen versunken war, wurde es in Minutenschnelle kalt. Sie hatten zu lange in der Sonne gelegen, geplagt von Durst und Hitze, von Legionen von Fliegen. Bolitho musterte den Umriß des vor Anker liegenden Schoners und die an der Poop und im Bug glimmenden Lichter. Das Feuer am Strand war zu einem Häufchen glühender Asche erstorben. Niemand hielt sich mehr dort auf, soweit er sehen konnte; aber vermutlich hockte der Späher immer noch gegenüber auf seiner Felskante.

Allday meldete flüsternd: »Klar zum Abmarsch, Captain«, und paßte dabei auf, daß sein Entersäbel nicht an die Felsen schlug. »Mr. Davy kontrolliert noch mal, ob auch jeder weiß, was er zu tun hat.«

Wortlos nickte Bolitho und versuchte, die Entfernung zu schätzen, die sie überwinden mußten. Sonderbarerweise kam sie ihm im Dämmerlicht größer vor; aber nach den ruhigen Stimmen zu urteilen, die hier und da in Bruchstücken vom Schoner herüberklangen, schienen sie dort noch nicht bemerkt zu haben, daß einer von ihnen fehlte.

Davy glitt heran. »Ich habe Carwithens Abteilung losgeschickt, Sir.« Er warf einen Blick auf die wenigen hellen Wölkchen. »Der Wind ist ziemlich stetig.«

»Ja.« Bolitho kontrollierte seine Pistole und schnallte den Gürtel enger. »Folgt mir einzeln im Gänsemarsch.«

Geistergleich glitten sie über die letzte Felsbarriere. Wenn einer auf lose Kiesel trat, hörte sich das in der Abendstille überlaut an. Aber wie Davy schon bemerkt hatte, hielt sich der Wind, so daß die Brandung laut genug war, um die schwachen Geräusche zu übertönen, welche die Männer machten.

Einmal, als sie um den Fuß des Hügels bogen, traten sie fast auf zwei schlafende Seevögel, die mit schrillem Kreischen aufflatterten. Die ganze Abteilung erstarrte vor Schreck.

Bolitho wartete, horchte auf seinen eigenen Herzschlag und auf das erregte Atmen der Männer hinter ihm. Nichts. Er hob den

Arm, und sie schritten weiter.

Über die Schulter konnte er hinten noch die Felsbrocken sehen, in deren Schutz sie ungeduldig auf den Sonnenuntergang gewartet hatten; jetzt lagen sie schon weit oberhalb seiner langsam vorrükkenden Abteilung. Inzwischen hatten sie fast Meereshöhe erreicht; er hörte einen Mann leise fluchen, der aus Versehen in den ersten kleinen Priel trat. Davys Abteilung mußte zur Rechten flaches Wasser durchwaten; Bolitho hoffte nur, es würde keiner der Länge nach in einen der Priele fallen, die dort von der auflaufenden Flut schon überdeckt wurden.

Flüchtig dachte er an sein Schiff, das auf der anderen Seite der Insel vor Anker lag, an die altgewohnten Geräusche und Gerüche. An Herrick, der nervös auf die Nachricht von Sieg oder Katastrophe wartete. Im letzteren Fall konnte er ihnen nicht mehr helfen. Es würde dann seine Sache sein, mit dem Feind Kontakt aufzunehmen und daraus zu machen, was er konnte. Es war leichter, wenn man die anderen als Feinde betrachtete, nicht als Menschen von Fleisch und Blut wie man selbst.

Allday faßte ihn hastig am Arm. »Ein Boot hält auf uns zu, Captain!«

Bolitho hob den Arm, beide Abteilungen machten lautlos halt. Das Boot mußte von der ihnen abgewandten Seite des Schoners gekommen sein. Er sah den Schaum der eintauchenden Riemen und der Bugwelle – jetzt stieß es durch die Brandung.

Bolitho dachte an Carwithen und seine Handvoll Männer, die außen herum gingen, um dem einsamen Wächter in den Rücken zu fallen. Sie mußten jetzt ungefähr am Ziel sein. Carwithens brutale Wildheit fiel ihm wieder ein – ob er den unglücklichen Posten inzwischen niedergemacht hatte?

Unvermittelt erklang eine Stimme in der Dunkelheit, und Bolitho dachte schon, Carwithen sei aufgehalten worden. Aber die Stimme kam vom Boot her, und trotz der fremden Sprache hörte Bolitho, daß der Mann eine Frage stellte. Oder vielleicht einen Namen rief.

Allday flüsterte: »Sie suchen nach dem Vermißten, Captain.« Er ließ sich auf die Knie nieder, um das Boot gegen die hellere Brandung besser erkennen zu können. »Sechs sind es.«

Leise sagte Bolitho: »Aufpassen, Jungs! Laßt sie rankommen.« Er hörte, wie einer der Männer mit den Zähnen knirschte: gespannt, nervös, das waren sie alle, verängstigt vielleicht durch die ungewohnte Umgebung.

»Einer klettert drüben den Abhang zum Ausguck hinauf«, flüsterte Allday.

Vorsichtig zog Bolitho seinen Degen. Natürlich. Dort mußte jemand zuerst hingehen und den Posten fragen, ob er den Vermißten gesehen hatte. Die anderen fünf schlenderten den Strand entlang und unterhielten sich, sorglos ihre Waffen schwingend.

Bolitho warf einen Blick hinter sich. Seine Männer knieten fast unsichtbar, duckten sich hinter Felsen oder lagen im flachen Wasser. Er wandte sich wieder um und beobachtete die näherkommenden Schatten. Noch zwanzig Yards, noch fünfzehn. Jetzt mußten sie bald entdeckt werden.

Ein furchtbarer Schrei zerriß die Stille und hing noch in der Luft über der Felsenkante, als der Mann schon tot war.

Die fünf Schatten fuhren erschrocken herum – der Todesschrei mußte von ihrem Wachtposten oben gekommen sein.

»Drauf, Leute!« brüllte Bolitho.

Wortlos sprangen alle hoch und stürzten sich auf die fünf Gestalten, die auf die Brandung zurannten. Einer rutschte aus, fiel lang hin, versuchte aufzustehen, wurde aber vom Entersäbel eines Matrosen niedergeschlagen und blieb als winselnder Haufen liegen, während der Matrose weiterlief. Die anderen hatten das Boot erreicht, konnten es aber, da zwei Mann fehlten, nicht sofort ins tiefere Wasser schieben. Stahl blitzte in der Dunkelheit auf, die Matrosen waren über ihnen, es kam zu einem wilden und mörderischen Kampf. Ein Matrose blieb mit dem Fuß in einer Ducht hängen, fiel hin und wurde, ehe er wieder hochkommen konnte, von einem langen Säbel buchstäblich in den Sand genagelt. Aber sein Gegner fiel fast gleichzeitig über ihn. Die restlichen beiden warfen ihre Waffen weg, wurden aber von den wütenden Matrosen niedergemacht.

»Wir haben einen Mann verloren, Sir«, meldete Davy knapp, drehte den Leichnam auf den Rücken und nahm ihm den Entersäbel aus der Hand.

Bolitho stieß seinen Degen in die Scheide. Ihm zitterten die Beine vom schnellen Rennen, aber auch vor nervöser Spannung. Er blickte zu dem vor Anker liegenden Schoner hinüber: kein Ruf, kein Alarmzeichen. Einmal glaubte er, Gesang über die rauschende Brandung herüberwehen zu hören, eine fremde, unbestimmt traurige Melodie.

»Verdammt nachlässiger Ausguck, Sir«, sagte Davy heiser.

Die Männer sammelten sich jetzt bei den Booten. Das eine lag schon den ganzen Tag hier und am höchsten auf dem Strand. Um es zu Wasser zu bringen, würden mehr Männer nötig sein als bei dem zuletzt angekommenen. »Hätten Sie an ihrer Stelle mit einem Angriff gerechnet?« fragte Bolitho.

Davy zuckte die Schultern. »Wahrscheinlich nicht.«

Carwithen kam den Abhang herunter; er lief so schnell, daß seine Männer Mühe hatten, ihm zu folgen. Wütend sagte er: »Dieser elende Narr Lincoln war zu langsam mit seinem Dolch!« Böse funkelte er die Umstehenden an. »Mit dem rede ich noch!«

»Boote zu Wasser«, befahl Bolitho. Zu den sechs Marineinfanteristen sagte er: »Ihr nehmt das zweite. Was zu tun ist, wißt ihr.«

Einer von ihnen, der, welcher den Schoner zuerst gesehen hatte, brummte: »Alles klar, Sir. Wir gehen mit dem Boot so auf Position, daß wir die Poop sehen können, und putzen jeden weg, der da an den Laternen vorbeikommt.«

Bolitho lächelte zufrieden. »Hauptmann Bellairs hat Sie mit Recht ausgesucht.«

»Hier lang, Captain«, flüsterte Allday.

Die Brandung umspülte ihm Beine und Unterkörper; er fühlte das rauhe Dollbord des Bootes und Alldays Hand, die ihn hineinzog.

»Stoß ab!«

Bolitho zwang sich gewaltsam, nicht auf die wild arbeitenden Riemen zu blicken, auch nicht auf Allday, der sich mit allen Kräften bemühte, das Boot durch die Brandung zu steuern. Jetzt brauchte es nur eine Ladung gehacktes Blei vom Schoner, und sein ohnehin fadenscheiniger Plan mißlang schon im Ansatz. Das Boot stampfte schwer; die Riemen zogen besser, als es sich erst einmal aus der starken Grundströmung gelöst hatte. Die schlanken Masten des Schoners drohten herüber; das Gewirr der restlichen Takelage verschwamm gegen den dunklen Himmel.

Allday stand breitbeinig und wachsam über der Ruderpinne, die er leicht mit den Fingerspitzen hielt.

»Ruder an!« Er neigte sich vor, damit sie ihn besser hörten. »Achtung, im Bug!«

Achteraus hörte Bolitho das regelmäßige Eintauchen der Riemen des zweiten Bootes, das eilig zum Bug des Schoners pullte.

»Jetzt oder nie, Captain!« stieß Allday aus und entblößte die

Zähne, so daß die Männer im Boot sich fragten, was er denn zu grinsen hätte.

Bolitho erhob sich neben ihm und streckte den Arm aus, um das Boot von dem überhängenden Achterdeck frei zu halten, das wie eine gleitende Wand direkt über ihnen emporragte.

»Jetzt!«

Ein gellender Schrei und ein Rasseln – der Buggast schleuderte seinen Draggen über das Schanzkleid. Mit einem Knirschen stieß das Boot an die Bordwand; ein paar Männer fielen in dem Durcheinander hin, während die anderen voller Eifer über ihre Körper und die verschränkten Riemen, wie über eine lebende Brücke, an Deck des Schoners kletterten.

Schon hasteten ein paar Gestalten aus dem Vorderkastell, aber da knallte es dumpf; getroffen von der wohlgezielten Musketenkugel, wirbelte ein Mann herum – im hellen Licht der Pooplaterne sah es wie ein irrer Schattentanz aus.

Bolitho spürte mehr als er es sah, wie eine Gestalt aus den Speigatten auf ihn zusprang. Er duckte sich weg, und im selben Moment zischte etwas über seinen Kopf. Er führte einen Degenstoß nach dem Angreifer. Der Mann wich zurück, griff aber, eine mächtige Axt schwingend, gleich wieder an.

»Daß ihn die Pest . . .!« schrie Carwithen und feuerte seine Pistole direkt in das Gesicht des Mannes ab. »Das reicht dem Bastard!« knurrte er befriedigt.

Einer von der Mannschaft des Schoners war in den Vormast geklettert. Ein Matrose enterte unter wütendem Gebrüll auf. Wieder knallte eine Muskete von dem zweiten, in der Dunkelheit lauernden Boot her, aufstöhnend stürzte der Pirat aufs Deck, wo schon ein Entermesser auf ihn wartete.

Allday rief: »Die meisten verstecken sich unter Deck, Captain!« Er rannte zum Niedergang und feuerte hinunter. »Die haben die Schnauze voll, glaube ich.«

Bolitho spähte nach achtern zu den Laternen. »Ruft das andere Boot zur Verstärkung heran!«

An Deck des Schoners war es auf einmal still, und als Bolitho langsam auf die kleine Kajütslaterne direkt vor dem Steuerrad zuging, konnte er seine Schritte hören. Aber der Kampf war noch lange nicht vorbei.

Vorsichtig ging er um den Leichnam herum, der dort auf dem Rücken lag. Es war der erste, der von der Kugel des Marineinfanteristen gefallen war. Das tote Gesicht glänzte im Licht der Laterne; der Unterkiefer war weggerissen.

»Weg da, Captain!« schrie Allday, denn eben kletterte ein Pirat durch die Luke. Doch das Gesicht des Mannes verzerrte sich im Todeskampf, denn direkt unter ihm hatte jemand eine Pistole abgefeuert. Ein Schatten glitt durch den Pulverqualm; es war Lincoln, der Matrose mit der Narbe im Gesicht. Seine Augen waren hart wie Stein, als er sich durch die Luke zwängte und an Deck fallen ließ, direkt auf den Toten. Dumpf schlugen seine Füße auf dem Leichnam auf, er machte eine rasche Wendung, bei der er zweimal mit seinem Dolch zustieß – beim zweiten Stoß ertönte ein Schrei aus der Dunkelheit.

Hinter ihm schwärmten noch mehr Matrosen an Bord, und Bolitho rief: »Licht her! Macht Platz!«

Dann hörte man das Platschen nackter Füße, und aus dem längsseits liegenden Boot ertönte Armitages angsterfüllte Stimme.

Carwithen war schon unten im Kabinendeck und schob einen Matrosen beiseite, um einem verwundeten Piraten mit seinem Dolch den Rest zu geben. Bolitho blieb kurz am Niedergang stehen und sah sich nach Davy um, doch dabei war sein Verstand noch damit beschäftigt, daß Allday ihm soeben das Leben gerettet hatte. Ohne seine Warnung wäre er jetzt eine Leiche gewesen, und nicht jener arme Matrose.

»Mr. Davy! Beide Boote an Bord, sobald die Gefangenen entwaffnet und gefesselt sind!«

»Aye, aye, Sir!« antwortete der Leutnant siegesfroh.

»Und teilen Sie eine Wache für die Gefangenen ein! Ich will nicht, daß irgendein Fanatiker unter ihnen die Bilge aufschlägt, ehe wir auch nur Segel setzen können!«

Er stieg hinter Allday den Niedergang hinunter. Der Lärm an Deck klang nur noch gedämpft hinab und verstummte dann ganz.

Ein Matrose stieß eine Kabinentür mit dem Fuß auf und sprang mit gezogener Pistole in den Raum. »Keiner hier, Sir!« Aber dann sah er, daß sich hinter einem umgestürzten Stuhl etwas bewegte. »Nein, Sir, da ist noch so ein Schurke. Ich hole ihn!«

Doch da schrak er zurück: »Jesus! Das ist ja einer von uns!«

Bolitho bückte sich unter die niedrigen Decksbalken und trat in die Kajüte. Er verstand den Schreck und die Überraschung des Matrosen. Da hockte ein Wrack von einem Mann; klein, verkrümmt lag er auf den Knien, die verschränkten Hände wie betend vorgestreckt, schwankend im Rhythmus der Schiffsbewegung.

Bolitho steckte den Degen in die Scheide und trat zwischen den zitternden Mann und den Matrosen, dessen Augen noch vor Kampfgier glühten. »Wer bist du?«

Er wollte nähertreten, aber der Mann warf sich ihm buchstäblich vor die Füße. »Gnade, Captain! Ich habe doch nichts getan! Bin bloß 'n ehrlicher Seemann!«

Er tastete nach Bolithos Schuhen, und als dieser sich bückte, um ihn aufzuheben, sah er mit Schrecken, daß man dem Mann sämtliche Fingernägel ausgerissen hatte.

»Steh auf!« sagte Allday grob. »Du sprichst mit einem Offizier des Königs!«

»Still!« Bolitho hob die Hand. »Sehen Sie ihn doch an! Der hat genug gelitten.«

Der Matrose ließ seinen Entersäbel fallen und half dem Mann in einen Stuhl. »Ich hole ihm was zu trinken, Käpt'n!« Er riß ein Schapp auf und fuhr erschrocken herum, als der Kleine angstvoll schrie: »Rühr das nicht an! Er zieht dir bei lebendigem Leibe die Haut ab, wenn du auch nur hineinzuschauen wagst!«

»Wer?« fragte Bolitho.

Da erst schien der Mann zu begreifen. Was jetzt geschah, gehörte nicht mehr zu der furchtbaren Folge von Alpträumen, die er erlebt hatte. Er starrte in Bolithos ernstes Gesicht; die Tränen rannen ihm hilflos über die hohlen Wangen.

»*Muljadi!*«

»Was – ist der hier?« keuchte Carwithen.

Der elende kleine Mann spähte an Bolitho vorbei; seine angsterfüllten Augen sahen die Matrosen im Gang, den Toten bei der Luke.

»Da! Sein Sohn!«

Bolitho fuhr herum und beugte sich über den Mann, den Lincoln niedergestochen hatte. Natürlich, das hätte er sehen müssen, statt sich selbst zu gratulieren, weil er einem gräßlichen Tod entgangen war.

Der Mann lebte noch, obwohl Lincolns Klinge ihm tief in Hals und Schulter gedrungen war und eine große klaffende Wunde gerissen hatte. Nur um Haaresbreite mußte sie die Arterie verfehlt haben. Der Mann war nackt bis zum Gürtel, aber seine weite Hose, jetzt von seinem eigenen Blut und dem des Matrosen befleckt, war aus feinster Seide. Die Augen waren fest geschlossen, die Brust hob und senkte sich unter raschen, unregelmäßigen Atemzügen.

»Lassen Sie mich den Bastard fertigmachen, Sir!« bettelte Carwithen.

Bolitho achtete nicht auf ihn. Der Verwundete war nicht viel älter als zwanzig; um den Hals trug er ein goldenes Medaillon in Form einer aufgerichteten Raubkatze – wie das Tier auf Muljadis Flagge. Da bot sich vielleicht eine Möglichkeit.

»Verbindet ihn!« befahl Bolitho kurz. »Ich will ihn lebend haben!« Er wandte sich dem zerlumpten kleinen Mann in der Kajüte zu. »Meine Leute werden sich um dich kümmern, aber erst will ich . . .«

Der Mann verdrückte sich zur Tür. »Ist es wirklich vorbei, Sir?« Er zitterte heftig und war nahe am Zusammenbrechen. »Ist das nicht bloß wieder so ein grausamer Trick?«

Allday erwiderte ruhig: »Das ist Captain Bolitho, Alter, von Seiner Majestät Schiff *Undine*.«

»Und jetzt sag uns, wer du bist!« befahl Bolitho.

Der Kleine sank wie ein verprügelter Hund wieder auf dem Fußboden zusammen.

»Ich war Segelmacher, Sir, auf der portugiesischen Bark *Alvarez*. Hab' in Lissabon angemustert, weil ich mein Schiff verloren hatte. Wir fuhren Stückgut von Java, da wurden wir von Piraten überfallen.«

»Wann war das?« fragte Bolitho. Er sprach ganz langsam, denn der Mann war offenbar völlig durcheinander.

»Vor einem Jahr, Sir, glaube ich.« In angestrengtem Nachdenken kniff er die Augen zu. »Sie brachten uns zu Muljadis Ankerplatz, wenigstens die Überlebenden. Die meisten hat Muljadi umgebracht. Mich hat er nur leben lassen, weil ich Segelmacher bin. Einmal hab' ich versucht zu fliehen. Nach 'ner Stunde hatten sie mich wieder und haben mich gefoltert.« Sein Zittern verstärkte sich. »Die ganze Bande sah zu, hatte ihren Spaß dran und lachte.« Er sprang auf, packte sein Entermesser, das an der Tür lag, und schrie: »Sie haben mir alle Fingernägel ausgerissen, und noch Schlimmeres getan, die verfluchten Hunde!«

Lincoln packte ihn beim Handgelenk und drehte es so, daß das Entermesser nicht mehr auf den Verwundeten gerichtet war. »Langsam, Alter! Sonst stellst du noch was an mit dem Ding.«

Irgendwie schien Lincolns gelassen-freundliche Stimme den Kleinen zu beruhigen. Er drehte sich um und blickte Bolitho ganz vernünftig an. »Mein Name ist Jonathan Potter, Sir, aus Bristol.«

Bolitho nickte. »Schön, Jonathan, du kannst mir nützlich sein. Deine Kameraden werden davon zwar nicht wieder lebendig, aber vielleicht können wir andere vor einem ähnlichen Schicksal bewahren. Allday, kümmern Sie sich um ihn!«

Er trat aus der Kajüte, dankbar für die frische Luft an Deck, für die Aktivität, mit der Davys Leute Vorbereitungen zum Segelsetzen trafen. Potter war sicherlich der einzige Engländer auf der portugiesischen Bark gewesen. Nur deswegen hatte Muljadi ihn am Leben gelassen. Und ihn wie einen Sklaven gehalten, ihn so geschunden, daß er kaum noch einem Menschen glich. Das paßte nur zu dem, was er bisher über Muljadi gehört hatte.

Davy kam zu ihm herüber. »Ich bin soweit, daß wir Anker lichten können, Sir.« Er schwieg einen Moment, denn er merkte, daß Bolitho an etwas anderes dachte. »Dieser arme Teufel muß ja Schreckliches durchgemacht haben, Sir. Narben und Striemen von Kopf bis Fuß und nur noch Haut und Knochen.«

»Irgend etwas muß ihn am Leben erhalten haben, Mr. Davy. Angst vor dem Tod, Durst nach Rache, ich weiß nicht, was«, erwiderte Bolitho nachdenklich. Das Schiff krängte plötzlich in der Dünung, und er griff nach einem Stag. »Aber was es auch ist, ich werde es für unsere Zwecke nutzen.«

»Und der Kapitän des Schoners, Sir?«

»Wenn er wirklich Muljadis Sohn ist, dann haben wir einen guten Fang gemacht. Aber auf jeden Fall wünsche ich, daß er am Leben bleibt, also sagen Sie allen Leuten Bescheid.« Er dachte an das mörderische Glitzern in Carwithens Augen. »Aber wirklich allen!«

Er spähte querab zu der kleinen Insel hinüber, auf der so viel passiert war. Die gezackten Felsen lagen schon in tiefem Schatten. »Wir gehen gleich auf Südwestkurs, um Seeraum zu gewinnen. Gegen Sonnenaufgang müßten wir so weit sein, daß wir wenden und die *Undine* sichten können.« Er warf einen zufriedenen Blick auf die Männer, die geschäftig über Deck eilten. »Da haben wir eine hübsche kleine Prise aufgebracht.«

Überrascht starrte Davy erst Bolitho, dann den Schoner an; offenbar wurde ihm die Bedeutung erst jetzt richtig klar. Er nickte vergnügt. »Natürlich, Sir. Bestimmt ein schönes Stück Geld wert.«

Bolitho ging auf die andere Deckseite. »Dachte mir, daß Sie das interessieren würde, Mr. Davy. Aber jetzt schicken Sie Leute an das Gangspill und lassen Sie Anker lichten, solange der Wind sich hält.« Er mußte auch an Herrick denken. »Jedenfalls sind wir keine Bettler mehr.«

Verständnislos schüttelte Davy den Kopf. Dann sah er den Rudergänger an und die Ankercrew und grinste über das ganze Gesicht. Endlich eine Prise, und vielleicht die erste von vielen.

Noddall wartete schon in der Kajüte beim Eßtisch. Er nickte zufrieden, als Bolitho seinen geleerten Teller zur Seite schob. »So ist es schon besser, Sir! Der Mensch kann nur arbeiten, wenn er sich anständig sattgegessen hat.«

Bolitho lehnte sich behaglich im Stuhl zurück und ließ den Blick langsam in der Kajüte schweifen. Es war schön, wieder auf der *Undine* zu sein, besonders wenn man einen Erfolg seiner Mühen vorweisen konnte.

Die Laterne über dem Tisch warf schon einen blasseren Schein, und er sah durchs Heckfenster, daß die Morgenröte bereits einem wolkenlosen Tageshimmel gewichen war. Wie ein goldener Faden spannte sich die Kimm hinter der dicken, salzfleckigen Fensterscheibe.

Gestern hatte er fast um dieselbe Stunde mit dem gekaperten Schoner wieder die *Undine* erreicht; die Spannung und Anstrengung des blutigen Gefechts waren vorübergehend im Hurrageschrei der an der Reling stehenden Matrosen und Seesoldaten untergegangen. Herrick war fast außer sich vor Freude gewesen und hatte darauf bestanden, daß Bolitho unverzüglich in seine Kajüte ging und sich erst einmal ausruhte.

Der Schoner war früher unter der Flagge der Holländischen Ostindischen Kompanie gefahren, doch ließ sich nicht sagen, wie lange er in den Händen der Piraten gewesen war. Nach dem Schmutz und der Unordnung zu urteilen, mußte es lange gewesen sein.

An Deck wurde Reinschiff gemacht: nackte Füße patschten, Wasser rauschte, die Pumpen quietschten. Bolitho ließ seinen Gedanken freien Lauf. Noddall hatte recht, das Frühstück hatte ihm gut geschmeckt: dünngeschnittener Schweinebauch, mit Zwiebackkrumen braungebraten, dazu starken Kaffee mit etwas Sirup darin.

Es klopfte, und Herrick trat ein. Er sah frisch und munter aus. »Der Wind weht stetig aus Südwest, Sir.«

»Gut, Thomas«, lächelte Bolitho. »Trinken Sie eine Tasse Kaffee mit mir.«

Es fiel Bolitho auf, daß sich Herrick jedesmal entspannte, wenn es galt, einen festen Plan auszuführen. Falls er wirklich ahnte, wie ungewiß dieser Plan noch im Kopf seines Kapitäns war, dann ließ er es sich jedenfalls nicht anmerken.

»Ich höre von Mr. Mudge, daß wir ungefähr zehn Knoten laufen, Sir.« Herrick nahm von Noddall einen Becher Kaffee entgegen. »Und er strahlt, als ob er ein Vermögen am Spieltisch gewonnen hätte«, fuhr er lächelnd fort.

Bolitho runzelte die Stirn. »Also sollten wir jederzeit Land sichten. Wenn der Wind gestern nicht so flau gewesen wäre, hätten wir jetzt schon da sein können.« Er reckte die Arme; welch angenehmes Gefühl an Brust und Rücken, wenn man ein frisches Hemd anhatte. »Aber es gab ja auch eine Menge zu tun.«

»Inzwischen hat Mr. Davy wohl schon den halben Weg zur Pendang Bay hinter sich.«

»Aye. Er wird sich wie ein Fregattenkapitän vorkommen, wenn ich mich nicht irre.«

Davy hatte von innen her gestrahlt, als Bolitho ihm das Kommando über den Schoner erteilt und ihn zu Conway geschickt hatte. Bolitho erinnerte sich an den Tag, als man ihm zum erstenmal das Kommando über eine Prise anvertraut hatte. Er war damals Leutnant gewesen und viel jünger als Davy. Wahrscheinlich hatte er ein ähnliches Gesicht gemacht. Es hieß immer, das erste selbständige Kommando wäre die wichtigste Phase der ganzen Karriere. Vielleicht würde es sich bei Davy ebenso wie bei ihm auswirken.

Er sah zum Skylight hoch, denn der Ausguck sang aus: »Deck ahoi! Land in Lee voraus!«

Bolitho lächelte, obwohl es ihm kalt den Rücken hinunterlief. »Wenn die *Argus* nicht hier ist, muß ich mir was Neues ausdenken.«

Die Tür öffnete sich, und Midshipman Armitage verkündete: »Mr. Soames läßt mit allem Respekt melden, Sir, daß der Ausguck Land in Lee voraus gesichtet hat.«

»Danke sehr, Mr. Armitage«, antwortete Bolitho.

Die umschatteten Augen des Jungen lagen tief in den Höhlen;

seine Finger zuckten nervös an der geflickten Kniehose. Zum Unterschied von den anderen, die mit dabei gewesen waren, konnte er seine Gefühle nicht verbergen. Er hatte Angst und wußte, daß er sie nicht bezwingen konnte.

»Mein Kompliment an Mr. Soames«, sagte Bolitho, »und bestellen Sie ihm: in einer halben Stunde Geschützexerzieren für beide Wachen.« Nach kurzem Zögern fuhr er fort. »Wenn Sie etwas auf dem Herzen haben, sollten Sie es vielleicht jetzt dem Ersten Leutnant anvertrauen – oder auch mir, wenn Sie meinen, wir könnten Ihnen helfen.«

Armitage schüttelte den Kopf. »Nein, Sir, es geht schon wieder.« Er verschwand eilends.

»Was machen wir bloß mit ihm?« fragte Bolitho leise und sah seinen Freund an.

Der Leutnant hob die Schultern. »Man kann nicht jeden bei der Hand nehmen, Sir. Er wird schon darüber hinwegkommen. Schließlich haben wir uns alle einmal durchbeißen müssen.«

»Aber Thomas, das sieht Ihnen gar nicht ähnlich«, erwiderte Bolitho lächelnd. »Geben Sie doch zu, daß Sie sich um den Bengel Sorgen machen.«

»Na ja«, räumte Herrick etwas verlegen ein, »ich habe schon überlegt, ob ich mal mit ihm reden soll.«

»Wußte ich doch, Thomas. Sie haben nicht das richtige Gesicht zum Schwindeln.«

Wieder klopfte es, diesmal war es der Schiffsarzt.

»Nun, Mr. Whitmarsh?« fragte Bolitho, »geht es unserem Gefangenen schlechter?«

Whitmarsh schob sich durch die Tür wie in eine Zelle. Er duckte sich unter jeden Decksbalken, als suche er einen Fluchtweg. »Es geht ihm soweit ganz gut, Sir. Aber ich bin immer noch der Meinung, daß es besser gewesen wäre, ihn mit dem Schoner zum Stützpunkt zurückzuschicken.«

Bolitho sah Herricks Wangenmuskeln arbeiten und wußte, gleich würde er sich die Unverschämtheit des Arztes verbitten. Wie den anderen Offizieren fiel es auch Herrick nicht leicht, seine Abneigung gegen Whitmarsh zu verbergen. Und der tat selbst wenig, um sich beliebter zu machen.

Ruhig erwiderte Bolitho: »Ich könnte schließlich nicht die Verantwortung für einen Gefangenen übernehmen, der nicht in meinem Gewahrsam ist, oder?«

Schweißtropfen bildeten sich auf der Stirn des Arztes. Hatte er so früh am Morgen schon getrunken? Ein Wunder, daß er sich noch nicht umgebracht hatte.

Oben hörte man taktmäßige Schritte und metallisches Klirren: die Marineinfanteristen traten zur Musterung an. Etwas gezwungen fügte Bolitho hinzu: »Sie müssen sich schon auf mein Urteil verlassen, Mr. Whitmarsh; ich rede Ihnen ja auch nicht drein.«

Der Arzt starrte ihn an. »Sie geben also zu: wenn Sie ihn nach Pendang Bay hätten schaffen lassen, wäre er gehängt worden?«

Ärgerlich warf Herrick ein: »Herrgott noch mal, Mann, schließlich ist der Kerl ein verdammter Pirat!«

Whitmarsh fixierte ihn böse. »*Ihrer* Meinung nach!«

Rasch erhob sich Bolitho und trat zum Fenster. »Nun bleiben Sie aber sachlich, Mr. Whitmarsh! Als gewöhnlicher Pirat würde er verurteilt und gehängt, wie Sie recht gut wissen. Aber falls er tatsächlich Muljadis Sohn ist, dann können wir ihn als Druckmittel benutzen. Hier steht mehr auf dem Spiel, sind mehr Menschenleben in Gefahr, als ich geglaubt habe. Da kann ich auf Ihre Privatgefühle keine Rücksicht nehmen.«

Whitmarsh hielt sich an der Tischkante fest und beugte sich vor. »Wenn Sie durchgemacht hätten, was ich . . .«

Bolitho wandte sich scharf zu ihm um. »Ich weiß Bescheid über die Sache mit Ihrem Bruder, und er tut mir aufrichtig leid. Aber wie viele Hochverräter und Mörder haben Sie schon hängen oder in Ketten verfaulen sehen, ohne auch nur einen Gedanken an sie zu wenden?« Er merkte, daß jemand oben an dem offenen Skylight stehen blieb, und senkte die Stimme. »Menschlichkeit bewundere ich. Aber Sentimentalität lehne ich ab.« Er beobachtete, wie die Wut in den Zügen des Arztes tiefem Schmerz wich. »Also geben Sie sich Mühe mit dem Gefangenen«, fuhr er fort. »Wenn es ihm bestimmt ist, gehängt zu werden, kann ich es nicht verhindern. Aber wenn ich sein Leben zu unserem Vorteil nutzen kann und es ihm damit rette, dann um so besser.«

Unsicher wankte Whitmarsh zur Tür und sagte dumpf: »Und diesen Potter vom Schoner lassen Sie schon wieder Dienst machen!«

Jetzt lächelte Bolitho. »Sie sind aber wirklich hartnäckig, Mr. Whitmarsh! Potter hilft dem Segelmacher. Er wird sich schon nicht totarbeiten, und ich glaube, wenn er was zu tun hat, wird er sich schneller erholen als beim Brüten über seine Leiden.«

Etwas Unverständliches murmelnd, stelzte Whitmarsh steif aus der Tür.

»So eine Frechheit!« rief Herrick. »Den hätte ich an Ihrer Stelle mit einem Belegnagel Mores gelehrt!«

»Das bezweifele ich.« Bolitho schwenkte seinen Kaffeebecher, aber der war leer. »Doch er wird mich nie verstehen und noch weniger mir vertrauen.«

Dann ließ er sich von Noddall seine Galauniform und seinen besten Dreispitz bringen und kam sich ziemlich lächerlich vor, als der Steward ihn abbürstete und ihm Manschetten und Aufschläge zurechtzupfte.

»Ein böses Risiko gehen Sie da ein, Sir«, sagte Herrick unvermittelt.

»Aber eines, das sich nicht vermeiden läßt, Thomas.« Eben zog Noddall ein langes Haar von einem seiner Rockknöpfe. Ihr Haar. Ob Herrick das gesehen hatte? »Wir müssen dem französischen Kapitän trauen. Alles weitere ist bloße Spekulation.«

Noddall hatte den alten Degen vom Gestell genommen, aber er hängte ihn sich nur über den Arm – wußte er doch, daß er sein Leben riskierte, wenn er sich Alldays geheiligtes Ritual anmaßte.

Bolitho seinerseits dachte an Whitmarshs Zorn, der zum Teil nicht unbegründet war. Hätte er den Gefangenen ins Fort zurückgeschickt, wäre er von Puigserver bestimmt in Eisen gelegt worden, bis er ihn der nächsten spanischen Behörde übergeben konnte. Dort wäre er dann – falls er Glück hatte – ohne weitere Umstände gehängt worden. Wenn er kein Glück hatte ... Nun, darüber dachte man am besten nicht nach. Der Sohn hätte für den Vater büßen müssen.

Wie es jetzt stand, mußten die Überlebenden der Schonerbesatzung, ein wüster Haufen, in Kürze ein rasches, unrühmliches Ende finden. Wieviele Menschen hatten sie auf dem Gewissen? Wieviele Schiffe hatten sie ausgeraubt, wieviele Besatzungen über die Klinge springen lassen oder zu menschlichen Wracks gemacht wie Potter, den Segelmacher aus Bristol? Da kamen sie vergleichsweise gut weg, wenn sie aufgeknüpft wurden.

Bolitho ging hinaus, noch immer tief in Gedanken über Recht und Unrecht bei Schnelljustiz.

An Deck war es frisch; die Tageshitze hatte noch nicht eingesetzt, und er machte, solange noch Zeit dazu war, einen kleinen Spaziergang an Luv. In dem schweren Galarock würde ihm bald der Schweiß ausbrechen, wenn er sich nicht im Schatten der vollen Segel hielt.

Fowlar tippte grüßend an die Stirn und fragte unsicher: »Darf ich Ihnen danken, Sir?«

»Sie haben es zweifellos verdient, Mr. Fowlar«, lächelte Bolitho. Er hatte den Steuermannsmaat zum Vizeleutnant befördert, um die Lücke zu füllen, die Davy an Bord hinterlassen hatte. Wäre der junge Keen mit ihnen gesegelt, hätte er das Glück gehabt. Nun würde Fowlars früheren Rang ein anderer bekommen. Für den würde wieder einer nachrücken, und so ging es immer weiter – wie auf allen Schiffen.

Herrick nahm Fowlar beiseite und wartete, bis Bolitho seinen Spaziergang wieder aufgenommen hatte. »Lassen Sie sich warnen: Sprechen Sie den Captain niemals an, wenn er seinen Spaziergang macht.« Er mußte über Fowlars Verwirrung lächeln. »Außer natürlich, wenn etwas wirklich Wichtiges vorliegt; aber Ihre Beförderung gehört nicht dazu.« Er klopfte ihm auf die Schulter. »Trotzdem – meine Gratulation!«

Bolitho hatte die beiden schon vergessen. Er hatte den dunklen Streifen Land gesehen, der gerade über der glitzernden Kimm auftauchte, und dachte darüber nach, was er dort wohl vorfinden würde. Aus der Entfernung sah es wie eine einzige weite Landmasse aus, aber er wußte, es war in Wirklichkeit eine Ansammlung kleiner Inseln, manche noch kleiner als die, vor der sie den Schoner aufgebracht hatten. Die Holländer hatten sie ursprünglich wegen ihrer günstigen Struktur und Lage okkupiert. Schiffe, die im Innern dieses Archipels ankerten, konnten bei jedem Wind nach jeder Richtung in See gehen und sich unter mehreren Passagen die kürzeste und beste aussuchen. Die Festung war zum Schutz vor Marodeuren gebaut worden, auch vor solchen wie dem, welcher jetzt selbst darin saß und jedem Staat, jeder Flagge Trotz bot. Die Holländer zählten die Benuas immer noch zu ihrem Besitz, aber wohl nur der Form halber; zweifellos waren sie froh, diesen Archipel mit seiner unheilvollen Geschichte los zu sein.

Unter der Back unterhielt sich der Segelmacher mit Potter. Ob der sich wohl jemals wieder richtig erholen würde? Es mochte ihm nicht leicht fallen, schon wieder so dicht bei Muljadis Festung zu sein. Aber außer dem Gefangenen war er der einzige, der gesehen hatte, was hinter den schützenden Riffen und Sandbänken lag.

Trotz seines schweren Rockes überlief Bolitho ein Schauer.

Wenn er nun seinen Gegner falsch eingeschätzt hatte? Dann konnte aus ihm ein zweiter Potter werden, ein elendes, gebrochenes Wrack, so gut wie tot für seine Schwestern und alle seine Bekannten in England. Und Viola Raymond? Wie lange würde sie brauchen, um ihn zu vergessen?

Er schüttelte diese Stimmung ab und sagte: »Mr. Soames! Sie können auf Gefechtsstationen trommeln lassen.« Er sah, wie eine Welle der Erregung die Männer an Deck durchlief. »Üben Sie zuerst mit der Backbordbatterie!«

Allday kam das schiefliegende Deck herauf und drehte den Degen in den Händen, bevor er ihn Bolitho umschnallte.

»Sie nehmen mich doch mit, Captain?« Er fragte ganz ruhig, aber Bolitho sah an seinen Augen, wie gespannt er war.« »Diesmal nicht, Allday.«

Befehle schrillten durch das Mannschaftsdeck, atemlos rannten die Trommeljungen der Marineinfanterie zur Achterdeckreling, zogen die Schlegel aus dem weißen Koppel und begannen ihren drängenden Wirbel.

Allday beharrte: »Aber Sie werden mich brauchen!«

»Ja.« Bolitho blickte ihn ernst an. »Das werde ich immer . . .« Aber im Wirbeln der Trommeln und im Getrampel der Männer, die wieder einmal auf Gefechtsstation eilten, gingen die letzten Worte unter.

XV Auge in Auge

Bolitho stützte sein Teleskop auf die Finknetze und studierte die einander überschneidenden, kleinen Inseln. Den ganzen Morgen und auch während der Vormittagswache war die *Undine* stetig nähergekreuzt. Er hatte sich jede auffällige Einzelheit notiert und die Notizen mit dem verglichen, was er bereits wußte. Die Hauptpassage durch die Inseln öffnete sich nach Süden zu, und fast in der Mitte der Zufahrt lag ein mächtiger Felsbuckel, auf dem sich die Festung erhob. Selbst jetzt, weniger als zwei Meilen von den ersten Inseln entfernt, war es unmöglich zu sehen, wo die Festung begann und wo der zerklüftete Felsgrat endete.

»Wir ändern noch einmal Kurs, Mr. Herrick.« Bolitho senkte das Glas und wischte sich mit dem Handrücken das Auge. »Steuern Sie Ostnordost.«

Die Männer an den Backbord-Zwölfpfündern visierten durch die offenen Stückpforten, in denen die Kanonen bereits in der Sonne glänzten, als ob sie eben abgefeuert wären.

»An die Brassen!« kommandierte Herrick. »Zwei Strich nach Backbord abfallen, Mr. Mudge!«

Bolitho hielt Ausschau nach Potters schmächtiger Gestalt. Der stand unter der Back bei den Matrosen, die bei dem Manöver nichts zu tun hatten; als er hochblickte, winkte Bolitho ihn zu sich.

Dann schlüpfte er aus seinem schweren Uniformrock, nahm den Hut ab, reichte beides Allday und sagte dabei so gelassen, wie es ihm möglich war: »Ich entere selbst auf.«

Allday schwieg dazu; er kannte Bolitho gut genug, um zu wissen, was ihn das kostete.

Potter kam eilig aufs Achterdeck und grüßte. »Sir?«

»Traust du es dir zu, mit mir in den Großmast aufzuentern?«

Potter blickte ihn verständnislos an. »Ja, Sir, wenn Sie meinen . . .«

»Ostnordost liegt an, Sir«, meldete Herrick. Sein Blick wanderte von Bolitho zur Großrahe, die fast mitschiffs über dem Deck stand und unter dem Winddruck auf das mächtige Segel vibrierte.

Bolitho schnallte seinen Degen ab und reichte ihn Allday. »Vielleicht brauche ich heute deine Augen, Potter.«

Im Bewußtsein, daß jedermann an Deck ihm zusah, schwang er sich in die Luvwanten und begann mit so festen Griffen aufzuentern, daß der Schmerz in seinen Händen stärker war als sein Schwindelgefühl. Immer weiter hinauf, immer mit dem Blick auf die Püttingswanten, die den mächtigen Großmast stützten, von dem aus zwei Seesoldaten neugierig, aber mit unbewegten Gesichtern seinen Aufstieg beobachteten.

Er biß die Zähne zusammen und zwang sich, nicht nach unten zu sehen. Seine Höhenangst betrachtete er als eine besondere Gemeinheit des Schicksals. Mit zwölf Jahren war er zur See gegangen und hatte Jahr um Jahr etwas dazugelernt; aus seiner kindlichen Begeisterung für die Marine war echtes Verständnis geworden, das man schon Liebe nennen konnte. Er war mit der Seekrankheit fertiggeworden, hatte gelernt, Einsamkeit und Kummer vor seinen Kameraden zu verbergen – zum Beispiel damals, als seine Mutter starb, während er auf hoher See war. Auch sein Vater war begraben worden, als er im Karibischen Meer gegen Franzosen und Amerikaner kämpfte. In mancher Seeschlacht hatte er furchtbare Verwundungen und qualvolles Sterben gesehen; sein eigener Körper trug Narben genug zum Beweis dafür, daß Überleben und Tod nur um Haaresbreite auseinanderlagen. Warum in aller Welt war er mit dieser Höhenangst geschlagen? Die Webeleinen schnitten in seine Fußsohlen, als er sich um die Püttingswanten schwang und nur an Fingern und Zehen hing.

Bewundernd sagte der eine Marineinfanterist: »Bei Gott, Sir, Sie haben aber schnell aufgeentert!«

Mit schmerzhaft keuchender Brust stand Bolitho neben ihm. Mißtrauisch musterte er den Seesoldaten, ob sich wohl heimlicher Spott hinter seinem Lob verbarg; es war der Scharfschütze, der vor zwei Tagen den vor Anker liegenden Schoner entdeckt hatte.

So nickte er dem Mann zu und erlaubte sich nun doch einen Blick auf das Deck unter ihm. Zwergenhaft verkleinert bewegten sich Gestalten auf dem Achterdeck, und vorn sah er den Lotgasten im Wasserstag hängen und das schwere Blei geschickt weit über den Bug hinausschleudern.

Seine Spannung wich; er wartete, bis auch Potter oben war und neben ihm stand. Einen Augenblick spielte er mit dem Gedanken, sich noch weiter hinaufzuwagen, über die nächsten vibrierenden Wanten bis zum Eselshaupt. Aber er ließ es sein. Abgesehen davon, daß er sich selbst und denen, die ihm zusahen, seine Kletterkunst bewies, hätte es wenig Sinn gehabt. Wenn Herrick ihn plötzlich an Deck brauchte, würde er ziemlich dumm aussehen, wenn er übereilt abenterte. Außerdem war Potter jetzt schon ganz erschöpft.

Er nahm das Fernrohr zur Hand, das an seiner Schulter hing, und richtete es auf die Passage zwischen den Inseln. In der Zeit, die er gebraucht hatte, um aufzuentern und oben wieder zu Atem zu kommen, war die *Undine* mehr als eine Kabellänge näher herangekreuzt, und er konnte jetzt hinter dem steil abfallenden Felsbuckel in der Mitte, der die grimmige Festung trug, die nächste Insel sehen, die vorher verdeckt gewesen war.

»Auf der Ostseite bin ich nie gewesen, Sir«, sagte Potter. »Aber ich habe gehört, daß es dort eine gute Durchfahrt gibt.« Er schauerte. »In den Sandbänken dort haben sie bei Ebbe die Leichen vergraben. Was noch von ihnen übrig war.«

Bolitho wurde auf einmal starr vor Konzentration und vergaß für den Augenblick das tief unter ihm liegende Deck. Denn er sah den dunkleren Schattenriß der Masten und Rahen eines Großseglers, fast verborgen in der Biegung des inneren Fahrwassers: eine Fregatte!

Potter bemerkte, was Bolitho entdeckt hatte, und fuhr trübe fort: »Der beste Ankerplatz, Sir. Die Geschütze der Festung können zwei Passagen gleichzeitig bestreichen und jedes Fahrzeug schützen, das dort liegt.«

Etwas Helles flatterte vor dem vordersten Eiland und breitete sich dann aus: auf einem kleinen Boot wurden Segel gesetzt. Bolitho warf einen raschen Blick auf den Vormast, wo Herrick eine große weiße Flagge gehißt hatte. So oder so – bald würden sie Bescheid wissen.

Da krachte es hohl, und dann, nach einer halben Ewigkeit, schoß eine hohe Wasserfontäne etwa eine Kabellänge an Steuerbord voraus gen Himmel. Eilends schwenkte Bolitho das Glas zur Festung hinüber, aber der Pulverrauch war bereits verflogen, so daß er unmöglich den Schußwinkel schätzen konnte.

Er schwenkte das Glas wieder zurück: das Boot bog jetzt schon schneller um eine Anhäufung von Felsbrocken, das Segel dichtgeholt und an die Rückenflosse eines riesigen Haifisches erinnernd. Er atmete erleichtert auf, denn im Masttopp wehte auch dort eine weiße Flagge. Der einzelne Schuß der Festungsbatterie war ein Warnschuß gewesen.

Bolitho warf sich das Teleskop wieder über die Schulter. »Du bleibst noch hier, Potter. Halte die Augen offen und versuche, dich an jede Einzelheit zu erinnern. Vielleicht rettet das dem einen oder anderen das Leben.« Er nickte den beiden Marineinfanteristen zu: »Hoffentlich werdet ihr nicht gebraucht.« Dann schwang er ein Bein über das niedrige Süll und bemühte sich, dabei nicht nach unten zu sehen. »Die *Argus* will das Fürchten uns allein überlassen.«

Die beiden Männer stießen sich grinsend an, als hätte er ihnen soeben eine ungeheuer wichtige Information anvertraut. Bolitho schluckte krampfhaft und trat den Abstieg an. Als er den Punkt erreicht hatte, an dem er die Finknetze der gegenüberliegenden Seite auf gleicher Höhe sehen konnte, wagte er es, auf die Gruppe hinunterzublicken, die ihn am Schanzkleid erwartete. Herrick lächelte, doch es war schwer zu sagen, ob vor Erleichterung oder weil er sich im stillen amüsierte. Bolitho war mit einem Sprung an Deck und musterte bedauernd sein frisches Hemd. Es war klatschnaß von Schweiß und trug auf der einen Schulter einen schwarzen

Teerstrich.

»Egal«, sagte er, »unterm Rock sieht man das nicht.« Dienstlicher fügte er hinzu: »Ein Boot hält auf uns zu, Mr. Herrick. Drehen Sie bei und lassen Sie den Anker klarieren.«

Er warf nochmals einen Blick in die Takelage hinauf. Es war diesmal nicht so schlimm gewesen wie befürchtet. Aber er war schließlich unter idealen Bedingungen aufgeentert, nicht in einem brüllenden Sturm oder in pechschwarzer Nacht.

Als Herrick seine Befehle gegeben hatte, wandte sich Bolitho an Mudge: »Was halten Sie von diesem Schuß?«

Der Steuermann wiegte zweifelnd den Kopf.

»Ein altes Geschütz, Sir. Von da, wo ich stand, hörte es sich an wie ein Rohr aus Bronze.«

Bolitho nickte. »Ganz Ihrer Meinung. Es kann durchaus sein, daß sie noch die Originalbestückung benutzen, die von den Holländern.« Er rieb sich das Kinn und sprach seine Gedanken laut aus. »Dann werden sie sich aber hüten, mit glühenden Kugeln zu schießen.« Er grinste Mudge in das traurige Gesicht. »Nicht daß uns das viel nützt. Auch wenn sie mit Steinkugeln schießen würden, könnten sie kein Schiff verfehlen, das versucht, die Durchfahrt zu erzwingen.«

Da meldete Fowlar: »Das Boot hat einen Offizier an Bord, Sir. Einen Froschfresser – die kenne ich.«

Bolitho nahm ein Teleskop und beobachtete das näherkommende Boot. Es war ein Eingeborenenfahrzeug mit dem vertrauten hohen Bug und Lateinersegel und segelte schnell und leicht auf konvergierendem Kurs. Er sah den Offizier am Mast lehnen, den Dreispitz tief in die Stirn gezogen, um seine Augen vor der Sonne zu schützen. Fowlar hatte recht: unverkennbar ein Franzose.

Er trat ein paar Schritte von der Reling zurück, als sich die *Undine* mit aufgegeitem Großsegel und wild schlagenden Marssegeln in den Wind drehte, um ihren Besucher zu erwarten. Die Hände auf der Reling, wartete er ab, bis das Boot den Bug umrundet hatte, wo schon Mr. Shellabeer mit ein paar Matrosen wartete, um es festzumachen und Fender auszubringen.

»Jetzt, Mr. Herrick, werden wir es erfahren«, sagte Bolitho.

Er schritt den schwankenden Decksgang hinab bis zur Fallreepspforte und wartete, daß der Franzose an Bord kam. Die schlanke Gestalt des Offiziers hob sich klar vom kabbligen Wasser ab; aufmerksam musterte er das Geschützdeck der *Undine,* die Matrosen und Seesoldaten, die ihn von allen Seiten neugierig anstarrten. Als er Bolitho sah, zog er mit elegantem Schwung den Hut und verbeugte sich. »Lieutenant Maurin, *m'sieur*. Zu Ihren Diensten.«

Er trug keine Rangabzeichen, und sein blauer Uniformrock war mehrfach geflickt und gestopft. Die Sonne hatte ihn gegerbt wie altes Leder, und seine Augen waren die eines Mannes, der fast sein ganzes Leben auf See verbracht hat. Zähigkeit, Selbstsicherheit, Tüchtigkeit – all das stand deutlich auf seinem Gesicht.

Bolitho nickte. »Und ich bin Captain Bolitho von Seiner Majestät Schiff *Undine*.«

Der Lieutenant lächelte schief. »Mein *capitaine* hat Sie bereits erwartet.«

Bolitho warf einen Blick auf die Kokarde an Maurins Hut. Statt der französischen Farben zeigte sie die kleine rote Raubkatze. »Und welche Nationalität haben Sie, *lieutenant*?«

Der Mann hob die Schultern. »Ich stehe natürlich im Dienst des Fürsten Muljadi.«

Jetzt lächelte Bolitho. »Natürlich«, wiederholte er und fügte schärfer hinzu: »Ich wünsche unverzüglich Ihren Kapitän zu sprechen, um gewisse Dinge zu erörtern.«

»Aber selbstverständlich, *m'sieur*.« Wieder glitten seine Blicke über die Männer an Deck, von einem zum anderen. Berechnend. »*Capitaine* Le Chaumareys ist damit einverstanden«, fuhr er fort, »daß ich als Pfand für Ihre, äh, Sicherheit hier an Bord bleibe.«

Bolitho verbarg seine Erleichterung. Wäre Le Chaumareys im Gefecht getötet oder verwundet und durch einen anderen ersetzt worden, dann hätte er seine Taktik ändern müssen. So aber antwortete er gelassen: »Das wird nicht nötig sein. Ich vertraue dem Ehrgefühl Ihres Kommandanten.«

»Aber Sir«, rief Herrick dazwischen, »das kann doch nicht Ihr Ernst sein! Behalten Sie ihn hier! Ihr Leben ist zu wertvoll, um es auf das Wort eines Franzosen hin zu riskieren!«

Lächelnd legte Bolitho ihm die Hand auf den Arm. »Wenn Le Chaumareys der abgebrühte Schurke wäre, für den Sie ihn halten, dann würde es ihm auch nichts ausmachen, einen Leutnant zu verlieren, um einen britischen Kapitän in die Hand zu bekommen. In meiner Kajüte sind ein paar Notizen. Mit denen können Sie sich die Zeit vertreiben, bis ich wieder da bin.« Er wandte sich zum Achterdeck, berührte grüßend seinen Hut und sagte dann zu Maurin: »Ich bin bereit.«

Noch einen Augenblick blieb er an der Fallreepspforte stehen und blickte in das unten wartende Boot. Etwa ein halbes Dutzend halbnackter Männer saß darin, alle bis an die Zähne bewaffnet und von der Sorte, die töten, ohne lange zu fragen.

Leise sagte Maurin: »In meiner Gegenwart sind Sie sicher, *m'sieur.*« Er ließ sich geschickt auf den Schandeckel des Bootes hinab. »Im Moment jedenfalls.«

Bolitho nahm die letzten paar Fuß im Sprung und hielt sich an einem primitiven Backstag fest, angeekelt von dem Gestank nach Schweiß und Dreck. »Merkwürdige Verbündete haben Sie, *lieutenant.*«

Maurin gab das Zeichen zum Ablegen. Lässig hielt er eine Hand am Griff seiner Pistole. »Wer sich mit Hunden schlafen legt, steht mit Flöhen auf, *m'sieur*. Das ist so üblich.«

Bolitho warf einen raschen Blick auf sein Profil. Vielleicht ein zweiter Herrick?

Doch als sich das Segel krachend füllte und das schlanke Boot Fahrt zu machen begann, dachte er an sein Vorhaben und vergaß nicht nur Maurin, sondern auch die besorgten Gesichter auf dem Achterdeck der *Undine*.

Das Boot glitt gefährlich dicht an einer Reihe schwarzer Felszacken vorbei, und Bolitho griff wieder nach dem Backstag. Dann nahm es Kurs auf die Hauptdurchfahrt. Er bemerkte, daß die Strömung stark war und der einkommenden Tide entgegenlief. Das Boot stampfte auf dem letzten Teil der Fahrt. Achteraus war die *Undine* nicht mehr zu sehen, ein dunkler Landstreifen verbarg sie bereits.

Unvermittelt fragte Maurin: »Warum gehen Sie ein solches Risiko ein, *m'sieur*?«

Bolitho blickte ihn gelassen an. »Warum tun Sie's?«

Maurin hob die Schultern. »Befehl ist Befehl. Aber bald fahre ich wieder nach Hause. Nach Toulon. Ich habe meine Familie nicht gesehen seit . . .« Er lächelte trübe. »Zu lange nicht.«

Bolitho blickte über die Schulter des Leutnants und studierte die grimme Festung, die jetzt an Backbord vorbeiglitt. Es war immer noch schwierig, die Ausmaße des Bauwerks festzustellen: eine hohe Mauer auf dem welligen Felsengrat; die Fenster nur kleine schwarze Schlitze. Oben auf der verwitterten Brustwehr konnte er die Mündungen einiger großer Geschütze hinter ihren Schießscharten eben noch erkennen.

Maurin sagte: »Ein schauerlicher Ort, nicht wahr? Aber die sind eben anders als wir. Sie leben wie Krabben zwischen Felsen.« Es klang verächtlich.

Mehrere kleine Boote dümpelten vor Anker, und ein Schoner ähnlich dem, den sie aufgebracht hatten, hatte an einer steinernen Pier festgemacht. Maurin ließ ihn alles in Ruhe betrachten, auch die vielen Gestalten, die den Pier und den ansteigenden Weg zum Festungstor bevölkerten. Bolitho überlegte, daß man ihn bestimmt mit voller Absicht durch die Hauptzufahrt hereingebracht hatte. Und es war wirklich eindrucksvoll. Der Gedanke, daß sich ein Seeräuber, noch dazu ein in Indien Fremder, so eine Macht schaffen konnte, mußte jeden beeindrucken, selbst einen aufgeblasenen Narren wie Major Jardine.

Als die Bootsmannschaft begann, die Segel einzuholen, wandte er sich um und sah dicht vor dem Bug die Fregatte liegen. Aus der Nähe und auf so engem Raum wirkte sie noch viel größer. Viel größer als die *Undine*. Selbst für die *Phalarope,* die er zuletzt kommandiert hatte, wäre es ein kühnes Unterfangen gewesen, sich mit den tödlichen Breitseiten dieses Achtzehnpfünders einzulassen.

»Ein feines Schiff«, bemerkte er.

Maurin nickte. »Das beste. Wir sind so lange zusammen, daß wir sogar dasselbe denken.«

Bolitho sah die Geschäftigkeit an Bord, das Blinken der aufgepflanzten Bajonette der Wache an der Fallreepspforte. Sorgfältige Regie, dachte er. An den Decksgängen sah er zusammengerollte Enternetze, die in kürzester Zeit aufgeriggt werden konnten. Hatten sie Angst vor einem Überfall? Wahrscheinlicher war, daß Le Chaumareys seinem neuen Bundesgenossen nicht recht traute. Das war das einzig Positive, was Bolitho bisher gesehen hatte.

Ein kleines Fischerdory trieb vorüber; ein paar Eingeborene standen darin, die ihm mit den Fäusten drohten und wie wilde Tiere die Zähne bleckten. Maurin sagte: »Wahrscheinlich halten sie Sie für einen Gefangenen, *hein?*« Es schien ihn irgendwie zu deprimieren.

Bolitho hatte an anderes zu denken, denn nun umfuhr das Boot den Bug der Fregatte. Oben erwartete ihn *capitaine* Paul Le Chaumareys, über den viele Geschichten in Umlauf waren: über gewonnene Seeschlachten, Jagden auf Geleitzüge, zerstörte Stützpunkte. Sein Kriegsruhm war, wie Conway es zutreffend beschrieben hatte, beträchtlich. Aber als Individuum war er ein Geheimnis, hauptsächlich deswegen, weil er einen erheblichen Teil seines Lebens außerhalb Frankreichs zugebracht hatte.

Bolitho ließ seine Blicke über die ganze Länge des Schiffes schweifen: *Argus,* der hundertäugige Bote der Göttermutter Hera. Sehr passend für einen so schwer faßbaren Mann wie Le Chaumareys, dachte er. Die *Argus* war ein stark gebautes Schiff und wies die Narben und Male eines harten Dienstes auf – ein Schiff, das zu befehligen er stolz gewesen wäre. Ihr fehlte zwar die Eleganz der *Undine,* doch war sie zäher und kraftvoller.

Das Boot hatte unter dem Bugspriet festgemacht, und Bolitho kletterte zum Schanzkleid empor, wo die Mannschaft sich um den Mast gruppiert hatte. Keiner machte Miene, ihm zu helfen. Schließlich sprang doch ein junger Matrose herzu und hielt ihm die Hand hin. *»M'sieur«,* grinste er breit, *»à votre service!«* Bolitho ergriff die Hand und schwang sich an Deck. Dieser Franzose hätte auch ein Mann von der *Undine* sein können.

Er lüftete grüßend den Hut zu dem breiten Achterdeck hinüber und wartete ab, bis die Pfeifen schrillten und eine Abteilung Soldaten die Musketen präsentierte. Nicht so zackig wie Bellairs' Marineinfanteristen, aber mit routiniertem Schmiß, der von langer Übung zeugte. So wie diese Abteilung war auch das ganze Oberdeck; nicht direkt schmutzig, aber auch nicht glattgeleckt, und nicht eben in musterhafter Ordnung. Etwas abgewetzt, aber jederzeit für alles bereit.

»Ah, *capitaine!«* Le Chaumareys trat zur Begrüßung vor und blickte ihm fest in die Augen. Er sah ganz anders aus, als Bolitho ihn sich vorgestellt hatte: älter. Viel älter sogar. Vielleicht Mitte Vierzig. Einer der größten Männer, mit denen er jemals zu tun gehabt hatte. Über sechs Fuß hoch, und in den Schultern so breit, daß sein unbedeckter Kopf beinahe klein wirkte, besonders da er sein Haar so kurz trug wie ein Sträfling.

»Ich heiße Sie auf meinem Schiff willkommen!« Er machte eine Handbewegung über das Deck hin. »In meiner Welt, die es schon seit langem ist.« Eine Sekunde lang erhellte ein Lächeln sein Gesicht. »Kommen Sie also hinunter in meine Kajüte.« Er nickte Maurin zu: »Ich rufe Sie, wenn es soweit ist.«

Bolitho schritt hinter ihm her zum Kajütniedergang; er merkte, daß die Männer jeder seiner Bewegungen aufmerksam folgten, als wollten sie etwas entdecken.

»Ich hoffe«, sagte Le Chaumareys beiläufig, »Maurin hat Sie mit der gebotenen Aufmerksamkeit behandelt?«

»Gewiß, danke. Er spricht ausgezeichnet englisch.«

»Stimmt. Auch deswegen habe ich ihn für mein Schiff ausgesucht. Er ist mit einer Engländerin verheiratet.« Er lachte kurz auf. »Sie sind natürlich nicht verheiratet. Wie wäre es mit einer französischen Braut für Sie?«

Er stieß die Tür auf und wartete gespannt, was Bolitho wohl sagen würde. Die Kajüte war geräumig und gut möbliert und wie das ganze Schiff ein bißchen unordentlich. Eben bewohnt.

Aber Bolithos Aufmerksamkeit wurde sofort von einer üppig gedeckten Tafel in Anspruch genommen.

»Das meiste davon sind einheimische Produkte«, bemerkte Le Chaumareys und tippte mit der Fingerspitze auf eine große Fleischkeule. »Das hier zum Beispiel ist fast dasselbe wie geräucherter Schinken. Man muß sich sattessen, solange man noch kann, eh?« Wieder lachte er kurz auf, und jetzt sah Bolitho auch, daß dieses Lachen aus einem ziemlich großen Bauch kam.

Er begann: »Ich bin hier, um Ihnen . . .«

Der Franzose drohte ihm tadelnd mit einem Finger. »Sie sind an Bord eines französischen Schiffes, *m'sieur*. Erst trinken wir.«

Auf einen kurzen Kommandoruf eilte ein Diener aus der Nebenkajüte mit einem hohen Kristallkrug Wein herbei. Der Wein war ausgezeichnet und kühl wie Quellwasser. Bolitho blickte vom Krug zum Tisch. Echt? Oder noch ein Trick, um zu demonstrieren, wie überlegen sie waren, selbst was Verpflegung und Getränke betraf?

Man brachte einen Stuhl für ihn, und als sie Platz genommen hatten, schien Le Chaumareys etwas aufzutauen. »Ich habe von Ihnen gehört, Bolitho«, sagte er. »Für einen so jungen Offizier haben Sie schon allerhand geleistet.« Ohne jede Verlegenheit fügte er hinzu: »Es war immerhin schwierig für Sie, diese unglückselige Affäre mit Ihrem Bruder . . .«

Bolitho beobachtete ihn gelassen. Le Chaumareys war ein Mann, den er verstand wie einen Duellgegner: scheinbar lässig, entspannt – aber im nächsten Moment unvermutet zustoßend. »Vielen Dank für Ihr Mitgefühl«, erwiderte er.

Le Chaumareys' kleiner Kopf nickte heftig. »Sie hätten während des Krieges in diesen Gewässern sein sollen. Unabhängig und für keinen Admiral erreichbar – das wäre etwas für Sie gewesen.«

Bolitho merkte, daß ihm der Diener wieder einschenkte. »Ich bin gekommen, um mit Muljadi zu reden.«

Er faßte sein Glas fester. Das hatte er so einfach ausgesprochen, als hätten ihm diese Worte seit Monaten im Sinn gelegen und wären ihm nicht eben erst eingefallen.

Verdutzt starrte Le Chaumareys ihn an. »Sind Sie verrückt? Wissen Sie, was er mit Ihnen machen würde? In einer Minute würden Sie um den Tod betteln, und ich könnte Ihnen nicht helfen. Nein, *m'sieur,* es ist blanker Irrsinn, daran auch nur zu denken.«

Gelassen erwiderte Bolitho: »Dann gehe ich wieder an Bord meines Schiffes.«

»Aber was ist mit Admiral Conway und seinen Depeschen? Hat er Ihnen nichts für mich mitgegeben?«

»Das ist jetzt überholt.« Bolitho achtete genau auf Le Chaumareys' Miene. »Außerdem sind Sie nicht als französischer Kapitän hier, sondern als Muljadis Untergebener.«

Le Chaumareys nahm einen tiefen Zug aus seinem Glas und kniff die Augen vor dem einfallenden Sonnenlicht zusammen.

»Hören Sie mich an«, sagte er bestimmt. »Zügeln Sie Ihre Ungeduld. Ich mußte es auch, als ich so alt war wie Sie.« Er blickte sich in der Kajüte um. »Ich habe meine Befehle, denen ich gehorchen muß, so wie Sie den Ihren. Aber ich habe Frankreich gut gedient, und hier in Indien ist meine Zeit fast um. Vielleicht waren meine Dienste zu wertvoll, als daß man mich früher nach Hause gelassen hätte; aber das sei, wie es wolle. Ich kenne diese Gewässer wie meine Hosentasche. Den ganzen Krieg hindurch habe ich von diesen Inseln leben müssen – Verpflegung, Wasser, Unterschlupf bei Reparaturen und Informationen über Ihre Patrouillen und Geleitzüge. Als mir befohlen wurde, in eben diesen Gewässern weiterzumachen, hat mir das nicht gepaßt, aber wahrscheinlich fühlte ich mich trotzdem geschmeichelt. Man brauchte mich also noch – im Gegensatz zu manchen Leuten, die auch tapfer kämpften und jetzt nichts zu essen haben.« Er blickte Bolitho scharf an. »Wie das auch in Ihrem Lande zweifellos der Fall ist.«

»Ja«, gab Bolitho zu, »es ist ziemlich dasselbe.«

Le Chaumareys lächelte. »Aber dann, mein ungestümer Freund, dürfen wir beide nicht gegeneinander kämpfen! Wir sind einander zu ähnlich. In der einen Minute braucht man uns, in der nächsten wirft man uns weg.«

Kalt erwiderte Bolitho: »Ihre Aktionen haben viele Menschenleben gekostet. Wären wir nicht gekommen, so wäre die ganze Besatzung von Pendang Bay umgebracht worden; das wissen Sie ganz genau. Eine spanische Fregatte wurde vernichtet, um uns aufzuhalten, nur damit dieser sogenannte Fürst Muljadi seiner Seeräuberei einen Anstrich von Legalität geben und als offizieller Verbündeter Frankreichs ständig den Frieden bedrohen kann.«

Le Chaumareys zog die Brauen hoch. »Gut gesprochen. Aber an der Vernichtung der *Nervion* hatte ich keinen Anteil.« Er hob seine mächtige Faust. »Gehört habe ich natürlich davon. Ich höre vieles, was mir nicht gefällt. Deswegen habe ich den spanischen Kommandanten hergeholt, um mit ihm über die Sicherheit seiner Garnison zu verhandeln. Er war immer noch der Repräsentant seines Königs und hätte Vereinbarungen treffen können, die Muljadi gewisse Rechte in Pendang Bay gegeben hätten – wenn Sie nicht dazwischengekommen wären.« Jetzt wurde er sehr ernst. »Ich wußte nicht, daß im selben Moment, als ich mit ihm die Bay verlassen hatte, ein Angriff auf den Stützpunkt begann. Darauf gebe ich Ihnen mein Wort als französischer Offizier.«

»Und ich nehme es an.« Bolitho versuchte, ruhig zu bleiben, aber das Blut prickelte ihm in den Adern wie Eiswasser. Genau wie er es sich gedacht hatte: ein fertiger, ausgeklügelter Plan, der vielleicht schon in Europa begonnen hatte, in Paris und London, in Madrid sogar, und der beinahe geklappt hätte. Wenn er sich nicht entschieden hätte, die wenigen Überlebenden der *Nervion* und seine *Undine* nach Pendang Bay zu segeln, und wenn Puigserver nicht ebenfalls dorthin gelangt wäre, so wäre die Sache erledigt gewesen, und Le Chaumareys wäre bereits nach getaner Arbeit – und gut getaner Arbeit – auf dem Weg in seine Heimat.

»Ich bin gekommen, um den Kommandanten zu seinen Landsleuten zurückzubringen«, sagte er, und seine Stimme klang ihm selbst fremd. »Don Luis Puigserver, der Repräsentant des Königs von Spanien, erwartet seine Rückkehr.« Seine Stimme wurde schärfer. »Ist Colonel Pastor überhaupt noch am Leben? Oder gehört auch sein Tod zu den Tatsachen, die Sie wissen, aber nicht billigen?«

Le Chaumareys erhob sich und ging schweren Schrittes zum Heckfenster. »Er ist hier, als Gefangener Muljadis. In der Ruine dort drüben. Muljadi wird nie gestatten, daß Sie ihn mitnehmen, tot oder lebendig. Solange Pastor hier ist, haben Muljadis Forderungen den Anschein der Legalität. Mit Pastor hat er einen klaren Beweis dafür in der Hand, daß England sein Wort nicht halten und die Rechte der Spanier nicht schützen kann. Sie meinen, das sei unglaubwürdig? Zeit und Entfernung können aus jeder Wahrheit eine Farce machen.«

»Aber warum sollte Muljadi dann Angst haben, mit mir zu sprechen?« Der Franzose wandte sich bei diesen Worten vom Fenster ab; sein Gesicht war tief gefurcht und grimmig. »Ich sollte meinen«, fuhr Bolitho fort, »es würde ihm eher daran liegen, mir seine Macht zu demonstrieren.«

Le Chaumareys durchquerte die Kajüte; unter seinem Gewicht knarrten die Decksplanken. Er blieb bei Bolithos Sessel stehen und sah ihm starr in die Augen. »Muljadi und Angst? Nein, *ich* habe Angst, und zwar um Sie, Bolitho. Hier draußen, an Bord meiner *Argus,* bin ich Muljadis Arm, seine Waffe. Für ihn bin ich nicht bloß ein Seekapitän, sondern ein Symbol: der Mann, der seine Pläne in die Wirklichkeit umsetzen kann. Aber außerhalb dieser Planken kann ich für Ihre Sicherheit nicht garantieren, und das ist bitterer Ernst.« Er zögerte. »Aber ich verschwende meine Zeit, wie ich sehe. Sie sind also immer noch entschlossen?«

Bolitho lächelte grimmig. »Ja.«

»Ich habe viele Engländer getroffen, in Krieg und Frieden. Manche mochte ich, andere konnte ich nicht ausstehen. Sie bewundere ich.« Er lächelte trübe. »Sie sind ein Narr, aber tapfer. So einen Mann kann ich bewundern.«

Er läutete eine Glocke und deutete auf die Tafel. »Und Sie wollen wirklich nichts essen?«

Bolitho griff nach seinem Hut und erwiderte: »Wenn es so ist, wie Sie sagen, wäre es pure Verschwendung, oder?« Er mußte dabei lächeln, obwohl er kaum klar denken konnte. »Und wenn nicht – nun, dann muß ich mich eben in Zukunft weiter mit Salzspeck begnügen.«

Ein großer, schlanker, dünnhaariger Offizier trat in die Kajüte, und Le Chaumareys sagte etwas in geschwindem Französisch. Dann nahm er seinen Hut und erklärte: »Mein Erster Leutnant. Ich habe es mir anders überlegt, ich komme mit Ihnen.« Er hob die Schultern. »Ob aus purer Neugier oder um meine Voraussage bestätigt zu sehen – das weiß ich nicht. Aber ohne mich sind Sie ein toter Mann.«

Als sie aufs Achterdeck kamen, lag schon ein Boot längsseits, und auf den Decksgängen drängten sich stumme Zuschauer. Sollen sie es sich ruhig ansehen, dachte Bolitho grimmig: eine Fahrt ohne Rückkehr, wenn er sich verrechnet hatte.

Le Chaumareys faßte ihn beim Arm. »Hören Sie zu, denn ich bin älter und wohl etwas weiser als Sie. Ich kann Sie jetzt auf Ihr Schiff zurückbringen lassen. Es wäre keine Schande für Sie. In einem Jahr ist die ganze Geschichte vergessen. Überlassen Sie die Politik denen, die sich jeden Tag die Finger damit beschmutzen, ohne daß es ihnen etwas ausmacht.«

Bolitho schüttelte den Kopf. »Würden Sie das an meiner Stelle tun?« Er zwang sich ein Lächeln ab. »Ihr Gesicht sagt mir, was ich wissen wollte.«

Le Chaumareys nickte seinen Offizieren zu und schritt zum Fallreep. Auf dem Geschützdeck bemerkte Bolitho die frischen Reparaturstellen an Planken und Tauwerk: die Spuren jenes Gefechts mit der *Undine*, das er damals schon fast verlorengegeben hatte. Ein seltsames Gefühl, so neben dem Kapitän der *Argus* zu gehen. Sie waren mehr wie Landsleute als wie Gegner, die einander noch vor so kurzer Zeit hatten vernichten wollen. Aber wenn sie nach diesem Erlebnis noch einmal aneinandergerieten, dann gab es keinen Waffenstillstand mehr.

Stetig zog das Boot über das wirbelnde Wasser, mit Kurs auf die Pier unterhalb der Festung. Die ganze Zeit ließen die französischen Matrosen die Augen nicht von Bolitho. Aus Neugier – oder weil sie hier einem Feind ins Gesicht sehen konnten, ohne zu kämpfen?

Nur einmal während der kurzen Überfahrt sagte Le Chaumareys etwas: »Verlieren Sie Muljadi gegenüber nicht Ihre Selbstbeherrschung! Ein Wink von ihm, und Sie sind in Ketten. Mitleid kennt er nicht.«

»Und wie ist Ihre Situation?«

Der Franzose lächelte bitter. »Mich braucht er, *m'sieur*.«

Als sie an der Pier anlegten, sah er aufs neue den Haß, der ihm schon früher aufgefallen war. Inmitten einer Eskorte von Franzosen mußte er sich beeilen, die steile Schräge zur Festung hinaufzukommen, denn von allen Seite hörte er Flüche und wütendes Geschrei; kein Zweifel, ohne die massive Präsenz ihres Kapitäns wären sogar die französischen Matrosen tätlich angegriffen worden.

Zu ebener Erde war die Festung nicht viel mehr als eine leere Hülse. Im Hof lagen Binsen und Lumpen herum, die den immer zahlreicher werdenden Anhängern Muljadis als Schlaflager dienten. Oben auf der Brustwehr, unter dem blauen Himmel, sah man die Geschütze: alt, aber großkalibrig, und neben jedem ein Haufen Kugeln; lange Taue baumelten liederlich in den Hof hinunter, daneben standen primitive Körbe, vermutlich zum Hinaufziehen von Nachschub an Munition.

Roh behauene Stufen. Die Sonne brannte ihm auf die Schultern, doch als sie plötzlich in den Schatten traten, spürte er feuchte Kälte am ganzen Leib.

»Warten Sie hier drin«, knurrte Le Chaumareys. Er führte Bolitho in einen Raum mit steinernen Wänden, nicht größer als ein Kabelgatt, und schritt zu einer eisenbeschlagenen Tür am anderen Ende. Zwei schwerbewaffnete Eingeborene bewachten sie und glotzten die Franzosen an, als hofften sie auf einen Kampf. Aber Le Chaumareys drängte durch sie hindurch wie ein Dreidecker, der durch die Gefechtslinie bricht. Entweder fühlte er sich vollkommen sicher, oder es war lange geübter Bluff – Bolitho wußte es nicht.

Er brauchte nicht lange zu warten. Die Tür wurde aufgerissen, und er blickte in einen großen Raum, einen Saal, der anscheinend die ganze Breite des Obergeschosses einnahm. Am anderen Ende befand sich ein Podest, das sich farbig von den grauen Steinen der Mauern abhob.

Muljadi lehnte lässig in seidenen Kissen, die Augen starr auf die Tür gerichtet. Er war nackt bis zum Gürtel und trug nur eine weiße bauschige Hose zu Stiefeln aus rotem Leder. Sein Kopf war völlig haarlos und wirkte in dem Sonnenlicht, das durch die Fensterschlitze fiel, seltsam spitz; übergroß und grotesk stand das eine Ohr ab, das er noch hatte.

Neben dem Thron wartete Le Chaumareys, ernst und mit wachsamem Gesicht. An den Wänden standen mehrere Männer. Noch nie hatte Bolitho so dreckiges, brutales Gesindel gesehen; doch nach der Qualität ihrer Waffen zu urteilen, mußten sie Muljadis Unterführer sein.

Er ging auf den Thron zu, wobei er halb damit rechnete, daß einer der Zuschauenden vorspringen und ihn niederstechen würde; aber keiner bewegte sich oder sprach.

Als er sich dem Thron auf ein paar Fuß genähert hatte, sagte

Muljadi grob: »Nicht näher!« Er sprach gut englisch, doch mit einem fremdartigen, vermutlich spanischen Akzent.

»Bevor ich Sie töten lasse, Captain«, fuhr er fort, »was haben Sie noch zu sagen?«

Bolitho verspürte das Verlangen, sich die trockenen Lippen zu lecken. Hinter sich hörte er ein erwartungsvolles Scharren und Rascheln; Le Chaumareys starrte ihn an, Verzweiflung im gebräunten Gesicht.

Bolitho begann: »Im Namen Seiner Majestät, des Königs George, fordere ich die Freilassung von Colonel José Pastor, Untertan der Spanischen Krone, der unter dem Schutze meines Landes steht.«

Muljadi fuhr hoch; das Gelenk seiner abgehauenen Hand richtete sich wie ein Pistolenlauf auf Bolitho. »Fordern? Du unverschämter Hund!«

Hastig trat Le Chaumareys vor. »Lassen Sie mich erklären, *m'sieur*.«

»Sie haben mich mit *Hoheit* anzureden!« brüllte Muljadi. Voller Wut wandte er sich wieder an Bolitho. »Ruf deinen Gott um Beistand an! Du wirst noch um deinen Tod flehen!«

Bolithos Herz schlug gegen die Rippen; der Schweiß floß ihm über den Rücken und sammelte sich am Gürtel wie ein eisiger Reif. Mit gespielter Gelassenheit griff er in die Hosentasche und zog seine Uhr. Als er den Deckel aufklappen ließ, sprang Muljadi mit ungläubigem Keuchen hoch, stürzte sich auf Bolitho und packte mit eisernem Griff dessen Handgelenk.

»Wo hast du das her?« schrie er. Von der Uhr baumelte die kleine, goldene, tatzenschlagende Raubkatze.

Bolitho zwang sich, so gelassen wie möglich zu antworten und nicht den genau gleichen Anhänger auf Muljadis Brust anzustarren. »Von einem Gefangenen.« Und in schärferem Ton: »Einem Seeräuber!«

Langsam verdrehte Muljadi Bolithos Handgelenk. Seine Augen glühten. »Du lügst!« zischte er. »Und du wirst leiden dafür! Jetzt gleich!«

»Um Gottes willen!« rief Le Chaumareys dazwischen. »Reizen Sie ihn nicht, er bringt Sie wirklich um!«

Bolitho wandte den Blick nicht ab. Er spürte Muljadis Kraft, seinen Haß – aber noch etwas anderes. Angst?

Er sagte: »Mit einem Fernglas können Sie mein Schiff sehen.

Und an der Großrah eine Schlinge. Wenn ich nicht vor Sonnenuntergang wieder an Bord bin, hängt Ihr Sohn – ich gebe Ihnen mein Wort darauf. Das Medaillon habe ich von seinem Hals genommen, als ich etwa vierzig Meilen südlich von hier seinen Schoner aufbrachte.«

Die Augen Muljadis schienen aus ihren Höhlen zu treten. »Du lügst!«

Bolitho löste sein Handgelenk aus Muljadis Griff. Dessen Finger hinterließen Spuren wie Taue, die rasend schnell durch die Hand glitten und sie dabei versengten.

Gelassen erwiderte Bolitho: »Ich tausche ihn gegen Ihren Gefangenen aus.«

Er blickte zu dem verdutzten Le Chaumareys hinüber. »Der *capitaine* kann das sicherlich arrangieren.«

Muljadi stürzte zum Fenster und riß einem seiner Männer ein Fernglas aus dem Gürtel. Heiser sagte er über die Schulter hinweg zu Bolitho: »Sie bleiben als Geisel hier!«

»Nein«, erwiderte Bolitho, »keine Geiseln, sondern ein ehrlicher Austausch. Sie haben mein Wort als englischer Offizier.«

Muljadi warf das Teleskop wütend auf den Steinboden, daß die Splitter der Linsen in alle Richtungen flogen. Sein Atem ging heftig, und auf seinem kahlrasierten Kopf glänzten Schweißperlen. »Englischer Offizier? Bilden Sie sich ein, daß ich mir daraus etwas mache?« Er spuckte Bolitho vor die Füße. »Dafür werden Sie noch leiden, das verspreche ich Ihnen!«

»Gehen Sie darauf ein – Hoheit!« rief Le Chaumareys dazwischen.

Aber Muljadi tobte wie ein Verrückter. Plötzlich griff er nach Bolithos Arm, zerrte ihn an das andere Saalende und stieß ihn dort vor ein Fenster.

»Blicken Sie hinunter, Captain!« Die Worte fielen wie Pistolenschüsse. »Ich gebe Ihnen den Colonel – aber Ihr Stützpunkt ist trotzdem nicht mehr zu retten!«

Bolitho starrte auf den glitzernden Wasserstreifen hinunter, der sich zwischen der Festung und der nächsten Insel erstreckte. Dort, wo die Durchfahrt einen Bogen machte, lag eine Fregatte vor Anker; das Deck wimmelte von geschäftigen Männern.

Muljadis Haß verwandelte sich in wilden Triumph, und er schrie: »Mein! Alles mein! Nun, Sie Offizier, sind Sie immer noch zuversichtlich?«

»Warum mußten Sie das tun?« fragte Le Chaumareys finster.

Wilde Wut in den Augen, wirbelte Muljadi herum. »Denken Sie, man muß mir sagen, was ich tun oder lassen soll? Halten Sie mich für ein Kind? Ich habe lange genug gewartet. Das ist jetzt vorbei!«

Knirschend öffnete sich die Tür. Zwischen zwei bewaffneten Piraten kam der spanische Kommandant herein, blinzelnd, als wäre er fast blind.

Bolitho schritt an Muljadi und seinen Männern vorbei. »Ich bin gekommen, um Sie heimzubringen, *Señor.*« Er sah die schmutzige, zerfetzte Kleidung des Offiziers, die Spuren der Handschellen an seinen Gelenken. »Es war sehr tapfer von Ihnen.«

Leer und verschwommen, mit zitterndem Kopf, starrte der alte Mann ihn an. »Ich verstehe nicht«, stieß er hervor.

Le Chaumareys sagte: »Kommen Sie! Sofort!« Und leiser fügte er hinzu: »Sonst kann ich nicht für Ihre Sicherheit garantieren.«

Wie Traumwandler schritten sie den abschüssigen Weg zur Pier hinunter, gefolgt von der Stimme Muljadis, der etwas Unverständliches in fremder Sprache hinter ihnen her schrie. Unverkennbar waren es Beschimpfungen und Drohungen.

»Die Fregatte«, sagte Bolitho kalt, »war ein englisches Schiff.«

Müde nickte Le Chaumareys. »Ja. 1782 im Gefecht schwer havariert, wurde sie hier auf Grund gesetzt. Ihre Mannschaft kam auf ein anderes Schiff. Wir haben fast zwei Jahre an ihr gearbeitet. Jetzt ist sie wieder in Ordnung. Ich habe Befehl, sie in seeklarem Zustand an Muljadi zu übergeben, bevor ich heimsegeln darf.«

Bolitho sah ihn nicht an. Er stützte den spanischen Kommandanten, der vor Schwäche und Erschütterung zitterte.

»Dann kann ich nur hoffen, daß Sie stolz auf Ihr Werk sind, *m'sieur.* Und auf das, was Muljadi mit der Fregatte anrichten wird – nun, da sie seeklar ist.«

Bald lag das Boot unter den Rahen der französischen Fregatte, und Bolitho stieg hinter Le Chaumareys das Fallreep hinauf. Dieser sagte kurz: »Maurin wird Sie zu Ihrem Schiff bringen.« Dann blickte er Bolitho ein paar Sekunden lang forschend an. »Sie sind noch jung. Eines Tages hätten Sie mich vielleicht verstanden. Nun ist das vorbei.« Er streckte die Hand aus. »Wenn wir uns wieder treffen – und das wird, fürchte ich, unvermeidlich sein –, dann ist es zum letztenmal.«

Er drehte sich abrupt um und schritt zu seiner Kajüte. Bolitho holte seine Uhr hervor und betrachtete den goldenen Anhänger. Wenn er sich verrechnet oder wenn Potter ihm etwas Falsches erzählt hätte ... Darüber auch nur Vermutungen anzustellen, war unerträglich.

Dann dachte er an die englische Fregatte. Ohne Muljadis Wutausbruch hätte er überhaupt nichts von ihr erfahren. Dieses Wissen half zwar wenig; aber schließlich war es besser als nichts.

Maurin kam und sagte munter: »Ich lasse ein Boot klarmachen. Auf Ihrem Schiff wird man überrascht sein, daß Sie so unbehelligt wieder eintreffen. Ebenso überrascht wie ich.«

Bolitho lächelte. »Danke. Ich hatte guten Schutz.«

Sein Blick schweifte zum Kajütniedergang; aber es blieb ungewiß, wen genau er gemeint hatte.

XVI Weder besser noch schlechter als andere

Langsam schlenderte Bolitho an der Brustwehr auf der Landseite des Stützpunktes Pendang Bay entlang. Dunst stieg aus dem Dschungel empor; die Nachmittagssonne spielte auf den Blättern und Palmwedeln neben der Palisade. Kurz vor Mittag hatte die *Undine* bei blauem Himmel Anker geworfen, obwohl sie bei ihrer Annäherung den Stützpunkt noch unter einer dunklen Wetterwolke hatten liegen sehen und die Bewohner fast um den kurzen Regenguß beneideten. Jetzt atmete er widerwillig den dumpfigen Geruch der verrottenden Blätter und der tief im Schatten verborgenen Wurzeln ein, der Kopfschmerzen verursachte.

In den letzten zwei Tagen hatte sich die *Undine* mit widrigen Winden herumschlagen müssen; als sich der Wind schließlich drehte und günstiger zu ihrem Kurs stand, war er kaum mehr als ein Hauch und brachte nur wenig Leben in die Segel.

Er beobachtete ein paar rotröckige Sepoys, die außerhalb der Palisade arbeiteten, und zwei eingeborene Frauen, die sich mit Kopflasten dem Tor näherten. Auf den ersten Blick schien sich nichts verändert zu haben; dennoch fühlte er, in Erwartung einer weiteren Unterredung mit Conway – der zweiten innerhalb einer Stunde –, daß alles anders geworden war.

Er schritt weiter zur nächsten Ecke der primitiven, aus Pfählen errichteten Brustwehr. Unten lag die *Undine* an ihrer Ankertrosse, den erbeuteten Schoner dicht vor ihrem Bug. Als er zum flachen Wasser hinübersah, wo die *Rosalind* gelegen hatte, als er die Reise zu Muljadis Festung antrat, konnte er kaum das Fluchen unterdrücken. Sie war weg, ebenso das Transportschiff, die *Bedford,* zurückgesegelt nach Madras, mit Depeschen und Raymonds persönlichem Lagebericht für Sir Montagu Strang.

Als Bolitho sich eine halbe Stunde nach dem Ankerwerfen bei Conway gemeldet hatte, war er über dessen schlechtes Aussehen erschüttert. Conway wirkte gebeugter denn je, seine Augen glühten, und er schien vor Zorn und Verzweiflung fast außer sich zu sein.

»Sie wagen es«, hatte er Bolitho angebrüllt, »sich hinzustellen und mir zu erklären, daß Sie meine Befehle vorsätzlich mißachtet haben? Daß Sie, entgegen meinen ausdrücklichen Instruktionen, überhaupt nicht erst versucht haben, mit Le Chaumareys zu verhandeln?«

Bolitho stand bewegungslos, die Augen fest auf Conways verzerrtes Gesicht gerichtet. Eine leere Karaffe lag umgestürzt auf dem Tisch. Unverkennbar hatte Conway schon länger stark getrunken.

»Ich konnte nicht verhandeln, Sir. Das hätte die Anerkennung Muljadis bedeutet, und genau das wollen die Franzosen.«

»Sie glauben wohl, mir was Neues zu erzählen?« Conway packte heftig die Tischplatte. »Auf meinen ausdrücklichen Befehl hin sollten Sie von Le Chaumareys fordern, daß er Colonel Pastor unversehrt freiläßt! Die spanische Regierung hätte England schwere Vorwürfe machen können, weil wir ihn tatenlos und vor unseren Augen in Muljadis Gefangenschaft leiden ließen!«

Bolitho erinnerte sich gut, mit welcher Mühe er seine Stimme unter Kontrolle gehalten hatte. Trotz seiner Erregung hatte sie völlig ausdruckslos geklungen. Er wollte Conway nicht noch mehr in Wut bringen.

»Als ich wußte, daß ich Muljadis Sohn gefangengenommen hatte, konnte *ich* die Bedingungen stellen, Sir«, hatte er geantwortet. »Die Chancen standen gut für mich. Und wie sich herausstellte, kamen wir gerade noch zur rechten Zeit. Ich fürchte, ein paar Tage später wäre Pastor tot gewesen.«

»Zum Teufel mit Pastor!« hatte Conway gebrüllt. »Sie erwischen Muljadis Sohn – und wagen es, ihn freizulassen! Kniefällig und zu allem bereit hätte uns dieser blutige Seeräuber um das

Leben seines Sohnes gebeten!«

Unvermittelt hatte Bolitho gesagt: »In den letzten Monaten des Krieges ist in diesen Gewässern eine Fregatte verlorengegangen.«

Conway hatte sich überrumpeln lassen. »Stimmt. Die *Imogen* unter Captain Balfour.« Die Sonne blendete ihn, er kniff die Augen zusammen. »Achtundzwanzig Geschütze. War im Gefecht mit den Franzosen, ist dann in einen Sturm geraten und gestrandet. Ihre Mannschaft wurde von einer meiner Schaluppen übernommen. Was, zur Hölle, hat sie damit zu tun?«

»Alles, Sir. Hätte ich nicht mit Muljadi persönlich gesprochen, so wären wir völlig ahnungslos. Die *Imogen* liegt hier, Sir, im Benua-Archipel, und zwar – soweit ich gesehen habe – vollständig seeklar. Sie hätte uns mit ihrer Kampfkraft völlig überrascht.«

Conway war gegen den Tisch getaumelt, als hätte ihm Bolitho einen Schlag versetzt. »Wenn das ein Trick von Ihnen ist, irgendein Schwindel, um . . .«

»Nein. Sie ist da, Sir. Neu ausgerüstet und repariert, und die Mannschaft, darüber habe ich nicht die geringsten Zweifel, wurde von Le Chaumareys' Offizieren aufs beste ausgebildet.« Er konnte seine Verbitterung nicht verbergen. »Ich hatte gehofft, die Brigg *Rosalind* sei noch hier. Dann hätten Sie Nachricht schicken und Verstärkung anfordern können. Jetzt haben wir keine Wahl mehr.«

Der nächste Teil der Unterredung war am schlimmsten gewesen. Unsicher war Conway zum Büfett gegangen, hatte sich mit einer neuen Karaffe zu schaffen gemacht und dabei gemurmelt: »Man hat mich verraten, von Anfang an. Raymond bestand darauf, daß die Brigg nach Madras segelte. Sie war ein Schiff der Company, und ich konnte sie nicht länger hierbehalten. Er hatte alle Trümpfe auf seiner Seite. Und auch auf alle Einwände die Antworten parat.« Wie Blut war der Rotwein auf sein Hemd gespritzt. »Und ich?« brüllte er. »Ich bin weiter nichts als ein Strohmann! Ein Werkzeug, das Strang und seine Freunde benutzen, wie es ihnen paßt!«

Beim Eingießen hatte er den Becher an der Karaffe entzweigeschlagen und griff jetzt nach einem neuen. »Und nun kommen Sie, der einzige Mann, dem ich vertraue, und sagen mir, daß Muljadi meinen Stützpunkt jederzeit angreifen kann! Und Raymond . . . Ganz abgesehen davon, daß er mir dauernd Unfähigkeit nachweisen will, kann er jetzt seinen verfluchten Vorgesetzten auch noch berichten, daß ich nicht imstande bin, dieses Territorium der britischen Flagge zu erhalten.«

Lautlos hatte sich die Tür geöffnet, und Puigserver war eingetreten. Nach einem kurzen Blick auf Conway hatte er zu Bolitho gesagt: »Ich bin geblieben, um Ihre Rückkehr abzuwarten. Meine Leute sind mit der *Bedford* gesegelt, aber ich wollte nicht abreisen, ohne Ihnen dafür zu danken, daß Sie Pastor befreit haben. Sie haben es sich anscheinend angewöhnt, Ihr Leben für andere zu riskieren. Diesmal werden Sie, hoffe ich, nicht unbelohnt bleiben.« Wieder glitten seine schwarzen Augen zu Conway hinüber. »Nicht wahr, Admiral?«

Conway hatte ihn nur leeren Blicks angestarrt. »Ich muß nachdenken.«

»Das müssen wir alle.« Der Spanier hatte es sich in einem Sessel bequem gemacht und ließ den Blick nicht von Conway. »Ich hörte einiges durch die Tür. Wohlgemerkt, ich wollte nicht horchen, aber Ihre Stimme war ziemlich kräftig.«

Conway hatte nochmals versucht, sich zusammenzunehmen. »Dienstbesprechung, sofort!« Gläsern blickte er Bolitho an. »Sie warten draußen! Ich muß *nachdenken*.«

Jetzt, als Bolitho geistesabwesend auf die kleinen Gestalten unter der Palisade starrte, stieg wieder Ärger in ihm auf – und ein Gefühl der Dringlichkeit.

»Richard!«

Er fuhr herum und sah sie an der Ecke des Turmes im tiefen Schatten stehen; sie trug denselben breitrandigen Hut wie damals.

»Viola! Ich dachte schon . . .« Er war zu ihr geeilt und ergriff ihre Hände.

Sie schüttelte den Kopf. »Später. Hör zu.« Sanft berührte sie seine Wange, und ihre Augen waren plötzlich traurig. »Es hat so lange gedauert: elf Tage – aber für mich waren sie wie elf Jahre. Als der Sturm kam, war ich so in Sorge um dich.«

Er wollte etwas sagen, um den Schmerz in ihrer Stimme zu lindern, aber sie redete schnell weiter. »Ich glaube, James hat Verdacht geschöpft. Er war in letzter Zeit sehr merkwürdig. Vielleicht hat meine Zofe etwas verlauten lassen. Sie ist ein gutes Mädchen, aber wenn man ihr schmeichelt, kann sie den Mund nicht halten.« Viola blickte ihn forschend an. »Doch das spielt keine Rolle, er wird nichts unternehmen. Um *dich* mache ich mir Sorgen.« Sie senkte den Kopf. »Und es ist alles meine Schuld. Ich wollte, daß er in der Welt etwas darstellt – in erster Linie, fürchte ich, um meiner selbst willen. Ich habe ihn zu sehr angestachelt, ihn ständig vorwärtsgetrieben. Ich wollte ihn zu dem Mann machen, der er nie sein kann.« Sie preßte seine Hand. »Aber das alles weißt du ja.«

Unter der Brüstung erklangen Stimmen; Bolitho glaubte, auch Schritte zu hören. Gedämpft fuhr sie fort: »James hat Sir Montagu einen Geheimbericht gesendet. Er weiß jetzt, daß Conway nicht der richtige Mann für diesen Posten ist, und dieses Wissen wird er zu seinem eigenen Vorteil verwenden. Aber auch von dir, mein geliebter Richard, wird in diesem Bericht die Rede sein. Ich kenne ihn doch. Um dir eins auszuwischen, um seine kleinliche Rachgier zu befriedigen, wird er dir anlasten, daß du nicht imstande warst, Muljadi zu erledigen, diesen – seiner Meinung nach – primitiven Piraten, ob ihm nun Frankreich hilft oder nicht.«

Gedämpft erwiderte er: »Es ist sogar noch schlimmer. Muljadi hat starke Unterstützung. Wenn er erst einmal den Stützpunkt hier erobert hat, wird die Bevölkerung in diesem ganzen Gebiet revoltieren und sich ihm anschließen. Es geht gar nicht anders. Die Piraten sind für sie die Befreier, die europäischen Schutzmächte die Eindringlinge und Unterdrücker. Das ist nichts Neues.«

Sie wandte ihm rasch den Kopf zu, und er sah, wie der Puls an ihrem Hals klopfte.

»Hör mir zu, Richard! Laß dich nicht weiter auf die Sache ein. Du bist zu wertvoll für dein Land und für alle, die auf dich blikken. Ich flehe dich an, laß dir nicht länger von Leuten befehlen, die es nicht wert sind, dir die Stiefel zu putzen!« Sie nahm sein Gesicht in ihre Hände. »Rette dein Schiff und dich selbst, und zum Teufel mit diesem Pack!«

Sanft umfaßte er ihre Handgelenke. »So einfach ist es nicht mehr.« Er dachte an Le Chaumareys, den er beschworen hatte, mit Muljadi Schluß zu machen, wegzusegeln und so seine Ehre zu retten. »Und ich wünschte bei Gott, du wärest mit der Brigg abgereist. Muljadi ist jetzt stärker denn je, und wenn er kommt . . .«

Seine Augen schweiften zu seiner unten vor Anker liegenden Fregatte. Wie klein sie in diesem grellen Licht aussah.

»Zwischen ihm und dieser Palisade steht nur noch die *Undine.*«

Sie begriff plötzlich und starrte ihn mit schreckgeweiteten Augen an. »Du willst gegen sie alle kämpfen?«

Bolitho schob ihre Hände weg, denn ein Sepoy-Korporal kam

um die Ecke des Turmes und meldete: »Captain Bolitho, Sahib, der Gouverneur möchte Sie sprechen, bitte.«

»Nun werden wir ja sehen, Viola.« Er versuchte zu lächeln. »Die Schlacht ist noch nicht vorbei.«

Conway saß am Tisch; der schwere Uniformrock verbarg sein weinbeflecktes Hemd. Puigserver hatte sich anscheinend nicht vom Fleck gerührt. Raymond stand mit dem Rücken zum Fenster, das Gesicht tief im Schatten. Außer ihnen nahmen noch Major Jardine und sein Stellvertreter an der Besprechung teil.

Scharf sagte Conway: »Ich habe es ihnen erzählt, Bolitho. Wort für Wort, wie Sie es mir berichtet haben.«

»Danke, Sir«, erwiderte Bolitho und blickte Raymond an – von ihm würde es kommen.

»Sie haben da allerhand auf sich genommen, Captain. Mehr, fürchte ich, als in des Gouverneurs Absicht lag.«

»Jawohl. Aber ich habe gelernt, daß ich gelegentlich Eigeninitiative entwickeln muß, besonders dann, wenn ich nicht an den Bändseln der Flotte hänge.« Puigserver studierte mit plötzlichem Interesse seinen linken Schuh. »Tatsache ist«, fuhr Bolitho fort, »daß Muljadi beabsichtigt, diesen Stützpunkt anzugreifen. Er kann jetzt gar nicht anders, da er seinen Gefangenen verloren hat und weiß, daß wir über seine neue Fregatte informiert sind. Das hat die Situation total verändert.«

Jardine sagte kurz: »Falls er angreift, können meine Männer ihn so lange aufhalten, bis Hilfe kommt. Sobald die Brigg erst in Madras ist, werden sehr rasch Truppen kommen, um den Schurken zu vernichten – wozu die Marine offensichtlich nicht imstande ist.«

Bolitho beobachtete Raymonds Hände auf dem Fensterbrett und wartete ein paar Sekunden. Dann sagte er: »Nun, Mr. Raymond? Hat der tapfere Major recht?« Er merkte, daß Raymonds Hände sich fester um das Fensterbrett krampften. »Oder haben Sie in Ihrem Bericht an Sir Montagu angedeutet, daß Pendang Bay Ihrer Meinung nach abgeschrieben werden muß?«

Jardine bleckte wütend die Zähne. »Quatsch!« Aber nach einer kleinen Pause wurde er unsicher und fragte Raymond: »Nun, Sir?«

Dessen Antwort klang sehr ruhig. »Ich habe die Wahrheit berichtet. Man wird keine Schiffe schicken außer Transportern, um die Soldaten der Company und deren Angehörige abzuholen.«

Jardine explodierte. »Aber ich kann es schaffen, Sir! Sie hätten mir das früher sagen müssen!«

»Sie können es *nicht* schaffen, Major!« warf Bolitho dazwischen. »Wenn Muljadi kommt, dann mit mehr als tausend Mann. Seine Festung ist voller Krieger, das habe ich mit eigenen Augen gesehen. Vielleicht hätten Sie die Palisaden halten können, bis Hilfe aus Madras kommt. Doch ohne diese Hilfe haben Sie nur eine Chance, wenn Sie in einem Gewaltmarsch durch den Urwald nach Osten ausweichen, um vielleicht die Niederlassung der Holländischen Kompanie zu erreichen und dort Sicherheit zu finden.« Er machte eine kleine Pause. »Aber in dieser Jahreszeit ist der Dschungel noch dichter als sonst, und ich bezweifle, daß viele von Ihren Männern den Marsch überleben, ganz abgesehen davon, daß Sie mit Überfällen von Eingeborenen rechnen müssen, die Muljadi ihre Ergebenheit beweisen wollen.«

Er hatte nüchtern und hart gesprochen. Gepreßt erwiderte Raymond: »Mir kann niemand einen Vorwurf machen. Ich habe nur berichtet, was ich weiß. Von dieser zweiten Fregatte wußte ich nichts.« Er versuchte, seine Selbstsicherheit wiederzufinden. »Genausowenig wie Sie!«

Conway stand langsam auf; jede Bewegung kostete ihn Willensanstrengung. »Aber Sie hatten es ja so eilig, Mr. Raymond. Sie haben Ihre Befugnisse dazu mißbraucht, Ihre eigenen Interessen zu verfolgen, haben sogar die Brigg weggeschickt, obwohl ich ausdrücklich forderte, die Rückkehr der *Undine* abzuwarten!«

Er schritt zum gegenüberliegenden Fenster und starrte blicklos in den dichten Urwald. »Was können wir tun? Wie können wir uns am besten aufs Schlachtfest vorbereiten?« Blitzschnell fuhr er herum und schrie: »Na, Mr. Raymond? Möchten Sie uns das vielleicht erklären? *Ich* kann es nämlich nicht.«

Major Jardine stotterte: »Aber so hoffnungslos kann es doch nicht sein?«

Puigserver beobachtete Bolitho. »Nun, *Capitan*? Sie waren schließlich in der Höhle des Löwen, nicht wir.«

»Darf ich einen Vorschlag machen, Sir?« wandte sich Bolitho an Conway.

Der Admiral nickte, sein schütteres Haar war ganz zerrauft. »Wenn da noch etwas vorzuschlagen ist – bitte!«

Bolitho ging zum Tisch und schob die schweren silbernen Tintenfässer in eine bestimmte Stellung. »Die Benuas sind auf unseren

Karten ziemlich zutreffend dargestellt, Sir; aber ich nehme an, von den kleineren Durchfahrten sind manche verschlickt und zu flach. Die Festung steht erhöht auf einer zentral gelegenen Insel, auf einem Felskegel, könnte man sagen. Zur See hin fällt der Felsen senkrecht ab, und was ich erst für Riffe am Fuß dieses Felsens gehalten hatte, sind, wie ich jetzt glaube, große Felsen von oben, die im Lauf der Zeit verwittert und abgestürzt sind.«

Düster brummte Hauptmann Strype: »Dann kann man die Festung auch nicht erstürmen. Wirklich hoffnungslos.«

Conway blickte Bolitho unwillig an und knurrte: »Also weiter!«

»Wenn wir sofort angreifen, Sir«, antwortete dieser und ignorierte die allgemeine Verblüffung, »bevor Muljadi bereit ist, dann können wir seinen ganzen Plan im Entstehen durchkreuzen.«

»Angreifen?« rief Conway. »Eben haben Sie uns doch noch aller Hoffnung beraubt, überhaupt am Leben zu bleiben!«

»Die Hauptbatterie steht auf der seewärts gelegenen Brustwehr, Sir. Wenn wir sie vernichten, sind seine vor Anker liegenden Schiffe ohne unmittelbaren Schutz.«

Conway rieb sich nervös das Kinn. »Ja, gewiß. Aber wie sollen wir sie vernichten?«

»Vielleicht durch den Zorn Gottes?« höhnte Jardine.

»Mit dem Schoner, Sir.« Bolitho heftete den Blick auf Conways gefurchte Stirn, die sich vor Zweifel und Spannung umwölkte. »Wir könnten die vorherrschende Windrichtung ausnutzen und ihn, bis zu den Decksplanken voll Schießpulver und mit einer langen Zündschnur versehen, auf die abgestürzten Felstrümmer treiben lassen. Die Explosion würde meiner Ansicht nach einen Gutteil der Insel einstürzen lassen.« Er spürte die wachsende Spannung seiner Zuhörer. »Jedenfalls den Teil mit der Geschützbatterie.«

Hauptmann Strype starrte das entsprechende Tintenfaß an, als sollte es tatsächlich jeden Moment in die Luft gehen. »Das könnte klappen, Sir. Eine tolle Idee!«

»Halten Sie den Mund!« grollte Jardine. »Und überhaupt – wer das riskiert, müßte ja wahnsinnig sein!«

Aber er duckte sich, als Conway ihn anblaffte: »Seien Sie still!« Zu Bolitho gewandt, fuhr dieser fort: »Sie halten es für ein vertretbares Risiko?«

»Jawohl. Der Schoner brauchte nur ein paar Mann Besatzung, und die könnten sich per Boot absetzen, sobald der endgültige

Kurs anliegt. Bei einer langen Lunte hätten sie Zeit genug. Im Moment der Explosion werde ich mit der *Undine* in die Passage eindringen und die verankerten Fregatten nehmen, ehe sich die Besatzungen von dem Schrecken erholt haben. Nach einer solchen Explosion werden sie nicht gleich mit einem Angriff rechnen.«

Puigserver nickte grimmig. »Gerechte Vergeltung, obendrein.«

Conway funkelte ihn an. »Das ist der haarsträubendste Plan, den ich jemals gehört habe.«

Gelassen erwiderte Bolitho: »Darüber läßt sich streiten, Sir.«

»Was?« Wütend fuhr Conway herum. »Wollen Sie schon wieder meine Worte anzweifeln?«

»Ich erinnere mich an einen gewissen Kapitän, Sir, der vor langen Jahren, als ich noch ein dummer Midshipman war, sich nie scheute, etwas zu riskieren, wenn Not am Mann war.«

Conway packte Bolitho beim Handgelenk. »Danke für dieses Wort.« Er blickte weg und klopfte sich auf die Taschen, als suche er etwas. »Habe ich ganz vergessen . . .«

»Die Truppen bleiben natürlich hier«, sagte Bolitho. Es kam ihm vor, als sähe er Erleichterung in Jardines massivem Gesicht, und Bedauern auf Strypes Zügen. Seltsam, dachte er, der, den ich bisher für den Schwächeren gehalten habe, ist in Wirklichkeit der Stärkere.

»Wenn der Plan schiefgeht«, fuhr er fort, »und mit dieser Möglichkeit müssen wir rechnen, dann ist es Sache der Sepoys, den Stützpunkt so schnell zu evakuieren, wie sie können. Aber bitte seien Sie sich über eins klar: kein Verhandeln mit Muljadi, denn für ihn gibt es nur eines: Vernichtung derer, die er sein ganzes Leben lang als seine Todfeinde betrachtet hat.« Er deutete zum Fenster. »Wenn er erst innerhalb dieser Palisaden ist, kommt jede Reue zu spät.«

Conway kehrte zum Tisch zurück; seine Miene war jetzt vollkommen gefaßt. »Ich bin einverstanden. Major Jardine, lassen Sie durch Ihre Leute sofort Pulver auf den Schoner bringen. Auch das letzte Faß, wenn nötig. Und Sie, Bolitho . . . Wer soll den Schoner kommandieren?«

»Ich habe mich noch nicht entschieden, Sir.«

Raymond trat endlich ins Licht. »Ich habe gehandelt, wie ich es für richtig hielt«, sagte er lahm.

Aber Conway hatte nur ein verächtliches Nicken für ihn übrig. »Wenn Sie diese Affäre überleben«, sagte er, »werden Sie auf alle

Fälle davon profitieren, sofern es etwas zu profitieren gibt. Selbst wenn wir keinen Erfolg haben, werden Sie sicher den Adelstitel erhalten, nach dem Sie sich so sehnen.« Raymond ging eilends zur Tür. »Posthum, natürlich«, rief Conway ihm nach.

Als sich der Gouverneur wieder dem Tisch zuwandte, schien er um zehn Jahre verjüngt. »Nun, da ich mich entschlossen habe, Bolitho, kann ich auch nicht mehr warten.«

Bolitho nickte. Ihn schmerzten alle Glieder wie nach einer physischen Anstrengung; und er machte sich auch erst jetzt richtig klar, was er erreicht hatte und worauf er sich mit seinem Schiff einließ. »Ich gehe wieder an Bord, Sir«, sagte er. »Wir brauchen frisches Wasser und Obst, falls letzteres zu haben ist.«

Allerlei Gesichter erschienen vor seinem geistigen Auge: das von Carwithen, als das Enterbeil sich in den Hals des Piraten grub. Davys stolze Miene, als er das Kommando über den Schoner bekam. Fowlars echte Freude über seine provisorische Beförderung. Und vor allem Herrick. Was würde er zu diesem verzweifelten Plan sagen? Würde er sich eingestehen, daß sein Kapitän nun doch den einen letzten verhängnisvollen Fehler gemacht hatte – verhängnisvoll für sie alle?

Da sagte Conway in seine Gedanken hinein: »Sie sind gerissen, Bolitho, mehr als ich vermutete . . .« Er wollte nach einer Karaffe greifen, überlegte es sich aber anders. »Nein. Wenn ich schon meinen Kopf verlieren soll, dann soll er wenigstens klar sein, eh?«

Puigserver tippte mit breitem Zeigefinger auf ein Tintenfaß. »Wann soll es losgehen, *Capitan*?«

»Früh.« Bolitho sah ihn nachdenklich an. Der Spanier war von Anfang an beteiligt gewesen. »Angriff im Morgengrauen.«

Conway nickte. »Und wenn Sie noch nie um günstigen Wind gebetet haben, dann tun Sie es jetzt.«

»Aye, Sir«, lächelte Bolitho. »Ich werde daran denken.«

Er wollte gehen, blieb jedoch stehen, als der Admiral abschließend grollte: »Und wenn es schiefgeht, haben wir's doch wenigstens versucht. Haben getan, was wir konnten.« Als er sich umdrehte, fiel das Sonnenlicht voll auf sein Gesicht, und Bolitho sah, daß seine Augen feucht waren. »Raymond hatte natürlich recht, ich bin nicht der richtige Mann für diesen Posten, und vermutlich war auch nie beabsichtigt, daß ich ihn behalten sollte, sobald der Stützpunkt erst einmal vollständig eingerichtet war. Aber wir werden es ihnen zeigen.«

Mit großen Schritten ging er zu der Tür, die zu seinen Privaträumen führte, und warf sie krachend hinter sich zu.

Puigserver stieß einen Pfiff aus. »Der alte Löwe erwacht, wie?«

Bolitho lächelte melancholisch. »Wenn Sie ihn so gekannt hätten wie ich, *Señor* . . . Wenn Sie gesehen hätten, wie seine Männer hurra schrien, bis sie heiser waren, während der Pulverdampf von der Schlacht noch dick zwischen den Decks hing – dann würden Sie verstehen.«

»Vielleicht.« Puigserver grinste breit. »Nun weg mit Ihnen! Ich glaube, Sie haben eine Menge gelernt, seit wir uns kennen, und das auf allerlei Gebieten – eh?«

Bolitho trat hinaus, vorbei an einem sich verneigenden Diener. Als jemand seinen Ärmel berührte, fuhr er zusammen. Es war Viola Raymonds Zofe; das Gesicht verzerrt vor Angst, flüsterte sie: »Hier entlang, Sir! Gleich hier hinunter!«

Bolitho folgte ihr rasch, und da sah er auch schon die weiße Gestalt am Ende des Ganges.

»Was ist?« fragte er. »Wir sollten uns so nicht treffen.«

Mit flammenden Augen sah sie ihn an. »Du wirst dabei umkommen! Er hat es mir eben erzählt.« Wütend schleuderte sie ihren großen Hut zu Boden und fuhr fort: »Und es ist mir egal! Es ist mir völlig egal, was dir passiert!« Dann warf sie sich in seine Arme und rief mit tränenerstickter Stimme: »Das war gelogen! Es ist mir gar nicht egal, Richard, Liebster! Ich sterbe, wenn dir was passiert!«

Er faßte sie unters Kinn. »Ruhig, Viola. Ich konnte nicht anders«, sagte er leise und strich ihr das Haar aus der heißen Stirn.

Von Schluchzen geschüttelt, faßte sie seine Arme noch fester; es war ihr gleichgültig, daß die Zofe danebenstand und daß jeden Moment jemand in den Gang einbiegen konnte. »Keine Chance! Du hast nicht die geringste Chance!«

Bolitho hielt sie etwas von sich ab und wartete, bis sie ruhiger wurde. »Ich muß jetzt gehen. Und ich werde mich bestimmt vorsehen.« Er spürte, wie die Angst sie wieder überfiel, und fügte rasch hinzu: »Ich muß doch aufpassen, daß meine neue Uhr nicht Schaden nimmt, nicht wahr?«

Die Tränen liefen ihr übers Gesicht, doch sie versuchte ein Lächeln. »Das würde ich dir auch nie verzeihen.«

Er wandte sich um und schritt zur Treppe, blieb aber noch einmal stehen, als sie seinen Namen rief. Doch sie kam ihm nicht nach, sondern winkte nur mit erhobener Hand, als sei er schon weit weg. Unerreichbar.

Unten wartete Allday bei der Gig. »Zurück an Bord!« befahl Bolitho kurz.

Allday blickte ihn neugierig an. »Die schaffen ja Pulverfässer auf den Schoner, Captain.«

»Soll das eine Frage sein?« Bolitho funkelte ihn wütend an, aber Alldays Gesicht blieb unbewegt.

»Ich dachte nur ... Mr. Davy wird darüber nicht sehr erfreut sein.«

Bolitho klopfte ihm auf den Arm. »Ich weiß. Und ich sollte meine schlechte Laune auch nicht an Ihnen auslassen.«

Allday warf einen raschen Blick auf die hölzernen Wände des Forts. In einem Fenster sah er eine weiße Gestalt. Leise sagte er: »Ich kenne das Gefühl, Captain.«

Unterwegs beobachtete Bolitho die neben dem Schoner liegenden Boote, auf denen fieberhaft gearbeitet wurde. Es hatte sich so einfach und glatt angehört: zwei auf beschränktem Raum vor Anker liegende Fregatten waren leichter zu entern als – Geschütz gegen Geschütz – auf offener See zu stellen. Aber nichtsdestoweniger würde noch mancher Mann der *Undine* sterbend seinen Kapitän verfluchen.

Die Gig gewann Fahrt, und er seufzte. Puigserver hatte schon recht gehabt: Seit ihrem ersten Zusammentreffen in Santa Cruz hatte er eine Menge dazugelernt. Besonders über sich selbst.

»Alle anwesend, Sir.« Herrick nahm neben der Kajütstür Platz und wartete, daß Bolitho die Besprechung eröffne.

Hinter den Heckfenstern war es schon sehr dunkel, aber man konnte noch die gelben Lichter erkennen, die zwischen Fort und Strand hin und her wanderten: Das Beladen des Schoners ging pausenlos weiter.

Bolitho blickte in die Gesichter seiner Männer. Alle waren hier, sogar Midshipman Keen, obwohl der Arzt noch keine Verantwortung für seine Gesundheit übernehmen wollte. Man sah Keen noch an, daß ihn jede Bewegung schmerzte, aber er hatte darauf bestanden, wieder Borddienst zu machen.

Dann Mudge und Soames. Und Fowlar, etwas verlegen, weil er zum erstenmal an einer Offiziersbesprechung teilnahm. Davy, in dessen hübschem Gesicht noch die Enttäuschung über das stand, was Bolitho anscheinend mit dem Schoner vorhatte. Hauptmann Bellairs mit seiner weltmännischen Bierruhe. Der Zahlmeister, trübselig wie immer. Armitage und Penn – wie ungleiche Brüder. Und schließlich, direkt unter dem Skylight, der Schiffsarzt Whitmarsh, dessen Gesicht wie eine mächtige rote Rübe glühte.

Bolitho faltete die Hände auf dem Rücken. Ein durchschnittliches Offizierskorps, dachte er, weder besser noch schlechter als andere; und doch mußte er jetzt mehr von ihnen fordern als von einer ganzen Kompanie altgedienter, kriegserfahrener Soldaten.

»Sie kennen mich lange genug«, begann er, »um zu wissen, daß ich Reden weder gern halte noch anhöre.« Herrick grinste, und Mudges Augen wurden zu beiden Seiten der mächtigen Nase noch kleiner. »Zu Beginn dieser Reise gab es viele an Bord, auch in der Offiziersmesse, denen meine Methoden zu hart, meine Anforderungen für einen friedensmäßigen Auftrag zu hoch vorkamen. Heute sehen wir die Dinge anders und wissen, daß unsere Erfahrung, unsere Ausbildung das einzige ist, was wir zu unserem Schutz einzusetzen haben und – noch wichtiger – zum Schutze derer, die von uns abhängen.« Er nickte Herrick zu. »Rollen Sie die Karte auf.«

Während Mudge sich vorbeugte, um die Räder der Karte mit Büchern und Messingzirkeln zu beschweren, musterte Bolitho noch einmal die Gesichter. Verrieten sie Angst oder Vertrauen? Das konnte man noch nicht wissen. Er fuhr fort: »Der Schoner wird in die Hauptdurchfahrt segeln und dabei bis zum letztmöglichen Moment die östliche Landspitze als Deckung benutzen. Sobald er direkten Kurs auf die Felsen am Fuß der Inselfestung hat –«, er unterbrach sich, um die Zirkelspitze auf das kleine Kreuz zu legen, »– wird das Ruder festgelascht, und die Mannschaft geht ins Boot. Wir werden sie später an Bord nehmen.« Er zwang sich zu einem Lächeln, obwohl ihm das Herz seltsam schwer war. »Aber erst müssen wir die beiden Fregatten entern, nämlich ehe ihre Besatzungen sich von dem Schreck über die Explosion erholt haben.«

»Denen werden wir's zeigen, Sir!« rief Penn, sank aber unter Mudges vernichtendem Blick wieder zusammen.

Bolitho lächelte dem Midshipman in das feuerrote Gesicht. »Und wir werden, von Mr. Penns Begeisterung beflügelt, in die Passage einlaufen, beiden Schiffen eine Breitseite verpassen, wenden und noch eine abfeuern.« Er blickte Davy bedeutsam an.

»Also sagen Sie den Geschützbedienungen, daß sie auf Draht sein müssen. Die ersten beiden Breitseiten entscheiden alles.«

Bellairs meinte gedehnt: »Ziemliches Risiko für den Schoner, würde ich sagen, Sir. Bei so viel Schießpulver an Bord reicht eine einzige glühende Kugel, und hoch geht er.« Unter Bolithos starrem Blick fing er an zu blinzeln und fuhr fort: »Nichts gegen die Wagehälse auf dem Schoner – aber was wird dann aus uns?«

Bolitho schüttelte den Kopf. »Die Batterie ist alt. Ich bin so gut wie sicher, daß sie keine Kugeln erhitzen werden, weil sie Angst haben, daß die Rohre platzen. Normalerweise brauchen sie auch gar keine heißen Kugeln. Bei diesem Schußfeld kann die Batterie jedes Schiff treffen, sobald es in einer der beiden Hauptpassagen ist.«

Er lächelte, um die plötzlichen Zweifel zu überspielen, die Bellairs Bemerkung in ihm erregt hatte. Angenommen, die Kugeln lagen bereits in den Essen und wurden erhitzt? Aber dann hätte er bestimmt etwas gesehen. Glühende Kugeln ließen sich nicht in Körben auf eine so hohe Brustwehr hieven. Er fuhr fort: »Und überhaupt wird bis dahin der größte Teil der Batterie auf dem Meeresgrund liegen, wo sie von Rechts wegen schon seit Jahren hingehört. Wir lichten morgen beim Hellwerden Anker. Der Wind scheint günstig zu stehen und wird uns bei einigem Glück gute Dienste leisten. Bleibt nur noch eine Frage zu klären ...« Er zögerte, denn Herrick sah gespannt zu ihm herüber.

Aber er durfte in Herrick jetzt nicht seinen Freund sehen, den besten und treuesten, den er je besessen hatte. Er war sein Erster Leutnant, der tüchtigste Offizier an Bord. Anderes zählte nicht, durfte nicht zählen.

»Mr. Herrick befehligt den Schoner.«

Mit ausdruckslosem Gesicht nickte Herrick. »Aye, Sir. Ich nehme sechs gute Männer mit. Das müßte reichen.«

Bolitho sah ihm in die Augen, die Gesichter der anderen traten zurück. »Das überlasse ich Ihnen. Und wenn Potter mitkommen will, mag er's tun.« Whitmarsh sprang auf und wollte anscheinend protestieren, aber Bolitho ließ ihn nicht zu Wort kommen. »Er kennt die Durchfahrt. Wir brauchen jede Hilfe, die wir kriegen können.«

Die Tür öffnete sich etwas, Carwithen steckte den Kopf herein. »Verzeihung, Sir, aber die Wasserfässer sind verstaut, und Meldung ist gekommen, daß der Schoner voll beladen ist.«

»Schön.« Bolitho wartete, bis sich die Tür wieder schloß. »Also machen Sie weiter, meine Herren. Sie haben alle viel zu tun.« Er zögerte – warum fielen einem niemals die richtigen Worte ein, wenn man sie am notwendigsten brauchte? »Uns bleibt wenig Zeit für Diskussionen, bis unser Auftrag erfüllt ist.« *Oder wir alle tot sind.* »Denken Sie immer daran: Unsere Leute sehen mehr denn je Vorbilder in Ihnen. Die meisten waren noch nie in einem richtigen Seegefecht; bei unserem Treffen mit der *Argus* glaubten viele, wir hätten eine Schlacht gewonnen, nicht einen geordneten Rückzug angetreten. Diesmal gibt es keinen Rückzug, weder für uns noch für den Feind. Le Chaumareys ist ein erstklassiger Kapitän, der beste vielleicht, den Frankreich je hervorgebracht hat. Aber er hat eine Schwäche.« Er hielt einen Moment inne, nachdenklich lächelnd. »Eine Schwäche, die wir uns noch nicht leisten konnten: er setzt blindes Vertrauen in sein Schiff und in sich selbst. Dieses unbedingte Selbstvertrauen unseres Gegners, im Verein mit Ihrem Können und Ihrer Entschlossenheit, wird uns zum Sieg verhelfen.«

Sie standen auf, so stumm und ernst, als seien sie sich eben erst ihrer Verantwortung bewußt geworden. Und der Unausweichlichkeit ihrer Situation.

Als sie zur Tür hinausgingen, sagte Bolitho: »Einen Moment noch, Mr. Herrick.«

Und als sie in der schwankenden Kajüte allein waren: »Ich hatte keine andere Wahl, Thomas.«

»Ich wäre auch sehr enttäuscht gewesen, wenn Sie einen Dienstjüngeren genommen hätten, Sir«, lächelte Herrick. »Also reden wir nicht mehr darüber.«

Bolitho streckte ihm die Hand hin. »Also, dann Gott mit Ihnen, Thomas. Wenn ich die Lage falsch beurteilt habe oder der Feind uns überlistet, rudern Sie sofort zurück. Wenn ich ›Belegen‹ signalisiere, geben Sie den Versuch sofort auf. Falls wir schon sterben müssen, will ich Sie bei mir haben.«

Herrick nahm mit festem Griff Bolithos Hand; seine blauen Augen blickten plötzlich betroffen. »Reden Sie doch nicht so, Sir! Das paßt nicht zu Ihnen. Wir werden gewinnen, hier meine Hand darauf!«

Bolitho ging mit ihm zur Tür.

»Ich suche mir jetzt meine Leute aus, Sir«, sagte Herrick.

Bolitho nickte, und das Herz tat ihm weh.

»Übernehmen Sie Ihr Kommando, Mr. Herrick. Der Zweite

vertritt Sie von jetzt ab hier an Bord.«

Gemeinsam gingen sie nach oben an Deck, wo Herrick im Dunkel verschwand; Davy kam herbei und grüßte.

»Tut mir leid um Ihren Schoner«, sagte Bolitho. »Aber in letzter Zeit kann ich mir anscheinend nur noch selten aussuchen, was ich tun will.«

Davy zuckte die Schultern. »Spielt auch keine Rolle mehr, Sir«, entgegnete er. »Ich jedenfalls kann nicht weiter sehen als die nächsten zwei, drei Tage; und mir ist auch egal, was dann kommt.«

Wütend faßte Bolitho ihn am Arm. »Es wird Ihnen noch leid tun, wenn Sie so daherreden! Es geht um das Schiff und um die Männer unter Ihrem Befehl, nicht um Ihre eigene Person. Wenn ein Mann erst glaubt, daß es kein Morgen für ihn gibt, dann ist er schon so gut wie in eine Hängematte eingenäht, mit einer Kanonenkugel zu Füßen. Glauben Sie an die Zukunft, denn die Männer, die von Ihnen abhängig sind, werden von Ihrem Gesicht ablesen, wie die Chancen stehen!« Er ließ ihn los und sagte in ruhigerem Ton: »Nun gehen Sie wieder an Ihren Dienst.«

Er begann, an Backbord auf und ab zu gehen; wie von selbst hoben sich seine Füße über Ringbolzen und Decksbeschläge, obwohl er überhaupt nicht hinsah. Seine Vorwürfe waren nicht an Davy, sondern an sich selbst gerichtet gewesen. Aber jetzt war nicht die Zeit für Zweifel und Selbstvorwürfe. Jetzt mußte er die Rolle leben, die er übernommen, die er sich in einem Dutzend Schlachten verdient hatte.

»Boot ahoi!« ertönte es vom Decksgang, wo das Licht der Schiffslaternen auf den gefällten Musketen mit den aufgepflanzten Bajonetten glitzerte.

»Don Luis Puigserver wünscht an Bord zu kommen«, lautete die Antwort.

Davy hastete nach achtern. »Geht das in Ordnung, Sir?«

Bolitho war wieder vollkommen ruhig. »Ich habe ihn halb erwartet«, lächelte er.

Puigservers kraftvolle Gestalt erschien in der Fallreepspforte. Zielstrebig ging er auf Bolitho zu, um ihn zu begrüßen. »Ich mußte kommen, *Capitan*. Seit dem Untergang der *Nervion* fühlte ich mich hier zugehörig. Und hier bleibe ich, bis diese Sache ausgestanden ist.« Er klopfte auf die silberbeschlagenen Pistolen unter seinem Rock. »Ich bin ein guter Schütze, *si*?«

»Ich könnte Ihnen befehlen, das Schiff zu verlassen, *Señor*.«

»Aber?« Puigserver legte den Kopf schräg. »Aber das werden Sie nicht tun. Ich habe eine schriftliche Erklärung über meine Beweggründe hinterlassen. Wenn wir die Schlacht überleben, zerreiße ich sie. Wenn nicht . . .« Den Rest ließ er ungesagt.

»Dann nehme ich Ihr Angebot mit Dank an, *Señor.*«

Puigserver ging zu den Netzen und blickte ins Dunkel, auf die schwankende Positionslaterne. »Wann wird der Schoner Segel setzen?«

»Vor Sonnenaufgang. Er muß möglichst viel Zeit haben, um sich in die vorteilhafteste Ausgangsposition zu manövrieren.«

Wieder tat ihm das Herz weh bei dem Gedanken, daß Herrick seine schwimmende Pulverkammer direkt vor die Mündungen von Muljadis Kanonen segeln würde.

»Ich verstehe.« Puigserver gähnte. »Dann gehe ich jetzt mit Ihren Offizieren von der Freiwache ein Glas Wein in der Messe trinken.«

Ein paar Stunden später fühlte Bolitho Alldays Hand auf seiner Schulter und erwachte. Er war in seiner Kajüte über der Seekarte eingeschlafen, den Kopf auf dem Arm.

Allday blickte ihn gespannt an. »Schoner hat Anker gelichtet, Captain.«

Bolitho rieb sich die Augen. Dämmerte schon der Morgen? Ein Schauer überlief ihn.

»Mr. Pigsliver ist mit an Bord«, sagte Allday leise.

Bolitho starrte ihn an. Hatte er damit gerechnet? Hatte er gespürt, daß Puigserver diesen Entschluß im selben Augenblick gefaßt hatte, als er seinen Plan entwickelte?

»Sind sie gut abgekommen?«

»Aye, Captain.« Allday reckte sich und gähnte. »Haben vor 'ner halben Stunde die Landspitze umrundet.« Bedächtig fügte er hinzu: »Gut für Mr. Herrick, daß der Don mit dabei ist. Bestimmt.«

Bolitho sah ihn mißtrauisch an. »Sie haben davon gewußt, nicht wahr?«

»Aye, Captain. Ich dachte, es wäre am besten so.«

Bolitho nickte. »Schon möglich.« Er trat zum Fenster, als wolle er nachsehen, ob das blinkende Positionslicht noch da war. »Es ist immer schlecht, wenn man allein ist.«

Allday blickte zu dem schwarz angelaufenen Degen hin, der am

Schott hing. Eine Sekunde lang dachte er an Bolithos früheren Bootsmann, der bei den Saintes gefallen war, als er ihm den Rücken vor französischen Scharfschützen deckte. Er, Allday, und der Captain hatten seit damals einen langen Weg miteinander hinter sich gebracht. Bald war vielleicht alles zu Ende. Er betrachtete Bolithos Schultern, der immer noch aus dem Heckfenster sah.

Aber Sie, Captain, werden nie allein sein, dachte er. Nicht, solange ich noch Atem habe.

XVII Bord an Bord

Die Hände auf der Achterdeckreling, musterte Bolitho prüfend sein Schiff. In der Dunkelheit hoben sich die hellen Decksplanken bleich gegen die See vor dem Bug ab, und nur an der ungleichmäßigen Linie des Kielwassers, der wirbelnden, vom Vordersteven ausgehenden Pfeilspitze, war zu erkennen, daß die *Undine* tatsächlich Fahrt machte.

Er versagte es sich, nach achtern zu gehen und bei dem abgeblendeten Kompaßlicht nach seiner Uhr zu sehen. Seit seinem letzten Kontrollgang hatte sich nichts geändert; er würde dadurch die Spannung nur vergrößern.

Drei Tage waren vergangen, seit sie Pendang Bay verlassen hatten, und meistens hatten sie dank des günstigen Windes gute Fahrt gemacht. Sie segelten in sicherer Entfernung von Land und hatten sogar die kleine, walfischförmige Insel gemieden, falls Muljadi dort wieder ein Fahrzeug als Wache stationiert hatte.

Kurz vor dem letzten Sonnenuntergang hatten sie Herricks Schoner gesichtet, einen winzigen dunklen Span an der kupferfarbenen Kimm. Es sah fast so aus, als liege er beigedreht und erwarte die *Undine* an einem bestimmten Treffpunkt. Ein kurzer Austausch von Lichtsignalen, dann hatten die Schiffe einander in der Dunkelheit wieder verloren.

Bolitho fühlte die kühle feuchte Luft auf Gesicht und Hals und schauderte. Die Mittelwache war eben vorbei, und allenfalls in einer Stunde oder so war die erste Helligkeit am Himmel zu erwarten. Über Nacht, während alle Mann das Schiff gefechtsklar machten, hatten sich dichte Wolken zusammengezogen und die Sterne gleichsam weggewischt, so daß die *Undine* in eine schwarze Leere hineinzusegeln schien.

Er hörte Mudge ruhelos bei den Finknetzen herumstapfen und sich die Hände warmreiben. Der Steuermann kam ihm ungewöhnlich nachdenklich vor. Vielleicht plagte ihn sein Rheumatismus; oder er dachte ebenso wie Bolitho an Herrick dort draußen, irgendwo an Backbord voraus.

Bolitho straffte den Rücken und schaute zu den dunkleren Linien der Takelage hoch. Die *Undine* fuhr unter Mars- und Vorstagsegeln; nur die mächtige Fock verdeckte die See vor dem Bugspriet. Es war seltsam, daß ihn so fröstelte, obwohl doch die Sonne in ein paar Stunden quälend brennen würde, ganz abgesehen von dem, was sie sonst noch erwartete.

»Hält der Wind, Mr. Mudge?«

Der Segelmeister war offensichtlich froh, das Schweigen brechen zu können. »Stetig Südwest, Sir. Voll und bei.« Er hustete laut. »Normalerweise wäre ich dankbar dafür.«

»Und warum sind Sie's nicht?«

»Weiß nicht recht, Sir.« Mudge verließ seinen Platz bei den Geschützbedienungen der Achterdeck-Sechspfünder. »Ist zu *unruhig* für meinen Geschmack.«

Bolitho wandte sich um und spähte zum Vorschiff. Die mächtige Fock schien Mudges Zweifel zu bestätigen. Die *Undine* steuerte fast genau Nord, und vor dem raumen Wind hätte sie glatt und gleichmäßig segeln müssen. Aber das tat sie nicht. Immer wieder füllte sich die Fock so hart, daß die Stagen und Wanten summend vibrierten, und hielt das Schiff mehrere Minuten lang fest auf Kurs. Aber dann wieder killte sie knatternd und fiel ein, hing schlaff fast bis zum Vormast durch – und das in ständigem Wechsel.

»In diesen Gewässern weiß man nie«, sagte Mudge skeptisch. »Jedenfalls nie genau.«

Nachdenklich studierte Bolitho Mudges zerraufte Silhouette. Wenn schon dieser erfahrene Mann sich Sorgen machte, was sollten da erst die anderen sagen?

»Mr. Davy«, rief er, »ich gehe aufs Vorschiff.« Der Leutnant löste sich von der Reling. »Sagen Sie Mr. Keen, er soll mir Gesellschaft leisten.«

Bolitho schlüpfte aus seinem Ölzeug und reichte es Allday. Er war so in seine Gedanken vertieft gewesen, daß er sich gar nicht klargemacht hatte, wie diese nur zäh dahinschleichenden Stunden auf seine Gefährten wirken mußten. Er hatte »Klarschiff zum

Gefecht« trommeln lassen, und in der fast vollständigen Dunkelheit hatte das Manöver kaum länger gedauert als am hellen Tag, so vertraut waren sie inzwischen mit dem Schiff. Es war ihr Zuhause. Daß so früh gefechtsklar gemacht wurde, war nur eine Vorsichtsmaßnahme. Der Schall pflanzte sich auf See leicht fort, und der Lärm beim Herausnehmen der Zwischenwände, das Scharren und Knarren beim Riggen der Schutznetze über dem Geschützdeck und das Sichern aller Rahen mit Ketten war stark genug, um Tote zu erwecken. Aber danach konnten sie nichts weiter tun als warten – und darüber nachgrübeln, was das Tageslicht ihnen bringen würde.

Keen tauchte aus der Dunkelheit auf, bleich schimmerte seine Hand auf einem der schwarzen Sechspfünder.

»Was macht Ihre Wunde?« fragte Bolitho.

»Danke, Sir, schon viel besser.«

Bolitho lächelte. Fast fühlte er selbst den Schmerz, der vermutlich auf Keens Gesicht stand.

»Dann begleiten Sie mich ein bißchen.«

Sie schritten zusammen den Leedecksgang entlang, duckten sich unter den straffgespannten Netzen, die Shellabeers Leute aufgeriggt hatten, um fallende Takelage oder Schlimmeres aufzufangen, sahen in die emporgewandten Gesichter der Geschützbedienungen, die ruhelosen Gestalten der Seesoldaten auf Posten an den Niedergängen, die Pulveräffchen – Schiffsjungen, die dicht beieinander hockten und darauf warteten, die jetzt noch stummen Kanonen zu füttern.

Auf der Back, wo die niedrigen Karronaden wie gefesselte Tiere nach vorn spähten, erschauerten die Geschützbedienungen jedesmal, wenn Sprühwasser überkam und sie durchnäßte.

Bolitho blieb stehen und griff mit einer Hand in die Netze, als die Fregatte stampfend in ein tiefes Wellental glitt. Die meisten Matrosen waren nackt bis zum Gürtel; ihre Oberkörper schimmerten schwach vor dem dunklen Wasser.

»Alles klar, Leute?«

Sie drängten sich um ihn, überrascht durch sein plötzliches Auftauchen. Gezwungenermaßen hatte man das Feuer in der Kombüse gelöscht, als gefechtsklar gemacht wurde. Ein heißer Trunk hätte jetzt mehr gezählt als ein Dutzend zusätzlicher Kanonen, dachte Bolitho bitter. Er sagte zu Keen: »Mein Kompliment an Mr. Davy, und er soll für alle Mann eine doppelte Ration Rum ausgeben lassen.« Die Männer um ihn reagierten sofort; freudiges Gemurmel lief das Geschützdeck entlang. »Und wenn sich der Zahlmeister ziert, bekommt er es mit mir zu tun!«

»Danke, Sir! Sie denken auch an alles, Sir!«

Er schritt zur Leiter und wandte dabei das Gesicht ab, damit sie seine Stimmung nicht spürten. Es war so leicht, sie aufzumuntern. Zu leicht, so daß er sich billig und heuchlerisch vorkam. Eine Doppelration Rum, die kostete nur wenige Pence. Wogegen sie in wenigen Stunden vielleicht ihr Leben oder ihre gesunden Glieder drangeben mußten.

Mit großen Schritten ging er zum Hauptniedergang. Dort stand der riesige Soames mit Tapril, dem Stückmeister. Er nickte Fowlar zu und den Bedienungen der Backbordbatterie. Alles seine Männer, für die er verantwortlich war.

Unvermittelt fiel ihm Konteradmiral Sir John Winslade ein, der ihn vor so vielen Monaten in der Admiralität eingewiesen hatte. Er hatte einen Fregattenkapitän gebraucht, dem er vertrauen, dessen Gedankengängen er folgen konnte, selbst auf der anderen Seite des Erdballs. Bolitho dachte auch an die beiden Veteranen unter den Fenstern der Admiralität; der eine war blind gewesen, der andere hatte für ihn und sich selbst gebettelt.

Alle diese kühnen Pläne und hochfliegenden Vorbereitungen für eine neue Welt! Doch am Kern der Dinge änderten sie gar nichts. Die *Undine* und die *Argus* waren zwar nur zwei Einzelschiffe, aber durch das, worum es bei ihrem Zweikampf ging, ebenso wichtig wie zwei feindliche Flotten.

Wenn die *Undine* es nun nicht schaffte – was würden sie dann sagen, die feinen Leute in den herrschaftlichen Häusern von Whitehall und am St. James' Square, in den geschäftigen Londoner Kaffeehäusern, wo aus bloßen Gerüchten in wenigen Minuten Tatsachen wurden? Würden sie auch nur einen Gedanken an die Männer verwenden, die für sie und für den König im Kampf ihr Leben gelassen hatten?

Irgendwo im Dunkel stieß jemand ein leises Hurra aus – vermutlich war der Rum eingetroffen.

Bolitho ging weiter nach achtern; er hatte es kaum gemerkt, daß er stehengeblieben war, weil sich seine Verbitterung in Zorn verwandelt hatte. Wie geräumig das Deck wirkte ohne die Boote, die sonst übereinander auf ihren Gestellen lagen! Jetzt hingen sie alle achteraus im Schlepp und warteten auf den Moment, da die Leinen gekappt werden würden.

Das war immer ein böser Moment, dachte er. Boote waren zwar zerbrechlich und bedeuteten in der Schlacht immer eine zusätzliche Gefahr, weil ihre Splitter wie Dolche umherflogen. Trotzdem waren die meisten Matrosen froh, daß die Boote an Deck waren: als letzte Hoffnung, wenn es ganz schlimm wurde.

Schnaufend kam Keen zurück. »Alles erledigt, Sir. Mr. Triphook hat sich allerdings ein bißchen aufgeregt über die Extraration.« Seine Zähne leuchteten weiß in der Dunkelheit. »Möchten Sie auch ein Glas, Sir?«

Rum war Bolitho zuwider. Aber er sah, daß die Matrosen und Seesoldaten ihn beobachteten. »Aber gewiß, Mr. Keen«, sagte er deshalb und hob das Glas zum Mund.

»Auf uns, Jungs!«

Er dachte an Herrick und Puigserver auf ihrer schwimmenden Bombe. *Und auf dich, Thomas*!

Er trank aus und blickte zum Himmel: noch kein Lichtschimmer. Und auch kein Stern zu sehen. »Ich gehe nach unten«, sagte er und tippte dem Midshipman auf den Arm. »Sie bleiben hier beim Niedergang. Lassen Sie mich rufen, wenn nötig.«

Bolitho stieg in die Finsternis hinab. Hier waren seine Bewegungen nicht so sicher. Jeder hätte ihn rufen können, wenn er gebraucht wurde, aber er wollte Keen einen unnötigen Besuch im Schiffslazarett ersparen. Das konnte noch früh genug kommen. Er dachte an Keens große, pulsierende Wunde, an Alldays sanfte Hände, mit denen er den blutigen Splitter herausgeholt hatte.

Noch eine Leiter. Er blieb stehen. Um ihn herum stöhnten und knarrten die Schiffsplanken. Auf diesem Deck roch es anders: nach Teer und Werg, nach dicht beieinander lebenden Menschen, obwohl das Logis jetzt verlassen war. Und vom Vorschiff her kam der Gestank des mächtigen Ankergeschirrs, von Bilgewasser und feuchter Kleidung. So roch es eben in einem lebenden, arbeitenden Schiff.

Schwacher Laternenschein wies ihm den Weg zu Whitmarshs primitivem Arbeitsraum: aneinandergelaschte Seekisten, auf denen die Verwundeten entweder gerettet wurden oder verzweifelt starben; Lederriemen zum Draufbeißen, Verbandszeug, um die Schmerzen zu lindern. Der riesige Schatten des Doktors schwankte auf dem schlingernden Deck. Bolitho beobachtete ihn aufmerksam. Ein starker Brandygeruch hing in der feuchtheißen Luft. Brandy zum Betäuben – oder um den Arzt auf seine Privathölle vorzubereiten?

»Alles klar, Mr. Whitmarsh?«

»Aye, Sir.«

Der Arzt schlurfte zu einer Seekiste und stemmte sich mit dem Knie dagegen. Er deutete mit einer Handbewegung auf seine Helfer, die stummen Sanitätsgasten, die das Opfer festhalten würden, bis die Arbeit getan war: brutal geworden durch ihre Tätigkeit, taub für die Schreie und jenseits allen Mitleids.

»Wir alle warten darauf, was Sie uns schicken werden, Sir.«

Bolitho blickte ihm kalt ins Gesicht. »Werden Sie es nie lernen?«

Finster entgegnete der Arzt: »O doch, Sir, ich habe meine Lektion gut gelernt. Wenn ich einem Mann das Bein abgesägt oder Werg in seine leere Augenhöhle gestopft habe, mit nichts als Schnaps gegen die Schmerzen, dann bin ich Gott näher als die meisten Menschen.«

»Wenn dem so ist, dann kommen Sie ihm bitte nicht noch näher!« Bolitho nickte den anderen zu und ging zur Leiter.

»Vielleicht werde ich auch Sie hier begrüßen können, Sir!« rief der Arzt hinter ihm her. Bolitho antwortete nicht. Anscheinend brach der Wahnsinn bei Whitmarsh jetzt endgültig durch. Der schändliche Tod seines Bruders, der Suff und die Art, wie er sich sein Brot verdienen mußte, wirkten sich aus. Aber der Mann hatte auch eine andere Seite: er hatte von Mitleid mit den Verwundeten gesprochen, vom Dienst an den Unglücklichen – auf diese Seite seines Charakters mußte sich Bolitho verlassen.

Wieder dachte er an Herrick und hoffte, daß er mit seinem Boot rechtzeitig wegkam, wenn der Schoner endgültig auf Selbstmordkurs war. Seltsame Gefährten hatte er: darunter Puigserver und den kleinen Segelmacher aus Bristol, der in all seiner Angst noch den Mut gefunden hatte, an den Ort zurückzukehren, wo man ihn an Geist und Körper gebrochen hatte.

»Captain, Sir!«

Das war Keens Stimme. Er beschleunigte seine Schritte. »Was ist?«

Aber als er die Leiter ergriff und das bleiche Rechteck des Himmels sah, wußte er die Antwort. Langsame, schwere Regentropfen prasselten auf das Luk wie kleine, von den Rahen fallende Kieselsteine, trommelten auf Planken und Decksgänge.

Er zog sich die letzten Sprossen hinauf und eilte zum Achterdeck. Er war noch ein paar Fuß entfernt, da öffneten sich die Wolkenschleusen, und der Regen rauschte in mächtigen, ohrenbetäubenden Schleiern herab.

Bolithos Stimme übertönte die Sintflut. »Was macht der Wind?«

Mudge stand gebückt bei der Kompaßbussole; unterm Anprall des Regens hatte sich sein Hut verschoben.

»Schießt aus, Sir, soweit ich sagen kann.«

Zischend und gurgelnd floß das Wasser übers Deck und durch die Speigatten. Die durchfrorenen Geschützbedienungen drückten sich unter die Decksgänge und kauerten hinter den geschlossenen Stückpforten, um den Sturzbächen zu entgehen.

Allday wollte Bolitho den geteerten Bootsmantel über die Schultern legen, aber der schob ihn zur Seite. Er war bereits naß bis auf die Haut, und die Haare klebten ihm in der Stirn. Das Rauschen von Regen und Spritzwasser betäubte ihn fast. Aber trotz allem behielt er den Kontakt mit seinem Schiff. Das Deck lag ziemlich stetig unter seinen Füßen, und über seinem Kopf killte, wie er eben noch erkennen konnte, das Großmarssegel und glänzte vor Nässe in dem immer mehr ausschießenden Wind.

»An die Brassen, Mr. Davy! Holen Sie die Schoten dicht!« Tappend und fluchend gehorchten die Männer; das gequollene Tauwerk quietschte protestierend in den Blöcken, als die Rahen herumgeholt wurden, um das Schiff auf Kurs zu halten. »Einen Strich höher«, befahl Bolitho.

Am großen Doppelruder rutschten Männer aus; er sah, wie Carwithen nach einem der Rudergänger boxte, der sich im Regenguß duckte.

»Nordwest, Sir! Voll und bei!«

»Kurs halten!«

Bolitho wischte sich das Gesicht mit dem Ärmel. Der prasselnde Regen half, ihm den Kopf freizumachen, so daß er sich mit dem Geschehen auseinandersetzen konnte. Wenn der Wind weiter ausschoß, auch wenn er nur so blieb wie jetzt, würde Herrick seinen Schoner nicht in die Position manövrieren können, von der aus er Muljadis Batterie zerstören konnte. Mußte der verdammte Wind ausgerechnet jetzt umspringen? Waren es Regentropfen oder Tränen der Verzweiflung, die ihm die Augen netzten?

Er schlitterte zu Mudge hinüber und schrie: »Wie weit haben wir noch, was denken Sie?«

»Vier oder fünf Meilen, Sir, mehr nicht.« Enttäuscht starrte Mudge in den Regen. »Dieser Guß wird schnell vorbeigehen. Aber dann ...« Er hob die Schultern.

Bolitho wandte die Augen ab. Er wußte Bescheid. Stand die Sonne erst hoch, dann würde der Wind höchstwahrscheinlich auffrischen. Herrick nutzte er nichts, aber Le Chaumareys verlieh er Sicherheit an seinem Ankerplatz. Und die *Undine* würde hilflos sein. Sie würde vor der Küste warten müssen, bis der Feind seine beiden Schiffe gefechtsklar hatte und zu seinen Bedingungen kämpfen konnte. Oder sie konnten abdrehen und nach Pendang Bay zurückeilen, ohne etwas anderes mitzubringen als eine letzte Warnung.

»Eine Schweinerei, bei Gott!« rief Davy wütend.

Fast mitleidig sah Mudge zu ihm hinüber. »Das ganze Leben ist ein einziges Rückzugsgefecht, Mr. Davy, von dem Tag Ihrer Geburt an.«

Bolitho fuhr herum, um beiden Schweigen zu gebieten, aber da bemerkte er, daß er des Steuermanns Gesicht besser erkennen konnte als zuvor. Die Morgendämmerung brach an – dagegen war nichts zu machen.

Das Blut schoß ihm zu Kopf. »Wir greifen an wie geplant!« rief er. »Weitersagen an alle!«

Davy sah ihn offenen Mundes an. »Gegen die intakte Batterie, Sir?«

»Das hätte vielleicht sowieso nicht geklappt.« Er versuchte, ruhig zu sprechen. »Der Gegner wird dem Regen zuhören und Gott dafür danken, daß er sicher vor Anker liegt.« Scharf sprach er weiter: »Sind Sie taub, Mann? Sagen Sie Mr. Soames, er soll laden lassen, sowie der Regen vorbei ist!«

Davy nickte krampfhaft und rannte zur Reling.

Hauptmann Bellairs trat zu Bolitho. »Verdammt riskante Sache, wenn Sie mir die Bemerkung gestatten, Sir«, sagte er kühl.

Bolitho spürte, wie seine Schultern unter dem Regen tiefer sackten und der plötzliche Funke in ihm erlosch.

»Was würden Sie denn an meiner Stelle tun?«

Bellairs stellte seinen Kragen hoch und schob die Lippen vor. »Oh, ich würde auch kämpfen, Sir. Wir haben ja keine andere Wahl. Aber schade ist es trotzdem. Gottverdammt schade!«

Bolitho nickte. »Da sind wir uns einig.«

»Deck ahoi! Land voraus in Sicht!« schallte es vom Ausguck.

Steifbeinig schritt Bolitho nach Lee hinüber, seine Sohlen quietschten auf dem nassen Deck. Ein dunkler Streifen dehnte sich zu beiden Seiten des Bugs, schimmerte in dem schwachen Licht täuschend friedlich herüber.

Eine Stimme sagte leicht überrascht: »Der Regen läßt nach.«

Wie zur Bestätigung hob sich die triefend nasse Fock vor einer auffrischenden Bö. Bolitho schauerte und biß die Zähne zusammen. »Sagen Sie Mr. Soames Bescheid: laden und klar zum Ausrennen auf Befehl!« Er sah sich nach Keen um. »Die Flagge!«

Eine andere Stimme murmelte: »Keine Chance, Kumpels! Die machen uns fertig!«

Bolitho hörte den Fall quietschen, als das Tuch zum Masttopp emporstieg und sich im Wind entfaltete, auch wenn es vorläufig unsichtbar blieb.

»Sobald es hell genug ist, Mr. Keen, signalisieren Sie dem Schoner: ›Aktion einstellen‹. Mr. Herrick kann hier warten und unsere Boote aufnehmen.«

»Aye, aye, Sir«, sagte Keen, »ich werde gleich . . .«

Er fuhr ärgerlich herum, denn aus dem Dunkel hörte er jemanden sagen: »Und unsere blutigen Leichen auffischen, das ist wahrscheinlicher!«

»Ruhe da!« schrie Keen. »Waffenmeister, schreiben Sie den Mann auf!«

Leise sagte Bolitho: »Nicht doch! Wenn es ihnen hilft zu schimpfen, dann sollen sie das ruhig tun.«

Die Fäuste in die Hüften gestemmt, blickte Keen ihn an. »Aber es ist nicht fair! Schließlich war's nicht Ihre Schuld, Sir!«

Bolitho lächelte. »Danke, Mr. Keen.«

Auf einmal sah er den Leutnant seines ersten Kommandos, der Schaluppe *Sparrow*, vor sich, einen amerikanischen Kolonisten; er hatte den Krieg mitgemacht, wo er am schlimmsten war, hatte seinem König gedient und dabei gegen seine eigenen Leute gekämpft. Was hätte der Keen geantwortet? *Bin nicht ganz sicher*, hätte er gesagt. Bolitho konnte ihn beinahe hören, als sei er mit an Bord.

Rasch wandte er sich nach Steuerbord, wo eben ein glimmender Streifen Sonnenlicht über der leeren Kimm erschien. Jetzt war es bald soweit. Er merkte, daß er Angst hatte vor diesem Tageslicht, das ihn nackt und bloß den Kanonen preisgeben würde, sobald sie in die enge Passage einfuhren, wo er mit Le Chaumareys zusammengetroffen war.

Hinter sich hörte er Schritte und Alldays Stimme, fest, unbewegt. »Gehen Sie lieber runter und ziehen Sie dieses nasse Zeug aus, Captain.«

Gereizt fuhr er herum, seine Stimme brach fast vor Anspannung. »Mann, denken Sie, ich habe nichts anderes zu tun?«

Doch der Bootsmann blieb stur. »Im Augenblick nicht.« Und im gleichen knappen Stil fuhr er fort: »Erinnern Sie sich noch, wie es bei den Saintes war, Captain?« Er wartete die Antwort nicht ab. »Ziemlich schlimm. Alle diese Froschfresser und das Meer zum Bersten voll von ihren Schiffen. Ich stand im Vorschiff an einem Drehgeschütz. Und die Jungs zitterten alle vor Angst. Da drehte ich mich um und sah Sie. Sie gingen auf dem Achterdeck auf und ab, so gelassen, als ginge es in die Kirche und nicht in die Hölle.«

Bolitho starrte ihn an und war auf einmal wieder ruhig. »Ja, ich erinnere mich.«

Allday nickte bedeutsam. »Aye. Und Sie trugen dabei Ihre beste Uniform.«

Bolitho blickte über Alldays Schulter. Im Geist hörte er eine andere Stimme, die seines damaligen Bootsmanns, Alldays Vorgänger, der an diesem Tag gefallen war. *Die Leute wollen zu Ihnen aufblicken,* hatte er gesagt.

»Na schön. Aber wenn man mich braucht . . .«

Langsam zog ein Lächeln über Alldays Gesicht. »Dann sage ich Ihnen sofort Bescheid, Captain.«

Als er gegangen war, meinte Mudge leise zu Allday: »Das war vielleicht 'ne Schnapsidee, Mann! Mit seinen goldenen Tressen wird der Kommandant ein feines Ziel abgeben für die Scharfschützen!«

Allday maß ihn ärgerlich. »Das weiß ich. Und er auch. Er weiß aber auch, daß wir uns heute auf ihn verlassen – und dazu muß man ihn *sehen* können!«

Mudge schüttelte den Kopf. »Verrückt. Ihr seid alle verrückt.«

»Deck ahoi!« sang der Ausguck aus. »Schoner in Luv voraus!«

»Rückrufsignal hissen!« befahl Keen.

Allday stand mit untergeschlagenen Armen da und starrte in das zunehmende Frühlicht, das bereits bis zu den Inseln reichte. »Mr. Herrick wird's nicht sehen«, verkündete er.

Davy funkelte ihn an. »Es ist aber bald hell genug.«

»Weiß ich, Sir«, erwiderte Allday traurig. »Aber er wird's trotzdem nicht sehen. Nicht Mr. Herrick.«

Ohne Möbel und sonstige Einrichtung wirkte die Kajüte so seltsam feindselig wie ein leeres Haus, das seinen verstorbenen Herrn betrauert und widerwillig einen neuen erwartet.

Bolitho stand bei den abgeblendeten Heckfenstern und ließ die Arme hängen, während Noddall ihn wie eine Glucke umtanzte und ihm den schweren Rock glattstrich. Wie der Bootsmantel stammte er von einem erstklassigen Londoner Schneider und hatte einen guten Teil seiner Prisengelder gekostet.

Durch einen Spalt des Skylightdeckels, der jetzt mit Riegeln am Kampanjebalken befestigt war, konnte er das Geschützdeck überblicken. Dort war das Licht noch spärlich, die Kanonen und ihre geschäftigen Bedienungen standen noch im Schatten. Selbst hier in der Kajüte, wo er manchmal in der Einsamkeit Ruhe gefunden, mit Viola Raymond zusammengesessen oder mit Herrick eine Pfeife geraucht hatte, gab es kein Entrinnen. Von den Zwölfpfündern hatte man die Chintzbezüge abgenommen und sie mit den Möbeln irgendwo unterhalb der Wasserlinie, wo sie sicherer waren, verstaut. An den beiden Geschützen standen die Bedienungen, unbehaglich und beklommen in seiner Gegenwart; einerseits wollten sie ihm beim Umkleiden zuschauen, andererseits trauten sie sich nicht, woanders hinzuschauen als auf ihre Kanonen.

Mit schiefgeneigtem Kopf lauschte Bolitho dem Ruderblatt, das grollend auf das Drehen des Rades reagierte. Der Wind hatte aufgefrischt; er legte das ganze Schiff über und hielt es so. Einer der beiden Geschützführer kontrollierte eben seine Reißleine und stand dabei ganz schief zum Deck.

»So sehen Sie besser aus, Sir, viel besser«, murmelte Noddall. Er wiederholte es inbrünstig wie ein Gebet. »Besser, viel besser. Captain Stewart war immer besonders eigen vor einem Gefecht.«

Bolitho verdrängte alle Zweifel und bösen Ahnungen. Stewart – wer war das? Dann fiel es ihm wieder ein: der vorige Kapitän der *Undine*. Ob dem wohl manchmal so ähnlich zumute gewesen war?

Stampfende Schritte oben an Deck; jemand rief etwas.

»Schluß jetzt, das muß genügen!« Er griff nach Hut und Degen, blieb aber noch einen Moment stehen; Noddall hielt immer noch die Hände vor der Brust hoch wie Pfötchen; plötzlich tat er ihm leid.

»Sehen Sie sich vor, Noddall, und bleiben Sie unter Deck. Kämpfen ist nichts für Sie.«

Es erschütterte ihn, daß Noddall heftig nickte und ihm dabei Tränen über die Wangen liefen. »Danke, Käpt'n«, sagte er schwach und gebrochen, aber aufrichtig. »Noch ein Gefecht könnte ich nicht aushalten. Und ich möchte Sie nicht enttäuschen, Sir.«

Bolitho eilte an ihm vorbei zur Leiter. Noddall war immer etwas Selbstverständliches für ihn gewesen. Niemals war ihm der Gedanke gekommen, daß Noddall jedesmal, wenn gefechtsklar gemacht wurde, vor Angst beinahe verging.

Er rannte die letzten Stufen hoch und sah oben Davy und Keen, die ihre Fernrohre nach vorn gerichtet hatten.

»Was ist los?«

Davy drehte sich um, mit Mühe schluckend, und konnte seine Blicke nicht von Bolithos goldbetreßtem Rock lassen.

»Der Schoner hat das Signal nicht bestätigt, Sir.«

Bolitho sah von ihm zur Signalflagge hoch, die sich jetzt frei und hell gegen die grauen Bramsegel abhob.

»Sind Sie sicher?«

Mudge knurrte: »Anscheinend will er nicht, Sir. Wenigstens scheint Mr. Allday das zu denken.«

Statt zu antworten, suchte Bolitho den Landstreifen vor dem Bug sorgfältig ab. Dort lag alles noch im tiefen Schatten, nur hier und da verriet ein heller Strich den nahen Sonnenaufgang. Aber der Schoner war klar genug zu sehen, er stand genau in Linie zum stampfenden Bugspriet der *Undine*; seine Segel leuchteten fast weiß vor den Klippen und gezackten Felsen. Herrick mußte das Signal gesehen haben. Er hatte bestimmt darauf gewartet, seit der Wind ausgeschossen war. Bolitho blickte zum Masttopp empor. O Gott, der Wind hatte noch weiter gedreht und mußte jetzt aus Westsüdwest kommen.

»Aufentern lassen, Mr. Davy!« rief er. »Royalsegel setzen!«

Er wandte sich um, und in dieser kurzen Sekunde sah er sie alle ganz klar: Mudge, von Zweifeln geplagt; Carwithen, dessen Lippen zu einem dünnen Strich zusammengepreßt waren; die Rudergasten, die nackten Rücken der Geschützbedienungen und Keen mit seinen Signalgasten . . .

Die Bootsmannspfeifen schrillten. Schattenhaft glitten die Toppmatrosen an den Webleinen empor, um mehr Segel zu setzen.

Davy rief herüber: »Vielleicht will Mr. Herrick weitermachen wie geplant, Sir!«

Mit einem Blick auf Allday, der aufmerksam den Schoner beobachtete, erwiderte Bolitho gelassen: »Sieht beinahe so aus, Mr. Davy.«

Unter dem Zug der obersten Segel tauchte die *Undine* noch tiefer in das milchige Wasser. Schaumfetzen flogen über Back und Netze wie Gespenster. Der Schiffsrumpf erzitterte stöhnend unter dem Druck, und wenn Bolitho nach oben blickte, sah er, daß die Reuelrahen sich durchbogen. Der Wimpel am Masttopp war jetzt deutlich zu erkennen; die Uniformröcke der Seesoldaten, die in schwankenden Reihen bei den Finknetzen angetreten standen oder mit ihren Musketen und Drehgeschützen oben in den Toppen knieten, leuchteten rot wie Blut.

Als er befahl: »Signal wiederholen, Mr. Keen!« kam ihm seine eigene Stimme fremd vor.

Soames stand am Verschlußblock eines Zwölfpfünders und hielt sich mit beiden Händen am Decksgang fest. Er starrte auf das Land. Dann blickte er nach achtern zu Bolitho und zuckte kurz mit den Schultern. Im Geist hatte er Herrick wohl bereits abgeschrieben.

»Das wird nichts!« sagte Keen heiser. »Ohne Ruder treibt der Schoner bei diesem Wind an der Insel vorbei. Bestenfalls explodiert er mitten in der Durchfahrt!«

Da schrillte Penns Knabenstimme vom Geschützdeck: »Ich habe eine Trompete gehört!«

Bolitho rieb sich die Augen, in denen schmerzhaft das Salz biß. Also eine Trompete. Ein Posten in der Festung mußte den Schutz der Mauern verlassen und auf See hinausgeblickt haben. Den Schoner hatte er wohl sofort gesehen, und in ein paar Minuten mußte auch die *Undine* entdeckt werden.

Das Brausen der See, die Geräusche des Schiffs wirkten plötzlich lauter denn je; jedes Stück des Riggs und der Segel knallte und summte im Chor, als die *Undine* dem Land und dem hellen Dreieck aus Gischt, welches die Einfahrt in die Passage markierte, immer näher kam.

Ein dumpfer Krach tönte über das Wasser, und ein Mann rief: »Sie haben das Feuer eröffnet, Sir!«

Bolitho griff nach einem Teleskop. Mit grimmigen Gesichtern hockten die Geschützbedienungen vor ihren Kanonen oder warteten hinter den geschlossenen Stückpforten. Hofften. Fürchteten sich . . .

Es war schwierig, das Glas einzustellen. Mit gespreizten Beinen suchte er festen Stand auf dem schlüpfrigen, schwankenden Deck. Die Masten des Schoners kamen ins Blickfeld und verschwanden wieder, und der kleine blutrote Fleck der Kriegsflagge, der vorher noch nicht dagewesen war. Er spürte sich lächeln, obgleich ihm eigentlich mehr nach Weinen zumute war, obwohl er verzweifelt wünschte, seine flehenden Worte über diese zwei Meilen schreien zu können. Herrick zeigte ebenfalls die Farben. Für ihn war der Schoner nicht einfach eine schwimmende Bombe; er war ein Schiff – sein Schiff. Oder vielleicht wollte er mit dieser simplen Geste Bolitho etwas erklären. Ihm zeigen, daß er verstand.

Noch ein Krach; und dieses Mal sah er den Pulverrauch von der Batterie aufsteigen, ehe der Wind ihn auseinanderriß. Fedrig sprang eine Gischtfontäne hoch, aber weit vom Schoner entfernt. Bolitho hielt ihn im Glas. Er krängte so, daß das Unterwasserschiff über dem spritzenden Gischt sichtbar wurde. Bei diesem Wind konnte Herrick für den letzten und gefährlichsten Teil seiner Fahrt das Ruder nicht festlaschen, das wußte er.

»Der Schuß saß zu hoch, Sir!« schrie Davy.

Diese Worte rissen Bolitho in die Wirklichkeit zurück, und er senkte das Glas. Der Kanonier auf der Festung hatte also auf die *Undine* gezielt, nicht auf den kleinen Schoner. Ehe Muljadis Leute gemerkt hatten, was los war, mußte Herrick bereits so dicht unter der Küste gewesen sein, daß er im toten Winkel lag.

Bolitho blickte wieder hin, als eine Doppelexplosion übers Wasser rollte. Er sah die Mündungsfeuer nur kurz aufblitzen, dann stiegen die Zwillingsgeyser in Linie mit dem Schoner, aber weit hinter ihm auf.

Hauptmann Bellairs vergaß seinen blasierten Gleichmut, packte seinen Sergeanten beim Arm und brüllte: »Bei Gott, Sar'nt Coaker, *er will sie selbst auf Grund setzen!*«

Es dauerte noch ein paar Sekunden, bis sich diese Erkenntnis über das ganze Deck der Fregatte verbreitet hatte. Aber dann, als die Worte von einem Geschütz zum anderen bis zum Bug gedrungen waren, sprangen die Männer auf, brüllten wie die Irren, schwenkten ihre Halstücher oder hüpften wie Kinder auf dem sandbestreuten Deck. Von den Masten und auf der Back erscholl Geschrei, und selbst Midshipman Armitage, der sich eben noch an eine Belegklampe geklammert hatte, um nicht zusammenzubrechen, schwenkte seinen Hut und gellte: »Los! Ihr werdet es ihnen schon zeigen!«

Bolitho räusperte sich mühsam. »Frage an Masttopp: Fregatten gesichtet?«

Er versuchte krampfhaft, nicht an den mit Pulver vollgestopften Laderaum des Schoners zu denken. Und nicht an die Lunte, die in der Stille des Schiffsrumpfes bestimmt schon knisternd brannte.

»Aye, Sir! Er sieht die Rahen der ersten Fregatte hinter der Landspitze!« Selbst Davy hatte wilde Augen und schien, den bevorstehenden Kampf vergessend, von Herricks Selbstaufopferung überwältigt zu sein.

Erneutes Geschützfeuer, und nun spritzten die Fontänen rings um den Schoner hoch. Vielleicht kamen sie von der nächsten der ankernden Fregatten oder von kleineren Geschützen auf dem winzigen Strand, der die Einfahrt beherrschte. Bolitho spürte, daß er die Zähne schmerzhaft fest zusammengebissen hatte.

Zum mindesten wußten die Franzosen jetzt, daß irgend etwas geschah, aber sie würden das volle Ausmaß der Gefahr noch nicht gleich erkennen.

Ein fast gleichzeitiges Aufstöhnen der gespannt beobachtenden Matrosen ließ Bolitho das Glas heben; er sah die Bramstenge des Schoners umknicken und dann in einem flatternden Chaos von Leinwand und Rigg niedersinken.

»Zurück, Thomas! Um Gottes willen, wende!« flüsterte er.

»Schon wieder ein Treffer, Captain«, sagte Allday. »Und diesmal schlimmer.«

Bolitho riß sich los, er durfte nicht an Herrick denken. Das mußte warten. Denn in wenigen Minuten würde die *Undine* in Reichweite dieser Kanonen sein, wenn sie mit verzweifeltem Mut in die Passage einlief.

Er zog den Degen und hob ihn über den Kopf.

»Schaut auf ihn, Jungs!« Er konnte die Gesichter, die sich ihm zuwandten, nur undeutlich unterscheiden, sie schwammen wie im Nebel. »Mr. Herrick zeigt uns den Weg!«

»Er ist aufgelaufen!« Davy war beinahe außer sich. »In voller Fahrt aufgelaufen!«

Der Schoner hatte sich bei der harten Grundberührung ein Stück aus dem Wasser gehoben und knallte jetzt mit dem ganzen Vorschiff zwischen die Felsbrocken und Klippen. Genau wie er es ihnen mit Conways silbernen Tintenfässern vorgespielt hatte.

Selbst ohne Glas war zu sehen, daß ein paar kleine Boote sich von der Pier lösten und auf den schwer havarierten Schoner zuhielten, der jetzt entmastet dalag und wie eine uralte Hulk von Brechern überspült wurde. Gelegentlich zeigte ein Aufblitzen an, daß Scharfschützen in das Wrack feuerten, und Bolitho betete, daß die Lunte noch brennen und Herrick nicht lebend in Gefangenschaft geraten möge.

Die Explosion kam so plötzlich, so farbensprühend und überwältigend in ihrer Größe, daß man kaum hinsehen, geschweige denn ihre Ausmaße schätzen konnte. Eine breite Wand orangeroter Flammen wuchs vor den Felsen auf und breitete sich nach rechts und links mit mächtigen Feuerschwingen aus, verschlang alle Boote im Umkreis, versengte Menschen und Waffen und verbrannte sie zu Asche.

Und dann folgte das Getöse. Der Schall erreichte die Fregatte mit einem beständig ansteigenden Brüllen, bis die Männer sich die Hände auf die Ohren preßten und schreckensstumm die Flutwelle anstarrten, die unter den Rumpf der Fregatte rollte, sie mühelos hochhob und sich dann achteraus in den letzten Schatten der Nacht verlor.

Endlich verklang der Donner, das Feuer erstarb und hinterließ gelbrot glimmende Punkte – die Überreste von verbranntem Gebüsch in der Steilwand.

Das Geräusch von Meer und Wind kehrte zurück, von Rigg und Leinwand; hier und da sprach jemand fast im Flüsterton, als hätten sie soeben erlebt, daß Gott persönlich dazwischenfuhr.

Mit harter Stimme befahl Bolitho: »Fock aufgeien, Mr. Davy!« Er ging zur Reling; jeder Schritt verursachte ihm körperlichen Schmerz. »Mr. Shellabeer, alle Boote bis auf die Barkasse kappen!« Er mußte weiterreden, seine Leute wieder in Bewegung bringen, diesen furchtbaren Scheiterhaufen aus seinen Gedanken verbannen.

Er merkte, daß Soames ihn erwartungsvoll ansah, und rief: »Laden und ausrennen!«

Seine Worte gingen fast unter im Donnern der rebellierenden Leinwand, als das mächtige Focksegel an seine Rah gegeit wurde. Vorhang, dachte er stumpf, Vorhang auf zum letzten Akt. Damit auch alles gut zu sehen war.

Er hörte die Backbord-Stückpforten beim Aufgehen quietschen; dann warfen sich auf Soames' Kommandogebell die Geschützbedienungen in die Züge, die schwarzen Mündungen schoben sich immer schneller rumpelnd ans Tageslicht und standen drohend über dem milchigen Wasser.

Davy faßte an den Hut. »Alle Geschütze ausgerannt, Sir!«

Sein Gesicht war hager vor Anspannung.

»Danke.«

Bolitho behielt den dunklen Kegel quer vor der Durchfahrt im Auge. Kein weiteres Mündungsfeuer blitzte aus diesen mächtigen Rohren. Es hatte geklappt. Selbst wenn die Besatzung der Festung noch imstande war, einige Geschütze von der Landseite herüber zu schaffen, geschah das doch zu spät, um die *Undine* noch zu treffen, die jetzt in den treibenden Rauchvorhang stieß.

Er beschattete die Augen und starrte auf den Fetzen Land, auf jene dunklen Striche – die Masten und Rahen der ersten Fregatte. *Bald. Sehr bald.* Er faßte den Degen so fest, daß seine Knöchel weiß hervortraten. Tief innen fühlte er Schmerz und Zorn, eine wachsende, blinde Wut, die nur Rache für Herrick lindern konnte.

Und dann kehrte das Sonnenlicht zurück, wurde mit jeder Minute stärker. Bolitho enterte ein Stück in die Luvwanten auf, unbekümmert um Wind und Sprühwasser, das auf seinem Rock hängenblieb wie perlweiße Schmuckspangen. Vor der *Undine* lief ihr langer Schatten über das kabblige Wasser, sein eigener Schatten war dabei deutlich zu unterscheiden wie ein Detail in einem Webmuster.

Er blickte zu Mudge hinunter. »Klar zum Kurswechsel, sobald wir die Landspitze passiert haben!«

Er wartete, bis die Brassen bemannt waren, wo nun die Sonne die bloßen Rücken beschien, eine Tätowierung oder einen besonders langen Zopf hervorhebend. Dann sprang er an Deck und zerrte an seinem Halstuch, als würge es ihn.

»Marineinfanteristen, Achtung!« Bellairs hatte seinen eleganten Schleppsäbel gezogen und musterte seine Männer, die sich auf den dichtgepackten Hängematten eine Auflage für ihre langen Musketen suchten.

Neben jeder offenen Stückpforte kauerte ein Geschützführer und hatte seine Abzugsleine schon fast straffgespannt, während er darauf lauerte, daß er ein Ziel vors Rohr bekam.

Das Stückchen Land sprang ins Blickfeld, als ob es das Schiff berühren wollte. Die Bugwelle kräuselte das Wasser zwischen ein paar zerklüfteten Felsen, die Bolitho von seinem Besuch her noch in Erinnerung hatte.

»Klar bei Brassen!«

Mudge brüllte: »Ruder nach Backbord! Lebhaft!«

Wie ein Vollblutpferd warf sich die *Undine* unter dem Druck von Segel und Ruder herum; die Rahen kamen gleichzeitig über, als sie ins Sonnenlicht drehte.

»Ruder Nordost zu Ost!« Mudge warf sich mit der ganzen Kraft seines ungefügen Körpers mit in die Speichen. »Stützen, ihr Mistkerle!«

Ein paarmal krachte es dumpf, und eine Kugel flog mit einem Knall wie von einer Peitsche durch das Vormarssegel.

Bolitho nahm kaum Notiz davon. Er starrte die vor Anker liegende Fregatte an, das Gewimmel auf ihren Rahen und an Deck, die Vorbereitungen zum Ankerlichten.

Davy war ebenso enttäuscht wie er. »Das ist ja gar nicht die *Argus*, Sir!«

Bolitho nickte. Es war die andere Fregatte. Die, welche von ihrer Besatzung aufgegeben worden war. Er kniff die Augen zusammen und versuchte, jede einzelne Bewegung zu beobachten, um sich vorzustellen, was geschehen war.

Le Chaumareys war weg. Zufall? Oder hatte er wieder einmal seine Überlegenheit bewiesen, seine Gerissenheit, die noch nie übertrumpft worden war?

Wild schwang er die alte Klinge über seinem Haupt und brüllte: »Steuerbordbatterie! Auf das erkannte Ziel!« Blitzend fuhr der Degen nieder. *»Feuer!«*

Brüllend brach die Breitseite aus der *Undine,* Geschütz nach Geschütz erfaßte sein Ziel. Soames tobte an jedem rücklaufenden Verschlußblock vorbei, brüllte die Männer an und beobachtete durch die Stückpforten die Wirkung des Beschusses. Rauch drang aus den Pforten und rollte auf das gegnerische Schiff zu.

Hier und da blitzte drüben ein erwiderndes Geschütz auf; mindestens eine Kugel schmetterte in die Bordwand der *Undine,* Bolitho spürte die Decksplanken unter seinen Füßen erbeben.

Unter Flüchen und Gebrüll ihrer Bedienungen mischten sich jetzt auch die Achterdecksgeschütze ein. Die plumpen Sechspfünder stießen auf ihren Schienen innenbords, mit brennenden Augen wischten die Mannschaften die Rohre aus und rammten in Sekundenschnelle die neuen Ladungen hinein.

Hoch über ihren Köpfen, rechts und links geräuschvoll ins Wasser platschend, erreichte sie eine Salve kleinerer Kaliber, ob von der Festung oder der Fregatte, das wußte Bolitho nicht, und es war ihm auch gleich. Lebhaften Schrittes überquerte er das Deck und sah dabei nur die kahlgeschossenen Masten des gegnerischen Schiffes, den bunten Wimpel mit dem aufgebäumten Wappentier und die wachsende Qualmwolke der unaufhörlich einschlagenden Salven der *Undine*.

Einmal überlief ihn ein Schauder, als er ein verkohltes Treibgut achteraus vorbeischaukeln sah: einen kopflosen Leichnam, der sich im Kielwasser der *Undine* drehte, rote Blutfäden gleich obszönen Algen hinter sich herziehend.

Herrick hatte gewußt, daß die *Argus* verschwunden war, er hatte die Reede lange vor der *Undine* überblickt. Er hatte nicht gezögert. Wieder fühlte Bolitho ein stechendes Brennen in den Augen, Wut und Haß brodelten in ihm hoch. Wieder krachten die Achterdeckgeschütze, bei den scharfen Detonationen zog sich ihm der Magen zusammen. Die Bedienungen stürzten mit Handspeichen vor, um die Kanonen für die nächste Salve auszurichten.

Herrick hatte es akzeptiert – wie früher auch. Dafür hatte er gelebt.

Laut, ohne sich um Mudge und Davy zu scheren, stieß er hervor: »Diese idiotischen Intriganten! Hol sie der Teufel für ihre Dummheit!«

»Die Fregatte hat die Ankertrosse gekappt, Sir!« schrie Keen.

Bolitho rannte zu den Netzen, fühlte dabei dicht vor seinen Füßen eine Musketenkugel ins Deck schlagen. Es stimmte – Muljadis Schiff trieb unbeholfen in Wind und Strömung, sein Heck schwang wie ein Torflügel quer vor die *Undine*. Jemand mußte da die Nerven verloren haben, oder vielleicht war in dem Durcheinander ein Befehl mißverstanden worden.

Er brüllte: »Wir gehen längsseits! Klar bei Marsfallen! Ruder hart Lee!«

Wieder stürzten die Männer an die Brassen, donnernd schlugen die Marssegel in plötzlicher Freiheit, elegant schwang die *Undine* nach Backbord, bis ihr Klüverbaum auf die ferne Pier und die schwelenden Trümmer wies.

Soames kommandierte: »Richten! Fertig!« Seine rotgeränderten Augen wanderten an der Reihe keuchender Geschützbedienungen entlang, wie ein Marschallstab deutete sein Degen: »Schafft den Mann da weg!« Er rannte hin und half, einen Verwundeten von einem Zwölfpfünder wegzuziehen. »Jetzt!« Sein Degen fuhr nieder. »Breitseite!«

Diesmal feuerte die ganze Batterie in einer einzigen krachenden Flammenwand, aus der lange rote Zungen in den Qualm stießen, der sich wie in Todeszuckungen wand.

Heiseres Triumphgeschrei: »Da geht ihr Vormast!«

Bolitho rannte zum Decksgang, Seesoldaten und Matrosen polterten ihm nach. Hoch über dem Rauch schleuderten die behenden Toppsgasten bereits ihre stählernen Draggen, forderten einander lachend zum Wettkampf heraus; jede Mannschaft wollte schneller sein als die andere. Und noch ein Hurra, als die *Undine* knirschend gegen die steuerlos treibende Fregatte stieß, ihren Bugspriet hoch über die Kampanje des Gegners schob. Während ihre Restfahrt die Schiffe dichter gegeneinander trieb, bellten die Waffen lauter denn je, denn jetzt trugen sie ihre Zerstörungswut nur über knappe dreißig Fußbreit wirbelnden Wassers.

»Entern!«

Bolitho griff in die Großmastwanten und paßte den Moment ab, in dem Soames brüllte: »Feuer einstellen! Drauf, Jungs! Haut die Bastarde zusammen!« Dann war er drüben, krallte sich in die Enternetze des Gegners, die von den Breitseiten schon mächtige Risse aufwiesen. Muljadi schien seinen Angriffsplan schon fertig gehabt zu haben, denn aus den Decks quollen Hunderte von Männern, um die hurraschreienden, fluchenden Enterer zu empfangen.

Musketen- und Pistolenfeuer; irgendwo oben krachte ein Drehgeschütz, eine Ladung gehacktes Blei fegte über das gegnerische Deck und schleuderte Holztrümmer und menschliche Leiber in alle Richtungen.

Ein bärtiges Gesicht tauchte aus dem Qualm auf, und Bolitho hieb danach; mit der anderen Hand hielt er sich in den Netzen fest, um nicht über Bord zu fallen und zwischen den Schiffsrümpfen zerquetscht zu werden. Der Pirat schrie auf und stürzte, ein Seesoldat stieß Bolitho zur Seite und kreischte wie ein Irrer, als er einen Mann mit dem Bajonett durchbohrte; sofort riß er die Schneide wieder heraus und rammte den Kolben in einen verwundeten Feind, der wegzukriechen versuchte.

Allday duckte einen Säbelhieb ab und brachte den Angreifer damit aus dem Gleichgewicht. Mit der linken Faust schob er den Mann zurück, um mit der eigenen Klinge besser ausholen zu können. Sie traf wie eine Axt auf Holz.

Bellairs stand in einer Abteilung Marineinfanteristen und brüllte Kommandos, die kein Mensch hören konnte; sein eleganter Schleppsäbel zuckte vor und zurück wie eine silberne Schlange, während er sich mit seinem Pulk zum Achterdeck durchkämpfte.

Noch einmal brandete Hurrageschrei auf, und Bolitho sah Soames mit seiner Entermannschaft in den Großmastwanten des Gegners; Musketen feuerten auf kürzeste Entfernung in das Gewimmel unter ihm; Soames kreuzte die Klinge mit der eines großen schlanken Offiziers – Le Chaumareys' Erstem Leutnant, wie sich Bolitho erinnerte.

Soames rutschte aus und fiel auf eine umgestürzte Kanone, und der Franzose holte zum tödlichen Stich aus. Aber ein Seesoldat hatte es gesehen; seine Musketenkugel riß den Hinterkopf des Franzosen weg und warf ihn wie eine Stoffpuppe über die Reling.

Bolitho merkte, daß Allday ihn am Arm schüttelte, um ihm etwas begreiflich zu machen. »Der Laderaum, Captain!« brüllte er und stieß seinen Entersäbel in Richtung der Hauptluke. »Die Hunde haben Feuer gelegt!«

Bolitho starrte hin; der Kopf schwirrte ihm von Kampf- und Siegesgeschrei, dem wahnwitzigen Wüten des Nahkampfes. Schon verdichtete sich der Rauch. Vielleicht hatte Allday recht, vielleicht hatte aber auch nur ein brennender Stopfen aus einem Geschütz der *Undine* mit Soames' letzter Breitseite seinen Weg in den Rumpf der Fregatte gefunden. So oder so, wenn er nicht sofort handelte, würden beide Schiffe vernichtet werden.

Er schrie: »Hauptmann Bellairs! Zurück!«

Bellairs glotzte ihn verständnislos an; Blut tropfte ihm aus einer Stirnwunde. Dann aber schien er sich wieder unter Kontrolle zu bekommen und rief: »Zur Retraite!« Er sah sich nach seinem Sergeanten um, dessen Riesenkörper irgendwie von Stahl und Kugeln verschont geblieben war. »Coaker! Schreiben Sie den Kerl auf, wenn er nicht gehorcht!«

Coaker griff nach einem Trommelbub der Marineinfanterie, aber er war tot; blicklos starrten seine Augen den Sergeanten an, der ihm die Trompete aus den schlaffen Fingern wand und mit aller Kraft das Rückzugsignal blies.

Den Kampf abzubrechen, fiel ihnen beinahe schwerer als vorher das Entern. Schritt für Schritt wichen sie zurück; hier und dort starb noch ein Mann oder sprang in den Raum zwischen den beiden Schiffsrümpfen, um nicht niedergemacht zu werden. Die Piraten hatten mittlerweile gemerkt, in welcher Gefahr ihr eigenes Schiff war, und schienen nur darauf bedacht, so schnell wie möglich von Bord zu kommen.

Die ersten Flammenzungen leckten bereits durch eine Luke. Die liegengelassenen Verwundeten schrien im Chor auf, aber in Sekundenschnelle brannten die Gratings und das nächste Bootslager lichterloh.

Bolitho packte die Webeleinen und warf einen letzten Blick auf die Fregatte. Seine Männer sprangen bereits auf den Decksgang der *Undine* hinüber. Vorn waren Shellabeer und seine Gehilfen schon dabei, die Taue zu kappen, welche die beiden Schiffe aneinanderfesselten, die vollen Bramrahen schon rundgebraßt, das Ruder gelegt, begann die *Undine* sich zu lösen, glücklicherweise hielt der Wind Rauch und Funken von ihren Segeln und dem verwundbaren Rigg fern.

»Was jetzt, Sir?« keuchte Mudge.

Bolitho sah die gegnerische Fregatte nach achtern gleiten. Immer noch schossen ein paar Verrückte über den sich schnell vergrößernden Zwischenraum hinweg.

»Eine letzte Breitseite, Mr. Soames!« rief er.

Aber es war schon zu spät. Eine riesige Flammenwand barst durch das Geschützdeck der Fregatte, wuchs gen Himmel und entzündete den Vormaststumpf mit den restlichen Segeln; wie ein Waldbrand sprang sie auf die Rahen des Großmastes über.

Wie aus weiter Entfernung hörte Bolitho seine eigene Stimme: »Das Fockreff raus, und zwar schnell! Den Weg, den wir gekommen sind, können wir nicht zurück, ihr Bordmagazin muß jeden Moment hochgehen. Also probieren wie lieber die östliche Durchfahrt!«

»Ist vielleicht zu flach, Sir«, wandte Mudge ein.

»Wollen Sie lieber verbrennen, Mr. Mudge?«

Er ging zur Heckreling, um die Fregatte zu beobachten, deren Kampanje jetzt in hellen Flammen stand: immerhin ein englisches Schiff – aber so war es wohl besser.

Er drehte sich um und sagte schroff: »Mr. Davy, ich brauche einen genauen Schadensbericht.« Er sah an Davys Augen, daß die Trunkenheit des Kampfes bereits von ihm gewichen war. »Und die Verlustliste!«

Die Rahen schwangen herum, die Segel, durchlöchert und rauchgeschwärzt, füllten sich in der Brise. Die Durchfahrt war anscheinend breit genug: sie hatten eine Kabellänge Raum an Steuerbord, etwas mehr an Backbord. Er hatte schon Schwierigeres geschafft.

»Boot voraus, Sir!« Keen stand mit dem Fernrohr in den Wanten. »Mit bloß zwei Mann an Bord!«

Mudge rief: »Ich halte sie stetig, Sir. Wir steuern beinahe wieder Nordost, aber ich weiß nicht . . .«

Der Rest seiner Worte ging in Keens Kreischen unter: »Sir! Sir!« Ungläubig starrte er auf Bolitho herab.

»Nehmen Sie sich zusammen, Mr. Keen!« blaffte Davy.

Aber Keen schien ihn nicht zu hören. »Das ist Mr. Herrick!«

Bolitho sprang neben ihn in die Wanten. Das Boot war nur ein Wrack, und die hagere Gestalt, die jetzt einen Fetzen Tuch überm Kopf schwenkte, sah wie eine Vogelscheuche aus. Halb im Wasser, lag auf dem Boden des vollgeschlagenen Bootes tatsächlich Herrick.

Bolithos Hand mit dem Teleskop zitterte. Er sah jetzt Herricks Gesicht, aschgrau unter Verbänden. Dann öffneten sich seine Augen, denn der andere Mann schien ihm die Neuigkeit zuzurufen – es kam Bolitho vor, als verstünde er jedes Wort.

Er befahl: »Weitergeben an Bootsmann! Er soll das Boot mit dem Draggen längsseits holen.« Er faßte den Midshipman am Arm. »Und sagen Sie ihm, er soll sich Mühe geben, sonst . . . Eine zweite Chance bekommt er nicht!«

Allday war unter Deck gegangen, um irgend etwas zu holen. Jetzt war er wieder da und sah sich erstaunt um, bis Bolitho gelassen sagte: »Der Erste Leutnant kommt an Bord. Gehen Sie nach vorn, und heißen Sie ihn in meinem Namen willkommen, ja?«

Als die Fregatte einen flachen Landbuckel passierte, kam die Sonne hervor, um sie zu grüßen, ihnen die schmerzenden Glieder zu wärmen und den Schock der überstandenen Schlacht ein wenig zu lindern. Das Krachen einer dumpfen Explosion tönte von der Hauptdurchfahrt herüber, und noch mehr Rauch stieg über dem nächstliegenden Land empor: er verkündete ihnen den Wind, der sie auf dem offenen Meer erwartete, und die endgültige Vernichtung der feindlichen Fregatte. Aber ob Muljadi an Bord gewesen war, das wußte Bolitho nicht, und der entscheidende Kampf stand ihnen noch bevor.

Er hörte Rufe vom Vorschiff und dann ein Hurra, als einige Matrosen in das sinkende Boot kletterten, um Herrick und seinen Gefährten an Bord zu holen.

Nun, dachte Bolitho, was uns auch hinter jenen grünen Hügeln erwartet – Sieg oder Niederlage –, wir sind jedenfalls wieder zusammen.

»Zwei Strich Backbord!«

Bolitho versuchte, an Deck auf und ab zu gehen, aber er konnte seiner Nervosität nicht Herr werden. Noch waren die Spuren der Schlacht an Bord nicht beseitigt. Vor einigen Stunden waren sie in die östliche Durchfahrt eingebogen; unter einem Minimum an Leinwand tasteten sie sich zum offenen Meer; zwei Mann hingen im Wasserstag und loteten ständig.

Seit einer Stunde antwortete er auf Fragen, hörte sich Berichte und Meldungen an: zehn Tote, fünfzehn Verwundete, die Hälfte davon schwerverwundet. Eine ziemlich kleine Verlustliste in Anbetracht dessen, was sie geleistet hatten; aber das tröstete ihn wenig, wenn er die Reihe der an Deck liegenden vernähten Hängematten ansah – ein nicht ungewohnter Anblick –, oder wenn wilde Schmerzensschreie aus der Hauptluke gellten.

Wenn nur Allday endlich kommen und ihm berichten würde, was mit Herrick war! Er hatte den überlebenden Matrosen schon befragt, es war Lincoln mit der grotesken Narbe im Gesicht, durch die er aussah, als grinse er ständig.

Bolitho hatte bemerkt, daß Lincoln alles noch einmal durchlebte, als er stotternd berichtete; er schien sich gar nicht bewußt zu sein, daß sein Kapitän und die Offiziere um ihn herumstanden –ja, er schien noch gar nicht richtig begriffen zu haben, daß er tatsächlich lebte.

Es war fast so geschehen, wie Bolitho es sich gedacht hatte: Herrick war entschlossen, die Batterie zu zerstören und seinen Schoner dort auf Grund zu setzen – um jeden Preis, selbst den des eigenen Lebens. Im letzten Moment, als die Lunte bereits glimmte und das Fahrzeug vom Steilhang her beschossen wurde, hatte Herrick ein vom Großmast fallender Block bewußtlos geschlagen. »Und da«, flüsterte der kleine Matrose, »kommt Mr. Pigsliver kalt wie 'ne Hundeschnauze und sagt: ›Ab mit euch ins Boot, ich habe 'ne alte Rechnung zu begleichen‹ – aber was er damit meint, sagt er nicht. Da waren wir nur noch drei Mann. Also, ich und Jethro fieren Mr. Herrick ins Dingi, aber der andere, der kleine Segelmacher, sagt, er bleibt beim Don.« An dieser Stelle hatte Lincoln so gezittert, daß er zunächst schwieg. »Wir also nix wie ab«, fuhr er dann fort. »Und da geht der Schoner auch schon hoch, und den armen Jethro haut's über Bord. Ich hab' gepullt wie verrückt und dabei gebetet, daß Mr. Herrick wieder zu sich kommt und mir sagt, was ich tun soll.« Vor lautlosem Schluchzen konnte er eine Weile nicht weitersprechen. »Dann seh' ich hoch – und da is' sie in Lebensgröße, die alte *Undine*. Ich schüttel' Mr. Herrick und rufe: ›Hallo, wachen Sie auf, das Schiff kommt uns holen!‹ Und er – also, er guckt mich bloß an und meint: ›Na und? Was hast du denn gedacht?‹«

Leise hatte Bolitho gesagt: »Danke, Lincoln. Das sollst du nicht umsonst getan haben.«

»Und Sie werden auch nicht vergessen, in Ihren Bericht das über Mr. Pigsliver zu schreiben, Sir? Ich – ich meine, Sir, er mag ja 'n Don sein, aber ...« Und dann war Lincoln völlig zusammengebrochen.

Jetzt, als Bolitho ruhelos an den Sechspfündern entlanggging, wo die Geschützführer im Sonnenschein knieten, Zubehör durchsahen, Leinen und Blöcke prüften, die Oberkörper noch von Ruß und getrocknetem Blut befleckt, da versprach er sich: Nein, ich werde Puigserver nicht vergessen.

»Deck ahoi!«

Geblendet schaute er hoch.

»Offenes Wasser voraus, Sir!«

Hinter sich hörte er Schritte und fuhr herum. »Allday, wo, zum Teufel, waren Sie so lange?«

Aber es war nicht Allday.

Bolitho lief über das Deck und streckte beide Hände aus, ungeachtet der neugierigen Gesichter rechts und links. »Thomas!« Er ergriff Herricks Hände. »Ich weiß nicht, was ich sagen soll.«

Herrick lächelte schwach. »Ich bin immer noch derselbe, Sir.«

»Sie sollten unten bleiben, bis ...«

»Deck ahoi! Segel im Osten!«

Herrick zog die Hände zurück und sagte gelassen: »Ich bin schließlich Erster Leutnant, Sir.« Langsam blickte er sich auf dem Achterdeck um, sah die Splitter, die von Musketenkugeln zerfetzten Hängematten. »Mein Platz ist hier.«

Davy trat herzu und tippte an den Hut. »Wieder klar Schiff zum Gefecht, Sir?«

»Ja.«

Lächelnd sagte Davy zu Herrick: »Anscheinend hatten Sie auch nicht mehr Glück mit dem Schoner als ich. Aber ich bin sehr froh, daß Sie wieder da sind, und das ist die pure Wahrheit.«

Herrick faßte an seinen frischen Kopfverband und zuckte zusammen. »Wenn man mir nicht versichert hätte, daß es anders war, dann würde ich sagen, Puigserver hat mir selber eins über den Schädel gegeben. So sehr war er darauf versessen, die Sache zu Ende zu bringen.«

Er schwieg, die Trommeln wirbelten, die müden Gestalten an Geschützen und Brassen sprangen auf. Der letzte Streifen Land glitt hinter ihnen zurück, und die blaue, von kräftiger Dünung belebte See erstreckte sich endlos bis zur glitzernden Kimm. Backbords voraus, Rumpf und Spieren schwarz gegen das Licht, stand die *Argus*. Sie schien nur sehr langsame Fahrt zu machen, die Rahen waren vierkantgebraßt, um sie auf konvergierendem Kurs zu halten.

»Vier Meilen, würde ich sagen«, murmelte Herrick.

»Ungefähr.«

Bolitho studierte das gegnerische Schiff genau, er konnte einfach nicht wegsehen. Sie erinnerte ihn an eine Wildkatze, wie sie dort durch die weißköpfigen Wellen schlich: zielstrebig, hinterhältig, tödlich.

Er bildete sich ein, das Quietschen der Lafetten zu hören, als der glatte Rumpf auf einmal von Kanonenrohren gespickt war. Le Chaumareys ließ sich Zeit, wartete Bolithos ersten Zug ab.

Die Spannung kehrte stärker zurück. Vielleicht hatte Le Chaumareys das alles so vorausgeplant, weil er seinem Verbündeten Muljadi nicht traute und damit rechnete, daß Bolitho ein Unentschieden, vielleicht sogar einen Sieg erkämpfen würde, wenn er sich seine Angriffsweise selbst aussuchen konnte.

Die Männer der *Undine* hatten einen harten Kampf hinter sich. Forschend musterte er die von Kugeln durchlöcherten Segel, hörte den Schiffszimmermann und seine Gang im unteren Raum hämmern. Er wußte, daß er viel von ihnen forderte, wenn sie jetzt schon wieder und gegen diesen mächtigen, schwarzbäuchigen Veteranen der französischen Flotte antreten sollten.

Dann blickte er die Männer in seiner unmittelbaren Nähe an. Er brauchte alle Seemannschaft, die sie besaßen, und nicht zuletzt ihren ganzen Mut.

»Na, Mr. Mudge, was macht der Wind?«

»Wird auffrischen, Sir.« Mudge zog sein Taschentuch und schnaubte sich heftig die große Nase. »Könnte ein bißchen krimpen.« Er deutete nach oben zum Wimpel, der steif stand wie ein

Speer. »Ich möchte vorschlagen, Sir, daß Sie nur unter Bramsegeln kämpfen.«

Bolitho wandte sich an Herrick. »Was meinen Sie?«

Mit zusammengekniffenen Augen beobachtete Herrick den Gegner. »Nahkampf, Sir. Sonst schießt sie uns mit ihren weitreichenden Kanonen in Stücke.« Das Deck hob sich unter der ersten anrollenden Welle, und Gischt flog bis in die Netze.

»Also los.« Bolitho leckte sich die trockenen Lippen. »Weg mit der Fock!« Er senkte die Stimme. »Und lassen Sie die Toten sofort bestatten. Es tut nicht gut, wenn man daran erinnert wird, wo manche von uns heute vormittag noch enden werden.«

Ruhig blickte Herrick ihm in die Augen. »Ich kann mir zwar bessere Gründe zum Sterben denken, Sir, aber –«, er blickte zu den reglosen Männern an den Geschützen hinüber –, »keinen besseren Ort.«

Bolitho schritt zur Reling und beobachtete die *Argus* einige Minuten lang. Le Chaumareys hielt eine gute Ausgangsposition, hatte sie wahrscheinlich sehr genau vorausberechnet. Dort drüben lag er jetzt und lauerte, wartete ab, was Bolitho unternehmen würde. Ob er versuchen würde, in Luv von ihm zu gelangen oder den Kurs zu ändern, um das Heck der *Argus* zu passieren und sie dabei mit einer gutgezielten Breitseite zum Krüppel zu schießen.

Die französische Fregatte rollte so stark in der Dünung, daß der Kupferbeschlag des Rumpfes kurz zu sehen war. Der Wind lag voll auf der ihnen zugekehrten Bordseite, aber Le Chaumareys hielt sich zurück, blieb backbords der *Undine* und machte kaum Fahrt.

Bolitho biß sich auf die Lippen und blinzelte in der gleißenden Sonne. Das mußte ein schwieriges Zielen werden, so gegen das blendende Licht.

Als er wieder zum Geschützdeck hinübersah, lagen die Toten nicht mehr da. Eben kam Herrick zu ihm nach achtern und meldete: »Alles vorbei.« Nach einem Blick auf Bolithos nachdenkliches Gesicht fragte er: »Ist etwas nicht in Ordnung, Sir?«

»Ich glaube, ich fange an, Le Chaumareys zu verstehen«, antwortete Bolitho. Wieder spürte er das Herzklopfen, den altbekannten Schauer über Nacken und Rückgrat. »Ich denke, er *will* uns den Windvorteil lassen.«

»Aber, Sir . . .« Herricks blaue Augen glitten zur *Argus* hinüber und wieder zurück. »Vielleicht legt er mehr Wert darauf, daß wir die Sonne gegen uns haben?« Langsam hellte sich sein großes rundes Gesicht auf, er schien zu begreifen. »Könnte schon sein. So kann er auf Distanz bleiben und seine weitreichenderen Geschütze wirkungsvoll einsetzen.«

Mit blitzenden Augen fuhr Bolitho herum. »Aber daraus wird nichts, Mr. Herrick! Sofort die Royals setzen! Tut mir leid, Mr. Mudge, aber wenn Ihr verdammter Wind uns auch die Rahen bricht, so ist das immer noch besser, als sie auf andere Weise zu verlieren.«

Herrick hatte schon das Sprachrohr zur Hand. »Toppgasten aufentern! Royals setzen!« Jetzt war ihm kaum noch anzusehen, was er vor kurzem durchgemacht hatte. »Bei Gott, Sir, auch wenn wir nicht so schwer sind, so sind wir doch wendiger, und das werden wir diesem Hund heute zeigen!«

Bolitho grinste ihn an, obwohl seine Lippen dabei schmerzten. »Ruder zwei Strich Steuerbord. Wir laufen ihm vor den Bug!«

Allday verschränkte die Arme und starrte Bolithos Rücken an, dann blickte er zur Flagge hoch, die im auffrischenden Wind knatterte. »Und dann ist Schluß mit dem Laufen, wetten?« murmelte er.

»Ostnordost liegt an, Sir!« Carwithens Hand ruhte auf den polierten Speichen, während der andere Rudergänger sich auf den Kompaß und den Stand der Segel konzentrierte.

Mudge wischte sich die Hände am Mantel ab. »Sie hält sich gut, Sir!«

Bolitho ließ das Fernrohr sinken und nickte nachdenklich. Die zusätzliche Kraft der Royals brachte die *Undine* quer vor den Kurs des Gegners. Er verzog das Gesicht, weil ihm die Sonne direkt ins Glas schien. Le Chaumareys war immer noch in der besseren Position. Er konnte nach Lee abfallen und ihnen seine Breitseite präsentieren, wenn die *Undine* vor ihm passieren wollte. Ebensogut konnte er sie seinen Kurs kreuzen lassen und sie, während sie beim Halsen Zeit verlor, in Luv abdecken und sie dann, Gegenlicht oder nicht, von der anderen Seite her beschießen.

Herrick sagte heiser: »Sie hält immer noch Kurs. Vielleicht ist sie einen Strich abgefallen, aber das bedeutet nichts.« Er atmete langsam aus. »Prächtig sieht sie aus – hol' sie der Teufel!«

Bolitho lächelte gezwungen. Die Umrisse der *Argus* hatten sich kaum verändert, aber nur, weil die *Undine* nach Steuerbord angeluvt hatte. Der Abstand war jetzt viel geringer, knappe zwei Meilen, so daß die rot-gelbe Gallionsfigur deutlich zu erkennen war und auch die auf dem Achterdeck arbeitende Mannschaft.

Ein Krachen, und Sekunden später stieg eine dünne Fontäne träge aus den Wellenkämmen empor, nicht ganz auf dem Kurs der *Undine* und eine halbe Kabellänge zu kurz. Zum Einschießen – oder auch nur, um die Geschützbedienungen der *Undine* nervös zu machen: einer von Le Chaumareys' kleinen Tricks.

Herrick murmelte verbissen: »Wie ich diesen Froschfresser kenne, wird er versuchen, uns mit Kettenkugeln und Schrapnells zu entmasten. Damit er *noch* eine Prise für seinen verfluchten Bundesgenossen hat!«

»*Diesen* Franzosen kennen Sie nicht, Mr. Herrick.« Bolitho erinnerte sich an Le Chaumareys' Gesicht, als er von ›zu Hause‹ sprach, von seinem Frankreich, das er so lange hatte entbehren müssen. »Ich schätze, er ist auf einen totalen Sieg aus.«

Bei diesem Wort war ihm gar nicht wohl. Er assoziierte es mit einer sterbenden *Undine,* die zwischen ihren eigenen Toten trieb und dann für alle Ewigkeit in die Tiefe ging. Wie die Fregatte, die er selbst versenkt hatte: Wie die *Nervion* und so viele andere Schiffe, die vor seinen Augen vernichtet worden waren.

Die Szenerie war perfekt: zwei Schiffe, die einander mit allen Mitteln zu überlisten versuchten – und nicht einmal eine Möwe, die ihren verzwickten Manövern zusah.

»Da, Sir! Sie setzt ebenfalls die Royals!« Carwithens Stimme riß ihn aus seinen Gedanken.

»Jetzt will er uns doch noch abfangen!« rief Herrick aus.

Bolitho beobachtete, wie sich die Segel an den Reuelrahen der *Argus* entfalteten und den Wind aufnahmen. Er konnte auch sofort die Wirkung erkennen: Der überhängende Steven bohrte sich tiefer in die Wogen, sie machte deutlich stärkere Fahrt. Von seinem Standort sah es tatsächlich so aus, als berühre der Bugspriet der *Argus* seinen eigenen, obwohl sie noch mehr als eine Meile entfernt war. Rauch kräuselte sich hoch, und er hielt den Atem an, als die hellen Feuerzungen aus den offenen Stückpforten stachen.

Die See kochte und schoß himmelhoch, als die schweren Kugeln in die Wellen schlugen oder als Aufpraller weiter entfernt davonschossen. Eine Kugel ging dicht am Rumpf nieder, und die Druckwelle ließ selbst die höchsten Spitzen der Masten erzittern.

»Die wollen uns den Schneid abkaufen!«

Herrick grinste zwar bei diesen Worten, aber Bolitho sah die Angst hinter seinen Augen lauern. Ihm war Le Chaumareys nicht wie ein Mann bombastischer Gesten vorgekommen. Er ließ seine Geschützführer sich einschießen, demonstrierte ihnen die Schußweite; vielleicht erläuterte er eben jetzt mit seiner dröhnenden Stimme, was er von ihnen erwartete.

»Bei Gott, dieser Teufel kürzt schon wieder Segel!« Bolitho sah die Royals der *Argus* längs der Rahen verschwinden und beugte sich vor.

»Backbordbatterie – klar zum Feuern!«

Vielleicht hatte er Le Chaumareys' einzige Schwäche herausgefunden: daß er nicht nur siegen, sondern dabei auch am Leben bleiben wollte. Denn diese beiden Dinge trafen nicht immer zusammen, das wußte Bolitho recht gut.

»Ruder drei Strich Backbord!«

Er hörte die scharrenden Füße, die überraschten Rufe, als sein Befehl an die Matrosen weitergegeben wurde.

»Also, Sir«, meinte Mudge zweifelnd, »ob sich das nicht rächt . . .«

Aber Bolitho schien ihn nicht zu hören. Er wartete die Vollzugsmeldung ab und blickte dann zum Bugspriet, der erst langsam, dann schneller nach Backbord auswanderte und die gegnerische Fregatte in einem Netzwerk aus Stagen und Wanten einfing.

»Recht so!«

Er wartete ungeduldig, während Herrick abgehackte Kommandos durch die Sprechtrompete schrie und die Männer an den Brassen fieberhaft arbeiteten, um die Rahen zu trimmen.

»Nordost zu Nord liegt an, Sir«, meldete der Rudergänger atemlos.

Mit einem kräftigen, achterlichen Wind fegte die *Undine* direkt auf das gegnerische Schiff zu, als wolle sie es mitten entzweischneiden. Wieder blitzte es bei dem Franzosen auf; Bolitho preßte die Fäuste zusammen, als das Eisen über sein Schiff heulte, das Rigg zerfetzte, Segel durchlöcherte und zu beiden Seiten Gischt hochjagte.

»Nun werden wir sehen.« Bolitho beugte sich vor, packte die Reling fester und spürte den schmerzhaften Sonnenglast in den Augen. Wieder lief ein Stakkato von Blitzen über die ganze Länge der *Argus,* das Krachen der Breitseite rollte über das Wasser wie der Wirbel einer gigantischen Trommel. Heftig schüttelte sich der

Rumpf der *Undine,* und unterhalb des Achterdecks wechselten die Matrosen verzweifelte Blicke.

Immer noch hielt die *Argus* Kurs und wurde mit jeder Minute größer. Noch mehr Detonationen, und ein wütender Ruck unter seinen Füßen verriet Bolitho, daß sein Schiff wieder einen Treffer abbekommen hatte. Aber jetzt wurden die Breitseiten der *Argus* lückenhafter, und immer weniger Kugeln kamen ihrem Ziel nahe.

»Er muß sich was einfallen lassen!« rief Herrick.

Bolitho erwiderte nichts, starrte aber wie gebannt zum Achterdeck der *Argus* hinüber, wo er schon unter einer Anzahl von Matrosen Le Chaumareys' mächtige Gestalt, seinen kleinen, kurzgeschorenen Kopf ausmachen konnte. Sein Erster Leutnant mußte ihm sehr fehlen, schoß es Bolitho durch den Kopf. Genauso wie Herrick ihm gefehlt hätte, wenn sie nicht auf diese unwahrscheinlich Art wieder zusammengekommen wären.

»Der Wind, Mr. Mudge?« rief er hinüber. Ansehen mochte er den Steuermann nicht.

»Hat einen Strich gekrimpt, Sir! Nach dem Wimpel kommt er jetzt beinahe aus Südwest.«

»Die *Argus* gibt Raum, Sir!« schrie Herrick.

Ein einzelnes Hurra ertönte von irgendwoher, aber Bolitho fauchte: »Halten Sie die Leute ruhig!« Schnell fügte er hinzu: »Ruder hart Backbord! Ich will sie so genau vorm Wind wie es irgend geht, Mr. Mudge!«

Starr vor Spannung beobachtete er, wie die Umrisse der *Argus* sich weiter verkürzten, als sie abdrehte und ihnen Raum gab, so daß die beiden Schiffe jetzt in spitzerem Winkel zueinander standen. Sie sandte noch eine langsame Breitseite herüber, und Bolitho hörte einen Schrei von oben: ein Marineinfanterist fiel mit dem Kopf voran ins Netz, Blut quoll aus seinem Mund und spritzte auf die Geschützbedienung unmittelbar unter ihm.

Anscheinend hatte Le Chaumareys Bolithos direkten Angriff für einen Akt eitler Tollkühnheit gehalten. Er hatte den richtigen Moment abwarten wollen, um im Abdrehen die volle Breitseite zu präsentieren und die *Undine* kampfunfähig zu schießen, wenn sie versuchte, vor seinem Bug zu passieren.

Bolitho hob die Hand; dabei flehte er insgeheim, daß diese blitzenden Kanonen ihm Zeit genug zum Handeln lassen würden.

»Backbordbatterie – Einzelfeuer!«

Der Schiffsrumpf erzitterte, und Bolitho atmete tief auf, als der

Rauch sich hob und zum Feind hinübertrieb.

»Klar zur Kursänderung!« Er hielt Herricks erschrecktem Blick stand. »Nein, jetzt wollen wir ihn noch nicht umarmen!« Sein Grinsen mußte irrwitzig aussehen, dachte er. »Wir kreuzen sein Heck – er hat es ungedeckt gelassen!«

Ein schweres Kaliber zerschmetterte das Backbordschanzkleid, warf einen Zwölfpfünder um und färbte Planken und Gratings mit hellroten, rasch größer werdenden Flecken.

Soames' Befehle übertönten die Schreie und Flüche der Männer: mit wilden Augen starrte er durch den Rauch. »He da, Manners! Die Handspeiche – schneller, zum Teufel!« Denn der Matrose Manners tastete verwirrt an seinem blutverschmierten Hosenbein herum – aber Blut und Fleischfetzen stammten von der Geschützbedienung nebenan.

Bolitho senkte die Faust. »Jetzt! Leeruder!«

Durch den auffrischenden Wind und den Kurswechsel bekam die *Undine* starke Schlagseite; die Geschützbedienungen feuerten noch eine unregelmäßige Save ab, bevor die *Argus* aus der Ziellinie glitt.

»Mr. Davy«, brüllte Bolitho, »die Steuerbordbatterie!«

Von der Backbordbatterie hasteten einige Männer hinüber, um ihren Kameraden zu helfen. Oben erzitterten Spieren und stöhnten Blöcke protestierend auf; mehr als ein Matrose fiel der Länge nach hin, als das Schiff mit laut schlagenden Segeln und fast mittschiffs gebraßten Rahen hart an den Wind ging.

Knallend riß das Vorroyal mittendurch, seine Fetzen flatterten wie Wimpel im Wind, aber Bolitho kümmerte es nicht. Er beobachtete, wie die dunkle Silhouette der *Argus* weiter nach Steuerbord glitt, während die *Undine* genau auf ihr Heck zuhielt. Geschosse fuhren krachend in Rumpf und Takelage, und Bolitho wurde es fast übel, als er sah, wie zwei Matrosen zu einer blutigen Masse zerquetscht wurden.

Davys Stimme überschlug sich beinahe: »Steuerbordbatterie – Einzelfeuer!« Der Feuerbefehl wurde fast vom Krachen des vordersten Geschützes übertönt, dem sofort die anderen auf ganzer Länge folgten, während die *Argus* wie eine schwarze Wand über ihnen aufragte.

»Putzen! Laden! Ausrennen!«

Das Ausrennen ging jetzt leicht, weil die *Undine* so stark krängte, daß jeder Lauf fast von selbst durch die Pforte stieß, quietschend wie ein wütender Keiler.

»Erst auf Befehl!« rief Bolitho durch die hohlen Hände den Kanonieren im Vorschiff zu. Mehrere Tote lagen dort; vermutlich hatten Le Chaumareys' Scharfschützen erraten, was er vorhatte.

Eine Musketenkugel schlug gellend gegen einen Sechspfünder, und einer der Rudergänger stürzte gurgelnd und um sich schlagend vornüber – der Querschläger hatte ihm den Unterkiefer weggerissen.

Bolitho überschrie den Gefechtslärm: »Einen Strich abfallen, Mr. Mudge! Sie wissen, was ich heute von Ihnen erwarte!« Schatten tanzten übers Deck, als Stücke der Takelage, eine Muskete und allerlei Splitter oben in den aufgespannten Netzen wippten.

Und da war auch die *Argus,* die schwer nach Steuerbord stampfte in dem Versuch, die Bewegung der *Undine* abzufangen – aber vergeblich: die britische Fregatte kreuzte unbehelligt ihr Heck.

»Feuer!«

Die erste Kanonade krachte, riß Stücke aus dem Heck der *Argus* und schlug die kleine Achterdecksgalerie in Trümmer. Einer nach dem anderen folgten die Zwölfpfünder dem Beispiel der kleineren Kaliber; die Kugeln krachten ins Achterschiff oder flogen durch die offenen Fenster und trugen Tod und Verderben ins Schiffsinnere.

Die Männer der *Undine* brüllten Hurra, obwohl die Deckoffiziere schimpfend dazwischenschlugen; über der mächtigen Rauchwand sah Bolitho die Masten der französischen Fregatte langsam achtern weggleiten. Jetzt durfte er nicht straucheln.

»Wir wenden und gehen auf Backbordbug!«

»Aye, Sir.« Herrick wischte sich das schweißüberströmte Gesicht. Über den Pulverflecken auf Wangen und Mund leuchtete der Verband im rauchigen Sonnenlicht wie ein weißer Turban. »Heiße Arbeit heute, Sir!«

»An die Brassen! Klar zur Wende!«

Ein schreiender, blutübertrömter Matrose wurde von seinem Geschütz weggeschleift. Als Whitmarshs Leute ihn hochhoben, wand er sich und wollte sie wegstoßen – er hatte wohl mehr Angst vor dem, was ihn unten erwartete, als vor dem Tod an Deck.

Mit knatternden Segeln, durch deren zahllose Schußlöcher der Wind pfiff, ging die *Undine* auf den anderen Bug, wandte sich von den Inseln ab und der Sonne zu.

Der Seegang schien jetzt viel stärker; Gischt zersprühte im Wind und flog fast pausenlos als Sprühwasser über das Deck. Bolitho rieb sich die Augen und versuchte, den Hustenreiz zu unterdrükken. Wie seine Augen waren auch seine Lungen wund vom Pulverrauch und Gestank der Schlacht. Unablässig beobachtete er das feindliche Schiff, das über dem Gischt zu schweben schien. Ob beabsichtigt oder nicht, Le Chaumareys hatte nun jedenfalls den Windvorteil, und sein Schiff stand jetzt ungefähr eine Kabellänge an Steuerbord voraus. Wenn die *Undine* ihr Überholmanöver fortsetzte, würden beide Schiffe parallel laufen, nur auf Musketenschußweite voneinander entfernt. Auf so mörderisch kurze Entfernung konnte die *Argus* Vergeltung üben.

Er warf einen raschen Blick auf Mudge. Auch der beobachtete See und Masttopp – aber aus dem gleichen Grund? Doch wenn er ihn jetzt fragte und damit verriet, daß er auf ein Wunder angewiesen war, dann würde das seinen Männern genauso den Kampfgeist nehmen, als wären sie entscheidend geschlagen worden. Sie kauerten bei ihren Geschützen, keuchend und nach Luft schnappend, Rammen, Handspeichen, Ausputzer, Taljen in den teerigen Fäusten. Ihre nackten Oberkörper waren vom fettigen Pulverstaub verschmiert, durch den der Schweiß in dünnen Streifen, Peitschenstriemen gleich, hinabfloß. In den geschwärzten Gesichtern glühten die Augen wie die gefangener Tiere.

Die Marineinfanteristen luden ihre Musketen nach, und Bellairs schritt mit seinem Sergeanten an der Heckreling entlang. Am Ruder hatte ein anderer den Platz des Toten eingenommen, und Carwithens brutaler Kiefer mit den kalten, ausdruckslosen Augen darüber bearbeitete einen Priem. Das Geschützdeck war jetzt dünn bemannt.

Das Schiff krängte stärker, er mußte sich festhalten. Über die zerfetzten Netze blickte er aufs Meer, dessen Wellen jetzt höher und steiler anrollten, als wollten sie die beiden Schiffe auseinandertreiben.

»Mr. Davy!« rief er. »Fertig?«

Davy nickte stumpf. »Alle Geschütze mit Kettenkugeln geladen, Sir!«

»Gut.« Bolitho blickte Herrick an. »Ich hoffe zu Gott, daß der Steuermann diesen Wind auch wirklich kennt!« Und dann, knapp und scharf: »Fock setzen!«

Unter dem kraftvollen Zug des mächtigen Focksegels bekam die *Undine* erheblich mehr Fahrt und begann, das feindliche Schiff zu überholen. Bolitho fuhr zusammen, als ein paar Kugeln aus dessen Heckgeschützen auf der *Undine* einschlugen – die Pinasse hatte einen Treffer abbekommen und zerplatzte in unzählige Splitter. Es ging den Franzosen jetzt ums Letzte: Geschütz gegen Geschütz und kein Pardon, bis die *Undine* zum Wrack geschossen war und sank.

Er befahl: »Klar zum Anluven! Befehl abwarten!« Jeder Muskel schmerzte ihn, bei jedem Schuß vom Heck des Franzosen fuhr er zusammen – aber er wartete ab. Der Klüverbaum der *Undine* schien wie eine Lanze ins Achterdeck des Gegners zu stechen. Vereinzeltes Mündungsfeuer blitzte über dem zerschmetterten Heck auf und zeigte, wo Scharfschützen neue Stellungen bezogen hatten; Bolitho sah zwei seiner Seesoldaten aus dem Vormast fallen und hörte ihre Schreie in der Morgenbrise verhallen.

Besorgt rief Mudge: »Die Spieren brechen uns weg, wenn wir wenden, Sir!«

Bolitho hörte nicht hin. »Fertig, Jungs!«

Er spürte, wie der Druck der Segel mit jeder Sekunde wuchs.

»Jetzt!«

Er packte die Reling, als das Ruderblatt überkam und der Bug auf den Gegner zu zeigen begann. Die *Argus* trimmte ihre Rahen und krängte stark, als sie *Undines* Wende folgte. Die Sonne glänzte auf ihrem Achterdeck – noch einmal blitzte eine Breitseite auf und zerriß die Luft mit Donnergetöse.

Bolitho stürzte beinahe, als die schweren Eisenkugeln in den Rumpf der *Undine* oder in die Takelage schmetterten. Der wirbelnde Rauch erstickte ihn fast; sein Bewußtsein streikte vor dem Chaos aus Schreien und Schüssen, das von allen Seiten losbrach.

Aber er stemmte sich hoch und spähte zur *Argus* hinüber. Von ihrer letzten Breitseite trieb der Rauch so schnell nach achtern, daß die *Undine* einen Satz nach vorn zu machen schien. Diese optische Täuschung bewies ihm, daß Mudge mit dem Wind recht gehabt hatte; als er sah, wie die feindlichen Segel sich ihm entgegenwölbten, bemerkte er auch, daß die Stückpforten der *Argus* Wasser übernahmen, als der Wind sie noch tiefer drückte. Gott sei gedankt für diese Bö! dachte er.

»Feuer!« Er mußte den Befehl wiederholen, um verstanden zu werden: »*Feuer!*«

Die See wusch auch über die abgekehrten Leestückpforten der *Undine,* und die Rohre ihrer ausgebrannten Luv-Batterie zielten beinahe in den Himmel, als die Geschützführer ihr Abzugsleinen durchrissen.

Das Jaulen der Kettenkugeln übertönte sogar das Krachen der Kanonen und das Heulen des Windes. Sie wirbelten durch die Luft und schmetterten in die obersten Segel und Rahen der *Argus,* die sich ungedeckt darboten. Unmittelbar darauf kam das Rigg herunter: Die reißenden Stagen und Wanten knallten lauter als die Kanonen, als Vor- und Großmast wie riesige Bäume schwankten und dann dumpf dröhnend in den Rauch stürzten.

Bolitho schwenkte seinen Degen. »Auf Kurs bleiben, Mr. Mudge! Gleich sind wir längseits!«

Er rannte zum Niedergang, erstarrte aber, als der Wind den Rauch davontrieb. Überall sah er Tote und Verwundete. Shellabeer lag zerquetscht unter einem Geschütz; Pryke, der Schiffszimmermann, war von einer zersplitterten Planke auf das Lukensüll gespießt; sein Blut mischte sich mit dem der anderen um ihn herum. Und Fowlar – war dieser Haufen da wirklich Fowlar?

Aber zum Bedauern blieb so wenig Zeit wie zum Überlegen. Da war schon die *Argus,* fast längsseits; schon rannte Soames seinen Männern degenschwingend voran und schrie: »Hinüber mit euch, Jungs!«

Die französischen Matrosen bemühten sich noch, aus dem Gewirr von Spieren und laufendem Gut an Deck freizukommen.

Da fuhr kalter Stahl zwischen sie. Bolitho kreuzte die Klinge mit einem Deckoffizier, rutschte dabei in einer Blutlache aus und rang um Atem, als der Franzose der Länge nach über ihn fiel. Der Mann wand sich und stieß mit Armen und Beinen, aber ein Enterbeil grub sich in seinen Halsansatz, in Todesqualen weiteten sich seine Augen, und Carwithen riß ihn hinweg. Überall kämpften fluchende, brüllende Männer; Piken und Bajonette blitzten und stachen, Entermesser hieben in verzweifelter Wut.

Davy suchte zum Achterdeck zu kommen und schrie nach den Männern in seinem Rücken, denn ein Flankenangriff französischer Matrosen hatte ihn isoliert. Bolitho sah sein verzerrtes Gesicht über den gebeugten Schultern, sah seinen Mund lautlose Schreie ausstoßen, als sie ihn niederhieben – auch als er nicht mehr zu sehen war, zuckten die Degen noch nieder.

Zitternd stand Midshipman Armitage auf dem Decksgang, kreideweiß im Gesicht, und schrie: »Mir nach!« Und dann war auch er tot, umgestoßen und niedergetrampelt im Aufeinanderprall der beiden Gruppen.

All das sah Bolitho, als er sich zum Achterdeck durchschlug. Sah es und begrub es in seinem Gedächtnis, ohne Reaktion, wie einen Alptraum – als sei er nur Zuschauer.

Er erreichte den Niedergang und sah sich dem französischen Leutnant gegenüber: Maurin, der mit einer Engländerin verheiratet war. Alle anderen schienen in einem wirbelnden Nebel unterzugehen, als sich ihre beiden Degen kreuzten und sie einander umkreisten.

»Streichen Sie die Flagge, Maurin!« sagte Bolitho heiser. »Es ist genug!«

Der Franzose schüttelte den Kopf. »Ausgeschlossen, *m'sieur.*« Dann fiel er aus, parierte Bolithos Degen oben am Griff und drehte ihn geschickt nach außen. Bolitho sprang auf die nächste Treppenstufe zurück; er sah die verzweifelte Entschlossenheit in Maurins Gesicht und wußte instinktiv, daß allein von diesem Mann Sieg oder sinnloses Abschlachten abhing.

»Le Chaumareys ist tot!« Vorsichtig setzte Bolitho den Fuß auf die nächste Stufe. »Ich weiß es!« Er mußte mit aller Kraft schreien, denn ein Dutzend Matrosen der *Undine* kam brüllend über das Geschützdeck gerannt und fiel den Franzosen in den Rücken. Halb unbewußt begriff Bolitho, daß sie über das zerstörte Heck eingedrungen sein mußten. Mit eiskalter Stimme fuhr er fort: »Also streichen Sie endlich die Flagge, zum Teufel!«

Maurin zögerte; deutlich war ihm die innere Unsicherheit anzusehen – aber dann hatte er sich entschieden: er fiel seitlich aus, hob seinen Degengriff bis fast in Augenhöhe und führte einen Stoß nach Bolithos Brust.

Bolitho empfand so etwas wie Verzweiflung. Maurin war zu lange auf diesem einen Schiff gewesen, er hatte vergessen, daß ab und zu ein Wechsel nötig war. Es war so leicht. So scheußlich leicht.

Bolitho legte das Gewicht auf sein Standbein, parierte die niederfahrende Klinge und stieß zu. Mit seiner ganzen Schwere stürzte der Leutnant in Bolithos Degen; diesem wurde beinahe der Griff aus der Hand gerissen, als Maurin rücklings zu Boden fiel. Ein bezopfter Matrose wollte ihm mit seiner Pike den Rest geben, aber Bolitho schrie ihn an: »Weg von ihm, oder ich bringe dich um!«

Da warfen die französischen Matrosen ihre Waffen auf das blutverschmierte Deck, und Herrick trat zwischen sie. Es war vorbei. Das Mißlingen von Maurins letztem verzweifeltem Versuch hatte ihren Kampfeswillen vernichtet.

Bolitho stieß den Degen in die Scheide und stieg schweren Schritts die Stufen hinauf. Er wußte, daß Allday dicht hinter ihm und Herrick an seiner Seite war, als sie zusammen vor dem toten Le Chaumareys standen, der neben dem Ruder lag. Er sah seltsam friedlich aus und hatte, in merkwürdigem Kontrast zu den Schrekkensbildern dieser blutigen Schlächterei ringsum, kaum eine sichtbare Wunde; nur einen dunklen Fleck unter der Schulter und einen Blutfaden im Mundwinkel. Wahrscheinlich das Werk von Bellairs' Scharfschützen, dachte Bolitho dumpf.

Leise sagte er: »Ja, *Capitaine* – wir trafen noch einmal aufeinander. Sie haben es gewußt.«

Leutnant Soames kniete nieder, um Le Chaumareys den Degen abzuschnallen. »Lassen Sie«, sagte Bolitho, »er hat ehrenvoll gekämpft, wenn auch für eine schlechte Sache.« Dann wandte er sich ab; auf einmal konnte er es nicht mehr ertragen, alle diese Toten in ihrer ergreifenden Unbeweglichkeit zu sehen. »Und deckt ihn mit seiner Flagge zu. Mit seiner richtigen. Er war kein Pirat.«

Davys Leiche wurde zum Decksgang getragen, sah Bolitho. Traurig sagte er: »Noch ein paar Minuten, und er hätte gesehen, wie die *Argus* genommen wurde. *Das* Prisengeld hätte vielleicht sogar für seine Schulden gereicht.«

Als sie über den schmalen Wasserstreifen, der die beiden Schiffe trennte, wieder zur *Undine* hinübersprangen, drehte sich Bolitho überrascht um: eine Gruppe Matrosen jubelte ihm zu. Er sah Herrick an, aber der zuckte nur die Schultern und sagte mit trübem Lächeln: »Ich weiß, wie Ihnen zumute ist, Sir, aber die Leute freuen sich, daß sie überlebt haben, und danken Ihnen dafür auf ihre Art.«

Bolitho legte ihm die Hand auf den Arm. »Überleben? Vielleicht ist allein das Grund genug für eine Schlacht.« Er zwang sich ebenfalls ein Lächeln ab. »Und fürs Gewinnen.«

Herrick hob Bolithos Hut vom Deck auf. »Ich werde die Leute an die Arbeit schicken, Sir. Die Pumpen hören sich viel zu beschäftigt an für meinen Geschmack.«

Bolitho nickte und schritt langsam zum Heck. Seine Schuhe verfingen sich in Splittern und zerrissenem Tauwerk. An der

Heckreling blieb er stehen und musterte sein Schiff, die geborstenen Planken, das blutverschmierte Deck, die Männer, die sich ihren Weg durch die Trümmer suchten; sie glichen wahrlich mehr Überlebenden als Siegern.

Dann lehnte er sich zurück, lockerte seine Halsbinde, knöpfte seinen Rock auf – seinen Galarock, der jetzt ein Dutzend Löcher und Risse hatte – und schüttelte ihn ab. Über seinem Kopf stand der Wimpel jetzt nicht mehr so steif; die plötzliche Bö war so schnell vorübergegangen, wie sie gekommen war, um ihn vor den mächtigen Kanonen der *Argus* zu schützen. Wenn sie nicht gewesen wäre . . .

In plötzlichem Erschrecken sah er sich suchend um; aber Mudge stand an seinem gewohnten Platz beim Ruder und schnitt sich eben ein Stück Käse mit einem kleinen Messer zurecht, das er aus einer seiner zahllosen Taschen gefischt hatte. In dem rauchdurchzogenen Sonnenlicht sah er sehr alt aus. Der kleine Penn hockte auf seiner Lafette, ließ sich sein Handgelenk verbinden und betupfte seine Nase mit einem Tuch, die zu bluten angefangen hatte, als neben ihm eine Ladung zu früh explodiert war.

Bolitho betrachtete die beiden fast mit Zuneigung. Mudge und Penn – Alter und Jugend . . .

Und da war auch Keen; er sprach mit Soames und sah sehr mitgenommen aus. Aber wie ein Mann.

Füße knirschten über die Trümmer, Noddall kam. Vorsichtig preßte er einen Krug an seine Brust. »Ich kann leider noch nicht an die Gläser heran, Sir«, sagte er. Sein Blick haftete an Bolithos Gesicht; wahrscheinlich hatte er die Augen fest zugekniffen, als er sich an den Schrecknissen unten vorbeigetastet hatte. Bolitho hob den Krug an die Lippen. »Aber das ist doch mein bester Wein!«

Noddall betupfte sich die Augen und nickte ängstlich. »Aye, Sir, der Rest davon. Die anderen Flaschen sind bei der Schlacht kaputtgegangen.«

Genußvoll nahm Bolitho einen kräftigen Schluck; er konnte ihn brauchen. Es war ein langer Weg gewesen von jenem Laden in der St. James' Street bis hierher.

Und in wenigen Wochen würden sie wieder gefechtsklar sein. An die fehlenden Gesichter würde man sich zwar noch erinnern, doch schon ohne den Schmerz, der jetzt noch wuchs. Die Schrekken des Kampfes würden dann zu Kriegsruhm geworden sein, der Mut der Verzweiflung zur Pflicht gegenüber König und Vaterland.

Mit einem bitteren Lächeln erinnerte er sich der Worte, die ihm seit so vielen Jahren geläufig waren: im Namen des Königs.

Da hörte er Penns helle Stimme: »Ich habe wirklich ewas Angst gehabt, Mr. Mudge.« Eine unsichere Pause. »Aber nur etwas.«

Der Alte sah über das Deck zu Bolitho hinüber und erwiderte dessen Blick. »Angst, Junge? Ach du lieber Gott, dann kann er nie Kapitän werden, nicht wahr, Sir?«

Bolitho lächelte. Dieses Wissen teilten nur er und Mudge miteinander, und der wußte es besser als die meisten anderen: die grimmige Wahrheit der Schlacht taugte nicht für Kinder.

Dann musterte er wieder sein Schiff und die glänzende Schulter der Gallionsfigur, die neben dem Bug hervorsah.

Die *Undine* ist die wahre Siegerin, dachte er, plötzlich sehr dankbar dafür, daß sie ihm erhalten geblieben war.

Epilog

Leutnant Thomas Herrick trat in die Kapitänskajüte, den Hut vorschriftsmäßig unter den linken Arm geklemmt. »Sie haben mich rufen lassen, Sir.«

Bolitho stand an einem offenen Fenster und blickte auf das Seegras hinunter, das sich im klaren Wasser hob und senkte, und auf die Fische, die darin spielten.

Es war Nachmittag, und längs der Küste von Pendang Bay wiegten sich die Palmen mit winkenden Wedeln und in einem Dutzend Grünschattierungen in der stetigen Brise. Gutes Segelwetter, dachte er geistesabwesend, aber nicht für die *Undine*. Noch nicht.

Er wandte sich um und deutete auf einen Stuhl. »Setzen Sie sich, Thomas.«

Neugierig sah Herrick nach den geöffneten Depeschen, die heute an Bord gekommen waren. Eine Brigg hatte Befehle und Nachrichten aus Madras gebracht.

»In Kürze läuft wieder ein Indienfahrer ein, Thomas. Diese Depesche hier ist vom Admiral des Küstengeschwaders. Er schickt neue Leute als Ersatz für unsere Verluste in der Schlacht.«

Wie leicht sich das aussprach: *Verluste*. Er war sich bewußt, daß Herrick ihn beobachtete und denselben Erinnerungen nachhing.

Von den Schäden, die Le Chaumareys' Kanonen am Schiff

angerichtet hatten, war nicht mehr viel zu sehen. Frische Farbe bedeckte die reparierten Holzteile, und der Geruch nach Teer und Hobelspänen durchzog das ganze Schiff. Einen Monat und zwei Tage war es her, daß sie Bord an Bord mit der *Argus* gekämpft hatten, aber trotz der schweren Arbeit und der Genugtuung, das Schiff wieder im alten Zustand zu sehen, hatte Bolitho die Bilder des Kampfes noch so deutlich vor Augen, als sei es gestern gewesen.

Und wie sie gearbeitet hatten! Vielleicht war das für die ganze Mannschaft ebenso nötig gewesen wie für ihn selbst, und sei es auch nur, um die Erinnerungen noch eine Weile zu verdrängen.

Einzelheiten kamen hoch, wenn man es am wenigsten erwartete: Midshipman Penn, wie er sich vor einem rücklaufenden Geschütz duckte, in Rauch gehüllt, während die Bedienung schon wieder mit Ausputzer und Rammstock vorstürzte. In einer Wolke fliegender Splitter war ein Mann an Deck geschleudert worden und lag jetzt da, blicklos in den Himmel starrend; Penn wollte ihm helfen, sprang aber erschrocken zur Seite, als der Mann ihn am Handgelenk packte. Er mußte im selben Moment gestorben sein. Und Armitage, der nach Davys Tod dessen Enterkommando unter die sausenden Klingen geführt hatte: trotz seiner Ungeschicklichkeit, obwohl er in diesem Moment fast starr und blind vor Entsetzen gewesen war, hatte er alle seine Kraft zusammengerafft, nur um zu erfahren, daß sie nicht ausreichte.

Und nach der Schlacht der Gestank und Lärm, und nicht zuletzt der bis zum Delirium betrunkene Schiffsarzt, den drei seiner Gehilfen mit Gewalt in den Verbandsraum zurückzerren mußten.

Nachdem das wilde Hurrageschrei dem Bewußtsein des schwer erkämpften Sieges gewichen war, hatten sie sich nur um das Nächstliegende gekümmert: Verwundete mußten versorgt, die Toten dem Meer übergeben, die Aufräumungsarbeiten unverzüglich begonnen werden.

Blickte man auf all das zurück, schien es wie ein Wunder, daß sie Pendang Bay überhaupt erreicht hatten. Die unteren Rahen des Groß- und Vormastes hatten üble Sprünge, der Großmast selbst war dermaßen zersplittert und durchlöchert, daß nur sofortige Notreparaturen an Stagen und Wanten ihn einigermaßen abgesichert hatten – die Arbeit wollte kein Ende nehmen. Unter der Wasserlinie waren mehr als ein Dutzend Lecks, und in jeder Wache mußte an den Lenzpumpen gearbeitet werden. Mit der übel zugerichteten *Argus* im Schlepptau, waren sie quälend langsam dem Land und der Sicherheit zugekrochen. Die eroberte Fregatte war inzwischen mit einem Notrigg nach Indien gesegelt, wo sie auf einer Werft schnellstens repariert, neu ausgerüstet und von der East India Company übernommen werden sollte.

»Sonst noch Instruktionen, Sir?« fragte Herrick.

Bolitho griff nach der Weinflasche. »Es steht fest, daß Pendang Bay gegen einen anderen Stützpunkt ausgetauscht wird, der zur Zeit noch im Besitz der Holländer ist.« Er blickte auf und sah das Erstaunen in Herricks Augen. »Jetzt, da wir das Fortbestehen der Siedlung gesichert haben, sind die Holländer anscheinend gern zu diesem Tausch bereit.«

Mit plötzlicher Deutlichkeit erinnerte er sich an das Gesicht Conways, als dieser die erste Depesche öffnete, die Raymond selbst aus Madras gebracht hatte. Heiser hatte er gesagt: »Also war alles umsonst?«

Raymond hatte den Blick abgewandt. »Nein, Sir. Der andere Stützpunkt im Norden ist für unsere Zwecke weit besser geeignet. Sir Montagu Strang hat es mir erklärt. Sie werden feststellen, daß Ihr Anteil an dem Geschehen höchste Anerkennung gefunden hat.«

Später, als Raymond das Zimmer verlassen hatte, murmelte Conway bitter: »Höchste Anerkennung, sagt er! Und dann ernennen sie einen anderen zum Gouverneur des neuen Stützpunkts.«

»Tut mir leid, Sir«, hatte Bolitho geantwortet. »Es ist ein bitterer Sieg.«

»Bitter?« Überraschenderweise hatte Conway sogar gelacht. »Dieser Dienst paßt besser zu einem Krämer als zu einem Seemann, Bolitho. Vergessen Sie das nie!«

Bolitho schob Herrick einen Becher Wein hin und merkte, daß dieser immer noch auf eine Antwort wartete.

»Bis unsere Ersatzleute angemustert haben, werden wir hier Patrouille fahren. Ich bin vorläufig der dienstälteste Seeoffizier in diesen Gewässern. Was nicht überrascht, da die *Undine* hier das einzige Kriegsschiff ist.«

»Ehrlich verdient, Sir«, grinste Herrick. »Als ich begriff, wie sehr Sie sich in den französischen Kapitän hineingedacht hatten, da . . .«

Bolitho wandte den Blick ab. »Wäre der Wind abgeflaut, würden Sie vielleicht anders denken.«

»Also wieder mal unser Glück, Sir?« Herrick grinste noch breiter.

Es klopfte, und Penn trat ein. »Mr. Davy läßt respektvoll melden, daß der Indienfahrer Anker lichtet, Sir. Er meint, Sie wollten Bescheid wissen.«

»Danke.«

Bolitho wartete, bis die Tür sich geschlossen hatte. Sein Herz war plötzlich zentnerschwer. Dieser Versprecher Penns hatte nichts Erheiterndes. Penns unmittelbarer Vorgesetzter war jetzt Keen, der Vizeleutnant geworden war; und Soames hatte Davys Stelle inne. Immer dasselbe: einer fiel, und die anderen profitierten davon.

Leise sagte Herrick: »Der Indienfahrer segelt nach Madras, Sir. Unsere Verwundeten haben dort bessere Pflege.«

Bolitho nahm seinen Hut. »Sehen wir uns an, wie er ausläuft.«

Die Sonne brannte heiß auf das Achterdeck, aber bei dem steten ablandigen Wind war es erträglich. Er stellte sich mit Herrick an die Netze und sah, wie das dickbäuchige Handelsschiff die Bramsegel setzte. Bunt hoben sich der bemalte Rumpf und die Flagge der East India Company vom Grün der Küste ab.

Bolitho studierte das Deck der *Undine*. Die Leute ließen ihre Arbeit ruhen, um das Schiff zu beobachten, dessen glänzender Rumpf sich unter dem Druck der Segel leicht neigte, als es aus der Reede kreuzte. Sie dachten vielleicht an die gemeinsame Heimat, wo der Indienfahrer eines Tages Anker werfen würde. Oder an die alten Freunde, die mit blutigen Verbänden im geräumigen Rumpf lagen, und an die anderen, die nicht mehr da waren und nichts mehr sehen konnten.

Bolitho winkte Penn. »Ihr Glas, bitte!«

Nur ein einziges Mal hatte er Viola Raymond nach seiner Rückkehr allein gesprochen. Vielleicht paßte Raymond zu sehr auf, aber vielleicht hatte sie auch besser als er begriffen, daß es keinen Sinn hatte, die Trennung noch schmerzlicher zu machen.

»Ein feines Schiff, Sir.« Auch Herrick blickte durch ein Fernrohr hinüber. »Wenn ich daran denke, daß mein alter Vater mich unbedingt auf einem Indienfahrer sehen wollte . . . Dann wäre heute alles anders.«

Bolitho zuckte zusammen; er hatte auf der prächtigen Kampanje des auslaufenden Handelsschiffes das blaßgrüne Kleid entdeckt und den breitkrempigen Hut, den sie in Santa Cruz gekauft hatte. Noch klangen ihm ihre Worte im Ohr, als würden sie jetzt, über den breiter werdenden Streifen bewegten Wassers hinweg, zu ihm gesprochen.

»Wenn du nach London kommst, besuch mich bitte. Mein Mann hat seine Beförderung bekommen, die er sich so wünschte; die ich mir auch zu wünschen glaubte – bisher.« Sie hatte seine Hand gedrückt. »Hoffentlich hast auch du von mir bekommen, was du dir wünschtest.«

Dumpf krachte ein Salutschuß vom Stützpunkt her; vom Vorschiff des Indienfahrers kam prompt die Antwort. Hier wie dort dippten Flaggen zum respektvollen Gruß.

Bolitho spürte den Schmerz zurückkehren. Sie hatte recht, diesen Kummer konnten sie beide jetzt nicht brauchen, nur Verständnis und Frieden nach diesem Sturm, der sie heftig, wenn auch nur kurz geschüttelt hatte.

Nun segelte Raymond einem höheren Posten entgegen, während Conway wieder in die Anonymität zurücksank. Das würde er nie begreifen.

Er selbst aber war sich ziemlich gleich geblieben, abgesehen von diesem Intermezzo. Oder doch nicht ganz? Viola hatte versucht, ihn nach ihren Vorstellungen zu formen, wie sie auch ihren Mann gern geformt hätte – vielleicht hatte ihn das doch etwas verändert?

»Signal, Sir!« rief Penn. »*Wessex* an *Undine.*« Angestrengt spähte er nach den Flaggen aus, die zu den Rahen des Indienfahrers emporstiegen, und buchstabierte die Botschaft: »*Viel Glück für Sie,* Sir.«

»Mit Dank bestätigen.«

Bolitho ließ die blaßgrüne Gestalt nicht aus den Augen. Sie schwenkte langsam ihren Hut, das herbstlaubfarbene Haar wehte frei im Wind.

Wie zu sich selbst murmelte Bolitho: »Und auch für dich, Geliebte.«

Einige seiner Leute winkten jubelnd, als das andere Schiff mehr Segel setzte und gravitätisch aus der Bucht kreuzte.

Bolitho reichte das Teleskop einem Schiffsjungen und fragte: »Na, Mr. Herrick?«

»Aye, Sir«, nickte dieser. »Ein Glas Wein. Ich denke, das haben wir uns verdient.«

Allday sah ihnen nach, als sie zum Niedergang schritten. Ihm entging nicht die kurze Bewegung, mit der Bolitho nach der Hosentasche tastete, in der er ihre Uhr trug. Es verriet Allday eine ganze Menge.

Er schritt zu den Netzen hinüber und starrte dem Indienfahrer nach.

»Großartiger Anblick, nicht wahr, Allday?« fragte Keen, der hinzugetreten war.

Allday sah ihn von der Seite an. »Aye, Sir. Ein bißchen *zu* großartig für unsereinen.«

Keen wandte sich ab und begann, auf dem Achterdeck zu promenieren, wie er es von Bolitho gesehen hatte. Er wußte, daß Allday heimlich über ihn grinste, aber es ließ ihn kalt. Er war geprüft worden und hatte bestanden, das reichte ihm.

Als er beim Skylight stehenblieb, hörte er unten Bolithos Lachen und Herricks gelassene Erwiderung.

Und er hatte alles mit ihnen geteilt.

Als er wieder nach dem Indienfahrer Ausschau hielt, war dieser bereits um die Landspitze verschwunden.

So schritt er also weiter auf und ab; Vizeleutnant Valentin Keen von seiner Majestät Fregatte *Undine* war zufrieden mit sich und der Welt.

Kurzbiographie
des Seehelden

Richard Bolitho

Historische Romanserie
von Alexander Kent

1756: Geboren in Falmouth, Cornwall, als Sohn des James Bolitho, aus einer alten Seefahrer-Familie.

1768: Erstmals im Dienste des Königs auf der *Manxman*.

1772: Midshipman auf der *Gorgon*. Siehe *Die Feuertaufe* und *Strandwölfe*.

1774: Beförderung zum Leutnant auf der *Destiny*. Siehe *Kanonenfutter*.

1775/77: Leutnant auf der *Trojan* während der amerikanischen Revolution. Siehe *Zerfetzte Flaggen*.

1778: Ernennung zum Kommandanten der *Sparrow*. Siehe *Klar Schiff zum Gefecht* und *Die Entscheidung*.
Schlacht in der Chesapeake Bay.

1782: Als Kommandant der *Phalarope* in Westindien. Siehe *Bruderkampf*.

1784: Kommandant der *Undine*. Indien und Java. Siehe *Der Piratenfürst*.

1787: Kommandant der *Tempest*. Australien und Tahiti. Siehe *Fieber an Bord*.

1793: Kommandant der *Hyperion*. Mittelmeer, Biskaya, Westindien. Siehe *Nahkampf der Giganten*, *Feind in Sicht* und *Des Königs Konterbande*.

1795: Beförderung zum Kommandanten des Flaggschiffs *Euryalus*. Verwickelt in die Große Meuterei. Mittelmeer. Beförderung zum Kommodore. Schlacht von Abukir 1798. Siehe *Der Stolz der Flotte* und *Eine letzte Breitseite*.

1800: Beförderung zum Konteradmiral. Schlacht von Kopenhagen. Ostsee und Biskaya. Siehe *Galeeren in der Ostsee* und *Admiral Bolithos Erbe*.

1802: Beförderung zum Vizeadmiral. Westindien. Siehe *Der Brander* und *Donner unter der Kimm*.

1805: Schlacht von Trafalgar. Siehe *Die Seemannsbraut* und *Mauern aus Holz, Männer aus Eisen*.

1812: Beförderung zum Admiral. Der zweite Krieg mit Amerika.

1815: Auf See gefallen.

Ullstein

Alexander Kent

Die Richard-Bolitho-Romane

Ullstein

Die Feuertaufe *(UB 23687)*

Strandwölfe *(UB 23693)*

Kanonenfutter *(UB 22933)*

Zerfetzte Flaggen *(UB 23192)*

Klar Schiff zum Gefecht *(UB 23063)*

Die Entscheidung *(UB 22725)*

Bruderkampf *(UB 23219)*

Der Piratenfürst *(UB 23587)*

Fieber an Bord *(UB 22460)*

Des Königs Konterbande *(UB 22330)*

Nahkampf der Giganten *(UB 23493)*

Feind in Sicht *(UB 20006)*

Der Stolz der Flotte *(UB 23519)*

Eine letzte Breitseite *(UB 20022)*

Galeeren in der Ostsee *(UB 20072)*

Admiral Bolithos Erbe *(UB 23468)*

Der Brander *(UB 20591)*

Donner unter der Kimm *(UB 23648)*

Die Seemannsbraut *(UB 22177)*

Mauern aus Holz, Männer aus Eisen *(UB 22824)*

Segel-Thriller

»Llewellyn kennt sich mit Booten so gut aus wie Dick Francis mit Pferden« *The Times*

Laß das Riff ihn töten (22067)
Ein Leichentuch aus Gischt (22230)
Schuß in die Sonne (22417)
In Neptuns tiefstem Keller (23235)
Als Requiem ein Shanty (23351)
Ein Sarg mit Segeln (6723)

Sam Llewellyn

Ullstein